VERLAG ANTJE
KUNSTMANN

Andrew McGahan

LAST DRINKS

Roman

Aus dem Englischen
von Uda Strätling

Verlag Antje Kunstmann

VORBEMERKUNG

DIE GESCHICHTE, die hier erzählt wird, ist frei erfunden. Zwar schöpft sie aus den Ereignissen um den von der Regierung eingesetzten Ausschuss zur Untersuchung polizeilicher und politischer Korruption unter dem Vorsitz des Richters Tony Fitzgerald und der entsprechenden Ära in Queensland, doch handelt es sich in keiner Weise um eine Dokumentation oder Aufarbeitung dieser Jahre. Vor allem sind die Figuren des Romans nicht mit realen Personen zu verwechseln, ob lebend oder tot.

Mein besonderer Dank gilt John Orr, der mir sehr großzügig mit Zeit und Rat zur Seite stand. Zu danken habe ich außerdem Shaune Gifford, Jo Jarrah und Carl Harrison-Ford für Hinweise und Ideen.

PROLOG

Es war ein Weltuntergang.

Es gibt kein anderes Wort dafür. Wie der Fall Roms, der Fall Trojas. Als wären wir zu weit aufgestiegen und hätten die Götter erzürnt. Zuerst war fast gar nichts, ein Raunen, dann verlor jemand die Nerven, verplapperte sich, und schon war alles zu Ende.

Die Leute verschwanden in alle vier Winde. Alte Freunde riefen nicht zurück. Und wisst ihr, wie ich meinen letzten Abend als Minister verbrachte? Ich trug Akten zusammen und steckte sie in Brand, gleich hier im Büro, ließ die Flammen hochzüngeln, bis die Sprinkleranlage sich einschaltete und alles durchweichte. Als die Polizei mit den Haftbefehlen anrückte, fand man mich dort inmitten der Asche.

»Führt mich ruhig ab, Jungs«, sagte ich.

Und dann könnt ihr erleben, wie diese ganze Scheißstadt hochgeht.

Auszug, Memoiren Marvin McNulty, o.T.
(unveröffentlicht)

Unveröffentlicht?

Unvollendet. Und unverschämt eigennützig, aber so war Marvin.

Und was er einen Weltuntergang nannte, ist als »Korruptionsausschuss« in die Geschichte eingegangen, genauer: die Ermittlungen des Untersuchungsausschusses zu polizeilicher und behördlicher Korruption im Bundesstaat Queensland, die sich von 1987 bis zum Zusammenbruch der Regierung im Jahr 1989 hinzogen. Alles lange her. Und in Wahrheit keineswegs ein Weltuntergang. Außerhalb von Queensland war die Sache kaum mehr als ein kurzweiliges Zwischenspiel aus einer entlegenen Ecke der Welt, die längst als reichlich sonderbar galt. Außerhalb Australiens hörte überhaupt kaum jemand davon. Eine Regierung stürzte, gut, aber es war eine kleine Landesregierung, verantwortlich gerade mal für drei Millionen Seelen. Was hieß das schon, etwa im Kontinentalmaßstab Amerikas, Asiens, Afrikas? Ständig stürzten weit bedeutendere Regierungen. Ganze Völker wurden unterdrückt, vertrieben, litten und starben. Was galt da schon das Schicksal von ein paar Dutzend Leutchen wie Marvin und seinen Freunden oder des verschlafenen, sonnigen Hinterwäldlerstaats Queensland?

Nichts. Gar nichts. Nicht mal als Freund erwies sich Marvin letzten Endes.

Und sein Buch wird unvollendet bleiben.

I

ALSO TELEFON. Was da endlos schrillte.

Ich schlief, und irgendetwas bohrte sich durch die Wärme und Träume und rüttelte mich wach. Ich hob den Kopf, wusste nicht, wo ich war, in welchem Jahr – zurückversetzt, plötzlich, in die vielen verkaterten Morgen vergangener Zeiten. Ich schüttelte benommen den Kopf und griff nach dem Hörer. Es war kalt im stockfinsteren Schlafzimmer und ich vollkommen nüchtern; getrunken hatte ich seit Jahren nicht mehr.

»Ja?«, nuschelte ich.

»George? Graham hier. Tut mir leid, dass ich Sie wecke.«

Ich schielte zum Nachttisch hin, suchte die Uhrzeit. Der Digitalwecker hätte dort im Dunkeln glühen müssen, aber da war nichts. Ich tastete nach dem Lichtschalter.

»Wieso? Wie spät ist es?«

»Gleich fünf. Hören Sie, Sie sollten lieber herkommen.«

»Graham, haben Sie Licht?«

»Nein, niemand. Das gehört mit zum Problem.«

»Problem?«

»Hören Sie … wir brauchen Ihre Hilfe, ja? Sofort. Auf der Wache.«

Graham war der leitende Sergeant des Polizeireviers von Highwood und Highwood wiederum ein kleiner Bergort an der Grenze zwischen Queensland und New South Wales. Seit zehn Jahren meine Zuflucht.

Ich setzte mich auf.

»Sie meinen dienstlich?«

»Nein … es geht eher um eine persönliche Angelegenheit.«

Beruflich arbeitete ich immer noch als Journalist. Sofern man das sagen konnte, denn wenn ich in meinem Beruf auch nie Großes geleistet hatte, so fiel in Highwood so gut wie keine Arbeit an. Der *Highwood Herald* hatte eine Auflage von knapp 3000 Exemplaren, und abgesehen von dem halb verrenteten Eigner, Herausgeber und Chefredakteur war ich der einzige Reporter des Blatts. Das war ein schmachvoller Abstieg nach der halben Million Leser, die ich zu meiner Glanzzeit erreicht hatte. Aber meine Glanzzeit war vorüber, sie hatte wenig ehrenvoll geendet, und ich konnte von Glück sagen, dass mich überhaupt jemand beschäftigte. Großem Glück. Die anderen saßen fast alle hinter Gittern oder hatten das Weite im Ausland gesucht. Ich, ich hatte nicht einmal den Bundesstaat verlassen müssen.

Aber persönlich ...

»Wie meinen Sie das, persönliche Angelegenheit?«, fragte ich.

»Kommen Sie einfach, George. Sie müssen jemanden für uns identifizieren.«

Und dann legte er auf.

Ich blieb einen Augenblick im Dunkeln sitzen und blinzelte mich wach. Jemanden identifizieren? Meinte er einen *Toten*? Das ergab keinen Sinn. Nicht, dass nicht auch in Highwood Menschen zu Tode kamen, aber ich war kein Einheimischer, nicht mal nach zehn Jahren. Ich war mit niemandem verwandt, kein nächster Angehöriger. Wieso ich? Es gab im ganzen Ort nicht eine Menschenseele, die Graham nicht ebenso gut kannte wie ich. Wenn nicht besser. Also warum ich?

Ich stieg nackt aus dem Bett und las fröstelnd meine Kleider von den eisigen Dielen auf. Wir hatten längst Frühjahr, jedenfalls kalendarisch, doch in den Bergen hielt sich der Winter hartnäckig. Ich hatte mich einigermaßen akklimatisiert, aber immerhin war ich über vierzig und hatte weniger auf den Rippen als früher. Ich probierte verschiedene Lichtschalter, aber es tat sich nichts. Also zog ich mich blind im Dunkeln an. Dann tappte ich aus dem Schlaf- ins Wohnzimmer, um meine Schuhe zu holen. Im Kamin glimmte noch die Asche des gestrigen Feuers, dicht davor standen zwei Sessel. Dort hatte ich Schuhe und Socken zum Anwärmen deponiert, und in sie schlüpfte ich nun hinein und ging nach draußen.

Ein klirrend sternklarer Berghimmel empfing mich. Mein Atem wölkte in der Höhenluft. Im Osten schimmerte über einem der bewaldeten Bergrücken, die Highwood umzingelten, der erste Hauch Morgenrot. Unter mir breiteten sich die Straßen und Dächer des Orts aus. Die kleine Holzhütte, in der ich zur Miete wohnte, lag hoch oben an dem den Ort begrenzenden Westhang, und normalerweise blinkten selbst zu dieser frühen Stunde da und dort Lichter. An diesem Morgen aber wand sich das Tal bis auf den Streifen Dunst über dem Fluss in dunklen Bändern dahin. Als gäbe es gar keine Siedlung. Stromausfall mal wieder. Die braven Bürger von Highwood würden mit streikenden Heizgeräten und eiskalten Heizdecken erwachen. Das würde ihnen gar nicht gefallen.

Jemanden identifizieren?

Es war also jemand tot?

Mein Wagen war für dieses Wetter auch nicht sonderlich zu haben, der Anlasser mahlte geräuschvoll, ehe der Motor ansprang. Aus der Heizung pustete kalte Luft, als ich der kurvigen Schotterpiste folgte, die sich Straße schimpfte, und dann Richtung Westen durch den Ort fuhr. Es waren sonst keine Autos unterwegs, die Straßenbeleuchtung erloschen. Dunkel duckten sich hinter beschlagenen Fenstern die Wohnhäuser. Ich überquerte die vernebelte Brücke über den Fluss und erreichte die Hauptstraße. An ihrem südlichem Ende, auf der Höhe des Memorial Park, lag der Verwaltungsbezirk. Rathaus, Gericht, Polizeiwache und Bücherei. Allesamt in gediegenen Steinbauten untergebracht, errichtet in den 30er-Jahren, als in Highwood die Holzverarbeitungsindustrie boomte. Seither war ein Großteil der Bewohner abgewandert, und dieser Teil des Orts war um diese Stunde menschenleer. Bestenfalls sah man vor dem Revier ein einsames Lichtlein brennen, das ein Schild mit der Notrufnummer erleuchtete.

Jetzt brannte kein Lichtlein, aber verwaist war das Revier keineswegs. Zwei Einsatzwagen standen davor, und durch die Fenster drang der schwache weißliche Schein von Campinglaternen. Ich parkte, stieg die glatten Steinstufen hoch und drückte die Schwingtür auf. Drei Gesichter, vom unstet zischenden Gaslicht scharf konturiert, wandten sich mir zu. Ich kannte sie. Graham und seine beiden Constables, Tony und Maria – zwei Drittel des gesamten Polizeiaufgebots des Distrikts, in Uniform und hellwach, obwohl Nachtschicht in Highwood ein Fremdwort war.

»Nun?«, sagte ich.

Sie umringten die Anmeldung, umgeben wiederum von ihren an den Wänden monströs lauernden Schatten. Auf dem Tresen lagen im Lichtkegel diverse Gegenstände: Socken, Schuhe, eine Hose, ein Hemd. Jemandes Kleidung. Graham kam mir entgegen, und merkwürdig war – denn wir waren keineswegs eng befreundet –, dass er meine Hand ergriff, förmlich und steif und irgendwie teilnahmsvoll.

»Danke, dass Sie gekommen sind, George.«

Er drehte sich zu den anderen um. »Tony, fahrt ihr beide doch zurück zum Umspannwerk. Besorgt unterwegs irgendwo einen Kaffee für Tom, der ist bestimmt halb erfroren. Riegelt das Gelände ab und so, und dann haltet einfach die Stellung. Ich komme mit George nach.«

Sie nickten, mieden meinen Blick und schoben sich aus der Wachstube. Ich wartete, bis sie weg waren und der kalte Luftzug wieder verebbt.

»Was ist eigentlich los?«, fragte ich.

Graham schob mich zum Tresen rüber. Graham war Ende vierzig und wurde immer fülliger, aber im weißlichen Schein der Laterne wirkte er älter als sonst, mitgenommen und – verunsichert.

»Sehen Sie sich das hier mal an«, meinte er.

Zwischen den Kleidern lag eine geleerte Geldbörse. Geld gab es keines, nur zerknitterte Ausweispapiere. Graham sortierte.

Erst jetzt fiel mir auf, dass er Schutzhandschuhe trug, und was mich nun frösteln machte, war nicht die Bergluft. Er hob mir etwas entgegen.

»Kennen Sie den?«

Ich kannte ihn. Den Presseausweis. Er wies mich, George Verney, als fest angestellten Reporter der Brisbaner *Daily Times* aus – ein Tatbestand, der seit zehn Jahren keiner mehr war. Die Zeitung selbst existierte nicht mehr. Sie war wie alles andere untergegangen.

»Der ist Jahre alt.«

Im selben Moment, da ich es sagte, und während ich noch überlegte, wer nach so langer Zeit einen meiner alten Ausweise haben mochte, stieg so etwas wie Panik in mir auf, unerwartet und unbezwingbar. Doch gleich darauf sah ich, dass die Kleider auf dem Tresen die eines Mannes waren, nicht einer Frau. Um wen es auch immer ging, sie war es nicht.

Graham nahm jetzt etwas anderes zur Hand, einen Führerschein. Auch er war alt und längst abgelaufen, aber das Gesicht auf dem Foto war unverbraucht. Es war jung und klar und sein Anblick kaum weniger schrecklich, als wenn sie es gewesen wäre. Denn es war *er*.

»Kennen Sie den?«, fragte Graham behutsam, wohl, weil er alles an meinem Gesicht ablas.

Ich sank auf einen Stuhl.

Der Führerschein war auf Charles Monohan ausgestellt. Nur hatte ihn nie jemand Charles genannt. Nicht mal bei seiner Festnahme.

»Charlie?«, stammelte ich. »Charlie ist tot?«

Graham nickte und sah im Gaslicht, das wie Wind aus dem Jenseits fauchte, bekümmert aus.

»Sehr sogar«, sagte er.

2

AUS DER STANDHEIZUNG in Grahams Einsatzwagen strömte warme Luft, als wir den Ort in nördlicher Richtung verließen. Hinter den Bergrücken im Osten brach nun der Morgen an, doch im Tal blieb das Licht grau. Die Häuser wirkten in sich gekehrt, das Vieh drängte sich in den Pferchen zusammen, ein Hund schnürte am Straßenrand entlang und duckte sich aus dem Kegel der Scheinwerfer. Ich fühlte mich weit weg von allem. Kalt. Ich war unterwegs, um die Leiche eines alten, eines sehr alten Freundes zu identifizieren. Wenn er es wirklich war. Und wie sollte ich das glauben? Charlie war als Erster da gewesen. Vor Marvin und Lindsay und Jeremy. Noch vor Maybellene. Nicht irgendein Freund. Mein ältester.

Graham am Steuer rauchte. »Können Sie sich vorstellen, was er hier oben wollte?«

»Nein.«

»Er hat Sie nicht aufgesucht?«

»Ich habe ihn Jahre nicht gesehen. Nicht, seit ich hergezogen bin.«

»Wen könnte er im Ort sonst noch gekannt haben?«

»Niemanden, soweit ich weiß.«

»Der Ausweis legt eine Verbindung nahe.«

Wir fuhren eine Zeit lang schweigend.

»Komisch«, sagte ich. »Ich kann mich nicht entsinnen, ihm den gegeben zu haben.«

Dazu bestand ja kein Grund. Er wusste, wo ich wohnte, kannte alle meine Telefonnummern. Wir sahen uns täglich. Wir waren Freunde, Geschäftspartner, ich war bei seiner Hochzeit Trauzeuge gewesen …

Als ich zuletzt mit ihm hatte reden wollen, hatte er sich in seiner Verbitterung geweigert, ans Telefon zu kommen. Später hörte ich, dass die Folgen der Hirnverletzung irreparabel waren, die Ärzte sprachen von einer leichten mentalen Retardierung. Er würde zurechtkommen, aber sein Intellekt und bis zu einem gewissen Grad seine Motorik, nun … Maybellene sagte, er sei wieder zum Kind geworden. Wütend. Beleidigt. Seitdem hatte ich gelegentlich an den Charlie gedacht, wie ich ihn kennengelernt hatte – das große rote Gesicht, die Riesenpranken, die schmalen, listig zwinkernden Augen –, und mir dann vorzustellen versucht, das alles wäre weg. Ich hatte mir einen halb weggetretenen Charlie vorzustellen versucht, hirnlädiert, unerreichbar. Es war mir nicht möglich gewesen, also hörte ich auf, an Charlie zu denken. Schließlich hatte er mit mir gebrochen, nicht ich mit ihm.

Nur wieso hatte er dann diese ganzen vielen Jahre meinen Ausweis bei sich getragen?

Nein, die Frage lautete – wieso war er tot? Und wieso hier?

Ich starrte zum Fenster hinaus auf die Berge, die steilen Grate, die zu beiden Seiten der Straße aufragten, schwarz vor Nadelbäumen. Highwood war von Wald umzingelt. High*grove* hatte der Ort zunächst Ende des 19. Jahrhunderts geheißen. Man hatte sich einen vornehmen Anstrich geben wollen, doch in Wirklichkeit war der Ort kaum mehr als ein Holzfällercamp. Vornehm war meilenweit gar nichts; also wurde aus Highgrove Highwood. Dann gingen die Bestände an Nutzholz zurück, es wurden Nationalparks geschaffen. Die Holzindustrie wich der Milchwirtschaft, auf Sägewerke folgte eine Großmolkerei, die eine landesweite Kette mit Milch, Butter und Käse belieferte. Inzwischen versuchten auf den unteren Hängen Winzer ihr Glück. Und zuletzt waren vereinzelt Menschen wie ich gekommen, die Brisbane den Rücken kehrten, um sich auf günstigen Fünf- bis Zehn-Hektar-Parzellen niederzulassen und als Hobbyfarmer, Maler, Töpfer oder Hanfbauern zu versuchen. An der Hauptstraße gab es inzwischen eine Kunstgalerie, vor wenigen Jahren hatten zwei neue Pensionen eröffnet.

Highwood hatte ländlichen Charme, war aber längst von den Städtern entdeckt. Die Einheimischen – die echten – hielten sich stolz für Landbewohner. Ich sah das natürlich anders, aber ich war erst zehn Jahre da, was hatte ich schon zu melden?

Was hatte Charlie hier gewollt? *Wenn* er es war, wenn er es *wirklich* war.

Das konnte ich immer noch nicht glauben.

Wir fuhren. Wir ließen Highwood hinter uns und folgten der Schotterpiste an Milchfarmen und Feldern und den kleineren Flurstücken mit ihren Leichtbauhäusern und jetzt teils rauchenden Kaminen vorbei. Flüchtig erhaschte ich einen Blick auf eine flackernde Kerze im Fenster und das Gesicht einer Frau über einem Waschbecken. Warmes Wasser würde sie heute nicht haben.

Der Polizeifunk knisterte. »Graham, Tony hier.«

Graham nahm das Gerät zur Hand. »Ja?«

»Die beiden Detectives aus Brisbane sind da. Wir haben ihnen alles gezeigt.«

»Bin unterwegs.«

»Die sind nicht gerade begeistert, dass du die Kleider entfernt hast.«

»Die haben die vom Stromunternehmen entfernt, nicht ich. Außerdem lagen die sowieso nicht im Umspannwerk.«

»Ich mein ja nur.«

Graham hängte das Funksprechgerät wieder ein. »Chaos«, sagte er zu mir. »Die Jungs vom Stromversorgungsunternehmen waren vor uns da, haben als Erstes die Kleider entdeckt und natürlich nachgesehen.«

Er schien immer noch nervös und sog unwirsch an seiner Zigarette. Ich sah zum Fenster hinaus. Häuser und Farmen waren hier draußen dünner gesät; ich fragte mich, wo wir bloß hinfuhren.

»Was ist mit dieser Trafostation?«, fragte ich.

Er warf mir einen raschen Blick zu. »Umspannwerk. Gehört zum regionalen Verteilnetz Highwood.«

Ich blickte hoch. Strommasten folgten dem Straßenverlauf. Ich hatte hinter dem Stromausfall mal wieder eine unterbrochene Leitung, irgendwelche schadhaften Transformatoren vermutet. Das passierte hier oben in den Bergen oft genug, und Reparaturen dauerten eben.

»Dann hat diese Sache mit dem Stromausfall zu tun?«

Er nickte bloß.

»Versteh ich nicht«, sagte ich.

»Abwarten. Sie müssen es sich ohnehin ansehen. Ich sage nur so viel: Er ist einem Stromschlag erlegen.«

Das gab mir zu denken, mir fielen die Kleider auf der Wache ein. Eine so kalte Nacht wie die zurückliegende, und Charlie ohne Kleider? *Wenn* er es war, verstand sich, wenn er es *wirklich* war.

»Was hatte Charlie bei dem Umspannwerk verloren?«, fragte ich. »Was wollte er da?«

Graham überlegte, dann kurbelte er das Fenster runter und warf seine Kippe raus. Das war in dieser bewaldeten Gegend nicht unbedingt sehr verantwortungsbewusst, aber schließlich würde an einem solchen Morgen wohl kaum was in Brand geraten. Kalte Luft sank mir um die Füße, während er die Scheibe wieder hochkurbelte.

»Ich glaube kaum, dass er freiwillig dort war«, sagte er.

»Was soll das heißen?«

»Abwarten, George. Wir sind gleich da.«

Und damit tauchten wir in einen schwarzen Waldtunnel ein.

Ich sah mich verwirrt um. Highwood lag zwei Stunden südwestlich von Brisbane weit oben in einem von den Gipfeln der Border Ranges umgebenen Tal. Nur eine einzige Straße durchschnitt es. Sie wand sich von Norden in die Berge hinauf, überquerte direkt südlich vom Ort die Grenze Queenslands und fiel nach New South Wales wieder ab. Sie war wenig befahren, denn die Bergpässe der wichtigsten Fernstraßen lagen weiter östlich und westlich. Hier oben gab es außer Highwood eigentlich kein

Ziel, und am Nordende des Tals drängte dichter Wald sich von beiden Seiten auf bestimmt eine Meile an die Straße heran. Dann kam nur noch das steile Gefälle, das sechs-, siebenhundert Meter ins Vorgebirge hinabführte. Wo wollten wir also hin?

Graham ging vom Gas. Im Wald waren die Schatten so tief, als wären noch Stunden bis zum Morgen, nicht Minuten. Nebel kroch zwischen den Baumstämmen über die Straße. Schließlich bremste Graham und bog in einen schmalen Waldweg ein, den ich noch nie bemerkt, geschweige denn befahren hatte. Er war matschig, die Spurrillen tief, und von herabhängenden Ästen klatschten dicke Tropfen auf die Windschutzscheibe. Graham schaltete die Scheibenwischer ein. Weiter vorn loderten Flammen, oder vielmehr sah es so aus. Wenige Hundert Meter später erkannte ich meinen Irrtum. Es waren die flackernden Polizeilichter.

Es war also so weit. Mein Magen krampfte sich zusammen. Ich hatte noch nichts gegessen, hätte auch keinen Bissen heruntergebracht. Mir war kalt und mulmig, und ich wollte die Wärme des Wagens nicht verlassen.

Der Weg endete auf einer Lichtung. Dort auf der freien Fläche stand ein gedrungenes kleines Backsteingehäuse mit Tür, aber keinen Fenstern. Dahinter lag ein eingezäuntes Areal, auf dem man ein Gewirr von Stromleitungen und Anlageteilen erkannte, die ich nicht hätte benennen können. An dem Gebäude und den Zäunen hingen große Warntafeln, die das Betreten verboten und Lebensgefahr signalisierten. Und seitlich davon ragte wie ein riesiger Posten über die Baumwipfel ein nackter Stahlturm auf, der die Hochspannungsleitung in den grauen Himmel forthob, der Bergkante und dem Abstieg entgegen.

Graham hielt an und musterte mich, eine Hand schon am Türgriff.

»Alles klar?«

Ich besah erschrocken die vielen Fahrzeuge und Menschen auf der Lichtung. Der andere Einsatzwagen stand mit blinkenden

Rundleuchten da, daneben ein nicht gekennzeichneter Wagen. Ein Krankenwagen wartete mit offenen Hecktüren, aus denen schwach Licht fiel. Dann gab es noch einen großen Lkw mit Leitern und anderem Gerät hinten drauf und dem Namen des Stromversorgers auf der Tür. Leute standen im Halbdämmer herum, teils in Uniform, manche mit Schutzhelm. Irgendjemand rollte Absperrband über eine Einfahrt, obwohl ich nicht ganz begriff, wozu: Hier würde es keine Schaulustigen geben, die man abhalten musste, hier kam doch sicher überhaupt niemand her, oder, zu diesem kleinen Bunker im Wald?

Ich packte den Griff der Beifahrertür und rang mir die Lüge ab: »Alles klar.«

3

DRAUSSEN IM FREIEN war es wieder eiskalt, und überall drehten sich Köpfe. Ein Mann löste sich aus einem Grüppchen und hielt auf uns zu, im Gehen schloss er die Knöpfe seines Sakkos gegen den frostigen Morgen.

»Detective Kelley«, stellte er sich vor und schüttelte Graham die Hand. Dann packte er meine. »Sie sollen den Mann identifizieren?«

»Wenn möglich«, sagte ich.

Graham nannte dem Detective meinen Namen, und der Mann musterte mich einen Augenblick, als sagte ihm der Name was. »Das Führerscheinbild konnte er identifizieren«, fuhr Graham fort, »aber der Mann da drinnen ähnelt dem Foto ja nicht gerade auffällig. Nicht mehr.«

Aus dem Wald brach ein Kreischen, und ein großer weißer Vogel schickte einen Schauer Blätter aus einer Baumkrone herab und segelte in den Morgen fort wie eine aufsteigende Seele. Alle hielten inne und sahen dem Vogel nach, bis er außer Sicht war. Aus der Ferne schallte nun ein ganzer Chor Vogelrufe herüber und verstummte gleich wieder. Schweigen senkte sich herab, bis nur leises Stimmengemurmel und tropfendes Wasser zu hören waren.

»Komischer Ort für so was«, sagte der Detective bloß.

Er war jung, um die dreißig etwa, also deutlich jünger als ich. Das war beunruhigend. Es hatte Zeiten gegeben, da hatte ich meine Polizeikontakte sorgsam gepflegt, und die Cops damals waren mir erwachsener vorgekommen, hartgesottener, souveräner. Dieser war anders. Er hielt sich vielleicht für hart, für souverän, und vielleicht war er das, aber auf mich wirkten die ruhige

Stimme und der professionelle Ton aufgesetzt, einstudiert. Er war jünger als ich, das war alles. Er war nicht fett und schmierig, hielt sich nicht an Freibier und Gratissex schadlos. Und ich war älter. Zehn Jahre älter.

»Sie sind bis von Brisbane gekommen?«, fragte ich. »Wann ist es denn passiert?«

Er nickte Richtung Lkw. »Die Jungs vom Energieunternehmen sagen, das Umspannwerk sei gegen ein Uhr ausgefallen. Das Team war ungefähr eine Stunde später schon hier, aus Boonah. Sie haben die Polizei in Highwood gerufen, der Sergeant ist wohl gegen halb drei eingetroffen. Er hat den Fall nach Brisbane gemeldet, und da sind wir. Den genauen Todeszeitpunkt kennen wir natürlich noch nicht, aber man darf annehmen, dass er mit dem Stromausfall zusammenhängt. Die Spurensicherung muss jeden Moment da sein.«

Ein Uhr. Da lag ich erst eine halbe Stunde im Bett. Dabei war ich für Highwood-Verhältnisse schon eine Nachteule. Das Bergnest dürfte tief und fest geschlafen haben.

»George«, sagte Graham. »Wir müssen nicht gleich reingehen.«

Zu dritt waren wir auf dem Weg zu dem Steinbunker. Zu sehen war außer den Fahrzeugen und Umherstehenden nichts. Aber die Tür des Gebäudes stand offen, und alle sahen betont nicht hin. Was immer war, war dort drinnen.

Wir erreichten das Grüppchen der drei Stromtechniker. Sie unterhielten sich mit einem weiteren Mann in Zivil, und wir blieben auf ihrer Höhe noch einmal stehen. »Ein glücklicher Zufall, kann man sagen«, meinte einer der Techniker gerade, verstummte aber, als er mich sah.

»Das ist Detective Lewis«, sagte Kelly, und ich schüttelte eine weitere feste junge Hand. Lewis war allerdings rundlicher, hatte beinahe ein Babygesicht und gab sich leutselig.

»Ich habe mir gerade erklären lassen«, sagte er zu seinem Kollegen, »wie es kam, dass die Jungs so schnell hier waren.«

Die Techniker sahen verlegen von einem zum anderen Ermittler.

»Wir hatten unten an der Talstation ein Problem, und da zog sich die Spätschicht bis nach Mitternacht hin«, sagte der Erste. »Deshalb waren wir noch an der Station, als der Störfall gemeldet wurde.«

»Sonst hätten wir von der Sache womöglich erst zu Betriebsbeginn gehört, oder?«, meinte Lewis. »Ihr fahrt doch außerhalb von Brisbane keine Nachtschichten mehr, stimmt's?«

Sie traten von einem Bein aufs andere. »An uns liegt es nicht. Es ist kein Geld da für Überstunden.«

Das interessierte Kelly nicht. Er sah zum Gebäude rüber. »Was genau ist die Funktion dieses Umspannwerks?«

Der Mann hob die Achseln. »Das ist eine Verteilstation. Der Strom kommt aus einem der großen Kraftwerke, verstehen Sie? Dort kann er in jeder beliebigen Spannung losgejagt werden, aber je geringer die Voltzahl, desto höher der Widerstand in den Leitungen, also verliert man über Hunderte Kilometer allein durch die Hitze viel Energie. Deshalb arbeitet man mit Hoch- oder Höchstspannung. Nur können die Normalhaushalte diese hohen Spannungen nicht verwerten. Also werden – zum Beispiel in der Nähe von Städten – Umspannwerke eingesetzt. Die bestehen im Grunde aus einer Reihe Transformatoren, die die Spannung reduzieren. Diesen Strom kriegt der Verbraucher, und dann spielt der Widerstand auch keine große Rolle mehr, weil es zum Endabnehmer nicht mehr weit ist. Die Spannung ist zwar meist immer noch ein bisschen zu hoch, also liegen kleinere Trafostationen an einzelnen Straßenzügen, die die Spannung auf 240 Volt runterbringen – oder was immer verlangt ist.«

»Dann ist das hier ein größeres Umspannwerk?«, fragte Kelly.

»Ja. Es bedient das gesamte Highwood-Netz.«

»Und wie hoch ist dann hier die Spannung?«

»240 000 Volt.«

Schweigen herrschte; das mussten alle erst einmal sacken lassen.

»Glauben Sie, er hat die voll abgekriegt?«, fragte Graham.

Der Techniker überlegte und schüttelte den Kopf. »Unwahrscheinlich. Aber an der Schaltanlage war auf jeden Fall jemand dran. Es hingen überall Kabel. Schwer zu sagen, wie viel sie ihm verpasst haben.«

Sonst schien niemand etwas zu sagen zu haben. Ich blickte stumm auf den Backsteinbau. Ein Umspannwerk. Jetzt, wo ich's wusste, wurde mir klar, dass ich Trafostationen überall schon gesehen hatte, Hunderte in Städten und Kleinstädten und an den Landstraßen, kleine Kästen, unauffällig und leicht zu übersehen. Und doch waren sie wie die Kanalisation: Unser Alltag war ohne sie undenkbar. Ein unsichtbares Netz – und dieser Netzknoten war von allen der unsichtbarste, ganz versteckt am Rande des Gebirges.

Der Techniker schob den Schutzhelm zurück und wieder vor. »Sagen Sie … holen Sie ihn da bald weg? Wird ja Tag, und wir müssen schauen, dass die Leute wieder Saft haben.«

»Wir müssen auf die Spurensicherung warten.« Kelly wurde amtlich. »Außerdem …«

Mich sah er an. Graham begriff, er legte mir eine Hand auf den Arm, und dann gingen nur wir beide weiter auf den Backsteinbunker zu. Hinter uns standen die anderen und schwiegen. Die beiden Ambulanzfahrer neben ihrem Wagen zogen an ihren Zigaretten und sahen weg. Sie waren natürlich schon drinnen gewesen. Alle waren drinnen gewesen, außer mir.

»Was Sie jetzt zu sehen bekommen«, meinte Graham und senkte die Stimme, »ist ziemlich schlimm. Aber Sie brauchen sich nur das Gesicht anzusehen und mir zu sagen, ob Sie ihn kennen. Dann verziehen wir uns wieder, okay?«

Mir kam alles unwirklich vor und so, als hätte ich buchstäblich keinen Boden unter den Füßen. Die Brandschutztür zum Gebäude stand offen, von innen ergoss sich diffuses Licht. Auch hier Campinglaternen. Selbst an der Quelle gab es keinen Strom. Aus der Nähe wirkte der Bau dort in Nebel, Dunkel und Kälte größer, trutzig und fensterlos wie ein Fort. Es gab nur die eine schmale Stahltür, das Licht dahinter glomm rötlich. Vom Inneren konnte ich nichts erkennen. Dann hatten wir die Tür erreicht und traten ein.

Ich sah auf den Boden. Ich erwartete eine Leiche: Leichen hatten auf dem Boden zu liegen. Aber auf dem Boden war nichts als nackter Beton. Der Raum war rund 25 Quadratmeter groß, die Wände bedeckt mit Gerät und Schaltkästen. Es gab einen Schreibtisch und einen alten, zerschrammten Stuhl. Und einen Geruch, einen süßlich penetranten Geruch. Mir wurde einen Augenblick ganz anders, weil ich dachte und es wohl auch erwartet hatte ... aber das war es nicht, es war nicht der Geruch verbrannten Fleisches. Es war vielmehr ein sehr vertrauter Geruch. Schmerzlich und köstlich vertraut. Ein Geruch aus einem früheren Leben. Es war diese spezielle Mischung, die allen Trinkern bekannt ist, mit dem sich aber nur die hartnäckigsten abfinden, die ihn ignorieren und schließlich brauchen. Es war der sich überlagernde Geruch der sich wechselseitig bedingenden Komponenten Alkohol und Urin. In der Regel roch es in Bars und Einfahrten so, in billigen Absteigen. Nicht an eiskalten Morgen in Betonbunkern. Es sei denn, es waren Gefängniszellen. Und dann, da drüben rechts, sah ich.

»Ist er das?«, fragte Graham.

Ich starrte hin. Starrte.

»Nun?«

Meine Lippen bewegten sich, brachten mühsam Worte hervor. »Schwer zu sagen.«

Graham räusperte sich. Er führte mich dichter heran, bis auf drei Meter von der Stelle, wo der Mann stand, damit ich das Gesicht deutlicher sähe, das von der Tür abgewandt war. Damit ich die rechte Gesichtshälfte sähe ...

»Und?«

Jeder letzte Zweifel verflog. Charlie war gezeichnet wie Kain und wäre immer und überall sofort zu erkennen. Selbst so.

»Er ist es«, sagte ich.

Graham nickte. »Diese ... Gesichtsverletzung. Sie unterscheidet sich von den anderen Stellen. Sie scheint alt, sie ist verheilt, aber im Führerschein war davon nichts zu sehen, deshalb ...«

»Sie ist alt. Er hat sie vor Jahren davongetragen. Deshalb bin ich mir auch ganz sicher.«

»Gut, mehr brauchen wir nicht. Wir können gehen, George.«

Aber ich konnte nicht. Ich hatte ja noch gar nicht begriffen, was ich sah. Es war Charlie, keine Frage, zugleich war er es nicht – doch nicht diese ausgemergelte, an der Wand aufgeknüpfte Vogelscheuche. Doch nicht dieser alte, alte Mann. Charlie war so alt wie ich, keine fünfzig, während dieser Mann ...

Er war nackt und stand mit dem Rücken zu uns direkt an der Wand. Nur war es keine Wand. Es war eine Batterie elektrischer Verbindungen, eine Schaltanlage. Stahlblechtüren waren geöffnet worden und legten ein Gewirr von Schaltelementen und Spulen und Kabel frei. Charlie war mit der Brust dagegen geschoben, seine Füße mit Kabeln an Verbindungen festgezurrt, ebenso die hoch über dem Kopf gefesselten Hände, sodass er mit gespreizten Armen und Beinen vor der Schaltanlage stand und selbst tot nicht hatte fallen können. Er sah aus wie ein Kettensträfling, den man auspeitschen wollte – nein, wie ein eben gezüchtigter Kettensträfling, denn über seinen Rücken liefen lauter rote Striemen. Nur stammten sie nicht von einer Peitsche. Zu seinen Füßen ringelten sich mehrere Kabel, die zu Schaltungen zurückführten. Ihre Enden waren ohne Isolierung, nackter Draht. Stromkabel.

Es war Charlie. Das nach links gedrehte Gesicht blickte leer und blöde, der Lebendigkeit und Gedanken bar, die es einst beseelt hatten. Ich wusste nicht, ob das der Tod bewirkt hatte oder ob er so immer ausgesehen hatte seit ... Leicht retardiert, hatte es doch geheißen. Motorische Einbußen. Und seine Leiche sah von mehr als nur dem Strom verwüstet aus. So alt, so mager.

Graham packte mich sanft am Arm. »Kommen Sie«, sagte er und zog.

»Aber … aber wieso?«, stammelte ich. »Warum sollte ihm jemand das antun?«

Ich brabbelte. Ich sah Charlie nicht mehr, ich blickte wild um mich, suchte jemanden, suchte die Verantwortlichen, als müssten sie noch dort sein und sich rechtfertigen. Und was ich sah, war blanker Irrsinn. Überall Bierdosen. Sie lagen leer herum, aus den Trinköffnungen sickerten Schaumreste. Es gab Wodkaflaschen. Zwei. Auch leer. Ein paar Lachen Alkohol oder auch Urin auf dem Boden. Es sah aus, als wäre eine Party gefeiert worden. Und der Geruch, jetzt, wo ich seine Ursache kannte, war frisch und aufdringlich, als wäre jemand eben erst losgezogen, um Nachschub zu besorgen. Jugendliche würden einen Raum so hinterlassen haben können, Teenager, die heimlich tranken, außer Sichtweite. Kinder. Bis auf das, was an der Wand aufgeknüpft war.

»Warum jetzt?«, hörte ich mich fragen. »Warum sollte das jetzt noch jemand tun?«

Aber Graham hörte nicht zu. Er zerrte mich von dort fort, und dann waren wir draußen, und alles schien heller. Der Himmel war blassrosa, und die Polizeileuchten blinkten zahmer, wie Spielzeug. Keiner mochte mir in die Augen sehen, und überall kreischten Vögel in den Bäumen, zu Tausenden begrüßten sie den neuen Tag.

4

DAS LICHT ERREICHTE HIGHWOOD, tief in seinem Talbett geborgen, immer spät. Dennoch stand die Sonne, als wir schließlich wieder vor dem Polizeirevier hielten, schon über den Baumwipfeln und brannte den Nebel aus den Niederungen; die Hauptstraße schimmerte golden, und die Stadt war erwacht, im Auto oder zu Fuß gingen die Leute ihren Geschäften nach. Sie unterhielten sich auf den Gehwegen. Der Stromausfall war bestimmt Gesprächsthema Nummer eins. Jedenfalls bis sich die Neuigkeit herumsprach. Und das würde sie. Noch bevor wieder Strom floss. Die Techniker hatten lange warten müssen. Die Spurensicherung und der Fotograf hatten über zwei Stunden in dem kleinen kalten Raum bei Charlie zugebracht, ehe sie ihn herunterschnitten.

Und langsam fiel auch bei den Detectives Kelly und Lewis der Groschen.

»Charles Monohan«, murmelten sie, während sie seine Sachen durchsuchten und seinen Führerschein beäugten. »Charles Monohan.« Wir standen alle in Grahams Büro. Genau diesen Moment hatte ich gefürchtet, während der langen Wartezeit draußen am Umspannwerk, während das Licht sich im Himmel breitmachte und das Bild dessen, was ich gesehen hatte, sich unauslöschlich meinem Gedächtnis einbrannte. Die Detectives waren zu beschäftigt gewesen, aber Graham wusste Bescheid, und die beiden aus Brisbane würden früher oder später auch drauf kommen.

»Charles Monohan«, sagte Kelly und drehte sich zu mir um. »Woher kenne ich nur den Namen?«

Ich wollte nicht antworten. Aus alter Freundschaft, vielleicht. Aber wenn ich aus Freundschaft handelte, dann tat ich lächerlich wenig und das viel zu spät.

»Sie werden sich vielleicht kaum erinnern«, sagte ich. »Wie lange sind Sie bei den Polizeibehörden?«

»Im Polizei*dienst*«, verbesserte er mich, und mir fiel wieder ein, dass man sich nach dem ganzen Wirbel und dem lädierten Image der Ordnungsbehörden dieses Aspekts besonnen hatte. Vergeblich. »Ich bin seit dreizehn Jahren dabei.«

»Dann war es kurz nach Ihrem Eintritt. Charlie wurde 1988 festgenommen. Steuerhinterziehung.«

Sie waren jetzt ganz Ohr, aber es klingelte immer noch nicht. Graham wartete, als wäre es besser, wenn es von mir käme.

»Und Korruption«, seufzte ich. »Nach den Ermittlungen des Untersuchungsausschusses.«

Das genügte vollauf. Bei der Polizei galten, wie auch in der Politik und in den Medien, für Queensland nur zwei Zeitrechnungen. Vor dem Korruptionsausschuss. Und danach.

»Ah ...«, machte Kelly und wandte sich seinem Kollegen zu. »*Der* Charles Monohan.«

Damit war, wie ich es befürchtet hatte, schlagartig alles anders. Charlie als unschuldiges Opfer, aufgeknüpft und liquidiert, das war eine Sache. Charles Monohan, wie die Polizei ihn kannte, war eine vollkommen andere. Sein Leben, sein Tod, seine Leiche ... alles schlagartig anders.

»Wie lange hat der noch gesessen?«, fragte Lewis nachdenklich.

»Bekommen hat er vier Jahre«, sagte ich. »Wie viele davon er verbüßt hat, weiß ich nicht. Ich hatte ihn zuletzt gesehen, bevor er seine Haftstrafe antrat.«

»Er gehörte doch zu dem dritten Schwung Verurteilter, oder nicht?« Kelly zählte an den Fingern ab. »Marvin – der ist auch in den Knast gewandert. Und Lindsay, nur ist Lindsay untergetaucht. Und es gab noch ein paar andere ...«

Graham hatte sich in seinem Stuhl zurückgelehnt und ließ seinen betrübten Blick auf mir ruhen.

Ich sagte: »Einer von ihnen war ich.«

Kelly prüfte mich mit einem kritischen Blick, die Hände noch zum Zählen erhoben. »Sie?«

Sein Partner zeigte mit dem Finger auf mich. »George Verney. Sie waren der Lohnschreiber.«

»Ganz recht.«

Kelly nickte eifrig. »Aber Sie wurden nicht verurteilt, stimmt's?«

»Nein.«

Schuldig war ich deshalb nicht weniger, zumindest mitschuldig, und die beiden Detectives betrachteten mich in einem ganz neuen, weniger freundlichen Licht.

Graham regte sich und bemerkte ganz vernünftig: »Er hat deshalb keine Haftstrafe verbüßen müssen, weil es immerhin fraglich ist, ob er sich eines Verbrechens schuldig gemacht hat, und immerhin hat er seinen Job und alles andere verloren. Seit zehn Jahren lebt er hier still vor sich hin und schreibt für unsere kleine Zeitung. Also kommt nicht auf dumme Gedanken.«

Lewis war nicht überzeugt. »Aber das ändert doch die ganze Sache.«

Graham nickte. »Ja. Und vergesst nicht, dass damals ein Haufen Leute am Pranger standen, Polizisten genauso wie Zivilisten. Nicht alle zu Recht, beileibe nicht.«

Ich hörte aus seinen Worten eine klitzekleine Andeutung von Leidgenossenschaft heraus. Er hatte recht, der Korruptionsausschuss hatte viele Ordnungshüter ihre Marken gekostet, auch hochrangige, und anders als die beiden Detectives war Graham alt genug, einige von ihnen gekannt zu haben.

»Und Sie haben ihn im Auge behalten?«, wollte Kelly wissen.

»Klar doch«, sagte Graham.

»Charlie Monohan«, staunte Lewis und maß mich mit argwöhnischen Blicken. »Wie viele Clubs hatte der am Ende?«

»Clubs hatte er keine. Er besaß drei Restaurants, mehr nicht.«

»Na hören Sie mal …«

»Sie waren doch Partner, Sie und er«, warf Kelly ein. »Und es ging beileibe nicht nur um Restaurants.«

»Partner waren wir nicht direkt. Wir waren befreundet, und ich habe Geld in seine Läden gesteckt … aber Partner wäre zu viel gesagt.«

Krähte nicht irgendwo in der Stadt gerade dreimal ein Hahn?

»Aber Sie steckten mit drin«, sagte Kelly beharrlich. »Und nun taucht Charlie hier unweit des Kaffs auf, wo ganz zufällig Sie leben.«

»Wollen Sie mich verhaften?«

Kelly überlegte. »Wo waren Sie gestern Nacht?«

»Zu Hause.«

»Allein?«

»Nein.«

»Mit wem?«

»Einer Freundin. Brauchen Sie den Namen?«

»Bei Gelegenheit.« Er zog einen Stuhl heran und nahm vor mir Platz. »Aber wie wär's, wenn Sie uns mit damals ein bisschen auf die Sprünge helfen. Da wären zum Beispiel Ihre Kumpel …«

Er hob erneut zum Zählen die Finger. Mit einer Hand würde er nicht auskommen. Sechs Finger würde er brauchen.

»Mal sehen … Da waren Sie und Charlie und Marvin und Lindsay. Dann gab es noch irgend so einen alten Knacker aus dem Dunstkreis des Premiers. Ich komme nicht auf den Namen.«

»Jeremy Phelan.«

Er nickte. »Und eine Frau. Es gab da doch noch eine Frau, oder?«

»Ja«, sagte ich. »Es gab noch eine Frau.«

Aber Charlie war zuerst da.

Das Traurige war, dass Charlie von uns allen der Einzige war, der aussah wie ein Verbrecher. Nach Fernsehmaßstäben jedenfalls und auch nach denen einer Jury, die ihn nach zu viel Fernsehen zum ersten Mal sah und keinen Zweifel hegte. Er sah aus wie ein Gangster, wie ein Rausschmeißer aus einem der Clubs, für deren Besitz er schließlich verurteilt werden sollte. Eigentlich ein

Fluch für einen Mann, dessen Traum es ist, sich als Gastronom einen Namen zu machen. Mehr war es ja nicht, am Anfang.

»Wie hieß die noch?«

»Maybellene«, sagte ich. »May.«

Aber erst gab es nur Charlie und mich.

Und den Alkohol.

Und natürlich Queensland.

5

ALKOHOL UND QUEENSLAND. Und die Gastronomie.

Alle drei waren nötig, um mich und Charlie zusammenzubringen.

In keinem anderen Bundesstaat, in keiner anderen Branche wäre es dazu gekommen. Und hätte es im Hinterzimmer keinen Wein gegeben, oder wäre ich an dem Abend nicht hingegangen, oder hätte mich Charlie nicht erkannt …

Viel hätte und wäre und alles unsinnig.

Die frühen 70er, und das in Brisbane. Die Katastrophen, die über Queensland hereinbrechen würden, lagen größtenteils noch weit in der Zukunft, aber der Boden war längst bereitet, die Weichen waren gestellt. Von denen wussten Charlie und ich so gut wie nichts, noch nicht. Beide waren wir gerade zwanzig. Ich volontierte bei einer kleinen Lokalzeitung. Charlie arbeitete in dem bescheidenen italienischen Bistro seiner Eltern in Paddington. Einiges wussten wir natürlich, das, was alle Welt wusste: dass Queensland anders war als der Rest von Australien, dass in Queensland möglich war, was anderswo so nicht möglich war. Aber wir wussten nicht, warum. Oder besser gesagt, wir wussten nicht, *wer.*

Wir hatten noch vor wenigen Jahren die Schulbank gedrückt, was bedeutete uns schon die Politik? Mein kleines Lokalblatt berichtete über Konsum, Alltagskultur und Immobilien. Wir hatten zwei Gastrokolumnen – eine zur Gourmetküche, um die sich alle in der Redaktion rissen, und eine zu Billigadressen, auf die keiner scharf war und die daher mir zufiel. Ich wollte an jenem Abend also nichts weiter als preiswert essen. Charlie wollte nichts weiter als eine gute Besprechung des elterlichen Bistros. Darüber hinaus hatten wir nur eines gemeinsam.

Wir waren begnadete Trinker.

Was uns im damaligen Brisbane in eine etwas unglückliche Lage brachte. Allem Anschein nach nämlich, besonders für Grünschnäbel wie uns, war Brisbane ausgesprochen puritanisch. Bars hatten nur von 10 bis 22 Uhr geöffnet, außer sonntags, da wurde es noch schlimmer, denn sonntags war der Ausschank gerade mal vier Stunden erlaubt. Einige wenige Restaurants verfügten über eine Schankerlaubnis, meist die teuren, während die anderen auf Kunden angewiesen waren, die ihren Alkohol selbst mitbrachten. Nur war dessen Beschaffung auch nicht ohne, denn es gab keine Spirituosenläden oder sonstige lizenzierte Geschäfte. Nur Hotels durften Alkohol verkaufen, und das ausschließlich zu den Öffnungszeiten der Bars. Wer also trank, der hatte dazu nur an wenigen Orten wenige Stunden lang Gelegenheit, oder er trank daheim. Brisbane nach 22 Uhr war eine Geisterstadt leer gefegter Straßen, auf denen ein paar wenige unglückliche Säufer entweder ziellos umherirrten oder die letzte kostbare Flasche heim zu Weib und Gesang schleppten. An Sonntagen schien gleich der ganze Planet ausgestorben.

Charlies Bistro hatte keine volle Schankerlaubnis, war aber immerhin ein Bring-Your-Own-Lokal, sonst wäre ich erst gar nicht hingegangen. An jenem Abend hatte ich drei Flaschen Bier dabei und die Absicht, höchstens eine Stunde zu bleiben. Weitere Biervorräte warteten daheim. Ich fand nichts weiter dabei – ich hinterfragte die geltende Regelung nicht, ich deckte mich einfach ein. Störender fand ich, dass die Pubs und Bars so früh zumachten. Das wollte mir einfach nicht in den Kopf.

Ich aß also, hatte eben meine zweite Flasche Bier geleert und griff nach der dritten, als Charlie aus der Küche an meinen Tisch kam.

»Sind Sie der Journalist?«, fragte er.

Ich blickte verdattert hoch. »Ja.«

So viel zum investigativen Journalismus.

In Wirklichkeit lag meine vorauseilende Enttarnung an Charlies einschüchterndem Äußeren. Gedrungen und bullig baute er sich in schmuddeligem Weiß vor mir auf. Sein Haar stand ihm als kurzer Bürstenschnitt vom kantigen und schon halb kahlen Schädel ab, und seine Stimme klang fistelig. Ich dachte, ich stünde einem Boxer gegenüber. Ich wunderte mich, dass man mir den Tellerwäscher auf den Hals schickte.

Aber Charlie hat in seinem ganzen Leben nie jemanden geschlagen, damals nicht und auch später nie.

Dennoch reagierten die meisten Leute so auf ihn. Ich weiß nicht, ob ihm das selbst überhaupt klar war. Ich jedenfalls habe nie erlebt, dass er jemanden körperlich bedroht hätte. Die Vorstellung hätte ihn entsetzt. Nur … am Ende passte er zu gut zu dem Part, den er spielen sollte. Nicht in seinem Interesse. Eher in Marvins und Lindsays und dem der anderen. Er passte so gut zu dem, was *sie* wollten.

Doch kaum lachte Charlie einen an, löste sich alles in Wohlgefallen auf.

An jenem Abend also lachte Charlie mich an, reichte mir die Hand und setzte sich zu mir.

»Sie kamen mir bekannt vor«, meinte er. »Nun, wie lautet das Urteil?«

Wir unterhielten uns ein bisschen.

Zunächst über das Essen, dann über Charlie.

Schon nach wenigen Minuten wurde klar, dass sein Körper mit dem, wer er sonst war, nichts zu tun hatte. Er war nicht Tellerwäscher, er war Jungkoch unter seinem Vater, und sein Vater war ehrlich gesagt krank, sodass im Grunde Charlie den Laden schmiss. Noch war er Italiener, sondern Ire und, wie ich, Katholik. Und er träumte von einem viel größeren und viel besseren Laden.

»Aber es müsste schon was mit Schankerlaubnis sein«, sagte er und schielte nach meiner Bierflasche.

»Möchten Sie ein Glas?«

»Gern.«

Wir leerten die Flasche. Es waren kaum Gäste da, und Charlie musste sich nur ein paar Mal um Kunden kümmern, aber man sah ihm an, wie gern er zwischen den Tischen seine Runden drehte und wie sympathisch er den Leuten nach dem ersten Schreck war. Charlie besaß Präsenz, er war ein begnadeter Gastwirt, ein Naturtalent, und in einem meiner eher seltenen lichten Momente erkannte ich, dass seine Zukunft ganz gewiss nicht hinter den Kulissen in der Küche lag.

Immer wieder kehrte er an meinen Tisch zurück.

»Wissen Sie«, sagte er, als das Bier ausgetrunken war, »wir lagern hinten ein paar Kisten Wein. Privat.«

»Verstehe«, sagte ich.

Also tranken wir eine Flasche Wein miteinander. Das Bistro leerte sich. Charlies Mutter steckte kurz den Kopf aus der Küche und meinte, sie gehe jetzt nach Hause. Blieben nur Charlie und ich.

Und der viele Wein.

Mehr war es anfangs gar nicht. Wahre Freundschaft braucht ihre Zeit, aber es gibt Verbindungen, die stellen sich spontan her. Und obwohl ich gleich ahnte, welch ein agiler Kopf und weiches Herz sich so widersinnig unter den Muskeln verbargen, und obwohl etwas an mir auch ihm gleich gefallen haben musste, betrachteten wir uns erst, als er die zweite Flasche Wein holte, in diesem bestimmten, besonderen Licht. Dem der *Trinker*. Oder eigentlich erst, als wir auch diese zweite Flasche geleert hatten und Charlie fragte, ob mir nach einer dritten sei – eigentlich war erst das der entscheidende Moment. Denn hätte ich abgelehnt, hätte ich damit eingestanden, dass ich kein ernst zu nehmender Trinker war, dass ich die späte Stunde und die Arbeit am Morgen über das nächste Glas stellte, und das, obwohl ein nächstes Glas zu haben war. Und hätte Charlie nicht von einer dritten Flasche gesprochen, dann hätte er mir umgekehrt das Gleiche zu verstehen gegeben. Und damit wäre die Sache gelaufen gewesen. Ich glaube kaum, dass unsere Wege sich ein zweites Mal gekreuzt hätten.

Aber er sprach von der dritten Flasche, und ich sagte ja, und danach brauchte er nicht mehr zu fragen, er schob einfach die Flaschen nach. Keiner sagte: Ich muss dann mal los. Keiner sagte: Ich darf mich heute Abend nicht betrinken. Die Frage stellte sich nicht. Einvernehmen war, so wundersam wie mühelos, hergestellt. Worüber wir die ganze Nacht redeten, was wir tatsächlich über unsere Sicht der Dinge, der Welt, verrieten, worüber wir uns einig waren, worüber uneins, was uns ganz aufrichtig zu einander hinzog, diese Dinge waren letzten Endes sicher entscheidend – nicht einmal Alkohol stiftet einen Bund, wo es keinen gibt. Aber der Alkohol bildete bei uns den Auftakt, und der Alkohol blieb uns, solange die Freundschaft hielt. Später wurde alles verkorkst, und sowohl die Trinkerei wie auch die Freundschaft verdüsterten sich. Doch für mich war mit dem Trinken erst an exakt dem Tag Schluss, an dem auch mit der Freundschaft Schluss war. Ob für Charlie … für Charlie konnte ich es nicht sagen.

Jedenfalls besprach ich das Lokal am Tag darauf günstig, und wenig später fand ich Arbeit bei einer richtigen Zeitung draußen in Ipswich. Charlie kochte weiter, seine Eltern setzten sich zur Ruhe, und dann hatte er das Restaurant ganz für sich. Immer häufiger schaute ich kurz vor Schluss im Bistro vorbei – auf einen Happen, ein paar Gläser Wein, ein paar Flaschen. Dann saßen wir zwischen hochgestellten Stühlen zusammen am Tisch, blickten durch die Fenster hinaus in die Nacht und die stillen Straßen von Brisbane. Wir hätten ja nirgends sonst hingehen können. Alles geschlossen. Dieser eine verblüffende Fakt blieb unverrückbar – nach 22 Uhr war es Kerlen wie uns unter der Woche so gut wie unmöglich, irgendwo noch einen zu trinken. Darüber und auch andere Eigenheiten der Stadt, die wir erst allmählich erkannten, unterhielten wir uns häufig.

Zum Beispiel hatte Charlie für sein Lokal eine Schankerlaubnis beantragt und war abschlägig beschieden worden.

Die zuständige Stelle war die Queensland Licensing Commission. Den Vorsitz hatte ein Kabinettsmitglied inne, es gehörten ihr Vertreter der Verwaltungsbehörden, der Alkoholindustrie und andere ehrbare, unbescholtene Bürger an. Nur gab es keine ehrbaren Bürger – das heißt, keine ohne Eigennutz. Ich befragte die älteren Kollegen meines neuen Blatts. Ich schilderte ihnen Charlies Problem, und sie schüttelten nur belustigt den Kopf und erklärten es mir. Es gab in der Licensing Commission nur zwei Lager: Die einen waren selbst Hotel- oder Restaurantbesitzer. Sie kontrollierten die Bars und die Gastronomiebranche und dachten nicht daran, ihre Monopolstellung zu gefährden. Die anderen waren die Vertreter der Ordnungsbehörde, die nicht auf die Begünstigungen verzichten wollten, mit denen Erstere sie bestachen. Ein wunderbares Beispiel, schien es, für die Selbstregulierung des Markts.

Und es warf ein erhellendes kleines Schlaglicht auf die Art und Weise, wie die Dinge in Queensland funktionierten.

Charlie schien das nicht sonderlich zu kümmern. »Es heißt«, sagte er, »dass ein kleiner Obolus in die richtigen Hände einem doch noch eine Schankerlaubnis beschafft. Anders geht es offenbar nicht.«

»Und welche Hände sind das?«

»Das muss ich noch herauskriegen.«

Es hätte alles harmlos sein müssen. Wir waren Freunde. Wir nahmen uns gelegentlich einen zur Brust. Ärgerten uns über den Stand der Dinge. Träumten von einer besseren Zukunft.

Ein Verbrechersyndikat aus der Taufe zu heben war das Letzte, was wir im Sinn hatten.

6

DREI UHR NACHMITTAGS, und ich saß im Wagen gegenüber und ein Stück unterhalb vom Hauptportal der staatlichen Grundschule in Highwood. Der Tag, der finster begonnen hatte und so blau heraufgedämmert war, wurde nun grau und kalt. Das Licht schwand bereits wieder. Wolken verhüllten die Gipfel rings um den Ort, und später, gegen Abend, würde sich wahrscheinlich Nebel in die Straßen herabwinden. Wieder ein Abend für den Stellungskrieg vor dem Kamin, den Schlaf unter Heizdecken. Immerhin gab es wieder Strom. Auf dem Revier war am späten Vormittag flackernd das Neonlicht angesprungen. Und Charlie ... Charlie würde jetzt irgendwo in Brisbane im Leichenschauhaus liegen und auf die Skalpelle warten.

Ich war erschöpft, als hätte ich seit Tagen nicht mehr geschlafen. Die Detectives waren mittags mit mir fertig gewesen, und weil ich nicht gewusst hatte, was ich sonst tun sollte, war ich nach Hause gegangen. Was ich mir erhoffte, war unklar, denn mich empfing ein leeres, eisiges Haus, und selbst das Feuer schien keine Wärme zu spenden. Ich aß eine Kleinigkeit, ich trank Tee, aber gegen die Kälte in mir half alles nichts. Schließlich kroch ich ins Bett und vergrub mich unter mehreren Steppdecken, doch immer, wenn ich die Augen schloss, sah ich Dinge, die ich nicht sehen wollte. Charlie war dort bei mir im Schlafzimmer. Er hatte alles gehört, was ich den Detectives sagte. Meine Lügen gehört und die Ausflüchte. Es kam nicht darauf an, dass sie sich anfühlten wie Wahrheit. Charlie wusste es besser, und er hielt mich wach mit seinem leeren, dümmlichen Gesicht und der einen unaufhörlichen Frage.

Irgendwo auf dem Schulgelände schrillte eine Glocke, dann

noch eine. Ich behielt den Haupteingang im Auge. Dort wartete ein besorgtes Grüppchen Eltern. Normalerweise gingen oder radelten die Schulkinder Highwoods, selbst die Erstklässler, allein nach Hause. Oder wenn es Farmkinder waren, nahmen sie einen der beiden Schulbusse. Aber nicht heute. Heute wartete eine rastlos kreisende Schar Mütter und Väter am Tor. Es hatte sich herumgesprochen. Wie viel oder wie detailliert, wusste ich noch nicht, aber es herrschte Unruhe; es war etwas Schreckliches passiert, und wer Kinder hatte, der wollte sie instinktiv in Sicherheit und zu Hause wissen.

Schüler strömten jetzt durchs Tor. Eltern suchten ihren Nachwuchs, nahmen ihn an die Hand und führten ihn zu den wartenden Autos. Hier und da bückte sich jemand, um eine offene Jacke zuzuknöpfen, eine Mütze über Ohren herunterzuziehen – als wäre heute selbst die Kälte noch gemeiner und bedrohlicher. Etwas weiter oben an der Straße standen schon die beiden Busse bereit, und vor jedem ein Lehrer, der ein Auge darauf hatte, dass auch alle sicher einstiegen. Dabei war das alles so unsinnig. Niemand würde an diesem Nachmittag Kindern auflauern, jedenfalls niemand, der mit Charlie und dem Betonbunker im Umspannwerk zu tun hatte – die sprachen für eine andere Art von Kalkül, eine andere Art von Grausamkeit. Aber Angst war Angst.

Eltern mit Kindern hasteten an meinem Auto vorbei, ein paar prüften mich mit unsicherem Blick. Auch *die* Nachricht würde die Runde gemacht haben, dass ich irgendwie mit der Sache zu tun hatte. Dass ich untätig in meinem Wagen saß und hinausstierte, war sicher nicht dazu angetan, Zweifel zu zerstreuen. Ich hatte schließlich keine Kinder, weder auf dieser Schule noch sonst irgendwo. Aber das wussten ja alle und ebenso gut, weshalb ich da war.

Ich wartete. Ich hatte jeden Gedanken an Schlaf aufgegeben, ich war in meiner Hütte auf und ab getigert, hatte mich blicklos vor den Fernseher gehockt. Nichts konnte dem Fluss der Gedanken Einhalt gebieten, und mein Körper verlangte nach Wärme.

Ich begriff, dass ich mich vor allem einsam fühlte. Ich mich und ich mich für Charlie. Was konnte einsamer sein als ein solcher Tod. Ein toter Körper, nackt und gebrochen zurückgelassen an einer Wand. Was immer mit ihm geschehen war, es hatte niemand eingegriffen, niemand ihm zu helfen versucht. Er war freundlos gestorben.

»Sie haben ihn zehn Jahre nicht gesehen?«, hatten die Detectives gefragt.

»Nein.«

»Sie standen sich nicht mehr nahe?«

»Wir … haben uns einfach nicht mehr gesehen.«

»Warum nicht?«

»*Alles* ging in die Grütze. Am Schluss. Das wissen Sie doch.«

»Und die anderen? Haben Sie die noch gesehen – Marvin, Lindsay?«

»Ich habe niemanden von damals mehr gesehen.«

»Glauben Sie, einer von denen könnte Charlie das angetan haben?«

»Warum sollten sie? Warum jetzt? Es ist doch alles Jahre her.«

»Und Sie? Könnten Sie so etwas tun?«

»Welchen Grund hätte ich dafür?«

»Verraten Sie's uns.«

Ich hatte keinen Grund. Ich hatte Charlie längst das Schlimmste angetan, was ich ihm je hätte antun können. Und die anderen? Ich wusste nicht, was es für einen Grund hätte geben können. Charlie war harmlos, es war alles vorbei, und es kümmerte doch kein Schwein mehr, oder?

»Wir sprechen uns wieder«, sagten die Detectives. »Sobald wir den Bericht der Spurensicherung haben.«

Und dann ließen sie mich gehen.

Ich wartete in meinem Wagen. Die letzten Schüler und ihre Eltern waren verschwunden, und als Einziger parkte ich noch in der Straße. Die Schatten wurden länger, lichter Nebel schob sich zwischen Bäumen, die nun schwarz waren, talwärts. Ich machte mich in meinem Sitz möglichst klein. Nach und nach traten drei, vier Lehrer durchs Tor. Ich kannte sie alle, jedenfalls dem Namen nach, und sie kannten mich, aber es sah niemand rüber. Ich wartete. Dann schließlich erschien die Schulleiterin und zog das Tor hinter sich zu. Ich sah sie mit dem Schloss hantieren. Wie so vieles andere in Highwood war das Schloss eigentlich überflüssig. Es hatte noch nie jemand die Schule ausgeraubt, und das Tor wäre jederzeit leicht zu überwinden, wie fest man es auch immer verschloss. Nur waren vor ein paar Jahren Jugendliche mit ihren Motorrädern auf den Sportplatz vorgedrungen und hatten den Rasen zerwühlt. Jeder hatte gewusst, wer's war, und die Jungs waren zu ihrer ewigen Schmach genötigt worden, neuen Rasen zu säen, doch seither wurde das Schultor abends abgesperrt. Und dieses Amt oblag der Schulleiterin. Sie ging stets als Letzte.

Ich beobachtete sie. Sie wirkte geistesabwesend, die Schultern gegen die Kälte hochgezogen, der Kopf gesenkt. Dann begann sie vor mir die Straße hochzugehen. Ich ließ den Wagen an und fuhr ihr nach. Mrs. Klump hieß sie. Für die Kinder, wie mir zu Ohren gekommen war, Mrs. Hump. Ihr Rücken war zwar in keiner offensichtlichen Weise verunstaltet, aber die Schüler hatten wohl Gerüchte gehört, und da Mrs. Klump für die Disziplin an der Schule verantwortlich war, für die Strafen, brauchten sie ihren Kinderschreck. Obwohl an ihr ganz und gar nichts Hexenhaftes war, schien Mrs. Klump sich nach Kräften zu bemühen, der ihr zugedachten Rolle auch gerecht zu werden. Sie trug gern strenge schwarze Kostüme, steckte sich das Haar im Nacken zum Dutt hoch und ließ ihre Brille an einem Band um den Hals baumeln, obwohl sie sie selten brauchte, höchstens mal nachts zum Autofahren.

Ich hielt neben ihr an. Sie drehte sich um, sah, dass ich es war, und trat mit besorgter Miene auf der Fahrerseite ans Fenster.

»George«, sagte sie. »Ich hätte dich von zu Hause aus gleich angerufen.«

»So lange konnte ich nicht warten.«

»Graham hat vorhin angerufen.«

»Ich weiß. Es tut mir leid. Sie wollten wissen, wo ich gestern Nacht war. Und mit wem.«

Wir sahen uns an. Sie war achtunddreißig, verwitwet und vielleicht für ihre Schüler der Inbegriff von Strenge und kühler Beherrschung, aber nicht für mich.

»Emily, würdest du mit zu mir kommen?«, bat ich.

Mein Ton überraschte mich selbst. Ich hatte mir nicht so eine Blöße geben wollen, aber es war ein langer Tag gewesen und unerbittlich kalt, und plötzlich merkte ich, dass mich fröstelte. Ich hatte mich kaum noch in der Gewalt.

Statt zu antworten, ging sie um den Wagen herum zur Beifahrertür, stieg ein und küsste mich innig auf den Mund, und wenn zwischen uns auch alles klar war, tat sie das doch selten in aller Öffentlichkeit.

»Aber sicher«, sagte sie.

Gehört hatte ich zwar davon, dass man auf den Tod mit einem Bedürfnis nach körperlicher Nähe reagiert, aber am eigenen Leib hatte ich es noch nicht erfahren. Im Lauf des Tages hatte ich, ob bei der Polizei oder allein bei mir zu Hause, immer häufiger an Emily denken müssen. Automatisch, zwanghaft. Nicht nach Sex verlangte mich im Grunde, sondern nach ihrer Gegenwart. Es war das Bedürfnis nach Nähe. Das Bedürfnis, einen lebenden Körper zu spüren, mich in ihm zu verlieren, einen Herzschlag zu spüren, Atem, Bewegung.

Schweigend brachte ich Emily zu mir. Zwar gab es auch das Bedürfnis zu reden, aber zuerst brauchte ich die Berührung, wortlos und hastig, klammernd, an Kleidern zerrend, um dem Leib, der Haut näher zu sein. Zwar wurde daraus dann doch Sex, aber als Inkarnation von Verlangen und Vergeblichkeit, als Versuch, das Leben ein für alle Male festzuhalten und für immer zu haben oder sich so tief in ihre Wärme zu wühlen, dass ich nie wieder herausfallen könnte. Beides war unmöglich, und am Schluss musste es genügen, sie einfach nur in den Armen zu halten und eng umschlungen unter der Decke zu liegen, während draußen Nacht wurde, ich aber wenigstens das Gefühl hatte, dass zwischen mir und einem so bitteren Ende noch etwas und jemand stand.

»War er ein Freund von dir?«, fragte sie schließlich, als ich mit dem Kopf auf ihrer Brust dalag und ihre Hände mir durchs Haar fuhren.

»Früher mein bester.«

»Damals?«

»Ja, damals. Aber wir haben uns nie mehr gesehen.«

»Du hast, soweit ich weiß, keinen von damals mehr gesehen.«

Jetzt fragte sie sich bestimmt wieder, wie es war, mein Leben vor ihrer Zeit. Es war das eine große Tabuthema zwischen uns, obwohl sie natürlich manches wusste – das, was allgemein bekannt war. Umgekehrt hatte sie mir von sich im Lauf der Jahre alles erzählt, und es hatte Zeiten gegeben, da ich ihr umgekehrt auch alles hatte sagen wollen … Aber irgendwie war es nie dazu gekommen. Ich wollte nicht, dass sie Bescheid wusste, dass sie mich so kannte. Zu vieles hatte in dem Leben, das ich mir in Highwood neu aufgebaut hatte, keinen Platz, und es war mir immer zu brenzlig erschienen, diese Dinge vor Emily auszubreiten, als läge ein Fluch über ihnen und besäßen sie immer noch die Macht zu verderben, zu zerstören – auch nach so langer Zeit. Dafür hatte die Geheimniskrämerei wohl Schaden anderer Art angerichtet. Und jetzt tauchte diese Sache von früher auf wie ein böses Omen. Schlimmer, als ich es mir je hätte träumen lassen.

»War es ein Kollege von der Zeitung?«

»Nein, er war Koch – könnte man sagen –, oder vielmehr besaß er Restaurants, sehr gut gehende. Unter anderem.«

Unter anderem. Allerdings. Nein, nicht jetzt. Ich konnte jetzt nicht darüber reden.

»Und hast du eine Ahnung, warum es …«, ihre Hand lag jetzt reglos in meinem Haar, »mit ihm so ein Ende genommen hat?«

»Keine Ahnung. Nicht die leiseste.«

Ich wollte Charlie nicht dort bei uns im Bett haben. Ich setzte mich auf, schlug die Decke zurück und betrachtete ihren mageren weißen Körper. So genau hatte ich ihn mir lange nicht mehr angesehen; er schien plötzlich so lebendig. Emily lag mit ernster Miene da und ließ mich gewähren. Manchmal war ihr Körper ihr unangenehm, und am Anfang hatte sie sich mir gar nicht zeigen wollen. Über Schultern und Rücken liefen breite vernarbte Striemen, deren sie sich schämte, weit mehr – hätten ihre Schüler es nur gewusst – als für einen Buckel. Aber zwischen uns war zu viel gewesen, als dass diese Narben jetzt noch eine Rolle spielten. Ich ließ meine Hand über ihre Haut gleiten und versuchte mir den Anblick genau einzuprägen, um diesen Moment für immer bewahren zu können. Es war wichtig, alles an ihr wertzuschätzen. Als könnte auch sie morgen verschwinden. Ein weiterer Körper in einem weiteren leeren Raum an einem weiteren Ort.

Emily hatte ich, wie Charlie, durch meine Arbeit kennengelernt. Eine meiner Pflichten beim *Highwood Herald* bestand darin, alles über die Schulen zu berichten. Ich schrieb über Sportfeste, Basars, die Wahl der Schulsprecher, die Beschaffung neuer Tafeln – Themen, für die ich zu meiner Glanzzeit nur Hohn übriggehabt hätte, aber der Stoff eben, aus dem Lokalblätter gemacht waren. Emily war meine Gewährsfrau. Nach ein, zwei Jahren beim *Highwood Herald* kannten wir uns gut genug, dass ich sie ohne Krampf zu mir zum Essen einladen konnte, und verkrampft war ab da nichts mehr gewesen.

Kleinstädte waren ja ein Kapitel für sich.

Highwood musste in fast jeder Hinsicht von Belang als konservativ gelten, und man wachte mit Argwohn über die Seinen. Eigentlich war ich darauf gefasst gewesen, dass eine Grundschullehrerin – verantwortlich immerhin für die geistige Entwicklung von Fünf- und Sechsjährigen –, die offen mit einem dahergelaufenen Großstadtjournalisten schlief, ohne dass von Heirat die Rede war, mindestens zu Kommentaren Anlass bot, wenn nicht gar zu einem Skandal. Doch es kam anders. Zum einen war

Emily eine von ihnen, in Highwood geboren und aufgewachsen, und bei Einheimischen machte man Zugeständnisse, die für Zugereiste nicht galten. Aber vor allem war sie eine Heldin. Oder vielmehr war ihr Mann ein Held gewesen. Leo, auch einer der Ihren, hatte eine Milchfarm bewirtschaftet. Emily war seine Jugendliebe gewesen. Jeder kannte die beiden, und als sie mit zweiundzwanzig heirateten, war die halbe Stadt auf der Hochzeit. Ich hatte die Fotos gesehen.

Vier gemeinsame Jahre waren ihnen vergönnt. Sie waren jung und gesund und passten nach allem, was ich gehört hatte, als Paar ideal in ihr ländliches Umfeld: machten in allen Clubs und Gesellschaften und Tanzkomitees mit, in Sportvereinen und Freiwilligengruppen. Eine von diesen war die Feuerwehr, die Highwood Volunteer Bushfire Brigade, eine wichtige Einrichtung an einem kleinen Ort mitten im Busch. Dann raste einen Sommer kurz nach ihrem vierten Hochzeitstag ein Buschfeuer die Hänge hinab auf den Ortsrand zu, und beide, Emily wie Leo, hatten sich zu ihrer Einsatzgruppe begeben und waren in einem Tankwagen davongerollt, um die Flammen zu bekämpfen. Es war weder ihr erster Waldbrand noch ihr schlimmster, aber als sie in einer schmalen Brandschneise unterwegs waren, drehte der Wind plötzlich ausgerechnet in dem Moment, als ihnen das Wasser ausging. Alle Mann waren zum Tankwagen zurückgerast und hatten sich irgendwo festgekrallt, aber der Fahrer hatte kaum den Gang drin, da erfasste sie auch schon die Feuerwalze. Buschfeuer sind ihrer Unberechenbarkeit wegen gefürchtet. Die in der Fahrkabine kamen fast ungeschoren davon, die, die außen an der Seite hingen, darunter Emily, erlitten Verbrennungen verschiedensten Grades an Armen, Beinen und Rücken. Nur einer hatte sich bloß noch mit einer Hand hinten festhalten können, und der schaffte es gar nicht.

Im Park vor dem Gericht stand sein Denkmal. Es war ziemlich imposant und ganz sicher gut gemeint, aber Blumen legte Emily – an ihrem Hochzeitstag – nur auf Leos Grab; das Denkmal hatte ich sie noch nie eines Blickes würdigen sehen. Und da überraschte Highwood wiederum. Leo hatte sich für Highwood geopfert, er war ein Held, keine Frage, aber den Preis zahlte vor allem seine Witwe, und das wussten alle. Die Leute rechneten damit, dass sie einpacken und fortziehen würde, um den Erinnerungen zu entrinnen, und sie hätten durchaus Verständnis gehabt. Doch Emily war kaum aus dem Krankenhaus, da kehrte sie auf ihren Posten als Lehrerin zurück, ebenso in die Clubs und Gesellschaften und zu allen anderen Verpflichtungen, mit der einzigen Ausnahme der freiwilligen Feuerwehr. Das rechneten ihr die Leute hoch an, im Stillen, ohne Worte, aber aus tiefstem Herzen. Sie wünschten ihr alles nur erdenklich Gute. Jahrelang hatte es in ihrem Leben keinen Mann gegeben, und als sie es schließlich vorzog, mit einem zugereisten Journalisten aus Brisbane anzubandeln, hätte keine Menschenseele, nicht mal die niederste und gemeinste, auch nur ein Wort darüber verloren. Man musterte mich vielleicht noch eine Idee strenger – ich war für ihre Emily bei Weitem nicht gut genug –, aber man fand, dass, was immer sie sich nach allem, was sie verloren hatte, zu nehmen bereit war, ihr voll und ganz zustand und niemanden etwas anging.

Das erfuhr ich natürlich zum größten Teil erst, als zwischen mir und Emily längst etwas lief, was ein Glück war, denn sonst hätte ich wohl die ersten Male das Gefühl gehabt, ganz Highwood liege mit im Bett. Was womöglich auch der Grund dafür war, dass sie sich mich ausgesucht hatte. Ich kam von draußen, ich sah sie einfach als Frau, nicht als Gegenstand des Mitleids oder der Verehrung. Ich hatte ihren Mann nie gekannt. Noch interessierte er mich sonderlich, muss ich gestehen. Und obwohl sie ihn mit Sicherheit geliebt hatte und um ihn trauerte, wurde er in einer Stadt, in der sie Tag für Tag an seinem Denkmal vorbeimusste, sich seiner Familie, seinen Freunden, seinem Vermächtnis stellen, zur Fessel. So gesehen bot ich Emily wohl einen Ausweg.

Für mich war sie, umgekehrt … ich war mir nicht sicher, was.

Außer, dass sie, wie die Stadt selbst, zu meinem zweiten Anlauf im Leben gehörte. Einem anständigen Leben. Ohne Charlie und Marvin und Lindsay. Ohne Maybellene.

Im Augenblick war Emily außerdem mein Alibi. Sie war am Abend zuvor zum Essen bei mir gewesen, wir hatten bis halb eins zusammen vor dem Kamin gesessen, dann war sie zu sich nach Hause gefahren. Wenn der Tod um ein Uhr eingetreten war, hatte ich entweder ein Alibi oder hatte keines. Mir war es egal. Mir war nur unangenehm, dass sie überhaupt, wie beiläufig auch immer, in die Sache hineingezogen wurde.

Ich betrachtete gebannt ihren Körper auf dem Bett; es war viel zu kalt, um nackt herumzuliegen.

»Bleibst du über Nacht?«, fragte ich.

Sie nickte, und damit war dieser Moment, was immer ihn besonders gemacht hatte, vorbei. Sie setzte sich auf, ich schwang die Beine über die Bettkante.

»Ich mache Feuer«, sagte ich. »In der Küche ist eine Flasche Rotwein, wenn du magst.«

»Gut, ein Glas Wein könnte ich schon vertragen.«

Und dann folgte die winzige Pause, die uns manchmal, auch jetzt noch, in Verlegenheit brachte.

Es stimmte, dass ich nicht mehr trank, aber Emily schon. Nie mehr als ein, zwei Gläser – jedenfalls nicht in meiner Gegenwart. Ich wusste nicht, ob sie damit ein Problem hatte. Ich nahm an, dass sie und Leo früher einiges mehr getrunken hatten, und vielleicht tat Emily es noch, anderswo – bei sich zu Hause lagerte sie in einem Schrank Flaschen –, insofern war ich möglicherweise ein Hemmschuh. Das lag nicht in meiner Absicht. Alkohol war mein Verhängnis, nicht ihrs. Also hielt ich Wein bereit, und sie trank ihn, und wir taten so, als wäre es für keinen von uns ein Problem.

Es stimmte nicht. Manchmal schmeckte ich den Wein an ihren Lippen, wenn wir uns küssten. Die Erinnerung, die dieser Nachgeschmack weckte, war gelegentlich Wehmut, dann wieder regten sich dunklere, herbere Empfindungen, sah ich plötzlich eine ganz andere Frau vor mir, verspürte eine andere Leidenschaft, weit schmerzlicher und zu lange verleugnet. Dann musste ich mich abwenden, und Emily sah mich wissend an.

»Schon gut«, hatte sie einmal zu mir gesagt. »Du musst dich bei mir nicht immer so in der Gewalt haben, George. Du kannst ruhig mal loslassen.«

Aber es ging nicht. Mit Emily nicht.

Jetzt sah ich zu, wie sie sich ankleidete und Richtung Küche verschwand. Ich hörte es klappern, als sie in der Schublade nach dem Korkerzieher suchte. Ich hörte den Kork ploppen.

Und sehnte mich nach dem, was verloren war.

7

DER MORGEN BRACH KALT, windig und regnerisch an, als hätte der Winter die Absicht, für immer zu bleiben. Zum Glück hatte ich traumlos geschlafen, war nur ein paar Mal vom Heulen des Sturms um das alte Haus hochgeschreckt, später zum Trommeln des Regens auf dem Wellblechdach und hatte dann mit weit aufgerissenen Augen voll Angst im Dunkeln gelegen. Jedesmal aber hatte ich Emilys Wärme an meiner Seite gespürt und war fast augenblicklich wieder in tiefen Schlaf gesunken. Als ich schließlich erwachte, war sie fort, war heimgefahren, um sich für die Schule fertig zu machen, und ohne sie war mein Bett freudlos. Die Digitaluhr auf dem Nachttisch – nach dem Stromausfall neu gestellt – verriet mir, dass es schon fast elf war, und durchs Fenster drang graues, regenwisperndes Licht. Die Nacht war überstanden.

Und Charlie war immer noch tot.

Der Schock, die Ungläubigkeit hatten nachgelassen. Nur die Tatsache blieb, und ich fragte mich dort im Bett, was ich eigentlich empfinden müsste.

In Wahrheit hatte ich bis gestern Morgen nicht einmal sicher gewusst, ob Charlie nicht ohnehin längst tot war. Wir hatten keinerlei Kontakt mehr gehabt, nicht telefonisch, nicht persönlich, noch hatte ich gewusst, wo er lebte oder was er machte. Ich hatte mich in der Sicherheit gewiegt, dass wir uns nie wieder begegnen würden. Das konnten wir beide nicht wollen. Was schiefgelaufen war, ließ sich nicht durch Entschuldigungen oder Verständnis wiedergutmachen – und für den Großteil dessen, was schiefgelaufen war, war schließlich ich verantwortlich. Das hatte mir Charlie nur zu deutlich gezeigt. Er hatte mich an jenem letzten Abend im Krankenhaus regelrecht verflucht. Wenn ich damals schon nicht damit klargekommen war, wenn es mich damals in die Flucht geschlagen hatte … wozu das jetzt wieder aufwärmen?

Bloß war Charlie jetzt tot. Und es war hier, sozusagen vor meiner Haustür, passiert.

War dafür ich verantwortlich?

Ich wusste es nicht. Mal abgesehen von Highwood selbst, was gab es zwischen mir und seinem Tod denn für eine Verbindung? Vielleicht war Highwood Zufall, einfach ein Ort, auf den die Wahl gefallen war … War doch möglich. Im Innersten spürte ich allerdings eine alte zentnerschwere Last, die mich jederzeit wieder niederdrücken konnte.

Ich zog mich an, frühstückte und fuhr im strömenden Regen in den Ort. Auf der Brücke blickte ich in den Fluss hinab, der angeschwollen und rot vom Lehm war. Oben in den Bergen verwandelten sich die Bäche und Wasserfälle jetzt in reißende Ströme, während die Hänge selbst hinter Wolken unsichtbar blieben. Anders als bei früheren Gelegenheiten hatte ich heute dort oben nichts verloren. Stattdessen fuhr ich zum Polizeirevier. Davor standen mehr Fahrzeuge als gewöhnlich, und drinnen herrschte nervöse Spannung. Telefone klingelten, im Eingangsbereich war der Boden verdreckt. Highwoods Ordnungshüter waren vollzählig versammelt; die vertrauten Gesichter wirkten fremd und gehetzt. Von den Detectives aus Brisbane keine Spur. Graham fand ich in seinem Büro bei Kaffee und Aktenstudium. Er schien weniger gut geschlafen zu haben als ich.

»Was gibt's Neues?«, fragte ich ihn.

Er musterte mich müde. »In welcher Hinsicht?«

»Überhaupt.«

Er setzte den Becher ab. »Fragen Sie privat oder als Reporter? Ich hatte schon Ihre Kollegen aus Brisbane am Hals. Wir haben es dort unten auf die dritte Seite geschafft, und dabei haben wir denen nicht mal viel verklickert. Wir behandeln die Sache immer noch als mutmaßliches Unglück. Als könnte er ein armer alter Penner gewesen sein, der nachts vor der Kälte Zuflucht gesucht hat.«

Wäre es nur so jämmerlich einfach.

Ich sagte: »Ich selbst werde über den Fall nicht berichten, ist ja klar. Das kann Gerry übernehmen. Also frage ich als ich.«

Gerry war Eigner und Verleger des *Highwood Herald* – offiziell mein Boss. Tatsächlich hatte er sich mehr oder weniger zur Ruhe gesetzt und die Berichterstattung hauptsächlich mir überlassen, aber er sprang immer noch anstandslos ein, wenn ich Urlaub hatte oder in Notfällen. Als solchen konnte man die Lage durchaus bezeichnen.

Das stellte Graham jedoch nicht zufrieden. »Auch privat weiß ich nicht, wie viel ich Ihnen sagen kann. Sie wissen, dass die Jungs aus Brisbane Sie verdächtigen.«

»Sie haben doch mit Emily gesprochen.«

»Ja … hören Sie, ich glaube nicht, dass Sie es waren. Aber die aus Brisbane kennen weder Sie noch Emily. Die nehmen das nicht einfach so auf gut Glauben hin.«

Ich sagte nichts, ich musterte ihn bloß.

Er zögerte. »Sind Sie sich sicher, dass Charlie nicht versucht hat, Verbindung aufzunehmen? Es muss ihn doch *irgendwas* hergeführt haben. Es kann doch nicht einfach Zufall sein.«

»Vielleicht nicht. Oder doch. Ich habe nichts mehr von ihm gehört, ich schwör's. Das würde ich Ihnen doch sagen. Ich kann mir nicht vorstellen, dass er überhaupt gewusst hat, dass ich hier bin.«

»Sie haben ihm nie erzählt, dass Sie hergezogen sind?«

Ich musste an unser letztes, abrupt beendetes Telefongespräch denken.

»Er mag gewusst haben, dass es mich vor zehn Jahren hierher verschlagen hat. Aber er konnte nicht wissen, dass ich geblieben bin. Ich hätte sonst wo sein können.«

Aber Graham schüttelte den Kopf. »Es gilt aber als wahrscheinlich, dass das alles mit den damaligen … Vorgängen … zu tun hat.«

»Gibt es dafür Beweise?«

»Nein.«

»Selbst wenn es die gäbe, würde ich es nicht glauben. So waren wir nicht. Dazu bestand kein Grund.«

»Das glauben vielleicht Sie.«

»Ich *weiß* es.«

Er seufzte, schüttelte den Kopf und schob Unterlagen auf seinem Schreibtisch hin und her. »Wie gesagt, George, ich unterstütze die Jungs nur bei der Sache. Es handelt sich um einen Mordfall. Ich stelle denen ein paar Leute, sie halten mich freundlicherweise auf dem Laufenden, aber wie die Ermittlungen laufen und welchen Spuren sie nachgehen, liegt nicht bei mir.«

»Das versteh ich, Graham. Aber er war mal mein Freund. Ich muss es wissen.«

Wieder ein Seufzer. »Also gut. Offiziell sage ich Ihnen das nur in der Hoffnung, dass es Sie auf irgendjemand oder irgendwas bringt, das uns weiterhilft. Und streng vertraulich, verstehen Sie?«

Ich nickte und wartete ab.

»Also, ein paar Puzzlestücke haben wir schon. Es ist zum Beispiel ein Wagen aufgetaucht. Ein Stück weiter unten am Hang in einen Graben geschoben. Schlüssel steckten noch.«

»Charlies Wagen?«

»Ein Wagen, der vor zwei Tagen als gestohlen gemeldet wurde. Gehört einer Sektion der Uniting Church unten in Brisbane, die Herbergen und eine Tagesklinik für Suchtrehabilitation betreibt. Wir haben uns dort nach Charlie erkundigt, und es hieß, er habe kürzlich noch in einer der Unterkünfte gewohnt. Er kannte sich gut aus und hätte sich die Autoschlüssel leicht beschaffen können. Es wäre immerhin eine Erklärung dafür, wie er hergelangt ist. Und dass er den Wagen gefahren hat, wissen wir, weil wir seine Fingerabdrücke haben und sie zu denen im Auto passen.«

»Charlie war kein Autodieb.«

»Ach so, er hat es nur mit manchen Gesetzen nicht so genau genommen?«

»Es kommt mir einfach komisch vor.«

»Komisch ist an der Sache vieles. Es gibt aber noch andere Abdrücke. Es wimmelt im Umspannwerk nur so von ihnen, ist ja klar. Zum größten Teil stammen sie wahrscheinlich von den Stromtechnikern, zu einem geringeren von Charlie. Aber erinnern Sie sich an die ganzen Dosen und Flaschen?«

Ich erinnerte mich allerdings. Der nackte Betonfußboden des Umspannwerks, Dosen mit Schaum in den Öffnungen, die leeren, umgestoßenen Flaschen. »Was ist mit ihnen?«

»Alle blitzsauber. Kein einziger Abdruck.«

Ich dachte nach, kam aber nur auf Phantome.

»Wir brauchen übrigens auch Ihre Fingerabdrücke«, sagte Graham ohne besondere Betonung. »Für alle Fälle.«

Ich nickte. »Und was ist mit Charlie und der Todesursache?«

»Nicht schön. Der Pathologe saß noch gestern Nacht dran, den ersten Bericht hatten die Jungs aus Brisbane heute Morgen. Er hat noch gelebt, als man ihn an die Schaltanlage angeschlossen hat. Die Verbrennungen am Rücken hat er mitgekriegt. Sie wurden ihm absichtlich zugefügt, sollten ihn quälen und zeichnen, aber nicht töten, dazu waren die Impulse zu gezielt.«

»Herr im Himmel.«

»Ja. Es ging also offenbar um Folter, nicht Mord. Zunächst jedenfalls. Und wer immer dafür verantwortlich ist, muss sich mit Strom gut auskennen.« Er schwieg einen Augenblick. »Fällt Ihnen dazu was ein?«

»Nein.«

Graham fixierte die Wand.

Ich sagte: »Und woran ist er dann gestorben?«

Sein Blick kehrte zu mir zurück. »Die eigentlich tödlichen Stromstöße mit den schlimmsten Verbrennungen hatten ihren Eintrittspunkt an den Genitalien und den Austrittspunkt da, wo

Hand- und Fußgelenke mit dem Stahlkasten der Schaltanlage verbunden waren. Das war ein vollkommen anderes Kaliber. Der Schlag ist durch seinen ganzen Körper gefahren, mit entsprechenden inneren Verkochungen.«

Jetzt fiel mir wieder die schwarz gesengte Haut an den Handgelenken ein. Aber sonst … ich hatte auf nichts weiter geachtet.

»Das heißt, den Rücken haben sie ihm … einfach zigmal verbrannt? Und dann haben sie ihm mit dem einen Riesenknall den Rest gegeben?«

Graham überlegte, er schob noch ein paar Unterlagen hin und her. »Davon gehen wir im Augenblick nicht aus.«

»Wieso?«

Aber Graham wollte nicht mit der Sprache heraus. »Ich will sagen, umgebracht haben ihn nicht die Kabel, mit denen sie ihm die Stromstöße verpasst haben. Wer immer da am Werk war, wollte Charlie scheint's nicht so zurichten, dass die Umspannstation komplett ausfällt, jedenfalls nicht, ehe sie mit ihm fertig waren. Ich rede von sie, weil es mehrere gewesen sein müssen. Wenn man den vielen Alkohol bedenkt. Bisschen übertrieben für eine Person.«

»Vielleicht hat ja Charlie mitgetrunken. Er …«, ich schwieg einen Augenblick, suchte nach den rechten Worten, »hatte ein Alkoholproblem.«

Graham nickte. »Das haben wir uns schon gedacht, wegen der Tagesklinik. Außerdem hat der Pathologe einen Leberschaden festgestellt. Und er hatte auch einiges intus, wirklich einiges. Umso schlimmer ist das, was sie mit ihm gemacht haben. Trotzdem: Es lagen zwei Wodkaflaschen herum und Dutzende Bierdosen. Charlie hatte nur Wodka getrunken. Und selbst dann kann er kaum beide Flaschen geleert haben.«

»Sie haben mir immer noch nicht verraten, was passiert ist.«

Graham rang lange mit sich, dann gab er nach. »Die Techniker behaupten, den Stromausfall hätte es schließlich deshalb gegeben, weil die Schaltanlage nass wurde und das einen Kurzschluss verursacht hat. Wir dachten zuerst, vom Alkohol, aber so war es nicht. Es war Urin.«

Ich versuchte, aus dem, was er sagte, schlau zu werden, ich rief mir wieder den anderen Geruch in Erinnerung, neben dem des Alkohols. »Wessen Urin?«, fragte ich verdutzt.

»Charlies natürlich.«

»Ich verstehe nicht.«

Graham sah mir fest und müde in die Augen. »Überlegen Sie doch, er hängt da direkt an den Schaltungen, man foltert ihn. Wer weiß, wie lange, wer weiß, in was für einem Zustand er ist. Und die ganze Zeit füllen sie ihn mit Wodka ab. Reichlich Wodka. Sie wissen, was zwangsläufig folgen muss. Überlegen Sie doch. Er wird dagegen angekämpft haben, aber irgendwann … man kann es nicht ewig halten.«

Ich überlegte, aber die einzig denkbare Schlussfolgerung war zu grauenhaft.

Graham nickte.

»Wir müssen davon ausgehen, dass die, die ihm das angetan haben, auch das genau wussten – dass sie ihn womöglich genau deswegen in der Weise an die Schaltanlage gefesselt und dann abgefüllt haben. Der Urin trifft auf die Schaltungen und zack, viele tausend Volt fahren ihm in den Leib, vom Schwanz durch den gesamten Körper bis in die äußeren Gliedmaßen. Das bringt ihn um. Das Umspannwerk ist lahmgelegt. Wer immer dort bei ihm ist – sie haben ihren Spaß gehabt, und nun sehen sie zu, dass sie da wegkommen. Eine Stunde später trifft schon der Wagen des Stromversorgers ein, tja, und den Rest kennen Sie ja.«

Er funkelte mich böse an.

»Wer weiß, vielleicht haben sie ihn Stunden hingehalten, die Sache rausgezögert, ihm von Zeit zu Zeit eine gewischt, damit's nicht langweilig wird. Er wird gewusst haben, worauf es hinausläuft, er wird dagegen angekämpft haben.«

Ich schüttelte ungläubig den Kopf. »Charlie war … er hatte

einen Hirnschaden. Er war nicht mehr ganz da. Hieß es damals jedenfalls. Vielleicht hat er das alles nicht so mitgekriegt.«

»Davon wird's doch nicht besser, oder?«

Darauf gab es keine Antwort. Mir war einfach nur schlecht. Doch nicht so. Niemand verdiente ein solches Ende. Er war ein Wrack gewesen, schwach, ein gebrochener Mann. Warum? Warum hatten sie ihm das angetan, ihn so gequält, es so lange hinausgezogen? Es war doch bloß Charlie. Der arme, retardierte Charlie. Aber Graham durchbohrte mich immer noch mit Blicken, die kein Mitleid kannten – weder mit Charlie noch sonst wem.

»Wenn *das* Ihre alten Kumpel waren, sollten Sie es mir lieber sagen«, meinte er, »es könnte nämlich sein, dass Sie sie weniger gut kennen, als Sie meinen.«

8

ICH STÜRZTE aus der Wache.

Grauer Nieselregen stob über die Hauptstraße, und ich marschierte geradewegs hinein, das Gesicht dem Himmel entgegengehoben. Winzige Tröpfchen prickelten kalt und klar auf meiner Haut, ich sog die Lunge voll feuchte Luft. Früher wäre ich in die erstbeste Bar gefallen und hätte alles ertränkt. Doch diesen Weg konnte und wollte ich nicht mehr beschreiten. Schon der Gedanke an Alkohol ließ Charlie vor meinen Augen auferstehen, die Wodkaflasche von unbekannter Hand auf die Lippen gedrückt, in der Kehle feurige Glut, ein spuckender, keuchender, strampelnder Charlie, bei dem dennoch unerbittlich der Druck in der Blase stieg, ganz gleich, was er tat …

Ich setzte meinen Marsch fort.

Diesmal kam ich nicht weit, denn die Hauptstraße von Highwood war nicht lang, und die Redaktionsräume des *Highwood Herald* lagen etwa auf der Mitte. Der Ort, der mich umgab, kam mir fremd vor, anders, ein zerbrochenes Bild. Das so etwas hier möglich war, machte Highwood finster, verwandelte den beschaulichen Ort in eine verschworene Hinterwäldlergemeinschaft der Geheimnisse und Gewalt. War es jemand aus dem Ort gewesen, jemand, den ich kannte? War es jemand, der mich gerade beobachtete? Bei dem Wind und dem Regen waren nicht viele Menschen unterwegs, aber ich spürte im Vorbeigehen die Blicke. Mir alle verdächtig, ich allen verdächtig – sie wussten, dass der Tote *mein* Freund gewesen war, dass jetzt *meine* Geschichte in die Berge heraufgekrochen kam. Ich wurde wieder zum Fremden, einem Außenseiter, vor dem man auf der Hut sein musste. Zehn Jahre. Zehn Jahre, und ich hatte fast dazugehört. Das war jetzt alles dahin.

Ich wollte das nicht. Warum nur war Charlie gekommen? Warum nur musste er hier sterben? Umspannwerke gab es im ganzen Land, es gab Dutzende kleiner Orte wie Highwood – warum hier? Warum *mein* kleiner Ort?

Und dann fiel mir Charlies leeres, verzerrtes Gesicht ein, und ich schämte mich.

Egal. Egal, was Graham oder die Detectives glaubten, nicht einer aus unserer alten Clique war zu so etwas fähig. Charlie war seither im Gefängnis gewesen. Wer weiß, was für Typen er im Knast kennengelernt hatte oder in was er hineingeraten war. Der Spur sollte die Polizei mal nachgehen. Im Knast saßen Killer. Psychopathen. Leute, die fähig waren zu dem, was man mit Charlie angestellt hatte.

Leute, die nicht das Geringste mit mir zu tun hatten.

Außerdem hatte Graham eine Suchtklinik erwähnt, eine Herberge für Abhängige. Vielleicht lag dort die Antwort. Suchtkranke waren zu allem fähig. Die konnten vollkommen ausrasten.

Auch das hatte natürlich nichts mit mir zu tun.

Aber die zentnerschwere Last drückte mir aufs Herz.

Ich erreichte die Redaktion des *Highwood Herald*.

Wie immer saß unsere hochbetagte Sekretärin Mrs. Hammond am Empfang. Mit Vornamen hieß sie Vivien, aber mit Ausnahme ihres verstorbenen Mannes stand diese Anrede nur einem einzigen Menschen zu, und zwar Gerry, keinesfalls mir. Mrs. Hammond hatte als eine, die ihr ganzes Leben in Highwood und ein Gutteil davon bei der Zeitung verbracht hatte, zu denen gehört, die meinen Verbleib in Highwood auch vor den jüngsten Ereignissen nicht gutgeheißen hatten.

Sie war nicht allein. Ein Mann lehnte am Empfangstresen und unterhielt sich mit ihr. Das Gespräch verstummte, als ich eintrat. Nicht schwer zu erraten, wer Thema gewesen war. Und der Mann war nicht unbedingt einer, auf dessen Anblick ich erpicht war.

»Tag, Stanley«, sagte ich.

Er wirkte so dürr und bitter wie bei unserer letzten Begegnung, und sein Lächeln war alles andere als freundlich. »George.«

Mrs. Hammonds Abneigung beruhte lediglich auf dem üblichen Argwohn, den alte Menschen gegenüber Fremden hegen, doch Stanley Smith hatte eigene Gründe. Er konnte mich auf den Tod nicht ausstehen. Obwohl er selten von seiner Farm oben in den Bergen runter in den Ort kam, war die Nachricht, dass ich in Schwierigkeiten irgendwelcher Art steckte, besonders *dieser* Art, Anlass genug und unwiderstehlich.

»Gerry da?«, fragte ich Mrs. Hammond.

Sie nickte schmallippig.

Ich schob mich an den beiden vorbei. Stanley zog einen Ellbogen ein, um mir Platz zu machen, sein Lächeln noch breit vor Schadenfreude. »Endlich mal wieder in den Schlagzeilen, was, George?«

Ich gönnte ihm keine Antwort. Sich mit seiner Sorte einzulassen, brachte einfach nichts. Sein Hass galt nicht mir allein, er galt dem ganzen System, für das ich stand. Oder gestanden *hatte.* Ich ging einfach durch in Gerrys Büro. Gerry starrte auf einen Computerbildschirm.

»Was hältst du davon?«, fragte er, ohne sich umzudrehen.

Ich blickte ihm über die Schulter. Er hatte eine Schlagzeile in Arbeit. TOTER IN TRAFOSTATION – STROMUNFALL FÜHRT ZU STROMAUSFALL.

»Bewundernswert diskret«, bemerkte ich und ließ mich auf einen Stuhl fallen.

Er nickte. »Ich hatte an so etwas gedacht wie IN HIGHWOOD GEHEN DIE LICHTER AUS oder einfach nur STROMTOD SCHLAG FÜR DIE STADT, aber ich weiß nicht, ob das wirklich so gut angekommen wäre.«

»Es ist nicht komisch, Gerry.«

Er sah mich an. »Das weiß ich.«

Er lehnte sich zurück und griff nach einer Zigarette. Gerry

war dreiundsiebzig Jahre alt, und seine Finger waren dunkel verfärbt vom Nikotin und mehr noch vom lebenslangen Umgang mit Druckerschwärze, obwohl er nur noch selten rauchte und den *Herald* nicht mehr selbst druckte. Im rückwärtigen Teil des Gebäudes gab es einen langen, dämmrigen Raum, in dem früher die Walzen gestanden hatten, aber es blieb von ihnen nur die Erinnerung, und auch das nur an sehr warmen Tagen, wenn Kondenswasser an den Wänden herablief und die Luft vor einstigem Maschinenrattern und heißlaufendem Metall vibrierte. Inzwischen wurde die Zeitung am Computer gesetzt und zweimal die Woche, dienstags und freitags, auswärts gedruckt. Die Belegschaft bestand aus Gerry, mir, Mrs. Hammond und gelegentlichen Highschoolschülern, die ein Praktikum bei uns machten und regelmäßig enttäuscht waren.

Er steckte sich eine an. »Hast du mit Graham gesprochen?«

»Graham und zwei Detectives.«

»Muss ich dich als Verdächtigen bezeichnen?«

»Wenn du meinst.«

Er schnaubte und stieß eine Rauchwolke aus. »Hast du von Graham denn *irgendwas* Brauchbares erfahren? Ich habe bisher nur Nieten gezogen. Und Scherz beiseite, es ist der erste Mord hier seit Jahren.«

Er hatte recht, obwohl Highwood durchaus seinen Anteil an Todesfällen gesehen hatte, auch gewaltsamen. Davon legte das Archiv des *Herald* mit über hundert dokumentierten Jahren beredt Zeugnis ab. Der Ort war einst kaum mehr als ein Camp der Holzfäller und -arbeiter gewesen, der Ochsentreiber und halsabschneiderischen Rumhändler, und damals hatte mehr als eine Axt ein weiches Ziel gefunden. Doch lebten wir mittlerweile, nach allgemeiner Ansicht, in zivilisierteren Zeiten. Zwar hatte ich im Lauf meiner zehn Jahre in Highwood über Raub und Überfälle berichtet, Vergewaltigung und Gewalt in der Ehe, doch nur über einen Mordfall. Und da hatte der Mann selbst die Polizei gerufen und stumm neben der Leiche seiner Frau auf sie gewartet. Nicht gerade eine packende Story. Andererseits waren Storys das Letzte, worauf ich aus war.

»War vertraulich«, sagte ich.

»Er wurde gefoltert, dann umgebracht, das stimmt doch, oder?«

»Ja.«

»Weißt du, warum?«

»Nein. Das weiß auch die Polizei nicht.«

Er linste auf seinen PC-Text. »Bisher habe ich gerade mal zwei Absätze über den Mord, der Rest ist lauter Zeug darüber, dass die Leute alle zu spät zur Arbeit gekommen sind, weil ihre Wecker nicht klingelten, oder dass Schulkinder ohne ordentliches Frühstück losgeschickt wurden. Und das, obwohl wir ausnahmsweise mal als Erste am Tatort waren.«

Gerry und sein kleines Blatt waren tatsächlich nur in einer Hinsicht bemerkenswert. Der *Highwood Herald* war eines der letzten vollkommen unabhängigen Nachrichtenblätter des Bundesstaats. Andere Regionalzeitungen waren längst von einem der beiden großen, landesweit operierenden Pressekonzerne geschluckt worden, doch Gerry verachtete beide gleichermaßen und hatte stets jedem Übernahmeangebot getrotzt. Nicht, dass er irgendjemandes Auflage bedroht hätte; selbst in Highwood lasen alle für die wichtigen Nachrichten die Zeitung aus Brisbane. Insgeheim aber glaubte ich, dass Gerry mich im Grunde deshalb ins Herz geschlossen und schließlich eingestellt hatte, weil ich Outlaw und flüchtig war, gefeuert und geschmäht von einem seiner Konzernfeinde in der Großstadt.

Dafür hatte ich ihm mehr von mir erzählt als irgendjemandem sonst im Ort, selbst Emily.

»Tut mir leid«, sagte ich noch mal, »aber es gibt noch nicht mal Verdachtsmomente.«

»Meinst du? Bei mir steht das Telefon nicht mehr still. Die Gerüchteküche brodelt. Wenn ich Verdachtsmomente drucken könnte, hätte ich zehn Seiten.«

»Was sagt man denn so?«

»Der größten Beliebtheit erfreut sich die Gang-These. Einem Bericht zufolge waren es Maschinengewehrsalven und kein Stromschlag. Anderswo vertritt man die Ansicht, die Trafostation sei ein Drogendepot gewesen, nur sei diesmal der Deal schiefgegangen. Es sollen Berge von Kokain herumgelegen haben. Noch andere sprechen von Skinheads – einer der Stromtechniker will Hakenkreuze in Blut an den Wänden gesehen haben. Mit den Neonazis haben es die Leute hier ja schon, seit die Kids an der Highschool sich die Schädel rasieren. Dann gibt es die, die glauben, Satanisten hielten dort draußen schwarze Messen ab, für die sind es nicht Hakenkreuze, sondern christliche, die auf dem Kopf stehen, und 666-Symbole, und auf der Leiche lag ein Ziegenkopf. Weitere Möglichkeit: Der Tote gehörte einem Pädophilenring an und hat sich da draußen mit Kindern vergnügt, dann haben ihn Eltern erwischt und seiner gerechten Strafe zugeführt.«

»Und welcher These neigst du zu?«

»Sag du's mir.«

Ich war die Witzelei leid. »Es war nichts an den Wänden. Rein gar nichts.«

»Es gab nur die vielen Bierdosen?«

»Davon hast du gehört?«

»Na, so unkooperativ waren die Leute auch wieder nicht.«

»Ja, Bierdosen. Und Wodkaflaschen.«

Mehr konnte ich wirklich nicht sagen. Gerry rauchte nachdenklich.

»Es tut mir leid um deinen Freund«, sagte er schließlich.

»Danke.«

»Was hast du vor?«

»Ich weiß es nicht. Ich weiß nicht, ob ich etwas unternehmen müsste oder den Teufel tun sollte, etwas zu unternehmen. Ich weiß nicht, ob das mit mir zu tun hat oder nicht. Ich wüsste nicht, wie.«

»Mit der Brisbane-Zeit vielleicht?«

»Nichts aus der Zeit damals war wie das hier.«

Er zuckte mit den Achseln. »Stanley Smith war eben da. Der ist anderer Ansicht. Der glaubt, es hat *nur* mit damals zu tun.«

»Du weißt doch, wie er ist, was die Zeit damals angeht. Stanley spinnt.«

»Ein bisschen schon. Trotzdem hat er mit manchem recht. Die Jahre hatten durchaus ihre hässliche Seite, George. Vielleicht hast du sie nicht zu sehen gekriegt, aber mach dir nichts vor.«

Ich wollte nichts davon wissen. »Es kann ja immer noch alles Zufall sein. Charlie hat seitdem ein ganz anderes Leben geführt, und es ist ja nicht so, als wäre er unter meinem Dach gestorben. Das Umspannwerk liegt zehn Meilen entfernt.«

Es klang nach frommem Wunsch, nach Gebet, von dem ich hoffte, es möge erhört werden. Was vor allem nicht sein durfte, war, dass es irgendeine Verbindung zwischen Charlies Tod und mir gab. Mal abgesehen von allem anderen – meinem Stand hier im Ort, den Verdächtigungen der Polizei –, war die Vorstellung, dass ich, wieder, wie mittelbar auch immer, Charlies Leben ins Verhängnis gestürzt haben könnte …

Gerry musterte mich skeptisch.

»Vielleicht hat das überhaupt nichts zu sagen«, beteuerte ich, als könnte aus einem frommen Wunsch Wirklichkeit werden.

Gerry überging das. »Nun, ich kann hier eine Zeit lang allein die Stellung halten, wenn du willst.«

»Danke.«

»Es wäre vielleicht nicht vekehrt, wenn du die Zeitung mal Zeitung sein lässt. Die Leute würden deine Berichterstattung möglicherweise nicht für ganz unparteiisch halten.«

»So schlimm?«

»Ach, vergaß ich, das zu erwähnen? Die zweitbeliebteste Hypothese ist nämlich, dass du ihn umgebracht hast. Den alten Feind aus der dunklen und dubiosen kriminellen Vergangenheit, vor der du hierhergeflohen bist. Die Leute fragen sich ja immer noch, wie das mit dir eigentlich ist, weißt du. Man wird nur zu gern die Reihen um Emily schließen, sobald du verhaftet und abgeführt bist. Was für ein Pech die arme Frau aber auch schon seit Jahren mit ihren Männern hat. Du kennst die Leier.«

»Gott …«, stöhnte ich leise. Mir wuchs alles über den Kopf.

»Nur keine Aufregung. Es wird ein bisschen dauern, aber die Lage wird sich schon wieder beruhigen.«

Ich stand auf. »Wie wär's, wenn du ein, zwei Wochen den Laden alleine schmeißt, und dann sehen wir weiter?«

Er nickte. »Mann, ein Mordfall direkt vor der Tür. Da wäre ich sowieso jeden Tag auf der Matte gestanden, ob es dir passt oder nicht.«

Ich ging durch das Vorzimmer nach draußen. Stanley war fort. Mrs. Hammond hing am Telefon; als ich auftauchte, verstummte sie, kniff die Augen zusammen und hielt eine Hand über die Sprechmuschel. Sie kannte keine Gnade, und auch in mir stieg Hass auf. Ich versetzte der Tür einen heftigen Stoß und äugte nach links und rechts die Hauptstraße hinab. Der Regen hatte vorübergehend nachgelassen, und auf den Gehwegen bildeten sich kleine Menschentrauben; man stand beieinander und hetzte diskret. Ein paar Köpfe drehten sich nach mir um und wandten sich sogleich grimmig wieder ab.

Mein Hass wurde brennender. Es war ungerecht. Zufall, es konnte ebenso gut reiner Zufall sein. Charlie hätte überall sterben können, das hatte mit mir nicht das Geringste zu tun. War doch möglich. Vielleicht sogar wahrscheinlich. Wir hatten *zehn Jahre* lang kein Wort miteinander gewechselt.

Eine alte Frau kam mir mit stierem Blick auf dem Gehweg entgegen. Ich glotzte zurück, wütend plötzlich und im Begriff zu brüllen: *zehn Jahre!* Aber sie wackelte mit ihrem Gehstock auf mich zu, und da erkannte ich Joan Ellsgood – die milde, harmlose Joan, die mir einst geholfen hatte, die mir in Highwood ein erstes Zuhause geboten hatte. Ich besaß also doch Freunde in der Stadt, das durfte ich nicht vergessen.

Meine Wut war verraucht.

»Tag, Joan«, sagte ich.

»George«, grüßte sie. »Ich hatte gehofft, dass ich Sie hier antreffe.«

Joan war so alt wie Gerry, aber nicht halb so rüstig. Sie betrieb mit ihrer Tochter die Pine Hill Pension um die Ecke von der Hauptstraße am Park. Dort hatte ich bei meiner Ankunft in Highwood die ersten paar Monate gewohnt, und Joan und ich hatten uns angefreundet, obwohl ich sie nicht mehr häufig sah. Sie ging kaum noch aus dem Haus.

»Was macht das Geschäft?«, fragte ich.

»Ach, darum kümmert sich jetzt Betty. Ich habe mich zur Ruhe gesetzt.«

»Wohlverdiente Ruhe.«

Sie lächelte, schien aber nicht recht bei der Sache.

»Fehlt Ihnen etwas?«, fragte ich.

Sie sah sich unsicher um. »Ich weiß nicht. Es ist diese schreckliche Sache draußen am Umspannwerk. Es heißt, der Mann sei ein Freund von Ihnen gewesen.«

»Ja, das war er. Aber ich weiß von nichts.«

»Nein, nein, gewiss. Nur …« Sie rang mit sich, dann sah sie zu mir hoch. »Nur war ich vorgestern allein zu Hause, Betty war unterwegs, und da hat ein Herr bei uns angeklopft.«

Sie schwieg. Ich wartete.

Ihre Augen waren groß vor Sorge. »Ich habe mir nichts dabei gedacht, verstehen Sie, nur hat er gesagt, er sei ein Freund von Ihnen, und nun gibt es diesen Mann draußen am Umspannwerk, und der soll auch ein Freund von Ihnen gewesen sein, da habe ich mich gefragt …«

Die Welt drehte sich mit einem Mal langsamer. »Was hat er gesagt, Joan?«

»Er sagte, er hätte von Ihnen nur die eine Adresse. Ich habe ihm erklärt, dass Sie seit Jahren nicht mehr bei uns wohnen. Ich habe ihm Ihre jetzige Adresse genannt. Ich habe ihm den Weg beschrieben. Er schien sehr erleichtert.«

Ich griff wie ein Ertrinkender ins Leere. »Wie sah er aus? War er … war die eine Seite seines Gesichts verunstaltet?«

Sie nickte heftig. »Ja, dann war er es. Ich habe ihm den Weg beschrieben, habe ihm geraten, gleich zu Ihnen zu gehen, es sei nicht weit.«

»Wann war das, Joan?«

»Lassen Sie mich überlegen, es wurde gerade dunkel …«

»Joan, um welche Uhrzeit?«

Sie blinzelte zu mir hoch. »Sechs, es war gegen sechs Uhr.«

Sechs Uhr. Sieben Stunden vor seinem Tod war Charlie in der Stadt gewesen und hatte mich gesucht. Das war's dann wohl. Mein Hiersein hatte ihn nach Highwood geführt, und in Highwood war er umgebracht worden. Da war die zentnerschwere Last wieder, vertraut, erdrückend, und einen Augenblick lang war ich so sehr Mörder, als hätte ich selbst zur Waffe gegriffen und ihm vor so vielen Jahren ins Gesicht geschossen oder hätte ihm in der vergangenen Nacht die Stromkabel auf die nackte Haut gelegt.

Am liebsten wäre ich dort mitten auf dem Gehweg in die Knie gegangen, aber Joan beobachtete mich ängstlich.

»Haben Sie sonst jemandem davon erzählt?«, fragte ich sie.

»Ich wusste nicht, was ich machen soll. Ich wusste nicht, ob es wichtig ist.«

Ich nahm sie beim knochigen Arm und drehte sie sanft herum.

»Kommen Sie, Joan. Wir gehen zur Polizei.«

9

DIE EINZIG NOCH VERBLIEBENE bedeutende Zeitung Brisbanes hatte zu dem Ganzen das Folgende zu sagen:

TRAFO-TOD: POLIZEI SIEHT VERBINDUNG
ZU KORRUPTIONSAUSCHUSS

Wie ein Polizeisprecher gestern bekannt gab, geht man Verbindungen zwischen dem Tod des einstigen Nachtclubbesitzers Charles Monohan und dessen Kontakten zu Schlüsselfiguren im Korruptionsskandal nach, der Gegenstand der Ermittlungen des Untersuchungsausschusses im Jahr 1987 war. Monohan wurde 1988 verschiedener Steuer-, Schank-, Prostitutions- und Bestechungsdelikte überführt und verbüßte eine dreijährige Haftstrafe. Er war Intimus des kompromittierten Energie- und Bergbauminister Marvin McNulty, der 1988 seinerseits wegen ähnlicher Vergehen inhaftiert wurde, wie auch anderer damals überprüfter Beteiligter. Zwar ist der Polizei von kriminellen Aktivitäten Monohans seit seiner Entlassung nichts bekannt. Dennoch hält man es nicht für ausgeschlossen, dass sein Tod auf frühere Unterweltverbindungen zurückzuführen ist und es sich um einen Racheakt handelt. Dringend Tatverdächtige sind der Polizei derzeit nicht bekannt, die Ermittlungen dauern an.

Die Ermittlungen dauerten an.

Charlie war allein in Highwood eingetroffen. Oder vielmehr hatte Joan Ellsgood beobachtet, dass der Mann, der sie aufsuchte, in einem weißen Kombi gekommen war, den er an der gegenüberliegenden Straßenseite am Park abstellte und in dem niemand sonst gewesen zu sein schien. Er hatte keinen Namen genannt, und sie hatte ihn nicht wegfahren sehen, doch der Wagen war der, den man im Graben gefunden hatte, der aus der Herberge entwendete, das stand aus Sicht der Polizei fest. Es gab also nur eine mögliche Schlussfolgerung: Charlie hatte mich gesucht, und irgendwo zwischen der Pine Hill Pension und meinem Haus, mit dem Auto fünf Minuten von dort, war ihm etwas zugestoßen.

Besser gesagt, aus Sicht der Polizei war ihm bei *mir* etwas zugestoßen.

Ich wurde zu weiteren Gesprächen einbestellt.

»Sie haben doch gesagt, Charlie wüsste nicht, dass Sie hier leben?«

Ich saß wieder den Detectives Kelly und Lewis gegenüber.

»Ich habe aber auch eingeräumt, ich könnte es nicht mit Sicherheit sagen. Auf jeden Fall war Charlies Information zehn Jahre alt. In der Pension habe ich nur die ersten paar Monate nach meiner Ankunft gewohnt.«

»Und die Adresse haben Sie Charlie damals gegeben?«

»Ich habe es versucht, aber ich wusste nie, ob er die Nachricht überhaupt bekommen hat. Ich hatte sie seiner Frau gegeben.«

»Sie sprechen von Maybellene?«

»Ja.«

»Sie ist nicht mehr seine Frau. Sie haben sich während seiner Haftjahre scheiden lassen.«

»Ach.«

Es war das Erste, was ich seit dem schrecklichen Ende über May erfuhr, aber ich war nicht überrascht, ich hatte immer vermutet, dass es so kommen musste. Ich hatte es ihrer Stimme angehört, als wir das letzte Mal miteinander sprachen. Die Endgültigkeit. Was hätten die beiden auch machen sollen?

»Sie könnte ihm trotzdem die Adresse gegeben haben«, sagte

ich. »Auf jeden Fall bestätigt es so oder so das, was ich Ihnen sagte. Hätte ich in den vergangen zehn Jahren Kontakt mit Charlie gehabt, hätte er gewusst, dass er mich in der Pension nicht mehr antrifft.«

»Aber gesucht hat er Sie. Aus irgendeinem Grund.«

»Den ich nicht kenne.«

»Haben Sie sich nicht vielleicht mit Ihren anderen alten Kumpeln unterhalten?«

»Nein. Sie können ja die Anrufe überprüfen.«

»Haben wir schon.«

Das war längst nicht alles. Sie hatten mein Haus durchsucht und nichts gefunden. Sie hatten das Umspannwerk auf Fingerabdrücke geprüft und mit meinen abgeglichen, vergeblich.

»Aber die Dosen und Flaschen wurden schließlich abgewischt, nicht wahr?«

»Nicht von mir.«

Indizien gab es mehr als genug. Die Vorgeschichte, zum Beispiel. Sie hatten von uns sechsen sämtliche alten Polizeiakten gezogen.

»Sie und May hatten eine Affäre, das wissen wir; sie hat Charlie Ihretwegen verlassen.«

»Nicht meinetwegen. Sie mag Charlie verlassen haben, aber ich habe sie nie wiedergesehen.«

»Egal. Er hätte Sie trotzdem gehasst. Und Sie vielleicht ihn.«

»Wir haben uns nicht gehasst.«

»Ach ja? Er ist in den Knast gewandert, Sie nicht. Sie haben ihm die Frau ausgepannt. Wenn das kein Grund ist. Auf Rache zu sinnen und hier aufzukreuzen. Wer weiß, was passiert wäre, wenn er Sie daheim überrascht hätte. Vielleicht hätte es Streit gegeben? Einen Kampf?«

»Wozu zehn Jahre warten?«

»Warum nicht?«

»So war es nicht.«

Wie sie es auch drehen und wenden mochten, sie konnten es

nicht untermauern. Ich war beim *Herald* gewesen, als Charlie in Highwood eintraf, dann hatte ich mich mit Emily getroffen, und obwohl sie mich eine halbe Stunde vor Charlies tatsächlichem Tod verlassen hatte, blieb doch nicht genug Zeit für alles das, was draußen im Umspannwerk vorgegangen war.

»Was ist mit den anderen?«, fragte ich. »Wenn Sie so fest davon überzeugt sind, dass es einer von uns gewesen sein muss.«

»Wir gehen dem nach«, sagten sie.

»Und? Was ist mit Marvin? Wo steckt der?«

»Wir suchen ihn.«

»Und Lindsay?«

Höhnische Fratzen. »Vergessen Sie Lindsay. Dass er's nicht war, wissen wir.«

»Was ist mit Jeremy?«

»Unwahrscheinlich. Der sitzt im Rollstuhl.«

Ich stutzte. Jeremy im Rollstuhl? Sicher, er war alt – er war bereits alt gewesen, als ich ihn zuletzt sah. So schien Altersschwäche für den Rollstuhl eine plausible Erklärung.

»Und Maybellene?«, fragte ich leise.

»Wir wissen es nicht. In Queensland ist keine Maybellene Monohan mehr gemeldet.«

»Ihr Mädchennahme war Campbell.«

Ein Grinsen. »Ist bekannt. Nix.«

»Dann muss sie wohl weg sein.«

Das hatte ich, am Schluss, immer gehofft.

Schließlich gingen der Polizei die Fragen aus, und man ließ mich laufen. Highwood war weniger großmütig. Joans Aussage hatte im Ort so schnell die Runde gemacht, wie man eine Wählscheibe drehen kann. Nun brütete man über der Sache. Drei Tage lang blieb es kalt und nass; die Leute saßen in ihren Häusern fest und hatten nichts Besseres zu tun als über den Fremden in ihrer Mitte zu klatschen und staunen. In der Zeitung waren Dinge über mich zu lesen, die die meisten noch nie gehört hatten oder wenn, vergessen. Meine Verbindungen, meine Vergehen … obwohl es offiziell keine Delikte und erst recht keine Verurteilungen gab, nur Dinge, die nach Verbrechen klangen, und Verbindungen, die sich als zwielichtig entpuppt hatten. Über allem hing als Omen ein Nomen – Korruptionsausschuss. Das gab den Ausschlag. Der Ausschuss kam auch zehn Jahre nach dem Abschlussbericht einem Todesurteil gleich. Und die Vollstrecker waren in die Berge heraufgeschlichen und hatten mir auf die Schulter getippt.

Mich traf von Neuem der Bannstrahl.

Emily hielt zu mir, wir verstecken uns in meiner kleinen Hütte. Ab und zu klingelte das Telefon. Mal waren es Journalisten aus Brisbane, mal anonyme Anrufer, die mit vertrauter Stimme finster drohten – wohl die Jugendlichen im Ort. Manchmal rief einer meiner wenigen verbliebenen Freunde an und bot Unterstützung an. Gleichviel. Keinem hatte ich etwas zu sagen.

Ich las Zeitung.

Wir lasen zusammen, Emily und ich, und eine ganze lange Nacht versuchte ich, ihr zu erklären, was an den Berichten über Charlie und mich und die ganze Sache wahr war und was nicht. Ich erzählte ihr alles. Ich erzählte ihr von den Restaurants und den Clubs, den Casinos und Puffs, wie die Chose funktioniert hatte und wie alles aufgeflogen war. Und ich log. Ich erzählte ihr von Maybellene lange nicht alles. Ich erzählte ihr nicht von meiner letzten Begegnung mit Charlie und May. Ich sagte ihr, wir hätten uns in den schwierigen Jahren einfach aus den Augen verloren.

Und sie glaubte mir.

»Du warst eben dumm«, meinte sie. »Du bist da reingeschlittert. Ich kenne dich, George. Du bist kein schlechter Mensch.«

»Nein, das bin ich nicht.«

Sie glaubte mir. Und wenn nichts weiter passiert wäre, hätte das vielleicht genügt. Vielleicht hätte Highwood mit der Zeit vergessen, was es gelesen und gehört hatte. Vielleicht hätte man auf Emily geguckt und ihrem Glauben vertraut. Vielleicht, wenn ich mich nur ein, zwei Wochen hätte rar machen und dann langsam wieder ans Licht kommen und das Leben wieder seinen gewohnten Gang hätte gehen dürfen. Vielleicht hätte ich dann Charlie vergessen können. Gerry hätte mich wieder bei der Zeitung arbeiten lassen, und vielleicht wäre es eines Tages meine Zeitung geworden, und Mrs. Hammond hätte sich zur Ruhe gesetzt, wenn sie es mit mir nicht aushielt. Emily und ich hätten so weitermachen können. Ich hätte weiter ein Zuhause gehabt. Wäre in Highwood alt geworden …

Stattdessen klopfte Graham eines Abends mit betrübter Miene an die Tür.

»Wie laufen die Ermittlungen?«, fragte ich ihn.

»Im Augenblick eher ins Leere. Wie sich herausstellt, hat Charlie in Brisbane seit seiner Entlassung mehr oder minder auf der Straße gelebt. Bei seinen körperlichen und geistigen Einschränkungen war er schlecht vermittelbar, und in der Herberge sagen sie, das Alkoholproblem sei langsam akut geworden. Was er sonst trieb, ist schwer zu sagen. Oder warum ihn jemand umbringen wollte. Aber es klingt eigentlich nicht so, als wäre er ein Mann mit Feinden gewesen. Nicht solchen.«

»Nun, es gibt ja immer noch mich.«

»Kein Mensch behauptet, dass Sie ihn umgebracht haben, George. Aber Sie können es uns kaum verdenken, dass wir einen Zusammenhang vermuten.«

»Und weshalb sind Sie jetzt hier?«

Die Sorgenfalten erschienen wieder. »Man hält Charlies Leichnam noch zurück. Das machen sie in solchen Fällen. Aber irgendwann werden die sterblichen Überreste freigegeben.«

»Und?«

»Er hatte nichts, als er starb. Er hat in der Herberge gewohnt. Kein Besitz, kein Vermögen. Seine Eltern sind tot, und es gibt keine Verwandten.«

»Er hatte eine Frau.«

»Sie wissen, dass wir sie nicht finden können, und sie hat sich auch nicht von sich aus gemeldet. Es hat sich niemand gemeldet.«

Ich ahnte, worauf er hinauswollte.

»Ich bin nicht mit ihm verwandt«, sagte ich.

Graham nickte bekümmert. »Ich weiß, ich weiß. Und der Staat wird sich um die sterblichen Überreste kümmern, wenn es sonst niemand tut. Aber es ist eine herzlose Art, jemanden zu bestatten. Also dachte ich, weil es doch niemand gibt und Sie Freunde waren …«

»Er hatte andere Freunde.«

»Jetzt nicht mehr.«

In diesem Moment hasste ich Graham beinahe. Was ging es ihn an, und wieso kam er zu mir? Wenn Charlie nur endlich unter die Erde käme, dann wäre dieser Albtraum vorbei, dann würde es endlich aufhören.

Graham zuckte mit den Schultern. »Liegt natürlich bei Ihnen.«

Die zentnerschwere Last saß mir schon in den Knochen, im Mark.

Ich seufzte. »Was muss ich tun?«

Er musterte mich einen Augenblick, dann räusperte er sich. »Es wäre wahrscheinlich besser, die Beisetzung nicht hier vorzunehmen, das verstehen Sie doch, oder? Außerdem ist die Leiche schon in Brisbane. Da war er ja zu Hause.«

»Verstehe.«

»Wann waren Sie eigentlich zuletzt dort?«

»Gar nicht. Nicht seit damals.«

»Ah.« Er nickte. »Nun, kommen Sie doch morgen mal aufs Revier. Ich rufe die Kollegen an, und dann regeln wir das.«

Und weg war er.

Ich ging wieder hinein und sank auf die Couch. Eine Bestattung für Charlie. Ich überlegte, was zu tun wäre, wo ich hinmüsste. Ich stierte in die Flammen. Der Kamin wärmte das Zimmer. Emily werkelte still in der Küche, sie richtete das Essen her. Eine Regenbö fegte über das Wellblechdach, die Nacht blieb draußen. Wir waren geborgen, wir beide. In diesem Augenblick sah und fühlte und hörte ich alles, was ich seit meiner Ankunft in

Highwood errungen, alles, was ich zu verlieren hatte, und eine dunkle Vorahnung ließ mich frösteln.

Ich gab mir alle Mühe, sie zu verscheuchen. Ich wäre nur ein paar Tage weg. Es waren mit dem Auto nur zwei Stunden, es war nur eine Bestattung, nur eine Stadt, die mich erwarteten. Und was blieb mir schon anderes übrig?

Auf dem Fußboden lagen verstreut die Zeitungen. Eine war beim Kommentar aufgeschlagen. Da stand:

> *So verstörend der Tod von Charles Monohan aufgrund der Umstände sein mag, so wenig Anlass bietet er der Allgemeinheit zu Unruhe. Monohan verkehrte mit gewaltbereiten und kriminellen Elementen, die seinerzeit das politische Klima vergifteten, und zweifellos sind dieselben Rechtsbrecher für sein Ende verantwortlich. Wir sollten seinen Tod als Schlusskapitel einer traurigen und schmachvollen Episode der politischen Geschichte Queenslands betrachten, einer Ära, die wir hinter uns lassen müssen. Zweifellos lungert in den gesellschaftlichen Grauzonen immer noch das letzte Aufgebot dieser Rechtsbrecher herum, doch bleibt ihnen nur ihresgleichen als Beute. Lange werden sie sich nicht mehr halten können, und darüber können wir nur froh sein.*

Ich kannte den Leitartikler, der das geschrieben hatte, oder vielmehr hatte ich ihn einst gekannt. Ich war ihm in Charlies Restaurants begegnet, wo er sich Charlies Kochkünste und seinen Alkohol und seine Gesellschaft gefallen ließ, manchmal gegen Rechnung, manchmal umsonst. Ich hatte ihn mit Marvin speisen sehen. Und als dann der Himmel einstürzte, hatte ich ihn die Beine in die Hand nehmen sehen, wie ich es auch tat. Hatte ihn das entscheidende kleine bisschen schneller sprinten sehen. Ja, er war ein alter, ein sehr alter Bekannter.

Brisbane wimmelte von ihnen.

10

EINE WOCHE SPÄTER war ich auf dem Weg, folgte den Serpentinen der steilen Straße von Highwood abwärts, während Regenböen über die Windschutzscheibe strichen. Das Wetter war grauenhaft. Eine windige Woche kurzer Güsse hatte sich zu einem letzten sintflutartigen Wolkenbruch gesteigert. Es schien, als wollten die Berge mich nicht freigeben, oder aber als versuchten sie, jede Erinnerung an Tod und Folter in einer reinigenden Flut aus der Stadt zu spülen – und mich gleich mit. Das Wasser stürzte in Bächen über den Asphalt. Hier und da hatte es die Straße bis auf den Schotter unterhöhlt und tiefe Risse hinterlassen, in die die Räder meines Wagens sackten. Triefende Bäume hingen so tief, dass ihre Zweige über das Wagendach schlurrten. Ich spähte nach vorn, schaltete krachend immer wieder einen Gang tiefer, und meine Stimmung sank mit jeder Haarnadelkurve weiter.

Wo dieser Weg hinführte, war klar.

Immer wieder wich dichter Wald einem Stück Leitplanke vor nacktem Fels, hinter dem sich im Dunst der Blick auf Wolken öffnete. Bei klarem Wetter sah man hier weit über die Ebene und Hügel nach Osten Richtung Meer. Normalerweise eine fantastische Aussicht auf einen Flickenteppich versprengter Farmen und Siedlungen und als Letztes im Osten am Horizont ein dunkel sich ausbreitender Fleck, der Großes ankündigte. Nachts glühte der Himmel dort ominös gelb. Im Augenblick war der Anblick verhüllt, aber ich wusste, was mich dort unten erwartete.

Brisbane. Die gefallene Stadt.

Oder Queensland selbst, konnte man sagen. In vieler Hinsicht waren die Stadt und der Staat ein und dasselbe. Beiden war ich vor langer Zeit entflohen.

Andererseits hieß es auch von Alkoholikern, sie ließen den Alkohol nie wirklich hinter sich, und so ähnlich konnte man das wohl von Queensland sagen. Noch als Deserteur hatte ich es nicht einmal über die benachbarte Grenze nach New South Wales geschafft. Obwohl ich das an jenem letzten Abend im Dezember 1989 weiß Gott vorgehabt hatte, als ich trunken zum Auto wankte und durch die feuerwerksprühenden Straßen der Stadt nach Süden kurvte, bis die Massen und Menschen und die Fete verblassten. Highwood war damals nicht mein Ziel gewesen. Ich wollte nur eines: über die Grenze nach New South Wales entkommen, und Highwood war nicht mehr als ein Name auf einem Verkehrsschild. Ich weiß bis heute nicht, weshalb ich die Abzweigung nahm und anhielt, wo ich es tat. Als ich am Morgen aufwachte, war ich wenige Meilen von der Grenze entfernt, und es gab nichts, was mich aufhalten, zurückhalten konnte. Nur Highwood selbst.

Aber genau dort war ich geblieben.

Begriffen habe ich es nie. Vielleicht lag es daran, dass Highwood geografisch zwar *in* Queensland lag, seine Seele jedoch nicht *von* Queensland war. Wortklauberei? Möglich, aber damals war jede Differenzierung, jeder Unterschied ein Segen. Highwood war ein Bergnest, hoch gelegen und kalt, während doch Queensland bekanntermaßen heiß war und tropisch, dem Meer und den Stränden zugewandt. Häuser in Queensland hatten aus Holz und Wellblech zu sein, mit breiten Veranden gegen die Hitze. In Highwood herrschten kleine verschlossene Steincottages mit lustigen Schornsteinen vor. Und auf Highwood fiel, im ganzen Bundesstaat sonst undenkbar, gelegentlich eine Puderzuckerschicht Schnee. Von Rechts wegen hatte Highwood in Queensland nichts zu suchen; der Ort war ein kartografischer Fauxpas. Die Berge waren eine Welt für sich, ein nach Norden knapp über die Grenze gewanderter Splitter des Tafelgebirges von New South Wales.

Ich blieb trotz allem Queenslander.

Vielleicht verlangte ja doch irgendeine Regung meines Herzens eben diese beruhigende Gewissheit – so wie der trockene Alkoholiker möglicherweise die eine Flasche im Haus braucht, als Versuchung, der zu widerstehen ist, und als letzte Zuflucht, wenn es hart auf hart geht. Queensland war eine Sucht. Vom restlichen Kontinent als intellektuelles Brachland, als Brutstätte reaktionärer Ignoranz und Bigotterie geschmäht und verlacht, und das zu Recht, nahm es dennoch von der Seele Besitz. Forderte die Liebe derer, die dort geboren und aufgewachsen waren, egal, wie herzlich leid diese ihre Heimat wurden. Forderte Treue, egal, wie bizarr die Regierung und die Gesetze waren, und egal, welche politischen Verwerfungen die Jahre ans Licht brachten.

Und Verwerfungen waren es. Zu meiner Zeit behaupteten die Leute nicht einmal, dass wir in einer Demokratie lebten. Wir hatten in Queensland ein Parlament, das wohl, aber als Einziger unter den australischen Bundesstaaten kein Oberhaus. Diese zweite Kammer hatte sich vor Jahren, dank großzügiger Anreize, per Mehrheitsvotum selbst abgeschafft. Was bedeutete, dass jede Majorität der einen verbleibenden Kammer den Bundesstaat vollkommen unkontrolliert regieren konnte. Oder vielmehr konnte es ihr innerer Machtzirkel. Eine langjährige Tradition hatte Queensland zu einem fast ausschließlich von der Exekutive beherrschten System gemacht. Der Premier und seine Minister regierten Queensland. Eine Handvoll Männer mit unangefochtener Gesetzgebungsmacht. Und dieselben Männer wählten aus den Reihen ihrer Protegés ihre Polizeiminister und Police Commissioners und herrschten somit über die Ordnungsbehörden. Protegés hievten sie außerdem auf die Richterposten und sicherten sich damit ihren Einfluss auch auf die Rechtsprechung. Es gab keine Gewaltenteilung. Keine Kontrollorgane. Keine Sicherungssysteme. Führungsstärke, das machte zu meiner Zeit Queensland aus. *Absolute* Führungsstärke.

Es gab Wahlen, schon. Aber in allen zweiunddreißig Jahren, die dem Jahr 1989 vorausgingen, hatte es immer nur einen Sieger gegeben. Mal um Mal wählten die Queenslander dieselbe Regierung an die Macht. Sie war monolithisch, uneinnehmbar. Regimegegner, von endlosen Niederlagen entmutigt, hielten diverse Erklärungsmodelle parat. Zum einen begünstige der Wahlkreiszuschnitt in notorischem Maße die regierende Partei, der selbstverständlich die Wahlkommission unterstand. Zum anderen seien die Medienvertreter im Lauf der Jahre zu ängstlichen, unkritischen Hofberichterstattern verkommen und viel zu sehr von der Gunst der Herrschenden abhängig, um aufzumucken. Und die Opposition selbst sei, der langen parlamentarischen Enthaltung wegen, so geschlagen und verbittert und in sich zerstritten, dass sie ohnehin kaum eine ernst zu nehmende Alternative darstelle. In Queensland gab es genau genommen nur eine politische Kraft, wie um alles in der Welt sollte da, außer durch ein politisches Erdbeben, jemals eine neue Regierung an die Macht gelangen?

Doch alle Rechtfertigungen der Welt erklärten die Sache nur bedingt. Die Krux war, dass den Queenslandern, Hand aufs Herz, ihre Machthaber gefielen und sie sie gern im Amt behielten. Nicht einmal in den besagten zweiunddreißig Jahren brachte es die Opposition je auf über fünfzig Prozent. Und wenn, hätte es keine Rolle gespielt. Denn das Wahlsystem begünstigte aufgrund der Wahlkreiseinteilung die herrschende Partei in einem Maß, dass man der Opposition selbst bei fünfundfünfzig oder sechzig Prozent die Mehrheit hätte vorenthalten können. Nur wurden solche Zahlen ja nie erreicht. Egal, wie dreist die Grenzen der Wahlkreise manipuliert wurden und wie keineswegs repräsentativ die Sitzverteilung im Parlament letztlich war – unverkennbar wollte die Bevölkerung Queenslands die Regierung haben, die sie hatte.

Und so liefen wir sehenden, ja leuchtenden Auges in unser Verderben.

Die kleineren undemokratischen Ausreißer schienen auch nicht ins Gewicht zu fallen. Das Versammlungs- und Demonstrationsverbot etwa. Die strikte Zensur der Bücher und Filme. Der Dauerkrieg gegen Gewerkschaften jeder Couleur. Die unglaubliche Behandlung von Minderheiten, der Homosexuellen und Aborigines. Die vollkommen ungestrafte Überwachung von Regimegegnern durch die Sicherheitspolizei. Der immer häufiger ausgerufene Notstand mit den entsprechenden Ausnahmegesetzen. Die Militarisierung gewöhnlicher polizeilicher Einsatzkräfte zur politischen Abschreckung. Richter, die klammheimlich Untersuchungen unterbanden. Die Gerüchte um skandalöse Missstände in der Verwaltung öffentlicher Gelder und der Vergabe staatlicher Aufträge.

All das kümmerte keinen. Wir wählten dieselben Leute wieder und wieder, drei geschlagene Jahrzehnte lang. Wir liebten Minister wie Marvin. Outriert, unterhaltsam. Die sich ganz sicher nicht von Bagatellen wie Rechtsstaatlichkeit oder geordneter Verwaltung bremsen ließen. Und überhaupt: So machten wir das eben in Queensland. Queensland war *anders*, und was soll's, es war warm, die Strände goldgelb, das Reef ein Weltwunder, die Steuern niedrig. Im Westen lagen einige der größten Rinderfarmen und Kohlegruben der Welt. Queensland boomte. Wir lockten in Scharen Touristen und Investoren an.

Was sollte also das Gejammer? Wenn der ganze Kontinent unsere Politik verdammte, auslachte, abtat, na und? Wie unsere Minister nicht müde wurden, uns Wählern zuzurufen, ließ Queensland sich von niemandem Vorschriften machen. Und wenn man Queensland nicht unbehelligt von den Anfeindungen des Südens seinen Sonderweg ließ, nun, dann konnte man sich ja jederzeit aus der Föderation verabschieden, oder? Bürgerkrieg, na und?

Man musste Queensland einfach lieben.

Tausende taten es allerdings nicht, und Legionen setzten sich nach Süden über die Grenze ab, sobald sie den Führerschein hatten. Aber Millionen blieben und redeten sich ein, dass alles halb so schlimm war. Es war schon Verrat, überhaupt auch nur anzunehmen, dass etwas faul sein *könnte*. Als könnte das Eingeständnis nur eines winzigen Makels eine Flut von Bekenntnissen auslösen, in der wir allesamt ertrinken würden. Es handelte sich um eine Massenverleugnung. Piloten unterhielten Passagiere aus Sydney mit Witzen darüber. Stellen Sie Ihre Uhren um eine Stunde zurück, meine Damen und Herren, und ihren Geist um fünfzig Jahre. Und das Schlimmste: Am herzhaftesten lachten darüber die Queenslander selbst. Trotzig. Abwehrend. Stolz.

Verstehen würde ich es nie so richtig, aber ich war ja keine Ausnahme. Und so brachte ich es, selbst als der Untersuchungsausschuss eingesetzt wurde und alles implodierte und ich floh – um meine eigene kostbare Haut zu retten –, nicht über mich, Queensland restlos aufzugeben. Ich rannte nur so weit nach Süden, wie mein Herz es erlaubte, setzte mich weit oben in den Bergen fest, als edler Exilant, und versuchte, alles zu vergessen, was unter mir gärte und schwelte. Von da oben hatte man einen herrlichen Blick. Ich sah alles ganz klar. Rückblickend war die Weitsicht geradezu endlos. Und ganze lange zehn Jahre stieg ich nicht herunter.

Jetzt, begriffsstutzig vor Regen und Blindheit, kroch ich wieder hinab. Ein Alkoholiker ließ vielleicht die Flasche nie ganz hinter sich, aber würde er freiwillig in seine Stammkneipe zurückkehren, um sich die Zeit mit den einstigen Saufkumpanen zu vertreiben? Würde er seine Standfestigkeit einer solchen Probe unterziehen?

Der Wagen mahlte talwärts. Bald lichteten sich Nebel und Wolken, der Regen mäßigte sich zu einem Nieseln. Es wurde wärmer. Im Sommer fühlte sich der Abstieg an, als tauchte man in ein Dampfbad, so extrem war der Wechsel. Daran waren die Berge schuld. Sie hielten große, brütende Luftmassen über den Küstenebenen gefangen, manchmal wochenlang. Und dann schmorte Brisbane zwischen Mangroven auf der einen Seite und den Bergen auf der anderen in seinem Kessel. Im Winter war es weniger schlimm. Im Winter war Brisbane sonnig und mild; von kalter Jahreszeit konnte kaum Rede sein. Aber im Sommer … Zwar war in den Bergen noch Vorfrühling und die Luft frisch, aber Brisbane gehörte einer anderen Welt an, und in dieser anderen Welt wäre fast Sommer, Hochsommer.

Die Hitze war in meiner Erinnerung ein Traum, ein warmer verwischter Dunst aus Trunkenheit, Kater, verschwitzten Laken. Lethargie vor allem, denn zeitweilig nahm die Hitze moralische Dimensionen an, drang einem in Herz und Glieder, verlangsamte alles, verwirrte alles. Das mochte eine weitere Erklärung für den Gang der Dinge in Queensland sein. Es erforderte eine ziemliche Kraftanstrengung aufzubegehren, zu hinterfragen, wenn man von Sonne und Schwüle der langen Nachmittage erschlagen war. Es war leichter, sich nicht aufzulehnen, die Achseln zu zucken und die Dinge so zu nehmen, wie sie waren, und in den Refrain einzustimmen: So ist das eben in Queensland.

Schließlich war ich, waren wir, meine Freunde und ich, nicht minder verkommen als der Rest. Wir waren Teil des Problems.

Ich fuhr. Ich hatte jetzt das Vorgebirge erreicht und hielt durch die Hügel auf den kleinen Ort Boonah zu. Die Vorzeichen schienen schon jetzt ungünstig. In Highwood war die Feuchtigkeit erfrischend gewesen, hier war sie schwül und stickig. Im Osten durchschossen Sonnenstrahlen die Wolken. Ich schaltete die Scheibenwischer aus und kurbelte mein Fenster herunter. Bald schon musste ich meine Sonnenbrille aus dem Handschuhfach holen.

Brisbane, verkündete ein Schild, und dann war es nur noch eine Stunde.

Wir waren Teil des Problems gewesen, meine Freunde und ich, aber bei Weitem nicht das ganze. Es gab größere Syndikate als unseres, Leute, die mehr Clubs betrieben als Charlie, Minister, die wichtiger und korrupter waren als Marvin. Manchmal schien es, als gebe es in ganz Queensland niemanden, der nicht mit unter der Decke steckte. Als spielte das Gesetz keine Rolle, weil die Polizei es häufiger brach als alle sonst. Als spielte die Demokratie keine Rolle, weil die Regierung seit Jahrzehnten keine Wahl mehr verloren hatte und nie eine verlieren würde, weil die Wähler vor sich hin dösten oder fest schliefen und die handzahmen Medien sich um Kritik nicht einmal mehr bemühten. Alle wussten es, alle nahmen es hin, wer dazu nicht bereit war, war längst gegangen. Das war eben Queensland, basta. Es kümmerte keinen. Und wir alle zu betrunken und fett und übersättigt, um überhaupt noch zu begreifen, was geschah. Im Vertrauen darauf, dass sich nie etwas ändern würde.

Tempi passati.

Ich kam an einem weiteren Brisbane-Schild vorbei, dann hatte ich die Landstraßen hinter mir und war auf dem Highway. Er zog sich ostwärts über die Hügel. Ich gab Gas, obwohl ich es alles andere als eilig hatte. Die Sonne kam vor, der Asphalt dampfte. Im Rückspiegel sah ich die Berge am Horizont als graues Band, wolkenverhangen, während vor mir der Himmel vor Licht und Dunst und Hitze flimmerte.

Brisbane.

Als ich die Vororte erreichte, juckte mich der Kopf schon vor Schweiß.

II

DAS EIGENTLICHE SYNDIKAT wurde Anfang 1979 aus der Taufe gehoben.

Inzwischen schrieb ich für die *Daily Times*, ein Boulevardblatt, bei dem es lockerer zuging als bei der seriöseren Konkurrenz. Ich passte da gut hin – meine Schreibe war auch eher locker. Ich war allmählich in die Rubrik leichte Unterhaltung und Klatsch abgewandert, und obwohl ich noch blutjung war, hatte der Chefredakteur einen Narren an mir und meinem Stil gefressen, und es war die Rede von Gehaltserhöhung und einer eigenen Kolumne. Die Redaktionsräume der *Daily Times* lagen im Kneipenviertel Fortitude Valley. Auch das sagte mir zu. Ich bezog eine Wohnung wenige Schritte weiter im Stadtteil New Farm.

Charlie hatte aus dem kleinen Bistro seiner Eltern unterdessen ein richtiges Restaurant gemacht. Es wurde nicht mehr nur in der lokalen Wochenpresse, sondern auch von den großen Tageszeitungen – selbst außerhalb Brisbanes – gepriesen. Ab und zu erschien sein Foto, und er galt als vielversprechender Nachwuchskoch. Er war im Begriff, ein zweites Lokal zu eröffnen, und wir hatten uns darauf geeinigt, dass ich als Partner mit einsteigen sollte. Die einzige wirkliche Hürde war die Frage der Schankerlaubnis. Und wir wussten natürlich inzwischen, dass das Gaststättengesetz eine Farce war.

Bei allem puritanischen Gehabe schwamm Brisbane 1979 in Alkohol. Die behördliche Erlaubnis zum Ausschank alkoholischer Getränke mochte Grünschnäbel einschüchtern, wie wir sie mal gewesen waren, oder die Besucher von außerhalb, die Brisbane so tot fanden, aber für die Eingeweihten, die wussten, wo sie hingehen oder wen sie fragen oder schmieren mussten, gab es nirgends und zu keiner Zeit Probleme. Hinter verschlossenen Türen galt für spezielle Clubs und Bars keine Sperrstunde. Das war noch das Wenigste. Glücksspiele jeder Art waren in Queensland verboten, und doch schossen Casinos wie Pilze aus dem Boden. Prostitution war strafbar, doch florierten die Bordelle allenthalben. Sicher, nichts davon sprang direkt ins Auge, nichts lief im Offenen ab. Brisbane schien so sauber, wie die Regierung es voller Stolz nannte, doch hinter der Fassade gab es das andere Brisbane. Und Dreh- und Angelpunkt dieser Parallelwelt waren mein geliebtes Viertel New Farm und das angrenzende Fortitude Valley.

Nicht, dass ich oder Charlie damals schon in dieser Welt zu Hause waren. Wir wussten um sie, wir hörten so manches, wir erhaschten hier und da einen flüchtigen Blick, aber wir gehörten nicht dazu. Der entscheidende Kniff – wie man die richtigen Kontakte knüpfte, wie man die Leute kennenlernte, die die Strippen zogen – blieb für uns vorerst noch ein Geheimnis. Zweifellos hätten wir sie über kurz oder lang auch so gefunden. Denn das war ja der Witz, dass jeder, der es wirklich wollte, diese Leute finden konnte. Aber zufällig lief uns der entscheidende Mann direkt in die Arme. Nämlich Marvin McNulty.

Marvin war damals Hinterbänkler, zwar bei der herrschenden Partei, aber ohne Macht. Jung und grün, eine etwas lächerliche Figur mit wenig beeindruckendem privatwirtschaftlichen Hintergrund, hatte sein Einzug ins Parlament bei den politischen Auguren für einigen Spott gesorgt. Niemand schien so recht zu wissen, wie er da überhaupt hingelangt war. Und doch übte der Mann eine Faszination aus und verschwand nicht gleich, wie alle es erwartet hatten, im Dunstkreis der zweiten Riege. Er tauchte immer wieder in kontroversen Zusammenhängen auf und tat unerwartete Dinge, sodass ihn bald jedermann kannte. 1979 hätte zwar niemand vorhersagen können, dass er eines Tages Minister sein würde, aber tatsächlich lag dieser Tag nur drei Jahre voraus in der Zukunft.

Zunächst kannten Charlie und ich ihn aber vor allem deshalb, weil er sein Wahlbüro in der Nähe von Charlies Restaurant hatte. Marvin aß gern, und er aß gern bei Charlie. Er schleppte häufig nach der Arbeit noch sein ganzes Team zum Brainstorming ins Lokal. Diese Sitzungen konnten sich bis spät abends hinziehen. Marvin ging unweigerlich als Letzter, und oft hockten dann Charlie und ich noch als Einzige da. Also unterhielten wir uns. Und wieder war das Trinken der Schlüssel. Auch Marvin war ein ernst zu nehmender Trinker, und so saßen wir bis in die Puppen beisammen. Wie jeder x-beliebige Gast war Marvin gesetzlich dazu verpflichtet, seinen Alkohol selbst mitzubringen. Das wurmte ihn, wie Charlie und mich auch. Es war lästig, es war stillos. Also sprach Charlie eines Abends von seinem Zwist mit den Behörden. Und Marvin klemmte sich dahinter.

Später, als er dem Kabinett angehörte und in Regierungskreisen als Wundertier galt, hätte er eine Schankerlaubnis so leicht arrangieren können, wie er eine Flasche entkorkte. Doch in diesen frühen Jahren blieben auch ihm, Abgeordnetenstatus hin oder her, nur die üblichen Kanäle.

Als er so weit war, berief er bei Charlie nach Lokalschluss eine Konferenz ein.

Ironischerweise fand sie bei Kerzenlicht statt.

Nicht aus freien Stücken, sondern weil der Strom ausgefallen war. Das gehörte zu den gängigen Anekdoten über Queensland – die Stromversorgung ließ zu wünschen übrig. Pannen waren eine Plage, damals wie später, egal, ob man in der Stadt lebte oder hinter den Bergen in einem Kaff wie Highwood.

Doch dieser Stromausfall war, wie der, den Charlies Tod Jahre danach verursachen sollte, kein Zufall.

Dahinter steckte ein Arbeitskampf. Seinerzeit lag Queenslands Stromerzeugung und -versorgung in staatlicher Hand, und die Angestellten der staatlichen Betriebe gehörten alle der Electrical Workers Union an, einer für ihre Schlagkraft und Kampfbereitschaft gefürchteten Gewerkschaft, die sich nicht scheute, die Regierung gelegentlich unter massiven Druck zu setzen. Die Regierung wiederum, die Machtwilderer im eigenen Revier nicht zu dulden gedachte, suchte diesen Würgegriff zu sprengen. Als Marvin und Charlie und ich uns an jenem Abend trafen, lieferten sich Regierung und EWU soeben ein Scharmützel über Deregulierungsbestrebungen und die Rekrutierung auswärtiger Arbeitskräfte zum Ersatz für die Gewerkschafter. Die Gewerkschaft hatte mit einem Streik reagiert; es fand keine Wartung statt, folglich begleitete ein Wetterleuchten von Netzeinspeisungen und kurzen Stromausfällen die Auseinandersetzung in Queensland.

Marvin schien es nicht weiter zu kümmern, dass er, Mitglied der regierenden Partei, seine Konferenz im Dunkeln abhalten musste.

»Wir werden ohnehin nachgeben«, verriet er. »Morgen früh ist alles beim Alten.«

Wir versammelten uns an dem Tisch um eine Flasche Wein. Es war spät und das Lokal leer. Charlie hatte wegen der Stromprobleme ohnehin nur Schmalspurküche bieten können.

»Heißt das, die Gewerkschaft gewinnt?«, staunte ich.

»Die Wichser«, meinte Marvin, der als Streikposten keine fünf Minuten überlebt hätte. Marvin war kein Vorzeigemann. Er war kurz und gedrungen, und der Riesenkopf mit dem nass zurückgekämmten, schütteren schwarzen Haar schien ihm direkt aus den Schultern zu wachsen. Zu allem Überfluss war er fast blind und trug eine schwere Brille mit extrem dicken Gläsern. »Keine Sorge. Das war erst der Anfang. In ein, zwei Jahren kriegen wir sie klein.«

»Ist doch gar nicht dein Ressort, dachte ich.«

»Stimmt. Aber weißt du, auf den Gängen hört man so einiges. Freunde von mir mischen da mit. Glaubt mir, das ist nur der Probelauf.«

Ich hörte kaum zu. Ich war Reporter, klar, aber kein politischer. Ein Stromversorgungsstreik interessierte mich nicht die Bohne.

Wir kamen zur Sache.

»Der richtige Ansprechpartner«, sagte Marvin, »ist ein gewisser Lindsay Heath.«

»Ist der bei der Erlaubnisbehörde?«, fragte ich.

»Nicht direkt. Er ist ... Berater. Selbst Geschäftsmann. Bilanzen, Steuern, so was. Und eine Wachgesellschaft. Aber er war mal Bulle, also weiß er, was Sache ist und an wen man sich wenden muss. Der würde das für euch einfädeln.«

»Das heißt?«

»Das heißt, es wären Lizenzgebühren zu bezahlen. Und eine weitere, um Erstere bezahlen zu dürfen, wenn ihr versteht.«

»Und wie hoch ist diese zweite Gebühr?«

Marvin grinste. »Da wird's jetzt gemein.«

Also sprachen wir über Geld. Erst hinterher sollte mir dämmern, wie verrückt das war. Ein Parlamentsabgeordneter und ein Journalist unterhielten sich offen über Schmiergelder, und keiner von beiden zweifelte auch nur einen Augenblick an den Absichten des anderen. Marvin schien nicht einmal in Erwägung zu ziehen, dass ich über das, was ich hörte, schreiben könnte. Und ich machte mir nicht einen Augenblick klar, dass Marvin uns den Weg durchs korrupte Labyrinth seiner Partei, immerhin der regierenden, wies.

Ehrlich gesagt hatte als Einziger Charlie Skrupel.

»Und du meinst, das kann man machen?«, fragte er, als die Fakten auf dem Tisch lagen.

Marvin machte Unschuldsaugen. »Aber ja, Charlie. Mann, das machen alle so. Ist eine sichere Sache. Deshalb kostet es ja auch so viel. Jeder bekommt seinen Teil ab. Die bei den Ordnungsbehörden, die Jungs vom Beirat – Mann, selbst der Police Commissioner verdient mit. Ich kenn ihn! So läuft eben der Hase.«

Blieb noch der geforderte Betrag. Viel Geld. Charlie und ich würden ganz schön strampeln müssen, um es zusätzlich aufzubringen. Umso mehr, als es, steuerlich gesehen, rausgeschmissenes Geld wäre.

»Lindsay kann den Papierkram regeln«, meinte Marvin, »aber was die Knete angeht, tja … da komme ich ins Spiel.«

Und dann eröffnete er uns, dass er bei uns einsteigen wollte.

Wir staunten nicht schlecht. Was wollte Marvin mit einem Restaurant?

»Warum nicht?«, entgegnete er. »Ich habe überall Eisen im Feuer. Soll ich von den mickrigen Diäten leben? Außerdem gefallt ihr mir. Ich würde diesen Restaurantplan gern verwirklicht sehen. Dann hätte ich endlich einen Ort, wo ich mich wohlfühlen kann, wo die Bar so lange aufbleibt, wie ich will. Mann, wir trinken doch alle ganz gern mal einen, da sehe ich kein Problem. Und denkt nur an die Kundschaft, die ich euch zuführen kann.«

Er hatte recht. Marvin war für unsereins ideal. Also wurden wir zum Trio. Quartett, streng genommen, denn ohne dass Charlie oder ich es richtig mitkriegten, stieg gleichzeitig Lindsay in das Geschäft ein.

Wir besiegelten es gerade per Handschlag, als flackernd das Deckenlicht ansprang.

»Na seht ihr«, sagte Marvin und schielte hoch.

Es war Mitternacht. Queensland hatte wieder Strom. Es schien ein gutes Omen.

Marvin leerte sein Glas. »Gehen wir irgendwo noch feiern?«

»Wo denn?«

»Drüben in Fortitude Valley weiß ich was. Außerdem hatte ich Lindsay gesagt, wir würden wahrscheinlich noch vorbeischauen. Ich hab den Wagen draußen.«

Also schipperten wir zu dritt rüber nach Fortitude Valley. Die Straßen waren wieder hell erleuchtet, doch obwohl gerade erst Mitternacht vorbei war, herrschte in Brisbane Totenstille wie um vier Uhr früh. Die Ampeln blinkten neutral orange – ausgeschaltet, weil es schon um diese Uhrzeit kaum noch Verkehr gab. Ich besah mir die erloschenen Fenster der Pubs und Restaurants, den vereinzelten einsamen Passanten, der über den Gehweg schlich, und fragte mich, entgegen allem Hörensagen, wie Menschen wie wir in einer solchen Stadt eigentlich überlebten. Als müssten wir uns mit der Prohibition herumschlagen.

Was mir zu denken gab. Ich schielte zu Marvin rüber, der hinter dem Lenkrad klemmte und angestrengt durch die Windschutzscheibe blinzelte. Wir hatten eben gemeinsam beschlossen, gegen das Gesetz zu verstoßen. Gesetze waren albern, und doch … wie weit konnte das gehen? Zu weit wohl kaum, oder, solange ein Parlamentsabgeordneter mit im Boot war? Marvin war schon eine Marke. Bei aller scheinbaren Tölpelhaftigkeit strahlte er unerschrockene Siegesgewissheit aus. Blieb von Vorschriften unbeeindruckt. War es klug, sich mit ihm und seinem Freund Lindsay einzulassen? Hier ging es ja nicht nur darum, Alkohol ausschenken zu dürfen. Hier ging es darum, Teil des Systems zu werden. Eines gewaltigen geheimen Netzwerks, das schon den Dimensionen nach nur kriminell sein konnte. Selbst wenn wir am äußersten Rand blieben – wozu machte das Charlie und mich?

Dann waren wir in Fortitude Valley. Marvin parkte vor einem großen Kasten, der nach Turnhalle aussah. Wir stiegen eine Treppe hinauf und klopften an eine Tür. Ein Mann machte auf, musterte Marvin und … und dann wurden wir in unsere erste – jedenfalls was mich und Charlie betraf, allererste – illegale Spielhölle geführt. Menschen, Geräuschkulisse, Bierdunst und Zigarettenqualm stürzten in einem einzigen warmen, verwirrenden Neonwirbel auf mich ein.

»Getränke gehen aufs Haus«, sagte Marvin.

Ich spürte den Luftzug, als sich hinter mir die Tür schloss und das gewöhnliche Brisbane draußen blieb, das wahre Brisbane hingegen drinnen. In diesem Moment schwanden alle Zweifel. Ich wusste, ich befand mich endlich auf der richtigen Seite der Tür. Ich war daheim. Ich peilte die Bar an.

12

ZWANZIG JAHRE NACH JENER NACHT, zehn Jahre nach meiner Vertreibung aus Brisbane, war ich wieder da.

Der einsame Exilant kehrte heim, zur Freude aller ...

Dachte ich das wirklich?

Auch. Weshalb sollte ich sonst ausgerechnet in New Farm ein Zimmer gebucht haben? Unter den vielen gemischten Gefühlen musste auch der Wunsch spuken, die alten Ecken wiederzusehen und zu hören, was aus allen geworden war. Denn ich hätte ebenso gut am selben Tag nach Highwood zurückfahren können, übernachten musste ich streng genommen nicht. Schon gar nicht zweimal, aber für zwei Nächte hatte ich reserviert. Und ganz unten in meiner Reisetasche lag etwas, was durchaus Grund geboten hätte, mich nach Beweggründen zu fragen, danach, was ich wirklich hier suchte.

Natürlich rechnete ich damit, eine gewandelte Stadt vorzufinden. Keine Stadt bleibt zehn Jahre lang unverändert, und Brisbane hatte in der Zwischenzeit den Korruptionsausschuss und den Zusammenbruch einer ganzen Regierung gesehen. Die Gesetze, die politische Kultur, alles neu. Ich wusste, dass Brisbane nicht mehr dasselbe sein würde. Und doch war ich nicht vorbereitet. Trotz aller Befürchtungen hoffte ich wohl, dass mich die Stadt willkommen heißen, mich in die Arme schließen würde wie einen verlorenen Sohn.

Womit ich nicht gerechnet hatte, war das nach dem Umbruch vollkommen veränderte Bild, das die Stadt bot.

Erst das neue Brisbane machte deutlich, dass diese Revolution wahrlich das Unterste zuoberst gekehrt hatte. Highwood hatte mich vor dieser Erkenntnis geschützt. Ich hatte zwar den Korruptionsausschuss erlebt und auch noch den Untergang des alten Establishments, aber das Heraufdämmern der neuen Welt hatte ich nicht abgewartet. Und als ich diese neue Welt nun sah, begriff ich erstmals, wie wenig ich Brisbane gekannt hatte – jenseits der eng abgezirkelten Kreise, in denen ich mich bewegte.

Das war das Dumme: Mein Brisbane war in Wirklichkeit zwei Brisbanes gewesen. Es gab die Vorzeigestadt: ein stilles Provinznest mit gerade mal einer Million Einwohner, einer Regierung, deren Tugendwächter jede Art Dekadenz – übermäßigen Alkoholkonsum, Glücksspiel und Sex – als Queensland wesensfremd und unerwünscht betrachteten. Dann gab es das Nachtgesicht, das mir bekannte, mit den Casinos und Puffs und den Clubs, die keine Sperrstunde kannten. Hinter roten Türampeln und verdunkelten Fenstern florierten diese Etablissements nicht nur, sie gediehen mit dem Segen von oben und zum Vergnügen derer ganz oben. Vielleicht wusste jeder von ihnen, aber frequentiert wurden sie nur von der Machtelite, heimlich aufgesucht nur von gewissen Kreisen, die sich die pikanteren Verlustierungen vorbehielten, und zwar sich allein. Es war, als fänden sie solche Freuden zu gefährlich für den Normalverbraucher. Als dürften nur diejenigen an ihnen teilhaben, die in einen Kontrakt einwilligten, eine überlegene Minderheit, die auf den Rest von Queensland herabblickte und erkannte, dass die Regeln, die für das Fußvolk galten, sie als Auserwählte nicht zu kümmern brauchten.

Charlie und ich gehörten irgendwann zu den Auserwählten, und es war ein gutes Gefühl.

Doch außerhalb dieser exklusiven Welt wuchsen, ohne dass es mir damals bewusst war, Ressentiment und Wut beständig. Dreißig Jahre lang hatten die Machthaber und ihr Zirkel im ureigensten Interesse in Brisbane die Zeit angehalten. Die Stadt lebte im ewigen Zwielicht der 50er, als wären die 60er und 70er, die die restliche Welt in Aufruhr versetzt hatten, an Brisbane einfach vorbeigegangen. Nur konnte der Stillstand nicht ewig dauern. Auch ohne den Korruptionsausschuss, der den Bundesstaat spaltete, hätte es an anderer Stelle gekracht. Und weil sich so viel so lange unter enormem Druck angestaut hatte, wurden, als das Regime schließlich doch stürzte, sämtliche seit Jahrzehnten blockierten Kräfte auf einen Schlag entfesselt. Es wurde nicht nur eine Generation hinweggefegt. Es kam zu einem Urknall.

Für manche muss es ein Freudenfest und ein Befreiungsschlag gewesen sein. Für die, die es im falschen Lager traf, wie mich, sah die Geschichte anders aus. So oder so, das alte Brisbane wurde durch die Ereignisse geschleift, und die Stadt, durch die ich jetzt fuhr, war ein neues Brisbane und glich in nichts dem Bild meiner Erinnerung.

Auf manches war ich gefasst. Glücksspiel war mittlerweile erlaubt; ich wusste, dass Spieltische und -automaten inzwischen in sämtlichen Hotels und Bars standen. Ich hatte von der Lockerung der Gaststättengesetze gehört. Ich wusste, dass viele Zensurvorschriften der Vergangenheit angehörten. Ich wusste, dass Demonstrieren wieder erlaubt war; ich wusste, dass nicht mehr gegen das Gesetz verstieß, wer schwul war; ich wusste, dass die Wahlkreise neu eingeteilt worden waren. Es war mir klar, dass es neue Straßen und Gebäude geben musste. Ich wusste von den Bemühungen, den Fluss zu sanieren und die Uferpromenade zu verschönern. Ich wusste von neuen Parks und Theatern und Galerien.

Womit ich nicht gerechnet hatte, waren die Menschen.

Es war Sonntag, früher Nachmittag. Zu meiner Zeit waren Sonntagnachmittage der Inbegriff all dessen gewesen, was Brisbane unerträglich machte. Nichts hatte geöffnet, nichts war los, und die Leute blieben daheim; während die Straßen verwaisten, guckten sie Rugby oder Cricket im Fernsehen. Doch jetzt war auf dem Weg ins Zentrum richtig viel Verkehr. Staunend sah ich überall Menschen beim Essen sitzen und in der Sonne flanieren. In den Einkaufsstraßen reihte sich ein Café ans andere. Zu meiner Zeit waren Cafés im heutigen Sinne eine Seltenheit gewesen. Es hatte Pubs gegeben, Restaurants und mehr nicht. Besucher aus dem Süden hatten geklagt: Ein nettes Lokal, wo man einfach mal einen Drink nehmen könnte, einen Kaffee trinken, bliebe Wunschdenken. Jetzt blockierten Tische und Stühle in einer Weise die Gehsteige, die Anfang der 80er ordnungswidrig war. Überall führten sich Gäste in legerem Sommerdress alle Arten von Kaffee zu Gemüte, mehr noch: auch Wein und Bier. Alkohol schien überall erhältlich, ob in Weinhandlungen, Spirituosenläden oder schicken Bars, allesamt neu eröffnet.

Da und dort erspähte ich an einer Ecke ein altbekanntes Pub oder Restaurant von damals, aber auch die waren wie verwandelt. Es hatte einen Paradigmenwechsel gegeben. Die Pubs meiner Zeit waren unweigerlich düstere koloniale Orte gewesen, licht- und sonnenscheu, Höhlen, in die man sich zum Trinken verkroch. Die ich jetzt sah hatten sich geöffnet, waren mit bunten Markisen und Tischen im Freien bestückt. Große Fenster gähnten in dicken alten Mauern, die engen Eingangstüren waren verbreitert, um Biergärten erweitert und durch farbige Sonnensegel und -schirme aufgehellt. Alles war Licht und Glas, als gebe es nichts mehr zu verbergen, als seien Hitze und Sonnenlicht nicht länger der Feind.

Woolloongabba glitt vorüber, und dann fuhr ich schon oberhalb der Felsen der Kangaroo Point Cliffs entlang. Es ging nur noch im Schritttempo weiter, ich blickte über den Brisbane River hinaus. Breit, braun und träge hatte sich der Fluss einst durch die Stadt gewälzt, aber das hier? Am Ufer gab es Promenaden und Parkanlagen und vor Jachten strotzende Marinas. Auf asphaltierten Wegen sausten Radfahrer und Rollerblader vorbei. Schlanke Aussichtsdampfer mit voll besetzten Decks schipperten auf und ab. Auf den Felsen selbst hatten sich ganze Familien zum Picknick niedergelassen und beobachteten die Frei- und Seilkletterer. Drüben auf der anderen Seite des Flusses lag Brisbanes Geschäftsviertel. Dort waren nicht nur jede Menge neuer Büro- und Wohntürme zu sehen, sie wirkten auch eleganter, als wären sie entworfen und nicht nur errichtet worden wie ehedem die Betonklötze meiner Zeit. Es waren schmale, sich nach oben verjüngende Hochhäuser mit Schmuckfassaden, sie blitzten in der Sonne. Zu ihren Füßen säumte eine ganze Esplanade neuer Restaurants und Bars das Flussufer. Und Menschen. Wo ich auch hinsah: Menschen. Unterwegs, entspannt, außer Haus.

Ich schwitzte, irgendwie verstört, in meinem Wagen.

Ich sagte mir, es liege am Gedränge und am Verkehr. Zehn Jahre in einem kleinen Bergnest, ich war so etwas einfach nicht mehr gewohnt. Ich sagte mir, es liege an der Hitze.

Und es *war* heiß. Als suchte eine Hitzewelle verfrüht die Stadt heim. Das Hemd klebte mir am Rücken, die Luft flimmerte über dem Teer der Straßen. Aber außer mir schien sich niemand daran zu stören. Früher wäre Brisbane an einem solchen Nachmittag in Stupor versunken. Und jetzt ... als spielte die Hitze überhaupt keine Rolle. Ich sah nackte Oberkörper und Bikinis. Kühlboxen voller Bier. Tollende Kinder unter breitkrempigen Hüten. Aus mir unerfindlichen Gründen beunruhigte mich das.

Es wurde noch schlimmer. Als ich die Brücke nach Fortitude Valley überquerte, fiel mein Blick als Erstes auf den einstigen Redaktionssitz der *Daily Mail.* Weg. Das heißt, das Gebäude stand noch, doch beherbergte es jetzt Luxusapartments. Und alle Journalisten-Pinten im Umkreis hatten sich wundersamerweise in Cafés und Bars voll Jugend und Musik verwandelt. Es gab eine Einkaufspassage, neue Bäume, neue Buchläden. Von einem kleinen Markt drängten Menschen auf die Straße. Fortitude Valley, früher die Hochburg der Nachtschwärmer und fast verslumt, war offenbar zu neuem, strahlendem Leben auferstanden. Selbst die große Brauerei Carlton & United, die in der ganzen Gegend ihren Gärgestank verbreitet hatte, war verschwunden. An ihrer Stelle weitere Luxuswohnungen und Cafés, Cafés, Cafés. Wie überlebten sie bloß alle? Wer konnte schon so viel essen und trinken?

Dann bog ich auch schon auf die Brunswick Street ab nach New Farm. New Farm, mein geliebtes, schmutziges, halb irres und gelegentlich gefährliches Viertel New Farm, war nicht mehr. Stattdessen sah ich ... ich weiß nicht, was. Ich kroch im Stau die

Brunswick Street hinab. Ich hatte die Straße als schäbige Verlierermeile billiger Absteigen, Pfandleiher und Strichmädchen in Erinnerung. Sie alle waren wegsaniert worden. Die gesamte Straße, praktisch von Fortitude Valley bis hinunter zum New Farm Park und zum Fluss, schien gepflastert mit Cafés und Galerien, Sushibars und Designershops. Es gab kaum ein Gebäude, das ich wiedererkannte. Und erst der Park. Der immer noch bloß ein Park war, aber ungewohnt lebhaft. New Farm Park war einst Treffpunkt der Junkies und Säufer gewesen. Was hatten Familien dort verloren? Wie kamen die Leute dazu, dort zu joggen, ihre Hunde Gassi zu führen oder Cricket zu spielen? Und was war aus den Fixern und Tippelbrüdern und alten Knaben aus den Billigpensionen und all den anderen Menschen geworden, die das New Farm meiner Zeit bevölkert hatten – wo waren sie hin? Wo kamen diese vielen durchtrainierten Körper her, dieser Wohlstand, die Bräune, die schicken Klamotten?

So viel Wandel in so kurzer Zeit.

Ich war nicht gewappnet, hatte nichts dergleichen erwartet. Ich fuhr und schwitzte und kämpfte gegen klaustrophobische Anwandlungen an, als würde sich die ganze Stadt mit ihrem geschäftigen Treiben gegen mich verschwören. Nicht nur, weil ich so lange fort gewesen war, nicht nur, weil alles anders war und ich nichts wiedererkannte ...

Sondern weil alles so himmelschreiend viel *besser* war. Wie jeder Exilant hatte ich mir insgeheim ausgemalt, dass man mich vermisst haben könnte, dass die Stadt durch mein Fehlen irgendwie gemindert wäre. Doch ein flüchtiger Blick genügte, um mir zu zeigen, dass Brisbane ohne mich aufgeblüht war. Es war zu einer richtigen Stadt geworden, wie sich das gehörte, wie sie immer schon hätte sein sollen. Brisbane war, wie Charlie und ich uns die Stadt immer gewünscht hatten – ganz am Anfang, bevor wir Teil des Systems wurden und mit ihm und allen anderen den Bach runtergingen. Jetzt fand alles im Offenen statt. Alles, was man, bis auf die wenigen Auserwählten, allen verboten hatte, stand jedermann frei. Und die Leute schwärmten aus und genossen. Als hätte man das alte Brisbane, mein Brisbane, gar nicht schnell genug vergessen können.

Ich bog von der Brunswick Street ab, irrte ziellos umher. Das Ganze war ein schrecklicher Fehler. Schlimm genug, dass ich in eine fremde Stadt zurückkehrte, noch schlimmer war New Farm. New Farm war meine Heimat gewesen; mit dem, was jetzt war, hatte ich nichts zu tun. Ich kam mir überholt vor. Verstaubt. Ich gehörte der Vergangenheit an. Vor zehn Jahren war ich hier voll Besitzerstolz die Straßen entlanggegangen. Schon möglich, dass Brisbane hässlich und trostlos gewesen war, aber es war *mein*. Ich hatte dazugehört, ich hatte gewusst, wo das wahre Herz der Stadt schlug. Jetzt ... jetzt war das einzig Hässliche und Trostlose ich selbst, und ich wusste gar nichts mehr.

Die Hitze war unerträglich. Ich musste von der Straße runter. Vergeblich hielt ich nach Wegmarken Ausschau, bis ich endlich das Motel erspähte. Der stinknormale zweistöckige Flachbau erschien inmitten des ganzen Booms irgendwie tröstlich. Ich parkte und blieb noch einen Augenblick im Wagen sitzen, um mir den Schweiß vom Gesicht zu wischen.

Eine Nacht, dachte ich.

Eine Nacht; am Morgen würde ich Charlie bestatten und dann gleich wieder fahren. Weiß der Himmel, was ich erwartet oder gehofft hatte, aber nach nur einer Stunde Brisbane wusste ich, es wäre sinnlos, zu bleiben. Es würde kein Willkommen für den verlorenen Sohn geben. Keine nostalgischen Erinnerungen. Das neue Brisbane hatte mich verstoßen und gedieh. Es brauchte mich nicht, noch, so empfand ich es, wollte es mich wiederhaben.

Ich stieg aus, wich rasch vor einem Paar zurück, das auf Rollerblades vorbeiglitt, und eilte zur Rezeption. Die Sonne brannte nieder, als ich den Parkplatz überquerte. Der einsame Exilant kehrte wieder.

Ein Mann mit zehn Jahren Rückstand. Der sich nur noch verkriechen wollte.

13

ICH SCHLIEF den Schlaf der Gejagten.

Draußen auf der Straße brüllte der Verkehr, Stimmen riefen, Türen knallten, und die ganze Nacht über erfüllte das Zimmer orangegelbes Licht. Zehn Jahre lang hatten mich nur die dunklen Bergnächte in Highwood umgeben, Stille, die einem regelrecht in den Ohren sauste, aber Brisbane kannte keine Nachtruhe. Ich wälzte mich schwitzend unter den Laken hin und her, ich schreckte bei unbekannten Geräuschen hoch, Stunde um zähe Stunde. Als ich schließlich aufwachte, war es hell, mir brummte der Schädel, und auf dem Kopfkissen neben mir lag ein leerer Pizzakarton.

Der Karton war meine Kapitulation. Ich hatte an der Brunswick Street etliche italienische Lokale gesehen und trotzdem einen Lieferservice angerufen und die Pizza an der Tür entgegengenommen. Ich hatte mich nicht überwinden können, das Motelzimmer zu verlassen, über die Esplanade zu schlendern oder gar unter Menschen zu essen. Die ganze Stadt stand mir diesen einen einzigen Abend offen, und was machte ich? Ich zog die Vorhänge vor, hockte mich vor den Fernseher und tat so, als existierte das alles überhaupt nicht.

Na wenn schon.

Heute war Charlies Trauerfeier, und dann wären Brisbane und ich miteinander fertig.

Ich wälzte mich vom Bett und griff nach der Zeitung, die unter der Tür durchgesteckt worden war. Ich schlug die Seiten mit den Todesanzeigen auf und fand Charlies. Ich wusste, was da stand. Ich hatte die Anzeige selbst aufgegeben, sie war vier Tage in Folge erschienen. Nur Name, Datum, Ort. Ich hatte nichts über seine Familie preisgegeben, keine Einzelheiten seiner Vita oder wer ihn tief betrauerte. Ich wusste ja gar nicht, ob ihn jemand tief betrauerte – ob ich selbst überhaupt um ihn trauerte. Fürs Erste genügte es, einen Teil der alten Schuld abzutragen und ihn der Erde zu übergeben.

Genau genommen nicht einmal das. Das letzte Geleit würde mich ins Krematorium führen. Ich würde Charlie gar nicht beerdigen, ich würde ihn verbrennen. Ich konnte mir Charlie einfach nicht auf einem Friedhof unter einer kleinen flachen Grabplatte im Gras vorstellen, wo niemand ihn je besuchen würde. Sollte er zu Asche werden. Sein Leben war ja schon in Rauch aufgegangen. Ich würde ihn irgendwo verstreuen, das ganze Debakel in den Wind schießen. Wo, wusste ich noch nicht. Mir fiel kein Ort ein, den Charlie besonders geliebt hatte – kein Baum, Hügel oder Fluss, der sich aufdrängte. Brisbane war im Grunde sein liebster Ort gewesen, sein einziger. An dieser Stadt hatte sein Herz gehangen, oder jedenfalls an der damaligen. Was im neuen Brisbane mit ihm gewesen war oder wie er sich über Wasser gehalten hatte, davon hatte ich keine Ahnung.

Ich faltete die Zeitung zusammen und sah mich um. Das Zimmer war spartanisch eingerichtet. Bett, Couch, ein paar Stühle, Kochnische, Glasschiebetüren, die auf einen Balkon hinausführten. Durch einen Spalt zwischen den Vorhängen sah ich, dass der Morgenhimmel strahlend blau war. Da draußen lauerte noch immer die Stadt; die Trauerfeier war um neun. Keine gängige Zeit, aber bei der vermutlich kurzen, knappen Zeremonie aus Sicht der Krematoriumsbetreiber offenbar angemessen.

Eine halbe Stunde später hatte ich meine Sachen gepackt und saß im Auto.

Das Krematorium lag auf der anderen Seite des Flusses in einem Vorort. Auf dem Weg dorthin mied ich den Blick aus dem Fenster. Ich war gewarnt, ich suchte nicht mehr das Brisbane von einst. Die neue Stadt wirkte anonym, ein Montagmorgen im Berufsverkehr mit ungeduldigen und ärgerlichen Menschen.

Hupen, Hitze. Das war jede x-beliebige Stadt. Und mich plagten jetzt ganz andere Sorgen, Fragen, die ich, nachdem mir Graham diesen Kelch vorgesetzt hatte, erst einmal verdrängt hatte. Charlies Bestattung. Sie zu organisieren und hinzufahren war das eine. Doch worüber ich mir nicht nachzudenken gestattet hatte, was sich jetzt aber nicht mehr umgehen ließ, war die Frage: Wer würde kommen?

Ich konnte es nicht wissen. In den Tagen seit Charlies Tod hatte sich nicht eine interessierte Partei, nicht einer seiner alten Kumpel, seiner ehemaligen Stammgäste bei mir gemeldet. Waren sie alle wie ich? Hatten sie ihn alle längst abgeschrieben? Die Zeitungen hatten ihn zum Verbrecher gestempelt, zu einem, um den es nicht schade war, wer sollte da noch diesem Mann die letzte Ehre erweisen? Die engsten Freunde höchstens, die, die mit ihm gemeinsame Sache gemacht hatten, mit ihm aufgestiegen und dann gefallen waren. Aber sogleich musste ich an das denken, was die Detectives gesagt hatten. Nach Marvin wurde gefahndet, Jeremy saß im Rollstuhl, Lindsay – von Lindsay hatten sie nichts gesagt, aber unter allen möglichen Kandidaten hätte ich auf Lindsay zuletzt getippt.

Blieb höchstens Maybellene …

Hatte überhaupt einer von ihnen die Anzeige gesehen? Fühlte sich jemand aufgerufen?

Ich war da. Das Krematorium lag hoch oben an einem grün bewachsenen Hang inmitten eines Urnenhains. Ich war nicht zum ersten Mal hier. Es standen nur zwei andere Wagen auf dem Parkplatz, beide verlassen. Es war niemand in den Anlagen oder vor der Kapelle zu sehen. Gut möglich, dass die Fahrzeuge Angestellten gehörten. Gut möglich, dass mir das lieber war.

Ich stieg aus und blieb in der Sonne stehen. Temperatur und Feuchtigkeit kletterten mit ihr gemeinsam, und selbst hier auf der Anhöhe regte sich kein Lüftchen. Über der Stadt weiter unten hing ein dünner Smogschleier. Brisbane, mein Brisbane … für immer verloren. Schweiß prickelte unter meinen Achseln. Ich trug einen betagten schwarzen Anzug, der muffig roch. Er war mir zu weit. Er stammte aus der Zeit, als ich permanent trank, permanent aß und nicht im Traum auf die Idee gekommen wäre, zu Fuß zu gehen, wenn ich ein Taxi nehmen und die Fahrt absetzen konnte.

Es trafen keine anderen Wagen ein.

Fünf vor neun ging ich zur Kapelle hinüber und stieg die Stufen hinauf. Mit einem flauen Gefühl im Magen riskierte ich einen Blick ins Kapelleninnere. Würde denn *niemand* sonst kommen? Die Kapelle war leer. Bis auf Charlie. Sein schlichter Sarg wartete auf Rollen vor einem cremeweißen Vorhang, umgeben nur von Stille. Ich zog mich wieder ins Sonnenlicht zurück, unsicher, was ich eigentlich empfand. Bestattungen erfüllten in unserer Welt eine wichtige Funktion. Die Würde des Todes, der stille Respekt einer Trauergemeinde, der gedämpfte Ton der Unterhaltung – das hatte was; es war, so bitter wie selbstverständlich, ein Teil des Lebens. Nur war Charlie, wie ich nur zu gut wusste, einen würdelosen Tod gestorben, und es schien, als sollte ich allein Zeuge seinen letzten Gangs werden. Keine gedämpfte Unterhaltung, kein stiller Respekt. Insgeheim war ich froh drum. So wäre es einfacher. Für mich natürlich, immer für mich.

Ein Mann umrundete jetzt mit einem hastigen Blick auf seine Armbanduhr seitlich die Kapelle, sah mich und stellte sich vor. Er war Angestellter des Krematoriums und würde, wie vereinbart, die Zeremonie leiten. Er trug einen Anzug von gediegenerem Schwarz als der meine und hochmodisch, und er gab sich zum Glück nicht den falschen Anschein der Anteilnahme. Wir besprachen den Ablauf und wann ich die Urne abholen könnte, dann ging er hinein und bezog Stellung neben den Sarg. Ich wartete auf den Kapellenstufen. Die Sonne schien, es wurde immer heißer. Neun Uhr. Also würde niemand sonst kommen, *sie* würde nicht kommen, und das Ganze wäre in Minuten erledigt.

Ich war im Begriff einzutreten.

Da ächzte ein Kleinbus die Zufahrt hoch und bog auf den

Parkplatz ein, hinter allen Fenstern Gesichter. Ich stutzte. Das kam völlig unerwartet und konnte wohl kaum mit Charlie zu tun haben. Aber der Kleinbus hielt direkt unterhalb der Stufen, Türen glitten zurück. Menschen stiegen aus. Allen voran der Fahrer. Er war jung, trug eine eckige Brille und über legerer Freizeitkleidung einen schwarzen Anorak. Er war *zu* jung. Ein Bekannter von Charlie konnte das nicht sein.

Aber er hielt mir die Hand hin.

»Wir kommen doch nicht zu spät, oder?«

»Verzeihen Sie, aber zu spät wozu?«, entgegnete ich.

Er schaute mich durch die Brillengläser einen Augenblick an.

»Es geht doch um Charlies Bestattung, oder nicht?«

»Ja.«

»Dann sind wir schon richtig. Sind Sie der Bestatter?«

»Nein. Ein Freund des Verstorbenen.«

»Ah. Wie wir.«

Seine Mitfahrer defilierten jetzt an mir vorbei, ein rundes Dutzend Männer und Frauen. Größtenteils waren es ältere Leute. Oder vielmehr sehr alte. Ausgezehrte Gesichter, billige Klamotten, unsichere Trippelschritte. Aber irgendwas an ihnen, an ihren Bewegungen und den Augen kam mir bekannt vor.

»Wir sind von der Tagesklinik«, klärte mich der Fahrer auf. »Charlie war in seinen letzten Jahren häufig bei uns, und wir versuchen immer da zu sein, wenn wir einen der Unseren verlieren.«

Ich begriff. Die Tagesklinik für Suchtrehabilitation. Diese Leute kamen von der Herberge der Uniting Church, der Unterkunft für Alkoholkranke, in der Charlie offenbar viel gewesen war. Deshalb kamen mir die Gesichter vertraut vor, und diese Menschen waren natürlich längst nicht so alt, wie sie aussahen, kaum älter als ich oder Charlie. Sie waren vorzeitig gealtert. Er verriet sich im stieren Blick, der Haltung der Schultern – der lebenslange, meist aussichtslose Kampf mit dem Alkohol. Dem Aussehen nach waren dies die ganz harten Fälle, dumpf und zerquält wie Obdachlose nach vielen Jahren. Und obwohl sie im Augenblick nüchtern und aufrecht und herausgeputzt waren, ließ sich das Elend nicht einfach wegwischen. Dazu saß es zu tief.

Etwas regte sich, etwas nagte. So ein Ort also war dieses Suchtzentrum. Letzte Zuflucht für verlorene Seelen. Dort also war Charlie gelandet. Das also waren seine Freunde.

»Nein«, sagte ich, »Sie kommen noch rechtzeitig.«

Er folgte seinen Fahrgästen in die Kapelle, während ich noch einen Moment in der Sonne ausharrte.

Aber es kam niemand mehr.

Also haben wir Charlie verbrannt. Es war eine kleine und knappe Zeremonie. Der Krematoriumsangestellte wartete, bis alle Platz genommen hatten; wir füllten nun die ersten beiden Bänke. Wenn der Mann an der Trauergemeinde irgendetwas, sei es ihre Größe oder ihre Verfassung, seltsam fand, ließ er es sich in keiner Weise anmerken.

»Wir haben uns hier versammelt, um von Charles Monohan Abschied zu nehmen ...«

Er machte nicht viele Worte. Ich hatte ihm keine persönlichen Daten zu Charlie geliefert, und ich hatte auch um keine besonderen Texte oder Musikstücke gebeten. Ich hatte an die Songs gedacht, die wir damals alle hörten, an die Bücher, die wir lasen, aus denen man vielleicht hätte zitieren können, doch es gab nichts, was heute noch von Belang schien. Wir lebten in einer anderen Welt, wir waren andere geworden, und eine poetische Ader hatte sowieso keiner von uns gehabt. Wenn das eine seelen- und stimmlose Zeremonie bedeutete, nun, dann sollte es so sein. Wo es nichts zu sagen gab, musste man vor den Flammen schweigen.

Doch der Krematoriumsangestellte fragte nach seiner kurzen Rede trotzdem: »Möchte von den Anwesenden noch jemand ein paar Worte sagen?«

Er fixierte mich und wartete.

Auch die Blicke der Herbergsfreunde ruhten auf mir. Ich begegnete ihnen trotzig. Sie konnten nicht wissen, wer ich war, aber ahnten vielleicht, dass von allen dort Versammelten allein ich Charlie vor seinem Niedergang gekannt hatte. Ich schwieg. Ich forschte in ihren Augen nach Richtsprüchen, nach der Forderung: »Sprich!«, als wüssten sie irgendwie trotzdem Bescheid. Oder stellten die Frage: »Und wo bleiben die anderen? Seine wirklichen Freunde? Wieso kreuzt ausgerechnet *du* hier als Einziger auf?« Aber in ihren Augen lag nichts als stummer, abwesender Schmerz, und der hatte mit mir nicht das Geringste zu tun.

Ich schüttelte den Kopf.

Der Krematoriumsangestellte ließ seinen Blick über die Bänke schweifen, dann nickte er wie zu sich selbst und senkte die Augen. Einen Moment saßen wir alle schweigend im Angesicht des Sargs und eines erloschenen Lebens. Von draußen drangen Vogelrufe herein und von ferne Verkehrsbrausen. Dann drückte der Krematoriumsangestellte einen Knopf, und der Vorhang teilte sich. Der Sarg glitt langsam ins Dunkel dahinter, und ich bildete mir ein, irgendwo hinter mir ein Schluchzen oder Stöhnen zu hören, aber vielleicht war es auch nur ein Husten gewesen. Der Vorhang schloss sich.

Lebwohl, Charlie, dachte ich – aber automatisch, ohne wirklich etwas dabei zu empfinden.

Wir erhoben uns. Der Krematoriumsangestellte kam, wir schüttelten uns die Hand. Ich wandte den Kopf und blinzelte ins grelle Licht des Eingangs. Dahinter, draußen auf dem weißen Schotter des Parkplatzes, entfernte sich eine Frau. Einen Augenblick war sie dort – vom Licht gerahmt – als dunkler Umriss erschienen, dann entschwand sie meinem Blick, und mir blieb fast das Herz stehen.

Es war Maybellene.

Es war nicht Maybellene.

Der Krematoriumsangestellte hielt noch meine Hand. Er sagte etwas, was ich nicht hörte. Ich nickte, murmelte: »Ja ja …« und riss mich los. Ich eilte durch den Mittelgang zur Tür, doch ehe ich sie erreicht hatte, blieb ich wie angewurzelt stehen. Selbst wenn sie es war, wozu? Was hätten wir einander zu sagen? Würden wir uns überhaupt in die Augen sehen können?

Gleich darauf setzten sich meine Beine wieder in Bewegung, und ich stand draußen auf den Stufen. In meinem Rücken hörte ich Stimmen, vor mir der Parkplatz war leer. Ein Wagen verschwand eben mit einem letzten Aufleuchten der Bremslichter die Straße hinab. Wer am Steuer saß, konnte ich nicht erkennen.

Eine Hand legte sich mir auf die Schulter.

Es war der junge Mann, der Kleinbusfahrer. Der Blick, der mich durch die dicken Brillengläser musterte, war zugleich gelassen und mitfühlend. Einen Wimpernschlag lang erinnerte er mich an Marvin. Das waren wohl die vergrößerten Augen.

»Sie sind George, nicht?«, fragte er.

»Woher –?«

»Ich lese Zeitung. Es tut mir sehr leid, das mit Ihrem Freund.«

Plötzlich brannte etwas. Tränen vielleicht. Es war das Mitgefühl, das ich nicht verdiente. »Wir hatten uns viele Jahre nicht gesehen.«

Die alten Männer und Frauen schoben sich so still an mir vorbei, wie sie gekommen waren.

»Bleiben Sie länger in der Stadt?«, fragte mich der Kleinbusfahrer.

»Weshalb fragen Sie?«

Ich sah noch immer den gebrochenen Männern und Frauen nach. Ich fragte mich, wie oft sie das wohl schon gemacht hatten und ob sie wirklich Freunde von Charlie gewesen waren, ob sie mit ihm mehr geteilt hatten als nur einen Schlafsaal oder ein Zimmer. Kam es darauf an? Wenn sie an der Reihe waren und im Sarg lagen, wüssten sie wenigstens, dass jemand da wäre. Dass die Todgeweihten eingesammelt würden, um den Toten zu betrauern. Wer immer es war.

Der junge Mann blickte ebenfalls diesen Wracks hinterher.

»Charlie hat ein paar Sachen hinterlassen«, sagte er. »Nicht viel, nichts von Bedeutung, aber es gibt außer Ihnen niemanden, der darauf Anspruch erheben könnte. Ich dachte, vielleicht wollen Sie sie holen kommen? Und vielleicht haben Sie noch Fragen. Zu Charlie.«

Fragen? Über das Leben, das ihm geblieben war, nachdem May und ich dem Mann das denkbar Schlimmste angetan und ihn dann im Stich gelassen hatten? Wozu fragen? Wo ich die Antwort doch gar nicht wissen wollte. Nie hatte wissen wollen.

Ich schaute nach Westen. Von dort oben auf dem Krematoriumshügel konnte ich über die südwestlichen Vororte von Brisbane bis Ipswich und dahinter sehen. Am Horizont deutete ein schmaler blauer Strich die Berge an. Mit dem Auto gerade mal zwei Stunden. Die Wolken hätten sich inzwischen verzogen, es würde hell und kühl und klar sein. Dort wollte ich sein, nicht hier in der Hitze, im Dunst. Charlie war eingeäschert. Meine Pflicht getan.

Dennoch nickte ich.

14

DIE TAGESKLINIK DER UNITING CHURCH lag in Bardon, einem grünen, gediegenen Vorort meilenweit von allen Stadtvierteln entfernt, wo man obdachlose Tippelbrüder durch die Straßen wandern sah. Das war durchaus Absicht. Die Herberge war keine dieser Einrichtungen, wie es sie in Fortitude Valley oder im West End gab – Asyle und Unterkünfte, wo Obdachlose ein Bett und eine warme Mahlzeit bekamen. Die Mitarbeiter der Uniting Church kooperierten zwar mit diesen Einrichtungen und ließen sich Fälle überweisen, verfolgten selbst aber andere Ziele: Sie suchten ihre Klienten auszunüchtern, zu entgiften und auf den rechten, suchtfreien Weg zu bringen, über Rückfallprophylaxe und Überlebensmaßnahmen aufzuklären und sie dann entweder nach Hause zu schicken oder, wenn es kein Zuhause gab, in einem ihrer Übergangsheime unterzubringen. Sie spezialisierten sich auf solche Fälle, die andere Entzugskliniken nicht mehr haben wollten oder nicht betreuen konnten – die mit einer langjährigen Suchtgeschichte, die Mittellosen ohne Hilfe von Familie oder Freunden und ohne große Erfolgsaussicht.

Das alles erklärte mir der Tagesklinikpsychologe Mark, der Fahrer des Kleinbusses. Wir saßen in seinem Büro. Vom Ende des Gangs hörte man aus der Küche das Geklapper, das eine bevorstehende Essensausgabe ankündigte. Die Herberge bestand aus einem alten Holzhaus mit einem rückwärtigen Anbau aus Backstein … alles klein, alles schlicht. Ein Großteil der Arbeit wurde ehrenamtlich geleistet, Unterstützung von Regierungsseite, ob Bund oder Land, gab es nicht.

»Ursprünglich«, fuhr er fort, »sollten hier sowohl Alkohol- als auch Drogenabhängige behandelt werden. Aber letzten Endes widmen wir uns hauptsächlich Alkoholkranken. Es kommen manchmal auch Heroinabhängige, aber wir gelten als Spezialisten für Alkoholsucht. Das macht die Sache tatsächlich einfacher. Die beiden Gruppen vertragen sich nicht. Das mag am Alter liegen. Heroinabhängige sind in der Regel jünger, Alkoholiker älter. Erstere finden Letztere jämmerlich, hoffnungslos: Sie selbst werden natürlich nie so enden; umgekehrt betrachten die Alkoholkranken die Heroinsüchtigen als miese Ratten und Langfinger: So schlimm waren *sie* nie.«

Er lächelte flüchtig, den Blick auf die abgeschabte Aktentasche auf seinem Schreibtisch gerichtet.

»Ältere Heroinabhängige haben wir natürlich selten, weil die meist jung sterben, und jüngere Alkoholkranke umgekehrt deshalb nicht, weil man schon ein Leben lang trinken muss, bis man so weit abrutscht, dass man hier bei uns landet.«

Auch ich hatte Augen nur für die Aktentasche. Sie war aus Leder und hatte neu sicher eine Stange Geld gekostet, nur, neu war sie schon lange nicht mehr. Der Griff war rissig und überdehnt, die unteren Ecken mit Isolierband geflickt. Als wäre die Tasche hochgenommen, geschleppt, abgesetzt, hochgenommen, geschleppt, abgesetzt worden, wieder und wieder und wieder.

»Verzeihen Sie«, sagte er. »Vielleicht erzähle ich Ihnen lauter Dinge, die Sie wissen?«

Ich sah ihn an. »Eigentlich nicht.«

Das war gelogen. Ich wusste eine Menge darüber. Andererseits sagte ich die Wahrheit. Ich saß zum allerersten Mal in meinem Leben in einer Suchtklinik.

»Sind das Charlies Sachen?«

Er nickte und schob mir die Aktentasche hin. Ich nahm sie auf den Schoß und öffnete sie.

»Das ist alles?«

»Alles, was er hier bei uns hatte. Unsere Klienten besitzen in der Regel nicht viel, und wir haben ohnehin keinen Platz für persönliche Sachen. Manche haben irgendwo noch eine feste Bleibe, aber wenn das auf Charlie zutraf, wussten wir hier jedenfalls nichts davon. Er war entweder bei uns oder in einem unserer Übergangsheime oder sonst wo. Er hatte natürlich Klamotten, aber das waren im Grunde Sachen von uns, Spenden aus unseren Kleiderkammern, und das, was noch zu gebrauchen war, haben wir nach seinem Tod wieder einsortiert. Bleibt also nur das da.«

Die Aktentasche war vollgestopft mit Unterlagen. Dokumenten, dem ersten Anschein nach – jedenfalls die zuoberst liegenden. Ich blätterte ein bisschen. Kontoauszüge, Stromrechungen, überwiegend Jahre alt. Kündigungen, meist von Pensionszimmern. Sozialversicherungsscheine. Rezepte für Medikamente, die ich nicht kannte. Eine eselsohrige Geburtsurkunde. Aber es war nichts darunter, was privat ausgesehen hätte, nichts in Charlies Handschrift. Ich studierte zwei der Zettel ganz oben: Kontoauszüge jüngeren Datums. Nie mehr als ein paar hundert Dollar, auf dem letzten eine schwarze Null.

Der Psychologe beobachtete mich. »Der letzte Auszug traf nach der Todesnachricht ein. Wir haben die Bank und die Behörden informiert, und inzwischen ist das Konto aufgelöst.«

Ich sagte: »Er hat in der Woche vor seinem Tod sein letztes Geld abgehoben. Zweihundert Dollar.«

»Er hat einen Rückfall erlitten. Das war leider nicht untypisch. Er ist dann meist für ein paar Tage auf Sauftour verschwunden und hier erst wieder aufgetaucht, wenn er pleite und sehr krank war.«

»Sie haben nicht versucht, ihn abzuhalten?«

»Man kann niemanden abhalten. Wir können Rat spenden, aber unsere Klienten können jederzeit gehen, sie können tun und lassen, was sie wollen. Wenn wir allerdings Neuzugänge haben, während sie auf Tour sind, und ihre Plätze bei ihrer Rückkehr besetzt sind, dann haben sie Pech gehabt.«

Ich nickte und grub tiefer. Ganz unten in der Aktentasche fand ich einen dicken Packen vergilbter Zeitungsausschnitte. Zuoberst lag ein großes Foto. Es versetzte mir einen Stich, kaum weniger scharf und heftig als echtes Herzstechen.

Das Foto zeigte Charlie und mich. Es stammte aus den Klatschseiten, und die Aufnahme war die einer fröhlichen Runde in einem von Charlies Restaurants ... seinem dritten, schien mir, dem unten am Fluss. Charlie war mit erhobenem Weinglas im Vordergrund zu sehen. Er trug die weiße Kleidung des Küchenchefs, er strahlte, und wie üblich strafte nur das strahlende Lachen seine Grobschlächtigkeit Lügen. Und wie jung er aussah, wie greifbar, wie lebensstrotzend – ohne zerschlagenes Gesicht, ohne dümmlich leeren Blick. Die Augen sprühten vor Tatkraft. Nichts erinnerte an das Ding, das an die Schaltanlage des Umspannwerks gefesselt gewesen war. Und wie genau ich auch hinsah, nichts wies auf die grausame, freundlose Zukunft hin.

Auf dem Bild scharte er Menschen um sich. Direkt hinter ihm an der langen Tafel saßen wir. Alle. Ich am oberen Ende, das Glas ebenfalls erhoben und in die Kamera grinsend. Ein feister, siegesgewisser junger Mann mit einer blendenden Zukunft. Charlies allerbester Freund.

»Neuer Stern am kulinarischen Himmel feiert jüngsten Erfolg«, lautete die Bildunterschrift.

Der junge Erfolgsgastronom Charlie Monohan hat jüngst sein drittes Restaurant eröffnet und gehört damit endgültig zu den erfolgreichsten Restaurateuren Brisbanes. An der beliebten neuen Adresse am Brisbane River findet sich immer häufiger die gesellschaftliche Elite unserer Stadt ein, darunter das neue politische Schwergewicht im Kabinett, der Mann der Stunde ...

Marvin saß direkt neben mir, sein Grinsen dämlich, die Augen hinter den dicken Brillengläsern riesig, die Arme effekthascherisch der Kamera entgegengestreckt, mit breitem Schlips und hässlichen Schweißflecken im Hemd. Lindsay, ihm gegenüber, zeigte der Kamera mit unbehaglich hochgezogenen Schultern den Rücken. Und auch Jeremy war da, verschwommen und noch weiter im Hintergrund, mit abgewandtem Kopf, distanziert wie immer. Das Foto musste aus der Frühzeit unseres Syndikats stammen, noch bevor Jeremy richtig dazugehörte. 1981? 1982? Ich wusste es nicht mehr.

Und überall viel, viel Wein. Das Gelage dauerte offenbar schon eine Weile an. Ein Lunch, wie es schien. Zwischen den Platten und Tellern sah man sechs oder sieben Flaschen, Gläser in allen Größen. Glanz in allen Augen.

Am äußersten Rand des Fotos, am weitesten von Charlie und mir entfernt, war das Tischende aus der Aufnahme herausgetrennt. Übrig geblieben war nur ein schlanker, weißer Arm. Er lag auf dem Tischtuch, die Hand locker um ein Weinglas gelegt. Eine Frauenhand.

War das unsere erste Begegnung gewesen? Unsere erste wirkliche Begegnung mit Jeremy, und in seinem Schlepptau – missmutig und widerstrebend – Maybellene selbst? War an jenem Tag ein Fotograf da gewesen?

Ich wusste es nicht mehr.

Ich blätterte weiter. Und weiter. Dutzende von Ausschnitten. Vergilbt, zerknittert, aber erhalten. Thema immer Charlie und seine Restaurants. Besprechungen, Auszeichnungen, Erweiterungen, Neueröffnungen mit Zelebritäten, Societydamen, Politikern. Mal war Charlie mit abgelichtet, mal nicht, aber in den Bildunterschriften kam er immer vor. Hier war seine ganze Laufbahn dokumentiert.

Oder fast die ganze. Ich blätterte vor zum letzten Ausschnitt. Er stammte von Anfang 1987. Einen Monat nur vor dem Anfang vom Ende. Danach hatte Charlies Erwähnung in den Medien nichts mehr mit Kochkünsten, Wein oder Partys zu tun. Höchste Medienpräsenz, keine Frage, aber nichts, was man ausschneiden und aufheben mochte.

Ich ließ den Packen sinken. Es fiel mir schwer, dem Blick des Psychologen zu begegnen.

»Bewegtes Leben«, meinte er ohne besondere Betonung.

»Das Ende kennen Sie?«

»O ja.«

»Hat er … darüber gesprochen?«

»Kaum. Einige wussten Bescheid. Umso trauriger erscheint einem das Ganze. Bei dem glanzvollen Anfang so elendig zu enden …«

Ich schluckte. »Wie war er? In den letzten Jahren?«

»Na ja, es gab natürlich die Kopfverletzungen. Mit entsprechenden irreversiblen Schäden auch in sozialer, in zwischenmenschlicher Hinsicht. Im Kern war er ein prima Kerl, aber es gab auch Frustrationen und große Bitterkeit.«

»Wissen Sie, was er nach seiner Entlassung gemacht hat?«

»Getrunken.«

»Er hat nie wieder gearbeitet? In der Gastronomie etwa?«

»Nicht, dass ich wüsste. Er bekam seine Behindertenrente, und er muss mehrfach umgezogen sein. Bis er schließlich hier bei uns landete. Die Umstellung von der Haft ins normale Leben ist ja so schon schwer genug, aber jemand wie er, noch dazu bei der Vergangenheit, hatte wenig Chancen. Hätte er Familie gehabt oder irgendeine Form von Unterstützung, irgendwohin gekonnt …«

Er ließ es ungesagt. Freunde. Hätte er Freunde gehabt. Ich spürte, wie ich rot wurde.

»Hat er von mir gesprochen?«

Der Psychologe überlegte. »Nicht, dass ich wüsste.«

»Ich frage, weil er auf dem Weg zu mir war, als es passiert ist.«

»Ja, davon habe ich gelesen.«

»Ich weiß nicht, was er wollte.«

»Zu mir hat er nichts gesagt. Die Polizei hat auch schon danach gefragt. Sie haben auch alle anderen befragt, Klienten, Mitarbeiter, alle, die mit ihm zu tun hatten. Er hat niemandem etwas davon gesagt.«

»Aber er hat das Auto entwendet.«

»Das stimmt. Anfangs waren wir uns nicht sicher, ob er es gewesen sein konnte. Er sollte eigentlich drüben im St. Amand sein, aber einer unserer Klienten meinte, Charlie hätte an dem Nachmittag vorn am Empfang herumgelungert. Dort hängen die Schlüssel. Also haben wir die Sache gemeldet, und am nächsten Tag rief die Polizei dann schon mit der Nachricht an.«

»St. Amand? Was ist das?«

Er hob die Brauen. »Ach, ich dachte, das wüssten Sie. Dort gibt es eine weitere Entzugsklinik.«

»Er sollte verlegt werden?«

»Ja. Er war, wie gesagt, nach seinem zwei- oder dreitägigen Vollrausch in elendigem Zustand hier aufgetaucht, ließ sich aber schon am Tag drauf verlegen. Ein Krankenwagen hat ihn abgeholt. Erst ein paar Tage danach kam er wieder – offenbar wegen des Autos.«

»Das wusste ich nicht.«

»Wir haben es der Polizei gesagt. Ich hatte deshalb angenommen, Sie wären im Bilde.«

»Wieso wurde er verlegt?«

»Er wollte es. Wir waren eigentlich überrascht. Die Privatklinik St. Amand nimmt nur zahlende Patienten – und wir wussten doch alle, dass Charlie nichts hatte. Es ist eine gute Einrichtung. Weit besser ausgestattet, als wir es hier sind. Also haben wir uns für ihn gefreut.«

»Und wo liegt diese Einrichtung?«

»Sie gehört zum Sanatorium und Privatklinikum St. Amand drüben in Hamilton. Erstklassiges Haus. Allerdings macht man dort nicht groß Werbung für seine Entzugsklinik. Es werden überwiegend Privatpatienten versorgt, und die wollen nicht unbedingt, dass alle Welt von ihrem Suchtproblem weiß.«

Das alles war mir vollkommen neu.

»Und werden oft Klienten von Ihnen dorthin verlegt?«

Er lachte. »Da sind Welten dazwischen. Die sind ganz oben, wir sind ganz unten. Nein, unsere Klienten kommen sonst nicht ins St. Amand.«

»Außer Charlie.«

»Außer Charlie. Aber Charlie war in mehr als einer Hinsicht eine Ausnahme. Immerhin war er tatsächlich einmal wohlhabend gewesen. Das kann man von unseren Klienten nur sehr selten sagen. Sie ist ein Mythos, die Mär vom Exmillionär in Lumpen, dem Abstieg des einstigen Eisenbahnbarons. Unsere Leute kommen von unten, und dort bleiben sie auch.«

»Dann glauben Sie, dass Charlie von damals noch Geldreserven hatte?«

»Ausgeschlossen ist es nicht, aber unwahrscheinlich. Ich dachte eher, es hätte ihm vielleicht jemand den Aufenthalt spendiert. Ein alter Freund.«

»Hat er jemanden erwähnt?«

»Nein.« Er hob die Achseln und schlug die Augen nieder. »Aber die alten Kreise kennen Sie sicherlich besser als ich.«

O ja, kannte ich … das war ja das Dilemma.

Plötzlich röchelte jemand im Gang. Eine alte Frau wankte vorbei, sie hustete sich fast die Lunge aus dem Leib.

Ich wandte mich wieder dem Psychologen zu. »Kehrt tatsächlich jemand geheilt aus dem Klinikum St. Amand zurück?«

»Eine Heilung gibt es nicht. Die einen überleben, die anderen nicht. Jüngste Forschungsergebnisse lassen nicht den Schluss zu, dass irgendeine Behandlungsmethode besser wäre als eine andere. In Wahrheit ist keine besonders erfolgreich. Das heißt, es hängt viel davon ab, welchen Lebensstandard der Betroffene trotz allem halten kann. Und das ist wiederum eine Geldfrage. Schauen Sie sich im St. Amand um. Die Leute dort ähneln unseren hier kein bisschen; sie sind hübsch eingerichtet, genießen jeden Komfort, Superfernseher und Markenkaffee. Andererseits ist das Geld letztlich auch der einzige Unterschied.«

Wir saßen uns einen Augenblick schweigend in seinem schlichten Büro gegenüber.

Ich besah mir die Aktentasche.

»Die darf ich mitnehmen?«, fragte ich.

»Sie haben die Einäscherung bezahlt, näher werden wir nächsten Angehörigen wohl nicht kommen. Die Polizei hat die Sachen schon gesehen, es war nichts dabei, was sie …«

Die nächste Frage wägte ich ab: »Es gab eine Ehefrau. Ist sie nie gekommen?«

Er schüttelte den Kopf. »Ich wusste zwar, dass er verheiratet gewesen war, aber gesprochen hat er von seiner Frau nie, und sie hat ihn hier auch nie besucht.« Er sah mich unverwandt an. »Das hat niemand.«

Es versetzte mir abermals einen Stich; ich erhob mich. Die Aktentasche hielt ich in der rechten Hand, der Griff fühlte sich weich und abgenutzt an. Ich stellte mir Charlies Finger dort vor, wo jetzt meine waren, und wie er die Tasche überall hin mitgeschleppt hatte – was immer überall hieß, im Lauf der langen Jahre. Die Tasche kam mir schwer vor.

»Wenn die im St. Amand wirklich so gut sind, wieso hat Charlie dann die Klinik nach nur drei Tagen wieder verlassen?«

Der Psychologe seufzte. »Mich dürfen Sie nicht fragen, George. Fahren Sie doch hin und werfen Sie selbst einen Blick auf die andere Welt.«

Ich nickte und trug die Aktentasche hinaus zum Wagen.

15

DIE ERINNERUNG SPIELTE einem Streiche.

Es war kein Fotograf zugegen, als ich Jeremy kennenlernte. Und es war kein Lunch, sondern ein Abendessen, und zwar ein sehr spätes. Noch fand unsere erste Begegnung im Flussrestaurant statt, sondern in einem der anderen. Und May war auch nicht dabei … obwohl es um sie ging. Was mir seinerzeit nicht klar war.

Zum einen war ich betrunken.

Wir hatten etwas zu feiern. Die Geschäfte liefen gut. Drei Jahre waren seit der Gründung unseres kleinen Syndikats vergangen, und wir waren ein voller Erfolg. Sowohl als Zusammenschluss wie auch einzeln.

Ich zum Beispiel hatte inzwischen meine eigene Kolumne bei der Zeitung. Man kannte mich in der ganzen Stadt, lud mich zu den gesellschaftlichen Großereignissen ein, zu Eröffnungsfeiern, zu allem und jedem. Das tagesjournalistische Geschäft war unter meiner Würde. Ich, ich warf kleine Skizzen hin, erzählte amüsante Geschichten, verbreitete Anekdoten über die Reichen und Mächtigen, überführte sie ihrer Eitelkeiten. Man buhlte um meine Aufmerksamkeit, um eine Erwähnung, um Stillschweigen. Gelegentlich wurde mir, zum Entzücken meines Chefs, eine Verleumdungsklage angedroht.

Ich war Klatschkolumnist. Jahre später würde ich mich an kein einziges Wort dessen erinnern können, was ich geschrieben hatte.

Daneben war ich Teilhaber dreier mit Schankerlaubnis ausgestatteter Restaurants, und die würde ich so schnell nicht vergessen. Charlies Restaurants. Das erste, ursprüngliche, aber erheblich erweiterte in Paddington. Ein zweites im Zentrum. Und das dritte am Fluss. Sie waren die Wegmarken meiner Abende, ich zog von einem zum anderen wie ein Nomade. So hielten wir es alle, und unsere Freunde und Gesprächspartner und Kollegen schleiften wir mit. Es gab keinen Ärger mehr mit Öffnungszeiten, Reservierungen, Alkohol. Nicht für einen Teilhaber, nicht mit der Schützenhilfe Lindsays, der hinter den Kulissen alles an den entsprechenden Schaltstellen regelte, obwohl wir gegen jedes Gesetz verstießen, das nur im Entferntesten Gastronomie und Alkoholausschank und Sperrstunden betraf. Und nicht, wo doch Marvin Abend für Abend die halbe Regierung im Schlepptau hatte. Innerhalb des Systems waren wir unangreifbar.

Das war auch gar kein Geheimnis. Charlies Läden waren dafür bekannt, jedenfalls bei denen, deren Sache es war, sich auszukennen, und die Normalbürger, was kümmerten die uns? Charlie hatte gesalzene Preise, und es entrichteten sie Menschen, die sich um Geld und Kleinigkeiten wie Gesetze keine Sorgen zu machen brauchten. Charlie selbst war überall zugleich. Er entwarf Menüs und überwachte die Zubereitung, aber zu wahrer Hochform lief er als Geschäftsführer auf. Seine hässliche Visage empfing die Gäste, er kannte alle Welt, und sie kannte ihn. Inzwischen genoss er einen gewissen Ruf. Den Ruch einflussreicher Connections und aufregend zwielichtiger Geschäfte. Das verlieh zusätzlichen Glamour, und Charlie war clever genug, mitzuspielen und den gutmütigen Gangster zu geben. Äußerlich entsprach er ja der Rolle. Dass Marvin und Lindsay, dass ich selbst die Finger mit drin hatten, war weniger allgemein bekannt. Aber dass sich da etwas abspielte, wussten alle, und das war das Einzige, was morgens um vier zählte, wenn fast als einzige in der Stadt noch bei uns die Bar auf hatte.

Andererseits waren wir, was den Cashflow betraf, immer noch kleine Fische. Das richtige Geld wurde anderswo gemacht. Also lud Marvin eines Abends zur Lagebesprechung: Diversifizierung lautete die Parole. Und inzwischen war es so, dass wir, wenn Marvin pfiff, alle brav antanzten. Er war jetzt berühmt. Minister. Und komischerweise verdankte er das dem Strom.

Genau, wie es uns Marvin drei Jahre zuvor prophezeit hatte, war die Regierung wild entschlossen, die Macht der Electrical Workers Union zu brechen. Zwei Jahre nach ihrem damaligen Versuch legte sie es wiederum auf eine Teilprivatisierung und Umgehung tariflicher Vereinbarungen an. Abermals antwortete die Gewerkschaft mit Streik. Neunhundert Angestellte der staatlichen Stromversorgungsunternehmen verließen ihre Posten. Freileitungsmonteure, Wartungs- und Werkspersonal. Sie alle bestreikten ihre Betriebe, belagerten die Büros der privaten Subunternehmen. Und wieder einmal plagten Queensland Stromausfälle.

Beiden Seiten, Regierung wie Gewerkschaft, war klar, dass es diesmal kein Zurück geben würde. Und diesmal war die Regierung gewappnet. Sie rief den Notstand aus, entließ neunhundert Betriebsangehörige und schrieb ihre Stellen neu aus.

Es ging drunter und drüber. Der Energie- und Bergbauminister erklärte mit Rückendeckung des Premiers, den Streikenden sei regulär gekündigt worden und sie konstituierten nun keine ordentliche Gewerkschaft mehr, sondern seien vielmehr Pöbel, der die Straßen unsicher machte. Man schickte Hundertschaften Polizei los, es kam zu Festnahmen und Ausschreitungen ungekannten Ausmaßes, Straßenschlachten und Aufruhr, Phänomenen, die im ganzen Land für Schlagzeilen sorgten.

Zunächst sah es so aus, als hätte die Regierung sich gehörig verrechnet. Der Staat war lahmgelegt. Täglich blieben wir vier oder fünf Stunden ohne Strom, die Streikenden konnten die Privaten immer noch an einem geregelten Betrieb hindern. Die Beschwerden häuften sich, selbst aus dem regierungstreuen Lager, etwa vonseiten der Bergbauindustrie und der Tourismusbranche. Die Medien erwachten kurzzeitig aus ihrem Dornröschenschlaf und begannen, unbequeme Fragen zu stellen. Weitere Gewerkschaften drohten mit Streik. Die Seeleute. Die Baubranche. Busfahrer und Zugführer. Nach zwei Wochen Ausstand und keinerlei Anzeichen für ein Schwächeln der Gewerkschaft, dafür aber einem Wanken der Privatunternehmen, musste der Energie- und Bergbauminister seinen Hut nehmen. Die Stromgewerkschaft feierte sich schon als Sieger.

Seine Nachfolge trat zur allgemeinen Überraschung der unerprobte Hinterbänkler, das politische Fliegengewicht Marvin McNulty an.

Bis dahin hatte mich das alles nur mäßig interessiert. Die Stromausfälle nahm ich wie alle anderen hin; ich verfolgte die Scharmützel mit den Streikposten im Fernsehen, überließ die Berichterstattung aber meinen weltlichen Kollegen. Ich hatte keine eindeutige Meinung zur Frage, in wessen Hand die Stromversorgung liegen solle. Mir kam es einzig darauf an, dass mein Bier kalt blieb. Erst viel später begriff ich, wie entscheidend diese wenigen Wochen den Lauf meines Lebens beeinflussen sollten. Und dass ich, hätte ich das Geschehen im Fernsehen nur ein klein wenig aufmerksamer verfolgt, dort zwischen Polizeibeamten und Streikenden die Frau hätte sehen können, in die ich mich einmal verlieben sollte.

Maybellene.

Sie war natürlich jünger als ich und verkehrte in einer Welt, die der meinen feindlich gegenüberstand.

Sie studierte im letzten Jahr, saß an ihrer Diplomarbeit in Soziologie und war gleich nach ihrem Abgang von der katholischen Mädchenschule politisch aktiv geworden. Queensland verletzte ihren Sinn für Gerechtigkeit. Ihr Zorn galt nicht nur der Regierung, sondern ebenso den Wählern, die diese im Amt hielten. Der Stromkonflikt setzte allem die Krone auf. Sie verfolgte die Auseinandersetzungen schon seit zwei Jahren, und ursprünglich hatte sie nur um ihrer Abschlussarbeit willen den Kontakt zur Gewerkschaft gesucht, doch als es zum Knall kam, war sie längst stark involviert. Sie schob mit Streikposten. Als der Notstand ausgerufen wurde, nahm man sie gleich bei den ersten Räumungen fest, und so verbrachte sie ihre erste Nacht in der Zelle. Doch am nächsten Tag stand sie wieder vor den Betrieben – und wurde erneut festgenommen. Sie war bereit zu kämpfen bis zum bitteren Ende. Als der Minister geschasst wurde, glaubte sie natürlich, wie alle anderen auch, dass der Kampf gewonnen sei. Wer war schon Marvin McNulty?

Marvin war, wie sich herausstellte, für den Job genau der richtige Mann.

Wie er sich den Posten geangelt hatte, wusste ich nur sehr ungefähr. Es wurde von den richtigen Leuten an den richtigen Stellen gemunkelt und von Geldern, die unsichtbar flossen. Von engen Verbindungen zu den privaten Netzbetreibern bzw. davon, dass er den Premier in der Hand habe. Davon, dass sein Vorgänger zu zimperlich gewesen sei und sich von dem Getöse habe einschüchtern lassen, dass aber Marvin anders durchgreifen würde.

Was er tat. Es wurde erneut zum Sturm auf die Streikposten geblasen. Die Privaten, die sich wankelmütig gezeigt hatten, mobilisierten plötzlich ganze Brigaden von Streikbrechern und lancierten einen Gegenangriff. Die Polizei sah rigoros weg oder griff nur zugunsten der Streikbrecher ein. Marvin bombardierte die Medien mit einem ganz eigenen Propagandacocktail über Gewerkschaftskungelei und -korruption einerseits sowie der Vision einer besseren Privatstromwelt andererseits: mit günstigeren Tarifen, schnellerem Service, besserer Wartung. Die Gewerkschaft kriegte plötzlich medial kein Bein mehr auf den Boden. Die öffentliche Meinung, nie ausgesprochen pro Streik, kippte. Die Leute waren die Ausfälle leid, sie wollten, dass es aufhörte, egal wie. Es vergingen weitere zwei Wochen. Den entlassenen Staatsbetriebsangehörigen ging das Geld aus, und es war kein Ende abzusehen. Zweifel waren gesät. Wohin sollte das Ganze noch führen?

Da spielte Marvin seinen Trumpf aus. Er ging gerichtlich gegen einzelne Streikende vor, reichte gegen neunhundert Einzelpersonen Schadensersatzklagen wegen finanzieller staatlicher

Einbußen ein. Die geforderten Beträge waren astronomisch. Zugleich bot er einen Ausweg an. Die Klagen würden zurückgezogen und die Entlassenen wieder eingestellt – wenn sie sich bereit erklärten, neue Verträge abzuschließen, denen zufolge sie auf jede gewerkschaftliche Vertretung verzichteten, schlechtere Arbeitsbedingungen akzeptierten und eine Klausel unterschrieben, die ihnen Streik untersagte. All das, mehr oder weniger, was die Regierung von vornherein gewollt hatte.

Und dann wartete er.

Die Gewerkschaft wusste, was die Stunde geschlagen hatte. Man rief zur Solidarität auf. Auch die Opposition mahnte zur Solidarität. May mahnte, irgendwo da draußen, mittendrin, zur Solidarität. Doch die Front bröckelte. Einige der Entlassenen unterschrieben. Die Opposition zerrieb sich in Flügelkämpfen zur Frage, wer es überhaupt so weit hatte kommen lassen. Vor den Betriebstoren erschienen immer weniger Streikende.

In ihrer Verzweiflung griffen May und ihre Genossen zu extremen Maßnahmen. In einer Nacht-und-Nebel-Aktion legten sie in der Zentrale eines der wichtigsten Privatstromversorger Feuer.

Das war das Ende. Das bisschen Sympathie, das der Gewerkschaft noch entgegengebracht wurde, ging in Rauch auf. Marvin erklärte sich moralisch zum Sieger, und die Gewerkschaft konnte die Brandstiftung so oft verurteilen und jede Beteiligung daran so vehement von sich weisen, wie sie wollte, auch dort wusste man: Der Ofen war aus. Hunderte entlassene Betriebsangehörige knickten ein und unterschrieben die neuen Verträge. Hunderte andere kehrten der ganzen Branche den Rücken, viele von ihnen auch dem Bundesstaat. Die Stromversorgung normalisierte sich, und fortan waren es, obwohl das Energiegeschäft in öffentlicher Hand blieb, zunehmend Subunternehmer und private Netzbetreiber, die die Versorgung bestritten. Bei den Ermittlungen zum Feuer ging der Polizei ein Verdächtiger ins Netz; er gestand und nannte Namen.

May landete wieder hinter Gittern. Vorwurf: Brandstiftung.

Alles in allem war es für die Regierung ein epochaler Triumph. Den übrigen Gewerkschaften war erst einmal das Maul gestopft, die Opposition lag am Boden. Sie würde sich ganze sieben Jahre nicht mehr auch nur in die Nähe der Macht vorrobben können. Und all dies war Marvins Verdienst. Über Marvin lachte nun niemand mehr. Er war ein Politstar, er war Energie- und Bergbauminister. Und auch wenn sein Stern nie mehr ganz so hoch steigen sollte wie in den ersten Monaten nach dem Konflikt, war durchaus verständlich, dass er sich fortan für unverwundbar hielt.

Er bat also zu einem späten Imbiss in Charlies Lokal, und wir leisteten der Einladung selbstverständlich Folge. Marvin sah jetzt sogar anders aus. Er wurde mit den Jahren massiger, eindrucksvoller, und während er nie über sonderlich viel Stil oder Charme verfügte hatte, umgab ihn jetzt diese schwer fassliche Aura, die eine Begleiterscheinung der Macht ist. Er erklärte, es sei an der Zeit, über die Gastronomie hinauszublicken. Die Zukunft liege in Clubs. Nachtclubs. Da sei wirklich Geld zu holen. Und wenn es in den Hinterzimmern Gelegenheit zu einem Kartenspiel oder ein bisschen nicht jugendfreier Unterhaltung gebe, nun, dann sei das doch ein netter Nebenverdienst.

Ich verstand auf Anhieb. Casinos und Frauen. Das hätte bedenklich klingen müssen, aber in Queensland, wie wir es mittlerweile kannten, funktionierten die Dinge eben so. In den drei Jahren seit Gründung unseres Trios hatten wir gelernt, wie der Hase lief. Wir kannten sämtliche Spielhöllen, einige Puffs und alle Besitzer, wir tranken mit ihnen, wir waren Stammgäste in ihren Etablissements. Sie waren nicht anders als wir. Jeder in unserer Welt hatte die Finger in *irgendwelchen* nicht ganz sauberen Geschäften. Buchmacher, Prostituierte, Politiker, selbst die Polizei. Auch seriöse Geschäftsleute waren im Bilde. Wer in Queensland irgendetwas geregelt haben wollte, musste irgendwo irgendwen schmieren. Und nun hatten wir einen Minister mit im Boot. Was konnte da noch schiefgehen?

Ich war sowieso betrunken; ich hatte schon mittags angefangen. Und ich fand, wenn wir das Nachtleben Brisbanes mitgestalten konnten, wenn wir uns noch mehr Anlaufstellen, noch mehr Laster zulegen konnten, warum in Gottes Namen nicht? Wieder war es Charlie, der als Einziger Bedenken anmeldete. Clubs waren nicht unbedingt sein Fall, und außerdem hatte er mit seinen Restaurants genug zu tun.

»Kein Problem«, sagte Marvin. »Um den täglichen Ablauf kann sich Lindsay kümmern. Aber du hast den Namen, Charlie. Die Clubs sollten wenigsten dem Anschein nach sauber sein, und die entsprechenden Schankerlaubnisse hast du ja schon, wenn also dein Name an der Tür steht, umso besser. Ihr seht doch ein, dass ich da offiziell nicht auftreten kann, und von Lindsay hat doch kein Mensch gehört ... Wen haben wir denn sonst?«

Also willigte Charlie ein. Wir alle willigten ein.

Das war eine goldene Stunde. Es wurden Flaschen entkorkt. Wir erhoben gerade die Gläser zum Anstoßen, als sich am Ende des Saals ein Gast von seinem Tisch erhob und an unseren kam. Ein hagerer, elegant gekleideter älterer Herr, der mir vage bekannt vorkam. Marvin kannte ihn jedenfalls ganz offensichtlich und hielt ihm die Hand hin.

»Jeremy«, sagte er.

Der alte Herr lächelte. »Marvin. Ich wollte gratulieren.«

»Danke.«

»Der Premier, höre ich, ist schwer beeindruckt.«

Marvin winkte ab. »Man gibt sich Mühe.«

»Sag mal, hast du einen Augenblick Zeit?«

»Worum geht's?«

Der alte Herr ließ seinen Blick über die Runde gleiten und zu Marvin zurückkehren.

»Keine Sorge«, lachte Marvin. »Die sind in Ordnung.«

Der alte Herr nickte kommentarlos. »Es geht um deine ... Brandstifter.«

»Es sind nicht meine Brandstifter, Jeremy. Aber was für ein Glück, dass die aufgetaucht sind, was?«

»Nun, zu ihnen gehört eine Person, die mir … am Herzen liegt. Ich würde ihr gern helfen.«

Marvin wurde ernst. »Die sitzen ziemlich tief in der Scheiße, das weißt du. Es liegt eigentlich nicht in meiner Hand. Die Polizei will Verurteilungen sehen. Sie widersetzen sich sogar Kautionsregelungen.«

»Ich weiß, aber was diese junge Dame angeht, kann ich bei der Polizei wohl selbst einigen Einfluss geltend machen. Sie war ja keine Rädelsführerin. Was mir vielmehr Kopfzerbrechen bereitet, ist das betroffene Unternehmen. Das muss ich auch auf meine Seite ziehen.«

»Aha.«

»Und es heißt, du hättest da Freunde.«

Marvin nickte. »Vielleicht reden wir *doch* lieber ein andermal drüber. Lass uns einen Termin vereinbaren. Ich wollte ohnehin einiges mit dir besprechen.«

Wieder blickte der alte Herr in die Runde. »Dachte ich mir doch.«

Und dann war er weg.

Das war meine erste Begegnung mit Sir Jeremy Phelan, leitender Ministerialbeamter im Ruhestand, der jedoch noch als Berater für den Premier und diverse andere Regierungsstellen tätig war. Und ich hörte zum ersten Mal von Maybellene.

Ich habe mir nicht viel dabei gedacht. Ich leerte mein Weinglas und schenkte nach.

Doch wenige Tage später eröffnete uns Lindsay, als wir den Kauf unseres ersten Nachtclubs klarmachten, dass Jeremy im Gegenzug für gewisse Gefälligkeiten auf dem Gebiet städtebaulicher und ordnungsbehördlicher Vorschriften als Investor und Teilhaber zu betrachten sei.

Und Maybellene, die in ihrer Zelle schmorte, erhielt unerwarteten Besuch.

16

ICH STAND auf dem Parkplatz des Privatklinikums St. Amand.

Der Name kam mir bekannt vor, obwohl ich nie hier gewesen war.

Hatte ich jemanden mal von der Klinik sprechen hören? Oder dachte ich an einen Namensgeber, einen Heiligen? Ich war schließlich katholisch erzogen. Aber ich konnte mich weder an einen St. Amand noch an irgendwelche Wundertaten erinnern.

Ich stand schwitzend in der Sonne und sah an dem Gebäude hoch. Vielleicht war der Komplex einst ein Kloster gewesen – der zweigeschossige Sandsteinbau wirkte altehrwürdig. Das Dach war mit Giebeln und Türmchen bewehrt und mit Kruzifixen verziert. Vielleicht hatten in den Gängen einst Nonnen hinter Schleiern gewispert. Die Lage überhaupt war kontemplativ: Das Gebäude lag hoch oben auf einem Hügel östlich vom Zentrum und bot eine wunderbar weite Sicht über den Fluss hinweg bis zur blendend hellen Bucht. Doch Klostervergangenheit hin oder her, der moderne Parkplatz und die getönten Scheiben der Fenster verrieten eine weit weltlichere Funktion. Der Komplex beherbergte nun ein Sanatorium mit angeschlossener Entzugsklinik, offensichtlich eine teure. Die bescheidene Tagesklinik in Bardon hätte leicht im Vorbau Platz gehabt.

Wann hatte ich von St. Amand schon gehört und von wem?

Der Asphalt glühte unter meinen Schuhsohlen. Ich eilte durch das Eingangsportal ins Foyer. Die klimatisierte Luft tat winterlich wohl. Innen empfingen einen blank gebohnertes Parkett und dunkle Holztäfelung. Es gab keine Notaufnahme, keine Ambulanzen draußen, keinen Wirbel. Alles lag still und verlassen da. Eine imposante Treppenflucht, flankiert von breiten Flügeltüren, schwang sich ins Obergeschoss hoch, doch gab es keinerlei Hinweis darauf, wo sie hinführte. Ich hielt Ausschau nach einem Wegweiser, der Abteilungen und Stationen nannte, doch die Wände schmückten nur Kunst und goldgerahmte Spiegel. Es gab nicht einmal Rauchverbotstafeln. Ich hätte ebenso gut in der Halle eines alten Herrensitzes stehen können. Es gab nur den seitlich versetzten antiken Schreibtisch, an dem eine Frau vor ihrem PC saß. Ihr Blick ruhte höflich auffordernd auf mir.

Ich ging hinüber. Ich wollte fragen, wie ich zur Suchtklinik käme, doch irgendetwas an der Atmosphäre ließ den Begriff unpassend erscheinen.

Ich sagte: »Mir wurde gesagt, Sie betreuten hier Alkoholkranke. Ich hätte gern mit einem der Mitarbeiter gesprochen.«

Die Frau lächelte professionell. »Vielleicht kann *ich* Ihnen weiterhelfen. Was hätten Sie denn gerne gewusst?«

»Ein Freund von mir war kürzlich hier. Ich hätte da ein paar Fragen zur Behandlung.«

»Ist er im Augenblick nicht mehr bei uns?«

»Nein.«

»Und Sie sind mit dem Herrn befreundet, nicht aber verwandt?«

»So ist es.«

»Hm.« Sie schien zu überlegen. »Wie Sie sicher wissen, unterliegen Behandlungen auch bei uns der ärztlichen Schweigepflicht. Es gibt wenig, was unsere Mitarbeiter Ihnen sagen könnten. Sie sollten das lieber mit Ihrem Freund direkt besprechen.«

»Er ist tot.«

»Ach. Darf ich Sie nach dem Namen fragen?«

Ich nannte ihn, und sie gab ihn in ihren Rechner ein. Dann studierte sie einen Augenblick lang das Resultat.

»Und Ihr Name lautet?«

Den nannte ich ebenfalls, sie griff zum Telefonhörer, sprach leise hinein und legte dann wieder auf.

»Wenn Sie einen Augenblick Platz nehmen wollen; es kommt sofort jemand zu Ihnen.«

Ich ging zu einem steifen Lehnstuhl hinüber und setzte mich. Es verstrichen lange Minuten. Es kam niemand ins Foyer, die Empfangsdame tippte fast lautlos an ihrem Computer. Aus entlegenen Teilen des Gebäudes drangen gedämpft Geräusche zu uns, aber es fehlte mir jede Orientierung. Ich hätte sonst wo sitzen können. Und wäre nicht der Computer gewesen, es hätte auch sonst *wann* sein können.

Der Hinweis der Empfangsdame stellte einiges klar: Diese Einrichtung war mit der Tagesklinik der Uniting Church nicht zu vergleichen; hier würde man nicht leichterdings Einzelheiten über einen zahlenden Gast ausplaudern. Selbst einen, den es nicht mehr kümmerte. Nur, wie war Charlie bloß hierhergelangt? Woher hatte er das Geld gehabt?

Da kam endlich eine Frau die Treppe hinunter.

»Mr. Verney?«, fragte sie.

Ich erhob mich, ergriff die mir dargebotene Hand und schüttelte sie.

»Ich bin Angela«, sagte sie. »Folgen Sie mir bitte.« Sie führte mich durch eine Seitentür in einen kleinen Raum, in dem Sofas und Sessel standen, ein Fernseher und eine Kaffeemaschine sowie ein Schrank mit sorgfältig sortierten Zeitschriften und Büchern. Ein Wartezimmer. Angela war eine Frau mittleren Alters und seriös gekleidet, darüber hinaus ließ sich über ihre Funktion in diesem Haus nichts sagen. Ärztin, Schwester, Haushälterin. Patientin gar, woher sollte ich das wissen? Wir machten es uns in Sesseln bequem.

Sie sagte: »Sie sind ein Freund Charles Monohans?«

»War. Sie wissen, dass er unlängst gestorben ist?«

»Ja. Wir haben es mit Bedauern gehört.«

»Ich habe erfahren, dass er kurz vor seinem Tod hier in Behandlung war.«

»Das ist richtig.«

»Ich hatte gehofft, Sie könnten mir eventuell etwas über seinen Verbleib hier sagen.«

»Was wollten Sie denn darüber wissen?«

»Nun, wie der Ablauf war, ob irgendetwas Ungewöhnliches vorgefallen ist.«

Bisher hatte sie sich ernst und teilnahmsvoll gegeben. Jetzt wurde sie ernst, teilnahmsvoll und bedauernd.

»Sie werden gewiss verstehen, dass Diskretion in einem Haus wie dem unseren – jeder Klinik im Grunde – ein zentrales Anliegen sein muss. Die nächsten Angehörigen haben selbstverständlich ein Anrecht, bestimmte Dinge zu erfahren, doch darüber hinaus müssen wir das Recht des Patienten respektieren, Einzelheiten seiner Krankheit für sich zu behalten.«

»Ich weiß, dass er Alkoholiker war, wenn Sie das meinen. Ich weiß, dass Sie im Haus eine Entzugsklinik haben.«

»Das wohl … doch unseres Wissens hatte sein Ableben nichts mit der Behandlung hier bei uns zu tun, also sehen wir keinen Anlass, Informationen preiszugeben, die der Schweigepflicht unterliegen. Ich glaube Ihnen ja, dass Sie ein enger Freund des Verstorbenen waren, aber im Grunde könnten Sie sonst wer sein. Journalist beispielsweise.«

Ich musste schmunzeln.

»War die Polizei bei Ihnen?«

»Das kann ich ohne Weiteres bestätigen. Und man ist, wie wir es auch sind, der Überzeugung, dass zwischen unserer Behandlung Mr. Monohans und dem späteren Geschehen kein Zusammenhang besteht. Wenn es Sie beruhigt, kann ich Ihnen sogar versichern, dass die Behandlung in den drei Tagen seines Aufenthalts hier gute Erfolge zeitigte. Auf eigenen Entschluss hat er die Behandlung am dritten Tag abgebrochen und unser Haus verlassen. Wir hätten ihm nicht zugeraten, aber unseren Patienten steht es immer frei, solche Entscheidungen zu treffen. Medizinisch war gegen seinen Aufbruch nichts einzuwenden.«

Medizinisch war gegen seinen Aufbruch nichts einzuwenden. An der Behandlung lag's nicht. Aber das hatte ich auch nie angenommen. Entzug war Entzug, ob mit oder ohne Geld.

»Mich beschäftigt weniger sein medizinischer Zustand«, sagte ich. »Ich frage mich vielmehr, in welcher Verfassung er sonst war, welcher Stimmung. Immerhin ist er von hier direkt in eine andere Einrichtung gefahren, hat einen Wagen entwendet und Brisbane verlassen.«

»Das hat die Polizei uns zu verstehen gegeben, ja.«

»Finden Sie das nicht etwas seltsam?«

Sie überlegte einen Augenblick. »Sein Zustand war ernst. Der Geist wird nicht minder in Leidenschaft gezogen als der Körper. Nichtbetroffene wie wir sollten mit unserem Urteil zurückhaltend sein.«

»Haben Sie selbst Charlie behandelt?«

»Meine Aufgaben sind eher administrativer Natur, aber ich bin über unsere Fälle auf dem Laufenden.«

»Kannten Sie ihn? Haben Sie mit ihm gesprochen?«

»Ja.«

»Hat er irgendetwas gesagt, bevor er ging? Hat er durch irgendeine Bemerkung angedeutet, was er vorhatte, wo er hin wollte? Oder haben Sie ihn hier einfach rausspazieren lassen?«

»Wie ich Ihnen bereits sagte, äußerte Mr. Monohan den Wunsch, uns zu verlassen. Medizinisch – physiologisch wie psychologisch – sprach nichts dagegen. Mehr zu sagen würde eine Verletzung der Privatsphäre bedeuten, die unsere Patienten geschützt wissen wollen.«

»Und mehr haben Sie der Polizei auch nicht gesagt?«

»Die Unterredungen mit den Ermittlern sind ebenfalls vertraulich. Ich kann Ihnen jedoch versichern, dass die Polizei ebenso wie wir der Ansicht ist, wir hätten unserer ärztlichen Pflicht gegenüber Mr. Monohan vollauf genügt und seien für seinen Tod in keiner Weise verantwortlich.«

Sie wählte ihre Worte mit großem Bedacht, und ich verstand das sogar. Es stimmte ja. Ich konnte sonst wer sein. Und doch hatte sie von *Unterredungen* im Plural gesprochen.

»War es Charlies erster Aufenthalt bei Ihnen?«

»Ich sagte Ihnen bereits: Solche Informationen können wir nur den nächsten Angehörigen –«

»Was war mit den Kosten? Können Sie mir sagen, wer für seine Behandlung aufgekommen ist?«

»Weshalb fragen Sie?«

»Mr. Monohan war mittellos. Er hätte sich keine fünf Minuten in diesem Haus leisten können, geschweige denn drei Tage.«

»Nun, finanzielle Einzelheiten sind natürlich ebenso vertraulich wie die medizinischen.«

»Aber Sie behandeln doch keine Fälle, für die niemand die Kosten trägt?«

»Wir gehören einem Verbund verschiedener Einrichtungen an, von denen etliche wertvolle und umfassende karitative Arbeit leisten. Das St. Amand gehört allerdings nicht dazu.«

»Haben Sie der Polizei gesagt, wer für die Behandlung aufgekommen ist?«

Sie reagierte ihren Unmut mit einem Lächeln ab. »Mr. Verney, ich kann Ihnen keine Ihrer Fragen beantworten. Ich kann Ihnen lediglich versichern, dass wir die Polizei bei ihren Ermittlungen nach Kräften unterstützt haben. Ich schlage vor, Sie wenden sich gegebenenfalls an die entsprechenden Stellen. Man hat dort alle Informationen unsererseits, die irgendwie von Belang sein könnten. Wenn ich also sonst nichts für Sie tun kann …«

Sie war aufgestanden und wies mir mit einer diskreten Handbewegung die Tür. Mir fielen keine Fragen mehr ein – jedenfalls keine, auf die sie hätte antworten können. Information nur über die offiziellen Kanäle erhältlich. Ich erhob mich.

»Darf ich noch einmal wiederholen«, bemerkte sie, als ich an ihr vorbeiging, »wie leid mir die Sache mit Ihrem Freund tut.«

Und es klang ganz aufrichtig. Warum sollte es nicht auch so gemeint sein?

Ich zögerte. »Was ist mit den anderen Patienten? Wie viele Fälle betreuen Sie hier?«

»Das schwankt.«

»Wie viele waren es, als Charlie hier war?«

»Das kann ich Ihnen nicht sagen.«

»Und noch weniger wohl, wer da war?«

»Das wäre der denkbar gröbste Regelverstoß.«

»Natürlich. Aber die Polizei hat es erfahren?«

Sie schüttelte nur missbilligend den Kopf. Ich nickte und ging weiter, hinaus ins Foyer und die Waschküchenhitze des Nachmittags. Ich überquerte den Parkplatz zu meinem Wagen, dann drehte ich mich noch einmal um und warf einen letzten Blick auf das Sanatorium. Die Räume des Obergeschosses lagen uneinsehbar im Schatten der breiten Loggia. Ich sah Fenster, aber sie waren geschlossen und reflektierten nur Himmel. Die Loggia selbst war verwaist. Ich wusste ja nicht, ob die Entzugsklinik dort oben lag oder im Komplex ganz woanders untergebracht war, aber so viel war klar: Hinter diesen Fenstern sollte man nichts erkennen.

Ich zog den Wagenschlag auf, und stickig heiße Luft schlug mir entgegen.

Privatsphäre. Unverzichtbar, sicherlich, für die Entzugsklinik eines privaten Sanatoriums für die Reichen. Wer weiß, was für illustre Menschen einen Ort wie das St. Amand aufsuchten. Und doch war Charlie irgendwie reingekommen und hatte gesehen, was immer es dort zu sehen gab, und war begegnet, wem immer er dort begegnen konnte. Drei Tage später war er tot.

Das musste doch einen Grund haben.

Es war Sache der Polizei. Es ging mich nichts an.

Und wenn doch – die Polizei war mir zuvorgekommen. Die waren ja nicht blöd. Was immer sie hatten wissen wollen, wussten sie. Ich hatte für Charlie getan, was ich konnte. Ich hatte ihn kremiert. Ich hatte mit denen gesprochen, die ihn zuletzt gesehen hatten. Ich konnte nichts mehr tun, nur seine Asche abholen. Und dann Brisbane den Rücken kehren und nach Hause fahren.

Ich wandte mich vom Haupthaus des St. Amand ab und stieg in meinen Wagen. Die kunstlederne Rücklehne klebte mir sofort im Kreuz. Am Lenkrad verbrannte ich mir die Finger, und da fiel es mir plötzlich wieder ein.

Es war natürlich Jeremy gewesen. Daher auch die Assoziation mit der Exklusivität. St. Amand und Jeremy. Die beiden gehörten zusammen. Er hatte es häufig gesagt, in der zittrigen Hand ein Glas Wein, Gier in den fahlen Augen. Ich hatte es damals nicht verstanden.

Was denn genau?

Und dann kehrten auch die anderen dazugehörigen Erinnerungen zurück. Es war bei der Eröffnung unseres ersten Clubs gewesen, als ich mich zu Marvin und Jeremy hockte und irgendwo … war auch May gewesen.

Ich legte den Gang ein und war mir plötzlich gar nicht mehr sicher, wo ich hin wollte.

17

SIR JEREMY PHELAN war, unter anderem, Alkoholiker.

Am Ende, stellte sich heraus, galt das für uns alle. Trinken war unser Lebensfluidum, die Flut, die alles mitriss, was wir sonst trieben. Doch Jeremy gab es als Einziger damals offen zu. Wir anderen waren noch in das Netz aus Euphemismen und Rationalisierungen verstrickt, in dem alle Trinker Zuflucht suchen. Jeremy hingegen sah sich einer strengeren Wahrheit verpflichtet.

Er war Katholik, klar. Aber das waren wir alle. Nominell jedenfalls. Während der Ermittlungen des Korruptionsausschusses versuchten die Zeitungen daraus kurzzeitig was zu machen. Aber Jeremy war wohl der Einzige, der sich zu seinem Glauben bekannt hätte. Wenn auch eher häretisch.

Auf jeden Fall ging ihm das Trinken über den Glauben. Das Trinken und die Frauen. Sehr viel jüngere Frauen.

Er war verheiratet. Er entstammte einer Viehzüchterdynastie, und seine Frau ebenfalls; diese imposante Dame hatte ihn irgendwann angewidert verlassen. In Regierungs- und Medienkreisen waren weder die fehlende Frau noch die jungen Geliebten ein Geheimnis, doch öffentlich sprach man nicht darüber. Genauso wussten alle, dass sein Titel durch eine dicke Parteispende erkauft worden war, doch auch hierüber verlor man kein Wort. Viele Titel wurden damals auf diese Weise verliehen.

Nichts von alledem spielte eine Rolle. Wie so viele andere gehörte Jeremy dem innersten Machtzirkel an und damit einer geschützten Art. Macht lag ihm im Blut, mehrere Minister zählte er zu seinen Vorfahren, und es gab kaum einen Exekutivbereich in Queensland, dem er im Lauf der Jahrzehnte nicht seinen Stempel aufgedrückt hätte. Dabei war ihm ein Interesse am Gemeinwohl nicht abzusprechen. Zum einen las er an der Universität von Queensland als Gastdozent zu Judikative, Exekutive und Administration. Das hatte ihm einen Ehrendoktortitel eingebracht. Und persönlich natürlich die vielen jungen Studentinnen, die von einem weisen Mentor profitierten.

Maybellene allerdings war eine Ausnahme.

Sie war brillant, und sie hasste ihn. Er war der Inbegriff all dessen, was sie an der Politik in Queensland verabscheute. Sie störte seine Vorlesungen. Sie stellte ihm genau die Fragen, die niemand im Land sonst aufzuwerfen wagte. Zugegeben, er konnte immer parieren – schließlich hatte er ihr ein Leben an Erfahrungen voraus –, aber sie faszinierte ihn. Es war etwas an ihr ... eine Verletzlichkeit bei aller Klugheit und allem Zorn. Eine Verlorenheit. Irgendetwas, fand Jeremy, das nach einer lenkenden Hand verlangte. Seiner Hand.

Vielleicht war die katholische Herkunft der Brückenschlag. Später sollte mir Jeremy einmal verraten, dass sie ihn an eine hadernde Novizin erinnerte, die alle Glaubenskraft und Hingabe gegen ihre Berufung mobilisierte statt dafür. Und es stimmte, dass May die Art Schülerin war, die es in früheren Zeiten auf innerlich zerrissene Weise vielleicht zu einer klösterlichen Existenz hingezogen hätte. Wie Jeremy seinerseits in früheren Zeiten möglicherweise Bischof geworden wäre. Ein sehr weltlicher Bischof. In Rot ausstaffiert, so salbungsvoll wie unselig, ein parasitärer Manipulator menschlicher Seelen.

So kam es, im Gefolge des großen Stromkonflikts, als Marvin triumphierte, als die Gewerkschaft in die Knie gezwungen und ihre Unterstützer in alle Winde zerstreut wurden, als Maybellene angefeindet und inhaftiert war, so kam es, dass Jeremy in ihrer Zelle erschien, um sie in der Wüste zu versuchen.

Sein Timing war perfekt. May durchlitt eine Glaubenskrise. Die Sache war verloren, die Einigkeit dahin, die Feigheit Sieger. Die Genossen hatten sie verraten, waren kleinmütiger, weniger, waren verabscheuungswürdig. Ihr Studium war vergeigt. Die

Universität wollte nichts mehr von ihr wissen. Und am Horizont drohte, auf Veranlassung einer allmächtigen Regierung, gegen die sie niemals mehr zu gewinnen hoffen konnte, eine Haftstrafe.

Das alles sah Jeremy, und er kannte die richtigen Einflüsterungen. Er sei ein alter Mann, sagte er, er kenne die Wege der Welt. Manches werde sich niemals ändern, es sei vollkommen zwecklos, gegen die menschliche Natur angehen zu wollen. Queensland selbst sei die Inkarnation menschlicher Schwäche. Gier und Selbstsucht und Dummheit … alles in Reinkultur vorhanden. Es komme darauf an zu verstehen, zu gestalten, nicht blind aufzubegehren. Er könne ihr den Königsweg zeigen, sagte er. Den Weg der Suggestion und der Einflussnahme, auf dem Freunde einen nicht im Stich ließen. Auf dem es weder Schwäche gebe noch Zweifel. Auf dem sie brillieren könne statt zu zerbrechen. Kommen Sie, und arbeiten Sie für mich, sagte er. Wenn Queensland schon ein Land unverständiger Wähler und Hohlköpfe war, wozu die Mühe, sie alle zu retten? Sie waren es nicht wert, würden es nie sein. Kommen Sie stattdessen zu uns, und lernen Sie, was es heißt, wenn das, was Sie bewirken wollen, auch tatsächlich geschieht.

Als versöhnliche Geste führte ihr Jeremy mit einem Fingerschnippen vor, was mächtige Freunde für einen tun konnten. Er setzte sie frei. Alle Anklagen wurden fallen gelassen.

Wie in Trance verließ May noch am selben Tag das Gefängnis. In ihrem Innern tobte ein Kampf. Eine Woche lang rang sie mit sich. Sie besuchte ein letztes Gewerkschaftstreffen und erlebte nur Wut und Anwürfe und Spaltung, die zu nichts führten. Sie las in den Zeitungen das Loblied, das Leitartikler auf Marvin sangen. Sie belauschte die Gespräche in Bussen, die Leute, die heilfroh waren, dass es wieder Strom gab, und scheiß auf die Gewerkschaft. Und so ließ sie für Queensland alle Hoffnung fahren. Sie nahm den Job an und zog als persönliche Assistentin bei Jeremy ein.

Über all dies verlor man öffentlich kein Wort.

Und nichts von alldem wusste ich damals.

Zu meiner ersten eigentlichen Begegnung mit Sir Jeremy kam es unmittelbar vor der Einweihung unseres neuen Clubs. Er lag in Fortitude Valley in einer Parallelstraße zur Brunswick. Das Syndikat hatte sich mit einigen engen Freunden eingefunden, um noch ein letztes Mal nach dem Rechten zu sehen und ein paar Drinks zu nehmen, ehe die Gäste eintrafen. Ich wanderte allein herum. Unten gab es einen langen Bartresen, Tische, an denen Speisen serviert wurden, eine Tanzfläche und eine Bühne – für Kapellen, für Mädchen, was immer wir wollten. Unten hatten wir richtig investiert. In Teppichböden, Möbel, Beleuchtung. Das war die Vorzeigeebene des Clubs. Aber nicht die, wo wir Geld scheffeln würden.

Das war oben das Casino. Nicht, dass es dort nach Spielbank aussah, nicht im Sinne von Lüstern und Plüsch. Es gab Roulettetische, Blackjack und ein paar aus dem Süden eingeflogene Spielautomaten, aber es wirkte nicht echt. Die Möbel waren billig, die Fenster verdunkelt, die Wände kahl, die Beleuchtung aufs Nötigste beschränkt, und insgesamt bot der Raum kaum Platz für mehr als ein gutes Dutzend Menschen. Die Bar allerdings war vom Feinsten. Es gab nichts, was es nicht gab, und für die Spieler waren die Drinks selbstverständlich umsonst. Wenn sich der Raum erst mit Menschen und Lärm und Rauch füllte, würde das hier eine Spielbank sein, keine Frage. Doch an diesem ersten Abend wirkte das Ganze wie der Partykeller von Spießern. Wie »möchte gern«.

Ich ging wieder nach unten. Marvin schleppte Jeremy an und stellte uns vor. Ich wusste inzwischen ein bisschen mehr über den Mann und hatte andere Antennen für die Aura, die ihn umgab. Das Aristokratische, eine meisterliche Beherrschung und Haltung. Hochgewachsen, hager und distinguiert, bildete er zum lauten, pöbelhaften, absolut stillosen Marvin einen interessanten Kontrast. Verwundert, selbst damals, fragte ich mich, was die beiden bloß verband. Und weshalb sich Jeremy überhaupt mit uns einließ. Er war fast dreimal so alt wie ich.

»Ich lese regelmäßig Ihre Kolumne, George«, sagte er.

»Freut mich.«

»Obwohl man sagen muss, dass Sie nur in Ansätzen überhaupt wissen, was in dieser Stadt wirklich vorgeht.«

»Ach ja? Aber Sie.«

Er lächelte, und in seinen Augen blitzte etwas ganz und gar Unaristokratisches auf. »O ja, in der Tat.«

Er gefiel mir.

Die beiden zogen weiter, ich begab mich an die Bar und nickte ein paar Leuten zu. Der Laden füllte sich langsam, man kannte sich, es waren nur Freunde und Insider geladen. Die Tür zum Casino stand weit offen. Später würde es Türsteher und schärfere Kontrollen geben. Zwar waren die Polizei und alle einschlägigen Behörden informiert und geschmiert, aber dennoch war ein gewisses Protokoll einzuhalten. Unsere Art von Highlife sollte eine geschlossene Veranstaltung sein.

Ich hängte mich, Drink in der Hand, an den Tresen und sah mich um. Ich wartete auf ein paar persönliche Freunde und war es, bis sie kämen, zufrieden, Zaungast zu sein. Lindsay drehte gewichtig seine Runden. Im Grunde war dies heute Abend seine Show, auch wenn Charlies Name über der Tür stand. Charlie unterhielt seinerseits ein paar alte Bekannte am Ende eines Tisches, der sich unter Gratiswein- und -sektflaschen bog. Gelächter schallte von dort herüber. Marvin führte immer noch Jeremy herum und machte ihn mit einzelnen Gästen bekannt. Es wurde dezent Musik gemacht. Sie würde später viel lauter sein, ich betrunkener, und oben würden die Scheine über die Tische wandern. Ich trank, hochzufrieden. Die Nacht war gesichert und alles, wie es sein sollte.

Aus dem Augenwinkel nahm ich eine flüchtige Bewegung wahr, und ich sah zur Treppe hin, die zur Spielhölle hinaufführte. Eine Frau stieg soeben herunter, eine, die ich noch nie gesehen hatte. Sie war jung und verzog missbilligend das Gesicht. Ich staunte sie an. Nicht nur, weil sie mir unbekannt war und sich dennoch bewegte, als gehörte sie dazu, sondern weil sie vollkommen anders schien als alle anderen Frauen im Raum. Die nämlich – die Ehefrauen, Investorinnen, Mitarbeiterinnen – kultivierten einen eher extravaganten Stil. Gold und Weiß herrschten vor, Farrah-Fawcett-Mähnen, gebräunte Haut. Ringe an Fingern. Sie aber fiel aus dem Rahmen. Sie war blass, trug ein schwarzes Etuikleid zu flachen schwarzen Slippern und keinerlei Schmuck. Ihr Haar war kurz, dunkel und über dem runden Gesicht, das bar allen Make-ups war, leicht gelockt. Sie sah zutiefst feindselig aus.

Ich beobachtete sie unbemerkt, während sie den Raum in Augenschein nahm. Sie zögerte, dann trat sie ans andere Ende des von Charlie und seinen Freunden besetzten Sekttischs. Einen Augenblick lang stand sie dort mutterseelenallein. Kannte sie überhaupt jemanden hier? Sie besah die vielen Flaschen und Gläser. Sie hielt die Arme vor der Brust verschränkt, ihre Finger trommelten ungeduldig gegen ihren Körper. Dann streckte sie plötzlich die Hand aus und packte eine der Sektflaschen. Die war noch verschlossen. Sie schälte die Metallkapsel ab und inspizierte den Korken. Sie wirkte ratlos, als wäre ihr Sekt vollkommen fremd.

Mit einem Stirnrunzeln löste sie den Draht vom Korken und zerrte daran. Er rührte sich nicht. Sie sah sich um, hantierte weiter. Ich war drauf und dran, mich vom Tresen abzustoßen und rüberzugehen, als Charlie plötzlich über ihr aufragte. Sie machte fast einen Satz zurück, so erschreckte sie seine Erscheinung. Doch Charlie strahlte sie auf seine unnachahmliche Art an, sagte etwas, was ich nicht verstand, und sogleich entspannte sie sich. Sie hielt ihm die Flasche hin. Er schüttelte den Kopf und gab ihr stattdessen Anweisungen, indem er ihr erklärte, wie sie den Korken festhalten und die Flasche drehen müsste, bis er sich lockerte. Dann drückte sie mit den Daumen dagegen, und mit einem Knall schoss der Korken quer durch den Raum. Da lachte sie und war wie ausgewechselt. Charlie lachte mit. Sekt schäumte über, beide griffen sie rasch nach Gläsern.

Ich löste mich vom Tresen und gesellte mich an den Tisch, an dem Marvin und Jeremy mittlerweile Platz genommen hatten.

»Wer ist denn das bei Charlie?«, fragte ich Marvin.

Marvin sah kurz hin und hob die Achseln. Es war Jeremy, der mit einer Kopfbewegung hindeutete und sagte: »Sie gehört zu mir. Meine persönliche Assistentin. Sie heißt Maybellene. Sie selbst bevorzugt allerdings die Kurzform May.«

Marvin warf ihr einen diesmal aufmerksameren zweiten Blick zu. »Aha ... sie ist es also. Hoffentlich hat sich der Einsatz gelohnt.«

»O ja.«

Marvin prustete. »Glaub ich sofort.«

Jeremy schüttelte ernst den Kopf. »Nein, so ist das nicht. Rein platonisch.«

»Wieso? Was ist an der so besonders?«

Der alte Herr maß sie mit einem nachdenklichen Blick. Ich hatte sie auch im Auge behalten. Sie lachte jetzt nicht mehr. Sie trank von ihrem Sekt, lauschte Charlie, und auf ihrem Gesicht lag wieder ein wachsamer Ausdruck. Abwehr. Sogar gegen Charlie.

Jeremy seufzte. »Ich weiß es nicht genau, aber das Mädchen hat was. Wenn sie nur ihre Skrupel überwinden könnte. Stellt euch vor, sie hat kaum getrunken, als sie zu mir kam. Ich konnte sie bislang erst zu Rotwein bekehren. Ich denke, sie hat durchaus das Zeug zur Trinkerin. Es wäre hilfreich.« Er wandte seine ungeteilte Aufmerksamkeit nun wieder uns zu. »Apropos ...«

»Verdammt, natürlich«, rief Marvin und setzte sich auf. Auf dem Tisch stand eine eben entkorkte Flasche Rotwein, und Marvin hob sie und schenkte uns dreien ein. Marvin und ich genehmigten uns gleich den ersten Schluck, doch Jeremy blieb einen Augenblick schweigend sitzen und sah in sein Glas hinab. Schließlich schob er eine schmale Hand vor und legte sie um den Stiel. Seine Augen wurden fast glasig dabei, und mir entging nicht, dass seine Finger kaum merklich zitterten.

Er hob den Blick und ertappte mich dabei.

»Tut mir leid«, sagte er trocken. »Ich bin Alkoholiker, müssen Sie wissen.«

Und dann hob er sein Glas und trank. Es war nur ein kleiner Schluck, doch in seinen Augen schien etwas zu erlöschen, und zugleich war an seiner Haltung eine gewisse Entspannung zu spüren, ein Hauch … was? Enthemmung?

Er sah mich abermals an. »Ich habe mich längere Zeit enthalten.«

Marvin nickte. »Stimmt ja, du warst eine Weile weg, nicht? St. Amand? Soll ein toller Laden sein.«

Jeremy nickte, musterte sein noch erhobenes Glas. Dann lächelte er abwesend und sah uns an. »Trinken wir auf St. Amand. Den Schutzheiligen verlorener Wochenenden.«

»Auf die Entzugsklinik«, erwiderte Marvin und stieß mit ihm an.

Und wir tranken.

18

IN NEW FARM packte ich im Motel meine Sachen für eine weitere Nacht wieder aus.

Ich hatte jetzt eine zweite Tasche bei mir. Alt und voller Papierkram.

Und eine Urne voll Asche.

Ich stellte sie auf dem Couchtisch ab und betrachtete sie lange. Draußen wurde Abend, der Himmel blutete orangerot aus. Eine Aktentasche und eine Urne. Vor mir hatte ich eines Mannes gesamte Existenz. Die vielen Häuser und Autos, die er besessen hatte, die edlen Möbel, der Weinkeller, die Restaurants und die Clubs ... alles weg; was blieb, ließ sich in einer Hand tragen. War es recht, dass der Nachlass ausgerechnet mir zufiel? Würde er das gewollt haben? Er war auf dem Weg zu mir gestorben, nur, was hatte ihn zu diesem Weg bewogen?

Was war nach so vielen Jahren so dringlich gewesen?

Ich holte mein Portemonnaie hervor und durchforstete alles, bis ich die Karte in der Hand hielt. Das Papier war noch federnd und griffig, Name und Telefonnummer standen darauf. Ich packte den Hörer, wählte und ließ es läuten. Ich streckte die Hand aus und berührte mit einem Finger die Urne.

»Detective Kelly«, hörte ich jemanden sagen.

»Hier spricht George Verney.«

»George ... Wie geht es Ihnen?«

»Gut. Ich habe Charlie heute Morgen einäschern lassen.«

»Verdammt, heute? Ich wollte eigentlich da sein.«

»Die Anzeige war in der Zeitung.«

»Und, wer ist aufgekreuzt? Von den alten Kumpeln?«

»Niemand.«

»Überhaupt niemand? Wir müssen es genau wissen, George.«

Ich musste an die Silhouette einer Frau denken, die kurz durch das Portal der Kapelle zu sehen gewesen war. »Nur ein paar Alkoholiker aus seiner Herberge und einer seiner Therapeuten.«

»Marvin war nicht zufällig da? Oder Maybellene?«

»Nein.«

Er klang enttäuscht: »Das ist wahre Freundschaft, wie?«

»Ich wollte hören, ob es Neues gibt. Bei den Ermittlungen.«

»Wir arbeiten dran.«

»Gelte ich noch als Verdächtiger?«

»Ausschließen können wir gar nichts.«

Aber es klang nach einem Nein.

Ich sagte: »Ich war nach der Trauerfeier in der Tagesklinik der Uniting Church. Dort sagte man mir, man hätte mit Ihnen gesprochen.«

»Richtig.«

»Dann wissen Sie, dass Charlie sich im Sanatorium St. Amand aufgehalten hat?«

»Das ist uns bekannt, ja.«

»Waren Sie dort? Haben Sie mit den Ärzten gesprochen?«

»Ja, haben wir.«

»Und … ist während seines Aufenthalts irgendetwas Besonderes vorgefallen?«

»Darüber kann ich mit Ihnen nicht reden, George.«

»Ich wüsste nur gern, ob das mit seinem Tod zu tun gehabt hat, mehr nicht.«

»Tut mir leid.«

»Dann können Sie mir vielleicht wenigstens sagen, wer die Kosten getragen hat. Charlie war schließlich pleite.«

»Wir ermitteln.«

»Aber Sie müssen doch eine Vorstellung haben.«

Er seufzte. »Mehr kann ich dazu nicht sagen.«

»Sie haben ja noch gar nichts gesagt.«

»Das war auch der Zweck der Übung.«

Wir blieben beide dran.

Er sagte: »Sind Sie noch ein Weilchen in der Stadt, George?«

»Ich denke nicht.«

»Und wo sind Sie augenblicklich?«

Ich legte auf.

Offizielle Kanäle. Alles ging seinen Gang, war unter Kontrolle. Es war schließlich ihre Sache. Sache der Polizei.

Mich aber bedrängten alte Erinnerungen. Und es stand mir ein zweiter Abend in Brisbane bevor.

Beiläufig, ohne darüber nachdenken zu wollen, schlug ich das Telefonbuch auf. Ich blätterte bis zum Buchstaben P vor und ließ den Finger an der Namensspalte hinabgleiten. Er stand nicht drin, aber er hatte immer schon eine Geheimnummer gehabt.

Ich holte tief Luft. Ich stand auf und wühlte in meiner Reisetasche. Es war da, ganz unten unter den Kleidern.

Ein kleines schwarzes Notizbuch.

Ich wendete es in den Händen. Es fühlte sich brüchig an, fragil. Ich hatte das Büchlein zehn Jahre lang aufbewahrt, ohne mir jemals darüber Rechenschaft abzulegen, warum. Ich hatte es einfach nie weggeworfen, selbst dann nicht, als alles andere auf den Müll wanderte. Und als ich für die Fahrt nach Brisbane gepackt hatte, hatte ich es aus seinem Versteck geholt und in die Tasche gestopft – wieder ohne es mir einzugestehen. Wie sollte ich? Das Notizbuch diente nur einem einzigen Zweck, und ich hatte mir geschworen, dass ich zu dem Leben nie zurückkehren würde. Nicht einmal um des Friedens von Charlies Asche willen.

Es war ein Adressbuch und enthielt Telefonnummern und Anschriften sämtlicher Kontakte aus jenen fernen Tagen vor dem Korruptionsausschuss, Dutzende aus allen Lebensbereichen. Das Büchlein war mein früheres Selbst in komprimierter Form. Und nun war es Zeit, dieses Buch wieder aufzuschlagen.

Ich setzte mich ans Telefon, zog behutsam die Seiten auseinander und starrte auf die Einträge hinab. Es war wie eine Zeitreise, als blickte ich genau zehn Jahre zurück, mehr als zehn.

Meine Handschrift kam mir größer vor, altmodisch, gar nicht wie meine. Doch es war alles da. Namen, Orte, Nummern. Büronummern. Bistronummern. Barnummern. Seite um Seite. Ich roch förmlich das Bier. Den langen kopflosen Rausch jener Tage …

Ungut. Vermintes Gelände. Jeder Name, jede Adresse bedeutete zu viel oder, schlimmer noch, gar nichts. An wie vieles würde ich mich überhaupt erinnern können, wie vieles hätte ich vergessen? Ich wollte es nicht wissen.

Doch da, zwischen die allerletzten Seiten des Büchleins gefaltet, lag ein loser, schrecklicher Zettel. Darauf standen eilig hingekritzelt die Klinikanschrift des Royal Brisbane Hospital und die Durchwahl für ein Patientenzimmer. Kein Datum, aber das war nicht nötig. Das Datum würde ich immer wissen. Die Angaben stammten vom 2. Dezember 1989. Dem Tag meiner Flucht aus Brisbane. Ich hatte sie während eines Telefonats mit Maybellene notiert, bei dem Tränen und Horror durch die Leitung gellten. Die Angaben waren in Bleistift geschrieben. Krakelig, hastig. Ich starrte lange hin, im Kopf Mays Stimme. Und was sie mir sagte.

Dann blinzelte ich. Ich schob den Zettel wieder zwischen die Seiten. Und suchte stattdessen die Stelle, wo ich vor Urzeiten Sir Jeremy Phelans Geheimnummer notiert hatte. Dann griff ich erneut zum Hörer und wählte.

Würde er da sein?

Er saß im Rollstuhl, hatten die Detectives gesagt.

Sie hatten allerdings nicht gesagt, wo dieser Rollstuhl stand.

Würde er überhaupt noch in Brisbane sein? Das Letzte, was ich von Jeremy gehört hatte, war, dass er sich in Sydney aufhalte, und das war zehn Jahre her, es war noch während der Ermittlungen des Ausschusses gewesen. Jeremy war schlauer gewesen als wir. Älter, weiser. Er hatte sich abgesetzt, kaum dass der Korruptionsausschuss die Arbeit aufnahm, und er war wohlweislich in Sydney geblieben. Jeremy hatte die ganze Sache auch unbeschadet überstanden; keine Anklage, kein Prozess. Das wäre vermutlich selbst dann der Fall gewesen, wenn er in Queensland geblieben wäre. Denn Jeremy war nicht wie wir, er gehörte zum alten Establishment. Zum alten Brisbane. *Zweifach* geschützte Art. Sein Name fiel zwar in Zusammenhang mit unserem Syndikat, aber nur sehr am Rande, und meines Wissens war nie der Versuch unternommen worden, in New South Wales seine Auslieferung zu erwirken. Man hatte mit Marvin und Charlie ja zwei der Syndikatsbosse, und der dritte, Lindsay, war außer Landes geflohen, vielleicht konnte man es damit bewenden lassen. Männern von Jeremys Jahren und Format gegenüber durfte man Nachsicht walten lassen, schien es. Wie stets bei den hohen Herrschaften.

Ich hatte seitdem nie mehr von Jeremy gehört. Er konnte also sonst wo sein. Noch in Sydney oder in einer anderen Stadt, irgendwo gut abgeschirmt im Pflegeheim. Er musste mittlerweile über achtzig sein, und bei seinem Lebenswandel war er wohl kaum sehr rüstig. Andererseits war das Haus in Brisbane der alte Familiensitz, und ich konnte mir nicht vorstellen, dass sich Jeremy von ihm getrennt hatte. Insofern würde dort vielleicht zumindest jemand wissen, wo er zu erreichen war.

Ich wartete, den Hörer fest umklammert.

Es läutete endlos.

Dann wurde abgehoben.

»Hallo, ja?«

Es war eine Frauenstimme. Ich erklärte, dass ich mit jemandem Verbindung aufzunehmen versuchte, dessen Nummer dies mal, vor langer Zeit, gewesen war, Jeremy –«

»Nun«, sagte sie, »die Nummer stimmt noch. Ich bin Jeremys persönliche Assistentin. Wen darf ich melden?«

Einen Augenblick verschlug es mir einfach die Sprache. Ich wurde fünfzehn Jahre zurückkatapultiert. Als wäre die Zeit stehen geblieben und Maybellene lebte noch bei ihm.

»George«, hauchte ich. »Sagen Sie ihm, George Verney sei dran. Ich bin ein alter Freund von früher.«

»Einen Augenblick, bitte.«

Ich wartete. Ich sah auf das kleine schwarze Notizbuch hinab. Mays Telefonnummer stand auch darin. Stimmte die etwa auch noch? Aber nein, es war die Nummer des Hauses gewesen, das ihr und Charlie gemeinsam gehörte. Das hatten sie verloren. Und May war seinerzeit in eine eigene Wohnung gezogen. Ich blätterte. Von der hatte ich offenbar keine Nummer, nicht einmal Straße und Hausnummer, und auch hier wusste ich nicht mehr, wieso.

Dann war die neue Maybellene wieder dran.

»Jeremy kann nicht ans Telefon kommen, aber er meint, Sie sollen doch heute Abend vorbeischauen, auf ein Glas Wein.«

»Gerne. Nur trinke ich nicht mehr.«

»Das macht nichts. Er auch nicht. Wissen Sie, wo wir wohnen?«

»Ja, weiß ich.« Und dann fragte ich, sicherheitshalber: »Und Sie sind?«

»Louise.«

Die Zeit schaltete wieder auf Vorlauf.

19

JEREMY WOHNTE in der Nähe von West End. Zu meiner Zeit war das Viertel das Ghetto eines ethnisch bunten Völkergemischs gewesen. Aborigines lebten dort. Außerdem Einwanderer vor allem aus Griechenland und Italien, später Asien. Und schließlich galt das West End als billiges Quartier für Studenten. Es hatte aber auch immer schon die Nobelecke oben auf der Anhöhe über dem Fluss gegeben – stattliche Häuser, die nie ein Migrant oder Student von innen sah. Vielleicht nicht gerade Herrenhäuser, aber doch eindrucksvoll mit ihren schattigen Veranden und lauschigen Gärten. Wenn die Gegend einen eher maroden Charme verströmte, dann erschien das angemessen, denn auch die meisten Anrainer hatten bessere Tage gesehen. Alte Witwen, alte Familien, altes Geld aus der Gründerzeit Queenslands. Ihren faktischen Einfluss hatten sie zwar weitgehend eingebüßt, doch Erinnerungen lebten fort.

Meine Ecke war es nie gewesen, das West End, aber dass sich auch dieses Viertel radikal gewandelt hatte, blieb mir nicht verborgen. Auf der Hauptstraße hatte seinerzeit dichtes Gedränge geherrscht: exotische kleine Lebensmittelgeschäfte, Änderungsschneidereien und Obststände, Menschen aus aller Herren Länder. Es war eine Welt für sich gewesen, der eine Stadtteil, der wahrhaft lebendig schien, damals. Und wenn es einen Hort des Widerstands gegen den Staat und seine Politik gab, dann im West End. Dort florierten Kollektive und Rechtsberatungsstellen, linke Buchläden und Protestgruppen. Und in den kleinen Wohnungen über ihren Läden betrieben die Italiener eigene Spielhöllen – Karten überwiegend, aber in bescheidenem Umfang und nie dem Syndikatsnetz angeschlossen. Sie hatte der Korruptionsausschuss links liegen lassen, sofern man überhaupt von ihrer Existenz wusste. Heute allerdings, zehn Jahre später, sah es nicht so aus, als hätten sie überdauert. Wie in New Farm hatte eine Sanierungs- und Yuppifizierungswelle den Stadtteil überrollt und überall Cafés und Bars und viel gediegenen Raum geschaffen. Das neue Brisbane war auf dem Vormarsch, und das West End wirkte, womöglich wegen des nun fehlenden Feindbilds, ärmer.

Ich ließ seinen Kern hinter mir und fuhr auf die Anhöhe hinauf Richtung Highgate Hill, wo Jeremy wohnte. Das Haus lag weit oben an der Südflanke, versteckt hinter einem hohen Zaun, der noch genauso, wie ich es in Erinnerung hatte, fast ganz unter einer wild wuchernden Hecke verschwand. Es war früher Abend, doch die Hitze klang gerade erst ab. Ich blieb einen Augenblick im Wagen sitzen, wieder einmal zurückversetzt in eine andere Zeit. Wie oft hatten Charlie und ich uns an ähnlichen Abenden, Weinflaschen unter dem Arm, zu eben dieser Stunde eingefunden, um mit Jeremy und Maybellene zu speisen. Mit May, genau genommen. Denn beide machten wir ihr damals den Hof – jedenfalls glaubte ich das, obwohl Charlie längst, hätte ich nur richtig hingeguckt, das Rennen gemacht hatte.

Ich stieg aus, drückte das Tor auf und betrat den Garten.

Es hatte sich überhaupt nichts verändert. Dieselben uralten Riesenexemplare des Australischen Gummibaums warfen ihre Schatten auf den Hof, die Erde war mit dem gleichen modernden Laub bedeckt, das Geräusch meiner Schritte wurde genauso geschluckt. Das Haus war auch noch da, über hundert Jahre alt, weinumrankt. Dahinter fiel das Grundstück steil ab und verlor sich in einer mit Unkraut und Schlingpflanzen überwucherten Schlucht; eine Aussicht gab es zwar nach Süden hin, doch die Veranda hinter dem Haus war an den Seiten geschlossen, und aus den Fenstern hatte ich Jeremy nie blicken sehen. Das Haus war exakt dasselbe, in dem ich mich, mit dreißig immerhin, endlich verliebt hatte. Die Erinnerung an May war sehr gegenwärtig.

Ich läutete an der Tür.

Mehr war damals nicht nötig gewesen. Jeremy hatte dann von irgendwo aus den Tiefen des Hauses gerufen, wir möchten eintreten, und normalerweise war die Tür nicht verriegelt. Doch jetzt rief niemand, und die Tür war abgesperrt. Eine weitere Veränderung fiel mir auf, und zwar die Gitter an den Fenstern. Als schließlich aufgemacht wurde, stand eben nicht Maybellene vor mir, und es gab auch, obwohl ich das halb erwartet hatte, nicht die geringste Ähnlichkeit.

»Sie müssen George sein«, sagte die Frau. »Ich bin Louise. Kommen Sie doch herein.«

Nur in der Stimme schwang etwas mit, ein Nachklang. Von der äußeren Erscheinung her ganz anders, mit rotem und nicht schwarzem Haar wie Mays, mit einem spitzen, sommersprossigen und weniger weich konturierten Gesicht als Mays, lag in Louises Blick doch etwas, was mir vertraut schien. Etwas Verhaltenes. Strenges.

Ich folgte der jungen Frau ins Haus, und wir bahnten uns unseren Weg zwischen den Kunstwerken hindurch.

Denn Jeremy war Sammler, wie es sich für seinesgleichen gehörte, und seine Schätze kündeten am ehesten von der verfehlten geistlichen Berufung. Ab der zweiten Lebenshälfte hatte dieser Mann bei Abriss und Renovierung von Kirchen sowie der Versteigerung ihres Inventars nach sakraler Kunst gefahndet. Altaraufsätze, Kruzifixe, Statuen – im Haus quollen die Räume von ihnen über. Dann gab es natürlich noch die Vitrinen mit den illuminierten Bibeln, den Folianten und lateinischen Handschriften. Und an den Wänden Madonnen, Ikonen und Kreuzwege. Alles Zeugnisse des Glaubens, alle von einer zum neuen zeitgenössischen Pragmatismus bekehrten Kirche ausrangiert. Die Ikonografie einer frommeren Zeit. Irdische Inkarnation des Göttlichen in profanem Stein.

Jeremy besaß auch andere Sammlerstücke, die er für gewöhnlich nicht so zur Schau stellte. Pornografische Illustrationen aus dem 19. Jahrhundert, Blatt um Blatt verblichener sepiafarbener

Darstellungen, Obszönitäten vergangener Epochen. Überaus anschaulich und doch durch die Jahre und die fehlende Farbe, die fehlende Bewegung unschuldig geworden. Jeremy empfand die eine Sammlung als Vexierbild der anderen. Wenn man die Gesichter der Männer und Frauen bei verschiedensten Stellungen betrachte, meinte er, könne man eine ähnliche Entrückung und Vergeistigung beobachten wie in den Bildnissen der Heiligen und Madonnen. Oder man nehme nur die Marmorstatuen des gekreuzigten Christus … kaum weniger preisgegeben und kalt als die Körper anderer sich kreuzigender Figuren. Und die Augen – ob der kopulierenden Männer und Frauen oder der flehentlichen Heiligen und Heilsbringer – stets in blinder Ekstase gen Himmel gehoben. Der Glaube an das Göttliche, das schien der Schlüssel. Um seinetwegen lehnte Jeremy die zeitgenössische Pornografie ebenso ab wie die moderne Kirche. Die eine kreise tumb um Genitalien, die andere sinnlos um das tägliche Allerlei der realen Welt. Beiden fehle die Abstraktion, die Transzendenz.

Transzendenz … das aus dem Munde eines Mannes, der sich in Spielhöllen und Puffs herumtrieb, der sich den fleischlichsten aller Visionen verschrieben hatte. Mir war es immer ein Rätsel geblieben, und er selbst auch. Jetzt wirkten die Räume ungenutzt, wie ein Museum. In den Ecken brannten schwache Lampen, die Jalousien waren heruntergelassen. So warm der Abend draußen sein mochte, hier drinnen herrschte überhaupt keine Temperatur.

Wir waren im Esszimmer angelangt.

»George.«

In der Gestalt Jeremys war der Fortgang der Zeit unübersehbar. Gebeugt saß im Rollstuhl die destillierte Version seines einstigen Selbst – hager, hohlwangig, ausgemergelt. Und als er sich mit ausgestreckter Hand vorbeugte, sah ich an seinen Armen blaue Flecken, unter dem Hemd zeichnete sich, wie es schien, ein Verband ab und im Hemdstoff selbst ein Blutfleck von der Größe eines Zehn-Cent-Stücks.

»Jeremy«, sagte ich und schüttelte ihm die Hand, die leicht schien wie ein Blatt Papier.

Er schenkte mir das altbekannte Halblächeln, gespenstisch nun in seinem Totenkopfgesicht. »Du siehst jünger aus, George. Gesünder gar.«

»Und du wie eine lebende Leiche.«

»Das bin ich.«

Jeder gab die Hand des anderen frei. Seine Stimme hatte die einstige klare Präzision verloren; sie klang angestrengt und leicht atemlos.

Er machte eine Handbewegung. »Louise kennst du bereits.«

»Ja.«

»Nun, setz dich. Das Essen kommt gleich.«

Der Tisch war vornehm mit Damast, Spitze und Silber für drei eingedeckt – Jeremy am Kopf und je ein Gedeck zu seiner Rechten wie Linken. Eine Flasche Weißwein, bereits geöffnet, wartete darauf. Wie auch eine Karaffe Wasser.

»Wein?«, meinte Jeremy.

»Ich trinke nicht mehr.«

Er beugte den Kopf. »Habe ich gehört. Nun, dann trinken wir Wasser. Louise?«

Louise nickte und nahm die Karaffe hoch. Es stand auf dem Tisch neben zwei Wassergläsern nur ein Weinglas bereit. Louise schenkte uns Wasser ein, dann griff sie die Weinflasche und füllte ihr Glas. Wortlos hob sie es Jeremy und mir entgegen und führte es sich dann an die Lippen.

Jeremy ließ den gleichen zärtlichen Blick auf ihr ruhen, der einst einer anderen persönlichen Assistentin gegolten hatte, als er sie das Trinken lehrte.

»Nun«, sagte er und richtete seine wässrigen Augen auf mich. »Da kehrt also ein weiterer verlorener Sohn heim.«

»Ich kehre nicht heim. Daheim bin ich hier schon lange nicht mehr.«

Er lächelte. »Das sagen alle.«

»Wer alle?«

»Ach … der eine oder andere.« Er winkte ab. »Wie ist es dir ergangen, George?«

»Du weißt, dass Charlie tot ist?«

»Ja, ich weiß es. Die Polizei war bei mir.«

»Du bist nicht zur Bestattung gekommen.«

Er sah an seinem Rollstuhl hinunter. »Ich gehe nicht mehr aus dem Haus. Hast du die vergitterten Fenster bemerkt? Es wird heutzutage viel eingebrochen. Ich hätte ebenso gut ins Gefängnis gehen können wie alle anderen.«

In seiner Stimme schwang ein anklagender Unterton mit. Selbstmitleid, das sah dem alten Jeremy nicht ähnlich.

»Ist sonst irgendjemand gekommen?«, wollte er wissen.

»Niemand.«

»Gar niemand?«

»Ich dachte … ich hätte May kurz gesehen. Aber ich weiß es nicht.«

»Ah«. Er wandte sich an Louise. »Maybellene war eine deiner Vorgängerinnen. Vor langer Zeit. Aber ich verlor sie an einen Freund von George. An Charlie, genauer gesagt. Und andere.« Er sah wieder mich an. »Nein. Ich glaube kaum, dass es May gewesen sein kann.«

»Hast du sie in der Zwischenzeit gesehen?«

»Du etwa?«

»Nein.«

»Aber das würdest du natürlich gerne.« Er schüttelte den Kopf. »May ist eine verlorene Seele, George. Ich konnte sie nicht retten. Noch konnte es Charlie. Noch du. Sie wird nicht wiederkehren.«

»Wo ist sie hingegangen?«

Er wirkte kläglich. »Ich möchte über May nicht sprechen …«

»Und Charlie? Hast du den noch mal gesehen nach seiner Entlassung?«

»Nein. Ich hatte gehört, dass er wieder in Brisbane sei, aber er hat sich nie bei mir gemeldet.« Er hustete schwach, ein kehliges

Röcheln war zu vernehmen. »Aber dass du kommen würdest, wusste ich. Sobald ich die Anzeige gesehen hatte. Ich habe es Louise gleich gesagt, nicht wahr?«

Louise nickte und nahm einen langen Zug aus ihrem Glas. Bei dem Anblick regte sich in mir etwas flüchtig.

»Wie lange warst du in Sydney, Jeremy?«

Er zeigte grinsend gelbe Zahnstümpfe. »Weniger lange, als es meiner Absicht entsprach. Ich war wieder hier, ehe die Prozesse vorbei waren. Nicht einmal ein Jahr.«

»Und du hast keine Schwierigkeiten bekommen?«

»Der Polizei war ich egal. Allen war ich egal. Die neue Regierung würde kaum Verwendung für meine Dienste haben, welche Gefahr sollte da schon noch von mir ausgehen? Wen sollte ich beeinflussen oder korrumpieren? Nein … es war vorbei. Ich durfte heimkehren.«

Ich sah mich um, betrachtete die Kunst an den Wänden – es hingen dieselben Bilder an denselben Stellen wie damals vor Jahren. Ich war nicht heimgekehrt, und auch Jeremy nicht. Dieses Haus war Vergangenheit. Geschichte als Zuflucht.

»Zeit für die Suppe«, verkündete der Hausherr.

Louise leerte ihr Glas und erhob sich.

Ich beobachtete sie während des Essens. Sie sagte nichts, sie hielt bloß Augen und Ohren offen, doch als der Hauptgang aufgetragen wurde, hatte sie die Flasche Wein bereits fast geleert. Sein Bukett, süßlich und schwer, hing über dem Tisch. Als sie sich vorbeugte, um Jeremy das Fleisch klein zu schneiden, sah ich ihn gierig ihren Atem einsaugen. So war das also! Offenbar lernte er sie an, wie er schon ihre Vorgängerin eingeführt hatte. Louise wirkte kein bisschen betrunken. Allenfalls nahmen ihre Gesten eine laszive Trägheit an, ihr Blick eine schimmernde Weitschweifigkeit, mehr nicht. Die Finessen des Alkohols. Nur einem Extrinker würden sie überhaupt auffallen. Mich dürstete auf einmal auf die alte Weise, und nicht etwa nach Wasser. Auch nicht einfach nach Alkohol. Maybellene stieg auf wie der Geist des Weins.

Wir unterhielten uns unterdessen, Jeremy und ich, aber über sehr wenig. Lange Sätze schienen ihn zu erschöpfen. Hätte ich ihn nach draußen an die Luft, in die Sonne geführt, er wäre ganz sicher zu Staub zerfallen. Er hatte sein Wasser nicht angerührt, hatte kaum ein, zwei Bissen seines zu Püree zerdrückten Essens zu sich genommen. Und von Zeit zu Zeit verschleierte sich sein Blick und wanderte sein Geist, als kämpfe er gegen den Schlaf. Oder gegen Schmerzen.

Er fragte mich nach Highwood, danach, was ich dort oben getrieben habe. Die Vorstellung eines *Highwood Herald* schien ihn zu erheitern. Die alte Arroganz war also noch da. Ebenso die Andeutung, dass er immer noch Dinge wisse, von denen ich keine Ahnung hatte, nie haben würde. Nur die Gesundheit ließ ihn im Stich. Wenn man ihn so sah, war es schwer vorstellbar, dass er sich einst – hochgewachsen, weltgewandt und seiner inneren Würde noch inmitten der Vulgarität gewiss – in Clubs und Bars ganz in seinem Element gefühlt hatte. Mir fiel wieder der Abend ein, da Jeremy, schimpfend wie Jesus im Tempel und als beleidigten sie seine Augen, eine Runde Blackjackspieler verjagt hatte. Was der Anlass war, wusste ich nicht mehr. Nur, dass Jeremy urplötzlich zu erwachen und sich umzuschauen und zu hassen schien, was er sah.

»Warum hast du dich damals überhaupt mit uns abgegeben?«, frage ich ihn. »Auf das Geld kann es dir doch nicht angekommen sein.«

»Dir doch auch nicht.«

»Mag sein … aber für mich war das alles neu, die Leute, die wir kennenlernten, die Dinge, die wir taten, es war verlockend. Du hingegen hattest das alles doch längst. Warum also wir?«

Die Frage schien ihn nicht zu interessieren. »Warum nimmt sich der König die Küchenmagd? Warum kauft sich ein reicher Mann für zehn Dollar eine Prostituierte? Es liegt in der menschlichen Natur, George.«

»Was? Was zu tun?«

»Kann ich nicht sagen … sich zu suhlen. Niedriger zu sein, als man es sein muss. Das Niedere zu *wählen.* Wie sonst sollte man sich seiner Überlegenheit vergewissern? Unterlegene Menschen, George, haben keine Wahl.«

Er lächelte jetzt wieder.

»Um mehr ging es nicht?«, fragte ich.

»Ehrlich gesagt weiß ich es nicht mehr. Ich war meist betrunken.«

Das Lächeln verschwand, sein Blick wurde leer.

Nichts von alledem traf den Kern.

Ich hatte noch nicht die Frage gestellt, deretwegen ich gekommen war.

Ich sagte: »Kurz vor seinem Tod hat Charlie drei Tage in der Entzugsklinik des Sanatoriums St. Amand verbracht.«

Er hob die Brauen. »Der alten Alma Mater? So, so …«

»Ja. Deshalb bin ich hier. Ich dachte, du hättest ihm das vielleicht ermöglicht.«

»Nein. Warum sollte ich das tun?«

»Keine Ahnung … du warst dort doch Stammgast.«

»Zweimal im Jahr, und zwar jedes Jahr. Die haben mich am Leben gehalten, die Samariter von St. Amand.«

»Und warst du in letzter Zeit noch mal dort?«

Er hauchte ein Lachen hin. »Ich brauche keinen Entzug mehr. Heutzutage würde mich schon ein Glas umbringen.«

»Wann warst du denn zuletzt dort?«

»Es ist Jahre her.« Seine Augen leuchteten einen Moment auf. »Soll ich dir sagen, was ich wirklich in Sydney wollte?«

»Deiner Festnahme entgehen.«

»Ich bin nach Sydney gegangen, um mich zu töten.«

Ich guckte verdattert. »Wieso braucht man dazu Sydney?«

»Zum Sterben ist Sydney ein guter Ort. Eine Kloake von Stadt. Dort würde man meinen Leichnam in die Gosse geworfen haben, und fertig. Mir stand nicht der Sinn nach einem Staatsbegräbnis, George.«

»Aber du hast dich nicht umgebracht.«

»Beinahe.« Er deutete mit einer Kopfbewegung auf das Glas in Louises Hand. »Ich wollte mich zu Tode trinken. Nicht erst in Jahren. Innerhalb von Monaten.«

»Weshalb? Wegen des Korruptionsausschusses?«

Es hatte tatsächlich einige Selbstmorde gegeben.

Jeremy schien angewidert. »Der Korruptionsausschuss war doch belanglos. Oder nur von Belang, weil er allem ein Ende bereitete, weil alles dichtmachen musste. Nein ... ich konnte mich nicht mehr ertragen, George, *mich selbst* konnte ich nicht mehr ertragen. Das ist alles.«

Er klang fast berauscht, und ich fragte mich, ob er etwas nahm. Schmerzmittel vielleicht, gegen sein Leiden, worin auch immer das bestehen mochte.

»Und was war?«, fragte ich.

»Ich mietete mich in einem sehr netten Hotel ein. Ich ließ mir eine voll bestückte Bar dort einrichten und täglich nachrüsten. Ich holte mir Frauen, obwohl ich nicht viel mit ihnen anfangen konnte.« Wieder streifte er Louise mit einem Blick. »Aber es war besser, als allein zu trinken. Und es schien zu klappen. Es ging mir schlecht, dann sehr schlecht. Im Hotel machten sie sich Sorgen. Sie wollten einen Arzt rufen. Du verstehst, dass ich darauf gar nicht erpicht war. Nur wollten sie wiederum keine Scherereien mit einer toten Persönlichkeit des öffentlichen Lebens, nicht bei dem vielen Alkohol und den vielen Frauen. Das gibt es einfach zu oft.« Er musste lachen, und aus dem Lachen wurde ein Husten, der seinen ganzen Körper schüttelte.

Louise hielt inne, das Glas halb erhoben, und beäugte ihn wachsam.

Der Anfall ging vorüber. War der Blutfleck in Jeremys Hemd größer geworden? Seine Augen tränten. »Es wurde unangenehm. Ich war inkontinent, ich spuckte Blut, die Suite war ein einziger Saustall. Man bat mich schließlich zu gehen. Und ehrlich gesagt, ich litt solche Schmerzen, dass ich dem nichts entgegensetzen konnte. Schmerzen, die es mir unmöglich machten, auch nur ein Glas bei mir zu behalten. Mein Plan schlug fehl. Man muss stark sein, um sich mit Alkohol umzubringen, und wie sich herausstellte, war ich zu schwach.«

Er beachtete jetzt weder Louise noch mich, sondern starrte unverwandt über den Tisch hinweg auf den Satan, der in einem schweren Goldrahmen Jesus in der Wüste versuchte. Es war sein Lieblingsgemälde. Seine Lebensphilosophie und die Rolle, die er sich ausgesucht hatte.

»Es wäre vielleicht noch zu machen gewesen. Nur bekam ich Besuch. Unerfreulichen Besuch. Ich glaubte damals, Marvin habe ihn geschickt, aus purer Gehässigkeit. Aber Marvin hat ihn nicht geschickt. Marvin hatte selbst genug Schwierigkeiten ...«

»Du meinst doch nicht etwa Lindsay?«

»Lindsay? Ich dachte, der sei damals schon außer Landes gewesen? Nein, du kennst die Person nicht.«

»Ich kannte aber doch Marvins Freunde.«

»Nicht alle. Diesen bestimmt nicht. Er war nicht einer von uns, George. Uns konnte der nicht das Wasser reichen. Es war ungut, dass er mich in diesem Zustand sah, einen albernen alten Mann am Boden, der sich in die Hose machte. Er hat mich ausgelacht. Er wollte mich sterben sehen. Das konnte ich nicht hinnehmen. Nicht von ihm.«

Und seine Stimme wurde scharf vor Zorn und dem alten Stolz.

»Jeremy«, sagte ich besorgt. »Ich weiß nicht, von wem du sprichst.«

»Spielt keine Rolle.« Er überlegte, dann schüttelte er den Kopf. »Ich schickte die Frauen weg, den Alkohol, und kehrte heim. Ich ging schnurstracks ins St. Amand. Dort haben sie mich, so gut es ging, wieder auf die Beine gebracht, aber es war das Ende. Es war mein letzter Besuch dort. Deshalb fragst du doch, oder?«

»Du musstest nie wieder hin?«

»Ich habe keinen Tropfen mehr angerührt. Was hätte das für einen Sinn gehabt, wenn ich die Sache nicht auch zu Ende bringen konnte? Wozu eine Waffe bei sich tragen, wenn man nicht den Mumm hat, sie zu benutzen? Und nun diese Ironie: Nach all den Jahren ist es nicht einmal der Alkohol, der mich umbringt.«

»Sondern?«, fragte ich.

»Leukämie.«

Ich staunte. Ich hatte auf die Leber getippt, ich hatte angenommen, dass die Schäden über die Jahre irreparabel geworden waren. Aber Blutkrebs? Was hatte das mit Jeremy zu tun, mit Dekaden der Sünde und Laster?

Er grinste. »Weißt du noch, was wir damals gesagt haben?«

Ich wusste es in der Tat. Wir hatten in unseren schlimmsten Alkoholjahren ständig davon geredet. Nämlich, welcher Tod uns ereilen würde, und von der Macht, die das Trinken uns über den Tod gab – die jede Sucht dem Opfer verlieh. Denn wenn es so weit wäre, gälte für den Alkoholiker, für jeden Süchtigen, immerhin diese eine kostbare Wahrheit: dass der Tod in Gestalt des geliebten Stoffs käme. Der Trinker würde an seiner Leber verrecken, der Raucher an seiner Lunge, und Junkies, wer weiß, an ihrem eigenen Blut. Darin lag die Macht. Man wählte sein Ende selbst.

»Wäre es nur so einfach, George.«

»Es tut mir leid«, sagte ich.

»Schon gut. Die nächste Bestattung für dich.«

Er wandte sich Louise zu, die die Flasche geleert hatte.

»Und nun einen Roten?«, meinte er.

20

DER ALKOHOL …

Inwieweit war letzten Endes *er* schuld an meinem verpfuschten Leben?

Und welches Recht hatte ich, überhaupt anderswo Schuld zu suchen, wo *ich* doch entschied, ob ich trank oder nicht?

Das Rätsel war alt. Als Journalist zum Beispiel war ich gescheitert; doch war ich gescheitert, weil ich trank, oder hatte ich getrunken, weil ich scheiterte? Oder gehörte beides von jeher unauflösbar zusammen, Scheitern und Alkohol? Linste der Alkoholiker in spe schon in seiner Jugend ängstlich voraus in die Zukunft und griff zur Flasche, weil ihm nicht behagte, was er dort sah?

Keiner wusste es. Es stimmte zwar, dass ich in meinem ganzen Leben noch nie in einer Entzugsklinik gewesen war, aber ich wusste einiges über die Behandlung Alkoholkranker. Ich hatte die medizinischen Abhandlungen und Therapievorschläge gelesen, ich hatte sie in dem langen ersten Jahr in Highwood heimlich studiert. Es gab Mittel gegen das Zittern während des Entzugs, Therapieschritte, Muster, die es zu meiden galt, Selbsthilfegruppen, doch an die Wurzel des Problems kam man nicht wirklich heran. War es eine Krankheit oder nicht? War eine Heilung möglich oder nicht? Gab es eine genetische Prädisposition? War es erlerntes Verhalten? Handelte es sich um eine Zivilisationskrankheit? Es gab unzählige und widersprüchliche Antworten. Mit letzter Sicherheit vermochte es niemand zu sagen.

Wann war man Alkoholiker?

Ha … das war natürlich die entscheidende Frage. Die Abertausende Herzen an Tausenden quälenden Morgen in aller Welt bewegte. Meines immer.

Wenn die Antwort auf eine oder mehrere dieser Fragen Ja lautet, haben Sie möglicherweise ein Problem.

So fing er immer an, der Selbsttest. In den Selbsthilfebüchern, den Broschüren, den Warnungen. Mit Fragen. In der trockenen Einöde der Nüchternheit brüteten sie wie Steine in der Sonne, und sie alle hatte ich im Lauf der Jahre gewendet, eine um die andere, und hoffnungslos betrachtet wie ein Prophet, der, irre vor Durst, auf Zeichen wartet.

Frage: Haben Sie bereits in jungen Jahren getrunken?

Antwort: Ja.

Ich hatte mit fünfzehn angefangen. Mein Einstieg war eine Flasche Bundaberg-Rum, die ich eines Sommerabends mit Schulfreunden bei irgendjemandem im Garten leerte. Geschmeckt hat er mir nicht, ich musste würgen und war hinterher todkrank, und danach war erst mal monatelang Ruhe. Mit Rum habe ich es auch nie wieder versucht. Aber kurz bevor mir speiübel wurde, hatte mich eine Ahnung angeweht, ein goldenes Versprechen im Kopf. Das nächste Mal blieb ich bei Bier. Und von da an schaute ich nicht mehr zurück. Das Versprechen erblühte. Mir war, als öffneten sich vor Erleichterung die Poren meines Hirns, das nun zum ersten Mal wirklich zum Leben erwachte. Nach nur wenigen Monaten vertrug ich schon eine Menge und experimentierte mit Wodka, Gin, Scotch, Tequila … ganz gleich, Hauptsache, es zündete. Was, hätte ich nicht genau sagen können. Doch das Trinken bot in einer sonst wenig bemerkenswerten Jugend Gelegenheit, zu leuchten. Es war das Gebiet, auf dem ich mich auszeichnete. Ich vertrug mehr als die meisten anderen, konnte länger trinken und litt offenbar am Tag darauf weniger. Ich war keineswegs der Trinkfesteste von uns, aber trinkfester als manch andere. Und für einen jungen Kerl, der weder im Sport noch in der Schule glänzte, war das was. Ich konnte es gut. Ich genoss bei Gleichaltrigen bald einen Ruf, und so traurig mir das später erschien, ich hatte ein Talent entdeckt und Ehrgeiz entwickelt.

Frage: Erscheint Ihnen die Welt freundlicher, wenn Sie trinken?

Antwort: Ja.

O ja … besonders in den ersten Jahren. Im ersten Rausch taten sich ganz neue Perspektiven auf, als könnte so ein Abend überall hinführen, als wären alle Regeln außer Kraft gesetzt. Es war aufregend, es war das Unbekannte. Und genau darin lag die Tragödie des Alkohols. Denn die Möglichkeiten waren jederzeit gegeben, mit und ohne Alkohol; jeder Abend konnte überall hinführen, mit und ohne Alkohol. Doch das habe ich irgendwie nie erkannt. Bei manchen Menschen gerät das Hirn, wenn sie nüchtern sind, nicht in Schwung, nur der Alkohol bringt sie in Fahrt, setzt sie frei. So war es bei mir und den Leuten, mit denen ich trank. Nüchtern waren wir langweilig, betrunken inspiriert und in Sphären entrückt, die im diffusen Glanz des Wahren und Schönen schillerten. Es kam nicht darauf an, dass die Abende meist nirgendwo hinführten und an Aufregung nicht mehr boten, als immer betrunkener und schließlich komatös zu werden. Das Gefühl genügte. Flucht. Transzendenz. Jeremy war nicht der Einzige, dem es darum ging …

Frage: Kommen Sie auf mehr als vierzig Drinks pro Woche?

(Oder fünfzig oder sechzig oder vier pro Tag, sechs pro Tag, oder was immer gerade als kritische Grenze gilt.)

Antwort: Ja.

Ja, sicher. Sicher, aber was soll's? Es ging nie darum, wie viel man trank, sondern wie und wie lange. Drei Stunden, sechs Stunden, die ganze Nacht, zwei Tage am Stück. Und darum, wer außer dir dann noch stehen konnte. Denn das waren deine wahren Freunde. Die, die nie nach Hause gingen, die, die den Traum mit dir teilten und das Stehvermögen, einen Abend nicht einfach enden zu lassen. Jemand, der Drinks zählte, der sich mäßigte, der an den nächsten Tag dachte, der war dir nicht ebenbürtig, den mied man besser.

Frage: Richten Sie Ihren Tagesablauf nach dem Alkohol aus?

Antwort: Ja.

Ich richtete mein ganzes Leben nach dem Alkohol aus.

Warum sonst eine Laufbahn als Journalist? Nicht, dass ich die eigentliche Entscheidung im Rausch traf, aber mit siebzehn wusste ich ziemlich genau, wie ich mir mein Leben vorstellte. Es sollte hart und rasant sein und ein Drink immer zur Hand – so stellte ich mir den Journalismus eben vor. Und ich lag ja nicht ganz falsch. Ganz gleich, was sich sonst über das Leben der Presse sagen ließ, es fand sich immer jemand, der einem beim Trinken Gesellschaft leistete. Immer. Reporterkollegen, Redaktionskollegen, Gewährsleute aus der Politik, der Wirtschaft, der Unterhaltungsbranche – alle tranken. Pubs florierten im Umfeld von Redaktionen; sie boten einen günstigen Mittagstisch und Specials auch am Abend, Happy Hours exakt zu Redaktionsschluss, wenn angedruckt wurde und das Tagwerk vollbracht war. Heute war es sehr wahrscheinlich anders, aber damals umwehte der Brodem des Alkohols die gesamte Zeitungsbranche. Niemand schien verheiratet zu sein, jedenfalls nicht glücklich, niemand wollte schon nach Hause, es gab immer etwas zu debattieren, zu meckern, zu hetzen, jemanden anzufeinden und runterzumachen – und es gab immer die Bar an der Ecke, dann unsere eigenen Restaurants und schließlich die Clubs.

Frage: Brauchen Sie Alkohol, um den Tag zu überstehen?

Antwort: Ja.

Obwohl ich ihn immerhin nicht brauchte, um aus dem Bett zu kommen. Andererseits passierte das selten vor zehn oder elf, zum Lunch bestellte ich schon den ersten Drink oder auch zwei, und im Lauf des Nachmittags genehmigte ich mir bei Bedarf zwischendurch irgendwo ein Bier. Das gehörte zu einem normalen Arbeitstag einfach dazu; ich war selten vor Abend betrunken. Nachts, das war meine Trinkzeit, der Nacht waren die wirklichen Gespräche vorbehalten, die wahren Freunde, Charlie und Maybellene und die ganzen anderen, mit denen ich ebenso wenig nüchtern Zeit verbracht hätte, wie ich versucht hätte, ohne Computer eine Kolumne zu verfassen. Es wäre zur Not gegangen, aber schon die Vorstellung …

Frage: Beeinträchtigt der Alkohol Ihre Arbeit?

Antwort: Ja.

Schon, aber ohne wäre sie vollkommen undenkbar gewesen, und ich war doch immer noch erfolgreich, oder nicht? Meine Kolumne erschien stets mit Foto, ich war wer. Mit den Briefen an den Herausgeber traf stets Fanpost für mich ein. Ich wurde zu Theater- und Filmpremieren eingeladen, in die Privatlogen auf der Rennbahn. Ich dinierte mit Schauspielern und Ministern und Fernsehfunktionären. Alles war ein einziger glitzernd trunkener Nebel. Scheitern? Scheitern lungerte als dunkler Schatten im Hinterkopf, einem Winkel, den zu untersuchen ich vor Schnelllebigkeit nie die Zeit fand.

Frage: Wünschten Sie, Sie könnten mit dem Trinken aufhören?

Antwort: Ja.

Manchmal jedenfalls, je mehr Jahre ins Land gingen und je schwerer ich an den Nachwehen litt, die nie mehr ganz aufzuhören schienen. Oder bei der Feststellung, dass mir die Worte nicht mehr so aus der Feder flossen, dass in meinem Kopf ewig Nebel herrschte, dass ich fetter wurde und mein Herz raste, sobald ich auch nur eine Treppe hinaufstieg. Gelegentlich lag ich an einem solchen verkaterten Morgen im Bett und sann über mein Leben nach und darüber, wo es noch hinführen sollte, und dann war die Aussicht trübe. Doch das blieb eine leichte Irritation, und sie legte sich, sobald ich heiß geduscht und die ersten Tasse Kaffee heruntergestürzt hatte. Wie auch vorüberging, dass mir gelegentlich, wenn ich meine letzten zehn, fünfzehn Kolumnen noch mal las und sah, wie flott, launig und absolut trivial sie allesamt waren, dämmerte, dass den ernst zu nehmenden Journalismus andere Kollegen besorgten – wenn nicht schon unter der Dusche oder beim Kaffee, dann eben beim ersten Drink mittags.

Frage: Meiden Sie Menschen, die nicht trinken?

Antwort: Ja.

Meiden nicht direkt, aber ich suchte von mir aus nicht ihre Nähe. An der Zeitung gab es beispielsweise auch die, die nicht tranken, die nicht wie die Lemminge aus der Redaktion mit in den nächsten Pub zogen, aber wer waren die schon? Ich kannte sie nicht und wollte sie nicht kennen. Es waren Kollegen; da ich aber die anderen Seiten unserer Zeitung kaum las, wusste ich nur sehr ungefähr, was sie schrieben. Zwar gelang selbst der *Daily Times* gelegentlich ein politischer Scoop, und einmal, entsann ich mich, war sogar zu mir durch meinen Nebel vorgedrungen, dass einer der investigativen Journalisten des Blatts für einen Beitrag über irgendeinen Skandal doch tatsächlich ausgezeichnet worden war. Aber ich kannte den Mann nicht weiter. Er war nüchtern, dünn und dröge. Ich klopfte ihm auf die Schulter, bot ihm einen Drink an und vergaß ihn. Skandale waren an der Tagesordnung, schließlich lebten wir in Queensland. Und die wirklich wichtigen Leute kannte ich doch schon. Mit denen hockte ich doch dauernd an den Bars, oder nicht? Ich hatte Freunde genug.

Frage: Beeinträchtigt der Alkohol ihr Sexualleben?

Antwort: Ja.

Dass es mit Erektionen im Vollrausch haperte, war allgemein bekannt. Sex gab es auch so genug. Alkohol beschaffte die Leiber, auch wenn er dem Akt selbst hinderlich war; ich hatte überall Trinkgefährtinnen, und meine Sexualpartnerinnen war diese im entkleideten Zustand. Der Sex geriet zugegebenermaßen etwas unfokussiert, wie diese Beziehungen selbst auch, die mit gemeinsamen Saufgelagen begannen und endeten. Aber was soll's? Später gab es die Nächte im Puff, die Privatfeten, bei denen es keine Rolle mehr spielte, wer mit wem, wo es nur noch Leiber gab, Drunter und Drüber, Haut an Haut. Und schließlich, als Maybellene und ich in einer schwachen Stunde nachgaben, einander, dem Alkohol und der Liebe, und sich alles zu einer dunklen, ekstatischen Lust verknäulte, bei der Sex nicht das Wesentliche war, spielte es kaum eine Rolle, dass wir zum Vögeln selten imstande waren.

Frage: Suchen Sie ständig die Gesellschaft anderer schwerer Trinker?

Antwort: Ja.

Sagte ich das nicht bereits? Das war es, was uns zusammenführte und uns zusammenschweißte. Geld, Gier, Ehrgeiz, Macht – diese Dinge gehörten immer dazu, besonders für Marvin und Lindsay, aber der erste Schritt in die Unterwelt war der Wunsch nach einer Schankerlaubnis, und Alkohol sollte stets die Hauptsache bleiben, selbst später, als wir uns auch der Prostitution und dem Glücksspiel zuwandten. Denn hauptsächlich taten wir das alles, weil *wir* trinken wollten. *Wir* wollten einen Laden haben, der nie schloss, wo wir zu jeder Nachtzeit aufkreuzen konnten – damit die Nacht niemals enden musste. Wenn wir, um das zu erreichen, gegen Gesetze verstoßen und die Clubs selbst führen mussten, schien uns der Preis keinesfalls zu hoch. Damals gab es aus unserer Sicht nicht einmal einen Preis zu entrichten.

Frage: Hat Sie der Alkohol enge Beziehungen gekostet?

Antwort: Ja.

Aber doch erst am Ende, oder als ohnehin alles auseinanderfiel? Es war nicht das Trinken, es war der Korruptionsausschuss, es waren die Prozesse, die Verhaftungen, es war, dass Charlie hinter die Sache mit mir und Maybellene kam, dass Charlie zum Gewehr griff und …

Frage: Machen Sie sich hinsichtlich der Auswirkungen des Alkohols selbst etwas vor?

Ist ja gut, ist ja gut. Genug.

Die Fragen hörten niemals auf.

Aber man konnte sie alle, so ehrlich wie möglich, beantworten, und dennoch … war ich Alkoholiker? Hätte ich wie ein AA-Mitglied aufstehen und erklären müssen, dass ich gegen den Alkohol machtlos war? Dass er vielmehr absolute Macht über mich besaß?

Das Komische an den ganzen Fragebögen war, dass es eine einzige Frage gab, auf die ich immer mit Nein antworten konnte. Vermutlich gestattete mir diese eine Frage den fortgesetzten Selbstbetrug. Ließ mich im Glauben, dass mir das Problem, wenn es tatsächlich eines gab, nicht entglitten war, dass ich es noch im Griff hatte. Die Frage lautet: *Haben Sie wegen Ihres Alkoholkonsums jemals professionelle Hilfe in Anspruch genommen?*

Nie.

Selbst als ich endlich mit dem Trinken Schluss machte, tat ich es aus eigener Kraft. Ich suchte keine AA-Treffen, keine Entzugsklinik, keinen Therapeuten auf.

Was eine weitere Frage aufwarf. War es einem Alkoholiker möglich, ohne jede Hilfe von außen mit dem Trinken aufzuhören? Mehr noch: Bedeutete nicht die Tatsache, dass ich ohne jede Hilfe vom Alkohol losgekommen war, dass ich nie wirklich Alkoholiker gewesen war? Wie lautete die Definition eines Alkoholikers?

Dieser Teufelskreis hatte kein Ende.

Damals hätte ich die drei schlichten Wörter – auch am tiefsten Punkt der Talsohle – nicht über die Lippen gebracht.

Und noch nach zehn trockenen Jahren, wo ich doch wusste, ich würde nie wieder einen Tropfen anrühren, brachte ich sie nicht über die Lippen.

Die Frage blieb offen.

21

AN JEREMYS ESSTISCH ÖFFNETE Louise die dritte Flasche Wein.

Eine Stunde war seit Beginn des Mahls verstrichen, und Jeremys Konzentration ließ merklich nach. Zur alten Hochform fand er immer nur für kurze Momente zurück, dann dämmerte er wieder vor sich hin, ein Invalide.

Schwer atmend beobachtete er Louise.

Das tat ich auch, als sie nun mit dem Korken kämpfte. Die Flasche stammte, wie schon die vorigen, aus dem Keller unter dem Haus. Das Etikett und die Staubschicht waren mir bekannt, und ich kannte auch den Wert der Flasche. Niemand sagte ein Wort, als Louise sich einschenkte und das Glas in einem Zug leerte. Der Wein färbte ihre Zähne dunkel, und ein erdiger Duft erfüllte den Raum.

Es war pervers, aber die Frau faszinierte mich. Sie trank nicht wie andere, die ich dabei beobachten konnte, seitdem ich nur noch zusah. Nicht wie Emily oder andere in Highwood. Sondern eher so, wie ich selbst einst getrunken hatte. Die Frage stieg wider Willen in mir auf … Was stellte der Alkohol in ihrem Blut an, ihrem Kopf? Die Antworten, die Erinnerungen hallten in mir nach. Konzentrische Ringe des Wohlbefindens, die sich in Wellen ausbreiteten. Ich bekam einen trockenen Mund. Was ging hier eigentlich vor? Für wen tat sie das? Jeremy? Es war sein Wein, und sie schien eher ihm zu Gefallen zu trinken als sich selbst. Ersetzte seinen maroden Organismus mit einem jungen, frischen, der offen war für den Wein und für alles, was er bewirken mochte. Aber das allein war es doch gewiss nicht, nicht nur Prostitution in anderer Gestalt? Die Art, wie sie den Alkohol in sich aufnahm … Es musste einen eigenen Konnex geben. Vielleicht war das die ganze Kunst bei Jeremy und seinen Frauen. Pygmaliongeschöpfe zu finden, in denen die Schwäche schon angelegt war, und ihnen lediglich die Mittel zu ihrer Vervollkommnung an die Hand zu geben.

Ich wusste es nicht. In der Tat konnte ein reicher Mann für zehn Dollar eine Prostituierte kaufen. Nur, konnte er sich auch einreden, dass es ihr Spaß machte?

Louise Blick ruhte einen Augenblick auf mir, dann schweifte er ab.

Es war spät geworden. Jeremy wirkte erschöpft. Und doch blieb St. Amand noch rätselhaft. Ich wollte mehr wissen.

Ich sagte: »Ich war da, weißt du, in der Entzugsklinik des Sanatoriums, aber es wollte niemand mit mir reden.«

Jeremys wandte mir in Zeitlupe den Kopf zu. »Selbstverständlich nicht.«

»Du warst doch da. Wie ist es dort?«

»Es sind lauter einzelne Zimmer, George. Lauter kleine Zimmer.«

»Und die Behandlung? Was hat Charlie über sich ergehen lassen müssen?«

Jeremy seufzte und schöpfte von irgendwoher neue Kraft. »Du darfst dir keine falschen Vorstellungen machen, George. Eine Entzugsklinik ist eine Entzugsklinik. Das St. Amand ist zwar sehr komfortabel, aber man behandelt dort nicht anders als anderswo. Charlie ist mit gezielten Stromstößen getötet worden. Damit hatte St. Amand nichts zu tun.«

»Das weiß ich, aber es kann doch kein Zufall sein. Irgendetwas muss dort vorgefallen sein.«

»Das wirst du nie erfahren. Vertraulichkeit ist das A und O einer Einrichtung wie des Klinikums St. Amand. Dafür zahlt man schließlich das viele Geld.«

»Gilt die Schweigepflicht nicht für alle Ärzte?«

Er war verstimmt. »Was hätte denn ein durchschnittlicher

Arzt schon groß zu erzählen? Durchschnittliches. In St. Amand geht es um anderes.«

»Alkoholismus ist durchschnittlich.«

»Aber die Patienten sind es nicht. Nicht im St. Amand. Dort könnte der Queen höchstselbst der Magen ausgepumpt werden, und keiner würde ein Sterbenswort erfahren.«

»Das heißt, sie sind diskret –«

»Nein, Georg. Du sagst es so, als wäre nichts weiter dabei. Aber überlege doch, was Diskretion als therapeutische Maßnahme bedeutet. Weshalb, meinst du, beichten wir Katholiken einem Fremden in einem kleinen Gehäuse so bereitwillig unsere schlimmsten, finstersten Sünden? Weil wir den Priester mögen? Nein …«

Er wühlte unter großer Anstrengung in seiner Tasche und holte einen Rosenkranz hervor. Die Perlen waren einst weiß gewesen, jetzt aber gelb. Jeremy hielt mir den Kranz hin wie eine Erklärung. Seine Hand zitterte: Christus bebte am Kreuz.

Er sagte: »Es funktioniert deshalb, weil der Priester es niemandem sagen kann. Und hättest du deine eigene Mutter getötet – sobald du in der Beichte davon sprichst, wird der Priester nicht nur niemandem etwas davon sagen, er wird sogar vor *sich selbst* verschweigen, dass er es weiß. Denn wenn du beichtest, sprichst du im Grunde nicht mit einem irdischen Wesen, sondern direkt mit Gott. Der Priester ist nur das Medium, das menschliche Antlitz, das an des göttlichen Stelle tritt.«

Seine Hände sanken wieder auf den Tisch, und seine Finger glitten über die Perlen.

»Sie besitzen eine bewundernswerte mentale Agilität, die Priester. *Das* meine ich mit Diskretion. Nicht nur das Versprechen, vertrauliche Informationen für sich zu behalten, sondern das spirituelle Gebot, das jeden anderen Umgang unmöglich macht. Es ist sehr befreiend zu wissen, dass einem das offensteht. Dann kann man alles sagen. Alles tun. Man kann der Wahrheit ins Gesicht sehen. Genau das bietet einem auch das St. Amand.«

Versunken befingerte er seinen Rosenkranz. Louise leerte ein weiteres Glas Wein. Ich sah, dass ihre Fingernägel im denkbar hellsten Rotton lackiert waren, kaum dunkler als Haut. Ihr Lippenstift war von der gleichen Farbe. Wieder trafen sich unsere Blicke. Ich war von der Stimmung im Raum, der Erinnerung ans Trinken beinahe berauscht – Phantomschmerz. Ich hob mein Wasserglas an die Lippen, trank und schmeckte nichts.

Jeremy blickte von seinem Rosenkranz hoch. Auf seine Stirn war Schweiß getreten. »Hast du schon einmal einen Entzug durchlebt?«

Ich dachte an Nacht und Regen und tropfende Bäume.

»Nicht in einer Klinik«, antwortete ich.

Jeremy streckte eine Hand aus und zog die Flasche Roten zu sich heran. Er stierte aufs Etikett oder vielleicht jenseits davon in die Tiefen des Weins.

»Es ist die Hölle. Der Körper bricht ohne sein Gift zusammen. Ebenso der Geist. Und manchmal, wenn es besonders schlimm ist, steigt alles empor. Das kann einer Bekehrung ähneln, einer Offenbarung, der Wandlung vom Saulus zum Paulus. Jede Schwäche, jedes Vergehen, jede Schande, groß oder klein – alle, alle werden sie vor dir ausgebreitet, und mit jeder Stunde werden sie unerträglicher. Sämtliche Grausamkeiten und Gemeinheiten, die du dir im Vollrausch geleistet hast; die Hölle auf Erden. Du hast die Wahl, weiterzutrinken oder verrückt zu werden oder dich zu stellen. Die Ärzte haben Mittel, sie können dich sedieren, sie können das Zittern, die Halluzinationen abstellen, und später fangen sie mit der Therapie an, aber die ersten paar Tage, da bist du ganz allein auf dich gestellt …«

Louise fröstelte, sie schluckte schwer. Ihre Augen schimmerten nach wie vor weit, nun aber verlor sich der Blick im Nichts. Jeremy neigte die Flasche und goss ihr ein. Weil seine Hände unstet waren, wurde Wein auf das weiße Tafelleinen verschüttet.

Jeremy sah mich an. »Ist dieser Prozess erst in Gang gesetzt, dann möchtest du, sofern du Geheimnisse hast, die zu verraten lohnt – und glaub mir, die Patienten im St. Amand haben solche Geheimnisse –, Menschen um dich wissen, die hören, ohne zu hören, sehen, ohne zu sehen, die handeln, ohne zu behalten oder zu wiederholen. Du willst einen Beichtstuhl, George, einen Priester. Und die bekommst du im St. Amand. Dafür bezahlst du.«

Mein Kopf schwamm vor Wein. Er strömte durch meine Adern, als Louise abermals ihr Glas hob und trank.

Ich sagte: »Welche Geheimnisse hast denn du gehütet, als du dort warst?«

Doch Jeremy schüttelte den Kopf und ließ sich in seinem Stuhl zurücksinken. »Du bist ein Freund, George, aber nicht mein Beichtvater oder Arzt. Es geht dich nichts an.«

Ich musste mich bewegen, brauchte eine reinere Luft zum Atmen. Ich entschuldigte mich und suchte die Gästetoilette auf. Dort benetzte ich mein Gesicht mit kaltem Wasser, dann musterte ich mein Spiegelbild. Es war ein altes Gesicht, müde, erhitzt. Aber die Augen waren klar. Ich war nicht betrunken, ich hatte zehn Jahre keinen Tropfen Alkohol mehr angerührt. Ich würde es nie wieder tun.

Ich kehrte zurück. Louise stand hinter Jeremys Stuhl, die Hände auf seinen Schultern, als massierte sie ihn. Sein Kopf war tiefer gesunken, alt und zittrig. Sie nahm wie ich wieder Platz, schwankte einen Augenblick und musste eine Hand ausstrecken, um ihr Gleichgewicht zu finden. Fast unmerklich. Sie hatte in nicht einmal drei Stunden fast drei Flaschen Wein getrunken. Jeremy schielte mit gebeugtem Kopf seitlich zu mir herüber, ein böser Zwerg.

»Besser?«, fragte er.

»Wem könnte Charlie im St. Amand begegnet sein?«

»Das also vermutest du … dass es jemand war, dem er dort begegnet ist?«

»Er war allein und mittellos, und doch hat er drei Tage in der Entzugsklinik verbringen können, auf wessen Kosten, weiß man nicht. Am dritten Tag hat er die Klinik vor Abschluss der Behandlung plötzlich verlassen, hat den erstbesten Wagen gestohlen und ist nach Highwood gefahren, wo er noch am Abend umgebracht wurde. Was soll ich denn glauben?«

»Weshalb willst du es denn wissen?«

»Er war mein Freund.«

»Ach ja? Meines Wissens hat die Kugel sein Hirn geschädigt. Meines Wissens war er obdachlos, George. Hast du ihn etwa aufgenommen? Habt du und May euch bei ihm entschuldigt?«

»Er wollte nicht mit mir reden.«

»Gewissensbisse sind ein schlechter Beweggrund. Der schlechteste.«

»Es war deine Klinik, Jeremy. Du kanntest alle, die dort hingingen. Die Stammgäste. Kannte einer von denen Charlie? Irgendjemand aus der alten Zeit? Irgendjemand, der … ich weiß nicht … Charlie vielleicht nicht wiedersehen wollte?«

Er schüttelte trotzig den Kopf.

»Wer ging sonst noch dorthin, Jeremy?«

Seine Stimme klang weit weg. »Seelenverwandte.«

»Zum Beispiel?«

»Ich kann es dir nicht sagen. Zu den Vertragsbedingungen, die man bei der Aufnahme unterschreibt, gehört die Klausel, dass man nichts, was man dort sieht oder hört, je verlauten lässt. So läuft das, George. Nur so funktioniert das.«

»Aber du hast dich doch nie daran gehalten. Du hast aller Welt erzählt, dass du Alkoholiker bist. Du hast nicht einmal deine Aufenthalte dort verheimlicht. Was spielt es also für eine Rolle?«

»Das war damals etwas anderes. Ich habe es hinausposaunt, weil ich mich schämte.«

»Alkoholiker zu sein?«

»Nein.« Jetzt flüsterte er nur noch. »Vom Alkohol loskommen zu wollen.«

Er betrachtete voller Sehnsucht Louise. Sie hatte die dritte Flasche geschafft und erwiderte seinen Blick. Ich hätte ebenso gut Luft sein können. In den Augen dieser beiden loderte etwas.

»Küss mich«, sagte Jeremy.

Sie erhob sich, beugte sich leicht wankend zu ihm hinab und drückte ihre Lippen zart auf die seinen. Jeremy seufzte und schloss die Augen, während sie innehielt und ihn unverwandt ansah, ein flammender Engel. Ich dachte an die zweieinviertel Liter Wein, die durch ihre Venen rauschten. Ich dachte an Emily und den Geschmack von Alkohol auf ihren Lippen. Ich dachte an Maybellene und daran, wie gern ich einen Mundvoll Wein aus ihrem Mund getrunken hatte und wie ihr Haar mir dabei das Gesicht kitzelte. Dann drehte Louise den Kopf weg, tat einen unsicheren Schritt und übergab sich aufs Parkett.

Wir sahen zu. Zuerst gab es nur ein kurzes Husten, einen Mundvoll Wein, dann knickten ihre Knie ein und sie kauerte auf dem Fußboden und würgte. Der Geruch füllte den Raum, und doch erledigte sie die Sache sehr still, fast vornehm. Als sie fertig war, richtete sie sich mühsam auf, stand einen Augenblick da und musterte uns. Schweiß glänzte auf ihrem Gesicht, ihre Augen leuchteten wie vor großer Freude oder Erleichterung. Dann war sie weg.

»Also gut«, hauchte Jeremy. »Wenn du es partout wissen willst …«

Ich wusste kaum noch, wovon wir gesprochen hatten. »Bitte?«

»Ich weiß, wer Charlies Aufenthalt bezahlt hat.«

»Woher denn?«

»Überleg doch, George. Es kommt doch nur einer in Frage. Er war hier. Kurz vor dir. Vor wenigen Monaten. Es geht ihm nicht gut, George. Er ist krank. Leidet an Wahnvorstellungen. Er glaubt, seines sei das schwerste Los gewesen, dabei kennt er nicht einmal die Bedeutung des Worts. Er war hier, er hat mich aufgesucht, und wir haben über alles gesprochen. Du hast es nie gewusst, das hat keiner gewusst, aber das St. Amand war auch seine Zuflucht. Ist es noch, und immer noch verheimlicht er es. Darin war er nicht wie ich. Er hat es nie jemandem gesagt.«

»Wer?«

»Ein Jammer. Er hat sich immer der falschen Dinge geschämt. So auch Charlies wegen. Er wollte ihn finden. Deshalb war er hier. Er dachte, ich wüsste vielleicht, wo sich Charlie aufhält. Er dachte, er könnte helfen. Er war wie du, George. Er hat viel zu lange damit gewartet.«

»Von wem sprichst du?«

Aus der Gästetoilette drangen die Begleitgeräusche weiteren Erbrechens zu uns. Und die waren keineswegs mehr vornehm. Sie klangen hart und schmerzlich, unterbrochen von Schluchzen und Japsen.

Jeremy deutete mit einem Kopfnicken in die Richtung und lächelte. »Es war nett, dich wiederzusehen, George. Vielen Dank für deinen Besuch. Aber ich glaube, du solltest nun lieber gehen.«

»Wer?«, beharrte ich.

Sein Lächeln war entrückt, eine Totenmaske. »Marvin, natürlich. Wer sonst?«

22

MARVIN McNULTY, der Magier.

Er verfolgte mich in dieser Nacht auf dem Motelzimmer in New Farm bis in meine Träume.

Wie beschrieb man einen solchen Mann? Als Schwindler? Trickbetrüger? Politischen Macher? Visionär? Popanz? Nicht einmal Marvin selbst konnte sich entscheiden, nicht einmal in seinen Memoiren.

Noch konnte es die Öffentlichkeit. Sie verehrte ihn, hasste ihn, lachte über ihn, fürchtete ihn. Sie wählte ihn spöttelnd ins Parlament, sie schasste ihn mit Bedauern. Sie schickte ihn ins Gefängnis und konnte seine Entlassung kaum erwarten. Als litte alle Welt unter Schizophrenie; jedenfalls wollte niemand auf Marvin verzichten, ob so oder so. Worauf es einzig und allein ankam war, dass Marvin die Massen unterhielt. Ganz Queensland war sein Publikum, und die Show, die er für die Leute abzog, schlug sie in Bann. Sein Verhängnis war, dass er die Bühne einfach zu spät betrat. Hätte er fünf Jahre eher loslegen können, wäre er vielleicht sogar Premier geworden, und mit Marvin am Ruder, wer weiß, ob wir alle nicht noch viel weiter gegangen wären.

Es fragte sich bloß, ob er es anderswo als in Queensland überhaupt hätte schaffen können. Hätte er es anderswo als in Queensland überhaupt *versucht*? Schließlich hätte ein Staat mit solider, vernünftiger Führung Leute wie Marvin kaum angezogen. Nicht, wo Willensbildung rational, Politik umsichtig und Rechenschaft ein zentrales Anliegen waren. Ein Staat vor dem Kollaps hingegen, eine regierende Partei, die fest im Sattel saß, geknebelte Medien, eine willfährige Polizei, ein stabiles Klima geheimer Absprachen und ungeklärter Geldflüsse … das war das

Klima, das die Marvins dieser Welt anzog. Das war der Moment, da Hochstapler und Hintermänner erkannten, dass die wahre Zukunft in der sogenannten legitimen Volksvertretung lag. Damit ging der ganze Zirkus erst los.

So sah die Regierung im Queensland zu meiner Zeit aus und so ein Marvin McNulty. Gebrauchtwagenhändler, ausgerechnet.

Da kam er tatsächlich her. Von einem Autohof, den er mit einem Freund in den Vororten betrieb. Ende der 60er-Jahre war das, Marvin war gerade achtzehn. Er hatte mir einmal ein Foto von sich und seinem Geschäftspartner vor den Gebrauchtwagen gezeigt. Eine Lachnummer, die beiden. Der Freund ein grimmiger, grober Buschfarmersohn und Marvin … ein knochiger, pickliger Jüngling mit zurückgeklatschtem Haar und Riesenbrille, unter der das halbe Gesicht verschwand. Die Brille mit den fingerdicken Gläsern sollte ihm bleiben. Die grünen Augen quollen vor wie kleine Wassermelonen. Doch dahinter verbarg sich ein schlauer Kopf, und außerdem nahmen einen Brille und Froschaugen für Marvin ein. Schon die Dimensionen schlugen in Bann; die Augen blinzelten nie, man konnte den Blick einfach nicht von ihnen wenden. So fielen einem die schlechten Zähne, das schütterte Haar und der groteske Körper, auf dem dieser fesselnde Kopf saß, kaum auf – beim Jungen nur Beine und Arme, beim Erwachsenen nur Beine und Arme und Schmerbauch. Man sah nur die Augen.

Und man hörte nur seine Stimme. Sie war sonor, redlich und ein einziger Aufschrei, schien es, gegen seine äußere Erscheinung. Was diese Stimme sagte, musste man ernst nehmen, denn bei *den* Augen und *dem* Körper konnte der Mann nicht anders als – hoffnungslos – vertrauenswürdig sein. Der arme Junge versucht, Gebrauchtwagen loszuschlagen (sagten sich die Kunden), auweia! – und sie kauften dem Tölpel ein Auto ab, um ihm ein bisschen unter die Arme zu greifen. Später investierten sie in hirnverbrannte Projekte, um dem Tölpel ein bisschen unter die Arme zu greifen. Und noch später wählten sie ihn womöglich aus dem gleichen Grund. Wie alles an Marvin war das blankes Kalkül. Er schlug aus dem Mitleidsbonus der Leute gnadenlos Kapital. Nicht, dass das eine ganz neue Masche gewesen wäre. Das halbe Kabinett setzte in Queensland auf sie, selbst der Premier, denn Queenslander haben kultivierten Typen von jeher misstraut und immer schon linkische Trampel vorgezogen. Sie verwechselten das mit Grundehrlichkeit. Und zwar in einem solchen Maß, dass das, was sich in Queenslands Parlament an hässlichen, missgestalteten und inkohärenten Vertretern ansammelte, gelegentlich an ein Panoptikum grenzte.

Die Autos, die Marvin verkaufte, waren sämtlich Luschen, und sein Geschäft ging pleite. Unbeeindruckt gründeten er und sein Kompagnon McNulty & Co. und widmeten sich der Grundstücksspekulation. Sie gerieten in den Sog einer der Immobilienskandale um Strandobjekte, die Brisbane damals erschütterten, und machten abermals Konkurs. Als Nächstes versuchten sie sich als Versicherungsmakler. Als sie das langweilte, stürzten sie sich auf den Bau von Swimmingpools, bis sie sich, auch hiervon angeödet, Themenparks für Touristen ausdachten. Mittlerweile waren die 70er angebrochen, und der Tourismus in Queensland boomte. Brisbane mochte zwar die gesichtsloseste aller Städte Australiens sein, doch es hatte das Wetter und die endlosen Strände und das Wunder der Riffs. Touristen reisten in Scharen aus dem Süden an. Bloß konnte man dummerweise für Wetter und Strand allein kein Geld verlangen. Also erträumte alle Welt Themenparks, alle Welt baute sie, und Marvin stieg ein. Marvin stieg dauernd in irgendetwas ein. Was immer ihm später sonst noch zur Last gelegt wurde, Originalität gehörte nicht zu seinen Vergehen.

Obwohl …

Der Themenpark von McNulty & Co. sollte »The Big Hill« heißen und der hügeligste Golfplatz – möglichst – der ganzen Welt werden. Die Partner hatten sich ein wertloses und unglaublich buckliges, aus lauter Steilhängen und Schluchten bestehendes Stück Land hinter den Stränden nördlich von Brisbane gesichert, auf dem sie achtzehn Löcher puren Wahnsinns anlegen wollten. Fast senkrechte Fairways, auf Vorsprüngen oder in versteckten Senken angelegte Grüns, Fünferlöcher von fünfmal der üblichen Länge und bei zur Hälfte senkrecht abfallender Spielbahn, sodass diese nur mit einer Seilbahn zu überwinden wären. Marvin schwebten schon die passenden T-Shirts, Kugelschreiber, Profiturniere vor. Er selbst hatte in seinem Leben nie Golf gespielt.

Sie konnten sich vor Investoren kaum retten. Die Idee war so hanebüchen, ihre Erfinder so skurril, dass man einen Überraschungserfolg witterte. Doch dann verkaufte McNulty & Co., zur allgemeinen Bestürzung, kurz vor Baubeginn an irgend so einen Geldsack, der jüngst aus dem Süden nach Queensland gezogen und vielleicht vom schieren Irrsinn der neuen Umgebung geblendet war. Nur Monate später kollabierte der Großteil des Geländes nach schweren Regenfällen in einem Erdrutsch; die Vermessungsbehörde erklärte das Gebiet für unsicher und verbot jede öffentliche Nutzung. Der ganze Plan fiel ins Wasser, aber als sich die Aufregung nach den Prozessen gelegt hatte, stand McNulty & Co. als Gewinner da. Von Marvins Verbindung zu gewissen behördlichen Landvermessern erfuhr nie jemand. Noch von der Summe, die er ihnen rübergeschoben hatte, damit sie den ursprünglichen Bericht zurechtdokterten.

Bei dieser noch vergleichsweise bescheidenen Aktion muss die Erfahrung der Dehnbarkeit von Paragrafen und Bestimmungen bei Marvin eine Epiphanie ausgelöst haben. Regierung! Geld war eindeutig nicht mit dem Schmieren behördlicher Stellen zu machen, sondern vielmehr mit ihrer *Steuerung*. Binnen zwei Jahren gehörte er der herrschenden politischen Partei an, hatte sich über einen eingetragenen Listenplatz einen Parlamentssitz gesichert und zog im zarten Alter von neunundzwanzig ins Parlament ein. Das alles war so unwahrscheinlich, dass die Wähler dazu neigten, ihn als Wunderknaben zu betrachten – um sich selbst nicht als Idioten sehen zu müssen. Woher er das Geld nahm, wusste keiner so recht. Selbst sein Big-Hill-Gewinn konnte die Summen kaum abgedeckt haben, die er den Gerüchten zufolge unter die Parteifreunde brachte. Doch ganz gleich, wie sehr er sich verschuldet haben mochte, jetzt war er aller Sorgen ledig. Er hatte seine Diäten und, viel wichtiger, er gehörte der Regierung an, es waren die späten 70er, und der Geldsegen in Queensland setzte eben erst ein. Wie er Jahre danach zugeben sollte, war das Erste, das er nach dem Einzug ins Parlament unternahm, der Auftrag an seine Sekretärin, ihm einen neuen Geldbeutel zu besorgen.

Das Zweite war, dass er auch in seinen Wahlkreis zog, eine Formalität, mit der er sich bis dato nicht befasst hatte. Und sein neues Wahlbüro lag, natürlich, um die Ecke von Charlies kleinem Restaurant.

So ging es. Wenige Jahre später folgte im Zuge des Stromkonflikts der kometenhafte Aufstieg zum Energie- und Bergbauminister. Kein Mensch wusste, wie er den Premier hatte überreden können, ihm diesen Posten anzuvertrauen, und welche Strippen er hatte ziehen müssen; es war selbst für seine Parteigenossen ein Schock. Und es konnte nicht gutgehen. Das Ministerium für Energie und Bergbau war ein lukratives, schmiergeldträchtiges und für großzügige Förderung seitens der Konzerne bekanntes Ressort, und obwohl Marvin die Streikenden der staatlichen Strombetriebe ausmanövriert hatte, schien doch manchem solch reicher Lohn übertrieben. Die dienstälteren Minister, aufgeschreckt und in Angst um ihre eigenen schmutzigen Geschäfte, sorgten dafür, dass Marvin bei der nächsten Kabinettsumbildung in die Schranken gewiesen wurde. Den Rest seiner Politikerkarriere verbrachte er in den niederen Ministerien. Erziehungsminister – verblüffend in Anbetracht der Tatsache, dass er selbst keine genossen hatte –, Minister für mittelständische Wirtschaft – bei einem, der selbst mit jedem Geschäft gescheitert war – und schließlich Minister für kommunale Angelegenheiten, wo Marvins einziges Interesse an den Kommunen in der Umgehung ihrer Raumordnungsvorschriften bestand.

Im Großen und Ganzen waren es enttäuschende Posten, obwohl er aus jedem persönlichen Profit zu schlagen verstand und in der Öffentlichkeit weiterhin einen Star-Status genoss, der in keinem Verhältnis zu seiner faktischen Macht stand. Und vielleicht erklärte diese Enttäuschung, weshalb Marvin dem Syndikat so viel Zeit widmete. Gewiss, zum Ende hin wurde gemunkelt, er werde als Nächstes Polizeiminister – so verrückt ging es allmählich zu. Hätte er den Posten tatsächlich ergattert, hätte er womöglich den letzten Sprung auch noch geschafft. Marvin jedenfalls hegte keinen Zweifel daran, dass er zum Premier bestimmt war. Doch dann kam der unglückselige Ausschuss und zog ihm den Teppich unter den Füßen weg.

Letztlich gehörte seine Liebe vor allem dem Syndikat.

Ich hatte über dessen wahre Ausmaße am Schluss keinen Überblick mehr. Das war Lindsays Sache. Neben den Restaurants besaßen wir offiziell zwei Clubs, inklusive Hinterzimmer-Spielhöllen, so viel wusste ich. Aber wir hatten darüber hinaus Anteile an anderen Clubs und Bars, und es gab Verbindungen zu ausgewiesenen Bordellen. Jeder hatte im Syndikat seinen Part: Das Sagen behielt unangefochten Marvin, auch wenn Charlie als Galeonsfigur fungierte; Lindsay verwaltete, wie gesagt, die Finanzen; Jeremy gab den Elder Statesman, sozusagen den Schirmherrn; und Maybellene kündigte zur allgemeinen Überraschung nach einem Jahr die Stellung bei Jeremy und wurde politische Beraterin und rechte Hand Marvins – des Mannes, ausgerechnet, der einst für ihre Inhaftierung verantwortlich gewesen war. Jeremy trug den Verlust mit Fassung. May habe seine Lektionen eben etwas zu gut gelernt. So war das eben.

Und ich? Syndikats-PRler? Medienlakai? Marvins Lohnschreiber bei der Journaille?

So lauteten einige der Schmähungen, wann immer mein Name im Zusammenhang mit dem Korruptionsausschuss fiel oder wenn sie für die Jury ein Organigramm des Syndikats auf ein Flipchart malten, in dem irgendwie immer Charlie, und nicht etwa Marvin, nicht etwa Lindsay, ins Zentrum geriet.

Bei Charlie lagen sie falsch.

Aber bei mir?

Steckte Marvin hinter meinem Erfolg? Er war mit meinem Chefredakteur befreundet. Er spielte mir für meine Kolumne viel Material zu. Er schleuste mich ein, wo ich aus eigener Kraft nicht hingelangt wäre. Die Bars, in denen sich die Parlamentarier trafen, Hinterzimmerpartys und -essen, Angeltörns mit der Elite. Womöglich stammten sogar einige meiner besten Bonmots von ihm, wenn ja, dann machte es ihm nichts aus, dass ich sie mir aneignete. Aber er gab mir nie *vor*, was ich schreiben sollte. Und obwohl ich in meinen Glossen oft *zufällig* gerade seine politischen Gegner hochnahm, war das nie abgesprochen, nie bestellt. Es … ergab sich einfach so. Außerdem war es ja nie etwas Ernstes, ein Gerücht hier, eine Anspielung dort. Ich war kein politischer Beobachter, ich war Gesellschaftskolumnist, und zwar der luftigen Sorte. Niemand nahm dergleichen wirklich ernst. Marvin kontrollierte mich doch nicht, ich war doch nicht sein Statthalter bei der zweitwichtigsten Zeitung der Stadt …

Weshalb musste ich mich dann verteidigen?

Gegen mich wurde schließlich nie Anklage erhoben.

Marvin hingegen wanderte ins Gefängnis, nicht nur seiner Beteiligung am Syndikat, sondern einer ganzen Latte an Vergehen wegen – fingierter Spesenabrechnungen, Veruntreuung, Bestechung, Strafvereitelung, Steuerhinterziehung, um nur einige zu nennen. Die Staatsanwaltschaft verzichtete auf den Großteil der möglichen Anklagepunkte. Es war nämlich so: Marvin war äußerst beliebt, trotz alledem. Er war immer noch unterhaltsam. Schuldig war er, keine Frage, und als alles den Bach runterging, erkannte Marvin sehr bald, dass seine einzige Rettung in der Flucht nach vorn lag, in der Rolle des reuigen Sünders. Er hatte ein Vermögen gescheffelt, aber er war stets auch großzügig gewesen. Wohltätige

Zwecke, Spenden, Großfeten, Extravaganzen aller Art. Was war daran eigentlich so schlimm? Wein, Weiber, Gesang und Glücksspiel – wer wollte da den ersten Stein werfen? Waren nicht die anderen Minister korrupter gewesen als Marvin? Ältere, ranghöhere und weit respektablere Männer. Obendrein raffgierig. Und sie besaßen zu allem Überfluss nicht mal den Anstand, sich zu ihren Schandtaten zu bekennen. Sie leugneten sie größtenteils rundweg.

Marvins Sünden galten in gewisser Weise als verzeihlich. Als schließlich das Strafmaß verkündet wurde, winkte er den Medien von der Anklagebank aus zu und rief: »Wir sehen uns in ein paar Jahren, Jungs!«

Und bei Gott, sie klatschten ihm Beifall.

Fünf Jahre später kehrte Marvin wie versprochen wieder, wegen guter Führung sogar vorzeitig – ein Musterhäftling, der im Bau ein geisteswissenschaftliches Studium absolviert hatte und von dem die Aufseher in den höchsten Tönen schwärmten. Es rauschte kräftig im Blätterwald. Marvin McNulty, »der Magier«, war wieder da. Selbst oben in Highwood las ich die Schlagzeilen, und es schauderte mich. Man hörte die Kollegen förmlich die Stifte spitzen und auf die Ergüsse warten.

Doch Marvin überraschte uns alle. Er tauchte ab.

Oder vielmehr, er tauchte nicht wieder auf. Er startete keine kühnen neuen Unternehmen, obwohl sich zweifellos Investoren gefunden hätten. Er schmiss keine Partys. Er setzte sich schlicht als Privatier zur Ruhe und machte nie wieder von sich reden.

Der Magier Marvin McNulty.

In meinem Motelzimmer in New Farm erwachte ich in der Mittagshitze mit seinem Gelächter im Ohr. Ich hatte nicht gewusst, dass Marvin Alkoholiker war.

Ich lag auf meinem Bett und dachte an seine schlecht sitzenden Anzüge und verschwitzten Achseln, seine gierig glotzenden Augen, seinen unersättlichen Appetit auf Speisen, Zigarren, Drinks, Geld, alles. Ja, doch … Alkoholsucht passte als Puzzlestein gut ins Gesamtbild. Aber dass sich Marvin einer Entzugsklinik wie der des St. Amand auslieferte, dass Marvin sein Problem eingestand und Hilfe suchte, das war schwerer begreiflich. Ich blickte zurück und versuchte mich zu erinnern, ob er gelegentlich auf verdächtige Art ein, zwei Wochen verschwunden war, ob er dann und wann krank ausgesehen hatte, nichts getrunken hatte, und sei es nur einen Abend lang, aber die Erinnerungen verschwammen. Das Saufgelage hatte sich über Jahre hingezogen. Und Marvins Gesicht war immer da, unscharf, bierselig, mit grün glupschenden Augen. Wenn Marvin je professionelle Hilfe in Anspruch genommen hatte, dann jedenfalls nicht in für mich erkennbarer Weise.

Und wo war er jetzt?

Ich schwang die Beine über die Bettkante und schlug das Telefonbuch auf. Es gab keinen Marvin McNulty. Noch geringer war meine Erwartung, als ich die alte Nummer aus meinem kleinen Notizbuch wählte. Den Anschluss gab es nicht mehr.

Aber er war bei Jeremy aufgekreuzt, also hielt er sich sehr wahrscheinlich irgendwo in der Stadt auf, und in einer so überschaubaren Stadt wie Brisbane wusste irgendjemand garantiert, wo er steckte.

Ich ließ mich wieder zurückfallen und überlegte. Medienvertreter würden es wissen. Sie würden sich auf dem Laufenden gehalten und ihn keineswegs ad acta gelegt haben, obwohl er ihnen die erhofften Schlagzeilen schuldig geblieben war. Aber es gab inzwischen nur noch eine große Zeitung, und dort konnte ich unmöglich anrufen und fragen. Das Hohngelächter konnte ich mir nur zu gut vorstellen. Die Verachtung. »Er war doch *dein* Freund, George, was fragst du uns?«

Wenn man sich überhaupt meiner erinnerte, natürlich.

Blieb die Polizei. Sie würde auch auf dem Laufenden geblieben sein, aus ganz ähnlichen Gründen. Außerdem hatte man mir doch selbst gesagt, dass man ihn suchte.

Ich wählte die Nummer. Detective Kelly schien nicht begeistert, von mir zu hören.

»Ich dachte, Sie wollten nach Highwood zurück«, sagte er.

»Je eher, desto besser, das dürfen Sie mir glauben.«

»Und was soll das dann?«

»Gibt's was Neues?«

»Haben wir uns nicht gestern darüber unterhalten?« Er seufzte. »Was wollen Sie, George?«

»Haben Sie Marvin schon gefunden?«

Schweigen.

»Nun?«, meinte ich.

»Warum fragen Sie?«

»Ich will nur wissen, wo er wohnt. Ihre Leute müssen doch auch nach seiner Entlassung an ihm drangeblieben sein.«

Auf Kellys Verhörton war ich nicht gefasst. »Die Frage ist doch vielmehr, George, weshalb Sie das plötzlich interessiert. Ich dachte, Sie sprechen nicht mehr miteinander.«

»Tun wir auch nicht.«

»Warum dann die plötzliche Anteilnahme?«

»Jetzt *möchte* ich eben mit ihm sprechen.«

»Sie behaupten immer noch, Sie hätten ihn seit damals weder gesehen noch gesprochen?«

»Das habe ich Ihnen doch gesagt.«

Kelly schwieg einen Augenblick. »Also gut. Ja, wir wissen, wo er wohnt.«

»Haben Sie ihn gesprochen?«

»Nein, er ist nicht da.«

»Aha …«

»Es kommt mir höchst verdächtig vor, George, dass Sie jetzt wegen Marvin anrufen. Ausgerechnet jetzt.«

Sein Ton beunruhigte mich. »Hören Sie, ich möchte mit ihm über das St. Amand sprechen, das ist alles. Ich habe erfahren, dass Marvin sich dort von Zeit zu Zeit hat behandeln lassen.«

Das interessierte ihn erst recht. »Wer hat Ihnen das erzählt? Die Klinik?«

»Wohl kaum.«

»Wer dann?«

»Ich habe es eben erfahren. Haben *Sie* das gewusst?«

Zögern. »Ja, wir wussten es.«

Da hatte erst mal keiner von uns beiden mehr etwas zu sagen.

»Gibt es vielleicht etwas, was ich wissen sollte?«, fragte ich.

»Ich bin mir gar nicht so sicher, dass es für Sie neu sein wird, George, und genau das macht mich hellhörig.«

»Was denn, um Himmels willen?«

»Marvin wurde gestern Nachmittag als vermisst gemeldet. Direkt, nachdem wir gesprochen hatten. Von seiner Haushälterin. Und es kommt noch besser: Sie behauptet, er sei seit Wochen verschwunden. Nämlich seit exakt drei Tagen vor Charlies Tod. Das ist doch interessant, finden Sie nicht? Und nun kommen Sie daher und wollen, kaum dass wir davon erfahren, partout wissen, ob wir ihn gefunden haben.«

Ich wollte etwas sagen, aber mir fiel nichts ein.

»Wie lautet Ihre Adresse hier in Brisbane, George?«, fragte Kelly.

»Wieso?«

»Ich glaube, Sie sollten vielleicht doch lieber bleiben. Und wir uns noch mal unterhalten.«

23

SIE HOLTEN MICH zu einer Spazierfahrt ab.

Sie, nämlich meine alten Freunde Detectives Kelly und Lewis in ihrem nicht gekennzeichneten Wagen. Und ihr Verdacht, was mich betraf, meldete sich auch gleich wie ein guter alter Bekannter zurück.

Lewis schaute über die Schulter, während Kelly fuhr.

»Das sollen wir Ihnen wirklich abkaufen, dass Sie nicht wissen, wo's hingeht?«

Wir würden, hatten sie mir eröffnet, zu Marvin fahren.

»Ich bin nie dort gewesen«, sagte ich. »Ich weiß nicht einmal, in welchem Vorort er wohnt.«

»Klar.«

»Was wollen wir dort überhaupt?«

»Wir wollen Ihnen was zeigen.«

Und ab da verlief die Fahrt schweigend. Der Wagen war klimatisiert, aber draußen in den Straßen der Stadt staute sich die Hitze. Es war der dritte brütend heiße Tag in Serie, und selbst das neue Brisbane schien zu welken. Wir überquerten die Brücke und folgten der Anhöhe über Highgate Hill hinab nach Yerongpilly. Dort trafen wir nach einer Schleife erneut auf den Fluss, den hier im Wechsel mit Parkanlagen lauter Luxusvillen säumten. Wir hielten vor einem hinter Bäumen und einem hohen Zaun nur zu erahnenden Bungalow. Kelly schaltete den Motor aus, und dann saßen wir da.

»Da wohnt Marvin«, sagte er.

Ich machte Stielaugen.

»Wissen Sie, was man für so ein Objekt hinblättert?«

Ich schüttelte den Kopf.

»Eine halbe Million. Mindestens.«

Was viel war, für Brisbane. Uferlage war sehr begehrt – sofern man sich am Hochwasser nicht störte, das periodisch nach der Schneeschmelze in den Bergen auftrat. Bei der letzten großen Flut von 1974 hätte wohl gerade noch das Dach des Bungalows aus dem Wasser geragt.

»Nicht schlecht«, meinte Lewis, »für einen, den der Korruptionsausschuss in den Ruin getrieben hat.«

»Wie hat er sich das Haus dann leisten können?«, fragte ich.

»Das wissen Sie nicht?«

Ich gab mir Mühe, nicht gereizt zu klingen. »Nein, das weiß ich nicht.«

»Sechs Monate nach seiner Entlassung kratzt irgend so ein alter Schafbaron im Norden ab und hinterlässt Marvin ein Drittel seines Vermögens. Behauptet, Marvin sei ein guter Freund der Familie gewesen, quasi wie ein Sohn. Es ist alles koscher, keine Einwände vonseiten der Familie, und bingo, Marvin ist wieder Millionär.«

»Glückspilz.«

»Fallen Ihnen von damals irgendwelche Viehfreunde von Marvin ein?«

»Er hatte eine Menge Freunde.«

»Kann ich mir vorstellen. Marvin ist nicht mal zur Beerdigung erschienen.«

Wir betrachteten alle drei das Haus.

»Und was hat er sonst mit dem Geld gemacht?«, fragte ich.

Kelly übernahm die Antwort. »Nichts. Soweit wir wissen, lebt er seitdem wie ein Eremit. Nicht, dass wir ihn ständig überwacht hätten, aber wenn er sich im öffentlichen oder wirtschaftlichen oder sonst einem einschlägigen Sektor betätigt hätte, wüssten wir's.«

Lewis grinste. »Bloß wissen wir jetzt, dass er ein Privatprojekt verfolgt.«

Sie wechselten einen Blick, offenbar amüsierten sie sich köstlich, wollten aber nichts verraten.

Kelly fuhr fort.

»Er wohnt allein. Er hat eine Haushälterin, die montags und freitags sauber macht. Sie arbeitet seit fünf Jahren bei ihm, und ihrer Aussage nach ist er fast immer daheim. Wenn er verreist, sagt er ihr Bescheid und hinterlässt eine Nummer, unter der er notfalls zu erreichen ist. Wegen Einbrechern, Feuer und so. Die Nummer ist meist die des St. Amand. Sie meint, er muss so sechs-, siebenmal dort gewesen sein, seit sie bei ihm ist.« Er schwieg einen Augenblick. »War es damals auch schon so schlimm?«

»Ich weiß es nicht«, sagte ich.

Achselzucken. »Wie auch immer. Diesmal hat er keine Nummer hinterlassen, und im St. Amand ist er auch nicht.«

»Sind Sie sicher?«

»Hundert pro«, bestätigte Lewis. »Die Klinik hält sich im Großen und Ganzen bedeckt, aber plötzlich haben sie sich vor Hilfsbereitschaft fast überschlagen.« Er klappte das Handschuhfach auf und holte einen Schlüsselbund raus. »Kommen Sie, wir gehen rein.«

Das Tor, das erst aufgesperrt werden musste, führte auf einen kleinen, von Bäumen und Farnen beschatteten Hof. Die Haustür war zweifach verriegelt, und Lewis hantierte mehrere Minuten mit den Schlüsseln, bis wir drin waren. Im Haus stand die Luft, es war sehr warm, es roch nach Tabak und auch schwach nach Alkohol, aber alles war sauber und ordentlich. Ich suchte nach Marvins persönlicher Handschrift, seinem Stil, aber es hätte jedermanns Haus sein können. Eines reichen Jedermann jedenfalls. Der Wohnraum war großzügig im Zuschnitt, gediegen möbliert und mit Schiefer gefliest. Die ganze hintere Wand bestand aus Glas und gab den Blick auf einen sanft zu dem über dem Flussufer schwebenden Pool hin abfallenden Rasen frei. Dichte Sträucher und Bäume flankierten ihn, und selbst am gegenüberliegenden Flussufer war nur Wildnis. Ich versuchte mir den Stadtplan ins Gedächtnis zu rufen und vermutete direkt hinter dem Buschland den Golfplatz von St. Lucia. Eine sehr exklusive Lage, geschützt und nicht einsehbar.

Lewis kontrollierte den Anrufbeantworter neben dem Telefon. Keine Nachrichten.

Kelly fuhr fort, als hätte er sich gar nicht unterbrochen. »Der Haushälterin zufolge tut Marvin wenig anderes als trinken. Wenn sie an ihren festen Tagen montags und freitags kommt, findet sie hier einen Saustall vor: überall leere Flaschen, volle Aschenbecher, Kippen. Er macht sich selbst was zu essen, räumt aber nicht auf, also sieht es auch in der Küche wüst aus. Meist deutet nichts darauf hin, dass irgendjemand sonst im Haus gewesen ist, obwohl sie vermutet, dass er hin und wieder Besuch hat. Gästebetten sind benutzt, fremde Kleider liegen herum, Leergut – Marken, die er nicht trinkt. Manchmal räumt sie nach offenbar größeren Gelagen auf, und ein paar Mal hat sie Frauen im Haus angetroffen, auch in Marvins Schlafzimmer, aber dem Eindruck der Haushälterin nach kennt Marvin diese Frauen nicht näher. Sie sind zum Beispiel viel jünger als er; sie tippt auf Prostituierte.«

Mir lief der Schweiß herunter. Im Haus war kein einziges Fenster offen. Draußen hinter dem Pool wirkte der Fluss flach und unbewegt wie Beton.

Kelly schmunzelte. »Die Dame ist keine Tugendwächterin. Sie meint, Marvin ist einfach einsam. Ihr gegenüber ist er jedenfalls stets zuvorkommend, und mal abgesehen von seiner Verwahrlosung mag sie ihn. Sie macht sich Sorgen.«

Dann übernahm Lewis. »Freitag vor zweieinhalb Wochen ist der Saustall, als sie herkommt, besonders schlimm, als hätten hier zig Leute tagelang gefeiert. Marvin ist nicht da, sie räumt trotzdem auf. Als sie am Montag wiederkommt, ist das Haus so blitzblank, wie sie es Freitag hinterlassen hat. Von Marvin keine Spur, und kein Hinweis darauf, dass er in der Zwischenzeit da war. Da ist was faul, findet sie, aber erst, als sie am darauf folgenden Freitag wieder antanzt, kommt ihr die Sache oberfaul vor. Marvin ist immer noch nicht da, aber auf dem Tisch stehen eine leere Flasche Scotch, ein Glas und ein benutzter Aschenbecher. Außerdem hat im Bett jemand geschlafen. Aber kein Marvin da. Sie ruft im St. Amand an, und man sagt ihr, dort ist er nicht. Wenn, würde man es ihr zwar nicht verraten, aber sonst hat Marvin immer Anweisung gegeben, dass man sie durchstellen soll. So langsam wird ihr die Sache unheimlich. Sie durchsucht das Haus, um festzustellen, ob von Marvins Sachen oder sonst irgendwas fehlt. Sicher ist sie sich nicht, aber sie meint, wenn, dann nichts von Bedeutung. Weitere zehn Tage verstreichen, es gibt kein Lebenszeichen, und gestern endlich beschließt sie, die Polizei einzuschalten. Vermisstenanzeige. Sobald die Kollegen den Namen eingeben, schrillen die Alarmglocken: Ermittlungen im Mordfall Charles Monohan, Vermisster zur Vernehmung und Beweiserhebung gesucht, das volle Programm – also schickt man die gute Frau zu uns. Wir fahren mit ihr her und stellen das Haus auf den Kopf.«

»Das Komische ist«, erklärt Kelly abschließend, »dass wir seither etliche Male da waren. Wir haben geklopft, zu den Fenstern reingelinst, allerdings nie, wenn die Haushälterin da war. Wir haben auch einen Haufen Nachrichten auf seinem Anrufbeantworter hinterlassen, und wann immer wir kontrolliert haben, waren sonst keine dazugekommen. Und unsere haben die arme Frau nur zu Tode erschreckt.«

Warum machte nicht jemand mal ein Fenster auf? Den beiden in ihren Anzügen schien die Hitze nichts anhaben zu können.

»In Luft aufgelöst, der gute Marvin«, sagte Kelly und musterte mich.

»Ich weiß nichts darüber«, sagte ich.

»Aber komisch ist es schon. Bevor auch nur ein Wort von der ganzen Sache verlautbart worden ist, rufen Sie an und müssen ihn unbedingt sprechen.«

»Zufall.«

Lewis schnaubte. »Charlies Tod und Marvins Verschwinden sind Zufall?«

»Das habe ich damit nicht sagen wollen.«

Sie durchbohrten mich mit Blicken.

»Na, ruhig Blut, George«, sagte dann Kelly. »Wir gehen nicht davon aus, dass Marvin tot ist. Zum einen wird sein Konto noch benutzt. Von verschiedenen Orten in der Stadt aus. Er ist bloß abgetaucht.«

»Warum sollte er das tun?«

»Tja, das ist die Preisfrage, nicht? Warum sollte er plötzlich so spurlos verschwinden, dass er nicht einmal seine geliebte Haushälterin ins Bild setzt? Was kann bloß geschehen sein?«

Es war zum Ersticken heiß. »Haben die im St. Amand Ihnen verraten, wann Marvin zuletzt da war?«

Kelly machte ein scheinheiliges Gesicht. »Inwiefern wäre das von Belang?«

Ich merkte, wie ich langsam sauer wurde. Das wussten sie doch selber sehr genau. »Auch wenn er *jetzt* nicht dort ist, *war* er vielleicht dort, als Charlie sich im St. Amand aufhielt.«

Er spendierte mir spöttisch Applaus. »Bravo, George. Sie sollten Detective werden.«

»Nun, war er?«

»Ja, er war dort.«

Ich verspürte Erleichterung – wie kühles Wasser auf der Stirn. Vielleicht ergab doch noch alles Sinn. »Und ist er für Charlie aufgekommen?«

»Nein. Ist er nicht.«

Das machte dem Sinn gleich wieder den Garaus.

»Aber wer denn dann?«

»Charlie hat selbst bezahlt. Bar. Gleich bei seiner Ankunft.«

»Das ist unmöglich. Er hatte kein Geld.«

»Die im Klinikum sagten: reichlich. Einen Sack voll. Sie fanden es selbst etwas ungewöhnlich. Er wirkte so gar nicht wohlhabend.«

»Er war obdachlos.«

»Er war mal sehr reich, George. Wer weiß, was er beiseitegeschafft hat.«

»Es könnte doch Geld von Marvin gewesen sein.«

»Möglich, glauben wir aber nicht. Erstens sind die beiden zu verschiedenen Zeiten eingetroffen – Marvin morgens, Charlie am Nachmittag. Marvin hat mit Kreditkarte bezahlt. Da gibt es keinen Zusammenhang. Und zweitens wäre es einleuchtender, wenn Marvin mit Charlies Aufnahme nichts zu tun hatte und sie sich zufällig dort begegnet sind.«

»Einleuchtender? Es wäre weniger einleuchtend.«

»Kommt drauf an, wie man die Sache betrachtet. Zum einen müssten sie ziemlich dicke Freunde gewesen sein, Marvin und Charlie, dass Marvin so viel Geld locker macht.«

»Und? Sie *waren* ja Freunde.«

»Meinen Sie?«

»Zeit, ihm das Opus vorzulegen?«, fragte Lewis.

»Bitte«, antwortete Kelly.

Ich sah verwirrt von einem zum anderen. Sie führten mich einen Flur hinab in den Flügel des Hauses, in dem die Schlafzimmer lagen. Eines war zum Büro umfunktioniert worden. Ich hatte Marvins Büros gekannt: Zimmer voller Aschenbecher und Akten und Pläne und klingelnder Telefone, aber dieses glich keiner seiner damaligen Schaltzentralen. Der Raum war fast leer. Es gab nur einen vor das Fenster gerückten Schreibtisch mit Blick über den Rasen und den Fluss und einen Stuhl. Auf der Schreibfläche stand ein Computer, an der Wand ein kleines Bücherregal. In einem solchen Zimmer konnte ich mir Marvin nicht einmal vorstellen. Zu klein, zu spartanisch.

»Des Rätsels Lösung«, bemerkte Lewis und tippte auf einen Packen Papier neben PC und Drucker. »Das Privatprojekt.«

»Marvin«, ergänzte Kelly, »schreibt offenbar an einem Buch.«

Ich sah auf den Papierstapel hinab. Etwa hundert Blatt einzeilig bedruckte Seiten.

Marvin? Ein *Buch*?

»Wovon handelt es?«, fragte ich.

»Seine Memoiren. Die ganze Geschichte. Leben und Schaffen des Marvin McNulty.«

»Mehr oder weniger«, korrigierte Lewis und ließ eine Ecke des Packens abblättern wie Daumenkino.

Kelly zog den Stuhl zurück und forderte mich auf, Platz zu nehmen. »Wir haben uns gestern Abend schon der Lektüre gewidmet. Seine Sicht der Dinge ist, gelinde gesagt, subjektiv. Und er packt längst nicht alles aus, bei Weitem nicht.«

Ich setzte mich. Auf dem Schreibtisch klemmten einige Bücher zwischen Buchstützen. Ein Wörterbuch, ein Windows-Handbuch. Ich nahm auch das kleine Bücherregal mit seinen vier Borden in Augenschein. Es enthielt Romane und Lehrbücher und historische Werke, überwiegend australische Titel. Bücher, von denen ich gehört, die ich aber nie gelesen hatte. Vielleicht die Pflichtlektüre für einen geisteswissenschaftlichen Abschluss.

Damit also hatte Marvin sich beschäftigt?

Lewis blätterte die ausgedruckten Seiten durch. »Es deckt so ziemlich sein ganzes Leben ab. Aber Sie kommen auch alle vor. Sie, Jeremy, Lindsay – selbst May.«

Kelly sagte: »Such doch mal was über George raus.«

Lewis blätterte weiter, dann reichte er mir eine Seite. »Nicht lange nach der Einsetzung des Korruptionsausschusses; Marvin hat als Minister gerade seinen Hut nehmen müssen.«

Sie sahen mir grinsend beim Lesen zu.

Es war wie nach einem verlorenen Krieg. Wer konnte, setzte sich ab. Ich drehte meine allerletzte Runde durch die Stadt, und in einer der Bars war George auf Tauchstation. Er wurde vor Schreck weiß wie die Wand: Er wollte nicht mit mir gesehen werden – jetzt nicht mehr. Der arme alte George, er bibberte um seinen Zeitungsjob und trank sich Mut an.

»Den Job kannst du sowieso abschreiben, George«, sagte ich ihm. »Was glaubst du denn, was das Ganze war, ein Kindergeburtstag?«

»Was, wenn sie gegen mich Anklage erheben?«, wollte er wissen.

Nicht doch. Nicht gegen unseren sauberen Georgie. Der fast so viele Weiber flachgelegt hatte wie ich, sich frei Haus vergnügt, aber nie einen blassen Schimmer hatte. An George war alles immer bloß Lack. Der war jetzt ab.

»Wie geht's May?«, fragte ich, und da ging ihm wieder der Arsch auf Grundeis, denn mit May trieb er's auch, heimlich natürlich, scheiß auf Charlie. Ich trat noch mal nach. »Mann, wenn sie Charlie drankriegen, ist der Weg für euch zwei endlich frei.«

Da hat er sich vielleicht gewunden. George und Charlie waren angeblich beste Kumpel.

»Charlie muss doch nicht ins Gefängnis, oder?«

»Selbstverständlich muss er. Wie ich auch.«

»Wegen der paar Clubs?«

Ehrlich, der Mann war ein Volltrottel.

»Die Dämme brechen, die Stadt wird absaufen.« Und dann überließ ich ihn seiner Panik.

Später hörte ich, dass er in die Berge geflohen war, aber das konnte ja nun wirklich niemanden überraschen.

Ich legte das Blatt auf dem Schreibtisch ab. Die Detectives grienten immer noch.

»Schreibt gar nicht mal so schlecht«, bemerkte Lewis. »Was meinen Sie?«

Mein Gesicht glühte. »Wie Sie schon sagten«, rang ich mir ab, »seine Sicht der Dinge ist reichlich subjektiv.«

Nur war sie es eben nicht. Ich erinnerte mich sehr gut an die geschilderte Begegnung mit Marvin. Privat war es unsere letzte. Und er lag vollkommen richtig, ich hatte die Hosen gestrichen voll, ich begriff nicht, was geschah, und der Alkohol schien die letzte Rettung. Der und Maybellene. In den beiden Jahren zwischen der Einsetzung des Korruptionsausschusses und dem Ende waren sie alles, was mir blieb.

Lewis blätterte immer noch in dem Stapel. »Es gibt noch mehr in der Art, aber von Ihnen ist eigentlich nicht viel die Rede. Wenn Sie mich fragen, findet man die wirklich pikanten Stellen im letzten Kapitel. Dem letzten jedenfalls, das er beendet hat. Aber es klingt nicht nach dem Ende des Buchs.«

»Pikant inwiefern?«

»Na, was Charlie betrifft, natürlich.«

Und er reichte mir ein zweites Blatt. Das letzte.

Die Haft war Gift für einen Mann wie mich. Zu viel Zeit und nichts, um sie zu füllen, keine Möglichkeit, etwas zu tun. Das war das Schlimmste. Ich war ein Mann der Tat, ich blickte nicht zurück, bereute nicht. Nur sieht man im Gefängnis nicht gern in die Zukunft, sie ist eine Sackgasse. Es bleibt nur der Blick zurück. Dieser Prüfung muss man sich also stellen. Mit der Vergangenheit fertig werden. Sonst wird man verrückt.

Das war Charlies Problem. Ich bin ihm in der Haft nur einmal begegnet. Er sah wüst aus mit seinem zerhauenen Gesicht, und richtig reden konnte er auch nicht. Er wurde bei uns nur durchgereicht. Normalerweise war er im Maßregelvollzug untergebracht, weil sein Hirn nach dem Schuss lädiert war. Aber er hatte auch andere Probleme, hörte ich. Brauste auf, suchte Streit, schrie und zeterte, dass er es nicht verdiente, dort zu sein. Als verdiente es sonst einer von uns.

Ich glaube, zuerst erkannte er mich gar nicht. »Charlie?«, sagte ich.

Er glotzte. Es war nicht der alte Charlie, der vor mir stand. Er brüllte los: »Bleib mir vom Hals!« Er spuckte mir ins Gesicht. Ihn trieb blanker Hass. Er ging sogar auf mich los, aber ich hatte Freunde im Trakt, die hielten ihn zurück und riefen die Wärter, die ihn dann wegschleiften.

Wie gesagt, er hatte einen Dachschaden. Er suchte einen Schuldigen. Als wäre es meine Schuld, das Ganze. Immer fanden alle, es sei meine Schuld.

Mann, es war nicht meine Schuld. Charlie wäre ohne mich nie so weit gekommen. Ich habe ihm einen Gefallen getan. Es war sein *Leben. Ich habe ihn doch zu nichts gezwungen, ich habe ihm nicht die Frau ausgepannt, ich habe nicht abgedrückt. Und was habe ich davon?*

Also: Du mich auch, Charlie.

Mehr stand da nicht.

»Klingt nicht unbedingt, als wären sie dicke Freunde gewesen«, meinte Kelly.

»Klingt ganz so, als hätte Charlie einen Mordszorn im Leib gehabt«, ergänzte sein Partner. »Wir haben anfangs geglaubt, der hätte Ihnen gegolten, wegen der Sache mit Maybellene. Deshalb hatten wir Sie eine Zeit lang auf dem Kieker, weil Charlie ja auf dem Weg nach Highwood hätte sein können, um mit Ihnen abzurechnen. Aber das sehen wir inzwischen anders.«

»Jetzt, wo wir doch wissen, dass sich Marvins und Charlies Wege im St. Amand wieder gekreuzt haben. Und was sie voneinander hielten.«

Ich brauchte frische Luft. Ich musste raus aus diesem Haus, weg von diesem Buch, weg von diesen Männern.

»Was wollen Sie damit sagen?«, fragte ich.

»Nur so viel: Wenn Ihnen Ihr Freund Marvin zufällig doch noch unterkommt, dann sollten Sie es uns sofort sagen. Zu Ihrem eigenen Besten. Der Mann ist gefährlich.«

»Marvin? Gefährlich?«

Kelly klang fast bekümmert. »Verstehen Sie denn nicht? Wir halten ihn für Charlies Mörder.«

24

DIE DETECTIVES BRACHTEN mich ins Motel zurück.

Erst viel später, als alles vorbei war, konnte ich den Rest von Marvins unfertigem Manuskript aufspüren und lesen, erst viel später begriff ich, wie sich seine Wahrnehmung langsam verzerrt hatte. Sein Bericht war ein wilder, sprunghafter Mix aus Stilen und Thesen und Ausreden, und zum Schluss ergab er kaum noch Sinn. Vermutlich hatte er das meiste davon im Suff verfasst. Aber zunächst kannte ich nur diese zwei ungeschönten Seiten, und sie brannten sich mir ins Gedächtnis ein.

»Marvin würde niemandem etwas antun«, sagte ich den beiden Ermittlern.

»Wieso?«, entgegneten sie. »Er war eindeutig sauer auf Charlie, und Charlie hasste Marvin, so viel steht fest. Die beiden zusammen auf Entzug, na, vielen Dank; wer weiß, wie hässlich es zwischen ihnen wurde.«

Ich dachte an Charlies an die Schaltanlage gefesselten Körper. »So hässlich nicht. Nie im Leben.«

»Wir haben schon Schlimmeres gesehen, George. Menschen tun die unglaublichsten Dinge.«

»Aber warum dort? Warum in Highwood? Was wollte Charlie von mir?«

»Das werden wir vielleicht nie erfahren. Sagen wir mal, Marvin hat ihn mit dem Gerede von den alten Zeiten so richtig in Wallung gebracht, und Charlie wollte auch mit Ihnen abrechnen, wie wir das anfangs gedacht haben. Dann waren die beiden zusammen oben in Highwood, um das mit Ihnen zu klären, und die Sache ist aus dem Ruder gelaufen … Möglich ist alles.«

»Das glaube ich nicht. Das ist doch verrückt.«

»Eine bessere Erklärung haben wir nicht.«

Sie setzten mich in der sengenden Sonne an der Straße vor dem Motel ab.

»Was haben Sie jetzt vor?«, fragte mich Kelly.

»Ich weiß es nicht.«

»Fahren Sie nach Hause, George. Wenn jemand Marvin findet, dann wir. Und dann sind wir klüger, so oder so. Ihnen bleibt hier nichts zu tun.«

Lewis fischte etwas aus seiner Geldbörse. »Hier. Wenn Sie an Ihrem letzten Abend noch was erleben wollen, wie wär's damit?«

Er reichte mir eine Visitenkarte. Oberhalb der Adresse war ein stilisiertes Cocktailglas abgebildet, das auf dem Rücken einer knienden Frau balancierte.

»Was ist das?«

Kelly guckte missbilligend, aber Lewis grinste bloß jungenhaft fies. »Für Sie genau das Richtige, George.«

Dann brausten sie los und ließen mich dort mitten in New Farm, meiner alten und nun fremd gewordenen Heimat, allein am Randstein stehen.

Er wurde vor Schreck weiß wie die Wand …

Ich besah die Visitenkarte genauer. Sie sagte mir nichts. Ich blickte zu den verspiegelten Fenstern meines Motelzimmers hoch. Dort drinnen war keine Linderung zu erwarten. Nur stickige Luft und auf dem Tisch Charlies Asche.

Er sah wüst aus mit seinem zerhauenen Gesicht, und richtig reden konnte er auch nicht …

Der Schweiß lief mir in Strömen herunter. Ich brauchte etwas zu trinken. Es kam nur Wasser in Frage. Doch in Wahrheit brauchte ich eine dunkle, kühle Bar und ein beschlagenes, goldgelbes Glas schäumenden Biers, mein Gott, wenn ich doch nur … aber es kam nur Wasser in Frage. Geschmackloses, nutzloses Wasser.

Meine Füße setzten sich in Marsch.

Fahren Sie nach Hause, George …

Warum nicht? Warum bleiben? Marvin hatte sich abgesetzt, aus welchen Gründen auch immer, ich wusste nicht, wo ich noch suchen, wen ich noch fragen sollte. Ich hatte das Auto, es war eine Fahrt von nur wenigen Stunden.

Später hörte ich, dass er in die Berge geflohen war …

Ich entfernte mich vom Motel, von Scham und Versuchung. Ohne zu wissen, wohin und wozu, ließ ich mich treiben, ging einfach weiter, und sei es nur, um einem Gefühl zu entkommen, das mir das Herz abschnürte.

War Marvin etwa imstande, Charlie so etwas anzutun?

Undenkbar. Nach den vielen gemeinsam durchzechten, durchlachten, durchwanderten Nächten. Marvin kannte keine Regeln, keine Moral, das wusste jeder, aber eine so eiskalte, so unerbittlich grausame Tat? Nein. Ich *kannte* den Mann.

An George war alles immer bloß Lack …

Nein, ich kannte ihn überhaupt nicht.

Ich ging. Vom Asphalt und von den Gebäuden links und rechts strahlte Hitze ab. Ein Block weiter nur, und ich war in der Brunswick Street. Dort herrschte Hochbetrieb, der Verkehr stand in beiden Richtungen, und die Gehsteige wimmelten von Menschen. Ich blieb stehen und sah mich links und rechts um. Cafés, Bars, Galerien, Buchläden – nichts davon wiederzuerkennen. In welche Richtung sollte ich gehen? Links käme ich nach Fortitude Valley, rechts zum New Farm Park und zum Fluss. Ich wandte mich nach rechts.

Ich fühlte mich zunehmend verunsichert. Ein höhnischer, verächtlicher Marvin. Ein bitterer, hasserfüllter Charlie. Fremde. Und ich? Was war mit mir? War ich wirklich eine solche Memme? Die anderen waren trotz allem zurückgekehrt. Sie hatten sich Brisbane immerhin gestellt.

Während ich schon den Anblick der Stadt kaum ertrug.

Die Fahrt durch die Stadt war schlimm genug gewesen. Hier auf den Gehwegen erfüllte mich die Stadt erneut mit einem bleiernen Hass. Alles hatte der Wandel erfasst: Architektur, Gerüche,

Geräusche. Alles schien vollkommen neu. Die schummrigen Trödelläden waren weg, die schmierigen Imbisse, die Eckläden und Pfandhäuser, die schmalen ausländischen Gemüsegeschäfte. Die Nutten waren weg, die betrunkenen alten Männer, die über die Bürgersteige schlurften und in Hauseingängen schliefen, die paranoiden Penner. Das Polizeirevier war noch da, der Puff hingegen, den es gegenüber gegeben hatte, nicht. Und von den Dutzenden billiger Absteigen und Pensionen, die früher die Straße gesäumt hatten, sah ich gerade mal zwei oder drei, und auch die würden sich, allem Anschein nach, nicht mehr sehr lange halten. Presslufthämmer waren ihr Totengeläut. Das einzig Vertraute war die Hitze, und die war ein alter Gegner und kein Freund. Ohne die Zuflucht des Alkohols war die Hitze unerträglich.

Ich stapfte weiter, schwindlig von alledem und in dem Gefühl, Zielscheibe abschätziger Blicke zu sein. Es war ja nicht nur die entschwundene Kulisse mitsamt ihren Statisten – es war die neue Besetzung, die mich verstörte, diese neue Generation. So jung, so zuversichtlich. Die zum späten Lunch oder frühen Kaffee um die Tische der Cafés versammelte Klientel, die, sicher im Schatten geborgen, meinen Durchzug verfolgte. Gestylte Kellner standen im kühlen Dämmer der Lokale. Mobiltelefone schrillten, befremdliche Musik wummerte aus Autos und Läden. Hier pulste Leben, aber mir erschien alles verkehrt. Diese Welt hatte meinesgleichen ersetzt. Es war unsinnig, Leute ihrer Jugend und Lebendigkeit wegen zu hassen, und doch hasste ich sie. Ich wollte meine Welt wiederhaben. Wo Dinge sich im Verborgen, in Hinterzimmern abspielten, ohne Glamour, ohne Stil, in einem einzigen verschwitzten, trunkenen Rausch, und zwar nur für die Auserwählten.

Nur war auch jene Welt Trug gewesen. Auch ihr hatte ich nicht angehört.

Nie einen blassen Schimmer …

Es schmerzte. Ich ging, als wäre Gehen Ablenkung genug. Aber das hier waren nicht die Wälder von Highwood, hier würde mich das Gehen nicht weiterbringen. Ich erreichte New Farm Park. Er schien nicht so überfüllt wie vor zwei Tagen. Heute mieden die Leute die Sonne und hatten sich unter die Bäume in den Schatten zurückgezogen. Nur einige wenige ältere Paare saßen beim Tee, ein Mann schlief, die Zeitung auf dem Gesicht, ein Hundebesitzer sah seinem Vierbeiner dabei zu, wie er an dem Stock kaute, den zu jagen ihm zu heiß war. Ich überquerte allein in der Sonne den Rasen. Der Park kam mir viel kleiner vor als in meiner Erinnerung, die Rosenbeete irgendwie mickriger, das Gras bräunlich verdorrt. Zu meiner Zeit war der Park der einzig frische und ansprechende Ort in einem halb verfallenen Viertel gewesen – jetzt war der Stadtteil selbst das Juwel, der Park hingegen müde. Ein Einsatzwagen schlich auf der angrenzenden Straße vorbei. Die Gestalten darin betrachteten mich gleichgültig. Ich erreichte die grauen Uferfelsen.

Der Fluss war hier viel breiter als vor Marvins Bungalow. Hier fächerte er sich bereits den Sümpfen und Sandbänken der Mündung entgegen. Nicht ein Lufthauch bewegte das Wasser, nichts regte sich. Bei Ebbe kam hier der Schlick zum Vorschein, aber jetzt war Flut, möglicherweise kurz vor Tidenwechsel, sodass das Wasser, geschwollen und schwer, stillzustehen schien, ohne Ziel. Knapp zehn Meter vom Ufer dümpelten drei Jachten an ihren Pfählen. An Bord war niemand zu sehen. Ich wartete. Schließlich tauchte weiter oben eine einsame Figur in einem Kajak auf, das sich Richtung Meer vorarbeitete. Die Paddelschläge blieben im Kielwasser zurück wie Fußstapfen im Schlamm. Das Keuchen des Paddlers wurde übers Wasser getragen. Die Hitze gerann in meinem Schädel. Jenseits des Flusses, noch hinter den Dächern von Woolloongabba, verschleierte tief im Südwesten ein breiter Dunststreifen den Horizont. Eine Andeutung von Schatten und Wolken. Möglicherweise braute sich in den Bergen ein Gewitter zusammen, vielleicht über Highwood. Doch in Brisbane wäre erst in Stunden mit einem Wetterumschlag zu rechnen, wenn überhaupt.

Im Schatten unter den Bäumen hinter mir rappelte sich ein Mann hoch und hielt auf mich zu.

»Verzeihung, wissen Sie, wie spät es ist?«, fragte er.

Ich sagte es ihm. Er trug selbst eine Uhr und konsultierte sie jetzt, verweilte aber noch.

»Ich heiße Justin«, sagte er. »Und Sie?«

Auch das sagte ich ihm.

Er sah über den Fluss hinaus, dann nach links und nach rechts, zögerte. »Spielt Gott in Ihrem Leben eine Rolle, George?«

O Gott ...

Ich machte kehrt und ging denselben Weg wieder zurück.

Der Schmerz war noch da. Wie konnte Erinnerung nur so konkret, so körperlich sein? Ich verließ den Park und stapfte auf der anderen Straßenseite wieder die Brunswick Street hinab. Nach wenigen Querstraßen befand ich mich auf der Höhe eines etwas von der Straße zurückgesetzten, in einem parkähnlichen Garten gelegenen repräsentativen Sandsteinbaus. Es war die Residenz des katholischen Erzbischofs von Brisbane. Sie schien unverändert, so zeitlos wie die Kirche selbst. Ich hatte keine Ahnung, wer heute das Amt bekleidete, aber einen der Vorgänger des jetzigen Bischofs hatte ich einmal kennengelernt; der Mann war lange tot. Es war bei einem gemeinsamen Essen mit Marvin gewesen, zu Zeiten, als Bischöfe Umgang mit Ministern pflegten, ohne dass sich das eine Lager um die Überzeugungen des anderen scherte. Alle waren wir katholisch, alle vom rechten Weg abgekommen. Gleich hinter dem Bischofssitz bog ich in eine Seitenstraße ein. Dort lag eine Kirche, keine katholische und auch nichts Besonderes, einfach eine Kirche. Und neben der Kirche das Haus, in dem ich seinerzeit gewohnt hatte.

Es war ein dunkles Backsteingebäude mit zwei Wohnungen pro Etage. Ich hatte die Zimmer ganz oben zur Straße hin im zweiten Stock gehabt. Es waren große Räume mit hohen Decken, spottbillig damals – niemand mit Geld hatte in diesem Teil von New Farm wohnen wollen. Selbst die Kirche nebenan entpuppte sich für den Makler wegen des Lärms eher als Fluch denn als Segen. An Sonntagmorgen weckte mich endloses Glockenläuten. Manchmal sang auch ein Chor. Ich hörte die Stimmen sich erheben und den Herrn um Erlösung anflehen, und im Nebel meines sonntäglichen Katers stimmte ich in die Bitten mit ein. Bat um Ruhe. Um Gnade. Schon damals argwöhnend, dass ich keine Rettung verdiente.

Jetzt war es sicher teuer, dort zu wohnen. Der Vorgarten war neu angelegt, die kleine Eingangshalle renoviert und mit einer Sicherheitsanlage versehen. Ich blickte zu den Fenstern meiner ehemaligen Wohnung hoch und konnte gerade noch grüne Spitzen von Topfpflanzen und weiße Wände dahinter erkennen. Bei mir waren die halbhoch getäfelten Wände braun gewesen, und ich behielt sie vor allem als dunkel in Erinnerung. Ich hatte wenig Möbel besessen und keine Pflanzen. Plötzlich stand mir ein Bild vor Augen: ich und Maybellene zusammen auf der Couch in der Mitte eines sonst kahlen Wohnzimmers, in den Fenstern der heraufdämmernde Tag, auf dem Fußboden eine Flasche Wein. Die Wohnung war mir in dem Moment weit und kühl erschienen wie ein Auditorium, und Mays Wispern an meinem Ohr hallte.

Mit May trieb er's auch, heimlich natürlich …

Das Herz drehte sich mir im Leibe um.

Couch und alles andere hatte ich bei meiner Flucht aus Brisbane zurückgelassen. Sollte der Makler damit machen, was er wollte. Vielleicht standen Einzelstücke dort immer noch.

Es war nicht zu ertragen.

Ich kehrte um und eilte zur Brunswick Street zurück. Die Schatten wurden länger, die Cafés füllten sich, und doch stand die Luft noch vor Hitze. Zwanzig Minuten marschierte ich blindlings vor mich hin, drängte mich an Passanten und Tischen auf den Gehwegen vorbei, suchte Land zu gewinnen. Ich hielt den Blick auf den Boden gerichtet. Gelächter folgte mir, sorglos, unschuldig und schrill. Als ich schließlich hochsah, war ich am anderen Ende der Brunswick Street angelangt, im Herzen des alten

Brisbane, wie ich es gekannt hatte – Fortitude Valley –, einem Herzen, das man herausoperiert und gegen ein rosiges Transplantat ausgetauscht hatte, das zu einem anderen Puls schlug.

Es gab kein Entrinnen. Meine Schritte verlangsamten sich, ich blickte inmitten dieser neuen Menschen, Lichter und Lärmkulisse in wachsender Verzweiflung wild um mich. Das Bürogebäude, das einst meine Zeitung beherbergt hatte, lag breit und wuchtig direkt gegenüber. Zwar waren dort jetzt Wohnungen entstanden, aber das Haus blieb unverkennbar. Da war das Eckfenster im obersten Stock, wo der Chefredakteur gesessen hatte. Und wo ich mich schließlich hatte einfinden müssen, widerstrebend und wohl wissend, was mich erwartete.

»Pack deine Sachen.« Mehr sagte er nicht, während ich vor ihm stand und wartete, ob noch etwas käme. Er hatte hochgesehen, überrascht, dass ich noch da war, und losgepoltert: »Was hast du denn erwartet? Herrgott, George, was hast du dir bloß dabei gedacht?«

Da war ich gegangen.

Er hatte schließlich noch andere Sorgen als nur das eine schwarze Schaf in seinen Reihen. Sauber waren auch seine Hände kaum. Zu viele gute Bekannte unter zu vielen Kompromittierten. Die Auflage war eingebrochen, die Ära der Abend-Boulevardzeitungen neigte sich ihrem Ende zu, zumal die Kollegen von der Morgenausgabe gleich mit ihren ersten Sensationsmeldungen das Korruptionsthema an sich gerissen hatten. Innerhalb eines Jahres war die *Daily Mail* weg vom Fenster. Ein weiteres Opfer des ganzen Debakels, wenn man so will.

Es reichte, es war zu viel. Ich musste mich irgendwo verkriechen. Die alten Hotels gab es noch, nicht mehr aber die Public Bars mit ihren gekachelten Wänden, und sie aufzusuchen hätte ich auch nicht riskieren können. Die Cafés wiederum waren mir alle zu klein, zu offen, zu voller Menschen. Ich wankte durch den Verkehr in eine Passage, wo auf einer kleinen Bühne ein Gitarrist spielte und verpflanzte Bäume ihre Blätter auf Steinplatten abwarfen, wo zu meiner Zeit Asphalt gewesen war. Ich erspähte ein Restaurant, das sich drinnen weit nach hinten verzweigte. Ich dachte, ich kennte es möglicherweise sogar von damals, aber bei so viel Veränderung überall ließ sich das schwer sagen. Wichtig war nur, dass der hintere Teil des Lokals leer war. Ich wählte einen Tisch in der letzten Ecke. Ich bestellte eisgekühltes Wasser und trank gierig Glas um Glas, bis sich mein Magen verkrampfte. Es befriedigte nichts. Ich bestellte einen Teller Pasta, den ich nicht wollte, einfach, um dort sitzen zu können. Auf der anderen Seite der Passage sah ich eine volle Bar, in der die Menschen bei Drinks saßen, sich unterhielten, rauchten. Sie brauchten nichts zu essen bestellen. Bei einem Drink durfte man ewig sitzen. Alles auf der Welt war besser, wenn man trank.

Die Anspannung tickte in mir wie ein Zeitzünder. Im Restaurant kamen und gingen die Leute, immer in Gesellschaft. Ich war als Einziger allein. Ich starrte auf den Tisch, auf den Boden. Die Pasta kam, ich stocherte darin herum, aber Nervosität verknotete mir den Magen; ich hatte keinen Appetit. Das kalte Wasser rann mir zu den Poren, unter den Achseln, am Rücken als Schweiß wieder heraus. Immer, wenn ich hochblickte, schien mich jemand zu mustern. Ich wechselte den Platz, setzte mich mit dem Gesicht zur Wand hin, doch dort hing ein Spiegel. Ich sah ein sonnenverbranntes, erhitztes, feuchtes Gesicht und ein verspanntes Kinn. Ich setzte mich wieder um. Ich verlor langsam den Verstand. Worauf wartete ich eigentlich, weshalb war ich hier?

George und Charlie waren angeblich beste Kumpel.

Es war zu spät, zu spät.

Ein Mann, der kein Kellner war, trat an meinen Tisch. Ich blickte verwirrt hoch. Ich kannte ihn von irgendwoher. Dann fiel es mir wieder ein – es war der Jesus aus dem Park.

»Immer noch allein?«, meinte er.

Was sollte das? Schlich er mir nach?

Ich sprang auf. »Verschwinden Sie!«

Ich warf Geld auf den Tisch und rannte fast auf die Straße.

Es war inzwischen dunkel und noch drückender. Überall waren Menschen. Der Himmel über uns war grell und sternlos. Ich wusste nicht, wohin, fühlte mich dem Fußmarsch zum Motel nicht gewachsen, jedenfalls nicht auf demselben Weg, nicht in meiner derzeitigen Verfassung, und was sollte ich dort, wenn ich erst da war? Plötzlich zuckte es weit über mir blau auf. Ich sah verdattert hoch. Es folgte Donnerkrachen, und eine Bö fegte durch die Passage. Die Cafébesucher hielten inne, blickten hoch; wieder flammte es blau. Ich sah zu Hunderten erhobene Gesichter mit offenem Mund und stierem Blick im leichenfahlen Licht der Blitze, und Abscheu vor allem, was aus Brisbane geworden war, drehte mir fast den Magen um.

Dann zerplatzten auch schon dicke Tropfen auf dem Pflaster, es donnerte, und erschrocken begannen sich die Menschenmassen zu zerstreuen.

25

DER WOLKENBRUCH spülte die Straßen frei.

Ich suchte unter einer Markise Schutz und sah dem Schauspiel zu. Donner grollte, Wetterleuchten flackerte über die Fassaden, aber es fehlte die Wucht. Es handelte sich um kaum mehr als einen frühsommerlichen Guss. Und doch wirkten die eiskalten Tropfen auf meinem Gesicht wie Balsam. Ich sog tief die Luft ein und dachte an andere Gewitter in Brisbane. Die als schwarze Phalanx von den Bergen herabmarschiert waren, mit Hagel und Feuer bewehrt und Windwalzen als Vorhut. Das hier war zwar kein solcher Gewittersturm, aber ich hatte trotzdem das Gefühl, mir eile das alte Brisbane zu Hilfe. Wenn es doch nur die ganze Nacht regnen würde.

Aber dazu fehlt Frühlingsgewittern die Kraft. Nach einer halben Stunde schwächte sich der erste Schauer zu leichtem Regen und bald nur noch Niesel ab, und dann war auch schon Schluss. Donner und Blitz verzogen sich nach Norden. Ich trat unter meiner schützenden Markise in eine Passage vor, die nass und schimmernd und fast menschenleer dalag. Am fernen Ende sah man immer noch Leute hinter den Fenstern der Cafés, aber ich ging in die andere Richtung, wo nur Bäume tropften und die im Asphalt gespeicherte Hitze alles Nass schnell verdampfen ließ. Autos glitten vorbei, Backsteinmauern glänzten. Ich ließ die Passage hinter mir und durchquerte die Straßen von Fortitude Valley Richtung Bahnhof. Auf den Bürgersteigen war kaum jemand unterwegs, und hier gab es auch keine Cafés mehr. An ihre Stelle traten Ramsch- und Souvenirläden, Videoshops und die schmalen Stiegen, die in die Nachtclubs führten. Regennass und verlassen wie im Augenblick glich die Szene fast wieder dem Viertel von einst.

Ohne Gedränge wirkten die Discountläden verlottert und trostlos, die Nachtclubs genauso zwielichtig wie die meiner zehn Jahre alten Erinnerung. Vielleicht waren sie ja innen tatsächlich noch so, vielleicht hatten bloß Namen und Besitzer gewechselt.

Und alles so überschaubar. Gerade mal vier, fünf Häuserblocks hatte der Pfuhl der Sünde und Korruption umfasst, der schließlich eine Regierung zu Fall brachte. Im Gehen zählte ich die Gebäude ab, die ich noch kannte, die Eingänge, die zu Spielhöllen und den Salons geführt hatten, wo Frauen und Sex à la carte warteten. Nicht große Schilder oder Neonlichter oder halb nackte Mädchen vor der Tür hatten damals Reklame gemacht, keine Kundenfänger, die die Passanten anquatschten. Fortitude Valley war kein Kings Cross, kein St. Kilda gewesen, aber eindeutig genug. Ein Minister hatte sich mal zu der irrwitzigen öffentlichen Versicherung verstiegen, in Brisbane gebe es weder Bordelle noch illegales Glückspiel. Belustigt hatten ihn Journalisten darauf hingewiesen, dass zwanzig einschlägige Etablissements recht unverhohlen in den Tageszeitungen warben, und sich erboten, dem Minister auf einem kurzen Rundgang durch Fortitude Valley ein Dutzend davon vorzuführen. Der Minister zeigte sich öffentlich fassungslos. Privat bemerkten diverse Casinobetreiber, der Mann gehöre zu ihren Stammgästen, und von allerhöchster Stelle wurde ihm bedeutet, er solle gefälligst die Klappe halten. Die Journalisten bekamen von ihren Chefredakteuren dasselbe zu hören. Die Inserate brachten den Zeitungen schließlich viel Geld. Wollten die Jungs das ganze schöne System gefährden?

Marvin konnte sich kaum noch einkriegen.

Aber es war nicht zum Lachen. Es war, im Keim, der Anfang vom Ende.

Ganz so bitter waren solche Gedanken jetzt nicht mehr. Ich saß an einer Bushaltestelle, sah mich um und versuchte zu rekonstruieren, wie es gewesen war und wem was gehört hatte. Es hatte zwei große Syndikate gegeben, die gemeinsam in Brisbane fast das gesamte horizontale und Glücksspielgewerbe kontrollierten, neben diversen kleineren Konkurrenten. Dazwischen hatte es als kleinstes Syndikat oder größte Privatgruppe uns gegeben. Unterschiedslos allen jedoch hatte Fortitude Valley als Operationsbasis gedient. Von meinem jetzigen Sitzplatz aus gesehen hatte das nächste Polizeirevier gleich um die Ecke gelegen, und die Nähe galt eher als Vor- denn als Nachteil. Die Syndikate zahlten alle »Schutzgelder« an die Polizei, und Zuwendungen fanden ihren Weg bis hinauf zum Police Commissioner. Dass der korrupt war, wusste alle Welt, selbst Leute außerhalb des Systems, aber er genoss die Gunst des Premiers und war somit vor jeder Überprüfung oder gar Amtsenthebung sicher. Seinen Sessel würde er erst räumen müssen, nachdem der des Premiers selbst ins Wanken geraten war.

So die offizielle Version, so war es in der Presse nachzulesen, aber meine Erinnerungen waren andere. Ich sah Charlie und mich und May und Marvin und manchmal Jeremy gegen zwei Uhr in der Früh aus einem von Charlies Lokalen wanken, um volltrunken und als gehörte uns die ganze Welt durch die Straßen von Fortitude Valley zu stromern. Sah uns irgendeine schmale Stiege hochstolpern oder durch eine Hintertür in ein anderes Universum eintreten, eine erhitzte, überfüllte, rauchgeschwängerte und bierselige geschlossene Gesellschaft, für die die Bar immer offen blieb. Einsatzwagen konnten direkt vor der Tür stehen, das machte überhaupt nichts, denn es saß niemand darin, weil die Cops sich drinnen mit allen anderen vergnügten und die ihnen zugesicherten Gratisdrinks und -frauen genossen. Oder wenn es sich um eine Spielhölle handelte, dann saßen Ordnungshüter wahrscheinlich mit an den Tischen, und wenn sie das Pech allzu hartnäckig verfolgte, dann redete der Clubbetreiber vielleicht beiläufig ein Wörtchen mit dem Croupier, und die Polizeichips mehrten sich wundersamerweise wieder.

Mir kam eine andere Gelegenheit in den Sinn, als wir fünf uns auf unbekanntes Terrain vorgewagt und in Woolloongabba einen neu eröffneten Club entdeckt hatten, wo zu unserer Überraschung keine Kollegen von der Polizei zu sehen waren, wo die Frauen nervös und der Besitzer besorgt wirkten und die Polizei schließlich doch noch unerwartet aufkreuzte – zu einer Razzia. Der Clubbesitzer und seine Mädchen wurden mitsamt Handtüchern und Laken eingesammelt, uns aber und ein paar andere Kunden ließ man in Frieden. Was zum Teufel geht hier vor?, wollte Marvin wissen. Der Einsatzleiter entschuldigte sich bei uns für den Ärger und klärte uns auf: Das neue Etablissement machte einem Syndikatspuff um die Ecke Konkurrenz. Man hatte dessen Übernahmeangebote und verdeckte Drohungen ignoriert, also wurde nun die Polizei geschickt, um aufzuräumen. Aber keine Sorge, wir brauchten uns den Abend nicht verderben lassen, denn der sanktionierte Club liege, wie gesagt, gleich eine Ecke weiter.

Derartiges gab es bei uns natürlich nie. Marvin hatte die richtigen Verbindungen, und Lindsay, dem das Management der Clubs oblag, sorgte dafür, dass uns die großen Syndikate gewogen blieben und wir niemandem auf die Zehen traten. Schließlich war der Kuchen doch groß genug.

Es war eine feine Sache gewesen dazuzugehören, zu begreifen, dass manche Regeln zwar für Normalsterbliche gelten mochten, aber nie für mich und meine Freunde; ich erinnerte mich noch sehr gut. Ich erinnerte mich noch sehr gut, wie aufregend es gewesen war, jenseits von Brisbanes hochgeklappten Bürgersteigen hinter die geschlossenen Türen zu gelangen in ein so rasantes, trunkenes, sexbesessenes Leben. Die Illegalität verlieh der ganzen Aufregung zusätzlichen Glanz. In Sydney stand einem natürlich eine viel breitere Palette viel raffinierter Clubs zur Verfügung, aber das war eben Sydney. Brisbane hingegen galt als sittsame Stadt, in der Gesetz und Ordnung herrschten, und Anstand. Umso pikanter, zwielichtiger, schmutziger war Brisbanes Sündenpfuhl. Mit seinen rohen, hinterwäldlerischen Sitten. Ich fand sie berauschend.

Ich hatte auch die Schauplätze nicht vergessen, gold vernebelt vor Alkohol, mit ihren Sitzpolstern und der schummrigen Beleuchtung, der verblödenden Musikberieselung aus unsichtbarer Quelle. Auch das Zeitlupentempo nicht, die glasigen Blicke, das Hypnotische. Noch die Frauen – in jedem erdenklichen Bekleidungs- oder Entkleidungsstadium, auf Polster flezend, in Türrahmen lehnend, auf den entscheidenden Blickkontakt wartend. Ich sah May irgendwo irgendwann betrunken auf Charlies Schoß schwanken. Rings um sie her wanden sich andere Frauenkörper zu einem harten Beat, viele im Halbdämmer oben ohne oder nackt. Ich sah May ihren Blick in Charlies versenken, während sie sich die Bluse aufknöpfte, sie von den Schultern gleiten ließ, vor den Augen der Frauen und meinen mit ihm flüsterte. Bis ich aus schierer Verzweiflung eine dieser anderen Frauen nahm, in ein fremdes Gesicht hochblickte und nur May sah, nur May wollte.

Ich entsann mich, dass die Clubs von Jahr zu Jahr größer und greller wurden, noch voller, noch lukrativer, noch polizeilastiger. Ich entsann mich meiner verwunderten Frage, wie groß und wie wild es wohl noch werden, wie weit das alles noch gehen würde. Und ich entsann mich, draußen im Schatten vor einem unserer Läden eines Abends einen Fremden herumlungern gesehen zu haben. Ein schmales Gesicht mit eckiger Brille, eierschalendünnen Gläsern, ein Mann, der nicht trank, nicht auf Frauen aus war, nicht spielte – nur registrierte, nur alles und jeden zu beobachten schien. Ich kannte ihn irgendwoher, aus einem früheren Leben, und irgendwo hatten leise die Alarmglocken geschrillt. War er mal bei der Zeitung gewesen? Wenn, dann war er es jetzt nicht mehr. Doch wie meist war ich zu betrunken gewesen, als dass mich kümmerte, wer es war oder was die Alarmglocken bedeuteten.

Volltrottel. Mir lag seriöse journalistische Arbeit inzwischen so fern, dass ich einen investigativen Kollegen auch dann nicht erkannte, als er direkt neben mir an der Bar mitschrieb.

Mehr war letzten Endes nicht nötig. Die ernst zu nehmenden Medien schüttelten ihre dreißigjährige Lethargie ab und begannen fast beiläufig, und ohne sich groß was davon zu versprechen, zu berichten, was ohnehin alle wussten. Sie nannten einschlägige Etablissements, nannten einige Besitzernamen, vermerkten, dass die Polizei eingeweiht zu sein schien. Ein paar Beiträge nur, aber ein Raunen ging durch den Bundesstaat. Es folgte eine einstündige Halb- und Unterwelt-Sendung in einer landespolitischen Fernsehshow mit dem Titel »The Moonlight State«. Wieder ein Raunen, oder eher schon ein Räuspern. Aber mehr nicht. Schließlich kratzten sie gerade erst ein bisschen an der Oberfläche, und außerdem – das alles hatte es früher auch schon gegeben. Keiner machte sich groß Sorgen. Ein paar offizielle Dementis, ein paar einstweilige Verfügungen, und die Wellen würden sich wieder glätten. Doch aus unerklärlichen Gründen verlor die Regierung die Nerven. Auch jetzt noch wusste niemand recht, warum. Dem Premier habe der einstige Biss gefehlt, meinten die einen, er habe nichts mehr im Griff gehabt. Andere wiederum sagten, der Polizeiminister habe kopflos agiert und seinen eigenen Laden nicht in Schuss gehabt. Gerüchte gab es viele. Faktisch lief es auf die Einsetzung eines Untersuchungsausschusses heraus.

Eines unabhängigen Ausschusses.

Selbst das hätte nicht unbedingt das Aus bedeuten müssen. Es war nicht der erste Untersuchungsausschuss; bis dahin waren sie klug eingefädelt gewesen, Auftrag und Befugnisse begrenzt worden. Doch jetzt lag etwas in der Luft. Dem Hohen Richter, der dem Ausschuss vorsaß, war es – zu jedermanns Überraschung – todernst. Diejenigen im ordnungspolitischen Lager, denen bisher die Hände gebunden gewesen waren, witterten Morgenluft. Anwälte machten mobil, Informanten meldeten sich in Scharen. Die vielen so lange mundtot gemachten Gegner des Systems fanden ihre Stimmen wieder, und die anfängliche Kopflosigkeit der Regierung steigerte sich zu wütender Konfusion. Aus dem ursprünglich schlichten Untersuchungsauftrag des Ausschusses, nämlich der Frage nach Prostitution und Glücksspiel, wurde die ungeheuerliche polizeiweiter Korruption. Von dort war es nur noch ein kleiner Schritt zu entsprechend dubiosen Praktiken ihrer politischen Dienstherren und schließlich sämtlicher politischer Institutionen Queenslands. Es wurde eine Lawine losgetreten, gegen die man machtlos war, vor der man nur Reißaus nehmen konnte. Prompt setzten sich die Ersten ab, wurden Unterlagen vernichtet, Minister ihres Amts enthoben. Von Fragen bedrängte Zeugen kauften sich, weil niemand ihnen mehr den Rücken deckte, durch Aussagen frei, und im Nu geriet das ganze unerschütterliche Gebäude ins Wanken und krachte schließlich und schrecklich in sich zusammen.

Ich staunte noch heute darüber.

Ich ließ meine Blicke schweifen. Hier hatte sich das alles abgespielt. Eine andere Welt, eine andere Zeit, ja, eine andere Kultur. Heute gab es keine Prohibition. Glücksspiel war erlaubt. In jeder größeren Stadt Queenslands gab es Spielbanken. Spielautomaten in allen Bars und Clubs. Eine Schankerlaubnis war reine Formsache. Pubs und Bars konnten praktisch aufbleiben, so lange sie wollten. Selbst in den Cafés bekam man Bier und Wein. Es spielte sich alles ganz offen ab, und alles war für jedermann zu haben, keine Eliten, keine geschlossenen Gesellschaften, alles ordentlich versteuert, ordentlich reguliert. Wer brauchte noch eine Unterwelt? Wer Männer wie Marvin oder Lindsay? Oder uns anderen, die Mitläufer, die Säufer, die Gelackmeierten und Dummen?

Als Einziges blieb das Rätsel der Prostitution. Nach zehn Jahren neuer Regierungen und neuer Gesetze konnte man sich immer noch nicht entscheiden: Bordelle zulassen oder nicht. Die Mädels vom Straßenstrich hopsnehmen oder ihre Luden oder die Freier – jedes Jahr galten andere Regeln. Als wäre das so grundsätzlich anders als Alkoholkonsum oder Glückspiel, als hätte man groß die Wahl, ob es sie gab oder nicht. Von allen alten Ausschuss-Sünden war die Prostitution die einzige, die noch im Schatten fortlebte, und wie immer, nahm ich an, florierte sie dort.

Irgendjemand würde auch dort die Geschäfte regeln, das Geld investieren, das Geld verdienen. Der einzige Unterschied lag darin, dass es heute jemand war, den ich nicht kannte.

Ein Stück weiter vorn fiel mir ein Taxistand auf. Ein einziger Wagen stand dort, der Fahrer saß rauchend hinterm Steuer. Ich glaubte, mich erinnern zu können, dass das Rauchen in Taxis zwischenzeitlich verboten worden war. Selbst wenn ein Fahrer keine Fuhre hatte. Auch Laster waren dem Wechsel unterworfen.

Ich stand auf und schlenderte vor an sein Fenster.

»Wo soll's denn hingehen?«, fragte er.

Ich hielt mich nicht lange mit Euphemismen auf. »Ich bin zehn Jahre weg gewesen«, sagte ich. »Ich frage mich, wo heutzutage die guten Puffs liegen.«

Er musterte mich abwägend. »Wer sagt, dass es die hier gibt?«

»Bitte?«

»Bordelle sind illegal«, meinte er gleichgültig.

Ich seufzte. Seinerzeit hätte ein Taxifahrer nicht gezögert, er hätte einen vor dem nächstbesten Club abgesetzt und dankbar ein Trinkgeld eingestrichen.

»Ich bin kein Bulle«, sagte ich.

»Das seh ich selbst«, lachte er.

Er sah wie mindestens fünfzig aus. Alt genug, um dabei gewesen zu sein – bei Aufstieg und Fall.

»Na, kommen Sie schon«, schmeichelte ich.

Er warf die Zigarette weg. »Ich kann Sie natürlich eine Weile rumkutschieren, bestimmte Straßen abfahren, und wenn Sie da was sehen, von dem Sie meinen, es *könnte* was sein, dann setz ich Sie ab.«

Aha. So lief das also heute.

Anderer Ton, dieselbe Musik.

»Also, steigen Sie ein?«, fragte er.

»Nein. War bloß neugierig.«

Ich ging weiter. Ich fühlte mich wohler, leichter irgendwie. Die Welt drehte sich also doch weiter. Vielleicht hatte ich das nach Stunden ziellosen Herumirrens und Brütens nur begreifen müssen. Wir waren nicht die Einzigen, wir waren nicht anders und auch nicht schlimmer. Es fand alles noch statt. Legal oder illegal, was spielte das schon für eine Rolle? Wir waren keine Teufel. Ich nicht, May nicht, Charlie nicht. Nicht einmal Marvin, wo immer er stecken mochte. Es war viel schiefgegangen, sicher, aber das war privater Natur gewesen, persönlicher Verrat, wie er überall vorkam. Das hatte nichts mit der Verwerflichkeit von Verbrechen zu tun, nichts mit Korruptionsausschüssen.

Nur war Charlie tot. Und Marvin verschwunden. Und May mittlerweile vierzig.

Ich ging weiter, bog um die Ecke, hatte die Straßen für mich.

Fahren Sie nach Hause, George.

Guter Rat. Auf manche Fragen gab es keine Antwort.

Ich blieb vor einem grellen Schild stehen. Neonblau war darauf der Umriss eines Cocktailglases auf dem Rücken einer knienden Frau zu sehen; die Scheiben des Lokals waren schwarz wie Jett. Ultraviolettes Licht leckte auf den Gehsteig.

Ich holte die Visitenkarte vor, die Detective Lewis mir zugesteckt hatte. Das Motiv war dasselbe.

Ein Striplokal. Von der Sorte, mit der wir uns damals, vor fünfzehn Jahren, nicht abgegeben hatten. Es hatte sie durchaus gegeben, ganz legal, auch damals schon, aber sie brachten kein Geld. Billige Buden mit ein paar Tischen und Stühlen vor einer Bühne und als Klientel junge Burschen, die zu unsicher, und alte Knacker, die zu arm waren für mehr. Mehr als Tänzerinnen zu beglotzen, die nur wenig besser dran waren als die Frauen in den Oben-ohne-Bars.

Sie hielten sich höchstens für etwas Besseres …

Warum hatte Detective Lewis mir diesen Schuppen empfohlen?

Hinter mir fuhr ein Wagen vor. Ich drehte mich um und sah zwei Männer in Anzügen aussteigen. Sie würdigten mich kaum eines Blickes, als sie zielstrebig zur Tür reinmarschierten.

Ich aber stand wie angenagelt in der nächtlichen Stille, schlagartig waren Gewitter und Regen und der lange heiße Nachmittag vergessen. Er war zehn Jahre älter, das Haar schütterer, der Wanst fetter – aber das Gesicht kannte ich, und ohne überhaupt nachzudenken, zückte ich meine Geldbörse und folgte den Männern ins Lokal.

Einer von ihnen war Lindsay.

26

LINDSAY HEATH, der Unsichtbare.

Der Kassierer, die Zahlstelle, der Buchhalter, der Stellvertreter und Geschäftsführer, der, der Abend für Abend das Getriebe schmierte.

Seine Spur hatte ich gleich am Tag der ersten Schlagzeilen verloren. Den anderen ging es, soweit ich wusste, genauso, selbst Marvin. Lindsay war verschwunden – in einen anderen Bundesstaat, sagten die einen, nach Übersee die anderen, nach England, Spanien, wer weiß? Und zurück ließ er einen Haufen Unterlagen, denen zufolge zweifelsfrei Charlie für das ganze Unternehmen haftete – Charlies Name stand auf allen Schanklizenzen und Pachtverträgen und Gehaltsschecks, Charlies Konten wiesen unerklärliche und unversteuerte Beträge aus. Charlie selbst behauptete keineswegs seine Unschuld. Er hatte gegen Gesetze verstoßen, das war ihm klar, war immer klar gewesen, und er war bereit zuzugeben, was er für angemessen hielt. Die Schankmanipulationen, die Bestechung, eine Teilverantwortung für die Clubs. Aber sein Name – und nur seiner – tauchte *überall* auf. In Zusammenhängen, von denen er nichts gewusst hatte. Bei Lindsays kleinen Deals und Nebengeschäften. Und von denen gab es in den vielen langen Jahren eine Menge.

Lindsay hatte, was Wunder, als Polizist angefangen, nämlich in den Fußstapfen seines Vaters, und kannte sehr wahrscheinlich schon früh die Schliche. Seine polizeiliche Laufbahn war kurz, aber nicht untypisch für die Zeit – angefangen von Schlüsselbereichen wie der guten alten »Sitte«, die Geld von den Prostituierten abpresste, bis zu der für die Gaststätten zuständigen Ordnungsbehörde, die allen anderen das Geld abnahm. Wie Marvin dämmerte allerdings auch Lindsay bald, dass man mit Bestechung in solch kleinem Maßstab auf keinen grünen Zweig kam. Er kündigte und machte sich, scheinbar, als Sicherheitsexperte selbstständig, beriet jedoch in Wahrheit eine ganze Latte illegaler Interessengruppen. Gegen das entsprechende Honorar vermittelte er Deals entweder mit der Polizei oder, zu einem späteren Karrierezeitpunkt, direkt mit der Regierung. Er vertrat Buchmacher in allen Teilen des Bundesstaats. Er vertrat Spielautomatenhersteller, die unter der Hand dubiose Geräte in Clubs und Pubs einführen wollten. Er vertrat Bauunternehmen, die Genehmigungen für kriminelle Umweltsünden ohne Wissen lästiger Naturschützer brauchten.

Er vertrat alles und jeden. Und da sich derart viele seiner Interessen mit den Bereichen überschnitten, in denen Marvin tätig war, war es nur eine Frage der Zeit, bis sie zusammenfanden. Sie erklommen die Leiter des Erfolgs Hand in Hand, der eine öffentlich, der andere privat. Bald gingen Hunderttausende Dollar Woche für Woche durch Lindsays Hände an Marvin, an andere politische Größen, an Staatsdiener, an Behörden und Kommunen und, natürlich, an die Polizei, während er seinerseits Prozente einstrich. Keiner wusste, wie viel Geld er wirklich hatte. Ich bestimmt nicht. Das meiste erfuhr ich erst im Lauf der Ausschuss-Ermittlungen – und war entgeistert. Für mich war er immer nur jemand gewesen, der wusste, wie der Hase läuft. Streng genommen operierte er vielleicht in einer rechtlichen Grauzone – taten wir das nicht alle? –, aber: einer von Queenslands größten Gangstern? Nein, das war mir neu. Er war nicht der einzige Berater seines Schlags im Bundesstaat, noch der wichtigste, aber wenn jemand uns ins Lager der übelsten Unterweltganoven katapuliert und Charlie Haftstrafe unumgänglich gemacht hatte, dann Lindsay.

Was hatten die Detectives von ihm gesagt?

Vergessen Sie Lindsay. Dass er's nicht war, wissen wir.

Nur war ich nicht auf die Idee gekommen zu fragen, woher

sie das wussten. Ich hatte angenommen, dass man ihn in Argentinien oder sonst wo geortet hatte – also außer Reichweite und damit auch der Schusslinie des Verdachts. Nie und nimmer hätte ich gedacht, dass Lindsay wieder in Brisbane sein und ich ihm tatsächlich auf der Straße vor einem Striplokal über den Weg laufen könnte. Er war wie ein Phantom aus der Vergangenheit.

Das blieb er zunächst auch. Denn als ich den Eintritt bezahlt und die Eingangskontrolle passiert hatte und den Club betrat, hatte sich Lindsay schon wieder in Luft aufgelöst.

Ich sah mich um. Der Laden war anders, als ich es erwartet hatte. Es gab keine Bühne, keine Tische, keine an der hinteren Wand befestigte Batterie Scheinwerfer. Stattdessen lag vor mir ein unübersichtlicher Raum mit verschiedenen Ebenen und schummrigem Licht, tiefen Sitzgarnituren, hohen Trennwänden um einzelne Nischen und nach allen Seiten abgehenden Zimmern, doch Zentrum des Geschehens war eine sich drehende Tanzfläche, auf die ein Lichtkegel fiel. Aus einer Anlage erklang rhythmisch stampfende Musik, und auf der Tanzfläche wand sich eine nackte Frau um eine Stange. Niemand beachtete sie. Im Halbdunkel waren Dutzende andere Frauen rastlos in Bewegung, alle in Reizwäsche, mal mit, mal ohne Begleitung. Und in den Nischen oder flüchtig durch Türen erspäht wanden sich Frauen privat auf Tischen und Polstern und Männerschößen.

Ich blieb unschlüssig auf der Schwelle stehen. Lindsay schien nicht unter diesen Männern zu sein, aber es war ja recht dunkel. Mehrere Frauen beobachteten mich. Ich konnte nicht einfach dort stehen bleiben. Ein Tresen zog sich an einer ganzen Wand entlang, und automatisch wendeten sich meine Schritte dorthin. Ich stand davor, ehe ich mir überhaupt in Erinnerung rufen konnte, dass ich nicht mehr trank.

»Ja?«, fragte der Barkeeper.

»Ein Wasser, bitte«, brachte ich gerade noch hervor, »mit Eiswürfeln.«

Er nickte, schaufelte Eis in ein Glas und schob es mir rüber.

Ich griff nach meiner Geldbörse, aber er schüttelte bloß den Kopf. »Wasser gibt es gratis.«

Ich trank an den Tresen gelehnt; mir war so heiß, als hätte es das Gewitter nie gegeben. Ich hielt Ausschau, bemühte mich aber, mit den Augen nirgends zu lange zu verweilen. Er musste hier irgendwo sein ... in diesem mir unerklärlichen Etablissement. Das mit nichts zu vergleichen war, was ich damals gekannt hatte, so viel war klar. Es war weniger als ein Puff, aber mehr als ein Striplokal. Ich kam mir seltsam unbedarft vor. Zwar hatte ich nichts vor Augen, was ich nicht schon gesehen hätte – wenn auch zuletzt vor zehn Jahren, und das allein machte mich schon zum Außenseiter –, nein: Es war mehr. Hier herrschte ein neuer Stil, eine Auffassung, die mir fremd war. Beinahe Sex und doch nicht Sex. Irgendwie lässiger, weniger primitiv, dafür aber kühler. Ich begriff überhaupt nichts.

Eine Frau schob sich zu mir heran. Sie wirkte jung und ernst, das schwarze Haar wie ein Vorhang vor dem Gesicht, die Spitzenwäsche im UV-Licht schimmernd. Nichts an ihr erinnerte mich an die Professionellen von damals.

»Hi«, sagte sie und lächelte kurz.

Ich kannte nicht einmal mehr die Floskeln, die Spielregeln.

»Ich warte hier bloß auf einen Freund«, sagte ich.

Ihr Blick verriet nichts als Wohlwollen. »Mann oder Frau?«

»Mann. Und ... äh ... was läuft hier eigentlich so?«

»Das hängt ganz von Ihnen ab.« Sie deutete mit einer Kopfbewegung auf die Tanzfläche. »Die Show gibt es umsonst. Wenn Sie es persönlicher wollen, können wir in eine Nische gehen.«

»Und dann?«

»Dreißig Dollar für eine halbe, fünfzig für eine ganze Stunde.«

»Das heißt?«

»Ich darf Sie berühren, Sie mich aber nicht.«

»Verstehe.«

Ich schwitzte, mir war unwohl in meiner Haut. Selbst wenn ich darauf aus gewesen wäre, ich konnte das nicht mehr, nicht nüchtern, nicht so viel älter. Ich wünschte, sie würde gehen. Ihr Auftreten war so sicher, so unterkühlt. Damals war alles leichter gegangen, fast ohne Nachdenken, einfach eine Nummer irgendwo als Teil des dunklen Rauschs der Nacht. Ich spähte ins Halbdämmer. Lindsay war nirgends zu sehen. Mir fiel auf, dass die Frau an der Stange sich das Schamhaar rasiert hatte. Die Haut wirkte so zart und weich, als hätte es nie eine Rasur gegeben, als wäre dort überhaupt nie Haar gewachsen. Und plötzlich musste ich an eine Nacht mit einer rundlichen Farmerstochter vom Land denken, die auf einen entsprechenden Vorschlag hin an ihrem dichten Busch gezupft und vor Lachen laut gekreischt hatte.

»Ich seh mich mal ein bisschen um«, sagte ich zu der jungen Frau an meiner Seite.

Sie nickte. »Ich laufe nicht weg.«

Ich schob mit meinem Glas Wasser ab und wand mich zwischen den Gästen durch. Es waren reichlich Männer da, aber noch mehr Frauen. Die Männer trugen überwiegend Anzüge und wirkten wie Geschäftsleute, aber nicht wie zu meiner Zeit. Diese Anzüge waren besser geschnitten, die Revers schmaler, die Krawatten auch, das Haar der Männer kürzer. Und die Frauen: Reizwäsche und Stilettos waren dezenter, ich sah keinen Lidschatten, keine Farrah-Fawcett-Mähnen. Ich hätte nicht sagen können, ob mir damals klar gewesen war, wie geschmacklos wir alle waren. Es war einfach egal.

Die Bässe wummerten. Von Lindsay keine Spur. Ich schob mich an Wänden entlang, starrte in Nischen. Nackte Schenkel rieben sich an den Reißverschlüssen schwarzer Anzughosen, Männer glotzten auf vor ihren Augen pendelnde Brüste. Warum? Wozu? Ich begriff es nicht. Männer sahen mich scheel an, ich ging weiter. Frauen näherten sich mir lächelnd, ich ging weiter. Ein Flur führte zu noch mehr Nischen und Zimmern. Im Dunkeln glich das Ganze einem Labyrinth. Fand dort drinnen irgendwo Sex statt? Würde es jemand mitkriegen? Gab es einen Zuschlag, den man dafür bezahlte?

Ich landete schließlich wieder an der Bar. Auf der Tanzfläche wand sich jetzt eine andere Frau. Das Mädchen, mit dem ich gesprochen hatte, zog gerade mit einem anderen Gast los.

Ich bat den Barkeeper um ein weiteres Glas Wasser.

»Sie trinken nicht?«, fragte er.

»Nein.«

»Dann gefällt Ihnen vielleicht eine unserer Damen?«

»Wieso?«

»Macht sich nicht so gut, wenn man hier nicht auf die eine oder andere Art Geld ausgibt.«

»Aha.«

Ich studierte die Regale hinter dem Tresen. Die altbekannten Flaschen, die alten Freunde blinkten dort, als hätte ich ihnen nie den Rücken gekehrt. Ich könnte ja einen Drink bestellen und stehen lassen. So weit hatte ich mich doch sicher im Griff? Wieder das Glas in der Hand spüren, die Eiswürfel klirren hören …

Und dann sah ich ihn. Am anderen Ende des Raums wurde in einer Tür ein Vorhang beiseite geschoben, und er trat vor. Er war es, kein Zweifel. Älter, viel älter, um mehr gealtert, schien es, als die zehn Jahre. Aber er war es. Er sah sich gehetzt um, sein Blick wanderte über mich hinweg, als wäre ich gar nicht da, dann hastete er quer über die Tanzfläche und verschwand hinter einem weiteren Vorhang. Die Frauen ignorierten ihn.

Und ich wusste, warum. Ihm gehörte der Laden. Deshalb hatte Detective Lewis mich hergeschickt. Er wusste, dass ich Lindsay treffen würde. Es war ein Spiel, ein kleiner Scherz zum Abschied …

Ich drehte mich wieder dem Barkeeper zu und deutete auf die Türen mit Vorhang.

»Gehört der Laden Lindsay Heath?«

»Klar. Warum fragen Sie?«

»Ich muss ihn sprechen.«

Der Barkeeper zuckte mit den Achseln. »Der taucht schon wieder auf.«

»Bitte. Ich muss ihn gleich sprechen.«

Er ging an ein Wandtelefon. Er hob ab und sagte etwas. Es dauerte einen Moment, dann sah er zu mir herüber.

»Was wollen Sie denn von ihm?«

»Ich bin ein alter Freund. Es ist Jahre her. George ist der Name.« Plötzlich fürchtete ich, er werde sich nicht erinnern können, oder es könne ihm gleichgültig sein, oder er werde mich nicht sehen wollen. Und da hatte ich eine Eingebung. »Sagen Sie ihm, ich suche Marvin McNulty.«

Der Barkeeper sprach erneut, wartete, sagte noch etwas und legte auf. Er nickte mir zu. »Sie müssen sich einen Augenblick gedulden.«

Ich wandte mich ab und wieder der zweiten Tür zu. Um mich herum pulste die Musik, die Frauen drehten ihre Runden, aber ich bekam kaum etwas davon mit. Die Zeit verging. Eine Minute. Zwei Minuten. Fünf. Wieso dauerte es so lang? Schließlich teilte sich der Vorhang, und zwei Kerle im Anzug erschienen. Sie sahen nach Rausschmeißer aus, jung, sportlich, durchtrainiert. Sie traten an die Bar, der Barkeeper deutete mit einer Kopfbewegung auf mich.

»Wenn Sie uns bitte folgen wollen, Sir«, sagte der eine.

Ich durchquerte mit ihnen das Lokal. Vor dem Vorhang blieben sie stehen und hielten ihn für mich beiseite. Dahinter war Schluss mit Luxus und Auslegware. Ich stand in einem kahlen Flur mit nackten Betonwänden, und ehe ich mich versah, wurden mir die Arme auf den Rücken gedreht und ich in den Schwitzkasten genommen.

»Was zum –«

»Stillhalten«, blaffte jemand.

Ich war vor Schreck wie gelähmt. Ich verstand nicht, was vorging. Selbst wenn ich gewollt hätte, hätte ich mich nicht rühren können. Meine Füße erreichten kaum noch den Boden, und der Arm um meinen Hals drückte fest genug, um mir die Luft abzuschnüren. Ich spürte nichts als rohe Muskelkraft, die mich gefangen hielt, und Hände wie Backsteine, die mich abtasteten, unter dem Hemd und in der Hose. Da dämmerte mir, dass sie wissen wollten, ob ich bewaffnet war.

»Ich hab nichts«, keuchte ich. »Ich bin bloß ein Freund.«

»Ach ja?«, hörte ich eine Stimme an meinem Ohr.

Ich wurde marginal weiter runtergelassen und an der Wand entlanggestoßen, die Arme immer noch auf dem Rücken. Das war doch verrückt. Wir kamen an eine Tür, und einer der Kerle trat vor, um sie zu öffnen. Sie schubsten mich über die Schwelle. Ich nahm flüchtig Büroeinrichtung wahr – Schreibtisch, Stühle, Aktenschränke, einen überquellenden Aschenbecher, alles billigste Qualität. Dann stand ich, links und rechts von je einem Gorilla flankiert und festgehalten, vor Lindsay. Seine Augen waren schmal über den dicken Tränensäcken und ohne alles Erkennen.

»Du bist wohl lebensmüde, dass du hier aufkreuzt«, knurrte er.

»Lindsay, ich bin's doch«, brachte ich vor. »George. Weißt du nicht mehr? Charlie. Marvin. Wir alle.«

Die Augen prüften mich kritisch, und ich dachte schon, ich hätte mich geirrt und kennte ihn genauso wenig wie er mich, und wenn ich es zehnmal besser wusste.

»Scheiße noch eins …«, meinte er schließlich. Er schüttelte den Kopf. Seine Augen waren noch immer geweitet, dann lachte er. »Lasst ihn los, Jungs. Das ist er nicht.«

Meine Arme waren frei.

Lindsay konnte sich gar nicht mehr einkriegen. »George, du Hornochse. Um ein Haar hätte ich dich kaltgemacht.«

Meine Beine gaben unter mir nach, und ich sank auf einen Stuhl.

27

ICH HATTE LINDSAY nie leiden können.

Dahinter steckte sehr wahrscheinlich des Trinkers Argwohn gegenüber dem Nichttrinker. Lindsay trank zwar, aber nicht wie wir anderen. Sein Verhältnis zum Alkohol war kein passioniertes, in seinem Geist tat sich kein leuchtender Pfad auf wie bei mir, öffnete sich nicht die eine einzige trunkene Nacht, die sich bis ins Unendliche fortzog. Lindsay war ein Geldmensch. Geld gab bei ihm stets den Ausschlag, mit uns gemeinsame Sache zu machen.

Jetzt schickte er seine Gorillas fort und klopfte mir auf den Rücken. »Nichts für ungut, George. Komm erst mal zu dir.«

Aber seine Art war ohne alle Freundlichkeit; er hatte mich auch nie leiden können.

Ich rang nach Luft. Lindsay setzte sich hinter seinen Schreibtisch, fixierte mich einen Augenblick, schüttelte den Kopf und griff nach einer Zigarette. Aus der Nähe war der Mann schlechter wiederzuerkennen als von weitem. Er hatte das Sakko abgelegt, und sein Hemd war verschwitzt und zerknittert. Er sah ungesund aus, käsig, übergewichtig und müde. Sein blanker Schädel schimmerte. Sein Gesicht wirkte großporig, die Äderchen erweitert, die Augen schlaflos. Er hielt schützend die Hand vor sein Feuerzeug, inhalierte gierig und riss sich die Zigarette dann mit einer heftigen Bewegung vom Mund.

»Was sollte das denn?«, fragte ich, als ich wieder zu Atem gekommen war.

Er blies einen schmalen Strahl Rauch aus. »Wir haben dich verwechselt.«

»Mit wem?«

Er hob die Achseln.

»Ich habe doch meinen Namen genannt.«

»Pech. Haben wir falsch verstanden.« Die Zigarette wurde am Aschenbecher abgeklopft. »Was machst du hier, George?«

»Ich? Was machst *du* hier? Was machst du in Brisbane oder überhaupt *Australien*?«

»Was glaubst du?«

»Seit wann bist du wieder da?«

»Seit Jahren.«

»Mir ist davon nie etwas zu Ohren gekommen.«

»Ich habe auch keine öffentlichen Erklärungen abgegeben.«

Selbst seine Stimme war anders. Seinerzeit hatte er im ruhigen, gewichtigen Ton des Exbullen geredet. Jetzt klang er heiser und weniger überzeugend. Außerdem ärgerlich. Wie ein gehetzter Beamter des mittleren Dienstes nach einem in einem engen, kleinen, nach Tabak stinkenden Büro verbrachten Berufsleben, der keine Lust mehr auf Parteienverkehr hat.

»Man hat dich … nach alledem zurückkommen lassen?«

»Wieso nicht?«

»Wieso nicht?!«

»Ich hab das geregelt, George. Das ist das Einzige, was zählt.«

»Aber … wieso noch zurückkommen?«

Er starrte mich an, als wäre ich verrückt. »Warum denn nicht?«

»Herrgott, es gäbe tausend Gründe.«

»Seh ich nicht.«

Die Situation kam mir unwirklich vor. Mir gegenüber saß immerhin Lindsay … von dem es zeitweilig sogar geheißen hatte, er sei in *Island*.

»Aber wo warst du denn die ganzen Jahre?«

Sein Blick schweifte rastlos durch den Raum. »Hier und da.«

»Mehr gibt es dazu nicht zu sagen? Als hier und da?«

»Na, und du? Du hast dich, soweit ich weiß, in den Bergen verkrochen.«

Ich gab's auf. Wo immer er gewesen war, jetzt war er hier. Ich sah mich um. »Und du bist … noch im Geschäft?«

Er entspannte sich etwas. »Mehr oder weniger.«

»Dein Name stand nicht an der Tür. Dir würde man doch sicher keine Schankerlaubnis erteilen?«

Ein schmallippiges Lächeln. »Es gibt Teilhaber.«

»Stille? Wie Charlie?«

Vielleicht stand ich noch unter Schock. Immerhin war Lindsay der, der zwei Rausschmeißer vor der Tür stehen hatte, nicht ich, und von seinem Äußeren durfte man sich nicht täuschen lassen. Er gehörte nicht zu denen, die man ungestraft beleidigte. Obwohl ich es selbst nie miterlebt hatte – oder jedenfalls nie so nahe dran gewesen war wie eben –, wusste ich, dass er brutal werden konnte. Wie sehr, wusste ich nicht. Es gab Gerüchte von Misshandlungen im Polizeidienst, auch Schlimmeres. Und bei aller Amateurhaftigkeit und allem Chaos waren auch in den 80ern in der Brisbaner Unterwelt Leute zu Tode gekommen. Niemand aus meinem Bekanntenkreis, und nichts hatte je darauf hingedeutet, dass Lindsay damit tun gehabt haben könnte. Andererseits hatte ich im Lauf der Ausschuss-Ermittlungen ja selbst gehört, dass er damals überall mitmitschte.

Er hob bloß wieder die Achseln und inhalierte. »Ich hatte nichts gegen Charlie.«

»Da hatte ich damals aber einen anderen Eindruck.«

»War einfach der Lauf der Dinge. Wir alle haben eine Zeit lang gutes Geld verdient. Du auch, wenn mich nicht alles täuscht. Und Charlie.«

»Er ist tot, weißt du.«

»Ja, ich weiß.«

»Ich habe dich bei der Bestattung nicht gesehen.«

Kopfschütteln. »Was willst du hier, George?«

»Die Polizei glaubt, es könnte ihn jemand von damals umgebracht haben.«

Er verhehlte sein Desinteresse kaum. »Nun, ich war's nicht.«

»Sie glauben, es sei Martin gewesen.«

»Warum sollte Marvin Charlie was antun?«

»Warum sollte ihm überhaupt jemand was antun? Charlie war harmlos.«

»Da war aber offenbar jemand anderer Ansicht.«

Ich studierte ihn. Ich wusste nicht recht, was ich erwartete. Mir schwamm noch der Kopf. Was bedeutete es, dass Lindsay in der Stadt war? Und wenn die Polizei schon meinte, Marvin und Charlie seien sich aus gutem Grund nicht grün gewesen, was war dann mit *Lindsay* und Charlie? Schließlich war Lindsay von uns allen der, den Charlie am meisten hassen musste. Und während ich mir bei Marvin einfach nicht vorstellen konnte, dass er zu so etwas fähig war, lag der Fall bei Lindsay … anders. Wenn Charlie vielleicht von damals angefangen und Lindsay in seiner Wut damit drangsaliert hatte, wie hätte Lindsay reagiert?

Vergessen Sie Lindsay. Dass er's nicht war, wissen wir.

Ich sagte: »Die von der Polizei haben gemeint, sie *wüssten*, dass du es nicht gewesen sein kannst. Wieso sind die sich da so sicher?«

»Sie wissen, wo ich in der betreffenden Nacht war. Und zwar ganz woanders.«

»Du hast mit der Polizei gesprochen?«

»Sicher.«

»Sie haben mir den Rat gegeben hierherzukommen, weißt du.«

»Wer?«

»Detective Lewis.«

Lindsay ließ das einen Augenblick sacken. »Der Armleuchter.«

Ich sah mich noch einmal im Büro um, nahm die Aktenschränke, die Kisten Alkohol, die Dienstpläne und Lohnzettel auf dem Schreibtisch in Augenschein – alles so vertraut, als wäre es gestern. »Die stören sich nicht daran, dass du wieder in der Branche tätig bist?«

»Der Laden ist völlig legal, George. Nicht wie damals.«

»Wo stehen die Betten? Oben?«

Er guckte verächtlich. »Du kapierst überhaupt nichts, wie?

Puffs sind illegal. Jedenfalls vorläufig. Im nächsten Jahr werden neue Gesetze erwartet, und vielleicht lässt sich dann was machen. Aber im Augenblick war's das.«

Ich wurde selbst verächtlich. »Willst du behaupten, es hält sich niemand mehr Pferdchen?«

Er grinste. »Heutzutage alles strikt Ein-Frau-Unternehmen. Keine Kollektive, keine gemeinsames Management. Es ist heikler geworden. Deshalb laufen Schuppen wie dieser so gut.«

»Ich hätte nie gedacht, dass du mal als Striplokalbetreiber enden würdest.«

»So schlecht ist es gar nicht. Es ist ja alles viel schicker. Es ist Business. Man kann im Puff schlecht ein Geschäftsessen veranstalten, aber Geschäftspartner zum Steakessen mit Lapdancing einladen, das finden alle in Ordnung. Wir haben oben eine Küche, mehr nicht. Keine Betten. Aber wenn du auf Sex aus bist – arrangieren lässt sich das. Wieso? Brauchst du eine Frau für die Nacht?«

»Nein.«

»Bist wohl auch nicht mehr der Alte.«

»Ebenso wenig wie du.«

Er nickte. »Das war damals alles Wahnsinn. Es war klar, dass das auf Dauer nicht gutgehen konnte.«

In seinem Ton schwang Schadenfreude mit. Als wäre er auf mir unerklärliche Weise als Sieger aus der Sache hervorgegangen. Vielleicht war dem ja so. Schließlich waren fast alle sonstigen Mitglieder unseres wie der anderen Syndikate entweder im Gefängnis oder am Rand des Ruins gelandet, doch Lindsay hatte alles überstanden – nicht ganz unbeschadet, zugegeben, er war älter und ein kleinerer Fisch, aber offenbar noch gut im Geschäft, selbst wenn ihm das nicht sonderlich viel Freude zu machen schien. Die zehn Jahre waren nicht spurlos an ihm vorübergegangen. Wie er überhaupt sein Comeback gedeichselt hatte, war mir schleierhaft. Ihn hatten die Behörden dringender einkassieren wollen als alle anderen.

»Hast du Charlie nach dem Korruptionsausschuss überhaupt noch gesehen?«, fragte ich.

Er schüttelte den Kopf. »Nach allem, was man so hörte, wäre er in keinem meiner Läden auch nur an den Türstehern vorbeigekommen.« Er maß mich mit einem Blick. »Ich staune, dass sie dich reingelassen haben.«

»Und Marvin?«

»Stimmt, du suchst ihn, hast du gesagt.«

»Das tut die Polizei auch.«

Er antwortete nicht. Sein Blick folgte dem Rauch, der sich über seinen Kopf hochringelte.

»Er gilt als vermisst.«

Da wachte er etwas auf. »Vermisst?«

»Seine Haushälterin hat ihn gestern als vermisst gemeldet.«

Lindsay blinzelte. »Idiot.«

»Wer, die Haushälterin?«

Er streifte mich mit einem angewiderten Blick. »Nein, nicht die Scheißhaushälterin.«

Da kapierte ich. »Das heißt, du weißt, wo er ist?«

Er drückte ärgerlich seine Zigarette aus. »Was willst du denn von ihm?«

»Na, wissen, was mit Charlie war.«

»Damit hatte Marvin nichts zu tun. Stromstöße? Ich bitte dich. Das ist nicht Marvins Stil.«

»Bist du dir da wirklich so sicher?«

»Es ergäbe keinen Sinn, so viel ist jedenfalls sicher.«

»Marvin und Charlie waren direkt vor Charlies Tod beide oben in der Entzugsklinik von St. Amand. Seither ist Marvin verschwunden. Da muss es doch einen Zusammenhang geben.«

Er wirkte verdattert. »Entzugsklinik? Marvin?«

»Entzugsklinik des privaten Sanatoriums St. Amand. Er und Charlie.«

»Von Entzug hat Marvin nie was gesagt. Auch nicht von Charlie.«

»Du hast mit ihm gesprochen?«

Lindsay studierte einen Augenblick seinen Aschenbecher, dann schien er eine Entscheidung getroffen zu haben. »Er war vor ein paar Wochen bei mir. Er meinte bloß, er müsse sich eine Zeit lang rar machen und ob ich einen Unterschlupf für ihn wüsste. Ich sagte, klar. Offenbar hat er vergessen, der Haushälterin Bescheid zu sagen.«

»Aber wovor versteckt er sich?«

»Wer weiß? Geht mich nichts an. Und dich auch nicht.«

»Aber irgendwas muss Marvin doch gesagt haben.«

»Hat er nicht, und ich habe nicht nachgefragt. Ich habe ihm einen Gefallen getan, basta. Um der alten Zeiten willen.«

»Aber du musst doch eine Vorstellung haben.«

»Kapierst du denn nicht? Marvin und ich machen keine Geschäfte mehr miteinander. Ich sehe ihn selten. Manchmal ruft er an, wenn er Mädchen für eine Party braucht oder so, aber mehr läuft nicht. Und diesmal hat er angerufen und gemeint, er bräuchte vorübergehend eine sichere Bleibe, und weil ich ein Haus habe, das ich zurzeit nicht nutze, dachte ich, was soll's.«

»Aber hat dich denn die Polizei nicht gefragt, wo er steckt? Mich haben sie gefragt.«

»Scheiß auf die Polizei. Ich bin doch nicht ihr Lakai.«

»Du hast sie angelogen?«

»Ich habe Informationen zurückgehalten.«

»Das ist ein ziemlich großer Gefallen um der alten Zeiten willen.«

»Mehr ist auch nicht drin, glaub mir. Ich scheiß auch auf Marvin. Ich spiel doch für den nicht die gute Fee.«

Da wurde mir klar, dass er vor Wut kochte. Das konnte nur mit Marvin zu tun haben. Was hatten die beiden mittlerweile für ein Verhältnis? Damals war Marvin der Boss gewesen. Lindsay hatte die Finanzen geregelt, das ja, aber das Machtwort dazu, welche Clubs wir aufmachen würden und wann, sprach immer Marvin, die besonderen Freunde und Gäste brachte und bewirtete Marvin, Marvin ließ Lindsay aus dem Büro antanzen und wissen, dass für *diesen* ganz besonderen Freund alles gratis zu sein hatte, für *jenen* aber nicht.

Dennoch war Marvin ins Kittchen gewandert und hatte alles verloren, Lindsay hingegen war wieder obenauf. Florierte, wie es schien, ganz aus eigener Kraft. Wieso musste er da Marvin helfen?

Ich sagte: »Kann ich eine Telefonnummer oder die Adresse haben?«

»Er will niemanden sehen.«

»Dann ruf ihn doch bitte wenigstens an und sag Bescheid. Er soll mich anrufen, wenn er will. Ich gebe dir die Nummer.«

»Mal sehen«, sagte er, aber es war mehr ein Nein.

»Komm schon … du glaubst doch nicht, dass er *mir* aus dem Weg geht?«

»Bei aller Liebe, George, warum zum Teufel sollte sich jemand vor *dir* verstecken?«

»Sag ihm, ich würde mit ihm gern über Charlie sprechen. Mehr will ich gar nicht. Und von mir erfährt auch die Polizei nichts. Weder über dich *noch* über ihn.«

In seinen Augen loderte es, und plötzlich sah Lindsay überhaupt nicht mehr alt oder müde aus. »Das will ich dir auch geraten haben, wenn du noch einen Rest Grips hast.« Er beruhigte sich aber gleich wieder und lehnte sich in seinem Bürostuhl zurück. »Wozu willst du dich überhaupt in Marvins Scheiße reinhängen? Hat dir das eine Mal nicht gereicht?«

»Du weißt, was Charlie oben in Highwood wollte, oder?«

»Sich umbringen lassen?«

»Er wollte zu mir.«

Er nickte, aber sein Blick war stechend. »Was machst du eigentlich heutzutage, George?«

»Ich arbeite oben in Highwood bei der Zeitung.«

»Nett dort?«

»Sehr nett. Für dich wär's allerdings wahrscheinlich zu friedlich.«

Das erheiterte ihn keineswegs. »Willst du wissen, weshalb meine Leute vorhin so ruppig waren?«

»Warum?«

»Mit ein paar Sachen ist Marvin doch rausgerückt. Er hat gesagt, eventuell würde ihn die Polizei suchen und er wolle nicht, dass sie ihn finden. Soweit kein Problem. Aber er hat auch gesagt, es würde ihn vielleicht noch jemand suchen. Jemand, dem er auf gar keinen Fall begegnen wolle.«

»Wem?«

»Einem Freund. Einem alten Freund.«

»Mich kann er, wie gesagt, nicht meinen.«

»Das weiß ich. Er hat mir gesagt, wen er meint.«

»Wen?«

Aber Lindsay schien nicht zu hören. »Ich sitz hier«, sagte er versonnen, »und von vorn rufen sie durch und sagen, dass so ein Typ in der Bar nach Marvin fragt ...«

Meine Augen wanderten zum Überwachungsmonitor in der Ecke. Die Einstellung wechselte von einer Draufsicht des Foyers zu einem Weitwinkel des Bartresens. Die Nischen wurden nicht gefilmt.

Ich sah einen Mann dem Barkeeper Geld geben. Lindsay hätte auch mich dort sehen können, allerdings waren die Auflösung und die Beleuchtung nicht besonders. Es hätte sonst wer sein können. Wie jetzt der Mann am Tresen sonst wer sein konnte. Der Monitor ließ ihn bedrohlich erscheinen: ein finsterer Schemen in Schwarz-Weiß.

»Aber ich habe doch meinen Namen genannt.«

»Eben.«

»Ich versteh nicht ...« Dann verstand ich doch. »Der Mann heißt – George?«

Lindsay nickte und wartete ab.

»George wie? Ich kenne außer mir keine alten Freunde von Marvin, die George heißen.«

Er musterte mich staunend. »Weißt du es wirklich nicht?«

»Nein.«

»Scheiße, wo hattest du damals deinen Verstand?« Er setzte sich mit einem Ruck auf, ganz geschäftsmäßig. »Nun, dann werde *ich* es dir jedenfalls nicht verraten.«

»Aber … hat das vielleicht mit Charlie zu tun? Ist es der Mann, der …«

»Keine Ahnung. Marvin hat davon nichts gesagt.«

»Aber er macht sich Sorgen?«

»Er macht sich in die Hose vor Angst.«

Wir saßen da. Der Mann auf dem Videomonitor wandte sich vom Tresen ab und verschwand im Dunkeln.

Lindsay beobachtete mich. »Ich habe den Typen selbst nie kennengelernt, verstehst du, aber ich habe so einiges gehört. Und du hast ja gesehen, dass ich es lieber nicht drauf ankommen lasse. Die Sache ist die, ich kann schon auf mich aufpassen, wenn jemand kommt. Aber du, George … willst du nicht lieber in dein kleines Bergnest zurückfahren?«

Und plötzlich war ich mir nicht mehr sicher. Ich war verstört. Das lag zum Teil an Lindsay. Selbst glatzköpfig und alt war er härter, als ich ihn in Erinnerung hatte, kaltschnäuziger. Möglicherweise war in der guten alten Zeit auch alles viel härter und kälter gewesen, als mir klar war – oder geworden wäre, wenn ich je nüchtern genug gewesen wäre, etwas zu merken. Jetzt war ich nüchtern, und ich dachte an andere Männer wie Lindsay … noch härtere. Ich dachte an den Mann, der sich die Zeit genommen hatte, Charlie aufzuknüpfen und ihn an Kabel anzuschließen, ihn Schluck für Schluck mit Wodka abzufüllen. Wolle ich wirklich wissen, wer das war?

Später hörte ich, dass er in die Berge geflohen war …

Ich beugte mich über den Schreibtisch vor, nahm einen Stift und schrieb den Namen meines Motels und die Zimmernummer auf einen leeren Gehaltszettel.

Lindsay seufzte. »Ich ruf ihn morgen an. Soll Marvin entscheiden.«

Und trotz der Hitze fröstelte mich, nachdem ich mich einer Sache verschrieben hatte, die nur ungut sein konnte.

Vielleicht merkte Lindsay es. »Soll ich dir einen Drink bringen lassen?«

»Ich trinke nicht mehr.«

»Keine Weiber. Kein Wein. Kein Leben mehr, Charlie?«

»So weit ist es noch nicht.« Ich erhob mich von meinen Stuhl, als wäre damit alles gesagt.

Lindsay hielt mich nicht auf. Er griff wieder zu seinen Zigaretten.

»Ich verlasse mich darauf, dass du dich hier nie wieder blicken lässt. Wozu auch, wenn du nichts kaufst, was ich anzubieten habe? Und zwischen uns beiden gibt es kein Um-der-alten-Zeiten-willen.«

»Keine Sorge, mich siehst du nicht wieder. Ich kann immer noch kaum glauben, dass du überhaupt da bist. Warum bist du nicht einfach weggeblieben? Was ist an Brisbane so besonders?«

Er hielt, Feuerzeug in der Hand, inne. »Geld, George. Was sonst? Queensland ist immer noch ein Eldorado, man kann die Leute hier für dümmer verkaufen als sonst irgendwo auf der Welt. Das wird immer so bleiben. Wenn du das nach so vielen Jahren nicht begriffen hast, wirst du's jetzt bei mir auch nicht mehr lernen.«

Ich wusste nicht, was er meinte, und wollte es gar nicht wissen.

Ich hatte die Hand schon am Türknauf. Ich sagte: »Und wenn ich dieser andere George gewesen wäre? Was hättet ihr mit mir gemacht, du und deine Jungs?«

Lindsay grinste, und in seinem Grinsen tat sich ein Abgrund auf, öffneten sich Vergangenheit wie Zukunft, wo nichts, was ich für wahr gehalten hatte, jemals gestimmt hatte. Es war ein Grinsen, das mich, sofern ich eintreten wollte, in der Welt willkommen hieß, wie sie *wirklich* war.

Ich war weg, ehe er antworten konnte.

28

ES LAG AN MAYBELLENE, sie hatte mich blind gemacht.

Für die Welt, wie sie wirklich war.

Es war eine Verbrecherwelt, eine billige und banale Welt, in der Ausbeutung und, ja, Gewalt herrschten, und es hätte mir klar sein müssen, immer schon. Aber May gehörte dieser Welt an, und ich liebte sie, und mehr sah ich eigentlich nicht. Als Maybellene und den Alkohol.

Ich war nicht der Einzige. Mit Ausnahme von Lindsay erlagen wir ihr in gewisser Weise alle. Theoretisch war sie die unbedeutendste Figur im Syndikat, sie hatte am wenigsten investiert und war in keine unserer sonstigen Unternehmungen direkt involviert. Aber in anderer Hinsicht war sie das Zentralgestirn, um das wir alle kreisten. Jeremy verwöhnte sie wie ein Großvater, Marvin war schlau genug, ihre Intelligenz für seine Zwecke zu nutzen, Charlie vergötterte sie, und ich … ich trug sie dunkel in meinem Herzen und wartete.

Keiner von uns hätte sagen können, warum das so war. Vielleicht lag es an der Art ihres Beitritts. So widerstrebend, so misstrauisch. Wir Übrigen hatten nie auch nur einen Gedanken an die ethischen Dimensionen dessen verschwendet, was wir taten, doch Mays Voraussetzungen waren andere. May hatte auf ihrer strengen katholischen Schule als Teenager ein ernsthaftes und brennendes moralisches Gewissen entwickelt. Nicht katholische Moral, sondern Moral im umfassenderen Sinn. Zu der untrennbar Gerechtigkeit gehörte. Dass es die in Queensland nicht gab, erkannte sie früh. Einerseits sehnte sie sich danach zu entkommen. Nach Sydney oder Melbourne oder sogar nach Übersee. Irgendwohin. Doch Jeremy hatte recht. Zwar wäre May wohl nie im Kloster gelandet, aber sie besaß durchaus Sendungsbewusstsein. Die junge May brachte es nicht fertig, sich der gerechten Sache zu verweigern. Also konnte sie Queensland nicht den Rücken kehren. Gab es denn auf der ganzen Welt einen Ort, der sie mehr brauchte? In Brisbane zu bleiben war ihre erste Selbstaufopferungstat.

Deshalb das Studium und die politischen Fächer und der Aktivismus. Nur ging eben alles schief. Der Kreuzzug lief ins Leere. Die Menschen in Queensland wollten nicht gerettet werden, ihre Sendbrüder und -schwestern verrieten die gemeinsame Sache, und sie selbst endete mutterseelenallein in einer Zelle. Die ganze Sorge, die Wut und der Wunsch nach Besserung wurden ihr um die Ohren geschlagen. Die Welt beharrte darauf zu sein, wie sie war. Kein Wunder, dass May bitter wurde. Kein Wunder, dass es Jeremy, als er sie – längst ein Erzverführer der Jugend – hofierte, so leichtfiel, sie umzudrehen.

Aber es war dafür ein Preis zu entrichten: Fortan lebte May im Zwiespalt. Während sie alle Glaubenssätze ihrer Jugend verriet, machte sie sich dennoch die entgegengesetzte Philosophie Marvins und Jeremys nie zu eigen. Sie tat, wie ihr geheißen, doch so sehr die beiden ihr auch einzuflüstern suchten, dass ihr Weg der einzige Weg, der einzig richtige Weg sei, May ließ sich nie restlos überzeugen, vermochte sich nie ganz zu vergeben. Und so blieb ihr letztlich gar kein Glaube, nur haltloser Zynismus. Sie war eine von uns und doch ewige Außenseiterin, deren neues Leben sie ebenso anwiderte, wie das alte sie desillusioniert hatte. Genau das aber verlieh ihr Macht. Sie war nicht des Geldes, nicht der Gier, nicht der Ausschweifungen wegen dabei. Sie teilte mit uns weder die Lethargie noch die Selbstzufriedenheit. Sie war in ihrem kalten, klaren Vakuum allein, und damit bildete sie im trüben Dunst unseres Universums den einzigen hellen, brennenden Punkt.

Doch im Innersten, da blieben die Zweifel.

Was sie möglicherweise wiederum für den Alkohol empfänglich machte. Er lullte das Gewissen ein, erstickte die vielen Fragen, die an ihr nagten, tauchte alles in mildes Gold, wie für mich. Sie wusste allerdings sehr gut, dass das Trug war. Von der ersten Sektflasche an, mit der ich sie ringen sah, lebte das Dilemma fort. Ob sie sich dem Frieden des Vergessens hingeben sollte oder sich nüchtern sich selbst stellen. Bei den ersten Drinks wehrte sie sich noch, stand mit der Versuchung über Kreuz, weil sie genau wusste, wenn sie den ersten, die ersten beiden Drinks zuließ, gäbe es kein Zurück. Das waren die Momente – wenn in ihr das höhere Bestreben mit dunkelster Leidenschaft haderte –, da ich mich in sie verliebte. Diese Prüfung durchlitt sie jedes Mal neu, ehe sie trank, und jedes Mal schaute ich atemlos zu. Ich drängte sie weder in die eine noch in die andere Richtung. Jedem anderen Freund hätte ich die Drinks spendiert und den ersten aufgenötigt … nicht May. Sie wirkte so nackt, so ausgesetzt, wenn sie am Rand ihres Entschlusses wankte. Am Ende entschied sie sich fast immer für den Alkohol, aber das war keineswegs eine von vornherein ausgemachte Sache, auch nach Jahren nicht. Immer erfüllte sie die erste Flasche des Abends halb mit Grauen, halb mit Sehnsucht, und dann begann der Kampf um die Seele erneut.

Der andere Zuschauer war Charlie.

In mir erregte Mays Qual Neugier, in Charlie nur Mitgefühl. Das war nicht entscheidend, natürlich, weil keiner von uns jemanden gedrängt hätte, *nicht* zu trinken. Während ich jedoch auf Mays erstes Glas freudig anstieß, betrauerte Charlie es mit einer Schweigeminute. Vielleicht spürte er mehr, als ich es in jenen frühen Tagen konnte, wie anders May war als wir, wie viel mehr sie hätte erreichen können als in unsere Welt abzusteigen. Der Meinung war ich nicht. Ich fand, May passe wunderbar in unsere Welt, bereichere sie, vollende sie. Denn wenn der Alkohol erst in ihren Venen sang, dann kannte sie weder Zurückhaltung noch Zweifel. Frei war sie weit wilder und gefährlicher als wir alle. Denn dann brach sich ihr Hass auf Queensland, auf die Scheinheiligkeit und Dummheit und erstickende Kleingeistigkeit Bahn. In dieser Stimmung war es May, die uns auf die Straße trieb, in die Clubs und die Casinos. May, die nach Sekt oder Cocktails rief, statt des schnöden Biers oder Weins. May, die nicht wollte, dass die Nacht sich ausstolperte. May, die durch die Bordelle stolzierte, als gehörten sie ihr, und dann Charlie ins Separee abschleppte, um dort einen Abend lang Hure zu spielen.

Was machte sie aber auch für eine Figur! In einer Welt glitzernden Scheins und glamourösen Firnisses war ihre Unscheinbarkeit apart. Strenge, schlichte Kleider und Frisur, ein knabenhafter Körper – und dann dazu wir, Männer wie Frauen, aufgeschwemmt und überkandidelt. May fiel aus dem Rahmen, sie verwirrte, sie verunsicherte. Sie passte in keine Schublade, sie gab sich nie einfach zufrieden. Egal, wie viel sie trank, ihre Miene blieb leidenschaftlich, streng, zornig. Für mich war sie ein Komet in der Nacht, der alle anderen Frauen, wie funkelnd und herrlich auch anzusehen, taumelnd in seiner Leuchtspur zurückließ.

Doch konnte er sich auch verfinstern. Als sei das Leben, das sie führte, nicht das Leben, das sie wollte, sodass ihr, selbst betrunken, die Augen aufgingen und kalte Wut sie packte. Dann fiel sie über uns her, wetterte gegen Jeremy und Marvin und die Art, wie die beiden sie ins Garn gelockt hatten. Das waren die Momente, da zu meinem Entsetzen Charlie sie heimfuhr oder mit ihr durch die leeren Straßen lief, um an ihrer Seite in einem Park oder an einer Bushaltestelle zu sitzen und zu warten, bis sie sich fing. Es war Charlie, an den sie sich klammerte, Charlie, bei dem sie weinte und um Vergebung flehte – wofür, hätte ich nicht sagen können. Erst später begriff ich, dass es seine Anständigkeit war, an der sie festhielt. Sein innerstes Wesen, das, was Charlie, trotz aller Vergehen, zum Prachtkerl machte. Er verstand sie in einer Weise, wie es mir nicht möglich war, oder sah das Leben, das sie statt ihres jetzigen hätte haben können. Indem sie ihn liebte, wählte sie einen Mann, der sich nicht an ihren Fehlern weidete, einen Mann, der mehr sah als das Dunkle in ihr, einen Mann, der, hätte sie ihr Leben jemals umkrempeln wollen, sie nach Kräften unterstützt haben würde.

Nichts von alledem traf auf mich zu. Ich wollte nicht, dass May sich änderte. Mich erregte sie genau so, wie sie war, mich fesselten ihre Widersprüche. Es gab Zeiten, das wusste ich, da erregte ich auch sie. Ich war nicht wie Charlie, sie wusste, bei mir fände sie keinen moralischen Halt. Sie kannte meine Selbstsucht, meine losen Sitten, wusste, dass mir Queensland und die Welt herzlich egal waren. Das *gefiel* ihr. Bei mir war sie am ehesten ihrer Zweifel ledig, war am ehesten frei, so tief zu sinken, wie sie wollte. Folglich war ich es, dessen Unterstützung sie suchte, wenn es darum ging, noch etwas zu unternehmen, noch eine Runde zu bestellen, noch das Lokal zu wechseln, weil der Schuppen, in dem wir gerade saßen, schloss. Ich war der, mit dem sie lachte und hetzte und hasste und alles andere vergaß. Marvin und Jeremy auch, aber vor allem ich.

Und das war ein weiterer Kampf, den sie mit sich ausfocht, zwischen den beiden Männern in ihrem Leben. Zunächst hielt ich es für ganz und gar ausgeschlossen, dass sie sich für Charlie entscheiden könnte. Schließlich war doch ich ihr ständiger Begleiter, während Charlie in seiner Küche schwitzte oder sich um seine Gäste kümmern musste. Charlie war derjenige, der fragte, ob wir wirklich noch eine Stunde bleiben, ob wir wirklich in die nächste Bar weiterziehen mussten. Trotzdem entging mir das Wesentliche. Nämlich das, was gesagt wurde, wenn sie und Charlie in den Parks und an den Bushaltestellen saßen. Charlie hatte moralische Prinzipien. Er bot ihr ein Fundament, und es sollte sie nicht zurück-, sondern zusammenhalten. Er bot ihr die Hoffnung, dass sie vielleicht doch nicht alles an ihrer Vergangenheit verraten hatte, vielleicht nicht alles von dem alten Selbst verloren. Er sah diese Dinge noch in ihr, folglich existierten sie, wenn sie mit ihm zusammen war.

Ich hatte keine Hoffnung zu bieten. Ich wusste, dass mein Weg nur bergab führte. Ich betete, dass das auch bei May so wäre. Ich wollte, dass wir zusammen untergingen.

Das nannte ich Liebe.

Sie entschied sich für Charlie, und ich war bei der Hochzeit sein Trauzeuge.

May weihte mich damals selbst ein – in beinahe fragendem Ton, als hätte ich ein Wort mitzureden. Nicht etwa, weil sie abgehalten werden wollte, eher weil sie, wie beim Trinken, wie bei fast allem in ihrem Leben, haderte und sich fragte, welcher Weg der richtige sei. Ausnahmsweise verstieß ich gegen meine eigene Regel und drängte sie. Ich riet ihr, zu heiraten, beglückwünschte sie und trank, trotz der taumelnden Leere in meinem Herzen, auf die beiden. Weil ihr Charlie *wirklich* guttat, das sah sogar ich, wenn auch ungern. Ob sie umgekehrt für Charlie gut war, diese Frage stellte ich mir lieber gar nicht. Ich fragte nur danach, ob *ich* es ertragen könne. Und fand es erträglich. Es brauchte sich ja nichts zu ändern. Es gäbe immer noch uns drei, und selbst wenn es an ihr Seiten gab, die nur Charlie zugänglich waren, nun, es gab andere, die ganz mir gehörten, das Band, das der Alkohol straffte und das sogar Charlie ausschloss. Ich würde mich damit bescheiden.

Das war bereits die Zeit des Dauertrinkens, und je größer Charlies Unternehmen wurde und je mehr er zu tun bekam, desto mehr waren Maybellene und ich uns selbst überlassen. Das heißt, natürlich nicht *nur* May und ich. Es gab einen ganzen Rattenschwanz Leute. Jeremy und Marvin und Lindsay und Dutzende andere. Journalisten, Politiker, Referenten, Experten, Societydamen, Zocker, Polizisten und Prostituierte. Es gab *nie* nur Maybellene und mich. Und doch waren wir immer da, bei jeder Party, bei jedem Anlass. Charlie kam spät, wenn überhaupt, und May ging mit ihm oder zu ihm nach Hause, während ich allein oder mit wechselnden Frauen heimfuhr. Dennoch blieben wir zwei füreinander jeden Abend die eine Konstante. Eben Freunde, die ein Hauch mehr als Freundschaft verband, das unausgesprochene Wissen nämlich, dass auf eine Möglichkeit verzichtet worden war. Doppelt bitter also, dass Charlie, als er und May sich auseinanderlebten, als Rastlosigkeit sie umtrieb und ihn Argwohn, mit seinen Fragen zu mir kam.

Schließlich, meinte er, sähe ich May öfter als er selbst – war mir etwas aufgefallen? Habe sie irgendwas? Oder irgendwas Dummes getan? Sie wirke so unglücklich. Er sei nicht wütend oder eifersüchtig, nur betroffen. Dass es mit mir zu tun haben könnte, auf die Idee kam Charlie nicht. Was sollte ich sagen? Es gab nichts zu beichten – damals nicht.

Doch irgendetwas nagte an May, die Unzufriedenheit, die im innersten Kern ihres Wesens schlummerte. Vielleicht war alles unvermeidlich und die Annahme, Charlies Liebe könnte die Lösung sein und genügen, illusorisch. Oder vielleicht war wieder einmal der Alkohol schuld, denn obwohl May nach wie vor Abend für Abend mit sich rang, verlor sie den Kampf nun regelmäßig. Sie ging unter. Es blieb die Rettungsleine zu Charlie, doch die war dünn und überdehnt, und außerdem gab es dort unten im Abgrund mich. Sie wusste, hatte immer gewusst, dass ich ihr nur schaden konnte, aber irgendwie schien das zunehmend weniger von Belang. Die Tränen vor Charlie, die Bitten um Vergebung, sie nahmen zu, und ich wusste, inzwischen war ich einer der Gründe. Unmerklich wandelte sich Nacht für Nacht alles. Unsere Hände berührten sich in einer Weise, wie sie es bisher nicht getan hatten, unsere Schenkel, wenn wir am Tresen lehnten, Gutenachtküsse dauerten länger, als sie es hätten tun dürfen. Und der Ausdruck in den Augen, das unausgesprochene Wissen wurde zur Herausforderung, zur Frage, ob nicht die Möglichkeit doch offenstand. Trotzdem hätte niemals *ich* den letzten entscheidenden Schritt tun können, *ich* hätte ihn nicht getan. Als müsste ich, wie immer, May dort draußen am Abgrund allein stehen und allein ihre Entscheidung treffen lassen. Sich von mir abzuwenden oder aber von meinem Giftbecher zu trinken.

Am Ende also war May diejenige, die nach einem langen Abend ohne Charlie trunken, schwankend und kreuzunglücklich hochsah, in den Augen feucht schimmernde Niederlage, und sagte: »Ich ergebe mich, George. Ich will nicht heim.«

Und so begann die Sucht – aus der Trauer heraus. Lust wäre

nicht das richtige Wort, auch nicht Sex. Sex schien in der ganzen Trunkenheit und Erschöpfung keine große Rolle zu spielen. Es ging mehr darum, sich der Selbstzerstörung hinzugeben, beide zerfleischt von den eigenen Schwächen und doch nackt voreinander, nicht körperlich, seelisch, aller Täuschungen und Hoffnungen entkleidet und eins. Wenn wir zusammen im Bett lagen, war es wie eine Beichte. Wir waren füreinander das Antlitz Gottes, vor dem es kein Versteck gab; es war besser, viel besser, die Verfehlungen zusammenzuwerfen.

Alle wussten Bescheid. Jeremy. Marvin. Lindsay. Sie lasen es uns sofort an den Gesichtern ab. Nur Charlie sah es nicht – oder konnte sich nicht erlauben, zu sehen. Hätten wir es ihm je gesagt, hätten wir ihn damit konfrontiert? Ich weiß es nicht. Wir sprachen von keiner Zukunft, May und ich, wir machten keine Pläne. Vielleicht war Zukunft einfach nicht denkbar. May ging hinterher immer zu Charlie nach Hause, von Schuldgefühlen gemartert, in Tränen aufgelöst, und er vergab, ohne sich der Wahrheit zu stellen; sie aber kam wieder und wieder zu mir. Trotzdem, vielleicht hätten wir irgendwann etwas gesagt. Oder Charlie. Es hätte auf Dauer nicht so weitergehen können.

Doch um uns herum, jenseits des milden, goldenen Lichts des Alkohols und uns zweien, drehte sich die Welt weiter, und es war eine Welt des Lugs und Betrugs und Verbrechens. Auch das konnte auf Dauer nicht weitergehen. Als schließlich der Korruptionsausschuss über uns hereinbrach, wurde mit einem Schlag alles anders. Der Glanz verflüchtigte sich, plötzlich war alles todernst und stocknüchtern, und Charlie saß tief, tief in der Tinte. Zum ersten Mal in ihrer Beziehung brauchte nicht May Charlie, sondern Charlie May.

Mehr noch als er mich brauchte, seinen besten Kumpel.

29

IN DER NACHT war alles wieder da.

Überfüllte Räume und weiße Glieder und saugende Münder, Händeschütteln und Gelächter, Brüste, die ich nicht berühren konnte, Drinks, die sich in Nichts auflösten, sobald ich danach griff, und Lindsay, der sich über den Tresen beugte und mir einen Telefonhörer reichte. Marvin sei dran ... doch als ich dranging, war es nicht Marvin, sondern Charlie, und seine Stimme schmerzte wie ein langsamer Stromschlag, sodass ich den Hörer stöhnend fallen ließ und sich eine Frau ohne Schamhaar auf mich herabsenkte, warm und feucht und nicht May, und dann klingelte wirklich ein Telefon, und ich erwachte im taghellen, schon am Morgen heißen Brisbane.

Ich sah mich verwundert um. Das Licht und der Fernsehapparat waren eingeschaltet, und ich wusste nicht, wieso. Ich war noch meilenweit weg und zehn Jahre jünger, mitgenommen und elend nach einer weiteren durchzechten, durchfickten und vergessenen Nacht. Schmerz tanzte mir in den Knochen, vertraut wie ein Kater. Hätte ich neben mir einen schnarchend hingegossenen Frauenkörper entdeckt, nach den ersten sieben Drinks längst namenlos, dann wäre die Erinnerung komplett gewesen. Aber ich war allein, und ich hatte die Nacht nicht mit Prostituierten und ihrem Vorzugssex zugebracht. Noch dem Mays. Das alles war Jahre her. Das Telefon schrillte weiter.

Marvin, dachte ich und griff nach dem Hörer.

»George?«, fragte eine Frauenstimme, und ich erkannte sie nicht sogleich.

»Emily?« Ich rieb mir Schweiß aus dem Gesicht und blinzelte den Fernseher an.

»Ist alles in Ordnung? Du klingst schrecklich.«

»Ja, bestens. Ich habe geschlafen.«

»Um zehn Uhr?«

»Es ist spät geworden.«

Am anderen Ende wurde geschwiegen. Ich sah Emily in ihrem ordentlichen Direktorat vor mir, an einem frischen Highwood-Morgen längst bei der Arbeit. Ich fühlte mich diffus schuldig, als wüsste sie irgendwie um meine Träume und sähe die Erektion, die schon keine mehr war, oder hätte schließlich doch alles über das Leben erfahren, das ich so sorgfältig vor ihr verborgen hatte.

Vielleicht glaubte sie sogar, ich hätte getrunken.

»Es geht mir gut, wirklich«, beteuerte ich und zwang Überzeugungskraft in meine Stimme. »Ich war einfach lang auf, ich habe Fernsehen geguckt.«

Warum log ich?

»Ach so«, sagte sie und klang schon normaler. »Wie läuft es denn?«

»Die Trauerfeier habe ich jedenfalls hinter mir.«

»War es so schlimm, wie du befürchtet hast?«

»Mehr oder weniger.«

»Ist irgendjemand gekommen?«

»Nein. Nicht von damals.«

»Das ist traurig.« Aber sie klang erleichtert. »Und wie findest du Brisbane nach der langen Zeit?«

»Anders.«

»Hast du denn *gar niemand* gesehen?«

»Nein.« Ich hätte nicht sagen können, warum ich sie nicht einweihte. »Ich bleibe aber wahrscheinlich noch ein paar Tage. Wo ich schon da bin.«

»Aha.«

»Nicht ewig. Keine Sorge.«

»Gut. Ich glaube, Gerry sähe dich gern wieder hier. Der Reiz, die Zeitung mal wieder allein zu machen, hat sich abgenutzt. Und mir fehlst du.«

»Du fehlst mir auch. Highwood fehlt mir.«

Sie lachte. Dann riss das Lachen abrupt ab. »Es gibt da noch etwas.«

»Ja?«

»Es hat jemand bei Joan in der Pension angerufen. Für dich.«

Plötzlich war ich hellwach. Ich setzte mich auf. »Wer?«

»Das hat Joan nicht gesagt. Wer es war … Eine Frau. Und weil Joan ja wusste, dass du in Brisbane bist, hat sie der Frau meine Nummer gegeben, und die hat dann bei mir angerufen.«

»Und du hast auch keinen Namen?«

»Nein. Sie hat nach dir gefragt, und ich habe ihr gesagt, dass du in Brisbane bist. Sie wollte wissen, wo, aber ich habe ihr gesagt, das könne ich ihr nicht sagen, wenn sie mir nicht ihren Namen nennte. Als ich sie noch mal nach dem Namen gefragt habe, hat sie einfach aufgelegt.«

Ich sagte nichts. Hoffnung hatte sich in meiner Brust geregt, jetzt erstarb sie wieder und nahm mir die Luft.

»War das richtig so?«, wollte Emily wissen. Sie klang beunruhigt. »Ich fand, ich kann deine Nummer nicht einfach jedem geben, nicht nach dem, was Charlie passiert ist.«

Es war nicht unbedingt gesagt, dass es Maybellene gewesen war. Es gab keinen Grund, weshalb sie es hätte sein sollen. Überhaupt keinen. Ich bemühte mich, ganz ruhig zu klingen. Es war ja nicht Emilys Schuld. Die Frau hatte keinen Namen genannt.

»Das ist vollkommen in Ordnung, Emily«, sagte ich, »wahrscheinlich nicht weiter von Bedeutung.«

»Es kam mir komisch vor, dass jemand in der Pension anruft. Da bist du doch schon ewig nicht mehr.«

»Stimmt.« Und deshalb kamen als Anrufer nur zwei Menschen in Frage, zwei, die es unter Umständen mit einer zehn Jahre alten Nummer probieren würden. Charlie war der eine, und der war tot. Die andere war May. Ich hatte ihr bei unserem allerletzten Gespräch die Nummer gegeben. Sie hatte nie angerufen.

Nein nein, nicht weiter von Bedeutung. »Aber, Emily, wenn sie sich noch mal meldet, kannst du ihr ruhig sagen, wo ich bin.«

Emily schwieg. Sie wusste, vom wem die Rede war.

»Gut«, meinte sie schließlich. »Mach ich.«

»Es ist schon in Ordnung, es ist alles in Ordnung, glaub mir.«

»Hat die Polizei neue Erkenntnisse zu Charlie?«

»Nein. Noch nicht.«

»Dann pass gut auf dich auf«, sagte sie, und mir wurde wieder klar, wie gut Emily schon so lange zu mir war.

»Ja, natürlich«, sagte ich. »Und bald bin ich wieder zu Hause. Für immer.«

»Ich habe Unterricht, George, ich muss.«

»Emily …«

»Ruf mich an, wenn du zurück bist.«

Und dann war sie weg. Mir war, als wäre weit mehr gesagt worden, als wir wollten, aber was, wusste ich nicht so genau. Ich saß auf meinem Bett. Draußen vorm Fenster war der Himmel blau und rein, der Regen des gestrigen Abends hatte den Dunst weggeputzt, aber es wurde bereits wieder drückend, und die Schwüle würde sich im Lauf des Tages, der nächsten Tage oder Wochen steigern und über der Stadt brüten, bis eine neue Wetterfront durchzog.

Im Fernsehen lief die Spätausgabe der Morgennachrichten. Auch dort ging es ums Wetter. Der Sturm der vergangenen Nacht war schlimmer gewesen, als ich dachte. In manchen Stadtteilen war der Strom ausgefallen, und noch zwölf Stunden später gab es keinen Saft. Die Bürger beschwerten sich, ein Minister bat bei einer Pressekonferenz um Geduld. Die Energiewirtschaft werde umstrukturiert; bald würden solche Vorfälle der Vergangenheit angehören.

Manche Dinge änderten sich in Queensland offenbar nie.

Das Telefon läutete erneut.

Ich nahm ab. Das würde Emily sein, um ungesagt zu machen, was immer wir unausgesprochen gesagt hatten.

»Er möchte dich sprechen.« Es war Lindsay, seine Stimme klang in meinem Ohr wie Kies.

»Bitte?«

»Du hast Glück. Marvin möchte sich mit dir treffen. Heute.«

»Wo?«

»Meinem Haus in Redcliffe. Am Strand.« Er nannte die Adresse, und ich angelte mir meinem Stift und notierte sie.

»Er wartet dort auf dich«, fuhr Lindsay fort. »Eines noch. Du kannst davon halten, was du willst, aber Marvin sagt, du sollst sichergehen, dass dir niemand folgt.«

»Machst du Witze?«

»Er jedenfalls nicht, mehr kann ich dazu nicht sagen.«

Und dann war Lindsay weg.

Ich ließ meinen Blick auf dem Couchtisch mit Charlies Asche ruhen und dachte an die so verschiedenen Telefonstimmen und ihre Botschaften. Im Kopf hatte ich nur May. Am liebsten hätte ich in der Pension angerufen, Joan verlangt und sie ausgefragt – vielleicht war ihr etwas entgangen, vielleicht würde ein Detail verraten, wer die Anruferin war, *wo* sie war. Aber wichtiger war Marvin. Marvin war der Schlüssel. Nicht May.

Ich duschte, zog mich an und machte mich auf den langen Weg hinaus nach Redcliffe.

Überall hätte ich jemanden wie Marvin in Brisbane vermutet, nur da nicht. Oder Lindsay, wenn wir schon dabei waren. Darauf käme die Polizei sicher nie. Was wahrscheinlich der Grund war, weshalb Lindsay dort überhaupt ein Haus hatte. Womöglich hatte er das Land nie verlassen, womöglich hatte er sich geschlagene zehn Jahre draußen auf der Halbinsel versteckt. Redcliffe gehörte nicht einmal offiziell zu Brisbane. Der Ort ragte nördlich der Stadt in die Moreton Bay hinaus. Es war eine eigenständige Gemeinde, ein historischer Ort, denn in Redcliffe hatten Weiße 1824 die erste Siedlung des Gebiets angelegt, das einmal Queensland werden sollte. Absicht war, in sicherer Entfernung von Sydney, nämlich Hunderte Buschmeilen weiter nördlich, eine Strafkolonie zu errichten. Moreton Bay wählte man grob als geeignete Lage, und für Redcliffe entschied sich die erste Bootsladung Gefangener und Soldaten in der Annahme, dass es dort ausreichend Trinkwasser, fruchtbares Land und sichere Ankerplätze gebe. Man irrte in jeder Hinsicht, und schon nach einem Jahr gab man die Siedlung auf und gründete eine neue fünfzehn Meilen weiter südwestlich am Ufer eines breiten Flusses. Sowohl der Fluss als auch die neue Siedlung erhielten den Namen des amtierenden Gouverneurs in Sydney; es war die Geburtsstunde der Stadt Brisbane.

Doch Redcliffe hatte überdauert, und ich steuerte nun durch das Einerlei der nördlichen Vororte Brisbanes auf die Bucht zu. Marvin zuliebe hielt ich im Rückspiegel Ausschau nach Verfolgern. Ich kam mir dabei albern vor, denn selbst wenn mir jemand folgte, würde ich es nicht mitbekommen. Ich fuhr auf den Hauptverkehrsadern, es war viel los, und hinter mir zogen sich Rattenschwänze ununterscheidbarer Autos her. Flüchtig kam mir der Gedanke, dass ich womöglich eine umständlichere Route hätte wählen müssen – immer mal wieder wenden und unerwartet Abzweigungen nehmen, um festzustellen, ob sich jemand drangehängt hatte. Aber ich verfuhr mich so schon oft genug auf den vielen neuen Schnellstraßen und Umgehungen, wenn mir also bei all den Irrungen jemand im Nacken saß, dann würde ich ihn sowieso nicht abschütteln können. Abschütteln? Wen denn abschütteln? In Wirklichkeit glaubte ich nicht daran. Charlie mochte zwar tot sein und Marvin abgetaucht, aber manches erschien mir weiterhin vollkommen undenkbar. Wir befanden uns schließlich immer noch bloß in Brisbane.

Ich landete irgendwann in Sandgate und fand von dort auf die Brücke. Sie duckte sich in einem langen schmalen Bogen kilometerweit über die Bucht bis zur Halbinsel, denn schwer zugänglich war das von Meer, Flussdelta und Sumpfland umgebene Redcliffe immer geblieben. Die Reifen meines Wagens patschten über die Zementplatten, ich blickte über das Wasser hinweg auf

Containerschiffe, die durch die Meerenge zogen, und Jachten, die vergeblich auf Wind warteten. Dann war ich drüben. Die Straße folgte der Küstenlinie. Rechts lag das Meer, links eine Reihe Imbissläden und betagter Ferienwohnungen. Landeinwärts kleckerte sich der Ort, wie ich wusste, in einer Mischung aus einfachen Pendlerwohnvierteln und wenigen teuren Häusern auf trockengelegtem Sumpfland zusammen, am Wasser hingegen kümmerten die Reste des verfallenden alten Badeorts vor sich hin. Eines Ferienorts für Familien mit begrenztem Budget, in dem es wenig anderes zu tun gab als zu schwimmen, zu angeln oder zu trinken.

An diesem Tag brütete die Beachfront reglos vor sich hin. Die Bucht flirrte vor Hitze, am Strand leckte sandig grünes Wasser an Steinen. Ein paar kleine Kinder planschten dort in der Obhut ihrer Eltern, aber viel war nicht los. An den meisten Ferienwohnungen meldeten Schilder freie Zimmer. Der Caféstil von Brisbane war noch nicht auf die Halbinsel vorgedrungen, und Ferienzeit war noch lange nicht. Es schien mehr als unwahrscheinlich, dass sich Lindsay hier draußen zehn lange Jahre unbemerkt herumgetrieben haben konnte; andererseits war Marvin, immerhin eine bekannte Figur, ein von der Polizei gesuchter Exminister, schon zwei Wochen hier, und niemand hatte einen Ton gesagt.

Marvin. Ich war fast da, und Marvin wartete. Was würde ich ihm sagen? Nach allem, was die Detectives mir verraten hatten, und nach den zwei ungeschminkten Passagen aus seinem Manuskript wusste ich nicht mehr recht, *wer* mich erwartete. Nicht der alte Marvin von damals; wie konnte der alte Marvin das geschrieben haben? Hatte er mich immer schon so gesehen? Würde mir, wenn wir uns jetzt begegneten, der gleiche Hohn entgegenschlagen? Ich wusste es nicht. Alt oder neu, nur eines wusste ich ganz sicher. Er konnte das Charlie unmöglich angetan haben. Ich wäre nicht gekommen, wenn ich ihm das zugetraut hätte.

Ich bog auf die Uferstraße ein und drosselte die Geschwindigkeit, um die Hausnummern lesen zu können. Vor mir erhob sich eine kleine felsige Anhöhe, und die Straße schwenkte kurz ins Landesinnere um sie herum. Oben standen drei oder vier Häuser, alle groß, die einzigen an der Küstenstraße, die tatsächlich Zugang zum Strand hatten. Ich fand die gesuchte Nummer. Sie stand an einem hohen Sicherheitszaun, hinter dem das eigentliche Haus, oben auf dem Hügel und von der Straße zurückgesetzt, kaum zu sehen war. Ich parkte auf der gegenüberliegenden Straßenseite, überquerte sie und untersuchte das Tor. Es gab eine Gegensprechanlage, also drückte ich auf den Knopf.

Es geschah nichts. Ich sah links und rechts die Straße runter. Kein Verkehr. Am Fuß des Hügels lag ein kleiner Park mit einem kurzen Pier. Auf einer Bank döste ein alter Mann mit nickendem Kopf vor sich hin. Ein anderer, Schmerbauch unter dem T-Shirt vorquellend, holte gerade eine Angelrute aus seinem Kofferraum und blickte prüfend auf das unbewegt gleißende Meer hinaus. Die Sonne knallte nieder, und ihre gestaute Hitze stieg in Wellen vom Asphalt auf. Im Winter war Redcliffe kalt und trostlos, und ewig wehte Wind. Im Sommer brütete es ohne Lufthauch vor sich hin, da half nicht einmal die Bucht.

»Ja?«, knisterte es unverkennbar aus der Gegensprechanlage.

»Marvin?«, sagte ich. »Hier ist George.«

»Schau in die Kamera.«

Ich sah mich suchend um. Oben auf einem der Torpfosten saß eine kleine Überwachungskamera. Ich starrte in ihr Auge hoch. »Komm schon, Marvin. Ich bin's bloß.«

»Ist dir keiner gefolgt? Sieht niemand zu?«

Herrgott … aber der Ton verriet nichts von Ulk, und wieder fröstelte mich leise. Ich sah mich noch einmal um. Außer den beiden im Park rührte sich nichts. Der Alte war aufgewacht und sagte etwas zu dem Angler. Ich war zu weit weg, um es hören zu können, aber beide lachten.

»Kein Mensch«, sagte ich in die Gegensprechanlage.

»Gut. Komm rein.«

Es klickte, und das Tor fuhr langsam zurück. Ich ging ein paar

Schritte die Einfahrt hinauf, die aus Splittbeton war und gesäumt von dichten Sträuchern und Büschen. Vor mir sah ich eine Doppelgarage; beide Tore waren geschlossen, darüber erhoben sich noch einmal zwei Stockwerke des eigentlichen Wohnhauses. Es wirkte verschlossen und leer.

Hinter mir erreichte das Tor rappelnd den hinteren Anschlag. Nach einem kurzen Summen glitt es wieder vor. Aus einer plötzlichen Eingebung heraus kehrte ich zur Straßenecke zurück und spähte nach links und rechts. Ein paar Sekunden nur, dann musste ich wieder rein, ehe sich das Tor erneut schloss. Ein Wagen glitt vorüber. Jugendliche saßen darin. Sie musterten mich eine Idee feindselig und waren weg.

Dann schloss sich das Tor mit einem Klicken, und ich war mit Marvin allein.

30

ER WAR NUR NOCH ein Schatten seiner selbst.

Ein Garagentor rollte nach oben zurück, ich sah die dicken Brillengläser und Froschaugen, die immer sein Markenzeichen bleiben würden, aber sonst …

»Herrgott, Marvin«, sagte ich. »Leg das Ding weg.«

Er hielt ein Gewehr, dessen Lauf unstet über mich hin wanderte. Dahinter wankte auf unsicheren Beinen und nackten Sohlen ein dürrer alter Mann in Shorts. Der Wanst seiner politischen Glanzzeit war zu einer blau geäderten, wabbligen kleinen Kugel in Taillenhöhe geschrumpft, der Rest von ihm war faltig und weiß. Knochige Arme und Beine. Ein hohlwangiges, unrasiertes Gesicht unter dünnen Strähnen rotblonden Haars.

»George!«, zischte er, den Blick starr an mir vorbeigerichtet. »George, schnell rein mit dir!«

Ich spähte über die Schulter zurück in die Einfahrt. Es waren nur das Tor und die Straße dahinter zu sehen, doch Marvin steckte mich mit seiner Dringlichkeit an. Ich trat rasch vor, er ließ das Tor runter und verriegelte es hastig. Dann sackte er einen Augenblick kraftlos gegen die Wand und senkte den Lauf seines Gewehrs fast auf den Boden.

»George. Schön, dass du da bist.«

In der aufgeheizten Garage roch ich Schweiß und Alkohol. Er war so winzig. Die Brille fand kaum Halt an seinem Kopf. Wo war der viele Marvin hin? Der Leibesumfang, sein massiges Charisma, Marvin, der Magier …

»Ich suche dich schon eine ganze Weile«, sagte ich. »Das gilt auch für die Polizei.«

»Nicht mehr. Ich hab meine Haushälterin angerufen, gesagt,

ich würd Urlaub machen und hätte vergessen, es ihr zu sagen. Idiotisch von mir. Hab ihr gesagt, sie soll Entwarnung geben.«

»Ich weiß nicht recht, ob die Polizei es jetzt noch dabei bewenden lässt.«

»Tja …« Sein Blick irrte suchend und durch die dicken Gläser vielfach vergrößert umher. »Wenn schon. Es sind nicht die Scheißbullen, die mir Sorgen machen. Komm. Gehen wir nach oben.«

Wir durchquerten die Garage. Vier Wagen hätten bequem darin Platz gehabt, doch sie war leer. An der rückwärtigen Wand gab es eine Tür, hinter der eine Treppe hinaufführte. Durch diese Tür gingen wir nun, und Marvin sperrte gleich hinter uns ab. In den Haupttrakt von Lindsays Haus führte ein einziger Treppenabsatz. Ich rechnete mit großen Glasfronten und Seeblick, stattdessen betraten wir einen dunklen Raum, der überhaupt keine Fenster zu haben schien. Die Luft stand vor Rauch und Alkoholdunst. Scotch. In den Ecken spendeten Stehlampen nur schwaches Licht. Ich sah, dass die gesamte untere Etage mit Küche, Wohn- und Essraum ein einziger offener Bereich war. Die Seite, die zur Bucht hin lag, bestand in der Tat komplett aus Glas, doch war diese Glasfront mit Rollläden versehen, und die waren heruntergelassen. Drinnen war Mitternacht. Mitternacht und heiß.

»Großer Gott«, meinte ich. »Wie hältst du das aus?«

»Klimaanlage ist kaputt.« Marvin hatte sein Gewehr gegen eine Couch gelehnt und schenkte sich ein Glas voll, Scotch auf Eis, das Eis aus einem Kübel, in dem fast nur noch Wasser war. »Die Fenster kann ich nicht aufmachen. Das Haus steht ja angeblich leer. Zieh halt das Hemd aus. Es wird schon gehen. Hier, bedien dich beim Scotch.«

»Ich trinke nicht mehr.«

Er sah blinzelnd und schmerzlich berührt hoch. »Du hast aufgehört?«

»Vor Jahren.«

»Ach. Ach, Scheiße«. Er verzog den Mund, ratlos. »Ich dachte, wir könnten ein bisschen bechern. Wie in alten Zeiten. Sicher?«

»Ganz sicher.«

»Allein trinken macht keinen Spaß, George.«

In meinen Achselhöhlen klebte schon der Schweiß. »Dann eben Wasser.«

Ich ging zum Küchenbereich hinüber. Dort türmten sich schmutziges Geschirr und die Alubehälter unzähliger Tiefkühlmenüs. Wohin ich auch fasste, alles war schmierig. Ich fand ein Glas, spülte es aus und füllte es. Im Becken lagen leere Eiswürfelformen. Ich schluckte warmes Wasser hinunter und kehrte zur Sitzecke zurück. Marvin hob mir sein Glas entgegen und grinste. Er hatte um die vierzig Kilo abgenommen. Das Kraushaar auf seiner Brust war grau. Und er war betrunken. Jämmerlich betrunken.

»Prost«, sagte er.

»Marvin, ich bin gekommen, weil ich von Charlie hören will.«

Da war das Grinsen wie weggewischt. »Ich weiß nichts von Charlie.«

»Komm schon. Ich weiß, dass ihr euch da oben im Sanatorium St. Amand begegnet seid. Das weiß auch die Polizei.«

»So?«

»Die glaubt, du hättest Charlie umgebracht.«

Seine Augen wurden noch größer. »Ich? Sie glauben, *ich* war das? Ich hab ihn nicht angerührt.«

»Wer dann?«

»Nein … George, fang gar nicht erst damit an. Bitte.«

»Warum bist du überhaupt hier, Marvin? Vor wem versteckst du dich?«

»Scheiße, George. Lass gut sein. Mach halblang. Setz dich doch einfach erst mal hin. Wir haben uns zehn Jahre nicht gesehen. Setz dich, setz dich.«

Ich setzte mich. Die Couch war weiß, aber scheckig von verriebener Zigarettenasche.

Das verzweifelte Grinsen flackerte wieder auf. »Wo hast du eigentlich die ganzen Jahre gesteckt?«

»Ich habe gearbeitet. In Highwood. Wo Charlie gestorben ist. Das weißt du doch.«

»Ich … ich war da noch nie.«

»Aber Charlie war da. Er ist dort raufgefahren, weil er mich suchte. Stimmt's?«

»George … willst du nicht vielleicht doch etwas trinken?«

Es war beinahe ein Flehen, vorgebracht mit hundertfach vergrößerten Augen. Ich musste an Marvin in Topform denken, den massigen, polternden, selbstsicheren Marvin, der bei Pressekonferenzen Journalisten das Fürchten gelehrt hatte.

»Sag es mir einfach«, sagte ich.

Er wand sich einen Augenblick. Dann gab etwas in ihm klein bei. Er sank zurück. »Also gut, also gut. Aber verdammt, George, wozu denn die Eile?«

»Du und Charlie, ihr wart in dieser Entzugsklinik?«

»Ja, sicher.«

»Wie? Wie ist Charlie da überhaupt hingekommen?«

»Ich wollte ihm helfen.« Er nahm einen gewaltigen Zug aus seinem Glas und betrachtete es abwesend. »Ich kam mir so mies vor, weißt du, wegen der ganzen Sache damals. Ich wollte das nie, dass es für ihn vor dem Korruptionsausschuss so schlecht ausgeht. Das war Lindsay, nicht ich. Ich dachte, er kommt mit einer Bewährungsstrafe davon, schlimmstenfalls. Ehrlich.«

Doch die tiefe, bezwingende Stimme von einst, die Stimme, die dir fast alles hatte einreden können, war dahin. Ich glaubte ihm nicht. Ich hatte ja die Manuskriptseiten gelesen.

»Besonders nahe gegangen ist dir die Sache mit Charlie damals nicht«, meinte ich.

»Aber später, George. Später hat es mir keine Ruhe gelassen. Das waren lange Jahre da im Knast. Verdammt lang. Viel härter, als ich es mir je hätte träumen lassen.« Er sah mich an und hielt einen Augenblick vollkommen still. »Du weißt, was ich seit meiner Entlassung tue?«

Ich wusste es, schüttelte aber den Kopf.

Er warf sich in die Brust, wurde einen Augenblick fast wieder der Alte. »Ich schreibe ein Buch, kannst du dir das vorstellen? Ein Buch! Ich habe alles festgehalten. Alles! Na ja, nicht *alles*. Das ist ja der Clou. Nicht *alles*. Aber genug. Es wird verdammt gut. Ich kann schreiben. Ich kann tatsächlich schreiben. Ich hätte von Anfang an schreiben sollen. Ich hätte ein Vermögen verdient.«

Dann sackte er auf der Couch wieder in sich zusammen.

»Aber es ist schwer. Schreiben ist schwer. Man muss alles wieder ausgraben. Die ganzen Erinnerungen. Das geht nur mit einem steifen Drink. Vielen Drinks.«

Ich sagte: »Die Polizei weiß von dem Buch.«

»Ist wahr?«

»Sie haben es gelesen. Sie wissen, dass das letzte Stück von der Wiederbegegnung mit Charlie im Gefängnis handelt.«

»Das wissen sie?« Er lachte heiser und rasselnd. »Stimmt, weiter bin ich noch nicht. Ich hing fest, George, genau an der Stelle, wo ich Charlie im Knast treffe. Ich seh noch sein eingedrücktes Gesicht vor mir, den Blick. Kein Pardon.« Er versank in Grübelei, dann sah er hoch. »Ich habe im Knast viel gelesen. Ich habe einen Kurs belegt. Literatur. Ich habe sie alle gelesen, die Großen. Die *Odyssee* habe ich gelesen. Das bin ja ich!, hab ich mir gedacht, das sind ja wir! Wir haben die Götter erzürnt, George. Zu schnell zu hoch hinaus gewollt. Also haben sie uns zerschmettert und in die Wüste geschickt, und nun gibt es lauter Prüfungen, Prüfungen, die wir bestehen müssen, wenn wir je wieder heimfinden wollen.«

Wahrhaftig, nur jemand wie Marvin besaß die Chuzpe, unsere liederlichen Tage in homerischer Dimension zu sehen.

»Wir haben schlicht gegen Gesetze verstoßen, Marvin.«

»George, wir haben die Gesetze *gemacht*.«

Ich ließ es. »Was ist also mit Charlie?«

»Sag ich doch. Ich hing bei Charlie fest. Ich musste Charlie aus dem Kopf kriegen. Er war wie ein Fluch – mit diesem Gesicht. Scheiß auf Charlie, hab ich mir gesagt. Und so hab ich es auch hingeschrieben. Aber es hat nichts genützt. So billig würde ich nicht davonkommen. Es ist eine Prüfung, George, alles ist eine Prüfung. Also habe ich getrunken; manchmal hilft das, man hat Ideen, man hat im Suff wunderbare Ideen. Also getrunken, getrunken. Ein paar Mädchen kommen lassen, zusammen getrunken. Und dann: Verdammt, dann hatte ich's. Ich würde Charlie *helfen*. Das war die Lösung. Ich würde büßen. Ich würde alles wiedergutmachen. Ich musste ihn nur finden. Den armen alten Charlie finden, das konnte doch nicht so schwer sein.«

»Und wo hast du ihn gefunden?«

»Das ist es ja gerade, es war fast unheimlich. Ich hatte keine Ahnung, wo ich ihn suchen sollte. Ich trinke mit ein paar Mädels, und ich hab keine Ahnung. Dann fällt mir plötzlich ein, dass ich mal bei dem kleinen Lokal vorbeischauen könnte, das Charlie damals drüben in Paddington hatte, seinem allerersten Restaurant. Ich weiß auch nicht, wieso. Ich war betrunken. Ich musste an die schöne Zeit denken, als wir damals zusammen gebechert haben, Charlie und Jeremy und, verdammt, auch du, du warst ja auch ständig da, und diese verdammt unglaubliche Maybellene …«

Er verstummte und plierte mich an.

»Was von ihr gehört?«

»Nein. Lange nicht mehr.«

»Nein«, sinnierte er. »Wohl nicht.« Dann hellte sich seine Miene wieder auf. »Aber wir waren alle Freunde, oder nicht?«

Ich dachte an die Manuskriptseiten. »Sicher. Wir waren Freunde.«

»Das habe ich den Mädels auch gesagt. Ich hab ihnen alles erzählt. Ich hab gesagt, kommt Mädels, lasst uns in Charlies altes Lokal essen gehen. Wie damals. Also sind wir hin, ich und die Mädchen, aber du glaubst es nicht: Ich kann das Lokal nicht mehr finden. Wir steigen aus dem Taxi, ich beladen mit dem ganzen Alkohol, und dann irren wir in Paddington rum, die Mädels werden sauer, weil sie Hunger haben, und wir durchkämmen sämtliche Nebenstraßen, und ich finde das Scheißding einfach nicht.«

»Das Lokal gibt es nicht mehr, Marvin. Schon lange nicht.«

»Ist wahr?« Er lachte. »Natürlich.« Er tastete auf dem Fußboden nach irgendetwas und fischte schließlich eine Schachtel Zigaretten hervor. Ich sah zu, wie er sich eine ansteckte. Damals hatte Marvin Zigarren geraucht. Jetzt lagen in den Aschenbechern nur Hunderte Kippen, alle bis auf die Filter heruntergeraucht. Er sog fast verzweifelt das Nikotin ein.

»Na jedenfalls, als Nächstes sitz ich plötzlich allein irgendwo in einem Park. Die Mädchen sind weg, gibt nur mich und diesen kleinen Park, ich weiß nicht mal, wo ich bin, es ist mitten in der Nacht. Was soll's, denk ich, der Ort ist genauso gut wie jeder andere. Der Wein ist alle, aber ich hab noch eine volle Flasche Scotch, also denk ich, scheiß drauf, die mach ich leer. Ich lege los, und an mehr kann ich mich von der Nacht nicht erinnern. Als ich aufwache, spucke ich Blut und liege in einer kleinen Tagesklinik, von der ich im Leben noch nicht gehört habe. So was für Scheißpenner.«

»Die Tagesklinik der Uniting Church.«

»Genau. Stellt sich raus, man hat mich ein paar Schritte von dort vom Gehweg aufgelesen. Pures Glück. Ich war irgendwie ganz bis nach Bardon gewandert. In Bardon liegen nicht viele Penner auf der Straße herum. Vielleicht haben sie gedacht, ich bin einer aus der Herberge. Also haben sie mich da hingeschleift.«

»Und da war Charlie.«

Er nickte strahlend. »Das ist es ja gerade. Ich wach auf, und wer liegt da im Bett direkt neben mir und hustet sich genauso die Lunge aus dem Leib wie ich? Der gottverdammte Charlie! Es ist wie ein Wunder. Ich zieh los, um Charlie zu suchen, und zack, da ist er. Also, wenn das kein Wink der Götter ist, kein Fingerzeig, oder was. Verstehst du? Ist doch klar, was ich gedacht habe, oder?«

»Ja, ist klar.«

»Charlie, sag ich zu ihm: Wir müssen reden. Wir müssen uns zusammenreißen und bei klarem Kopf reden. Und der alte Charlie ist wirklich ein Wrack, sieht aus wie ein Tattergreis, wie siebzig. Warum soll ich mit dir reden, sagt er. Er hat mir nie vergeben. Kein Pardon. Aber es ist die Chance, auf die ich gewartet habe. Ich kann es wiedergutmachen. Also rede ich an ihn hin. Ich kann ja wirklich was für ihn tun. Ich hab doch Geld. Ich hab Beziehungen. Wir können raus aus dem Loch da, irgendwo in einen besseren Laden, wo alles nur vom Feinsten ist, wo wir unser Leben wieder auf die Reihe kriegen. Und ich seh ihm an, dass er denkt, vielleicht, vielleicht … gibt's ja doch noch …«

Ihm fehlten die Worte, er warf mir einen hoffnungslosen Blick zu.

»Gut, George, du trinkst nicht mehr. Aber vielleicht kannst du dich noch erinnern, wie das ist? Dieses letzte Fitzelchen Hoffnung, das einem bleibt, dass man es eines Tages lassen kann und sein Leben wieder in den Griff kriegt, ohne den ganzen Scheiß. An diesem Tag hatte ich das Gefühl, ehrlich. Und Charlie auch, das hab ich gesehen. Es reicht ja ein Freund, der einem beisteht. Wir hätten uns beistehen können, die Sache gemeinsam durchziehen.«

Er seufzte, stand auf und schenkte sich nach.

Ich sagte: »Ich habe mit dem Psychologen dort gesprochen. Er hat gesagt, er hätte Charlie keine realistische Chance mehr eingeräumt.«

»Mag sein, aber du weißt, wie es ist. Der erste klare Moment, und du glaubst – zumindest ein, zwei Stunden lang –, du kannst es schaffen.«

Er plumpste hin, setzte das Glas frischen Scotch an die Lippen und trank lange und hoffnungslos.

»Wie auch immer. Ich kann in diesem Loch nicht bleiben, sag ich zu Charlie, ich geh und melde mich im St. Amand an. Ich lass dich nachkommen. Und das hab ich auch gemacht.«

»Hast du die Kosten für ihn übernommen?«

»Wer denn sonst?«

»Die Polizei sagte, Charlie hätte bar bezahlt, du aber mit Kreditkarte.«

»Mann, ich wollte nicht, dass Charlie da wie ein Bettler angeschoben kommt. Ich hab ihm Geld geschickt. Scheiße, Geld hab ich genug. Darum geht's nicht. Ich wollte, dass er da aufrecht reinspaziert, als wär es sein gutes Recht.«

»Das wird die Polizei sehr interessieren.«

Aber Marvin kümmerte die Polizei nicht. Er war in Gedanken bei der Entzugsklinik des Sanatoriums St. Amand. »Da lassen also Charlie und ich uns verwöhnen, wir ziehen das zusammen durch. Ein paar Tage vergehen, und es geht uns besser. Charlie, na ja, Charlie wäre wahrscheinlich nie wieder ganz der Alte geworden, weißt du, aber immerhin redet er mit mir. Mann, wir machen zusammen einen Entzug durch – beim Entzug *musst* du einfach mit jemandem reden können, und das sind eben jetzt füreinander Charlie und ich. Ich erzähl ihm von meinem Haus am Fluss, dass es da eine großartige Küche gibt, ich aber ein hoffnungslos mieser Koch bin, und Charlie sagt, er kocht seit Jahren nicht mehr. Aber er kriegt so ein Funkeln in den Augen. Und wer weiß? Vielleicht wäre ja was draus geworden.«

Zigarettenrauch wehte mir in die Augen. Ich dache flüchtig an Ironie. Dass es von uns allen Marvin gewesen sein sollte, der mit dem Gedanken gespielt hatte, Charlie bei sich aufzunehmen und ihm ein Zuhause zu bieten.

»Und was ist passiert?«

Marvin saß abwesend da, ganz in der Vergangenheit.

»Wir hätten es schaffen können«, meinte er halb flüsternd. »Dass wir ausgerechnet so ein Pech haben mussten ...«

»Marvin, was ist passiert?«

Er betrachtete mich kummervoll. Das Blau seiner Augen war fast zu Weiß eingetrübt.

»Wir waren im St. Amand nicht allein«, sagte er.

31

MARVIN WAR WIEDER aufgestanden und schenkte sich nach. Dabei war er schon jetzt ziemlich hinüber. Womöglich saß er seit vierzehn Tagen hier eingebunkert und trank. So sah er jedenfalls aus. Und so roch er auch. Ich zählte auf den ersten kursorischen Blick mindestens zwanzig leere Scotchflaschen. Und doch lag er nicht flach, geschweige denn im Koma. Er schien jenseits des schlichten Alkoholrauschs, als wäre er in eine Dimension ekstatischer Trunkenheit ohne Ende oder Bewusstlosigkeit vorgestoßen.

»Was meinst du mit nicht allein?«

Er schwieg einen Moment, im Blick die ferne Bedrohung, die irgendwo über meinem Kopf zu hängen schien. Dann fiel er wieder in sich zusammen. »Du solltest dir einen Drink genehmigen, George, wirklich, das solltest du. Was bringt das schon, aufzuhören?«

»Man fühlt sich besser, zum einen.«

Er fischte bitter nach Eiswürfelresten. »Ich nicht. Ich werde nüchtern, und dann fällt mir alles wieder ein. Mein erster Tag im Parlament, das große Amtszimmer in der George Street nach der Vereidigung. Ich blicke vom Fenster hinaus auf die Stadt, ich paffe an meiner Zigarre, vor mir liegt eine Frau auf den Knien und lutscht mir den Schwanz, und ich denke: Diesen ganzen dämlichen Staat kauf ich mir, ich zeig diesen Deppen, wo's langgeht. Mann, war das ein tolles Gefühl.«

»Ja, du warst eine Zeit lang obenauf.«

»Alles Wunschdenken …« Er ging zu einem der verrammelten Fenster. Er kurbelte den Rollladen ein Spaltweit hoch und ließ einen grellen Streifen Sonnenlicht ein. Er spähte hinaus auf die Bucht, wendete den Kopf hierhin und dahin. Ich wartete ab.

Wenn ich angestrengt lauschte, konnte ich eben noch das Wispern der Wellen im Sand hören.

»Kennst du dich in Geschichte aus, George?«

»Ein bisschen.«

»Sie sind genau dort in der Bucht gelandet, weißt du.«

»Wer?«

»Die ersten Siedler. Der ganze verdammte Staat hat genau hier vor dem Fenster seinen Anfang genommen.«

»Dass es hier war, wusste ich nicht.«

»Das weiß keiner mehr. Ich glaub, es gibt nicht mal eine Gedenktafel. Ich bin ein paar Mal unten gewesen, nachts, wenn es dunkel ist und niemand mehr draußen. Die einzige Chance, mal Luft zu schnappen. Ich muss oft daran denken, wie sie in ihren kleinen Beibooten hier gelandet sind. Würden sie heute angerudert kommen, und ich säße hier, würd ich sagen: Kehrt lieber um, Jungs, sucht euch was Netteres, das hier ist die Hölle ...«

»Es waren Strafgefangene, Marvin. Es sollte die Hölle sein.«

Er nickte. »Die Aufseher haben sie ausgepeitscht, bis die Wirbel freilagen. Es gab kein Entrinnen, nur Busch, Eingeborene und den Hungertod. Eine Zeit lang, George, war das hier das letzte Dreckloch auf Erden.«

»Es war eine Strafkolonie.«

»Es war eine nützliche Müllkippe, das war es. Damit sie unten in Sydney die Straßen hübsch sauber halten. Queensland hat als Loch zur Entsorgung von Abschaum begonnen.«

Er ließ den Rollladen wieder einschnappen und kehrte zu seinem Sessel zurück. Marvin, der Queensland als amtierender Minister zum Investitionseldorado erklärt hatte.

»Marvin«, fragte ich, »wer war noch im St. Amand?«

Aber er blieb in Gedanken versunken. »Ich habe im Knast auch Geschichte studiert. Die Geschichte Queenslands. Hätt ich mal vor meiner Amtszeit tun sollen, wie? Nun, besser spät als gar nicht. Und weißt du, es ist komisch. Zwanzig Jahre lang war Brisbane ein Militärgefängnis und musste nehmen, was andere hier abgeladen haben. Dann sind die großen Viehbarone aus New South Wales und Victoria angerückt und haben über Queensland bestimmt, als wär's ein Schafspferch, nur größer. Später haben dieselben Leute das Land behandelt wie eine riesige Tagebaustätte. Und so ist es in Queensland immer gewesen. Jetzt sind wir ein einziger Scheißstrand. Die ganze Welt kommt und hockt sich in unseren Sand. Das ist es ja, George. Wir haben nichts als viel Land, viel Rohstoffe und viel Küste. Mehr wird von Queensland nicht verlangt, und wir sollen hübsch beiseitetreten, damit sie sich bedienen können.«

»Das interessiert mich alles nicht besonders.«

»Das interessiert kein Schwein. Queensland ist wie ein hübsches Mädchen mit viel Geld. Aber wenig Grips. Aus unerfindlichen Gründen hält sie aller Welt gern ihre Geldbörse und den dicken rosa Arsch hin und sagt: Nehmt mich doch, nehmt mich doch aus, bittebitte! Und glaub mir, das lassen sich die geilen Böcke nicht zweimal sagen.«

»Marvin, mich interessiert nur, was mit Charlie –«

»Du bist ein Trottel, George. Du hörst mir nicht zu.«

»Wer war noch im St. Amand?«

Marvin reagierte nicht. Er hatte die Augen geschlossen.

Ich sagte: »War es jemand, der auch George heißt?«

Er schüttelte hilflos den Kopf. »Glaub mir, das willst du gar nicht wissen ...«

»Lindsay sagte, du versteckst dich vor einem George.«

»Mistkerl.« Marvins Augen waren jetzt weit offen. »Du weißt, wie er es angestellt hat, oder? Du weißt, wie Lindsay sich da durchlaviert hat? Er hat ausgepackt.«

»Lindsay?«

»Der Riesenarsch Lindsay. Der ja selbst Cop war, deswegen. Aus dem Verein tritt man nie wirklich aus. Also haben ihm seine Kumpels Immunität verschafft und ihn ein paar Jahre versteckt, wofür er uns alle verpfiffen hat, und dann, als wir erledigt waren und weg vom Fenster, durfte er wiederkommen. Inzwischen ist er der Mittelsmann für die ganze Branche. Ein verdammter Handlanger.«

»Das ist ja nicht zu fassen.«

»Kein Wunder. Außer mir weiß es ja auch keiner.«

Ich dachte an die kalte Wut, die Lindsay schon bei der bloßen Erwähnung Marvins gepackt hatte.

»Wieso hat er dir dann geholfen? Dir sein Haus zur Verfügung gestellt?«

Marvin spuckte in einen Aschenbecher. »Weil die anderen ihn lynchen würden, wenn ich es ihnen stecke, deshalb. Deshalb tut er immer noch, was ich sage, ob es ihm passt oder nicht.«

Doch auch das interessierte mich nicht.

»Wer ist dieser George?«, fragte ich.

Das verblüffte ihn. »Das weißt du nicht?«

»Lindsay sagte, ein alter Freund von dir.«

»Ein *Freund* ...« Das Wort schien Marvin zu erstaunen. »O nein. Nie. Nicht mal damals. Wir waren Geschäftspartner, sonst nichts. Du erinnerst dich wirklich nicht?«

»Partner?«

Und plötzlich fiel mir McNulty & Co. ein und das Foto, das ich mal vor langer Zeit gezeigt bekommen hatte. Der junge Marvin vor seinem armseligen Autohof und an seiner Seite ein anderer blutjunger Kerl.

»Du meinst ganz am Anfang?«, sagte ich. »Damals die Sache mit den Gebrauchtwagen? *Den* meinst du?«

Marvin nickte stumm.

Ich war fassungslos. »Das ist dreißig Jahre her.«

In seine Augen trat blanke Panik. »Lass es, George.«

»Aber wer ist er? George – und wie noch? Ich kenne nicht einmal seinen Nachnamen.«

Plötzlich prustete Marvin los. »Clarke. Clarke mit e.« Seine Heiterkeit grenzte an Hysterie.

»Aber von dem hattest du dich doch lange vorher getrennt. Noch bevor wir zwei uns überhaupt kennengelernt haben.«

»Nein … getrennt haben wir uns nie richtig. Einmal habe ich's versucht, aber er gehört nicht zu denen, die man einfach so abserviert.«

»Verstehe ich nicht.«

»Hast du doch nie, George. Du hast doch in einer Seifenblase gelebt.«

»Du willst sagen, ihr zwei wart weiterhin Partner? Auch noch, als du im Kabinett saßt?«

»Wir waren ja nie wirklich Partner, nicht mal am Anfang. Du hast mich damals noch nicht gekannt, George, aber ich war eine Null. Eine Witzfigur. Ein Hänfling mit dicker Brille. So konnte man in der Welt, aus der ich stammte, nicht überleben. Gebrauchtwagen, die ganzen anderen zwielichtigen Deals. Leute schuldeten einem immer Geld oder waren sauer und verlangten Rückzahlungen. Was sollte ein Wicht wie ich da schon machen? Also habe ich mich mit Clarke zusammengetan.«

»War der größer?«

»Größer. Härter. Was du willst. Er konnte Leute einschüchtern, glaub mir. Und mehr als das. Wenn der sich Schuldner vorknöpfte, hat er sich mit denen nicht bloß unterhalten.«

»Er hat zugelangt.«

Marvin wurde plötzlich sehr klein. »Wenn nötig. Und ich hab ja nicht widersprochen. Aber gut fand ich das nicht immer unbedingt, George. War nicht mein Stil.«

»Und später. Wie lief das später?«

»Ich hab versucht, einen Schlussstrich zu ziehen, nach der Golfkursgeschichte. Ich war das Geklecker sowieso leid. Ich hab also mein ganzes Geld in die Politik gesteckt und ihm gesagt, unsere Wege würden sich jetzt trennen. Die Art Hilfe hätte ich nicht mehr nötig. Er war nicht begeistert … hat sich aber verzogen. Jedenfalls eine Zeit lang.«

»Kam aber wieder.«

»O ja.« Marvin beugte sich eifrig vor, ganz in der Vergangenheit. »Erinnerst du dich an den Stromkonflikt?«

»Ich erinnere mich.«

»Clarke hat es kommen sehen. Er wusste, dass die Gewerkschaften schon damals nach dem ersten Kräftemessen erledigt waren. Also kommt er zu mir. Er hat einen Plan, und er braucht Unterstützung von drinnen, und wer wäre da besser geeignet als sein alter Kumpel Marvin? Ich bin nicht besonders scharf auf die Sache, aber Clarke schlägt man nicht ungestraft was aus. Er fragt ganz harmlos an, aber er weiß allerhand über mich, Dinge, die mich, wenn sie bekannt werden, meinen Parlamentssitz kosten können. Was bleibt mir also anderes übrig? Außerdem hab ich ja auch was davon.«

»Und zwar?«

»Wir wissen, dass die Gewerkschaft letzten Endes den Kürzeren ziehen wird, klar? Also steckt Clarke sein ganzes Geld in private Stromunternehmen. Personal. Betrieb. Material. Als der zweite Streik kommt, gehört er zu den größten privaten Netzbetreibern auf dem Energiesektor. Er hat Geld und Verträge; lange kann er sich zwar nicht über Wasser halten, wenn nicht was passiert, aber er steht in den Startlöchern. Ich klopfe derweil den Energie- und Bergbauminister weich und bläue ihm ein, dass Clarkes Leute jederzeit loslegen können, sobald die Gewerkschaft aus dem Weg ist. Die Sache läuft, die Regierung macht Zusagen. Streik. Chaos. Und Clarke mittendrin.«

»Und du bald neuer Ressortchef.«

»Das ist es ja gerade. Noch sieht es so aus, als könnte die Gewerkschaft die Oberhand gewinnen. Also gehen Clarke und ich zum Premier. Wir verklickern ihm, dass Clarke sich, wenn nicht der Minister seinen Hut nimmt und ich seine Nachfolge antrete, zurückziehen wird. Der Premier rastet aus. Er braucht Clarke. Clarke ist einer der Hauptakteure, er hat die Nase ganz vorn, er gibt den Watschenmann für die Streikfront. Und nun will er plötzlich das Handtuch werfen und die Regierung mit dem Arsch in der Luft hängen lassen. Selbst der Sessel des Premiers wankt wegen des Streiks. Natürlich hat er mich ernannt, was glaubst du.«

Damals waren die Gerüchte selbst mir zu Ohren gekommen, dass nämlich Marvin Beziehungen zur Gegenseite habe, dass er den Premier *irgendwie* dazu gebracht habe …

Ich sagte: »Und dann habt ihr zwei die Gewerkschaft fertiggemacht.«

»Und wie. Ich hab Clarke freie Hand gelassen. Polizei, Sondergesetze, volles Programm. Wir hatten ja nur darauf gewartet, dass der alte Minister tief genug in der Scheiße steckt. Sobald ich das Sagen hatte, legten wir los. Die Gewerkschaft klappte zusammen, und Clarke übernahm als privater Netzbetreiber die halbe Stromversorgungsregion Südwest.«

Mir dämmerte noch etwas anderes. »So also hat Jeremy May rausgehauen. Es war Clarkes Laden, den sie abgefackelt hat, oder? Es war Clarke, mit dem Jeremy verhandelt hat, damit die Anklage fallen gelassen wird. Deshalb war Jeremy an dem Tag bei dir.«

Marvin nickte. »Gefälligkeiten, George. Immer wäscht eine Hand die andere.«

»Und wieso habe ich nie von Clarke gehört?«

»Mann, das sollte nicht gerade an die große Glocke.«

»Ist denn nie jemand dahintergekommen?«

»Ein paar Leute wussten Bescheid, aber es hat nie jemand etwas unternommen. Niemand hat Fragen gestellt. Jedenfalls niemand von Bedeutung. Verdammt, die Amtskollegen hatten ihre eigenen Deals laufen, ihre eigenen Spezis, die drehten dickere Dinger als ich und Clarke. So war das eben in Queensland. Damals ging einfach alles. Man konnte Aufträge nach Belieben verschachern, es gab keine Ausschreibungen, keine Kontrolle. Man konnte Raumordnungsvorschriften per Dekret unterlaufen. Bauvorschriften aufheben, Umweltberichte kassieren. Von Landrechten für Aborigines war damals keine Rede, und die Grünen hatten wir wegen Drogendelikten am Wickel. Es ging alles. Solange man einen Kumpel im Kabinett hatte.«

»Und Clarkes Kabinettskumpel warst du.«

»Der war ich. Ihm ist viel Kohle zugeflossen. Nicht nur bei der Stromsache, es gab andere Deals.«

»Und du hast deinen Teil abbekommen, nehme ich doch an.«

»Klar. War schließlich Queensland, George. Wer sich beschwerte … der begriff einfach nicht, dass wir das in Queensland eben anders machten. Der war Kommunist oder aus dem Süden. Und die Leute haben es geschluckt. Du hast nur darauf anspielen müssen, dass wir hier in Queensland die Dinge anders machten, und die gesamte Bevölkerung stand stramm. Selbst wenn man sie ausgenommen hat wie die Weihnachtsgänse. Und die Deppen haben uns schließlich immer wieder gewählt, was sollten wir denn machen?«

Er nahm lange Züge Scotch, schnappte sich gierig die nächste Zigarette. Mich widerte er zunehmend an. Von dem alten Marvin war nichts mehr übrig, von der Kraft, der Überzeugung. Er wirkte nur noch mickrig und böse.

»Aber wieso gehörte Clarke dann nicht zum Syndikat?«

»Da waren wir unterschiedlicher Meinung. Das Syndikat war mein Baby. Er fand das Zeitverschwendung, die ganzen Clubs und die Mädchen, er hielt nichts davon. Und er hat ja recht behalten. Der Witz ist ja gerade, George, dass uns am Ende diese verdammten Clubs den Kopf gekostet haben – belangloses Zeug, nach der Sperrstunde trinken, ja und? Mal eine Nutte, ja und? Das war nicht von Bedeutung. Aber darüber sind wir gestolpert. Damit haben sie jedenfalls mich zu Fall gebracht. Ihn nicht. Als der Korruptionsausschuss losgelegt hat, war *ich* dran, und nur ich.«

»Wir waren alle dran.«

Seine Froschaugen wurden noch größer. »Alle … spinnst du? Wer denn? Ich. Charlie. Du vielleicht noch. Dann die Clubs, die Casinos, die Stammkunden. Die Cops, die die Hand *zu* weit aufgehalten haben – und von denen war der Commissioner ja der schlimmste –, aber was heißt das schon? Wer waren wir denn schon? Wir waren kleine Fische. Die großen wurden nicht einmal aufgestört.«

»Es ist eine ganze Regierung gestürzt, Marvin.«

Er schnaubte verächtlich. »Die Regierung. Klar, die Regierung ist gestürzt – aber warum? Etwa weil die Polizei die Hand aufgehalten hat? Weil ein paar Bordelle aufgemacht wurden? Mann, das gibt es überall, das ist doch gar nichts. Nur haben ja die Idioten in diesem Bundesstaat geglaubt, damit hat sich's, schlimmer kann es nicht mehr kommen. Uns hatten sie abserviert, also hielten sie den Fall für erledigt und die Bösewichte für überführt. Schwachsinn.«

Ich schüttelte den Kopf. »Nein, alle wussten, dass es um mehr geht als um Bagatellen. Alle wussten, dass die Regierung durch und durch korrupt ist … Selbst das, wovon du sprichst, die Geschäftskontakte und Regierungsaufträge, auch das haben die Leute zumindest geahnt.«

»Ach ja? Und hat sich der Ausschuss mit denen überhaupt befasst? Nein. Es wurden ein paar Namen genannt, aber nicht einer von denen durchleuchtet. Selbst als die neue Regierung angetreten ist, musste die mit diesen Leutchen rechnen. Sie haben die verdammte Wirtschaft gelenkt. Und sie sind alle ungeschoren davongekommen. Verdammt, George. *Da* kamen doch die ganzen Probleme her. Die Korruption, der ganze Mist. Großkonzerne, Kapital. Wer sonst kann sich denn eine Regierung kaufen? Doch nicht der kleine Bordellbesitzer an der Ecke. Das Großkapital. Ging immer um Großkapital. Aber damit hat sich der Korruptionsausschuss nicht abgegeben. Dem ging es um die Moral. Um Sündenböcke. Es war eine verdammte Hexenjagd!«

Er redete sich in Rage, keuchend, mit schweißnasser Brust. Es war, als würde man Zeuge der Stimmungsumschwünge eines Schizophrenen; Wechselbäder der Wut, Erschöpfung, Resignation.

»Ich muss also dran glauben«, fuhr er fort. »Du. Charlie muss dran glauben. Wir alle. Bis auf den Wichser Lindsay. Aber

Clarke … der kommt davon. Arrivederci, Marvin, sagt er. Schluss mit Partnerschaft, du hast es vermasselt, mit dir kann ich keine Geschäfte mehr machen. Ich sorg dafür, dass du Geld hast, wenn du rauskommst, ansonsten hältst du hübsch den Mund. Und weg ist er; als wär nie was gewesen. Er hat immer noch seine Stromverträge, immer noch die Deals, die ich für ihn eingefädelt hab, er behält alles. Er und seinesgleichen. Die Schweine, die sich an uns bereichert haben. Der Korruptionsausschuss hat die nicht einmal aus dem Tritt gebracht.«

Endlich schwieg er angewidert.

Und ich dachte: Vielleicht hat er ja recht, vielleicht können sich nur die Großkonzerne und das Kapital eine ganze Regierung leisten … aber die muss dazu ja käuflich sein. Dazu müssen erst Leute wie *Marvin* da sein. Das war die Tragödie von Queensland.

Ich sagte: »Aber was hat das alles mit dem zu tun, was Charlie passiert ist?«

Marvin blickte wieder zu seinem dunklen Engel hoch. »Das … das lag an dem Fluch, George. Die Götter sind noch nicht fertig mit mir.«

»Du hast gesagt, ihr wärt nicht allein gewesen in der Entzugsklinik, du und Charlie. War Clarke auch dort? Meinst du das?«

Er nickte vorsichtig.

»Und du willst sagen, dass … dieser Clarke das Charlie aus irgendwelchen Gründen angetan hat?«

Diesmal nickte er heftig. Hob das Glas an die Lippen, aber das Glas war leer, und er besah es sich einen Augenblick, als könnte er nicht mehr.

»Aber du hast doch gesagt, du selbst wärst nie in Highwood gewesen?«

»War ich auch nicht. Nie.«

»Woher weißt du es dann?«

»Das Umspannwerk, George. Es ist im Umspannwerk passiert.«

»Und?«

»Ja, glaubst du denn, Charlie ist dort zufällig gelandet? Glaubst du, sein Mörder wär ganz zufällig über die Trafostation gestolpert? Tief im Wald?«

Marvins Hände fielen schlaff zwischen seine Knie, das Glas kullerte zu Boden. Er schien es gar nicht zu merken.

»Verstehst du nicht?«, flehte er. »Clarke wusste ganz genau, wo das Ding liegt. Er wusste, wie er reinkommt und was er drinnen tun muss. Er hat das Ding gebaut. Er hat es ausgestattet. Das Umspannwerk gehört ihm, George. Es war der gottverdammt erste Auftrag, den er je ergattert hat.«

32

JETZT WUSSTE ICH es also.

Den Mann. Den Namen.

Aber es kam mir nicht wie Wissen vor. Es kam mir vor, als müsste ich Gewusstes revidieren, und nicht wie Erkenntnis oder Wahrheit. Drei Männer waren sich in einem Sanatorium begegnet, einer von ihnen war tot, der andere untergetaucht. Aber es gab für mich immer noch keinen einleuchtenden Grund.

»Aber warum?«, rief ich. »Warum sollte er Charlie das antun?«

In Marvins Blick schimmerte jetzt wieder Furcht. Sie hatte sich dort unter dem Alkoholnebel dauerhaft eingenistet. Vielleicht hielt allein sie ihn wach.

»Das weiß ich nicht«, sagte er. »Ich schwör's. Ich hatte Clarke seit dem Ausschuss nicht mehr gesehen. Er hat mir nach der Entlassung Geld zukommen lassen, wie versprochen, und das war's. Er wollte nichts mehr mit mir zu tun haben.«

»Und du hast von dir aus auch nie versucht, eure Partnerschaft neu zu beleben?«

Ein bitteres Lachen. »Als Minister war ich ganz nützlich. Jetzt nicht mehr. Schlechte Presse konnte er auch nicht gebrauchen. Er hält sich immer hübsch im Hintergrund, nur so kommt er mit seinen Machenschaften durch. Oder hast du seinen Namen schon mal in der Zeitung gelesen?«

Ich dachte kurz nach und schüttelte den Kopf. Ein George Clarke war mir nie untergekommen.

»Siehst du. Die Gewerkschaft war in die Knie gegangen, aber geändert hatte sich von außen gesehen nichts. Die Stromversorgung war nach wie vor Sache des Staats. Nur, was keiner mitgekriegt hat, waren der Verdrängungswettbewerb der Privatanbieter und die taktische Auftragsvergabe: mal hier, mal da an ein kleines Unternehmen. Für den Bau eines neuen Umspannwerks, für die Wartung einer Stromtrasse, für die Personalverwaltung. Hauptsache günstig. Und ein Haufen dieser kleinen Unternehmen gehörte Clarke, auch wenn nirgends sein Name auftauchte. Oder sein Gesicht.«

Ich dachte an das Foto zurück, das ich vor so langer Zeit gesehen hatte. Ich hatte nur auf Marvin geachtet. Die Gestalt an seiner Seite, größer, schwerer, mit diffus grobschlächtigem, grimmigem Gesicht, blieb ein großes Fragezeichen. Keine Züge, die ich mir eingeprägt hätte. Und keine Verbindung zu Charlie.

»Aber was hatte Clarke im St. Amand verloren?«, meinte ich.

»Er … es ging ihm schlecht.«

»Alkohol?«

Marvin nickte verwundert. »Ist mir ein Rätsel. Er hat immer gebechert, aber er hatte nie groß Probleme. Das hatte er im Griff. Wirklich im Griff. Wie gesagt, Clarke war ein harter Bursche. Es war kein einfaches Leben da im Westen, wo er herkam. Er konnte mich locker unter den Tisch trinken, ohne dass ihm was anzumerken gewesen wäre. Darauf war er stolz, weißt du. Das hat mit zu seinen Einschüchterungstaktiken gehört.«

»Bist du sicher, dass es ein Alkoholproblem war? Nicht vielleicht Drogen oder was anderes?«

»Nein, nein, Alkohol. Der wurde so sterngranatenvoll eingeliefert, wie man sein nur kann und nicht tot. Der stank nach Wodka.«

»Wodka?«

»Komisch. Die Leute glauben immer, Wodka riecht nicht. Ich finde Wodka am schlimmsten. Wodka stinkt. Ein gemeiner, hässlicher Geruch. Ihm war das Zeug das liebste.«

»Marvin … ist dir klar, was man gefunden hat? Im Umspannwerk bei Charlie?«

»Ja, ich weiß. Wenn mir nicht schon vorher klar gewesen wäre, dass es Clarke war, dann spätestens, als ich das hörte.«

»Was ist also in der Entzugsklinik gewesen?«

Marvin blickte sich wild um. »Ich dachte, ich seh nicht recht, als sie ihn reinrollen. Das reinste Wrack. Am Ende. Und ich meine, wirklich total fertig. Vielleicht war da nicht nur Alkohol im Spiel, vielleicht auch Drogen, wer weiß? Er brüllt, er tobt. Wimmert wie ein Baby, gestandener Kerl wie der.«

»Hattest du ihn noch nie so erlebt?«

»Nie. Und will es auch nie wieder.«

»Aber ihr hattet Kontakt, ihr drei?«

»Kontakt ist gar kein Ausdruck. Als ich gesehen hab, wer das ist und wie er beieinander ist, bin ich ihm nicht mehr von der Seite gewichen. Ich wollte dem armen Schwein helfen. Als ihn die Ärzte erstmal ruhiggestellt hatten, haben Charlie und ich uns zu ihm ins Zimmer gesetzt. Ich glaube, er hat überhaupt nicht mitgekriegt, wer wir sind, jedenfalls nicht gleich, aber ich wollte ihn nicht einfach Fremden überlassen, nicht mal den Leuten im St. Amand, und die sind immerhin topp. Clarke deliriert, George. Brabbelt alles Mögliche. Und wenn so jemand auspackt, ist das nicht Zeug für jedermanns Ohren. Er hat weiß Gott einiges auf dem Kerbholz, das muss nicht jeder wissen.«

»Zum Beispiel?«

»Zum Beispiel gibt es immer noch Dinge, George, über die man nicht spricht. Dinge, die selbst heute noch gefährlich sein können. Ich sag dir doch, er war nie unbedingt der Typ, der da lang diskutiert hat. Die Gewerkschaft hat schließlich nicht einfach so klein beigegeben. Und Clarke war auch nicht als Einziger hinter den Aufträgen her. Er hatte Konkurrenten. Eine Zeit lang jedenfalls.«

»Aber das ist doch lange her, das war damals.«

»Es ist nicht so lange her, George. Und damals ist nicht vorbei. Damals geht immer weiter. Das ist es ja gerade.«

»Versteh ich nicht.«

»Wach auf, George. Du brauchst doch nur mal die Nachrichten zu gucken.«

»Wie?«

»War nach dem Gewitter gestern Abend bei dir der Strom weg? Im Motel?«

»Nein. Zwar in ein paar anderen Stadtteilen, aber –«

»In anderen Stadtteilen. Das ist es ja gerade. Ständig ist ein Teil der Stadt oder ein Teil des Versorgungsgebiets ohne Strom. Du weißt, wovon ich spreche. Probleme mit dem gesamten Netz. In den Zeitungen ist das ein Dauerbrenner. Schlechte Wartung, Personalmangel, Stromausfälle am laufenden Band. Die ganze Branche ist marode. Weit schlimmer noch als zu unserer Zeit.«

Einzelne Meldungen und Artikel fielen mir jetzt ein. Über die Krise der Energiewirtschaft, über enorme personelle und infrastrukturelle Defizite, über die Unumgänglichkeit tief greifender Reformen. Das Thema schwelte schon seit Wochen in den hinteren Spalten der Zeitungen. Nicht, dass ich groß darauf geachtet hätte. Ebenso wenig wie sonst, wenn es um die wirklichen Schalthebel in Queensland ging.

»Und Clarke?«

Marvin lachte. »Das ist es ja gerade. Wir waren immer zweitklassig, er und ich. Mit unseren dämlichen Schwindeleien und Deals. Und daran hat sich nichts geändert. Ich war in der Regierung zweitklassig, er mit seiner miesen Tour ist immer noch zweitklassig. Er hält sich für beinhart, dabei ist und bleibt er schäbig und billig; und er hat sich zu oft in die Nesseln gesetzt. Gesetzesverstöße, versickerte öffentliche Gelder. Die Regierung hat es satt. Man will eine Untersuchung. Verträge werden geprüft. Auch sämtliche *alten* Verträge und wie sie zustande gekommen sind. Früher oder später geht es ihm an den Kragen.«

»Du hast aber doch gesagt, an Leute seines Schlags kommt man nicht ran.«

»Jetzt schon. Wo langsam die Lichter ausgehen. Das hätten wir uns selbst zu meiner Zeit nicht bieten lassen können. Die Leute wollen schließlich ihr Fernsehen. Scheißlektion Nummer eins in der Politik.«

»Also nehmen sie Clarke unter die Lupe. Hat er in der Klinik davon geredet? War es deshalb mit dem Alkohol so schlimm geworden?«

Marvin grinste mich an. »Nicht bloß unter die Lupe, George, auseinander. Untersuchungsausschuss.«

Ich stutzte. »Sie setzen einen Untersuchungsausschuss ein?«

»Jawohl, einen Untersuchungsausschuss. Ist jedenfalls im Gespräch. Allein das Wort Ausschuss ist für Clarke ein rotes Tuch. Wieder ein Korruptionsausschuss. Nur weit schlimmer als der letzte. Weil er diesmal im Mittelpunkt steht. Es ist zum Schreien. Gegenstand des neuen Untersuchungsausschusses wäre *er*. Diesmal kommt er nicht ungeschoren davon. Diesmal landet er hinter Gittern. Deshalb greift er zur Flasche, George. Deshalb der Tobsuchtsanfall in der blöden Entzugsklinik.«

»Aber was hat das alles mit Charlie zu tun?«

Die Schadenfreude hatte Marvin einen Augenblick neu belebt, jetzt hockte er wieder da wie ein Häuflein Elend.

»Nichts. Mit Charlie hat das gar nichts zu tun. Und mit mir? Mich werden sie vielleicht früher oder später vernehmen. Ich hab damals für Clarke einen Haufen Zeug unterschrieben. Aber was soll's? Was sollten sie mir noch groß anhängen?«

»Was ist also in der Klinik passiert?«

»Ich weiß es nicht. Es war spät. Clarke ist irgendwann endlich eingeschlafen. Sie hatten ihn ja vollgepumpt. Ich könnte schwören, dass er uns nicht mal erkannt hat. Ich bin ins Bett. Ich hatte mein Möglichstes getan. Nur habe ich Charlie dort bei ihm im Zimmer gelassen. Charlie wollte bleiben …«

»Wusste Charlie, wer das ist – Clarke?«

»Ich bin mir nicht sicher. War schwer zu sagen, was Charlie wusste und was nicht. Aber irgendwas war für ihn an Clarke. Charlie wollte noch bleiben, mehr kann ich nicht sagen. Und es muss irgendwas zwischen den beiden gewesen sein, weil mich am Morgen plötzlich Charlie wachrüttelt. Er ist nicht wiederzuerkennen. Er ist vollkommen von der Rolle. Er muss sofort weg, sagt er. Auf der Stelle.«

»Aus der Klinik?«

»Ich hab überhaupt nicht kapiert, wovon er redet. Er sagt, er will nach Highwood. Er sagt, er muss zu dir.«

»Aber wozu?«

»Was weiß ich! Ich hab ja noch halb geschlafen. Bis ich mich hochgequält hab, ist Charlie schon zur Tür raus.«

»Du sagst, er hatte die ganze Nacht bei Clarke verbracht?«

»Ja. Also bin ich zu Clarke rüber. Er ist noch groggy, er kann sich kaum auf den Beinen halten, ist aber genauso von der Rolle. Diesmal erkennt er mich allerdings, und er ist keineswegs angetan. Ich bin der Letzte, den er jetzt sehen will.«

»Was hat er gesagt?«

»Er will wissen, wo Charlie hin ist. Warum, weiß ich auch nicht. Aber irgendwas war zwischen denen. Clarke war scheint's doch noch aufgewacht, als ich mich schon verzogen hatte. Er und Charlie haben sich unterhalten. Worüber, weiß ich nicht. Aber irgendwas muss zur Sprache gekommen sein, was tausendmal schlimmer war als alles, was ich mir die ganze Nacht hatte anhören müssen, irgendwas, wo Charlie durchdreht, irgendwas, was er nicht wissen soll. Denn so viel steht fest: Clarke wollte Charlie, und zwar schnell.«

»Und was hast du gemacht?«

»Ich hab ihm gesagt, dass Charlie normalerweise bei denen in der kleinen Tagesklinik in Bardon wohnt und dass er wahrscheinlich dort hin ist. Aber ich hab auch was von Highwood gefaselt. Ich weiß es nicht mehr genau.«

»Hast du von mir gesprochen?«

»Verdammt noch mal, George, überleg doch! Das war nicht unbedingt der rechte Moment, ihm zu verklickern, dass Charlie zu einem Reporter will – selbst wenn das bloß du warst. Clarke raste so schon vor Wut. Er war nicht einmal ganz nüchtern, aber so fuchsteufelswild hab ich ihn noch nie gesehen.«

»Das heißt, Charlie ist nach Highwood aufgebrochen, und Clarke wollte ihn zurückhalten, aber du weißt nicht, warum?«

»Keine Ahnung. Herrgott, George, wenn ich geahnt hätte, was passiert, hätte ich überhaupt keinen Pieps gesagt. Das glaubst du mir doch, oder?«

»Was hat Clarke gemacht?«

»Er ist mir nichts dir nichts weg. Stante pede. Scheiß auf ärztliche Empfehlungen, er denke nicht daran, herumzusitzen und abzuwarten.«

»Er wollte Charlie nachfahren?«

»Das *weiß* ich nicht, George. Was sollte ich denn tun?«

»Was *hast* du denn getan?«

»Ich hab mich abgemeldet. Mir war nicht mehr nach Entzug. Es war alles zu verkorkst. Ich brauchte was zu trinken. Ich bin gleich nach Hause.«

»Wo die Haushälterin nichts davon mitgekriegt hat.«

»Ich war nur die eine Nacht dort. Am Morgen ruft mich Clarke an.«

»Am Morgen … also war Charlie schon tot, ja?«

»Ja. Ich weiß nicht, wo der Anruf herkommt, aber Clarke klingt immer noch besoffen – und immer noch stinkwütend. Er sagt, Charlie hätte er gefunden, aber Charlie hätte nicht kooperieren wollen, also hätte er Maßnahmen ergreifen müssen. Ich weiß immer noch nicht, wovon er redet. Dann sagt er, ich bin der Nächste, wenn ich mich nicht mehr für ihn ins Zeug lege, also Vorsicht. Dann hängt er ein.«

»Er hat Maßnahmen ergreifen müssen … Das hat er gesagt?«

»Aber was er meint, hab ich doch erst kapiert, als ich mittags die Nachrichten geguckt habe. Highwood. Und das verdammte Umspannwerk. Mehr brauchte ich nicht zu wissen. Ich habe geschaut, dass ich wegkomme.«

»Er hat dir also praktisch gesagt, dass er Charlie umgebracht hat?«

Tränen standen Marvin in den Augen. »Und ich bin der Nächste, George. Deshalb bin ich hier. Und weiß nicht mal, warum. Ich weiß nicht, was der Auslöser war. Das ist inzwischen auch völlig wurscht. Clarke weiß, dass ich weiß, wer das oben im Umspannwerk war. Und so was lässt einer wie Clarke nicht einfach auf sich beruhen. Nicht, wenn er mich findet.«

Aber mich interessierte Marvin nicht.

»Was kann es denn bloß sein?«, drängte ich. »Was kann er Charlie bloß gesagt haben, was Charlie so aufgebracht hat? Und warum sollte Charlie zu mir gelaufen kommen? Wir hatten seit Jahren kein Wort miteinander gewechselt.«

»Wer weiß? Vielleicht hat Clarke irgendwas fallen lassen. Über damals oder auch heute. Irgendwas, was Charlie zu wichtig findet, um es für sich zu behalten. Vielleicht hält dich Charlie immer noch für einen Starschreiber, der so eine Story einfach haben muss. Charlie ist fertig. Ich weiß nur, dass er plötzlich sagt, er muss dich sprechen.«

»Aber er hat mich gehasst.«

Marvin war es leid. »Er hat dich nicht gehasst. Er dachte, du hasst ihn.«

Ich war wie vom Donner gerührt. »Das hat Charlie gesagt?«

»Er hat dort in der Klinik viel von dir geredet. Von dir und Maybellene und dem ganzen Schlamassel. Er fand, es wäre alles seine Schuld. Er hat gesagt, er hätte eigentlich immer mit euch beiden reden und sich entschuldigen wollen, aber er dachte, du schickst ihn zum Teufel, wenn er anruft. Er hat gesagt, wenn er nur wüsste, wie er es wiedergutmachen kann, würd er das tun.«

Mein Gott, das wollte ich nun wirklich nicht hören.

»Da war nichts wiedergutzumachen«, sagte ich. »Das muss er doch gewusst haben.«

»Charlie war ja nicht mehr er selbst, George. Der Alkohol hatte ihn ganz schön auf den Hund gebracht, die Schusswunde und die langen Jahre im Knast. Er war wie ein Kind. Er wollte einfach, dass alles wieder gut ist. Das arme Schwein fühlte sich so schuldig.«

Ich kriegte die Zähne kaum auseinander. »Es war ja nicht seine Schuld …«

»Vergiss es, George. Es geht hier nicht bloß um Charlie, es geht hier um *Clarke*. Ich weiß ja nicht, was in dem Zimmer los war, ich hab gepennt, aber irgendwas war. Irgendwas wurde gesagt. Und dabei ist Clarke einer, der im nüchternen Zustand nie und nimmer irgendwas von sich preisgeben würde. Früher hat er sich jedenfalls nie so gehen lassen. Aber jetzt läuft alles schief, er hat sich tief in die Scheiße gesoffen, und irgendwas ist ihm rausgerutscht. Das Problem ist Charlie. Charlie kennt die Spielregeln nicht, Charlie weiß nicht einmal, womit er es zu tun hat.«

Marvin hielt die nächste Zigarette in der Hand, er musste mehrere Male an seinem Feuerzeug ratschen, bis es endlich anging, und die Zigarette zitterte in seiner Hand.

»Vergiss Charlie«, sagte er, »dem ist nicht mehr zu helfen. *Mir* geht es an den Kragen. Und ich kann nicht mal was dafür, George. Wirklich. Ich hab es doch gut gemeint.«

Er hatte recht. Charlie war nicht mehr zu helfen. Ich zwang mich, an Marvin zu denken, musterte ihn, der schlotternd dasaß, ein Bild des Jammers. Ich sah mich um. Dunkel, stickig und erdrückend wie eine Zelle, wo Sonne und Strand gleich vor der Tür lagen. Er hatte offenbar wirklich die Hosen voll. Nur jemand in Todesangst würde sich das antun.

»Und das hältst du für die Lösung, dich hier zu verkriechen?«, fragte ich.

»Ich weiß es doch nicht. Ich weiß nicht, was ich gedacht habe. Wahrscheinlich hab ich gedacht, wenn ich lang genug von der Bildfläche verschwinde, kapiert Clarke, dass ich keine Bedrohung bin, dass ich nicht rede – nicht über Charlie oder überhaupt. Würd ich nie tun. Aber ich weiß nicht, ob ihm das reicht.«

»Wie steht's mit der Polizei?«

Er schüttelte heftig den Kopf. »Nein, nein, nein! Ein Schritt in die Richtung, und ich bin ein toter Mann. Du glaubst doch nicht etwa, der hätte keine Verbindungen mehr. Er hatte damals dicke Freunde bei der Polizei. Bei dem standen Cops auf der Gehaltsliste. Du glaubst doch nicht etwa, der hätte da nicht noch seine

Leute. Nicht alle sind dem Ausschuss ins Netz gegangen. Nein, ich muss ihm beweisen, dass er mir vertrauen kann, das ist die einzige Chance. Ich muss auf Tauchstation bleiben. Aber selbst dann … ich weiß nicht. Früher kam er mir immer so vernünftig vor, weißt du, durch und durch Geschäftsmann. Jetzt bin ich mir da nicht mehr so sicher. Sieh doch, was er Charlie angetan hat.«

»Ich habe es gesehen«, sagte ich tonlos.

Marvins Blicke flogen hierhin und dorthin, sein Bein tanzte rastlos auf und ab. »Und lauter leere Flaschen haben sie am Tatort gefunden. Das heißt, er trinkt weiter. Das macht mir am meisten Angst, seit ich ihn im Vollrausch gesehen hab.«

Ich dachte erneut an das Foto, aber es war ja zwecklos.

»Beschreib ihn mir mal«, forderte ich Marvin auf.

»Wieso?«

»Wieso nicht?«

»Brauchst du doch nicht zu wissen. Du wirst ihn nie zu Gesicht bekommen. Warum solltest du? Du bedeutest ihm nichts.«

»Trotzdem …«

Er setzte sich erschrocken auf. »Um Gottes willen, George, halt dich da bloß raus. Mach dich bloß nicht auf die Suche nach dem. Unternimm gar nichts. Fahr nach Highwood zurück und vergiss das alles. Was glaubst du, wozu ich dir das überhaupt erzähle? Wenn alle die Finger von dem Ganzen lassen, komme ich da vielleicht noch lebend raus.«

Aber besonders viel Mitgefühl brachte ich in dem Augenblick für Marvin und sein Leben nicht auf. Es sei nicht seine Schuld, sagte er, und das mochte ja sein … doch so viel er auch offenbart hatte, er hatte mir nichts verraten. Jedenfalls nicht die Antwort zu dem ganzen Rätsel.

Die Charlie veranlasst hatte, einen Wagen zu stehlen.

Ihn nach Highwood getrieben hatte, wo er mich vermutete.

»Was hat das alles mit *mir* zu tun, Marvin?«

»Nichts. Gar nichts. Das war bloß Charlie. Der war konfus. Halt du einfach die Klappe, George, und fall nicht dumm auf.

Geh nach Hause. Mehr brauchst du gar nicht zu tun. Wir alle nicht.«

Aber er konnte mir nicht in die Augen sehen.

Ich stand auf. »Na … dann.«

»Nein! Noch nicht, George. Geh noch nicht.«

Er richtete sich hastig und wankend auf, packte die Scotchflasche, schwappte Flüssigkeit in ein Glas.

»Trink was«, flehte er und hielt mir das Glas hin. »Komm schon. Wir können uns doch trotzdem unterhalten. Über andere Dinge. Können zusammen bechern, wie früher. Ich habe reichlich Stoff.«

»Nur, wenn du mir verrätst, worum es wirklich geht.«

Er hielt sich krampfhaft an seinem Glas fest, ein alter Mann, winzig, allein und fast nackt.

»*Ich weiß es nicht*. Ich sitze hier seit zwei Wochen fest. Ich dreh bald vollkommen durch. Bitte! Geh noch nicht!«

»Du hast doch gesagt, ich soll nach Hause fahren.«

»Morgen. Du kannst doch morgen nach Hause fahren. Oben sind Gästezimmer.«

Aber ich konnte nicht bleiben. Ich hielt es nicht aus. Nicht die Dunkelheit noch die Hitze noch den Gestank – den Marvin selbst verbreitete. Ich brauchte Luft. Ich musste dahinterkommen, was das alles zu bedeuten hatte. Dort aber, in dem Raum mit dem erbärmlichen Schatten von Marvins einstigem Selbst, war das unmöglich. Weil er bei allem Selbstmitleid und bei aller Angst doch verantwortlich blieb. Egal, wie mittelbar, Charlie war immer noch seinetwegen tot. Und Charlie hatte mich nicht einmal gehasst. Er hatte die Dinge zwischen uns bereinigen wollen, er hatte sagen wollen, dass es ihm *leid tat* …

Neben dem Telefon lagen Notizblock und Stift. Ich schrieb meine Motelnummer auf.

»Die lass ich dir da«, sagte ich. »Du kannst mich jederzeit anrufen.«

Marvin verzog kläglich das Gesicht. »Mein Gott, George, soll ich vor dir auf den Knien rutschen? Bleib ein bisschen. Ich habe von dir noch nie was verlangt.«

»Du hast mir eine Menge abverlangt.«

Er stolperte und verschüttete Scotch. »Was redest du da? Wir sind doch Freunde, George, wir waren doch immer Freunde!«

Jetzt packte mich Ekel, vor ihm, vor mir selbst, vor allem, was wir zusammen angerichtet hatten.

»Ruf an«, sagte ich und ging zur Tür.

Er schlurrte ein paar Schritte hinter mir her. »Eine Weile nur noch, eine Stunde. Bitte!« Aber jetzt setzte die Wirkung des Alkohols voll ein, die Beine versagten ihm den Dienst. Er sackte auf die Couch. Und da saß er dann und blinzelte verwirrt zu mir hoch. Seine Brille war weggeflogen, und seine nackten Augen wirkten winzig, wie die einer Ratte, gar nicht durchdringend oder hypnotisch wie einst, nur verzweifelt und gefangen. »Nur auf einen Drink. Ein Glas bringt dich doch nicht um.«

»Tut mir leid, Marvin«, sagte ich und wandte mich zum Gehen.

»George!«, rief er hinter mir her, als ich mich auf den Weg zur Treppe und zur Sonne machte. »Du Memme. Ein Drink, was ist schon ein Scheißdrink!« Und er begann zu heulen.

Ich antwortete nicht.

Weil ich den Alkohol und alles, was er in meinem Leben angerichtet hatte und noch anrichtete, satthatte. Weil ich in diesem Augenblick alles für einen Drink gegeben hätte. Weil ich ein Alkoholiker war. Weil ich über den Alkohol keine Macht hatte. Weil der eine Drink der entscheidende wäre und es nie bei dem einen bleiben würde.

»Ich sagte doch bereits«, erwiderte ich schließlich, »ich trinke nicht mehr.«

Doch da war ich schon auf der Treppe, und es hörten mich nur die Wände.

33

AUFGEHÖRT HATTE ICH mit dem Trinken am Sonntag, den 3. Dezember 1989.

Es war der Tag nach dem ersten Regierungswechsel in Queensland seit über dreißig Jahren. Der Tag nach zwei in einem letzten großen öffentlichen Aderlass gipfelnden Ausschuss- und Skandaljahren. Der Tag nach Charlies Selbstmordversuch.

Ich war voll bekleidet auf dem Überwurf eines Motelbetts erwacht. Ich hatte keine Ahnung, wo ich war. Ich lag mit einer Alkoholfahne und dem schwummrigen Hämmern im Schädel da, das nur mit der Zeit oder nach weiteren Drinks verschwinden würde. Lag ohne Gedanken und Erinnerung da. Es war ein Augenblick wacher Bewusstlosigkeit, ohne Datum und Stunde. Schließlich hatte ich mich mühsam aufgerichtet, hatte mich ans Fenster geschleppt und die Vorhänge zurückgezogen. Ich rechnete mit bleierner Brisbaner Hitze, einem Vorortparkplatz in Highwaynähe oder so, und blickte stattdessen hinaus in eine dunstig graue Welt langsam quirlenden Nebels und dunkler Baumschatten. Eine stille Welt tröpfelnder Feuchtigkeit. Brisbane war es nicht. Ich starrte blicklos hinaus. Dann kehrte langsam die Erinnerung wieder: ein im Dunkeln erspähtes Ortsschild, durch schwarze Nacht stochernde Scheinwerfer, dann, davor weiter Zurückliegendes, und schließlich das Krankenhaus, alles in einem Erinnerungsrutsch, der nur darauf gewartet hatte, mich zu überrollen, und Sekunden später taumelte ich ins Klo und erbrach widerliche gelbe Gallefäden.

Das war mein erster Eindruck von Highwood.

Ich würde es mir nie erklären können, wie es möglich war, dass ich am tiefsten, trunkensten Punkt meiner Misere die Kurve zum Alkoholverzicht hatte kriegen können. Ich hatte in dieser Nacht nur zu entkommen gesucht. Dem Krankenzimmer entkommen, May entkommen und Charlies einem starren Auge. Ich hatte mich blind die Krankenhausstufen hinabgestürzt, im Sinn nur, so schnell und so weit wie möglich zu fliehen. Nach Süden. Ich würde nach Süden flüchten. Würde Brisbane und Queensland und dem ganzen zu einer einzigen Katastrophe verwickelten Schlamassel den Rücken kehren. Es gab keinen Grund mehr zu bleiben. Meinen Job war ich los, meine Freunde. Maybellene hatte es noch gegeben – und zwar nur sie in den vergangenen zwei Jahren –, aber selbst das war zu Ende, einem denkbar grausamen Ende. Süden, dachte ich, nach Süden und für immer verschwinden.

Es war Alkohollogik. Ich war betrunken, war es seit Tagen, seit Wochen, und inzwischen hatte ich über den Alkohol etwas Entscheidendes gelernt. In meiner Jugend hatte ich mir noch eingebildet, er weite die Nacht, eröffne neue Horizonte; jetzt wusste ich es besser. Je mehr man trank, desto mehr schnurrte die Welt um einen zusammen. Man konnte fast dabei zusehen. Die Ferne verschwamm. Im frühen Stadium wirkte das anheimelnd. Bars wurden zur warmen, wolkigen Heimat. Gesichter nahmen das ganze Sichtfeld ein, die Zeit schwand. Doch je mehr man getrunken hatte und je enger sich die Welt um einen legte, desto klaustrophobischer wurde einem zumute – die Menschen wurden unerreichbare, diffuse Gestalten, die einem entglitten. Gedanken blieben im Kopf stecken. Reden wurde zur Anstrengung, Bedeutung schwer zu vermitteln. Am Ende war die Welt kaum größer als der eigene Schädel, und dann saß man in der Falle, als verzerrtes, sprachloses Hirn, dessen Wahrnehmung der Realität kaum mehr als Halluzination war. Es *war* Halluzinieren.

In dieser Verfassung befand ich mich, und zwar schon seit Tagen, als ich vor dem Krankenhaus in meinen Wagen stieg. Süden, nach Süden fahren – das schwebte mir vor wie eine Vision, wie das Einzige, was noch wirklich schien. Das und das Trinken, noch mehr trinken. Ich hatte eine Flasche Wein im Auto, und die setzte ich immer wieder an und trank, während ich von Fortitude Valley nach New Farm zu mir fuhr und durch die Scheiben ringsum nur Albtraum sah. Die Wahl war verloren und gewonnen. Die Straßen waren verstopft von Autos und Jubelnden der siegreichen Parteien; sie stürzten aus den Nachtclubs und Bars, strömten über die Fahrbahn und johlten. Der Himmel irrlichterte vom Feuerwerk. Dreißig Jahre Unterdrückung suchten ein Ventil, und die Stadt verwandelte sich vor meinen Augen in ein Schreckensbild, eine Stadt der Irren, einen Sturm der Verwüstung und Rache, und alles auf meine Kosten. Ich gehörte zu den Gefallenen, und die Stadt heulte uns ihre Häme und Schadenfreude entgegen. Fäuste schlugen gegen meine Fenster. Dann hatte ich es hinter mir, erreichte New Farm und meine Wohnung.

Ich blieb nur Minuten dort. Die Zimmer waren dunkel und leer, rochen abgestanden und nicht mehr wie zu Hause. Ich warf ein paar Klamotten zusammen, legte zwei weitere Flaschen Wein dazu, ließ den Wohnungsschlüssel außen stecken und war gleich wieder auf dem Weg. Schnell, war das Einzige, was ich denken konnte. Süden. Sydney. Es wäre in zwölf Stunden zu schaffen, in Sydney würde ich mich verlieren und für immer weg sein. Ich wollte vom Erdboden Queenslands verschwinden. Ich umfuhr Fortitude Valley und den nördlichen Rand der Innenstadt, ich wollte auf den Freeway nach Westen. Ich erhaschte noch einen letzten flüchtigen Blick auf das orangegelb angestrahlte Parliament House mit seinem Annex-Turm. Der Komplex hatte etwas von einer belagerten Festung, in der sich die letzten Regierungstreuen verschanzten, während draußen der Mob mit erhobenen Fackeln raste. Es war der Untergang eines Imperiums nach verlorener Entscheidungsschlacht, und einen kurzen Augenblick fühlte ich mich nicht so allein. In ganz Brisbane gäbe es Menschen wie mich, die hastig ihre Taschen packten, Dokumente verbrannten, sich in die Schatten verdrückten, geschlagen, in alle Winde zerstreut. Mir waren sie gleichgültig.

Dann war ich auf dem Freeway, Brisbane fiel von mir ab, und es gab nur noch mich und den Wein und die Straße. Ich trank und stierte in die Lichtkegel der Scheinwerfer voraus, bis wieder Mays oder Charlies Bild mich aus meinem Stupor rissen, und dann griff ich erneut nach der Flasche. Ich nahm große Schlucke, spürte die Wirkung des Weins in Wellen, von denen mich jede ein bisschen weiter von dem Schmerz wegspülte. Aus dem Freeway wurde der Cunningham Highway. Er würde mich an Ipswich vorbeitragen, über die Hügel und schließlich die Dividing Range nach New South Wales. Autos und Lastwagen flossen mir entgegen und blendeten mich. Ich selbst fuhr Kuhschwänze, der Wagen wanderte hin und wieder auf die Überholspur der Gegenrichtung, und mir kam, dass ich dabei sterben könnte und dass Sterben nicht das Schlechteste wäre. Aber es schien so oder so nicht wirklich von Bedeutung. Schnell. Hauptsache schnell. Ich würde nicht anhalten. Für nichts und für niemanden.

Vielleicht war das mit ein Grund für meine Eile. Dass ich, betrunken wie ich war, einen Unfall bauen könnte oder die Polizei mich anhalten. Die Vorstellung war unerträglich – nicht die mögliche Verletzung, nicht das Sterben, sondern aufgehalten zu werden. Die Vorstellung, nur eine Sekunde länger noch in Queensland festzusitzen. Und dann sah ich das Schild nach Highwood: nächste Ausfahrt links. Eine Nebenstrecke, eine Landstraße. Sie führte, so viel ich wusste, über kleinere Orte hinauf in die Berge. Ich war die Strecke nie gefahren, aber auch so kam man nach New South Wales, so viel wusste ich immerhin. Langsamer, aber unbehelligt. Kein Verkehr. Kein Unfall. Keine Polizei. Jedenfalls nahm ich rückblickend an, dass ich in etwa so gedacht haben musste. Am Morgen wusste ich nichts mehr davon, und ich würde mich nie konkret erinnern können. Doch das Schild blieb haften, ein kurzer Moment vollkommener Klarheit, und ich weiß noch, dass ich nickte und abbog. Ja, dachte ich, ja. Und kippte Wein.

Danach verschwamm alles. Schmale Straßen, hohes Buschgras, tief hängende Äste. Kleine Orte, im Vorbeifahren zu dunklen Umrissen von Häusern und vereinzelten Straßenlaternen verwischt. Niemand auf den Bürgersteigen, niemand noch auf, niemand, der feierte oder trauerte; als wären nie Wahlen gewesen. Ich schien als Einziger auf der Straße, als Einziger durch die Nacht unterwegs zu sein. Ich dämmerte immer wieder halb weg. Der Wagen fuhr von selbst. Seltsam geformte Hügel ragten in der Nacht vor mir auf. Dann umschloss mich Wald, und die Bäume tanzten im Scheinwerferlicht als gespenstische Schemen, die Straße wand sich in immer steileren Kurven bergauf. Und es begann zu regnen.

Gut, dachte ich noch, gut. Wisch meine Spuren von der Straße, wasch mir den Staub dieses Bundesstaats von den Fersen. Tränen des Selbstmitleids flossen. Aber weit konnte es bis zur Grenze jetzt nicht mehr sein …

Ab dem Punkt hatte ich so gut wie keine Erinnerung mehr. Peitschender Regen. Schlittern in schlammigen Kurven, das Klatschen der Scheibenwischer, Flasche heben und senken, heben und senken, Bäume, Dunkel und ein Geräusch, das in meinem Kopf lauter und lauter zu werden schien. Und dann eine letzte klare Momentaufnahme: der Wagen quer auf der Straße, das Trommeln des Regens auf dem Dach und hinter der zerfließenden Windschutzscheibe ein Neonschild, das ich gebannt anstarrte, dann nichts mehr.

Später wurde mir erklärt, ich hätte um halb drei Uhr in der früh brüllend und laut gegen die Tür donnernd den Manager des Motels aus dem Bett geholt. Er verstand kein Wort von dem, was ich sagte, erfasste aber gleich, wie es um mich stand, sperrte mir ein Zimmer auf und warf mich aufs Bett.

Ich war fünf Kilometer von der Landesgrenze entfernt.

Und der Name der Unterkunft, in großen goldenen Lettern mir entgegenleuchtend, von denen der Manager später sagte, er habe an diesem Abend einfach vergessen, sie auszuschalten, lautete »The Last Chance Motel«.

Nicht, dass ich von alledem an meinem ersten Morgen irgendetwas mitbekommen hätte. Die nächsten vierundzwanzig Stunden wusste ich von gar nichts. Nach dem ersten Aufwachen hatte ich mich ausgezogen, war, immer noch volltrunken, wieder ins Bett gefallen und hatte den Rest des Tages unruhig geschlafen. Unten in Brisbane hielt der neue Premier Siegesreden und brach eine neue Ära an; ich war bewusstlos. Irgendwann gegen Abend weckte mich der Manager, als er an die Tür hämmerte. Der gute Mann hatte mir sogar etwas zu essen gebracht. Ich bedankte mich und beglich endlich die Zimmerrechnung, und zwar auch für die kommende Nacht noch. Ich überlegte nicht groß. Ich hatte keinen Plan. In meinem Kopf rauschte es immer noch. Als der Manager weg war, aß ich ein paar Bissen, musste mich aber gleich wieder übergeben. Ich kroch ins Bett zurück. In dieser zweiten Nacht plagten mich Albträume, Kopf und Glieder schmerzten, überall verspürte ich Ameisenkribbeln. Regen trommelte gegen die Fenster. Stimmen redeten auf mich ein, May, Charlie, gespenstische Halbträume. Heulend und elend krümmte ich mich zusammen, und irgendwann spät nachts fiel ich in einen traumlosen, komatösen Schlaf.

Am Montagmorgen wurde ich schließlich wirklich wach, lädiert und leidend zwar, aber bei klarem Verstand und ohne Stimmen. Das war weit schlimmer. Da lag ich nun, bewusst und bloß, und hatte nicht einmal den schützenden Schleier des Alkohols, als ich auf die Trümmer meines Lebens blickte. Wenn ich je dem Selbstmord nahe war, dann in diesem Moment. Aber der Drang, am Leben zu bleiben, ist unseren Körpern eingeschrieben, und mein Körper war es schließlich, der nicht mehr im Bett liegen mochte. Ich stand auf, duschte und trat, ohne Hoffnung, einfach aus dem Bedürfnis nach Bewegung heraus, ins Freie. Wäre es ein heller, sonniger Tag gewesen, hätte ich es vielleicht nicht einmal über die Schwelle geschafft, aber Highwood selbst schien darauf versessen, mich zu retten. Es war ein weiterer kühler, nebliger Morgen.

Ich fühlte mich unsichtbar, als ich vom Motelparkplatz auf die Hauptstraße des Orts bog. Es war fast neun Uhr, und doch brannten die Straßenlaternen noch, sie schimmerten wie Heiligenscheine im Dunst, und Fenster leuchteten golden. Vereinzelt waren Menschen unterwegs, aber im Nebel wirkte alles gedämpft, und ich fiel nicht weiter auf. Läden wurden gerade geöffnet, Waren ausgestellt, die ersten Kunden unterhielten sich leise. Im Café frühstückten welche. Vor einem Zeitungsladen wurden die Stapel aus Brisbane mit einem dumpfen Schlag aufs Pflaster geworfen. Diese Ausgaben meldeten in fetten Balken die Sensation des Wochenendes, doch das Beben, das den Bundesstaat erschüttert hatte – hier oben an der Grenze in den Wolken war sein Rumoren zu fern, um von Bedeutung zu sein.

Ich ging weiter, am Park und am Gericht vorbei. Ich hatte kein Ziel. Ich dachte ans Frühstücken, aber mein Körper kam mir unstofflich vor und keiner Nahrung bedürftig. Ich ging, setzte mit leerem Kopf unter Aufschub aller Entscheidungen einen Fuß vor den anderen. Nebelschwaden zogen sich dichter zusammen, ich kam an einer Schule vorbei. Unter den Bäumen standen mit eingeschaltetem Licht ein paar Wagen, während Eltern ihre Kinder absetzten. Am Tor nahm eine Lehrerin sie in Empfang, winkte die Kinder hinein und sprach mit Müttern und Vätern. Gelächter schallte herüber, ich verlangsamte meinen Schritt. Sofort holte mich der Kummer ein. Der ganze Ort … alles wirkte so sicher, so warm, so geborgen. Das würde ich nie haben, nie würde ich Teil von dergleichen sein, aber das Verlangen war da, plötzlich und überwältigend. Ganz zu sein, zu wissen, was die Zukunft bereithielt von einem Tag auf den anderen, ohne die Exzesse und die Erniedrigung und die Kater. Ein maßvolles Leben zu führen, ein ordentliches. Nicht mehr zu trinken, zu scheitern, zu leiden. War das denn nicht möglich?

Ich wandte mich um, fast machte ich kehrt. An zwei Pubs war ich auf der Hauptstraße vorbeigekommen; hätten sie offen gehabt, ich wäre schnurstracks in das nächste hineinmarschiert und hätte mich volllaufen lassen, um die Frage im Keim zu ersäufen. Aber erst in einer Stunde würde irgendwo Alohol ausgeschenkt werden. Ich drehte mich abermals um, getrieben und unschlüssig. Die Lehrerin am Tor beobachtete mich jetzt. Später sollte ich mich fragen, ob es Emily gewesen war, die ich dort am ersten Tag stehen sah, ob sie sogleich eine Rolle in meiner Seelenrettung übernahm, aber in Wirklichkeit nahm ich nur wahr, dass es sich um eine Frauengestalt handelte, gesichtslos, alterslos; es hätte jede sein können. Doch die Frau beobachtete mich, argwöhnisch, wie mir schien, also konnte ich dort nicht verweilen. Ich gab mir einen Ruck und marschierte weiter die Straße entlang, von der Ortsmitte weg, von den Läden, den Bars. Ich stapfte Richtung Berge und damit wieder auf die Grenze nach New South Wales zu.

Unsichtbar fühlte ich mich nicht mehr. Ich fühlte mich wie das Ungeheuer, das sich in die kleine Stadt schleicht, überaus sichtbar für die mit Augen zu sehen, das Übel in meinem Kopf so offensichtlich, als zeichnete es meine Haut. Am oberen Ende der Straße lag ein weiterer Park, und dahinter rückte der Wald der Stadt auf die Pelle, er überzog ringsum, so weit das Auge reichte, die vernebelten Hügel. Eine Tafel zeigte den Eingang zum Highwood Nationalpark an, auf einer Karte waren Wanderwege verzeichnet, die durch den Busch zu Wasserstellen und Aussichtspunkten führten. Vor ihr machte ich erst einmal kurz halt. Ich sah, dass es unzählige Wanderrouten gab und dass ich dort, im Nebel, im Wald, für immer verschwinden könnte. Am weitesten Weg, elf Kilometer von meinem Standort, gab es einen Aussichtspunkt namens »Redemption Falls«. Erlösung, dachte ich, das war doch was. Und stürzte mich in die Wildnis.

Redemption Falls. Last Chance Motel. Omen, die so banal waren, dass selbst ein Trottel wie ich sie kaum übersehen konnte.

Ich ging Stunde um Stunde. Elf Kilometer. Bergauf, bergab, durch Schluchten, über Wasserläufe, Bergkämme, alles auf lehmigen, glitschigen Wegen. Ich war in kürzester Zeit durchweicht und verdreckt. An meinen Füßen bildeten sich Blasen, die aufgingen und bluteten. Krämpfe schossen mir in die Beine. Ich trank kaltes Gebirgswasser und spie. Schüttelfrost befiel mich, dann wieder schwitzte ich. Ich war seit Jahren kaum noch ein Stück zu Fuß gegangen, ich hatte zwei Tage nichts gegessen, ich hatte mit den Folgen von Monaten, Jahren ständigen, kräftezehrenden, zerstörerischen Trinkens zu tun. Aber irgendwie gab es kein Halten. Die Bewegung und der Schmerz in den Füßen und Beinen hielten die Gedanken in Schach, das Verlangen in Schach, mehr wollte ich nicht.

Den Wasserfall erreichte ich am späten Nachmittag. Der Weg hörte auf, und ein kleines Rinnsal stürzte sich einen steilen Abhang hinunter. Ich stand an der Kante. Dunkel war mir bewusst, dass ich mich am äußersten südlichen Rand der Border Ranges befand. Vor mir breiteten sich weitere Bergrücken, tiefe Täler und unberührte Wälder aus, grau unter den Wolkenfetzen, dem Regen und Nebel. New South Wales. Vor meinen Augen ergoss sich das Wasser aus Queensland in einen neuen Staat. Ein kleiner Sprung, und ich könnte es ihm gleichtun. Hundert, hundertfünfzig Meter in die Tiefe auf die Felsen, und ich wäre Queensland ein für alle Male los. Die Muskelkrämpfe alleine genügten schon fast, um mich hinüberzuexpedieren, aber mein Kopf war leer, bar selbst der Schuld oder Verzweiflung. Ich stand mehrere Minuten lang tumb da, dann kehrte ich um und ging zurück. Bewegung, dachte ich. Nur sie zählt. Bleib in Bewegung.

Die Nacht sank schnell nieder, Regen setzte ein. Links und rechts rückten die Berghänge näher. Ich stolperte im Dunkel vorwärts. Ich fiel über Steine und Wurzeln, robbte durch Schlamm, stöhnte, gepackt von etwas wie Grauen. Ich war nicht mehr ganz bei mir, wusste nur noch, dass ich einen Fuß vor den anderen setzten musste, dass ich den – nur um eine Winzigkeit heller als die mich umgebende Finsternis von Wald und Wasser – schimmernden Pfad finden musste. Er zog sich endlos vor mir hin; ich würde hier allein sterben, hoffnungslos verloren, und ich wusste doch mit einem Mal, dass ich *nicht* den Tod suchte.

Als endlich die ersten Nadelspitzen Licht hinter den Bäumen aufblitzten, musste ich weinen. Ich taumelte durch den Park und die Straße hinunter, an Schule und Gericht vorbei. Menschen blieben stehen und starrten, aber sie waren mir egal. Ich war zweiundzwanzig Kilometer gelaufen. Ich lebte.

Ich sah einen kleinen Imbiss, der noch aufhatte. Ich platzte hinein und verlangte zu essen. Ich war der einzige Gast, und die Frau hinter der Theke putzte schon den Herd, aber es gab unter dem Infrarotstrahler noch Reste: Fleischpastete, verschrumpelte Pommes, eine fetttriefende Wurst. Ich ließ mir alles mitgeben. Die Bedienung besprengte die Portion großzügig mit Salz, wickelte sie ein und reichte mir das Paket. Humpelnd und vor mich hinbrabbelnd schleppte ich meine Beute ins Motel zurück. Dort wickelte ich das Essen auf dem Bett aus und aß, bis alles weg war. Dann schob ich die Folie beiseite, klopfte die Krümel weg, warf mich bäuchlings aufs Bett und schlief.

Wieder verlor ich einen Tag.

Nicht an einen Kater, sondern den Streik des gesamten Körpers. Als ich aufwachte, konnte ich mich kaum rühren. Mir war, als hätte man mir die Muskelfasern einzeln von den Knochen gerissen. Den ganzen Tag lag ich da und litt, glotzte blind auf den Fernseher und bestellte beim Zimmerservice. Der Manager sah mich scheel an, wenn er etwas brachte. Was genau suchte ich eigentlich in seinem Motel, was in Highwood? Genau genommen machte ich sein Zimmer und seinen Ort und seine Berge zur privaten Entzugsklinik, aber das konnte ich ihm schlecht sagen; ich wusste es selbst nicht. Ich wusste nur, dass das in den hintersten Winkel der Gedanken zurückgedrängte Elend umso mehr Raum einnahm und meine Kehle umso kläglicher nach einem Drink dürstete, je mehr die Gliederschmerzen im Lauf des Tages nachließen. Wenn ich stillhielt, würde es mich einholen. Die Antwort blieb also: Bewegung. Bewegung und körperlicher Schmerz gegen den anderen, den ich tausendmal mehr fürchtete.

Am nächsten Tag stand ich steif und ächzend im Morgengrauen auf und machte mich abermals auf den Weg zum Wasserfall. Ich hatte Glück, denn der Tag war genauso grau und verhangen wie der davor. Diesmal nahm ich Proviant und Wasser mit, und ich kaufte für den Fall, dass mich die Dunkelheit wieder überraschen sollte, eine Taschenlampe, und trotzdem war es eine Strafe. Vermutlich war die Landschaft, die ich durchquerte, wunderschön. Eukalyptus und Urwald, Felsrinnen, in denen Wasser in rauschende Bäche hinabstürzte, stille Felstümpel, alles da. Ich kam sogar an mehreren Wandergruppen vorbei, deren Mitglieder staunend die Köpfe in den Nacken legten und fotografierten. Aber ich hatte keinen Sinn für Naturschönheiten. Ich hielt Schritt für Schritt den Blick stur auf den Weg vor meinen Füßen gerichtet, und schon nach wenigen Kilometern war ich ganz von dem Aufschrei meiner Muskeln und Glieder in Anspruch genommen. Den Wasserfall erreichte ich keuchend und mit einem scharfen Stechen in der Brust. Es war kurz nach Mittag. Ich funkelte böse die Aussicht an.

Dich brauche ich nicht, sagte ich zu New South Wales, jedenfalls noch nicht. Noch nicht. Und ich kehrte um und machte mich auf den Heimweg.

Wieder kam ich, hinter meiner Taschenlampe herstolpernd, erst im Dunkeln an. Ich sah in den Bars Licht brennen und dachte voll Sehnsucht an ein großes, köstlich kühles Glas Bier – aber ich wusste, wohin das führen würde und was auf dem Grund dieses Glases lauerte. Ich zwang mich stattdessen in ein Café und bestellte eine heiße Suppe. Sie war auf ganz andere, viel tiefere, erdigere Weise befriedigend, und das Strahlen der Bedienung war ein Segen.

Am nächsten Tag, noch bevor ich Gelegenheit fand, mich zu erholen oder nachzudenken oder einen Plan zu fassen, wiederholte ich das Ganze. Ich ging zum Wasserfall, starrte auf New South Wales hinab und dachte: *Ich werd's überleben.*

Und ich machte so weiter.

Mich lenkte weder Vernunft, noch schwebte mir eine Kur vor. Es war eine Notmaßnahme. Eine Warteschleife. Ich stellte mich nicht, ich setzte mich nicht auseinander. Doch für jemanden so dicht am Abgrund war jede Ablenkung wertvoll, und ich hielt instinktiv an ihr fest. Die Gliederschmerzen und Blasen und das Blut, sie glichen einer Bußübung, der läuternden Flamme der Inquisition, deren Glut ich verdiente, und im Lauf der Wochen schmolz sie mein zerscherbtes Leben auf eine erträgliche Form ein. Und in alledem kristallisierte sich irgendwann zaghaft der Gedanke heraus: Ich werde nie wieder trinken.

Aber eine Kur war es nicht, und ich konnte schließlich nicht ewig wandern. Highwood selbst signalisierte, dass es an der Zeit war, damit aufzuhören. Zwei Wochen lang war das Wetter wundersam kühl und nass geblieben, und ich entsinne mich nicht, die Sonne auch nur einmal gesehen zu haben. Doch schließlich trat ich eines Morgens vor die Tür meines Motelzimmers, und mich empfingen ein strahlend blauer Himmel, eine laue Brise und eine endlich vollends enthüllte Stadt. Grün war der überwältigende Eindruck, überall Grün-in-Grün, steile bewaldete Hänge auf allen Seiten, gesprenkelt mit roten Dächern, Baumwipfel, die sich auf den höchsten Kämmen im Wind wiegten. Ich dachte an den Wasserfall und den verhassten mörderischen Weg dorthin und konnte ihn mir im Sonnenlicht einfach nicht vorstellen. Da gab etwas im Hirn nach, und eine Mauer stürzte ein. Ich brauchte an diesem Tag nicht zu wandern. Das Kapitel war abgeschlossen. Noch brauchte ich zu trinken. Jedenfalls nicht in diesem selben Moment. In diesem selben Moment brauchte ich *gar* nichts.

Ich stand einfach da und staunte. Auf dem Parkplatz wusch der Manager seinen Wagen.

»Herrlicher Tag!«, rief er mir zu.

Ich nickte.

»Geht's wieder zum Wasserfall?«

»Nein. Heute nicht.«

Er drehte das Wasser ab und musterte mich nachdenklich. Der Mann war rundlich, in mittleren Jahren und hatte, wie ich später erfuhr, das Motel übernommen, als er sich nach dem ersten Herzinfarkt von seinem stressreichen Job bei einer Wirtschaftsprüfungsgesellschaft in Brisbane verabschiedet hatte. Die »letzte Chance« war eine Anspielung auf *sein* Leben, nicht meines.

»Genug davon?«, meinte er.

»Ich denke, ja.«

Und so war es. In den ganzen zehn Jahren war ich kein einziges Mal mehr an den Redemption Falls gewesen. Noch fehlten sie mir. Der Wasserfall hatte mir zwar das Leben gerettet, aber die Erinnerung war keine schöne, und mich zog es da so wenig hin wie vermutlich den Manager des Motels auf die Intensivstation. Manche Mittel zum Zweck waren eben schmerzlich.

»Nun«, sagte er, »Sie sehen jedenfalls viel besser aus.«

»Wenn man bedenkt, in welchem Zustand ich hier angekommen bin, hat das nicht viel zu sagen.«

»Nein. Und jetzt?«

»Ich weiß es nicht.«

Er stützte sich auf die Motorhaube auf und überlegte. »Wissen Sie, so erfreulich ein Dauergast ist, es kommt Sie doch viel zu teuer, wochenlang im Motel zu wohnen.«

»Wollen Sie mich loswerden?«

»I wo. Aber wenn Sie doch länger bleiben: Es gibt etliche Pensionen, die Ihnen Wochen- oder Monatstarife bieten können. Und bequemer ist es auch.«

Blieb ich denn länger?

»Eine Freundin von mir führt so ein Haus«, fuhr er fort. »Sehr nette alte Dame. Pine Hill Guest House heißt die Pension. Ich kann Ihnen den Weg beschreiben, wenn Sie dort mal vorbeischauen wollen.«

Und so zog ich zu Joan und ihrer Tochter.

Es war noch nicht überstanden; für einen Alkoholiker ist es

nie überstanden. Zwei Wochen Wandern oder zwei Wochen Entgiftung, danach war jeder nüchtern. Aber erst, wenn man wieder in sein altes Leben, in die alten Kreise zurückkehrte, wenn einen das Altbekannte mit einem Drink in der Hand bedrängte, begann der eigentliche Kampf. Ohne Ärzte, ohne Klinikinsel oder, wie in meinem Fall, unablässige Bewegung. Ich musste stehen bleiben und standhalten; es war die schlimmste Prüfung meines ganzen Lebens. Ärger und der Sog des Verlangens machten mich reizbar und gemein, ausbaden mussten es Joan und ihre Tochter, die mir nachsahen, dass ich gegenüber anderen Gästen ruppig war, dass ich zu unchristlichen Zeiten schlaflos durchs Haus tigerte. Das alles wäre vergebliche Liebesmühe gewesen, wäre ich nach Brisbane zurückgekehrt. Auch das war meine Rettung. Mein alter Lebenswandel, die alten Versuchungen – Highwood war von ihnen segensreich frei.

Joan stellte mich irgendwann ihrem Freund Gerry vor, Verleger und Chefredakteur des *Highwood Herald*, und das war dann der wirkliche Neubeginn. Das neue Jahr, ach was, das neue Jahrzehnt war kaum ein paar Wochen alt, da verbrachte ich schon einen Gutteil meiner Tage bei Gerry in der Redaktion. Nach kaum zwei Monaten war ich fest angestellt und arbeitete wieder als Journalist. Die Anforderungen waren bescheidener, als sie es selbst in meiner Zeit als blutiger Anfänger bei den Stadtteilzeitungen Brisbanes gewesen waren. Aber ich war älter und weiser und vernünftig genug, die Chance zu ergreifen.

Nur eine Wunde wollte einfach nicht heilen.

Eines Abends, ungefähr eine Woche nach Neujahr, rief ich endlich im Krankenhaus an und bat, mit Charlie sprechen zu dürfen. Ich hatte zunächst eine Schwester dran; sie ging, kam wieder und eröffnete mir, wie erwartet, dass Charlie sich weigere, mit mir zu sprechen.

»Wie geht es ihm?«, fragte ich.

»Das Auge konnten sie retten.«

»Und sonst?«

»Sind Sie Familienangehöriger?«

»Nein …«

»Dann darf ich Ihnen weiter keine Auskunft erteilen.«

Mir blieb nichts anderes übrig, als meine Anschrift und die Pensionsnummer zu hinterlassen und sie darum zu bitten, sie ihm zu geben.

Noch am selben Abend rief ich May an.

»Wo warst du?«, fragte sie kühl, und als ich es ihr sagte, herrschte Schweigen.

»Charlie will mich nicht sprechen«, rang ich mir ab.

»George, was hast du erwartet?« Und dann, nach einer Pause, tonlos: »Sie verlegen ihn bald wieder in die Anstaltsklinik.«

»Wie steht es um ihn … um euch?«

»Wir haben uns nicht gesehen.« Ihre Stimme brach. »Mich will er auch nicht sprechen.«

»May, es tut mir leid.«

»George«, und jetzt hörte ich, wie nah sie den Tränen war, wie verzweifelt sie um Beherrschung rang, kannte ich doch jede Nuance ihrer Stimme, hatte sie in allen Lagen der Lust und Wut und Liebe gehört, und mir wollte das Herz noch einmal brechen. »George, ich kann jetzt nicht reden.«

Und sie legte auf.

Kurz darauf fuhr ich Joan und ihre Tochter an und schleuderte ihre Hausmannskost über den Tisch. Ich stürmte hinaus und war schon auf dem Weg ins Pub, ins betäubende Dunkel, das nur die Trunkenheit schenkt. Doch auf halber Strecke blieb ich mit geballten Fäusten stehen und kehrte unter Aufbietung meiner letzten Kraft um. Widerstrebend bat ich Joan um Verzeihung, widerstrebend half ich ihr, die Sauerei aufzuwischen. Dann lag ich die ganze Nacht wach auf meinem Zimmer und betete mir mein Mantra vor.

Ich werde nicht trinken.

Ich werde nicht trinken.

Ich werde nicht trinken.

Ich tat es zehn Jahre lang.

Und nicht Charlies Tod, nicht Marvins Panik und seine flehentliche Bitte, nichts und niemand sollte mich jetzt noch umstimmen.

34

IN MEINEM MOTEL in New Farm duschte ich sehr, sehr lange … um den Gestank des Tages abzuwaschen, die Berührung mit Marvin und vor allem, ja vor allem, den uralten Dunst des Alkohols. Ich hatte zwar mit dem Trinken aufgehört, aber fast schien es egal. Wo alle anderen doch einfach so weitermachten wie sonst, wo die Welt, die ich hinter mir gelassen zu haben glaubte, doch noch da war, wo die Ereignisse von damals noch heute mein Leben bestimmten, wo Charlie doch trotzdem tot war. Wozu das Ganze? Wem hatte ich denn damit geholfen, wen hatte ich denn schon gerettet außer mich selbst?

Und was sollte ich tun?

Sollte ich meine Freunde bei der Polizei anrufen, die Detectives? Schon möglich, dass ich jetzt wusste, wer Charlie zu Tode gequält hatte, aber mehr als einen Namen hatte ich nicht. George Clarke. Ein Geschäftsmann von früher, ein privater Stromanbieter, ein großes Tier, ein Mann, der Wodka trank, ein Säufer, der den Halt verloren hatte, den ein neuerlicher Korruptionsausschuss ins Visier nehmen sollte. Was sollten sie mit so einer Geschichte anfangen? Wenn ich ihnen doch nicht einmal sagen konnte, warum. Interessieren würde die beiden ja nur, dass ich Marvin getroffen hatte. Marvin wollten sie. Und selbst wenn ich ihnen verriet, wo er steckte, selbst wenn sie ihn aufspürten und festnahmen – würde Marvin denn auspacken? Marvin war der Gewährsmann, der einzige Zeuge, aber er würde nichts sagen, nicht, wenn er im Schweigen seine letzte Chance sah. Er würde alles abstreiten.

Trotzdem, er wäre immerhin in polizeilichem Gewahrsam. Dort wäre er sicherer als in seinem momentanen Versteck. Es sei denn, ich glaubte alles, was Marvin sagte. Dann war nicht einmal der Polizei zu trauen.

Ich wusste nicht, was ich glauben sollte.

Ich bewegte mich auf unbekanntem Terrain, die Leute verhielten sich in einer Weise, die ich nicht verstand, taten Dinge, die ich mir nicht einmal vorstellen konnte. Wenn das alles stimmte: Was machte ein Normalsterblicher mit solchen Informationen? Einsamkeit und das kalt werdende Wasser ließen mich unter der Dusche frösteln. Den Gerichtsprotokollen zufolge hatte ich fast mein ganzes Erwachsenenleben mit Kriminellen verkehrt, und doch kam ich mir unschuldig vor. Naiv. Wie jemand, der sein Lebtag mit geschlossenen Augen durch die Welt geht. Charlie war tot, das musste mir doch etwas ausmachen. Tat es auch, aber was konnte ich schon ausrichten? Ich war kein Racheengel. Und der Feind war ein Gesicht auf einem vor Jahren einmal flüchtig betrachteten Foto. Selbst wenn ich ihn ausfindig machen könnte, würde mir doch im Angesicht eines Mannes, der zu dem fähig war, was er Charlie angetan hatte, das Blut in den Adern gefrieren.

Ich wusste mir keine Hilfe. Ich stieg aus der Dusche, trocknete mich ab und hockte mich auf die Bettkante. Mein Blick fand die Urne mit der Asche, die immer noch auf dem Couchtisch stand. Und plötzlich traten mir Tränen in die Augen. Er hatte sich entschuldigen wollen, Charlie mit der zerschossenen Visage und dem Kopf, in dem er nicht mehr ganz richtig war, ein hässlicher und dann noch hässlicher gewordener Mann, ein Boxer nach dem K.o., ein bisschen schlicht, halb totgesoffen. Er hatte mich sehen wollen …

Und ich hatte ihn nur noch bestatten können.

Oder nicht einmal das. Ich hatte ihn verbrannt, und seine Asche durfte nicht ewig hier auf einem Motelcouchtisch stehen. Sie verdiente eine letzte Ruhestatt. Ich wusste nicht, wo die sein sollte. Ich wartete noch auf die Eingebung, auf ein Zeichen. Ich glaubte nicht, dass sie in Brisbane liegen konnte, auch wenn das sein Geburtsort war. Wo dann? Welcher Ort war für Charlie von Bedeutung gewesen in einem Bundesstaat, der sich so gründlich gegen ihn gewandt hatte?

Es kam keine Eingebung.

Ich blätterte im Telefonbuch und wählte die Nummer der Tagesklinik der Uniting Church. Ich fragte nach Mark, dem Psychologen, und erwischte ihn gerade noch auf dem Weg zur Tür. Er erinnerte sich an mich.

»Sie sind also immer noch in Brisbane«, meinte er.

»Ich habe alte Freunde getroffen. Einige waren auch mal Freunde von Charlie.«

»Die habe ich aber bei der Trauerfeier nicht gesehen.«

»Es waren zuletzt keine Freunde mehr.«

»Was kann ich für Sie tun, George?«

»Charlies Asche. Ich habe sie immer noch hier bei mir. Ich weiß nicht, was ich damit machen soll.«

»Und da fragen Sie mich?«

»Sie haben ihn im Gegensatz zu mir in den letzten Jahren erlebt. Ich dachte, vielleicht haben Sie eine Idee, wie er es gerne gehabt hätte.«

»Ich kannte von Charlie eine bestimmte Seite, wahrscheinlich nicht seine beste. Ich glaube kaum, dass er selbst der Ansicht gewesen wäre, dass ich ihn kenne. Sie waren mit ihm in den guten Jahren zusammen. Folglich können Sie das am besten beurteilen. Außerdem müssen Sie schon auch Verantwortung übernehmen. Die können Sie nicht einfach auf einen Fremden abwälzen.«

Ich schloss die Augen.

»Hören Sie, George«, sagte Mark. »Charlie ist tot. Ihm ist es egal, was mit seiner Asche geschieht. Ihnen ist es offenbar nicht egal. Die Bestattung ist für die Lebenden, wir brauchen sie, um mit dem Tod fertig zu werden. Was Sie mit der Asche tun, tun Sie um Ihretwillen. Überlegen Sie doch einfach mal, wie Sie Charlie gesehen haben, das, was er im Leben hatte und was er verdient hätte, und wie Sie dazu stehen. Und dann schauen Sie doch einfach, was passiert.«

»Ich hoffe, *dass* was passiert. Ich kann ihn nicht ewig mit mir herumschleppen.«

»Hat die Polizei noch was herausbekommen? Ich vermute, dass ein Teil des Problems für Sie darin besteht, dass es für seinen Tod noch keine schlüssige Erklärung gibt, keinen Abschluss. Vielleicht brauchen Sie die Asche, bis Sie die Antworten haben, einen Schuldigen haben, und ihn endlich loslassen können.«

Antworten. Antworten hatte ich, eine Erklärung nicht.

Und ich hatte einen Schuldigen, aber kein Motiv.

»Nein«, sagte ich. »Die Polizei weiß noch nichts Genaues.« Dann hatte ich eine Idee. »Aber ich würde Sie gern noch ein paar Dinge fragen, wenn Sie nichts dagegen haben.«

»Keineswegs.«

»Sie haben mir nichts davon erzählt, dass Marvin McNulty bei Ihnen war.«

»War er das?«

»Am Abend, bevor Charlie sich ins St. Amand hat verlegen lassen. Man hatte Marvin ganz in der Nähe Ihrer Tagesklinik von der Straße aufgelesen und zu Ihnen gebracht. Er war nur eine Nacht da.«

Nachdenkliches Schweigen. »Ja, es gab da jemanden, aber ich habe nie einen Namen erfahren. Ich habe nicht einmal mit ihm gesprochen. Er war kein Klient, und er war gleich wieder weg. Das war also Marvin McNulty? Der Politiker?«

»Was von ihm noch übrig ist.«

»Und der hat Charlie gesehen?«

»Ja. Marvin war der, der Charlie ins St. Amand geholt hat.«

»Aha.«

»Geld hat Marvin noch jede Menge, wenn auch sonst nichts.«

»Nun, für Charlie war es, wie gesagt, ein Glücksfall.«

Von Glück konnte keine Rede sein. Eher von Fluch, wie Marvin den Zufall nannte, dass sich die Wege der drei gekreuzt hatten. Erst die von Charlie und Marvin … dann von Clarke. Nur hatte ich in Clarkes Fall kein Gesicht vor Augen. Warum war er ausgerechnet an diesem Abend dort gewesen? Marvin fürchtete ihn, dabei war er brüllend und delirierend auf die Station gebracht worden, hatte Marvin gesagt. Heulend. Was brachte einen Mann wie ihn so weit? Und was hatte ihn so erzürnt, dass er Charlie bis hinauf in die Berge verfolgt und ihm Stromkabel auf die nackte Haut gelegt hatte? Was brachte einen so weit?

Er trinkt weiter. Das macht mir am meisten Angst … Ich habe ihn im Vollrausch gesehen.

Ich sagte: »Haben Sie jemals in einem Klinikum wie dem St. Amand gearbeitet?«

»Eigentlich nicht.«

»Ich dachte nur gerade … äußerst sich Alkoholismus bei solchen Leuten, den Reichen, den Mächtigen, anders als bei den Armen, die Sie betreuen?«

»So besonders viel Erfahrung habe ich da nicht, aber ich würde vermuten, dass es immer eine Frage des Kontexts ist.«

»Was meinen Sie damit?«

»Zum einen kann ein wohlhabender Alkoholiker natürlich viel leichter den Schein wahren. Ein mittelloser gibt sein bisschen Geld ja schon für den Alkohol aus, ihm bleibt wenig für Kleidung, Wohnen und das alles. Entsprechend verwahrlost wird er aussehen, er wird eine sehr bescheidene Unterkunft haben oder gar keine, wird aufgrund der schlechten Ernährung krank sein und dergleichen mehr. Ein Alkoholiker mit Geld wird genauso viel trinken, sich aber trotzdem ein schönes Zuhause, ordentliche Kleidung und gutes Essen leisten können. Und er wird besseren Alkohol trinken, was, zumindest in Maßen, hilfreich ist. Alkohol ist Gift, das kann man drehen und wenden, wie man will, aber der billige Fusel enthält natürlich in der Regel mehr Chemie und ist unreiner.«

»Und psychisch?«

»Da wäre wieder der Kontext entscheidend. Der mittellose

Alkoholiker weiß zwangsläufig, dass er mittellos ist, also wird seine Selbstachtung gering sein und ihn auf den Alkohol zurückwerfen, mit dem er das Gefühl betäubt. Aber er wird kaum leugnen, dass er ein Problem hat, weil es ja gar nicht zu übersehen ist. Er wird alle möglichen Rechtfertigungen finden, natürlich, aber die Einsicht ist grundsätzlich vorhanden. Eine wohlhabende Person kann leichter leugnen, dass überhaupt ein Problem besteht, weil sie nach außen hin noch ein erfolgreiches Leben führt. Mal abgesehen von den Beziehungsproblemen, den gesundheitlichen Problemen … die wird der oder die Betreffende natürlich haben. Aber jemand mit Geld wird einen Penner auf der Straße sehen und nicht im Traum eine Ähnlichkeit zwischen sich und ihm erkennen, selbst wenn er im Innersten weiß, dass der einzige Unterschied im Geldbeutel liegt und dass er unter derselben Sucht leidet wie einer, der so unverkennbar unter ihm steht; die Tatsache wird ihm noch mehr Angst einjagen.«

»Und wenn … es ein Mann ist, der Macht gewohnt war? Der alles unter Kontrolle haben muss?«

»Dann wird es Konflikte geben. Alkohol und Kontrolle vertragen sich nicht.«

»Könnte das irgendwann zu einem Zusammenbruch führen?«

»Unter extremem Druck, ja. Deshalb findet man in den exklusiven privaten Entzugskliniken vor allem die Reichen und Mächtigen dieser Welt.«

»Wenn es zum Zusammenbruch käme, wie könnte der aussehen?«

»Man würde einen auffälligen Kontrollverlust erwarten. Die Frage wäre, welche Form dieser annähme. Suizid, Gewaltausbrüche, Zwangshandlungen. Es gibt viele Möglichkeiten.«

»Und wenn andere einen solchen Zusammenbruch mitkriegten und diesen Menschen von seiner schlimmsten Seite erlebten, ohne jede Beherrschung, wie würde er das empfinden?«

»Er würde sich gedemütigt fühlen. Niemand will sich anderen so zeigen. Wenn er in Behandlung wäre, könnte die Demütigung sich positiv auswirken, indem sie eine umfassendere Einsicht ermöglicht; wenn nicht, wäre die Wirkung ausschließlich destruktiv. Hieße weiteren Alkohol, weitere Dysfunktion. Es ist ein Teufelskreis, der erst durch eine wirkliche Krankheitseinsicht durchbrochen wird – und Behandlung.«

»Was, wenn dieser Mann im Moment des Kontrollverlusts den Zeugen äußerst peinliche und private Dinge erzählt hat? Wie würde es ihm damit gehen? Was würde er der Zeugen wegen unternehmen wollen?«

Am anderen Ende der Leitung wurde lange geschwiegen.

»Von wem reden wir hier eigentlich, George?«

»Niemand Konkretem.«

»Marvin McNulty? Meinen Sie den?«

»Nein.«

»Aber es hat mit dem zu tun, was Charlie widerfahren ist? Im St. Amand?«

»Könnte sein.«

»Ich dachte, die Polizei wüsste nichts?«

»Wissen sie auch nicht. Noch nicht.«

Wieder Schweigen.

Dann: »Vergessen Sie alles, was ich Ihnen gesagt habe. Ich habe ganz allgemein von Prädispositionen und Seelenzuständen gesprochen. Was Charlie angetan wurde, ist schon sehr extrem.«

»Mehr als nur Alkoholismus?«

»Alkoholismus ist eine ernst zu nehmende Sache und kann zweifellos Gewalt begünstigen, vor allem in der Ehe, der Familie, aber jemanden über weite Strecken zu verfolgen, um ihn aufgrund irgendeiner psychischen Vendetta zu foltern und zu töten, das kann man nicht allein einem Alkoholproblem anlasten. Definitiv nicht. Da muss man nach anderen Gründen suchen.«

»Dachte ich mir.«

»Sie scheinen an etwas Bestimmtes zu denken.«

»Nein … nein, ich habe mich nur gefragt …«

Es folgte ein skeptisches Schweigen. »Gut, George. Nur übertragen Sie das Gesagte nicht einfach auf eine konkrete Person. So einfach ist das nicht.«

»Das weiß ich.«

»Und George, wenn Sie dabei an jemand Bestimmtes denken, dann halten Sie sich von ihm fern. Das, was in Highwood passiert ist … hier geht es um jemanden, der nicht mehr zurechnungsfähig ist.«

Ich bedankte mich und legte auf.

Charlies Asche blieb eine stumme Mahnung auf dem Couchtisch.

Ja, ich fragte mich; das lag an dem, was Marvin mir gesagt hatte. Selbst wenn sich alles, was Marvin mir geschildert hatte, wirklich so zugetragen hatte – ergab das denn einen Sinn? War Clarke so? Ich konnte es unmöglich beurteilen. Ich wusste nichts von dem Mann.

Und ohne Wissen konnte ich nichts tun.

Pack deine Sachen, dachte ich. Pack deine Sachen, schwing dich ins Auto, und in zwei Stunden sitzt du mit Emily beim Abendessen. Überlass das alles der Polizei, Marvin, alles. Du kannst sowieso nichts ändern.

Ich packte aber meine Sachen nicht. Stattdessen blieb ich bis zum Abend auf meinem Zimmer, dann ging ich hinaus in die befremdliche Stadt und streifte durch die hell erleuchteten Straßen. Mich konnten sie allerdings jetzt nicht mehr blenden mit ihrer Elektrizität. Ich dache an die Stromausfälle, die zur Landplage geworden waren, und daran, wie schnell die Lichter auch hier ausgehen konnten. Ich sah die strahlende Jugend von heute über die Bürgersteige flanieren, und sie erschien mir hohl und nichtig. Sie lachte, als brauchte sie sich um mich nicht weiter zu kümmern, mich oder die anderen Schatten der alten Stadt, obwohl wir alle noch da waren, lauerten und frühere Zeiten beschworen. Was bedeutete dieser Jugend schon ein toter alter Mann in einem Umspannwerk? Sie war die Zukunft, und in der Zukunft gab es keine Sünden, keine Grausamkeit und keine aufgeknüpften Opfer.

Ich aß schließlich in einem Café zu Abend, schaute und wartete, während die Nacht heraufzog und es Mitternacht wurde und die Straßen sich leerten. Türen wurden geschlossen, Lichter gelöscht. Die letzten Bummler zerstreuten sich. Es blieben nur ich und der Bürgersteig. Ich und Brisbane. Mein Brisbane. Ich ließ mich durch die verlassenen Straßen treiben und dachte an Marvin hinter seinen Rollläden, an Jeremy, umgeben von Kunstwerken und Wein, an Lindsay, der in seinem Club Geldscheine zählte. An einen weiteren Mann, irgendwo, der immer zu uns gehört hatte, obwohl ich es nie wusste. Alle waren wir wieder in der Stadt. Es war zwar eine andere Stadt, aber sie hatte noch alte Schulden zu begleichen.

So wie ich auch.

Ich kehrte ins Motel zurück. Ich legte mich aufs Bett, wach und ohne zu wissen, was ich tun würde oder worauf ich wartete. Irgendwas, so viel war klar. Ich überlegte, ob ich Marvin anrufen sollte, tat es aber nicht. Überlegte, ob ich Jeremy anrufen sollte oder sogar Lindsay, tat es aber nicht. In den frühen Morgenstunden erbarmte sich ein unruhiger, von fernen Sirenen durchjaulter Schlaf meiner.

Das Telefon klingelte.

Ich hob ab. »Ja?«

»Wer ist da?«, fragte eine Männerstimme.

»George«, sagte ich, ohne zu überlegen.

Ich hörte nichts – als heiseren Atem.

»Marvin?«, fragte ich.

Das Lachen war beklemmend und mir vollkommen fremd. »Falsch verbunden«, sagte die Stimme, dann folgte nur ein Klicken.

Ich lag wach, im Kopf eine bisher ungekannte Furcht, und erst als der Himmel hell wurde, schlief ich ein. Dann klingelte erneut das Telefon, und der Stand der Sonne draußen verriet mir, dass es Mittag sein musste. Detective Kelly war dran.

»Die Suche nach Marvin können Sie einstellen«, sagte er.

»Er war nie vermisst«, sagte ich schlaftrunken. »Ich habe ihn gestern gesprochen.«

»Ach ja? Und wie ging's ihm?«

»Gut.«

»Kann man jetzt nicht mehr behaupten.«

35

JOGGER HATTEN MARVIN im Morgengrauen gefunden. Er saß direkt dort vor Lindsays Haus am Strand, wo die ersten weißen Siedler, die Strafgefangenen und Soldaten, gelandet waren und damit unwissentlich Queenslands gründeten. Er hielt das Gewehr in der Hand und hatte ein Loch in der Schläfe und starrte hinaus aufs Meer. Neben ihm lag eine leere Scotchflasche, in seiner Hosentasche fand man einen langen, von Hand geschriebenen Abschiedsbrief, in dem er gestand, seinen alten Freund Charles Monohan gefoltert und getötet zu haben. Es hieß darin, sie beide seien sich in der Tagesklinik der Uniting Church wiederbegegnet, seien zusammen ins Sanatorium St. Amand gegangen und auch zusammen von dort weg, seien nach einer Sauftour in Highwood gelandet und über alten Groll aus den Tagen des Korruptionsausschusses in Streit geraten, woraus wiederum Handgreiflichkeiten und schließlich das Ende im Umspannwerk erwachsen seien. Seither, hieß es, habe ihn in seinem Versteck sein Gewissen geplagt, und ihm tue alles leid, was er je angerichtet habe. Es gab keine verdächtigen Umstände. Das einzig Seltsame blieb, dass seine Brille unauffindbar war.

»Es passt alles, George«, sagte Detective Kelly am Telefon. »Das St. Amand bestätigt, dass Charlie und Marvin die Entzugsklinik etwa zur gleichen Zeit verlassen haben und beide aufgebracht schienen. Marvin erwähnt in seinem Brief sogar Sie. Da steht, sie beide, Charlie und er, hätten Sie in Highwood aufsuchen und über die alten Zeiten reden wollen, und damit hätte der Streit angefangen und die Abrechnung und so. Als die Sache hässlich wurde, hat Marvin die Oberhand gewonnen und ist zum Umspannwerk rausgefahren.«

Ich schob mich im Bett hoch, benommen und ungläubig. »Aber ich habe ihn doch gestern noch gesehen.«

»Sagten Sie bereits. Und wieso haben Sie uns eigentlich nichts davon erzählt, George? Sie wussten, dass wir ihn suchen.«

»Ich wollte es, aber ich wusste nicht ...«

»Hätte vielleicht was gebracht. Hier bei uns hätten wir ihm einen Psychologen schicken, ihn überwachen können.«

»Aber Marvin hat es nicht getan. Das mit Charlie.«

»George, es steht alles im Brief.«

Daran war so vieles faul, dass ich nicht wusste, wo ich anfangen sollte.

»Hören Sie«, sagte ich. »Marvin hat Charlie nicht umgebracht. Marvin hatte eine Heidenangst. Jemand anders hat Charlie umgebracht, und Marvin hatte Angst, er würde der Nächste sein. Deshalb war er untergetaucht.«

»Und wer ist dieser Jemand?«

»Sein Name ist George Clarke. Er war früher Marvins Geschäftspartner.«

»Noch nie gehört.«

»Fragen Sie Ihre Vorgesetzten. Leute von damals. Die erinnern sich vielleicht. Er ist heute einer der größten privaten Stromversorger. Und er war mit den beiden an dem Abend in der Klinik zusammen.«

»Und weshalb hat er Charlie umgebracht?«

»Ich weiß es nicht genau. Marvin wusste es auch nicht richtig. Clarke war sehr schlecht dran, und er muss Charlie etwas erzählt haben, etwas sehr Wichtiges, denke ich. Also hat er Charlie zum Schweigen gebracht.«

»Das hat Ihnen Marvin erzählt?«

»Ja.«

»Tut mir leid, George. Ich habe die Akten aus dem St. Amand hier vorliegen. Marvin und Charlie hatten benachbarte Zimmer. Sonst war der Laden fast leer. Es steht jedenfalls kein George Clarke auf der Liste.«

»Er war da.«

»Nein, es waren nur Marvin und Charlie dort. Aber das wussten wir ja längst.«

»Aber –«

Was sollte ich sagen? Wer log? Marvin? Oder hatte sich Clarke unter anderem Namen aufnehmen lassen? Hatte er Komplizen in der Klinik, Leute, die für ihn die Einträge manipuliert hatten oder geleugnet, dass er überhaupt da gewesen war?

Kelly kamen keine Zweifel. »Was glauben Sie, wieso wir uns von vornherein so sicher waren, dass Marvin der Täter ist? Was glauben Sie, wieso wir ihn unbedingt finden wollten?«

»Sehr gründlich haben Sie nicht gesucht. Ich hatte keine Schwierigkeiten, ihn zu finden.«

»Über Lindsay, klar. Bei Lindsay haben wir natürlich auch angefangen. Aber *uns* hat er nicht verraten, wo Marvin steckt, er hat Stein und Bein geschworen, er wüsste es nicht. Und wir hatten, ehrlich gesagt, keinen Grund, sein Wort anzuzweifeln. Er ist normalerweise … sehr kooperativ.«

»Und was sagt Lindsay jetzt?«

»Nichts. Meint, er hat einem alten Kumpel ein Haus zu Erholungszwecken überlassen, und er hätte keine Ahnung gehabt, dass Marvin in Schwierigkeiten steckte oder selbstmordgefährdet war.«

»Es muss Ihnen doch klar sein, dass das Quatsch ist.«

»Klar. Wir gehen davon aus, dass Marvin irgendwas gegen Lindsay in der Hand hatte, das höhere Priorität hatte als wir, und jetzt stellt er sich eben stur.«

»Aber Lindsay weiß, dass Marvin die Hosen voll hatte. Er kennt vielleicht nicht die ganze Geschichte, aber er hat mir selbst erzählt, dass Marvin sich vor Clarke versteckt.«

»Vor uns hat er sich ja auch versteckt, oder? Er kann Lindsay sonst was erzählt haben, nur um ihm das Haus aus dem Kreuz zu leiern, während er in Wirklichkeit uns aus dem Weg gehen wollte. Mann, wenn Marvin Lindsays Haus wollte und gleichzeitig sicherstellen, dass er keiner Menschenseele was sagt, was wäre dann besser als die Story, er müsse um sein Leben fürchten? Passt doch alles.«

»Aber warum sollte Marvin mir dasselbe erzählen? Warum mir was vorlügen?«

»Sie waren Charlies bester Kumpel. Vielleicht fühlte er sich schuldig.«

»Aber ich habe ihn doch gesehen. Er hatte Todesangst.«

»Todesangst – Schuldgefühle. Leicht zu verwechseln, George. Und er hat sich erschossen, das scheint außer Frage zu stehen. Die Pathologen werden noch ein bisschen brauchen, um es zu bestätigen, aber daran ist wohl nicht zu rütteln. Der Abschiedsbrief scheint auch echt zu sein. Es ist seine Handschrift.«

»Aber das stimmt doch alles vorne und hinten nicht.«

»Verraten Sie mir, warum.«

»Das Umspannwerk. Was ist damit? Dieser Clarke hat es gebaut. Er und Marvin hatten damals, als Marvin Energie- und Bergbauminister war, einen Deal laufen, und die Station war Clarkes allererster Auftrag. Deshalb kannte Clarke die Lage. Deshalb kannte er sich mit den Schalttafeln aus.«

»Sie sagen doch selbst: Wenn Marvin mit ihm den Deal hatte, dann wusste er doch wohl auch, wo die Station lag und wie sie funktionierte. Klingt so, als hätte Marvin versucht, alles auf jemand abzuwälzen, und da wäre ihm dieser alte Kumpel gerade recht gekommen.«

»Aber wozu? Wenn er sich doch schon umbringen und alles beichten wollte … wozu?«

»Vielleicht dachte er noch nicht an Selbstmord, als Sie da waren. Vielleicht haben ihm die ganzen Lügen erst später den Rest gegeben, und er wollte reinen Tisch machen.«

Ich überlegte einen Augenblick völlig verwirrt. Es konnte nicht stimmen, das wusste ich, aber was hatte ich denn für Beweise? Ich hatte nur Marvins Aussage, und es war durchaus denkbar, dass sich Marvin alles aus den Fingern gesogen hatte, um jemand anderem die Schuld zuschieben zu können. Marvin war ein Gewohnheitslügner, das wusste ganz Queensland. Aber dann blieben immer noch Marvins Verfassung, seine Verzweiflung, seine Angst, oder hatte ich auch das falsch gedeutet? Konnte es sein, dass es nur der Ausdruck einer gequälten Seele war? Selbst ich hatte doch gespürt, dass Marvin mir nicht alles verriet, längst nicht.

Nein, ganz sicher. In den kleinen Augen stand Todesangst. Blankes Entsetzen.

»Ich weiß, dass es nicht sein kann«, sagte ich, »aber ich wüsste nicht, wie ich Sie überzeugen könnte.«

Kelly seufzte. »Schade. Ich hatte gehofft, Sie könnten es.«

»Wieso das?«

»Ehrlich gestanden, George, kommt auch mir einiges nicht koscher vor. Genauer gesagt, oberfaul. Aber die Kollegen halten den Fall für erledigt. Mehr noch, meine Vorgesetzten haben mir zu verstehen gegeben, dass der Fall abgeschlossen ist, basta, und ich genug anderes auf der Pfanne habe. Was soll ich machen?«

»Aber Marvin war Exminister. Er war berühmt. Es wird doch bestimmt jemand dem Fall hinterherrecherchieren?«

»Sie verstehen nicht. Der Selbstmord wirkt goldrichtig. Er war entehrt, er war Alkoholiker, ein hoffnungsloser Fall, der einen alten Freund im Streit für nichts und wieder nichts umgebracht hatte und von der Polizei gesucht wurde. Unter diesen Umständen ist doch Selbstmord völlig plausibel. Sein geistiger Zustand kann nicht der beste gewesen sein. Das Haus war eine Müllkippe; er muss zwei, drei Flaschen am Tag geleert haben. Und dann gibt es noch diese andere Sache, wie das Tüpfelchen auf dem i: Wir haben Wodka im Haus gefunden, dieselbe Marke wie im Umspannwerk.«

Meine Welt geriet ins Trudeln. »Bitte?«

»Wodka. Zugegeben, nur ein Indizienbeweis, aber er stützt die Verdachtsmomente gegen Marvin als Täter oben in Highwood. Bleiben natürlich noch die vielen Bierdosen und die Frage, wer die geleert hat, aber ich denke, darauf werden wir nie eine Antwort finden. Vielleicht war eine dritte Person anwesend.«

Ich hörte kaum zu. Er verstand nicht; er konnte es ja nicht wissen.

»Detective Kelly«, sagte ich hastig, »Marvin trank keinen Wodka.«

Und dann saßen wir jeder schweigend mit unserem Hörer da.

»Wollen Sie damit sagen, überhaupt nie?«

»Meines Wissens nicht. Nur Scotch.«

»Aber Sie hatten ihn Jahre nicht gesehen. Geschmäcker ändern sich.«

»Ich war gestern dort. Es standen überall Scotchflaschen herum, aber nicht eine Wodkaflasche. Wo haben Sie den denn gefunden? In einem Schrank irgendwo, oder stand der offen herum?«

»Im Wohnzimmer. Die eine Flasche. Leer.«

»Dort war gestern kein Wodka.«

»Können Sie das beschwören?«

Konnte ich das? Ich rief mir den Raum in Erinnerung, die Dunkelheit, die Hitze, den Mief. Marvins fahles, schweißglänzendes Gesicht und überall Flaschen … Könnte darunter nicht eine gewesen sein, in der kein Scotch war? Aber ich hatte auch die Flaschen auf dem nackten Betonboden des Umspannwerks zu Charlies Füßen liegen sehen. Unmöglich, dass ich eine solche Flasche sah und nicht wiedererkannte. Sofort.

»Ich schwör's.«

»Was wollen Sie damit sagen?«

»Verstehen Sie denn nicht? Clarke trinkt Wodka. Das hat mir Marvin selbst gesagt.«

»Marvin hat Ihnen gesagt, dass dieser Clarke Wodka trinkt. Und prompt finden wir eine Flasche in seinem Wohnzimmer. Klingt das nicht ein bisschen zu einfach, George?«

»Das hat er sich nicht ausgedacht. Glauben Sie mir. Clarke hat Marvin aufgespürt, so wie er Charlie aufgespürt hat.«

»Aber ich sage Ihnen doch, es war Selbstmord. Vielleicht

trank Marvin nur gelegentlich Wodka, und Ihnen ist die Flasche nicht aufgefallen, und es war doch alles so, wie es in dem Abschiedsbrief steht.«

»Wenn Sie das aber doch selbst nicht glauben.«

»Ich sage ja nicht, dass es so *nicht* gewesen sein kann. Ich glaube bloß nicht, dass das alles war. Aber was Sie da erzählen, ist …«

Ich dachte angestrengt nach. Das war doch alles Irrsinn.

»Joan Ellsgood«, sagte ich. »Sie hat gesagt, Charlie wäre allein in der Pension erschienen. Von Marvin war nie die Rede.«

»Marvin könnte im Wagen gesessen haben. Der stand ein Stückchen weiter weg.«

»Hat er das in seinem Brief erwähnt?«

»Warum sollte er?«

»Und was ist mit seinem Buch? Marvins Manuskript. Sie haben es gelesen. Er muss Clarke doch erwähnt haben, die gemeinsamen Geschäfte. Das könnte einiges erklären.«

»Ich kann mich nicht entsinnen, von einem Clarke gelesen zu haben.«

Und ich hörte Marvin wieder sagen: *Alles! Na ja, nicht* alles. *Das ist ja der Clou.* Er hatte nicht alles festgehalten.

»Das Manuskript«, sagte Kelly gerade, »bestätigt eher die bisherigen Beweise. Marvin kocht die ganzen alten Sachen wieder auf, grübelt über vergangene Zeiten nach, dann trifft er zufällig Charlie. Zwischen ihnen gibt es immer noch offene Rechnungen, sie streiten sich, und prompt gerät die Sache außer Kontrolle.«

»Aber Charlie war auf Marvin nicht mehr sauer. Laut Marvin.«

»Naheliegend, oder? Gehört zum Lügengebäude.«

»Was ist mit Fingerabdrücken? Auf den Flaschen im Umspannwerk haben Sie keine gefunden – wie ist es bei der aus dem Haus?«

»Wir nehmen im Haus keine Fingerabdrücke ab. Es handelt sich um Selbstmord. Eine Flasche Wodka war nicht die Todesursache.«

»Ich wette, Sie würden auf der Flasche keine Fingerabdrücke finden.«

»Was wäre damit bewiesen? Außerdem bin ich für die Tatortermittlungen nicht zuständig, George – es *gibt* keinen Tatort –, also kann ich die Kollegen schlecht anweisen, Fingerabdrücke zu nehmen. Nicht ohne Grund.«

»Herrgott.«

»Sie dürfen das aber gern alles zu Protokoll geben. Wir werden von Ihnen nämlich eine Zeugenaussage brauchen; schließlich haben Sie ihn als Letzter lebend gesehen. Sie hatten doch nicht vor, Brisbane heute zu verlassen?«

»Nein.«

»Gut. Ich schicke Ihnen jemand. Man hat jetzt eine höhere Dienststelle mit der Sache betraut, weil es doch Marvin war, Sie wissen schon. Und wenn Sie nichts Konkreteres haben, als das, was Sie mir erzählt haben, wird es kaum jemand sonderlich beeindrucken.«

Da fiel es mir wieder ein.

Ich sagte: »Sie haben mir nicht gesagt, um welche Uhrzeit Marvin gestorben ist.«

»So gegen zwei Uhr morgens, heißt es.«

Ich hörte wieder das ungerührte, heisere Lachen, die fremde Stimme. »Mich hat um die Zeit gestern Nacht jemand angerufen. Ein Mann. Ich dachte erst, es ist vielleicht Marvin, aber der Mann hat nur gelacht und aufgelegt.«

»Und?«

»Es weiß kaum jemand, dass ich hier bin. Und von denen würde niemand einen solchen Anruf tätigen.«

»Verwählt?«

»Das hat dieser wildfremde Mann dann behauptet. Aber hier im Motel muss man sich durchstellen lassen. Es ist unwahrscheinlich, dass jemand falsch verbunden wurde. Und Marvin hatte ich die Nummer auf einen Notizblock neben dem Telefon geschrieben.«

»Was wollen Sie? Wir können natürlich die eingehenden Anrufe überprüfen und schauen, ob Marvin Sie angerufen hat, aber was bringt das? Wenn er sich erschießen wollte, könnte er ja angerufen und es sich dann anders überlegt haben.«

»Ich weiß aber, dass es nicht Marvin war. Und ich denke, es war jemand anders im Haus. Mit Hilfe des Anrufs und der Wodkaflasche können Sie das nachweisen.«

»Bisschen dünn, George. Und leider bleibt ja die Tatsache, dass Marvin sich selbst erschossen hat. Wir ermitteln hier nicht in einem Mordfall.«

»Wenn aber jemand anders im Spiel war, könnte er Druck ausgeübt haben. Was ist mit Fußabdrücken? Waren am Strand noch andere Fußabdrücke?«

»Ein Dutzend Jogger, die um den Leichnam herumstehen? Machen Sie Witze?«

»Könnten Sie nicht wenigstens den Anruf zurückverfolgen?«

Er überlegte. »Also gut, ich kümmere mich darum. Auch die Flasche, wenn ich es einrichten kann.«

»Und was ist mit George Clarke?«

»Ich hör mich um, aber mehr ist nicht drin. Das ist alles Hörensagen, George, das reicht nicht für Ermittlungen.«

»Ermittelt wird gegen Clarke längst. Marvin sagte, die Regierung hätte eine Untersuchung seiner Geschäftspraktiken angeordnet.«

»Nicht mein Ressort, George, aber ich hör mich, wie gesagt, mal um.«

»Danke.«

»Bleiben Sie, wo Sie sind. Es kommt jemand rüber.«

Wir legten auf. Ich stieg aus dem Bett, trat ans Fenster und sah in den helllichten Brisbaner Tag hinaus. Marvin war tot. Vor vierundzwanzig Stunden erst war ich bei ihm gewesen, und jetzt war er tot. Vor vierundzwanzig Stunden hatte ich ihn von seiner Todesangst faseln hören, und jetzt war er tot. Er hatte mich angefleht, bei ihm zu blieben, ich war gegangen, und jetzt war er tot. Auf seiner Bank hatte er auf das erste Schiff gewartet, blindlings vor sich hin starrend. *Kehrt lieber um, Jungs, sucht euch was Netteres, das hier ist die Hölle ….*

Seine Brille war nicht gefunden worden.

Ich merkte, dass ich die Straße beobachtete, Ausschau nach Wagen hielt, nach Leuten. Nein … nicht Leuten. Einer Person. Einem Mann.

Marvin trank keinen Wodka. Und er war nie auch nur in der Nähe von Highwood gewesen. Und mich hatte nicht Marvin mitten in der Nacht angerufen.

Aber meine Nummer hatte auf dem Notizblock neben seinem Telefon gestanden. Ich hatte sie unter meinem Namen notiert. Ich musterte den Telefonapparat. Wem hatte ich die Angaben noch gegeben?

Ich schlug das Telefonbuch auf und suchte die Nummer von Lindsays Club heraus. Er hatte gesagt, sie hätten auch mittags auf, für die Geschäftsleute, die Steakessen und das Lapdancing. Ich wählte, bekam die Bar und wurde durchgestellt. Ich wartete, den Blick auf die Straße gerichtet. Die Straße war leer.

Lindsay meldete sich.

»Du wirst es gehört haben«, sagte er, und es klang alles andere als herzlich.

»Die Polizei hat mich gerade angerufen.«

»Mich brauchst du nicht nach einem sicheren Unterschlupf fragen – mir reicht's mit den alten Freunden in Not.«

»Du glaubst, ich sollte lieber abtauchen?«

»Was glaubst denn du?«

»Was hast du zur Polizei gesagt?«

»Nichts. Wenn sich Marvin das Hirn wegpusten wollte, sollte ich ihn aufhalten?«

»Du weißt, dass es kein Selbstmord war.«

»Ich weiß gar nichts. *Das* habe ich der Polizei gesagt. Und das sage ich dir.«

»Neulich abends klang das noch anders.«

»Du irrst dich.«

»Nette Regelung, die du da mit der Polizei hast, scheint mir.«

»Kümmer dich endlich um deinen eigenen Dreck, George.«

Das brachte uns nicht weiter.

»Hast du mich gestern Nacht um zwei Uhr angerufen?«, fragte ich.

»Nein.«

»Hast du noch anderen als Marvin meine Nummer gegeben?«

»Nein.«

Aber er hatte vor der Antwort fast unmerklich gezögert.

Ich sagte: »War noch jemand auf der Suche nach Marvin bei dir?«

»Wie kommst du darauf?«

»Irgendjemand hat ihn gefunden. Wer wusste außer uns beiden, wo er steckt?«

»Muss von dir gekommen sein, George, weil ich einen Scheißdreck weitererzählt habe.«

»Ich habe auch nichts weitererzählt.«

»Vielleicht war das gar nicht *nötig*, George. Du bist schließlich zu ihm rausgefahren.«

»Was meinst du?«

»Es reicht jetzt, George. War's das?«

»Das war's wohl.«

»Ruf mich nicht mehr an.«

Er legte auf.

Ich stand gedankenverloren da. Ich hatte es aber doch niemandem gesagt. Ich war bloß hingefahren. Und es war mir niemand gefolgt. Es hatte mich niemand gesehen. Nur …

Ich packte noch mal den Hörer, wählte Jeremys Nummer. Beim zweiten Klingeln wurde abgenommen.

»Jeremy?«

»Nein, hier ist Louise.«

»Louise, George. Ich muss Jeremy sprechen.«

»Das geht nicht«, und ihre Stimme klang rau. »Er ist nicht mehr hier. Es ist etwas passiert.«

Meine Hand krampfte sich um den Hörer zusammen. Er war tot. Wie Charlie und Marvin. Es war jemand an seiner Tür erschienen, ein Mann mit einer Flasche Wodka im Arm, er knöpfte sich uns der Reihe nach vor …

»Bitte?«, hauchte ich.

»Er ist im Krankenhaus, George. Seit dem Abend Ihres Besuchs.«

»Was ist passiert?«

Einen Augenblick nichts, dann hörte ich ein Glas gegen den Hörer schlagen. Sie trank. »Die Leukämie. Diesmal wird es keine Remission geben, George. Sagen die Ärzte. Keine Stabilisierung mehr.«

»Die Leukämie? Ist das alles?«

»Alles?! Er stirbt!«

Aber ich hätte lachen mögen. »Es tut mir leid. Tut mir leid. Wie schlimm ist es denn?«

»Er ist kaum ansprechbar … aber, George, er hatte gehofft, dass Sie noch mal anrufen. Er sagte, er will Sie sehen.«

»Weswegen?«

»Ich weiß es nicht. Er möchte Ihnen etwas sagen. Es scheint ihn zu bedrücken.«

»Sagen Sie mir, wo er liegt.«

Ich notierte den Namen der Klinik und die Zimmernummer. Das Royal Brisbane. Was das Schicksal wohl wieder für ein Spiel trieb?

»Hören Sie, Louise, Sie haben nicht vielleicht gestern Nacht bei mir angerufen, oder?«

»Nein, wieso?«

Aber ich verabschiedete mich bloß und warf den Hörer hin.

Ich sah hinaus. Dem Himmel sei Dank für die Leukämie, dachte ich. Dank für eine so natürliche Erscheinung wie Krebs. Ich musste einen kühlen Kopf bewahren. Clarke war schließlich nicht allgegenwärtig.

Ein Einsatzwagen kroch die Straße entlang und hielt vorm

Motel. Ich konnte den Fahrer nur knapp ausmachen. Er sah hoch, als prüfe er die Hausnummer. Dann parkte er auf der gegenüberliegenden Straßenseite. Es war ein anderer Detective. Ranghöher, hatte mich Detective Kelly ja gewarnt. Was sollte ich ihm schon sagen, was ich nicht längst Detective Kelly gesagt hatte?

Der Wagenschlag wurde aufgedrückt, und es stieg ein Polizist in Zivil aus. Er drehte sich um und sah an dem Motel hoch. Im selben Moment warf ich mich rücklings außer Sicht, fiel über die Couch und ging zu Boden. In meinem Kopf war alles Eis, das Herz hämmerte wild in meiner Brust, ich blieb wie tot auf dem Teppich liegen. Hatte er mich gesehen? Er hatte nicht direkt zu meinem Fenster hochgesehen, er konnte wohl auch kaum wissen, welches mein Fenster war. Wenn er mich nicht gesehen hatte, konnte ich mich noch verstecken, konnte fliehen, konnte irgendetwas unternehmen.

Es dauerte Sekunden, bevor ich mir klarzumachen imstande war, warum mir diese Gedanken durch den Kopf schossen, bevor ich begriff, weshalb mich das Gesicht des Detectives instinktiv hatte zurückweichen und scheinbar grundlos an Flucht denken lassen. Es dauerte Sekunden, bis ich begriff, was das hieß.

Ich hatte ihn schon mal gesehen.

Nicht so – nicht beim Aussteigen aus einem Polizeiwagen als jemand, der an seinem Anzug zupfte und mit finsterer Miene die Straße begutachtete. Nein. Ich hatte ihn vielmehr als harmlosen Mann mittleren Alters in einem verblichenen T-Shirt und Shorts gesehen, der eine Angelrute aus dem Kofferraum seines Wagens holte und am Strand von Redcliffe übers Meer hinaussah. Und mir nicht etwa folgte, mich nicht etwa ansah, aber nein, der sich nicht im Geringsten für mich interessierte.

36

ICH LAG AUF DEM TEPPICH hinter der Couch, die das Fenster verdeckte.

Ich wartete auf das Klopfen an der Tür.

War sie abgesperrt? Ich schielte hoch. Natürlich. Ich hatte sie am Abend vorher verriegelt und die Kette vorgelegt. Er konnte nicht einfach reinspazieren. Andererseits war es nur eine Kette, eine dünne.

Ich lauschte. Das Blut pochte in meinen Ohren – im Gleichtakt mit den Gedanken: Der Angler war Cop, der Angler war Cop. Er hatte vor Marvins Haus gewartet. Wie war das möglich? Die Polizei hatte doch erst heute Morgen erfahren, wo Marvin war.

Mein Körper kannte die Antwort längst. Wieso lag ich wohl sonst auf dem Fußboden, wie war ich wohl sonst dort gelandet, ehe ich überhaupt Zeit hatte nachzudenken? Die Polizei hatte nicht gewusst, wo Marvin steckt – nur dieser spezielle Detective hatte es gewusst. Und er hatte es seinen Kollegen nicht verraten.

Fingerknöchel klopften an Holz. Ich lag wie tot auf dem Boden, den Blick starr auf die Tür gerichtet. Im Türblatt saß ein Guckloch, aber ich würde mich nicht von der Stelle rühren, würde nicht einen Mucks tun. Ich wartete. Noch mal die Fingerknöchel. Gebieterisch.

»George? Sind Sie da?«

Eine Polizeistimme, der Ton: amtlich.

Ich hielt mucksmäuschenstill, ich horchte auf jede Regung, jedes Geräusch. Auf der Straße rollte ein Auto heran und startete dann mit plötzlich aufheulendem Motor durch. Danach wieder Stille.

Erneut dreimaliges Klopfen.

»George? Hier ist Detective Jeffreys. Es geht um Marvin. Detective Kelly schickt mich.«

Wusste er, dass ich da war? Er konnte es nicht wissen. Die Sonnenschutzfenster des Motels waren aus spiegelndem Glas. Im grellen Mittagslicht konnte man unmöglich reinsehen.

Ich wartete. Detective Jeffreys. Ein ranghöherer Kollege, hatte Detective Kelly gesagt. Er hatte die Ermittlungen übernommen. Er war beauftragt zu klären, was mit Marvin passiert war. Wenn er aber schon vor mir da gewesen war ...

War er das wirklich?

Marvin sagt, du sollst sichergehen, dass dir niemand folgt.

Die Gedanken jagten. Kelly und Lewis wussten von meinem Motel. Wenn dieser Detective Jeffreys nach Marvin gesucht hatte, hatte er die Adresse vielleicht von den Kollegen. Er hatte das Motel nur observieren brauchen und mir nachfahren, als ich nach Redcliffe aufbrach; ich hatte ihn schnurstracks zu Marvin geführt. Als ich ihn in Redcliffe bemerkt hatte, machte er gerade den Kofferraum auf. Vielleicht hatte er eben erst angehalten. Vielleicht war er die ganze Zeit hinter mir gewesen. Ein Cop, der Marvin suchte, es aber niemandem sagte. Und Marvin war tot. Clarke hatte ihn auf dem Gewissen, da war ich mir sicher. Was aber, wenn Detective Jeffreys nicht nur im Dienst ... der Polizei stand?

Du glaubst doch nicht etwa, der hätte keine Verbindungen mehr. Er hatte damals dicke Freunde bei der Polizei ...

Und einen von ihnen hatte ich schnurstracks zu Marvin geführt. Jeffreys hatte nur warten müssen, bis ich weggefahren war. Dann Clarke anrufen und Marvins Adresse durchgeben. Wieder warten.

Gegen Charlie waren »Maßnahmen ergriffen« worden. Und nun Marvin. Ich war der Einzige, der noch Bescheid wusste.

Ich wartete auf dem Fußboden. Kein Klopfen mehr. Keine Ansagen.

War er noch da? Und was hatte er vor? Wollte er bloß reden, sondieren, was ich wusste? Und wenn er erst wusste, wie viel ich wusste – was dann? Würde er mich aufs Revier mitnehmen, wo andere Cops waren, wo wir beobachtet würden?

Oder wartete irgendwo da draußen nicht vielleicht ein zweiter Mann? Ganz in der Nähe womöglich. Clarke selbst, vor sich ein Glas Wodka, im Hirn der reinste Alkoholsumpf. Wartete nur darauf, letzte Hand anzulegen, aufzuräumen. Er brauchte nichts weiter zu tun als sitzen und warten, bis Detective Jeffreys mich anschleppte. Dann würde der Detective gehen, und im Zimmer wären nur noch Clarke und ich. Ich würde Aug in Aug dem Mann gegenübersitzen, der Charlie zum Umspannwerk geschleift hatte, der Marvin mitten in der Nacht einen Besuch abgestattet hatte. Möglich auch, dass Detective Jeffreys dabeiblieb. Möglich, dass er immer dabeiblieb.

Plötzlich fielen mir die vielen Bierdosen auf dem Zementfußboden wieder ein. Wodkaflaschen für den einen, Bierdosen für den anderen.

Es war nach wie vor nichts zu hören. War er weg? Ich blieb reglos liegen, zählte Sekunden. Sechzig. Einhundertundzwanzig. Einhundertundachtzig.

Er war bestimmt weg. Ich robbte um das Ende der Couch herum, Brust am Boden. Von dort aus sah ich nur das Gebäude gegenüber, die Wipfel der Bäume und Dächer, die in Treppen in den schönen, warmen, blauen Himmel hinaufführten; ein ganz normaler Tag dort draußen, Menschen ohne Sorgen … nur die Straße konnte ich nicht einsehen. Ich stemmte mich ganz vorsichtig hoch. Dort stand der Wagen, aber es saß niemand darin, und er war nicht bewegt worden. Wo war der Kerl? Ich drückte mich noch etwas weiter hoch und sah ihm direkt in die Augen.

Die Arme in die Hüften gestemmt, stand er mitten auf der Straße und starrte zu meinem Fenster hoch.

Ich schmiss mich wieder hin. Hatte er mich hinter der Scheibe sehen können? Ich drückte mich noch mal in eine Liegestütze hoch. Er stand immer noch wie angewurzelt da. Stirnrunzelnd fixierte er mein Fenster. Sein Sakko hing offen, darunter spannte sich ein weißes Hemd über dem Schmerbauch. Er war massiger, als er mir am Tag zuvor erschienen war, und wirkte keineswegs mehr leger oder harmlos, aber er war es, keine Frage. Ich sah, durch die reflektierende Scheibe geschützt, direkt auf ihn nieder, als er sich umdrehte und zum Wagen stapfte.

Doch mit meiner Euphorie war es im Handumdrehen vorbei. Er blieb stehen. Er blickte noch mal zu meinem Fenster hoch, dann auf den Moteleingang. Er hatte mich *doch* gesehen. Aber nein, er hielt jetzt auf den Eingang zu, auf die Rezeption. Was wollte er?

Den Manager. Er holte den Manager. Er war schließlich Detective, er brauchte dem Manager nur seine Marke zu zeigen und zu verlangen, dass man ihm das Zimmer aufsperrte. Der Manager würde sich kaum auf die Hinterbeine stellen. Sie konnten jeden Augenblick mit dem Schlüssel hier sein. Zwar war die Kette noch vorgelegt, aber wenn sie erst die Kette sahen, wüssten sie auch, dass ich mich im Zimmer aufhielt.

Ein Adrenalinstoß brachte mich auf die Beine. Ich warf rasch einen Blick Richtung Rezeption. Es blieben mir nur Sekunden, allenfalls ein, zwei Minuten. Weg, ich musste weg, zu meinem Wagen. Nur stand der zwei Etagen tiefer in der Garage und der Einsatzwagen direkt gegenüber der Ausfahrt. Ich würde nie und nimmer entkommen, ehe sie aus der Rezeption auftauchten. Der Detective kannte mich, er kannte meinen Wagen.

Zu Fuß also. Einfach raus und Fersengeld geben. Aber da sah es nicht viel besser aus: Es gab meines Wissens keinen Hinterausgang, und sämtliche Treppenausgänge führten auf die Straße. Da stünde ich dann, weithin sichtbar. Er würde mich sofort entdecken. Dann also eine Wäschekammer finden, einen Vorratsraum, irgendein Versteck. Aber auch das war lachhaft. Solche Kammern würden jetzt alle verschlossen sein, und ich wusste auch gar nicht, wo sie lagen. Ich würde wie ein Falter auf dem

Gang herumflattern. Es war bloß ein Motel, es gab kein Verstecken.

Der Manager! Er würde doch dabei sein, wenn sie das Zimmer aufschlossen. Er würde ja nicht einfach den Schlüssel aushändigen, er würde mitkommen und selbst aufschließen. In Gegenwart eines Zeugen konnte der Detective mir nichts anhaben. Aber was erzählte ihm der Detective vielleicht gerade unten im Büro? Dass ich ein Krimineller, ein gefährlicher Verbrecher sei, den man überwältigen müsse? Da würde der Manager wohl kaum einschreiten, was immer ich auch beteuerte.

Detective Kelly anrufen! Dafür sorgen, dass richtige Cops kämen. Ich packte den Hörer und fingerte mit der anderen Hand an meiner Geldbörse herum. Aber Detective Kelly würde auch nicht sofort eintreffen können. Zehn, fünfzehn Minuten würde es schon dauern. In der Zeit konnte viel geschehen. Und würde mir Kelly überhaupt glauben? Es ging schließlich um einen Kollegen. Egal, es war mein einzige Chance. Ich fand die Visitenkarte, haute auf die Tasten. Meine Finger flatterten, ich traf daneben. Ich fluchte, ließ die Karte fallen, bückte mich, hob sie hoch. Ich setzte noch mal neu an, dann hielt ich inne.

Unten trat der Detective aus der Rezeption.

Er war allein. Er sah noch mal zu meinem Fenster hoch, dann kopfschüttelnd zurück zur Rezeption. Selbst über die Entfernung spürte ich seinen Ärger. Es hatte nicht geklappt. Der Manager rückte den Schlüssel nicht raus. Oder vielleicht war der Manager gar nicht da, vielleicht war niemand da. Das Motel war eine kleine Klitsche, sie hatten nicht einmal Zimmerservice. Die Rezeption war nicht rund um die Uhr besetzt.

Ganz gleich, was los war. Der Mann dort unten hatte keinen Schlüssel, nur das zählte. Er kehrte zu seinem Wagen zurück. Ich verharrte, kaum atmend, Hörer in der Hand, und sah zu. Er öffnete den Wagenschlag und stieg ein. Ich wartete. Er schlug die Tür nicht zu. Er blieb vielmehr dort mit einem Fuß auf dem Asphalt im Wagen sitzen. Er blickte zu meinem Fenster hoch. Er griff sich in die Jackentasche, zog eine Schachtel Zigaretten hervor und steckte sich eine an.

Gleich war ich wieder der Verzweiflung nahe. Er richtete sich häuslich ein, er würde nicht abfahren. Und früher oder später käme der Manager wieder. Früher oder später bekäme er seinen Schlüssel.

Ich spürte den Hörer in der Hand. Ich legte auf und wählte neu – Detective Kellys Nummer. Vielleicht bliebe mir jetzt immerhin genug Zeit. Ich lauschte dem Klingeln und sah zum Fenster hinaus. Der Mann schnippte die Asche seiner Zigarette auf die Straße und behielt eisern die Gehwege im Auge. Am anderen Ende wurde abgehoben.

»Apparat Kelly«, sagte eine Frau.

»Ist Detective Kelly da?«, fragte ich fast flüsternd.

»Im Augenblick nicht. Kann ich etwas ausrichten?«

Ich überlegte fieberhaft. Ausrichten lassen, ging das? Durfte ich dieser Frau alles sagen, würde ich sie überreden können, Hilfe zu schicken? Nein. Vielleicht sollte ich irgendetwas erfinden, einen Notfall oder ein Verbrechen melden, damit die Polizei trotzdem käme. Und wenn sie kam, was dann? Jeffreys war leitender Detective. Er würde sie wegschicken. Und sie würden achselzuckend abziehen, wenn sie sahen, dass nichts los war. Und wenn ich rausging und mich ihnen stellte, würde er ja doch das Kommando übernehmen. Er würde nicht an Ort und Stelle »Maßnahmen ergreifen«, aber später. Was immer geschah, er würde nicht einfach verschwinden, und was immer geschah, ich konnte nicht unbemerkt entkommen. Wie man es drehte und wendete, es lief auf uns zwei hinaus. Und Clarke, der irgendwo wartete. Wodka in den Venen wie eine Krankheit.

»Sir?«, räusperte sich die Frau.

Und da hatte ich eine Eingebung.

»Ist ein Detective Jeffreys bei Ihnen?«

»Ja, schon, aber er ist … lassen Sie mich nachsehen … ich glaube, er ist im Einsatz.«

»Ich habe eine dringende Nachricht für ihn. Können Sie ihn irgendwie erreichen?«

»Nun, wenn er sein Mobiltelefon dabeihat, schon. Oder wenn er in Reichweite des Funks ist.«

War er. Reichweite von einem halben Meter.

»Es ist wichtig. Sagen Sie ihm, George Verney hätte angerufen. Jeffreys sucht mich. Er wird ganz sicher die Nachricht haben wollen. Sagen Sie ihm …« Ich überlegte krampfhaft, was für eine glaubhafte Adresse ich angeben könnte, und auch die fiel wie vom Himmel. »Sagen Sie ihm, ich bin im Club von Lindsay Heath in Fortitude Valley. Mit dem sitze ich dort augenblicklich zusammen. Er wird dann Bescheid wissen. Haben Sie das?«

»Ja, Sir. Aber ich kann mich nicht dafür verbürgen, dass er die Nachricht gleich erhält.«

»Versuchen Sie es. Bitte.«

Ich kappte die Verbindung und ließ den Hörer einfach zu Boden fallen, während ich den Einsatzwagen draußen am Randstein nicht aus den Augen ließ. Würde es klappen? Wenn die Nachricht ihn erreichte, bestand eine reelle Chance. Es würde für den Mann dort unten einleuchtend klingen. Er würde wissen, dass Detective Kelly ihn angekündigt hatte. Zwar hatte Kelly keinen Namen genannt, aber das konnte Jeffreys nicht wissen. Noch gab es seines Wissens für mich einen Grund, misstrauisch zu sein oder ihm aus dem Weg gehen zu wollen. Schließlich hatte ich dort in Redcliffe nicht zu erkennen gegeben, dass ich ihn überhaupt bemerkt hatte. Ich hatte kaum hingesehen. Er würde von mir also keine Tricks oder Manöver erwarten. Und Lindsay ins Spiel zu bringen, war plausibel. Es war doch naheliegend, dass ich mit Lindsay noch mal würde sprechen wollen, und über den Club wusste die Polizei ohnehin Bescheid, also war auch daran, dass ich die Adresse nannte, nichts verdächtig.

Ich lauschte; die Zeit schien stehen geblieben zu sein. Der Detective rauchte zu Ende, schnickte die Kippe über die Straße. Sein Blick suchte ständig links und rechts die Straße ab.

Es war die Hölle. Hatte er kein Mobiltelefon bei sich? Wie lange dauerte es denn, einen Funkspruch abzusetzen? Doch plötzlich lehnte sich Jeffreys ins Wageninnere. Ich konnte nicht sehen, was er tat. Lag auf dem Beifahrersitz ein Gerät, das jetzt klingelte? Oder quakte der Polizeifunk seinen Namen und er antwortete? Ich sah nur den einen, noch immer auf dem Asphalt ruhenden Fuß. Dann richtete sich Jeffreys wieder auf. Er bedachte mein Fenster mit einem grimmigen Blick. Er fuhr sich mit der Hand übers Kinn. Die Nachricht war, auf welchem Wege auch immer, eingetroffen, aber der Detective war offenbar nicht restlos überzeugt. Irgendein Instinkt warnte ihn. Er brauchte bloß ein letztes Mal nach dem Manager zu schauen.

Unwirsch zog er das Bein rein unters Lenkrad, warf den Wagenschlag zu, und wenig später schoss der Wagen in derselben Richtung davon, aus der er gekommen war. Ich beugte mich vor, presste die Wange an die Scheibe und sah ihm nach, bis er hinter der Ecke verschwand. Er war fort.

Meine Beine zitterten, ich sackte vor Erleichterung an die Wand. Ich konnte jetzt abhauen, konnte entkommen. Sollte sich Lindsay doch aus der Sache herausreden, wenn sie mich bei ihm nicht antrafen. Egal, was er sagte, sie würden ihm nicht glauben, und wenn es die Wahrheit war.

Reifen quietschten.

Vom entgegengesetzten Ende der Straße schoss ein anderer Wagen heran. Er war dunkelgrau, eine Limousine. Er bremste, wendete und hielt an exakt der soeben von dem Einsatzwagen geräumten Stelle.

Ich sah es mit sinkendem Mut. Es war nur ein Auto, vielleicht ein x-beliebiges Auto, aber ich wusste es besser. Der Detective war fort, und sofort erschien dieser Wagen zur Wachablösung. Die Observation wurde nicht abgebrochen, sondern nur abgegeben. Sie hatten sich nicht täuschen lassen.

Ich war am Ende. Meine Nerven spielten verrückt, aber kein Adrenalinschub, kein Überlebensinstinkt trieb mich an. Ich empfand nur noch Angst, kalt und bleiern. Mir fiel nichts mehr ein.

Dabei war es nicht mal ein Einsatzwagen, der dort wartete. Auch kein Zivilfahrzeug. Die Polizei fuhr keine solchen Autos. Den Fahrer konnte ich nicht sehen. Es wurden keine Türen geöffnet, die Scheiben waren schwarz. Ich sah ebenso wenig, wer drinnen saß, wie man mich sehen konnte, und doch fühlte ich die Gegenwart, den lauernden Blick nach oben, ähnlich meinem nach unten gerichteten – zwei Späher hinter getönten Scheiben, getrennt nur durch zwanzig Meter flirrende Hitze.

Er war das.

Ich wich vom Fenster zurück, die Angst lähmte mich förmlich. Ich hatte richtig gelegen, Clarke musste in nächster Nähe gewartet haben, während er seinen Polizeischergen vorschickte. Und jetzt, da sein Lakai anderweitig gefragt war, hatte er den Job höchstpersönlich übernommen. Ihn würden weder getönte Scheiben täuschen noch irgendeine fingierte Botschaft. Er wollte mich sprechen, und er konnte warten. Ewig, wenn nötig.

Ich hörte auf der Straße eine Autotür aufgehen und leise zuschlagen.

Ich stand ratlos da. Ich wandte den Blick vom Fenster zur Tür. Die Kette würde ihn nicht aufhalten. Marvin hatte sich in einer Festung verschanzt, und doch hatte sich dieser Mann Zutritt verschafft. Trotzdem tat ich die vier Schritte zur Tür. Ich legte ein Auge ans Guckloch.

Schweiß trat mir auf die Stirn. Ich blinzelte. Ich sah nichts. Das Glas hatte einen Sprung, alles war verzerrt. Ich ahnte den kurzen Korridor und dahinter den Treppenaufgang, aber alles glich einem Kaleidoskopbild. Ein Viereck aus grellem Sonnenlicht verwandelte alles in ein zersplittertes Schattenspiel aus Weiß und Schwarz. Und mittendrin eine Gestalt, die sich bewegte.

Ein Mann kam die Treppe herauf.

Er war nur ein Schemen, eine gezackte, windschiefe, steigende Figur. Das Gesicht war undeutlich. Jetzt stand er direkt vor der Tür. Er schwoll, schwankte, schrumpfte wieder. Ein Arm hob sich, durch das Guckloch betrachtet dünn und eckig, dann hörte ich seltsam zarte Klopfzeichen am Holz, und sie kitzelten meine Wange wie Spinnenbeine.

Ich wartete, angestrengt blinzelnd, eine Handbreit nur entfernt von einem Mann, der gekommen war, um mich zu töten.

Er beugte sich vor. Im gesprungenen Glas erhaschte ich einen flüchtigen Blick von heller Haut und einem Auge, schwarz wie Stein, einem Schopf dunklen Haars.

Er sprach. Es war eine tiefe, weiche Stimme, die im Gang hohl klang, laut genug nur für meine Ohren. »George?«, sagte die Stimme. »George, bist du da?«

In meiner Brust flammte etwas auf. Wieder einmal war mein Körper schneller als mein Kopf, denn meine Finger hantierten schon an der Kette, schoben sie hastig zurück, dann riss ich an der Tür, denn die Stimme, diese Stimme kannte ich, und schon war die Tür offen, und ich umklammerte die überraschte Gestalt, die kein Mann war, sondern eine Frau, und ich wusste genau, wer es war, denn auf sie hatte ich von dem Moment an gehofft und gewartet, als es mit dem ganzen Schlamassel losging.

Maybellene.

37

MAYBELLENE UND CHARLIE und ich ... vielleicht war das alles so vorhersehbar wie meist in diesen Fällen: Affären und Verrat und das ewige Dreieck. Aber May und ich haben gerungen. Wir machten an dem Tag Schluss, an dem Charlie seine erste Ladung vor den Korruptionsausschuss erhielt.

Mit allem anderen war sowieso Schluss. Den Partys, den Einladungen, den vielen exaltierten Bekannten – damit war schon in den ersten paar Wochen nichts mehr. Unsere Clubs waren geschlossen worden, alle Clubs wurden dichtgemacht, man konnte nirgends mehr hin, es gab keine Nächte mehr zu erkunden. Die Ermittlungen des Ausschusses zogen immer weitere Kreise. Ich verlor meinen Job. Marvin wurde des Amts enthoben, also war auch May arbeitslos. Jeremy hatte sich nach Sydney abgesetzt. Lindsay war abgetaucht. Es blieben nur wir drei. May und Charlie und ich.

Seine Restaurants führte Charlie weiter. Zwar musste er sich nun an die Sperrstunde und die Vorschriften halten, aber auf den Betrieb konnte er nicht verzichten. Er wollte gesehen werden, Präsenz zeigen, wollte aller Welt demonstrieren, dass er derselbe gute alte Charlie blieb, der für seine Gäste da war, seine Runden drehte, mit ihnen lachte und scherzte. In der Hinsicht hatte er immer gegen sich selbst, sein Aussehen, den äußeren Schein ankämpfen müssen, und er hatte triumphiert. Eine Zeit lang sah es auch jetzt noch so aus, als würde er der Sache Herr werden. Sein Siegerlächeln erschien immer noch in den Klatschspalten, und nur May und ich sahen die Kraft, die ihn sein Grinsen kostete.

Doch je drückender die Beweislast, die vor allem Charlie inkriminierte, desto schneller bröckelte die Fassade. Die Restaurants leerten sich. Es war kein Ankommen mehr gegen den Korruptionsausschuss und die Schwere der Vorwürfe; Charlies Unterweltverbindungen verloren ihren Reiz. Die Leute sprachen nicht mehr mit ihm. In der Presse erschien sein Gesicht jetzt eher im politischen Teil, und man nannte ihn nicht mehr Gastronom, sondern Gangster, verwickelt ins Prostitutions- und Glücksspielgeschäft. Jetzt sahen die Leute nicht mehr sein strahlendes Lächeln, sie sahen nur noch einen bulligen Schläger mit schmalen, schlauen Augen. Charlie tauchte in seinen Restaurants nicht mehr auf. Er führte sie noch eine Zeit lang telefonisch, bis er schließlich kapitulierte. Am Ende wurden sie mit allem anderen verkauft. Doch zunächst zog sich Charlie mit May in die eigenen vier Wände zurück.

Und der Korruptionsausschuss ermittelte. Ich selbst wurde nur einmal als Zeuge geladen. Das Epizentrum des Bebens, das die politische Landschaft Queenslands für immer veränderte, wirkte harmlos genug: ein überfüllter Gerichtssaal, in dem die Akteure die Macht weder zur Anklage noch zur Verurteilung hatten, sondern lediglich das Recht, Fragen zu stellen und Antworten zu erzwingen. Doch durch diesen Saal wälzte sich ein endloser Strom von Bußfertigen – Kabinettsmitglieder, Kleinkriminelle, Informanten, Beamte, Nachtclubbesitzer, Buchmacher, Puffmütter, Polizisten –, und die Geschichte, die sie zusammentrugen, war schon in ihren Ausmaßen unfassbar und wurde zur Lawine. Die Zeitungen konnten sie kaum bewältigen: Mehr als gellen konnten Schlagzeilen auf Dauer nicht, und keine Empörung hält sich ewig. Was nachfolgte, war die Welle der Ankläger … Die *konnten* prozessieren, die *konnten* Verurteilungen erwirken.

Ich fand mich also im Zeugenstand wieder. Ich sollte einräumen, dass ich an Charlies Geschäften finanziell beteiligt war, das räumte ich ein. Ich sollte erklären, welche das gewesen waren, ich erklärte es nach bestem Wissen und Gewissen. Ich sollte bestätigen, dass auch Marvin und Lindsay Teilhaber gewesen seien, das bestätigte ich. Ich wurde gefragt, ob mir jemals diktiert worden sei, was ich in meiner Kolumne zu schreiben hätte, das stritt ich ab. Dann durfte ich gehen. Das Ganze dauerte kaum fünf Minuten. Der nächste Zeuge wurde aufgerufen. Aber nicht etwa Jeremy. Geschweige denn George Clarke.

Mich handelten die Zeitungen auf Seite fünf ab, und es gab offenbar wenig zu sagen. Vielleicht war der Zunft das schwarze Schaf in den eigenen Reihen peinlich, vielleicht hatten die Kollegen selbst Geheimnisse, die sich von meinen nicht sehr unterschieden. Wahrscheinlich aber war ich als zu kleine Nummer schlicht nicht von Interesse. Meinen Job war ich schon los, mein Exblatt lag in den letzten Zügen, und schließlich kam alle paar Tage ein neuer Skandal ans Licht. Also wurde mein Name der langen Liste der Verdammten und Exilierten angefügt, und man stürzte sich auf die fettere Beute. Ich hatte keine Ahnung, was ich tun oder wo ich hingehen sollte. Ich verschanzte mich in meiner Wohnung und trank oder zog durch solche Bars, in denen ich niemanden kannte, niemandem über den Weg laufen würde. Ein paar Monate lang brachten mich noch die Gerüchte über Strafverfolgungsabsichten ins Schwitzen, aber am Ende kam ich mit wütenden Nachforderungen der Steuerbehörden und einem »Höflichkeitsbesuch« der Polizei davon. Natürlich keinem Besuch mir bekannter Kollegen, sondern von neuen Cops. Oder zumindest solchen, die neu taten. Und nicht einmal die wollten etwas von mir. Ich war schon vergessen.

Charlie kam weniger glimpflich davon. Seine Aussagen vor dem Korruptionsausschuss waren Aufmacher, es wurde Anklage erhoben, man nahm ihn fest. Ich ging mit May zur richterlichen Anhörung und brachte die beiden, nachdem man Charlie gegen Kaution freigesetzt hatte, nach Hause; alle drei schwiegen wir im Auto. Charlie nahm rapide ab und trank jetzt fast ständig. Er war es nicht gewohnt, sich mit sich selbst zu beschäftigen. Sein Leben war Geselligkeit, ohne sie war er wie amputiert. Ich versuchte, mit ihm zu reden, aber irgendwie hatten wir keinen Draht mehr, die Verbindung war unterbrochen. Vielleicht wegen May und mir – im Unterbewusstsein muss er es gewusst haben –, und selbst das Band des Alkohols reichte als Brückenschlag nicht mehr aus. Früher war gemeinsam trinken geteilte Freude gewesen, ein gemeinsames Fest. Jetzt machte es keinen Spaß; jetzt tranken wir, um zu vergessen, und dazu brauchte man keine Gesellschaft. Ich setzte die beiden zu Hause ab, ging aber nicht mit rein, trotz des flehentlichen Blicks, den mir May zuwarf. Nicht ihretwegen, sondern um Charlies willen. Aber ich wusste ihnen keine Hilfe.

Ich fuhr heim und entkorkte in der dunklen Wohnung eine Flasche nach der anderen. Später klopfte es an der Tür, und May stand mit den gleichen hoffnungslosen, tränenfeuchten Augen vor mir wie immer, und es ging wieder von vorne los. Voller Verzweiflung klammerten wir uns diesmal aneinander, uns grausam eines Charlies bewusst, den wir allein zu Hause sitzen, den wir – beide – im Stich ließen.

Als es zum Prozess kam, musste ich als Zeuge aussagen. Ich fragte Charlies Verteidiger, ob ich Gelegenheit bekäme, für Charlie zu sprechen – zu erklären, was für ein Prachtkerl er sei und dass er vermutlich genauso wenig begriffen habe, was wirklich lief, wie ich.

Der Anwalt lachte mir ins Gesicht. »*Sie* wollen Charlie einen guten Leumund bescheinigen?«, höhnte er. »Sie wollen wohl, dass man Charlie lebenslang einlocht?«

Also stand ich erneut vor einem Richter, bestätigte tonlos, dass ich an Charlies diversen Geschäften beteiligt gewesen sei und dass, ja, dazu auch Spielhöllen und ein paar wenige Bordelle gehörten und dass, ja, auch Charlie dort ein und ausgegangen sei und wusste, um was für Etablissements es sich handelte, und dass, ja, Schmiergelder an die Polizei und an andere Stellen gezahlt worden seien und so weiter und weiter. Charlie saß still auf der Anklagebank, blass und elend und in den Augen der Geschworenen, das sah ich deutlich, zweifellos schuldig.

Als er selbst aufgerufen war, auszusagen, tat er sich keinen Gefallen. Vielleicht hätte der alte Charmebolzen Charlie die Geschworenen einwickeln und sich herausschäkern können, aber nicht *dieser* Charlie. Sein Anwalt hatte ihm wenigstens eingebläut, er müsse klarstellen, dass zwielichtige Details Lindsays Sache gewesen seien und Marvin der Kopf des Unternehmens, aber Urkunden und Unterschriften sprachen gegen ihn. Lindsay war unauffindbar, Marvin schon diverser anderer Vergehen angeklagt – und den liebte alle Welt sowieso unvermindert.

Charlie hingegen klang, als suchte er sich verzweifelt rauszuwinden und zu rächen. Oben auf dem Zuschauerrang sah May mit müden, traurigen Augen zu. Sie rief niemand in den Zeugenstand. Eine von Charlies Exangestellten hatte zuvor von Mays Angewohnheit berichtet, Charlie in eines der Separees abzuschleppen; für die Öffentlichkeit war sie kaum besser als eine Nutte.

Am Abend vor Schluss der Beweisaufnahme setzten wir drei uns noch einmal bei Charlie und May zusammen. Wir wussten, wie die Sache ausgehen würde und dass wir folglich zum letzten Mal gemeinsam aßen. Es war surreal. Einer von uns würde eine Haftstrafe verbüßen, und doch waren wir noch dieselben, noch genau die drei harmlosen Menschen wie immer. Was war an diesen langen, trunkenen, wunderbaren Nächten denn so verbrecherisch gewesen? Wem hatten wir denn geschadet? Allen, sagten die Gerichte und sagte der neue Geist, der in den Straßen Queenslands Einzug hielt. Allen hatten wir Schaden zugefügt, der Gesellschaft gar, in ihrer Grundsubstanz. Mag sein, wir drei jedenfalls verstanden an diesem Abend die Welt nicht mehr. Und Charlie schwieg. Er dachte nur noch an die drei oder vier Jahre, die er würde brummen müssen. May und ich versuchten krampfhaft, ein Gespräch in Gang zu halten, wussten aber kaum, wovon wir reden sollten. All unsere Erinnerungen, unsere ganze gemeinsame Zeit lief unweigerlich auf den Prozess und den stumm unter dem Damoklesschwert der Verurteilung vor uns hockenden Charlie hinaus. Das viele, das es zwischen mir und May zu sagen gab, konnte vor Charlies unmöglich gesagt werden. Also saßen wir drei da, alte Freunde und Liebhaber, und schwatzten belangloses Zeug. Es war unerträglich.

Ich floh schließlich auf die hintere Veranda und sah hinaus auf das nächtliche Brisbane. Ich trank gierig, froh um die zunehmende Benommenheit, die schrumpfende Welt und Sterne, die sich über meinem Kopf zu Nebel verwischten. May stieß nach etwa einer halben Stunde zu mir und meinte, Charlie sei ins Bett gegangen und ich solle lieber gehen. Sie wirkte vollkommen zerschlagen. Sie hatte genauso wenig wie ich eine Strafanzeige zu befürchten, doch sie würde bei Marvins Prozess aussagen müssen, und sie zählte nicht minder zu den Verlierern als ich. Zudem war sie seit Wochen hier mit einem Ehemann eingesperrt, der sich immer mehr von ihr zurückzog, der ihre Hilfe nicht annahm, der ihr stumm etwas vorwarf, was sie nicht beichten konnte. Wir nahmen uns dort auf der Veranda in den Arm, May weinte still, wir küssten uns, und auf der ganzen Welt gab es nur uns zwei. Ausgerechnet diesen Moment wählte Charlie, um nach draußen zu treten – mit offenem Mund, als fände er endlich Worte, endlich einen Weg –, und sah uns dort.

Ich verfolgte das Wechselbad der Gefühle in seinem Mienenspiel. Schock. Schmerz. Zorn. Alles in quälender Zeitlupe. Dann brüllte er los.

»Nicht hier! Nicht jetzt! Wartet gefälligst, bis ich weg bin!«

Alle drei standen wir wie erstarrt da. Charlies Zorn verflog ebenso rasch, wie er aufgebraust war, er schüttelte bloß den Kopf, machte kehrt und ging ins Haus. Wir folgten. Charlie ließ sich auf die Couch fallen, May setzte sich zu ihm und nahm ihn in die Arme, ich hockte mich auf einen Stuhl. Und so blieben wir, wir sprachen nicht davon, wir redeten überhaupt nicht, wir tranken einfach, bis wir nach und nach alle drei einschliefen, und dann war Morgen und Zeit, ins Gericht zu fahren.

Charlie bekam seine vier Jahre, und als wir das Gerichtsgebäude verließen, sagte May: »Wir dürfen uns nicht mehr sehen.«

Sie kehrte in das leere Haus zurück. Das nicht mehr lange ihr Haus sein würde. Das Haus und die Restaurants, sie mussten verkauft werden, um Gerichtskosten und Steuerschulden und Geldstrafen zu bezahlen. May zog in eine kleine Mietwohnung. Charlie wurde der Vollzugsmaschinerie einverleibt, und May besuchte ihn, sooft sie durfte. Ich ging ein einziges Mal hin und musste mir sagen lassen, dass Charlie mich nicht sehen wolle.

Ich trank. Ich hatte noch Reserven, ich hatte mein Arbeitslosengeld, und es spielte ohnehin alles keine Rolle.

Ich rechnete nicht damit, May wiederzusehen, aber dann erschien sie noch ein letztes Mal bei mir, stand allein und verloren und stolz auf dem schmalen Grat zwischen Licht und Dunkel wankend, wie sie es immer tun würde, vor der Tür.

Und ich ließ sie, wie ich es immer tun würde, ein.

Später lagen wir im großen leeren Wohnzimmer auf der Couch, während der Himmel draußen orangerot verglühte und die Nachtluft zu den Fenstern hereinzog, und sprachen von Charlie.

»Es ist furchtbar«, flüsterte sie mit gebrochener Stimme. »Er spricht nicht mit mir, er glaubt, ich wäre bei dir. Ich habe ihm gesagt, dass das nicht stimmt, dass ich dich nicht mehr gesehen hätte und es auch nicht wollte … aber er glaubt mir nicht. Und er geht zugrunde, da drinnen. Er ist jetzt schon wie tot.«

Ich aber wünschte mir im Grunde meines Herzens und zu meiner immerwährenden Schande, dass er es wäre.

»Nie wieder«, fauchte sie, packte mich an den Schultern und blitzte mich böse und verängstigt unter einer wilden Mähne hervor an. »Das eben musste ich dir noch erzählen, aber dann ist Schluss.«

Am Morgen war sie fort.

Vorbei, dachte ich, als die Kirchenglocken den Tag einläuteten und der Chor anschwoll, zu Ehren eines weisen und gütigen Gottes. Mehr ist nicht.

Das war zwei Jahre nach Einsetzung des Korruptionsausschusses.

Und die Wahlen des Dezember 1989 standen vor der Tür.

38

ICH BRAUCHTE NUR MINUTEN, um zu packen, dann saßen wir in Mays Wagen und jagten auf einer verwinkelten Route durch New Farm vom Motel fort. Ich drehte mich auf dem Beifahrersitz immer wieder um und spähte zur Heckscheibe hinaus. Es folgte uns keiner.

»George?«, fragte May. »Wo fahren wir hin?«

Zum ersten Mal wandte ich mich ihr zu und sah sie mir genau an.

Eine zehn Jahre ältere Maybellene. Sie trug das Haar länger, und die Locken waren weg, sodass es jetzt streng und schnurgerade herabhing, dunkler als in meiner Erinnerung, als wäre es gefärbt. Ihr Gesicht hingegen war weicher geworden, runder. Auch der Körper. Es fehlte die wie eine Stahlfeder gespannte rasende Getriebenheit von einst. Maybelle war eine Frau mittleren Alters geworden. Und blieb doch May. Allmählich drang mir das nach der ganzen Nervosität und Angst der vergangenen Stunde ins Bewusstsein: Sie war wirklich und wahrhaftig da.

»Fahr einfach ein bisschen herum«, sagte ich. »Nur raus aus New Farm.«

Sie nickte. Nichts von dem, was ich tat, schien sie zu überraschen. Mir war es in der Hektik seit dem Augenblick, da ich die Moteltür aufgerissen hatte, bis hin zum hastigen Zusammenwerfen meiner Sachen und dem Sprint zu ihrem Wagen kaum aufgefallen, aber sie hatte bisher noch so gut wie keinen Ton gesagt. Als käme sie wie gerufen und einzig und allein zu diesem Zweck. Und jetzt, wo endlich Zeit war zu reden, wusste ich nicht, wo ich anfangen sollte.

»Großer Gott, May«, sagte ich, »tut mir wirklich leid ...«

»Schon gut.« Ihr Blick wanderte von der Straße hoch zum Rückspiegel und dann herüber zu mir. »Ich war auf dem Weg zu dir, aber dann sah ich den Einsatzwagen draußen und diesen Mann, also … also habe ich abgewartet. Als er wegfuhr, dachte ich, du bist gar nicht da, aber ich wollte mich vergewissern.«

Ich konnte kein Auge von ihr lassen, gebannt von dem viel tieferen Timbre ihrer Stimme.

»Ich kann es nicht fassen«, sagte ich. »Ich hatte die Hoffnung aufgegeben. Ich dachte, du musst Queensland verlassen haben oder überhaupt das Land.«

Sie lächelte, es war Mays altes Lächeln, das mit der eingebauten Traurigkeit. »Eine lange Geschichte, George.«

»Weißt du … von Charlie?«

Das Lächeln schwand. »Ja, ich habe es gehört. Auch das mit Marvin.«

»Marvin?«

»Es kam mittags in den Nachrichten. Deshalb dachte ich … es wird Zeit, zu dir zu kommen.«

»Woher wusstest du, wo du mich findest?«

»Lindsay hat es mir gesagt. Gestern. Ich hatte ihn gebeten, dir nichts davon zu erzählen. Ich war mir nicht sicher, ob es gut wäre, dich zu treffen.«

Und da überkam es mich. »Mein Gott, was hast du getrieben? May, warst du etwa auch die ganzen Jahre hier in Brisbane?«

»Mehr oder weniger.«

»Die Polizei hatte keine Ahnung. Es hieß, du seist nirgends registriert.«

Sie maß mich mit einem kühlen Blick. »Wundert es dich etwa, George, dass ich nicht sonderlich darauf erpicht war, auffindbar zu sein?«

»Sie haben dich bloß Charlies wegen gesucht.«

»Wir waren geschieden.«

Ihr Ton war kalt, aber auch nach zehn Jahren wusste ich es besser.

»Dann warst du das doch – bei der Trauerfeier.«

Sie sah weg. »Ich dachte, es hätte mich niemand gesehen.«

»Hab ich auch nicht. Nicht richtig.«

»Ich konnte einfach nicht, George. Tut mir leid.« Mehr schien sie dazu nicht zu sagen zu haben.

Ich blickte voraus in den Verkehr. May fuhr parallel zum Fluss durch das alte Gewerbegebiet von New Farm, nur dass hier inzwischen kein Gewerbe mehr angesiedelt war. Die alten Lagerhäuser beherbergten nun Studioapartments, die Fabriken Restaurants und Geschäfte.

Sie war die ganze Zeit hier gewesen. Und sie hatte nicht gewusst, ob sie mich überhaupt sehen wollte.

Sie sagte: »Ich habe es in den Zeitungen verfolgt. Das mit Charlie, mit Highwood. Auch von dir war die Rede. Bist du schon seit damals dort?«

Ich nickte, sah aber weiter zum Fenster hinaus. Das war einfacher als sie anzusehen. »Ich wollte mit Brisbane nichts mehr zu tun haben. Bis jetzt.«

»Und was machst du dort?«

»Für das Lokalblatt schreiben.«

»Manchmal hätte es mich interessiert, aber ich konnte mich nie überwinden anzurufen. Ich hatte sowieso nur die alte Nummer.«

»Die Pension. Hast du vor ein paar Tagen dort angerufen?«

»Ja«, sagte sie. »Bevor mir Lindsay einfiel. Mir war klar, dass du ihn aufgesucht haben würdest. Und die alte Dame wollte mir nicht sagen, wo du bist. Noch wollte es die andere Frau. Emily.«

Ich sah sie an, und unsere Blicke trafen sich. Der Ausdruck in ihren Augen war unergründlich.

»Bist du verheiratet, George?«

»Nein, Emily und ich … na ja, du weißt schon. Und du?«

Wieder das alte Lächeln. »Nein.«

»Und? Sag schon, wie ist es dir ergangen?«

»Ganz gut.« Sie lachte unsicher. »George, es ist so seltsam.«

»Und du warst tatsächlich die ganze Zeit hier in Brisbane? Du warst nie fort?«

»Hätte ich es sein müssen?«

»Ich weiß es nicht. Ich habe wohl einfach angenommen, nach allem …«

»Ich war nahe dran. Wirklich nahe dran. Schließlich waren ja sonst alle weg.«

Wie zum Beispiel ich.

»Was war mit Charlie?«, fragte ich. »Hast du ihn vor seinem Tod gar nicht mehr gesehen?«

»Ich wusste nicht einmal, dass er in Brisbane war.«

»Was war mit euch beiden, nach … damals?«

Die Frage schien sie nicht zu belasten. »Als er aus der Klinik wieder in den Maßvollzug kam, bin ich regelmäßig in die Anstalt gefahren, aber er hat kein Wort mit mir geredet. Dann wollte er mich nicht mal mehr sehen, also habe ich's gelassen. Irgendwann wurden mir per Post die Scheidungspapiere zugestellt.« Sie tupfte an ihrem Auge, aber Tränen waren keine zu sehen. Das hier war eine ältere May. Härter vielleicht. Und schließlich war das alles zehn Jahre her.

»Was ist mit Marvin und Jeremy? Hast du die noch mal gesehen?«

»Warum hätte ich Marvin noch sehen wollen? Oder Jeremy. An Jeremy habe ich eher mal gedacht … vielleicht hätte ich doch noch irgendwann Anlauf genommen. Ich weiß nicht. Hast du ihn gesehen? Wohnt er noch in seinem Haus?«

»Er liegt im Krankenhaus. Er hat Leukämie; es geht zu Ende.«

Sie seufzte. »Also habe ich auch da zu lange gewartet … Aber was geht eigentlich vor, George? Als ich das mit Charlie gehört habe, dachte ich, es hängt mit der Zeit nach uns zusammen. Der Zeit im Gefängnis vielleicht. Wie auch sonst? Ich wollte dich anrufen, aber …«

Sie musterte mich eindringlich und vergaß die Straße einen Augenblick.

»George, für meinen Teil hätte Charlie ebenso gut schon seit Jahren tot sein können. Ich hatte ihn aufgegeben. Du hast ihn ja nicht in der Haft erlebt, vor allem nach seinem Klinikaufenthalt. Ich habe Charlie vor Jahren zu Grabe getragen. Aber dann kam die Sache mit Marvin. Was ist bloß los?«

»Wie haben sie es denn in den Nachrichten dargestellt?«

»Es hieß bloß, dass man ihn tot am Strand gefunden hat.«

»Sie halten es für Selbstmord.«

»Selbstmord? Das wusste ich nicht. Ich dachte …«

»Es gibt einen Abschiedsbrief, in dem er den Mord an Charlie gesteht.«

»*Marvin* hat Charlie umgebracht?«

»Die Polizei geht davon aus.«

»Du aber nicht?« Sie schien verwirrt.

»Halt mal an.«

Wir hielten in einer Seitenstraße, und May stellte den Motor ab. Dann wendeten wir uns, auf Armeslänge, einander zu, und ich erzählte ihr alles. Mir jeden Augenblick ihrer Hände überaus bewusst, die kaum einen Fingerbreit von meinen auf ihrem Knie ruhten. Ihres Dufts. Der neuen Fältchen um ihren Mund. Des Körpers, der mir einst so vertraut gewesen und der jetzt so anders war, und des Verlangens, ihn neu zu erforschen, zu erfahren, was wirklich anders war und was nicht und ob es etwas ausmachte. Es war ein hilfloses Gefühl, es ging mir ganz genauso wie früher, als May und ich über Charlie redeten, ich aber nur an sie denken konnte.

Ich sagte ihr alles. Ich weiß nicht, was ich von ihr erwartete. Besorgnis, Angst, Zorn. Stattdessen wurde sie zur Salzsäule. Ich sah, wie ihre Hand sich verkrampfte und die Fingerknöchel auf dem Knie weiß wurden. Das Blut schien ihr ins Gesicht zu schießen, sie sagte jedoch nichts, noch regte sie sich. Als ich fertig war, wandte sie das Gesicht ab und starrte zum Fenster hinaus. Am Ende der Straße sah man die Überreste eines Holzpiers und dahinter den träge dahinfließenden Fluss. Doch was sie sah, war ganz gewiss nicht der Fluss. Ich wusste nicht, was sie sah, was sie dachte.

»Der arme Charlie«, sagte sie schließlich mit verdächtig blanken Augen. »Das hat er nicht verdient.«

»Du warst Marvins Assistentin. Wenn er und dieser George Clarke Partner waren, dann musst du ihm doch begegnet sein. Meine Güte, es war seine Firma, die du versucht hast niederzubrennen.«

Sie nickte, in Gedanken immer noch weit weg. »Ich bin ihm begegnet. Noch bevor ich für Marvin zu arbeiten begann. Das erste Mal habe ich ihn bei Jeremy gesehen, nicht lange nach meinem Einzug. Sie waren nicht befreundet, aber … Clarke … kam häufig vorbei. Damals wünschte ich, er wäre in dem Betrieb gewesen, als wir Feuer legten. Andererseits hatte ich natürlich inzwischen selbst die Fronten gewechselt. Also hatte ich dankbar zu sein. Immerhin hatte er meiner Entlassung aus der U-Haft zugestimmt.«

»Was ist das für ein Typ? Glaubst du, er ist zu solchen Gräueltaten fähig?«

»Ich weiß nicht … möglich.«

»Weißt du, was jetzt mit ihm ist? Wo er wohnt? Wo er arbeitet?«

»Nein. Er hat sich immer sehr im Hintergrund gehalten. Er und Marvin wollten das so.«

»Dann gehen wir wohl am besten zur Polizei.«

Sie kehrte in die Gegenwart zurück und ergriff meine Hand. »George, ich fürchte, damit wird es nicht getan sein.«

»Aber was soll ich denn sonst tun?«

»Du solltest aus Brisbane verschwinden. Wenn das stimmt, was du sagst, hat er vielleicht noch mehr Komplizen bei der Polizei. Verschwinde, George. Versteck dich irgendwo.«

Und ihre Finger, diese langen schlanken und so starken Finger gruben sich mir in die Handteller …

»Sich zu verstecken hat Marvin auch nichts genützt«, sagte

ich. »Im Augenblick bin ich nicht in Gefahr. Sie werden nicht wissen, wo sie mich suchen sollen, wenn sie erst begreifen, dass ich nicht im Motel bin. Mein Wagen steht noch dort, aber umso besser. Meinen Wagen kennen sie. Deinen werden sie nicht kennen.« Ich sah mich um. »Er ist zum einen viel edler.«

»Ein Mietwagen.«

»Dann stehst du offenbar nicht ganz schlecht da …« Erneut wurde mir bewusst, dass ich keine Ahnung hatte, was mit ihr gewesen war, wie sie über die Runden gekommen war. »Was hast du die ganzen Jahre gemacht, May?«

»Ich habe Geld, aber lass uns jetzt nicht davon sprechen, George, nicht jetzt. Es gibt zu viel anderes. Was willst du tun? Das ist das Entscheidende.«

»Detective Kelly ist in Ordnung, glaube ich. Mit dem kann ich reden.«

Ihre Hände zerrten unruhig an meinen. »Gut. Aber du solltest erst aus Brisbane verschwinden. Ruf Detective Kelly von irgendwo an, wo du in Sicherheit bist.« Dann lösten sich ihre Finger. Sie schob sich hinters Lenkrad zurück und ließ den Motor an. »Ich bringe dich hin. Also, wohin?«

»May, ich kann nicht einfach abhauen.«

»Warum nicht?«

»Zum einen … muss ich Jeremy sprechen. Er hat mir ausrichten lassen, ich solle kommen. Es sei wichtig.«

»Gut. Dann bring ich dich zu Jeremy. Aber dann musst du weg. George, ich kenne diesen Mann … Ich habe schon damals gesehen, wie er ist. Versprich mir, dass du verschwindest, bevor du jemanden anrufst, ja?«

»Meinetwegen, aber …«

»In welchem Krankenhaus liegt Jeremy?«

»Im Royal Brisbane.«

Sie zögerte einen Augenblick und sah mich an, die Hände still am Lenkrad. »Im Royal?«

»Ja, ich weiß. Aber es ist nur ein Krankenhaus, May.«

Sie zögerte einen Moment. »Natürlich«, sagte sie dann und drehte den Schlüssel im Zündschloss.

Aber es war keineswegs nur ein Krankenhaus. Es war das Krankenhaus, wo eines Abends vor zehn Jahren alles zu Ende gegangen war.

An *dem* Abend. Dem letzten Abend. Dem Wahlabend, Dezember 1989.

39

DER AUSGANG DER WAHL stand längst fest.

Ich war den ganzen Tag ziellos in New Farm und Fortitude Valley herumgeirrt, an den Wahllokalen und Kundgebungen vorbei, und hörte die Zeitbombe des Umsturzes ticken. Der Korruptionsausschuss hatte die alte Regierung empfindlich geschwächt, der Premier war zurückgetreten, Marvin und zwei weitere wichtige Minister standen unter Anklage, der Police Commissioner saß bereits in Haft. Auf den Straßen verhöhnten die Leute die Plakate der Regierungspartei. Sie zerrissen die amtlichen Wahlanleitungen und lachten die Wahlhelfer aus. Vor einem der Wahllokale wurde eine Strohpuppe des Expremiers angezündet. Zwei Jahre Korruptionsausschuss, gefolgt – nach drei Jahrzehnten der Scham und Wut, der Unterdrückung und Lethargie – von den Prozessen und den Dauerschlagzeilen zu Betrug und Bestechlichkeit … Diese explosive Mischung war im Begriff hochzugehen.

Ich machte mir gar nicht erst die Mühe zu wählen.

Ich zog von Bar zu Kneipe zu Bar, schob mich zwischen aufgeregte Trinker, die nur ein Thema kannten: die Wahl. Niemand wusste, wer ich war, niemand ordnete mich dem untergehenden Regime zu, den Parias. Vermutlich sah ich dem alten George Verney auch nicht mehr sehr ähnlich. Ich trank inzwischen ganze Tage lang, und zwar ohne Unterbrechung. Die Spuren waren für mich im Spiegel unübersehbar, wenn ich mich zu einem Blick überwinden konnte. Die ständig blutunterlaufenen Augen. Die erweiterten Äderchen im Gesicht, die wie gescheuerte Haut. Beim Rasieren zitterten meine Hände so sehr, dass ich mich dauernd schnitt und schließlich ganz auf die Rasur verzichtete. Ich war ein Jahr lang nicht mehr beim Friseur gewesen. Ich spürte es selbst an meinem Gang. Ganz sicher bewegte ich mich eigentlich überhaupt nie. Meine Beine schmerzten. Alles schmerzte, und trotz des Alkohols lag ich von wirren, benebelten Gedanken gequält nachts wach. Ich rutschte Schritt für Schritt ab in das tödlich hohläugige Schlurfen des chronischen Alkoholikers. Und zu allem Überfluss stank ich. Ich duschte zwar noch, und ich selbst nahm den Geruch nur flüchtig wahr, aber er war da. Saß in den Poren. Ein Hautgout schalen Weins. Schal gewordener Hoffnungen. Scheiterns.

Und so war ich inmitten des Getümmels allein. Der Wahltag schleppte sich hin, und mit jeder Stunde versank ich tiefer in schwarze Gedanken. Der Sturz der Regierung war mir vollkommen egal, sie verdienten es nicht besser, aber nun war eben das Ende gekommen. Das amtliche Ende. Waren die Wahlen erst vorüber und die Regierung weg vom Fenster, würde nur die Erinnerung bleiben. Das Fegefeuer, in dem ich seit zwei Jahren schmorte, wäre erloschen. Ich hätte keinerlei Verbindung mehr zu irgendetwas, niemanden, dem ich die Schuld geben könnte, keine Ausreden mehr. Ich würde weitermachen müssen ... nur wie? Und wo? In den Medien würde ich nicht mehr unterkommen, und was konnte ich sonst schon? Was sollte ich anfangen? Das dunkle Loch der Zukunft gähnte mich schon so lange an, dass ich mich ohne zu überlegen einfach hatte fallen lassen, doch nun raste mir die Talsohle entgegen, und ich hatte eine Heidenangst.

Ich trank, ich trank, aber es waren zu viele Menschen um mich, zu viel Getöse. Öffentlich ging es nicht. Ich ließ mir also eine ganze Batterie Rotweinflaschen aufpacken und schleppte sie heim. In meiner Wohnung trank ich weiter und verfolgte, wie der Tag sich neigte und das Grummeln auf den Gehwegen wuchs. Eine Flasche, dann noch eine und noch eine ... inzwischen war es dunkel, und im Fernsehen kamen die Hochrechnungen. Schon nach den ersten Umfragen war klar, dass es einen Erdrutsch geben würde. Nicht einmal die schlimmsten Wahlkreismanipulationen konnten sie jetzt noch retten. Mit etwas Glück, dachte ich, hätte ich mich bis zum endgültigen Ergebnis und bis zur siegreich gereckten Faust des neuen Premiers von Queensland ins Koma getrunken. Und, wer weiß, vielleicht hätte ich es ja geschafft. Vielleicht wäre ich gar nicht mehr aufgewacht.

Aber das Telefon läutete, und es war May, die vom Royal Brisbane Hospital aus anrief. Charlie hatte irgendwie das Gewehr eines Gefängniswärters zu fassen bekommen und sich eine Kugel in den Kopf gejagt.

Später sollte ich mich fragen, ob die gleiche Hoffnungslosigkeit, die mich im Lauf des Tages erfasst hatte, auch Charlie in seiner Zelle heimgesucht hatte. Wieso sollte er sich sonst gerade am Wahltag umbringen wollen, dem Tag, der das Ende all dessen bringen würde, was wir gewesen waren und geteilt hatten? Hatte er überhaupt gewusst, welcher Tag war? Kam es für ihn darauf an? Oder hatten sich die Monate im Gefängnis in ihm angestaut, und es hatte sich unerwartet eine Gelegenheit geboten, eine offen gelassene Tür, ein unverschlossener Gewehrschrank? Wie auch immer, die Sache war ihm gründlich misslungen. Die Ärzte würden später meinen, die Länge des Gewehrlaufs habe einen ungünstigen Winkel ergeben. Er habe sich offenbar in die rechte Schläfe schießen wollen, doch die Kugel habe innen am Schädelknochen nur eine Furche gezogen und war über dem rechten Auge wieder ausgetreten. Charlie hatte nicht einmal das Bewusstsein verloren.

Mary war außer sich. »*Wir* haben ihm das angetan!«, heulte sie ins Telefon. »*Wir* waren das!«

Ich stieg in mein Auto und schlingerte durch Fortitude Valley zum Krankenhaus. In meinem schweren Kopf gärte der Alkohol, ich war angewidert – von mir selbst, von May, aber vor allem von dem Schwächling Charlie, der sich hatte drücken wollen und nicht einmal dazu fähig war. Wenn er es wenigstens richtig angestellt hätte, dann wäre jetzt alles vorbei. Es wäre entsetzlich, aber es wäre vorbei. Das hier aber war schlimmer. Stirb, Charlie!, dachte ich, stirb und lass mich und May in Ruhe. Unterdessen wurde auf den Straßen jeder weitere verlorene Sitz der Regierungspartei johlend gefeiert.

Im Krankenhaus hockte May draußen vor Charlies Zimmer zusammengesackt an der Wand. Ein Polizist hatte sich einen Stuhl vor die Tür gestellt. Er behielt uns beiläufig im Auge. Ich kniete mich vor May hin, sah ihr eindringlich ins Gesicht, in die rotgeweinten Augen, und sie starrte mich unverwandt an. Wir hatten uns seit Monaten nicht gesehen.

»Er wollte mir nicht glauben«, sagte sie, und ihr brach die Stimme. »Ich konnte sagen, was ich wollte. Dabei haben wir uns doch gar nicht gesehen. Ich habe mich doch ferngehalten.«

»Ja«, sagte ich. »Du hast dich ferngehalten.«

»Es war so schwer. Ich habe euch beide verloren.«

»Wie geht es ihm, May?«

Sie schluchzte wild auf. »Sein Auge, George. Er wird vielleicht das Auge verlieren. Aber das ist noch das Wenigste. Das Gehirn, die Schwellung; sie wissen nicht, wie schlimm es ist, ob er jemals wieder ...«

Wieder zuckten ihre Schultern.

Ich kniete dort und tat nichts. Der Polizist betrachtete uns.

»Ich gehe rein«, sagte ich zu May.

»Er schläft. Sie haben ihn sediert. Sie warten darauf, dass sie operieren können.«

»Ich muss ihn sehen, May.«

»Ich weiß, ich weiß.« Sie wischte sich die Augen. »Ich komm mit.«

Wir richteten uns auf, und der Polizist schaute an mir hoch. »Familienangehöriger?«, fragte er. »Zutritt nur für Familienangehörige.«

»Ja, ich gehöre zur Familie.«

»Sind Sie betrunken?«, fragte er.

»Er gehört zur Familie!«, schrie May.

Und wir gingen rein. Es standen zwei Betten im Zimmer, aber nur das eine war belegt. Ich hätte Charlie sonst nicht erkannt. Der Körper unter dem Laken wirkte so schmal, der Kopf war zubandagiert. Nur sein linkes Auge und die untere Gesichtshälfte waren zu sehen, die Lippen geschwollen und rissig. Das Auge war geschlossen. Am Kinn und am Hals sah man Spuren, die wohl Blut waren. Am Arm hing ein Tropf, ein Monitor blinkte stumm.

Charlie, dachte ich, du Idiot, du verdammter Idiot.

Neben mir hatte May die Hand vor den Mund geschlagen und starrte auf ihn nieder.

»Wie konnte er bloß?«, flüsterte sie. »Wie konnte er bloß?«

»Der Hass, May. Er hasst uns.«

»Es gibt kein *uns.*«

»Das sieht er anders.«

Wir standen Seite an Seite am Fußende des Betts, aber gut einen halben Meter voneinander entfernt. Ohne uns zu berühren. Als hätten wir es nie getan. Sie schüttelte den Kopf und verschloss die Augen vor dem Anblick. »Es bringt mich *um*«, sagte sie leise. »Ich kann nicht mehr. Hätte er doch bloß allem ein Ende gemacht.«

»Nein, du liebst ihn, May.«

»Nein, ich liebe dich.«

Aber ihre Stimme war tot. Sie hatte die Worte nie ausgesprochen. Jetzt kamen sie zu spät.

Charlie stöhnte.

Es war ein hoffnungslos hohles Aufstöhnen. Ein Mann, der das Bewusstsein wiedererlangt, das er nach Kräften auszulöschen versucht hat. Sein linkes Lid flatterte und hob sich. Das Auge sah einen Moment mit glasigem Blick an die Decke, dann wurde es klarer. Charlie schluckte mühsam. Er bewegte den Kopf ein klein wenig, und so gut es Blutung und Schwellung ihm gestatteten, sah er uns dort stehen. Seine Frau und seinen besten Freund, zu seinen Füßen.

»... ihr ...«, krächzte er.

May tat einen Schritt nach vorn. Sofort hob sich eine Hand fast unmerklich vom Laken und gebot ihr Einhalt.

»... weg ...«

Die Wörter presste er langsam und unter großer Mühe hervor, als habe er keine Gewalt über seine Zunge. Vielleicht war es die Schädigung des Hirns. Vielleicht würde er künftig nur noch so sprechen können. War schon ein entscheidender Teil seines Wesens wie nach einer Lobotomie rettungslos zerstört? Und wusste er das? Wusste er, was er sich mit seinem missglückten Selbstmord angetan hatte?

»Charlie«, flehte May. »Charlie, ich möchte dir helfen ...«

»... nicht ... zu helfen ...«

Und in seinem Auge glitzerte eine Träne, blank vor Entsetzen. Er wusste Bescheid. Er wusste alles. Ein Schluchzen hob seine Brust, seine Stimme brach, und ein roter Blutsfaden sickerte unter dem Verband hervor.

»... verflucht ... seid ... ihr ...«

May fuhr keuchend zu mir herum, sprachlos, dann rannte sie aus dem Krankenzimmer. Ich hielt Charlie und dem Blick des einen funkelnd auf mich gerichteten Auges noch einen Moment länger stand, das vor Hass auf mich oder Mitleid mit sich selbst blinkte – schwer zu sagen. Dann weinte er, es waren tiefe, kehlige, schreckliche Laute, und ich taumelte rückwärts zur Tür hinaus, an dem Polizisten vorbei, der von seinem Stuhl aufsprang und argwöhnisch an seinen Halfter griff. May war schon nirgendwo mehr zu sehen. Ich tat ein paar torkelnde Schritte, rief einmal ihren Namen, und dann verschlang mich Finsternis. Der Polizist redete, aber ich stieß ihn weg und wankte den Flur hinab. Ich musste raus. Aus der Klinik, aus diesem Leben, diesem Brisbane heraus, von May weg, von Charlie, von allem. Genug, nun war es genug. Mehr als ein trunkener Feigling ertragen konnte.

Ich rannte in die Nacht hinaus, in der die Regierung wankte, die Massen jubelten und mein Wagen wartete, um mich in die Dunkelheit und den Regen der Berge fortzutragen.

Und Charlie weinte auf seinem Zimmer allein.

40

DAS ROYAL BRISBANE. Nur ein Krankenhaus. Wir traten durchs Portal, und es war tatsächlich nur ein Krankenhaus, auch nur ein Kasten … Doch obwohl Charlie endlich tot war, wie wir es uns einmal so inbrünstig gewünscht hatten, hatte ich, als ich jetzt an Mays Seite ging, das Gefühl, als habe er recht behalten: wir beide zusammen, wie er es immer geahnt hatte, wofür er uns verflucht hatte in jener Nacht. Dass es nicht stimmte, dass wir wie Fremde waren, spielte keine Rolle. Das Schuldgefühl blieb.

An der Anmeldung beschrieb man uns den Weg zu Jeremys Station, wir warteten auf den Aufzug und fuhren allein hoch. Ich drückte den Knopf und verfolgte den blinkenden Wechsel der Stockwerke.

May sprach. »Ich bin damals umgekehrt, weißt du.« Sie sah mich nicht an, sie sprach, als wäre ich nicht da. »In jener Nacht. Als ich mich beruhigt hatte. Ich bin zurückgegangen und habe seine Hand gehalten und mit ihm geredet. Ich habe ihm alles erklärt. Ich habe ihm gesagt, dass ich ihn liebe. Dass ich ihm vergäbe … sogar das, was er sich selbst angetan habe. Ich habe ihm gesagt, ich wolle, dass er weiterlebe. Und dass ich auf ihn warten würde.« Sie lachte bitter auf. »Es half nichts. Ich habe dabei die Tür im Auge behalten. Ich habe gehofft, du kommst auch wieder.«

»Es tut mir leid«, sagte ich.

»Ich werfe dir nichts vor, George. Du hast das einzig Richtige getan. Wärst du umgekehrt, es wäre bloß alles weitergegangen. Und was hätte irgendjemand davon gehabt?«

»Davon, dass ich wegblieb, habt ihr, Charlie und du, auch nichts gehabt.«

»Nein … aber das mit uns war nicht mehr zu retten. Und wir beide hätten auch keine Chance gehabt. Danach nicht mehr.«

Ich konnte nur nicken. Auch der Vergangenheit war nach so langer Zeit nicht mit wenigen Worten in einem Aufzug zwischen zwei Stockwerken beizukommen.

Die Tür glitt auf, und im Schwesternzimmer wies man uns den Weg zu Jeremy. Vor seiner Tür berührte May zögernd meinen Arm.

»Ich weiß nicht«, sagte sie. »Soll ich überhaupt mit reingehen?«

»Es ist nur Jeremy. Zwischen euch war doch immer alles in Ordnung, oder nicht? Ich dachte, du würdest ihn vielleicht auch gern wiedersehen wollen.«

»Schon, aber … mein Leben ist seit damals etwas seltsam gewesen, George.«

»Inwiefern?«

Sie musterte mich, unschlüssig und innerlich zerrissen.

»Manches … was ich getan habe, wirst du nicht gerne hören.«

»Ich bin der Letzte, der sich zum Richter aufwerfen würde, May. Wie sollte ich?«

»Es war alles so schrecklich, nachdem du fort warst. Ich habe Charlie nur noch ein paar Mal gesehen. Erst hat er nicht mit mir gesprochen, dann wollte er mich nicht mehr sehen. Es waren nicht nur die Verletzungen … er war so bitter, so unnachgiebig. Also sagte ich mir: Schluss damit. Das Leben muss weitergehen. Alle waren weg. Du warst weg. Es gab nur noch mich, und ich habe eigentlich nur getrunken, viel zu viel getrunken …«

Ich wartete. Ich wusste nicht, was sie damit andeuten wollte.

»Also bin ich auf Arbeitssuche gegangen. Ich hatte ja eine Menge Erfahrung. Und es gab Jobs – natürlich nicht in der Regierung, so blöd war ich ja nicht, andere Jobs … aber egal wo, sobald es um meinen Hintergrund ging, wussten sie Bescheid. Dann wollte mich keiner mehr. Ich musste so tun, als hätte ich keine Vergangenheit, als hätte ich noch nie gearbeitet.«

Ich sagte: »Glaubst du, mich hätte noch irgendwo in Queensland eine ernst zu nehmende Zeitung genommen? Aber wir mussten immerhin nicht ins Gefängnis, May. Wir sind glimpflich davongekommen.«

»Ich weiß. Ich will damit nur sagen, ich fand keine Arbeit. Ich war auf Stütze angewiesen. Ich wohnte in einer Bruchbude, ich hatte nichts zu tun, kein Ziel; es gab nur den Alkohol, ich sah keinen Ausweg. Und dann …«

Ich dachte, ich wüsste, was sie sagen würde. Und wenn, mir war das egal. Wir hatten damals schließlich Jahre in solchen Etablissements und in Gesellschaft solcher Frauen verbracht.

Aber sie sprach nicht zu Ende. Sie blickte auf die Tür.

»Tut mir leid. Das ist, glaube ich, nicht der geeignete Moment, davon zu sprechen.«

»May, mir kannst du es sagen.«

Sie schüttelte den Kopf. »Lass uns zu Jeremy gehen.«

Wir traten ins Krankenzimmer. Wieder ein Zweibettzimmer, und wieder war nur ein Bett belegt. Jeremy lag unter einem einzigen Laken ausgestreckt und schlief. Mullstreifen hingen seitlich über die Bettkanten. Ein durchsichtiger Schlauch führte ihm über die Nase Sauerstoff zu, ein Tropf versorgte ihn intravenös. Es waren erst wenige Tage seit meinem Besuch bei ihm vergangen, doch dieser Jeremy war der Schwelle zum Jenseits um einiges näher. Ich wusste wenig über Leukämie, über Krankheitsverlauf und Ende, doch Jeremys nackte Arme waren an Ellbogen und Schultern nur Knochen, seine Haut mit Blutergüssen übersät. Ein rötlich verkrusteter Film säumte seine Lippen.

Es stand ein Stuhl neben dem Bett, und ich stellte mir vor, wie Louise dort saß, wenn sie bei ihm war. Jetzt saß dort niemand. Ich zog einen zweiten Stuhl heran, und dann nahmen May und ich zu beiden Seiten des Bettes Platz und betrachteten Jeremy. Seiner Stellung nach hätte er ebenso gut schon tot sein können, aber seine Brust hob und senkte sich, und in seiner Kehle rasselte es leise.

Wir warteten. May ließ keinen Blick von seinem Gesicht. Ich hatte ihn immerhin schon mal gesehen und war vorbereitet. Für May war das anders. Würde sie an ihre ersten gemeinsamen Tage denken? Es war schließlich Jeremy gewesen, der sie in unsere Welt eingeführt hatte, der sie mit seinem Wein und seinem distanzierten weltmännischen Charme umgarnt hatte. Ich fragte mich plötzlich, ob May noch trank. Ich hatte keinen Geruch an ihr wahrnehmen können, und Augen und Haut wirkten klar und rein. Aber das war bei ihr immer so gewesen.

Sie lächelte Jeremy fast zärtlich an, doch eine andere Regung war da auch im Spiel: Wachsamkeit.

»Sollen wir ihn wecken?«, fragte sie.

»Jeremy«, sagte ich gedämpft. »Jeremy?«

Seine Lider zuckten, hoben sich kurz, aber er sah uns nicht.

»Jeremy? Hier ist George. Und auch May ist da. Maybellene.«

Das schien zu ihm durchzudringen. Er tat einen tieferen Atemzug, öffnete noch mal die Augen und rollte sie von mir hinüber zu May. »Kommst du zur Beerdigung, May?«

Sie nahm seine Hand. »Noch bist du nicht tot, Jeremy.«

»Viel fehlt nicht.«

»Wie fühlst du dich?«

»Das ist eine dämliche Frage …«

Seine Augen weiteten sich einen Augenblick, dann regte er sich und stöhnte. Er sah May noch einmal genauer an, verwirrt. »Du bist nicht Louise? Wo ist Louise?«

Ich sagte: »Das ist May, Jeremy. Louise ist im Augenblick nicht da. Du erinnerst dich doch an May?«

»Ich erinnere mich an May«, wiederholte er, aber sein Blick wanderte.

»Jeremy, bist du wach? Hier ist George. Du wolltest mich sprechen.«

May beobachtete mich besorgt. »Ich glaube, er weiß nicht recht –«

»May?«, unterbrach sie Jeremy. »May und George? Ihr beide

zusammen? Da stimmt doch was nicht.« Er musterte May argwöhnisch. »Was machst du hier?«

»Ich bin mit George gekommen. Es tut mir leid, ich hätte dich eher besuchen sollen.«

Er grinste sie an. »Ich habe jetzt eine Neue, aber kein Vergleich zu dir. Hast du immer noch kein Zuhause, May? Ich hatte doch etwas läuten hören. Ich mochte es George nicht sagen. Komisch, May, eigentlich komisch, aber du konntest dich ja noch nie entscheiden …«

Eine Schwester betrat das Zimmer, in der Hand einen frischen Beutel für den Tropf. Wir warteten, während sie den alten gegen den neuen austauschte.

»Sprechen Sie nicht zu lange mit ihm«, mahnte sie. »Er bekommt sehr hohe Dosen an Schmerzmitteln.«

Jeremy blickte zu ihr hoch, als sähe er einen Engel. »Können Sie bitte einen Priester kommen lassen. Ich habe die letzte Ölung noch nicht erhalten.«

Die Schwester fühlte seinen Puls. »Ich wusste nicht, dass Sie Katholik sind.«

»Der letzte von allen.« Seine Lider senkten sich, seine Stimme wurde schwach.

»Möglicherweise wird er jetzt, mit der neuen Dosis, wegdämmern«, warnte uns die Schwester, dann ging sie.

»Jeremy«, sagte ich. »Wir können leider nicht lange bleiben. Louise meinte, du wolltest mich sprechen.«

»Wollte ich«, sagte er schläfrig, »aber inzwischen weißt du es ja wahrscheinlich.« Plötzlich kam ihm ein Gedanke, und er gab sich einen Ruck. »Hast du Marvin eigentlich gefunden?«

»Schließlich doch. Aber ich habe schlechte Nachrichten. Er ist tot.«

Er sah mich an, anscheinend vollkommen klar. »Nein, Charlie ist tot. Marvin schreibt ein Buch, er ist nicht tot.«

»Marvin ist gestern Abend gestorben«, sagte ich und spürte Mays zweifelnden Blick auf mir.

»Ach …«

»Aber er hat mir gesagt, was mit Charlie passiert ist. Sie haben in der Tagesklinik noch jemand getroffen. Jemand, der George Clarke heißt. Du kennst ihn, oder?«

Er legte die Stirn in Falten. »George Clarke?«

»Du weißt schon. Damals während des Stromkonflikts. Du musstest ihn sprechen, damit er Mays Freilassung zustimmt, weißt du noch?«

Er zuckte verwirrt vor mir zurück. Er sah von mir zu May und wieder zu mir. »Ich weiß, wer George Clarke ist. Natürlich weiß ich das.«

»Er war es. Mit Charlie im Umspannwerk.«

»Ich verstehe … nicht.«

»Macht nichts. Ich werde Brisbane eine Zeit lang verlassen müssen. Aber die Polizei wird schon mit ihm fertig werden.«

Jeremy konnte sich aber nicht beruhigen. »May. May, was sagt er da?«

Mays Kopf senkte sich. »Es ist wahr, Jeremy.«

»Aber warum?«

»Ich weiß es nicht.«

»Aber das musst du doch …«

Irgendetwas entging mir. »Warum sollte sie es wissen?«, fragte ich.

Jeremys Augen suchten jetzt wieder mich. »Hat sie es dir nicht gesagt?«

»Was gesagt?«

Ich blickte zu May hinüber, aber sie hielt den Kopf gesenkt und Jeremys Hände umklammert.

»Ach je«, hauchte Jeremy. »George, du darfst nicht vergessen, wie es war. Ich wollte ihn nicht um mich haben. Aber nach dem Deal mit Mays … war er ständig im Haus. Er wusste, dass ich ihn nicht leiden konnte, das genoss er. Ich glaube fast, dass er nur deswegen kam. Erst später, als ich davon hörte, begriff ich, dass es gar nicht um mich gegangen war. Deshalb wolle ich dich sprechen. Ich hätte es dir neulich schon sagen müssen. Ich wusste doch, wie dringend du alles über May wissen wolltest. Aber ich dachte, das würdest du vermutlich lieber nicht hören.«

Ich wusste nicht, wo die Glocken hingen. »Was denn?!«

Jeremy schüttelte den Kopf, die Augen fielen ihm zu.

»Jeremy?«

Er schien eingeschlafen zu sein.

May hob den Kopf. »Lass ihn, George.« Ihr Gesicht war jetzt gefasst und ruhig. »Du brauchst ihn nicht zu quälen. Ich wollte es dir ja sagen, aber ich wusste nicht, wie.«

»May?«

»Nämlich wo ich die letzten zehn Jahre gewesen bin. Das meinte Jeremy. Er weiß es, er muss es … gehört haben.«

Meine Welt wankte am Abgrund. »Was hat das mit Clarke zu tun?«

Sie holte tief Luft. »Dort war ich. Bei ihm.«

Sie gab Jeremys Hände frei und faltete ihre vor sich auf der Bettkante.

»Ich habe ihn geheiratet, George. Er ist mein Mann.«

Und im Schlaf nickte Jeremy und seufzte.

41

DIESMAL GAB ES, als wir aus dem Krankenhaus traten, keine Menschenmassen auf den Straßen, kein Feuerwerk, keine in Chaos versinkende Regierung. Nur den Stoßverkehr zu Feierabend und eine im Smog verschwindende, brüllheiße Sonne. Auch die neue Regierung von damals war längst abgelöst worden; in Queensland wechselten sich die Regierungen inzwischen fast ab wie Jahreszeiten.

»Ich nehme dich mit zu mir«, sagte May bloß.

Wir fuhren nach Westen der tief stehenden Sonne entgegen. Mein Kopf war leer. Der Tag war zu lang gewesen, hatte zu viele Nerven strapaziert. Ich fühlte mich nur noch müde. Ich hatte May gefunden, und wie es schien, kannte sie von vornherein auf alles die Antworten, nur wollte ich sie jetzt nicht mehr hören. Nicht von ihr.

»Wird er auch da sein?«, fragte ich.

»Ich lebe nicht mehr mit ihm zusammen. Schon seit Monaten nicht mehr.«

»Warum nicht?«

»Warten wir, bis wir da sind, George. Nicht jetzt.«

Also fuhren wir schweigend hinaus in die westlichen Vororte, weg von Fortitude Valley und New Farm und damit dem Zentrum allen Geschehens, hinaus in die ersten, langsam zum Vorgebirge anschwellenden Hügel, wo Funktürme warnend blinkten. Wir fuhren durch den Vorort The Gap unter dichten Bäumen eine kurvenreiche Straße hinauf, dann einen Schotterweg ohne Briefkasten oder Nummer weiter bis vor ein Haus mitten im Busch. Dahinter fiel das Land ab, man blickte auf Baumkronen und Felsen und sah weiter unten die Dächer anderer

Häuser, die sich hangabwärts fächerförmig Richtung Innenstadt spreizten.

May stellte den Wagen ab. Die Sonne war schon hinter die Kuppen gesunken, die Schatten wurden lang. Das Haus war aus Sichtbeton und Glas, es war so grau, dass es sich kaum von den Bäumen abhob. Ich holte meine Tasche vom Rücksitz, und wir betraten ein Interieur aus weißen Möbeln und poliertem Holz. Eine lange Glasfront bot eine Aussicht nach Osten, und May öffnete Fenster und Schiebetüren, um die vom Duft der Eukalyptusbäume gewürzte Luft hereinzulassen. Ich setzte mich an einen Tisch und wartete. In dem Haus trug nichts ihre persönliche Handschrift. Es war drinnen so gesichtslos wie draußen. Gemietet, vielleicht unter einem Decknamen. Und für all jene unauffindbar, die sie möglicherweise suchen könnten. Polizei. Exliebhaber.

Sie stand am Kühlschrank. »Möchtest du etwas trinken?«

»Ich habe aufgehört.«

»Tatsächlich«, sagte sie tonlos. Sie ließ die Kühlschranktür wieder zufallen.

Ich hatte die Tasche neben mir stehen. Ich wühlte darin und hob Charlies Urne heraus. Ich stellte sie auf den Tisch.

»Möchtest du sie haben?«

Sie sah sich um, dann kam sie an den Tisch und nahm mir gegenüber Platz. Sie streckte die Hand vor, legte einen Augenblick einen Finger auf den Deckel und zog die Hand wieder zurück.

»Behalt du sie, George. Er war zuerst dein Freund.«

»Ich weiß nicht, was ich damit machen soll.«

»Wüsste ich auch nicht.«

Wir betrachteten die Urne.

May sagte: »Ich hatte mit Charlies Tod nichts zu tun, falls du das glauben solltest.«

Ich schloss die Augen. Hatte ich das geglaubt?

Ich schlug sie wieder auf und begegnete einem prüfenden Blick. Ich sagte: »Marvin hat mir erzählt, dass Charlie sich an dem, was damals geschehen ist, selbst die Schuld gab. Er wollte dich sehen und mich auch, er wollte sich entschuldigen, aber er dachte, wir hätten einen zu großen Hass auf ihn, um ihn anzuhören.«

Einen winzigen Augenblick lang drohte May die Selbstbeherrschung abhanden zu kommen. »Ich … mir war klar, dass er das früher oder später so sehen müsste.«

»Schade, dass dein neuer Mann schneller war.«

Sie reagierte nicht.

»Warum?«, fragte ich. »Wie konnte das passieren?« Mir kam es so vor, als stellte ich diese Frage schon ewig, ohne eine Antwort zu bekommen.

Sie studierte die Urne. »Du musst mir bitte glauben, George, wenn ich sage, ich weiß es nicht. Ich hatte keine Ahnung, dass er mit Charlie oder Marvin zu tun hatte, bis du es mir heute Nachmittag im Wagen gesagt hast.« Sie überlegte. »Nein. Bis ich diesen Detective vor deinem Motel sah. Da wusste ich es.«

»Wieso das?«

»Er heißt Jeffreys. Er nimmt schon seit Jahren Geld von George – meinem George. Lange vor dem Korruptionsausschuss. Sie haben sich vor Jahren kennengelernt, als während des Stromkonflikts gegen Streikposten Polizei eingesetzt wurde. Jeffreys ist ein brutaler Schläger. War er damals, ist er heute. Und er tut, was man ihm sagt.«

Aber ich hörte nur *ihr George*. Das hatte sie gesagt. *Ihr* George.

Ich sagte: »Und das soll ich glauben? Dass du nichts von einer Verbindung zu Charlie wusstest?«

»Glaub, was du willst. Es stimmt. Ich sage dir doch, ich habe George schon vor Monaten verlassen. Was in dieser Entzugsklinik vorgefallen ist, dass er sich vor Marvin und George so bloßgestellt hat, verheißt nichts Gutes, darüber wird er sich sehr aufgeregt haben. Und er war weiß Gott nicht in der besten Verfassung, als ich ihn zuletzt gesehen habe, aber das mit Charlie … dafür habe ich auch keine Erklärung.«

»Du hast ihn in den vergangenen zwei Wochen nicht gesehen?«

»Er weiß nicht, wo ich bin. Ich will nicht gerade sagen, dass ich mich verstecke. Ich will einfach … das alte Leben hinter mir lassen.«

»Was für ein Leben war es denn?«

Ihre Hände strichen rastlos über den Tisch. Sie bemerkte es, hielt die eine mit der anderen fest und sah auf sie hinab.

»Auch ich habe mit dem Trinken aufgehört«, sagte sie schließlich.

»Ja?«

»Vor Jahren schon. Aber ich weiß immer noch nicht, wohin mit den Händen.« Sie verschränkte die Finger und hielt sie so auf dem Tisch still.

»Wie kam es, dass du dich mit ihm zusammengetan hast, May?«

»Das wollte ich dir ja sagen. Ich fand keine Arbeit, ich wusste nicht weiter, ich war kurz davor aufzugeben. Da kam er mich besuchen. Ich … kannte ihn schon ganz gut. Von den Besuchen bei Jeremy und natürlich noch besser aus meiner Zeit bei Marvin.«

»Und wieso bin ich ihm nie begegnet?«

»Das sollte nicht publik werden, das mit ihm und Marvin. Ich sollte nicht darüber reden. Und das habe ich auch nicht. Aber es war kein Staatsgeheimnis, George. Hättest du dich ein bisschen mehr für das interessiert, was um dich herum vorging …«

Ich ließ den Blick auf ihren Händen ruhen. Es war lachhaft. Nie war mir irgendetwas aufgefallen, nie hatte ich irgendwas begriffen – bis es zu spät war.

»Wusste Charlie von ihm?«, fragte ich.

»Charlie wusste Bescheid. Charlie war der Einzige, dem ich es erzählt habe. Es beunruhigte ihn. George gefiel ihm nicht. Er wusste, dass das, was Marvin und George trieben, viel weiter ging als alles, was bei uns in den Clubs lief. Das begriff selbst Charlie.«

»Also muss er gewusst haben, wer Clarke war, als der in der Klinik auftauchte.«

»Vielleicht. Ich bin mir nicht sicher, wie gut Charlies Gedächtnis noch war.«

Ich musterte sie einen Augenblick, sie hielt den Blick gesenkt.

»Weiter«, sagte ich. »Clarke ist also nach dem Korruptionsausschuss zu dir gekommen.«

Sie nickte. »Er sagte, er hätte gehört, dass ich noch in der Stadt sei und Arbeit brauche.«

»Und du hast Ja gesagt?«

Sie blitzte mich an. »Was hätte ich denn tun sollen? Ich hatte nichts mehr. Ich war allein.«

»Du hast damals seinen Betrieb abgefackelt, May. Alles, wofür der Mann stand, war dir verhasst.«

»Ich habe auch gehasst, wofür Jeremy stand, wofür Marvin stand. Wofür du standst. Das hat mich damals auch nicht gehindert. Verdammt, George, bei meinem Lebenlauf passte das doch, dass ich bei ihm gelandet bin. Der Kreis hat sich geschlossen.«

Ihr Ton war trotzig, aber es schwang ein Unterton solch tiefen Unglücks mit, dass ich wider Willen spürte, wie ich weich wurde. Ich wusste in der Tat, wie Mays Leben verlaufen war, wer sie bedrängt und was das alles in ihrem Innersten angerichtet hatte. Und ich war schließlich nicht da gewesen, in Brisbane, ich hatte hübsch oben in Highwood gehockt, Buße beim dortigen Käsblatt getan und mich mit Emily vergnügt. War ich deshalb besser? Was wäre aus mir geworden, wenn ich geblieben wäre, wenn nicht der Regen und die Nacht und die Berge mich gerettet hätten? Ich war außerdem müde, zu müde, um May zu hassen, die ich in meinem ganzen Leben nicht gehasst hatte.

Ich sagte: »Aber du warst nicht bloß seine Angestellte.«

»Am Anfang schon.«

»Aber?«

»Ich weiß, dass das schwer zu glauben ist, nach allem, was passiert ist, aber ich mochte ihn. Selbst am Anfang, bei Jeremy, wo ich ihn doch eigentlich hassen wollte … ich hasste ihn nicht. Er war anders, als ich es mir zum Zeitpunkt unseres Brandanschlags dachte. Es stimmt zwar, dass ihm die Gewerkschaft scheißegal war und was er anrichtete, aber im Grunde nahm er gar nicht groß Notiz von denen. Sie waren ihm im Weg, mehr nicht. Er war so zielstrebig. So ruhig. Er war nicht wie wir.«

»Jeremy war voll Abscheu.«

»Sie konnten sich nicht ausstehen. George war nicht charmant oder mondän wie Jeremy. Er war nicht mit Geld groß geworden. Er fand Jeremy … ich weiß nicht – blasiert. Er mochte auch Marvin nicht besonders. Marvin empfand er als dumm. Als Hochstapler. George war es ernst. Ihm lag nicht daran, zu protzen, wie wir es taten. Er hielt den ganzen Zirkus mit den Clubs für reine Zeitverschwendung. Und gefährlich.«

»Nun, damit hatte er jedenfalls recht.«

Sie nickte. »Ihm konnte der Korruptionsausschuss nichts anhaben; er musste bloß Marvin loswerden. Das war kein Problem. Und was aus Charlie wurde oder dir oder Jeremy, das war egal. Für George gab es keinen Korruptionsausschuss. Der ging einfach zur Tagesordnung über. Vielleicht liefen die Geschäfte ein klein wenig … schleppender … vorübergehend. Aber er hatte nach wie vor seine Aufträge. Um die schien sich niemand zu kümmern.«

»Also hast du dich mit ihm zusammengetan.«

»Du weißt ja nicht, wie es war. Nach diesen furchtbaren zwei Jahren endlich jemanden zu haben, der *nicht* wegen des Korruptionsausschusses unter Schock stand, der nicht die ganze Zeit zurückblickte, der *nicht* aufgab. Er sah voller Zuversicht in die Zukunft. Er sah überall Chancen. Es war wie eine frische Brise.«

»Und was warst du für ihn?«

»Was war ich für irgendwen? Dich zum Beispiel? Ich weiß es nicht. Aber kannst du dir vorstellen, was er zur Bedingung für einen Job machte?«

»Was?«

»Dass ich aufhöre zu trinken. Clarke war derjenige, der mich vom Alkohol weggebracht hat. Das hatte noch nie jemand gewollt. Nicht einmal Charlie.«

Das saß, denn auch ich hätte natürlich nie gewollt, dass May aufhörte.

Ich sagte: »Marvin meinte, Clarke hätte selber nicht schlecht geschluckt.«

»Hat er. Tut er. Aber damals steckte er es einfach weg. Ich habe nie jemanden so trinken sehen, ohne dass es ihm das Geringste ausmachte, ohne dass es ihn veränderte.« Sie lachte. »Das hat mich ehrlich beeindruckt. Auch das war anders als bei Charlie. Oder dir. Aber er fand, ich dürfte nicht trinken. Er fand, mir bekomme das Trinken überhaupt nicht.«

»Also warst du trocken und bei ihm angestellt.«

»Und dankbar. Ich war unendlich dankbar. Ich hatte wieder ein Leben. Du hast doch das Gleiche getan. Du weißt doch selbst, was das für ein gutes Gefühl ist, oder nicht?«

Darauf gab es nichts zu sagen.

»Jedenfalls fing dann irgendwann auch zwischen uns beiden was an. Es war anders als alles zuvor. Es war, als wären wir beide immer ganz nüchtern, ganz *da*, obwohl er ständig trank. Es gab nicht die Nächte, wie wir sie erlebten. Es ging ziemlich ruhig zu, zahm. Aber in vieler Hinsicht war es auch besser. Es war real. Es war nicht dauernd … ein Nebel … wie das bei uns war. Und zum ersten Mal musste ich mich nicht dauernd entscheiden. Zwischen dem einen und dem anderen. Zwischen dir und Charlie. Es gab nur ihn, und es war genug.«

Ich konnte es immer noch nicht recht glauben. »Und dann habt ihr geheiratet.«

»Dann haben wir geheiratet. Es ist lange her, George. Ich kann mich kaum erinnern. Es stimmt zwar, dass er immer etwas distanziert blieb, aber wenn wir zusammen waren, war es gut. Er war so eindeutig. So sicher. Nach der ganzen Katastrophe vorher … war es das, was ich brauchte.«

»Marvin sagte, er wäre brutal, May. Dass er Leuten Gewalt angetan hat.«

»Das glaube ich nicht.« Sie besann sich. »Oder jedenfalls früher nicht. Ich habe es selbst nie erlebt oder ihn von dergleichen reden hören. Er war willensstark, das schon, er konnte die Leute einschüchtern. Vielleicht funktionierte das auch bei mir so, ich weiß es nicht. Ich kann nur sagen, dass er für mich besser war als alle Männer davor.«

»Selbst Charlie?«

»Charlie hat in mir etwas gesehen, was ich nicht war. Deshalb ging es auch am Ende so fürchterlich schief. Ich war nicht gut genug für Charlie. Charlie war … Charlie war …«

Sie nahm ihre Hände vom Tisch und studierte sie ärgerlich. Ich wusste noch sehr gut, wie das war: die Angst, die eigenen Hände könnten einen verraten und immer noch nach dem Drink greifen, der da nicht stand. Es war schwer, May, es würde schwer bleiben. Und plötzlich sah ich May wieder auf der Couch in meiner großen leeren Wohnung vor mir und wie sie mit einer Hand nach einem Glas griff, während sie mir mit den Fingern der anderen zärtlich übers Gesicht strich …

Sie senkte die Hände mit Bedacht wieder auf die Tischplatte.

»Bei George dachte ich, er und ich würden uns zumindest so sehen, wie wir wirklich waren.«

»Und was ist schiefgegangen?«

»Eine Zeit lang ging alles gut. Die Geschäfte liefen gut, die Stromunternehmen und anderen Deals, die er und Marvin vor so langer Zeit eingefädelt hatten. Es war nicht ganz lupenrein, was er da machte, aber mein Gott, wann ist es das schon? Nein, im Grunde war ich das Problem.«

»Wieso?«

Sie schüttelte verwundert den Kopf. »Es waren die Nächte. Mir fehlten unsere Nächte. Die endlosen Sitzungen. Sie waren zwar nicht das wirkliche Leben, aber das wirkliche Leben … wird schnell fade. Die Tage waren nicht das Problem, am Tag konnte ich arbeiten. Aber irgendetwas stimmte nicht. Ich war nicht glücklich.«

»Was hast du dagegen unternommen?«

»Dasselbe wie immer. Ich habe mich betrunken.«

»Du hast dich *betrunken*?«

»Lach nicht. Es ist überhaupt nicht komisch.«

Das war die May, die ich kannte, trotzig und dabei so schwankend, und auf einmal überwältigte mich alles: Wie lange es her war, wie böse alles geendet hatte.

»Es tut mir leid«, sagte ich.

»Wir waren eingeladen, auf eine Party. Wir gingen nicht oft aus. Er ist ein sehr zurückhaltender Mensch. Außerdem hatte ich den Eindruck, er ließ sich nicht so gern mit mir in Gesellschaft sehen. Falls jemand sich an mich erinnern sollte und es klickte, obwohl ich doch inzwischen einen anderen Namen führte. Dank ihm. Er hatte seine Leute bei den Meldebehörden; sie tauschten Akten aus, sodass es da keine Verbindung mehr gab. Ich war jemand anders. Und doch dieselbe.«

»Ihr wart also auf einer Party …«

»Ja. Mit Geschäftsfreunden von ihm. Ausländischen Zulieferern. Anwälten. Es war langweilig, und ich dachte, mein Gott, was ist nur aus mir geworden? Also habe ich angefangen zu trinken. Ohne groß nachzudenken. Und ach, es war himmlisch. Es war alles sofort wieder da. Die Partystimmung, feiern, die Nacht, alles. Ich wollte losziehen, nachsehen, was trotz allem noch von dem alten Brisbane übrig war. Wie soll ich es erklären? Es ist in mir angelegt. Ich konnte mich noch nie nur für das eine oder das andere entscheiden, das war schon immer mein Problem. Und ich wollte, dass George mitkommt. Ich wusste, dass es ihm nicht recht war, dass ich trank, aber ich dachte, lass uns diese eine Nacht da draußen zusammen erleben. Uns dieses eine Mal richtig gehen lassen.«

»Und?«

»Er hat sich geweigert. Kategorisch. Er war stinksauer; ich

sollte auf der Stelle mit ihm heimfahren. Zuerst dachte ich, es ist die Enttäuschung, aber die war es nicht allein. So, wie er mich ansah, wusste ich, es steckt mehr dahinter. Es war gar nicht mal, dass er nicht mitziehen wollte, er *konnte* nicht. Er hat es nicht über sich gebracht. Es war ihm nicht gegeben: sich gehen lassen. Er hätte nicht gewusst, wie.«

»Und du hast weitergetrunken?«

»Nein. Nur das eine Mal; er war mir so lange böse.«

»Und was war dann?«

»Ich habe also keinen Tropfen mehr angerührt. Aber ihn habe ich jetzt genauer beobachtet, in allem, was er tat. Und mir schwante, dass sich bei ihm alles um Beherrschung drehte. Mir wurde klar, wie sehr er um Beherrschung ringen musste, immer, ständig, jede Sekunde. Selbst wenn er betrunken war, behielt er sich in der Gewalt. Das muss auch der Grund dafür gewesen sein, weshalb er sich nie mit dem Syndikat einlassen wollte. Nicht bloß, weil das Peanuts waren, sondern weil es ihm fremd war. Das Nachtleben, der Rausch, die Maßlosigkeit – der Spaß, den wir daran hatten. Er konnte es nicht. Er war zu kalt. Zu beherrscht. Letzten Endes war er so sauer auf mich, weil ich ihm Angst machte. Die Seite von mir … hat ihm einfach Angst gemacht.«

Und ich dachte an damals, als May wie ein Komet durch unsere Nächte flammte.

Ich sagte: »Vielleicht war es aber auch zugleich das, was ihm an dir gefiel.«

»Vielleicht. Was immer er an mir fand, er wollte es stillschweigend. Er wollte *mich* still. Das galt für alles. Alles von damals, die Clubs, die Casinos. Sie waren zu sichtbar, zu chaotisch. Er fand seine Art, die Dinge im Stillen und ganz unaufgeregt zu regeln, besser.«

»Damit lag er ja nicht falsch. Er hat den Korruptionsausschuss schließlich als Einziger unbeschadet überstanden.«

Sie neigte nachdenklich den Kopf zur Seite. »Ich weiß nicht.

Das *glaubte* er jedenfalls. Aber manchmal spürte man, dass es an ihm nagte, dass ihn eine Frage umtrieb. Und zwar, ob es denn stimmte? Ob man so etwas wirklich unbeschadet überstand?«

»Und jetzt stellt man endlich *ihm* Fragen. Hat Marvin jedenfalls behauptet.«

Sie nickte. »Er hat sich zu viele Schliche erlaubt. Hat es mit dem Geld zu schlau angestellt. Oder nicht einmal wirklich schlau. Halb schlau.« Sie überlegte. »Weißt du, was mich an Queensland immer besonders aufgeregt hat? Nicht unbedingt die Korruption. Die gibt es überall. Nur wird sie anderswo diskreter gehandhabt, professioneller; Korruption verlangt ein bisschen Grips. In Queensland hat jeder letzte Idiot mitgemischt. In Queensland lag die Korruption in den Händen von Aufschneidern und Amateuren. Wie Marvin, wie sie alle. Das war das Schlimmste. Ich hatte angenommen, wenigstens mein George gehörte nicht dazu. Ich dachte, er wäre anders.«

»Und er war es nicht?«

»Letzten Endes nicht. Er hat den Ausschuss nicht deshalb unbeschadet überstanden, weil er clever war. Er hat ihn überstanden, weil man es gar nicht auf ihn abgesehen hatte.«

»Und jetzt?«

»Jetzt gerät er unter Druck. Es ist von der offiziellen Einsetzung eines Untersuchungsausschusses die Rede. Wieder ein Korruptionsausschuss. Und diesmal wäre er der Untersuchungsgegenstand. Da hat es mit seiner Trinkerei langsam überhandgenommen. Zum einen ist er älter, und niemand, egal wer, steckt die Art von Alkoholmissbrauch weg, wie er ihn schon ein Leben lang betreibt. Nicht ohne Folgen. Jetzt wurde er vom Trinken betrunken – und zwar betrunken wie jeder x-beliebige Säufer –, und das jagte ihm eine Riesenangst ein. Worauf er umso mehr trank.«

»Und er konnte es im Gegensatz zu dir nicht mehr lassen?«

»Nein, denn du musst eines verstehen: Trinken heißt für ihn Kontrolle, es ist das Einzige, was ihn zusammenhält. Also konnte er nicht einfach davon lassen, selbst, als es zum Bumerang wurde.«

Und ich dachte an die andere Form von Alkoholsucht, bei der das Trinken keine Flucht aus der Realität war, sondern einen in ihr verankerte.

May saß in sich gekehrt am Tisch. »Er steigerte sich in regelrechte Wahnvorstellungen hinein. Dass alles schiefgehen würde. Dass alle gegen ihn seien. Die Vorstellung, wie er enden würde, war ihm unerträglich. Er hatte Angst, so zu enden wie Marvin. Oder sogar Charlie. Die beiden waren für ihn erbärmliche Kreaturen, das Hinterletzte.«

»Und du?«

»Ich? Ich wusste nicht mehr, was er von mir erwartete. Meist schien er auch mich zu hassen. Ich erinnerte ihn an zu vieles. Er fühlte sich von mir beobachtet, und dann schrie er mich an, er wäre nicht wie meine früheren Männer, er wäre viel besser als sie. Und wenn ich ehrlich bin … vielleicht hatte ich, wenn er so war, zum ersten Mal Angst.«

»Aber er hat dich nie geschlagen?«

»Nein. Nur war es denkbar geworden. Ich wusste nicht weiter. Es war wieder wie früher mit Charlie oder mit Marvin, als der Korruptionsausschuss ermittelte. Schlimmer noch, weil ich mir so sicher gewesen war, er sei anders, und sich nun herausstellte, er war es nicht. Er war genauso wie wir alle. So schwach wie wir alle. Das habe ich nicht ausgehalten, George. Nicht schon wieder. Ich konnte nicht bleiben.«

Schwäche. Ich dachte an Marvin und Lindsay und Jeremy, an Charlie und auch mich selbst. May hatte recht. Wo man hinsah: Schwäche. Die Korruption, besonders die Korruption in Queensland, sagte doch alles. Denn hätte auch nur einer von uns sich für das Leben entschieden, das wir führten, wenn er ein Quäntchen Stärke besessen hätte?

May hatte sich von mir abgewandt, sie sah nach Osten aus den Fenstern.

»Also habe ich nachgedacht«, sagte sie. »Der Mann hat mein Leben ruiniert. Im Grunde ist alles seinetwegen gekommen. Der Stromkonflikt, der Streik, die Gewerkschaft, Marvin und Jeremy und Charlie und du … alles, was gewesen ist. Es hat alles mit ihm angefangen und aufgehört. Mein ganzes Leben, George, die gute Sache, all die Menschen, die ich verraten habe, Mal um Mal, hinter allem stand er. Und diesen Mann habe ich *geheiratet.*« Sie schüttelte sich. »Es war, als wachte ich seit diesem verdammten Brandanschlag überhaupt zum ersten Mal auf und als sei das, was ich sah, nicht zu ertragen.«

»Also bist du gegangen.«

»Also bin ich gegangen. Habe mich einfach abgesetzt. Wie bei allen anderen, die ich im Stich gelassen habe.«

Unter uns glitzerten jetzt die Lichter von Brisbane, während der Himmel darüber noch goldgrün verschwamm. Wie mir alles verschwamm. Der Tag, die zehn Jahren – es war zu viel. Und May war immer noch May, ihre Augen immer noch so todtraurig wie eh und je.

»Wie hat er es aufgenommen?«

»Woher soll ich das wissen? Ich habe mich nicht verabschiedet. Ich bin einfach gegangen. Ich habe ihn seither nicht mehr gesehen.«

»Auch nicht gesprochen?«

Sie schüttelte den Kopf. »Ihn nicht und auch sonst niemanden.«

»Das nennst du nicht verstecken?«

»Ich nenne es den Versuch zu klären, was ich selbst möchte, wenigstens dieses eine Mal. Nicht Jeremy zuliebe oder für Marvin oder ihn. Nicht Charlie oder dir zuliebe. Nur für mich. Weißt du, was ich getan habe, als ich hier ankam? Ich habe eine Kiste Wein gekauft. Zwölf Flaschen. Ich habe sie in einen Schrank geschoben. Und seither sitze ich hier und denke, jetzt liegt es ganz bei mir, bei niemandem sonst. Tu ich's oder tu ich's nicht? Ja oder nein?«

»Tu's nicht, May. Es bringt nichts.«

»Aber schadet es?«

Wir saßen und schwiegen.

»Egal«, sagte sie schließlich. »Charlie ist ja trotzdem tot. Und das begreife ich einfach nicht.«

»Marvin glaubte, es sei in der Entzugsklinik etwas passiert – dass Clarke, als nur Charlie noch bei ihm war, irgendwas gesagt hat, wovon niemand wissen sollte. Vielleicht war es etwas über den neuen Korruptionsausschuss. Kannst du dir denken, was?«

Sie schüttelte den Kopf. »Was hätte Charlie damit schon anfangen sollen? Er war so am Ende, wer hätte schon einen Pfifferling gegeben auf das, was Charlie sagt. Ich weiß doch, wie George immer von Charlie geredet hat. Der sei keine Gefahr. Nicht mal einen Auftragskiller wert.«

»Das hat er von Charlie gesagt?«

»Von Charlie, von Marvin, von Jeremy, jedem. Er wusste, dass keiner von denen ihm noch etwas anhaben könnte.«

»Und was ist mit mir?«, fragte ich. »Hat er jemals von mir gesprochen?«

Sie wandte sich vom Fenster ab, und plötzlich schien sie mich zu sehen, der ich ihr hilflos am Tisch gegenübersaß. Etwas in ihrem Gesicht regte sich, ließ sie jünger erscheinen und die Jahre zwischen uns zusammenschnurren. »Nein, dich hat er in all den Jahren nie erwähnt.«

»Weiß er überhaupt von uns beiden?«

Sie berührte kopfschüttelnd meine Hand. »Ach, George …«

Und ich wusste nicht, war das eine Antwort oder die Verweigerung der Antwort.

Sie zog ihre Hand zurück. »Das Komische ist«, meinte sie, »dass er überhaupt dort in der Klinik war. Das ganze Debakel kommt doch nur daher, dass er dort war und Charlie und Marvin begegnet ist. Er hat bisher noch nie professionelle Hilfe in Anspruch genommen, egal, wie schlimm es um ihn stand. Und es will mir immer noch nicht in den Kopf, wie schlimm es steht.«

Eines jedenfalls schien mir klar.

»May, verstehst du denn nicht?«

Sie sah mich groß an.

Ich fuhr fort: »Nach dem, was Marvin gesagt hat, hat er sich offenbar fast zu Tode getrunken. Du hast selbst gesagt, dass niemand das auf Dauer wegsteckt. Vielleicht liegt es an dem Ausschuss, vielleicht daran, dass ihm die Felle davonschwimmen. Aber May, wenn du ihn auch noch verlassen hast …«

Sie schlug die Hand vor den Mund.

Ich bemühte mich, sie zu schonen. »Dann war das möglicherweise der Tropfen, der das Fass zum Überlaufen gebracht hat.«

»Aber das würde bedeuten … dass *ich* an dem Klinikaufenthalt schuld bin. Dann habe ich sie *beide* auf dem Gewissen.«

»Nein, May, so habe ich das nicht gemeint.«

Aber sie war weg. Sie war aufgesprungen und hatte sich vom Tisch entfernt. Sie tigerte im Wohnzimmer auf und ab, die Hand noch vorm Mund, als sei ihr übel.

»Ogott, ogottogottogott, nicht wieder. Ich habe Charlie noch mal getötet.«

Dann stand sie auch schon in der Küche und riss einen Unterschrank auf. Ich sah Flaschen. Rotwein. Mehr als eine, ein ganzes Fach, ein Dutzend. Sie zerrte eine hervor.

»May …«

»Nein, George. Es reicht. Ich ertrage es nicht.«

Sie riss an Schubladen, Messer und Gabeln rasselten zu Boden. Sie fiel auf die Knie. Und dann hatte sie einen Korkenzieher in der Hand. Sie griff hoch, packte die Weinflasche, fummelte mit fliegenden Fingern an der Metallkapsel, setzte den Korkenzieher an. Sie kauerte über der Flasche, ihr ganzer Körper um dieses Herzstück zentriert, diesen einen Augenblick, das Öffnen einer Flasche. Dann hielt sie dort auf den Küchenfliesen kniend inne. Ich sah die Flasche in der Umklammerung beben, sah ihre Schultern beben. May, meine May, wieder gelähmt von der Wahl, von

Verlangen und Abwehr des Verlangens. Der Korkenzieher zitterte in ihrer Hand. Sie sah flehend zu mir hoch.

Was sie wirklich meinte, weiß ich nicht, was sie von mir erwartete, falls sie es überhaupt selber wusste. Und das im Angesicht der Asche Charlies auf dem Esstisch, unbestattet, unverstreut – was würde er jetzt gewollt haben, was vergeben? Ich wusste es nicht, es war mir egal, ich hatte zu lange gerungen.

Ich stieß meinen Stuhl zurück und ging zu ihr hin. Ich kniete mich auf den Küchenfußboden und nahm ihr die Flasche aus den Händen, den Korkerzieher. Mit drei raschen Drehungen hatte ich die Flasche offen, als wäre es gestern. Ich holte zwei Gläser aus einem Küchenschrank und füllte sie beide. Die ganze Zeit sah May mir nur schlotternd zu, die Augen erleuchtet von der gleichen alten Angst, der gleichen Versuchung, den Kämpfen, die wir längst gefochten und zusammen verloren hatte und wieder und wieder verlieren würden.

Ich reichte ihr das eine Glas und behielt das andere.

Ich hob das Glas an die Lippen. Ich roch Staub und die Liebe zum Alkohol, die Blume, die gegen mein besseres Wissen alles versprach, Wärme und Dunkel und Vergessen, eine Welt, in der es wieder nur uns zwei gäbe, sie und mich.

Und dort auf dem Küchenfußboden tranken wir.

42

IN DER MEDIZINISCHEN FACHWELT kursierte eine Zahl. Ein Prozentsatz. Er war umstritten und wurde laufend revidiert. Siebzig Prozent, achtzig, neunzig. Er betraf den Anteil trockener Alkoholiker, die rückfällig wurden. Es gab Stimmen, die behaupteten, sie *alle* erlitten früher oder später mindestens einen Rückfall. Andere wiederum hielten die Fragestellung für unsinnig: Man könne das Schicksal von Alkoholikern nicht mit Begriffspaaren wie trocken versus abhängig oder Erfolg versus Scheitern fassen, man könne höchstens von Überstehen, von Lebensqualität und von dem sprechen, was erträglich sei und was nicht. Einig waren sie sich jedoch alle darin, dass nicht so sehr die körperliche Abhängigkeit das Problem sei als vielmehr die psychische, also die der Seele. Der Alkoholiker gebe sich nicht nur dem Trunk hin, sondern dem, wofür das Trinken stehe, der Lust, die der Alkohol einst bereitet habe, den Genüssen, die er steigerte, den Schwächen, die er überspielte, dem Schmerz, den er betäubte. Alles Trug, erwiesenermaßen, ausgesprochen selbstzerstörerisch und dennoch unerhört verlockend, unerhört hartnäckig. Deshalb überschlugen sich die Fachleute vor guten Ratschlägen, solange man nüchtern war: das alte Umfeld meiden, die alten Saufkumpane, die alten Bars und Restaurants, die alten Verhaltensmuster, alles, was an das erinnern könnte, worauf man verzichtet habe. Schließlich sei mehr gewonnen als verloren, sagten sie. Weil man eine zweite Chance bekomme. Ein neues Leben.

Aber der Sirenengesang blieb.

Mich weckte ihr tödlicher Kuss: der erste Kater in zehn Jahren.

Es war später Nachmittag, der Himmel draußen vor dem

Schlafzimmerfenster bereits fahl im schwindenden Licht. Das war mir von allem am vertrautesten, gar nicht mal der Kater, der trockene Mund, der schwere Kopf, das dumpfe Pochen in den Schienbeinen – nein, sondern das Gefühl verlorener Zeit, unbemerkt verstrichener Tage. Ich hatte ganz vergessen, wie das war. Denn eine der ersten Entdeckungen an der Nüchternheit war für mich die Gleichmäßigkeit der Zeit gewesen, die ohne Unterbrechung von Morgen zu Abend zu Schlaf zu Morgen floss. Es verwischte sich nichts, es gab keinen Zoomeffekt, keinen Zeitraffer, keine Blackouts. Man verlor im nüchternen Zustand selten jedes Gefühl für die Zeit. Und das war zugleich einer der größten Schrecken. Was sollte man mit der vielen Zeit anfangen, dem vielen klaren Bewusstsein? Wenn es etwas gab, was Alkoholiker in den ersten trockenen Wochen wieder in die Arme des Dämons treiben konnte, dann die Angst vor dem unentrinnbar klaren Bewusstsein, denn letzten Endes ist Bewusstsein für Trinker die größte Gefahr. Jetzt, nach meinem ersten Rückfall, stierte ich orientierungslos in den Nachmittagshimmel und fragte mich, wo ich war und wo die Nacht und der Tag hin waren.

Dann aber kehrte, wie die alten Saufkumpane in den Bars, die einen immer wieder freudig in ihre Runde aufnahmen, die Erinnerung zurück, und ich bettete den Kopf wieder aufs Kissen, blendete das Sonnenlicht aus und wusste, was ich getan hatte.

Ich öffnete erneut die Augen. Neben mir schlief May; sie hatte das Laken von sich geworfen, ihre Haut war mit einem leichten Schweißfilm bedeckt. Es war heiß im Zimmer, und mein Haar war feucht, ebenso wie das Laken unter mir. Ich hatte Durst, aber auf dem Nachttisch sah ich nur die schlanken Weingläser mit dem roten Rest und leere Flaschen.

Wir hatten getrunken bis zum Morgengrauen, May und ich, im Dunkeln, ohne Licht, ohne Lampen oder Kerzen zu entzünden, nur im Widerschein der Stadt im Tal unten, während laue Luft durchs Haus strich und eine nächtliche Brise die Bäume draußen rascheln ließ. Schatten waren wir zwei, ohne Stimme weitgehend, später nacheinander greifend, aus dem Wohnzimmer unter Ablegen der Kleider ins Schlafzimmer wechselnd, doch bis ins Bett hinein immer mit den Gläsern und der Flasche. Es hatte auch Sex gegeben, aber wie schon damals war nicht der Sex das Entscheidende. Entscheidend war die Umklammerung, die Kraft, mit der mich Mays Arme umschlagen, eine Kraft, die in ihrer Gewaltsamkeit fast wie Hass schien. Entscheidend war das Trinken, die Hand, ihre oder meine, die im Dunkeln nach der Flasche tastete und sie sich und mir an die Lippen hob, damit wir uns ihr darbrachten. Wir waren beide älter, unsere Körper schlaffer, aber die innere Glut war unverändert, ebenso wie das von jeher geteilte Wissen um die eine entscheidende Charakterschwäche … und so berauschend und vernichtend wie eh und je. Nur die Erschöpfung und der anbrechende Tag hatten dem ein Ende gesetzt.

Doch im Glast des Nachmittags schien das alles unwirklich wie ein Traum. Das nächtliche Haus der Schatten hatte sich in einen traurigen, ungeliebten Ort verwandelt, an dem niemand wirklich lebte, und neben mir sah ich lediglich eine müde Frau, die so alt aussah, wie sie war, mit schlafverkrusteten Augen und dem abgestandenen Atem einer durchzechten Nacht. Und ich – ich war eine leere Hülse, zu alt für solche Ausschweifungen, die noch dazu einen Verrat an allem darstellten, was ich zur Selbsterhaltung unternommen hatte.

Es gab nur eine Möglichkeit, des Traums wieder habhaft zu werden. Immer nur die eine, einzige. Die leeren Weinflaschen hatten Brüder, sie warteten in der Küche.

Ich setzte mich auf und sah dümmlich zum Fenster hinaus.

Die andere unwiderlegbare Tatsache beim Alkohol war, dass das, dem zu entrinnen man trank, am Morgen, wenn man aufwachte, immer noch da war. Der Unterschied war bloß, dass es einem noch schlechter ging, noch mehr Zeit vergeudet war und einem mitsamt seinen Problemen immer weniger Zeit blieb.

May regte sich, den leeren Blick ins Nichts gerichtet, bis auch ihr, wie zuvor mir, alles wieder einfiel.

»Oje!«, stöhnte sie.

»Ich muss Detective Kelly anrufen«, sagte ich.

»Und was willst du ihm sagen?«

»So viel ich kann. Ich hätte es gleich gestern Abend tun müssen.«

May schwieg. Meine Erklärung gehörte zur Litanei des Trinkers: Was gleich hätte geschehen müssen, geschah nie.

Ich stand mit leichtem, schwindelndem Kopf auf. Wann hatte ich zuletzt etwas gegessen? Ich konnte mich nicht entsinnen.

May sagte: »Auf mich kannst du nicht zählen, George. Ich möchte nicht, dass du mich der Polizei gegenüber erwähnst. Wenn du deinem Detective von mir erzählst und er es Jeffreys sagt, und Jeffreys ... du weiß, wem der es sagt.«

»Vielleicht solltest du ihn anrufen. Clarke, meine ich. Könnte ganz hilfreich sein, oder?«

»Es gibt nichts mehr zu sagen. Nicht nach der Sache mit Charlie ...« Sie schloss die Augen, hilflos dem Ansturm der gestrigen Erinnerungen ausgeliefert. »Warum lässt du nicht einfach die Finger davon, George? Was immer er mal gewesen sein mag, *jetzt* ist er gefährlich. Du weißt, was er getan hat. Er und sein Detective. Wenn du weiter bohrst, werden sie zwangsläufig Jagd auf dich machen.«

»Das werden sie so oder so.«

Ich verließ das Schlafzimmer und tappte durchs das Haus, bis ich die Dusche fand. Ich stellte mich unter die Brause und drehte den Strahl so heiß, wie ich es eben ertragen konnte, wie in einem früheren Leben Tausende Male, gegen alle Vernunft hoffend, das Wasser könne mich von meinen Sünden reinwaschen.

Tat es nicht. Als ich wieder auftauchte, hing May im Bademantel am Esstisch, vor sich ungeöffnet die nächste Flasche Wein.

»May, was hast du vor?«

Sie sah mich an. »Es sind noch sechs Flaschen da.«

Um das Haus senkte sich der Abend. Die vergangene Nacht zitterte noch in meinen Adern nach. Doch manchmal erkennt auch ein Alkoholiker im Traum den Trug. Ich knipste am Wandschalter das Licht an. Neon brummte, flackernd warf es Schatten unter Mays Augen und tönte ihre Haut aschgrau. Mit einem Frösteln und Übelkeit meldete sich mein Kater zurück. Sei froh, dachte ich, merke es dir. Das ist die Realität.

Aber May entkorkte die Flasche. Und daneben standen zwei saubere Gläser.

Nein ... bitte nicht ...

Leider waren es nur Worte im Kopf. Nicht stand hinter ihnen.

Ich kramte nach meiner Geldbörse, dann nahm ich das tragbare Telefon hoch, wählte und betete, dass er noch da wäre.

»Detective Kelly am Apparat.«

»Hier ist George.«

»George! Wo zum Teufel sind Sie abgeblieben? Ich habe Ihnen doch gesagt, Sie sollen im Motel warten.«

»Ich musste weg.«

»Und wo sind Sie jetzt?«

Mein Blick ruhte auf May. »Ich glaube, das behalte ich erst mal für mich.«

»Was ist los, George? Sie wissen, dass wir uns unterhalten müssen. Wir können uns auch einen Haftbefehl besorgen.«

»Haben Sie die Punkte überprüft, von denen wir sprachen?«

»Ein paar, aber –«

»Sagen Sie einfach, was Sie haben, und dann sage ich Ihnen vielleicht, wo ich bin.«

»Herrgott, George.« Aber ich hörte ihn blättern. »Also gut. Aber das bisschen, was wir haben, bringt nicht viel.«

»Als da wäre?«

»Zum einen den Anruf. Sie hatten recht, es wurde gegen zwei Uhr morgens von Marvins Apparat bei Ihnen im Motel angerufen. Aber ich sagte schon, dass beweist nichts. Es könnte Marvin selbst gewesen sein.«

»Es war nicht Marvin. Und das beweist, dass noch jemand da war.«

»Das sagen *Sie.*«

»Was ist mit der Wodkaflasche?«

»Es waren keine Fingerabdrücke drauf, auch nicht Marvins.«

»Und macht Sie das nicht stutzig?«

»Na und ob. Aber es kann eine andere Erklärung geben. Marvin könnte klar gewesen sein, dass der Wodka auf den im Umspannwerk hindeutet, also hat er die Flasche abgewischt, bevor er sich umgebracht hat.«

»Wozu, wenn er kurz vorher in seinem Brief ein Geständnis abgelegt hat?«

»Ja, ja, ist ja gut. Aber Ihre These bringt uns auch nicht viel weiter, George. Die Pathologen sind sich fast hundertprozentig sicher, dass sich Marvin eigenhändig erschossen hat. Klarer Fall von Selbstmord.«

»Ist ja möglich, dass er selbst *abgedrückt* hat. Aber es muss jemand da gewesen sein.«

»Dieser George Clarke, von dem Sie gesprochen haben …?«

»Ja, haben Sie den mal überprüft?«

»Ein bisschen. Auch da haben Sie recht. Da braut sich was zusammen wegen alter Geschichten von damals. Und es können sich tatsächlich Kollegen erinnern, dass er Verbindungen mit Marvin hatte. Aber Verbindungen mit Marvin hatten viele.«

»Unterhalten Sie sich doch mal mit ihm.«

»Warum sollte ich? Marvin hat sich selbst umgebracht. Keine Fremdeinwirkung. Und es gibt nach wie vor nichts, was Clarke mit Charlies Tod verbindet.«

»Ich habe noch einen Namen für Sie. Detective Jeffreys.«

»Jeffreys? Was ist mit ihm?«

»Er ist keine zwei Tage her, da habe ich ihn vor Marvins Haus gesehen. Am Tag vor Marvins Tod. Ich vermute, er ist mir gefolgt.«

»Das kann nicht sein.«

»Es ist so. Jetzt verstehen Sie vielleicht auch, warum ich, als er gestern vor dem Motel auftauchte, ungern aufmachen wollte.«

»Dann waren also Sie das mit der Ente über Lindsays Bar?«

»Ich war das.«

»Kapier ich nicht, George. Was wollen Sie damit sagen? Dass Jeffreys die ganze Zeit wusste, wo Marvin steckt, und uns nichts gesagt hat?«

»Mehr. Was wissen Sie über den Kerl?«

»Ich diskutiere hier mit Ihnen doch nicht einen Kollegen.«

»Er arbeitet für Clarke.«

»Scheiße!« Er war stinksauer. »Wo nehmen Sie bloß diesen Mist her?«

»Warum fragen Sie den *Kollegen* nicht mal selbst? Oder seine Vorgesetzten? Wie beurteilt man ihn denn so?«

»Das geht Sie einen Scheißdreck an.«

Aber die Skepsis war da. Von Jeffreys hielt er wohl nicht übermäßig viel.

Ich sagte: »War nicht ausgerechnet Jeffreys derjenige, der gesagt hat, die Ermittlungen im Todesfall Charlie Monohan seien abgeschlossen?«

Kelly schwieg.

»Fragen Sie ihn doch«, sagte ich.

»Geht nicht. Hat Sonderurlaub. Seit heute.«

»Aha.«

»George –«

»Mein Gott, Detective, was brauchen Sie denn noch?«

»Viel mehr.«

»Dann sage ich Ihnen lieber nicht, wo ich bin.«

»George, Sie schaden sich selbst. Sie können sich nicht ewig verstecken, und wenn Sie sich so anstellen, wird man Ihnen bald kein Wort mehr glauben.«

»Ich rufe Sie wieder an. Finden Sie Jeffreys. Hören Sie sich an, was er zu sagen hat.«

»Warten Sie, George! Das wird Sie interessieren. Sie haben Lindsay gestern ziemlich vergrätzt. Jeffreys hat ihn einem scharfen Verhör unterzogen; das hat sich Lindsay seit Jahren nicht mehr gefallen lassen müssen. Er tobt. Er hat uns was über ihre Exfreundin gesteckt.«

»Was für eine Exfreundin?« Aber ich ahnte den Abgrund, der sich vor mir auftat. Vor uns beiden, inzwischen.

»Stellen Sie sich bloß nicht dumm, George. Maybellene hält sich offenbar doch in der Stadt auf. Sie hat vor ein paar Tagen bei Lindsay angerufen, da war sie auf der Suche nach Ihnen. Lindsay meinte, er hätte ihr gesagt, wo Sie sind. Sie haben May nicht zufällig gesehen, George?«

»Seit zehn Jahren nicht mehr.« Am Tisch riss May den Kopf hoch und die Augen weit auf. »Warum sollte ich das noch wollen? Damals war es schon schlimm genug.«

»Sie finden es nicht seltsam, dass sie ausgerechnet jetzt wieder auftaucht?«

»Keine Ahnung.«

»Hat sie mit dieser Sache irgendwas zu tun, George?«

May schüttelte heftig und demonstrativ den Kopf.

Ich sagte: »Was wissen Sie über Clarkes Privatleben?«

»Wieso? Nichts. Sollte ich?«

»Bringen Sie in Erfahrung, wer seine Frau ist.«

Ich legte auf.

May sah mich unverwandt an. Die Flasche Wein war entkorkt, die Gläser gefüllt.

Ich sagte: »Irgendetwas musste ich sagen. Wenn Sie erst dahinterkommen, dass du mit ihm verheiratet bist, sehen sie vielleicht eher die Verbindung zu Charlie. Oder zumindest gibt es ihnen zu denken.«

Sie schüttelte noch mal den Kopf. »Und Jeffreys wird es George verraten. Der wird sich denken können, dass ich bei dir bin. Herrgott, was glaubst du, was das bei ihm anrichtet?« Sie nahm eines der Gläser und trank. Ich sah den Wein ihre Kehle hinabrinnen und konnte die Wirkung an ihrer Körperhaltung, ihren Augen ablesen.

Ich fragte: »Hast du Lindsay deine Adresse gegeben?«

»Nein.«

Ich blickte über Brisbane hinaus. Ich dachte nach – über die Stadt unten im Tal, den umliegenden Busch und den Schotterweg bis zur nächsten geteerten Straße. Und an die Flasche Wein auf dem Tisch.

»Ich glaube, wir sollten von hier verschwinden.«

May klang weit weg. »Es weiß niemand, dass ich hier bin. In diesem Haus. Ich habe es nicht unter meinem richtigen Namen angemietet, weder das Haus noch den Wagen. Und Brisbane ist groß.«

»Brisbane ist ein Dorf. Irgendwann müssen wir einkaufen, aus dem Haus gehen. Früher oder später wird man uns sehen. Sie werden uns finden.«

»Wo sollen wir denn sonst hin? Und wozu? Vielleicht hört er jetzt auf. Marvins Geständnis bringt doch für ihn wieder alles ins Lot, besonders wenn einer der ermittelnden Detectives sein Mann ist.« Sie senkte kläglich die Stimme. »Vielleicht lässt er uns in Ruhe.«

Ich wandte mich vom Fenster ab. »Ich fürchte, so klar denkt er nicht mehr. Was er tut, ist irrational. Ich glaube, wir sollten abhauen. Wir können schlecht einfach abwarten, ob er uns findet oder nicht.«

Ihr Finger zog traurige Kreise um den Rand ihres Glases.

»Ich hatte es mir anders vorgestellt. Unser Wiedersehen.« Sie trank. Mein Mund wurde trocken, aber das lag jetzt nicht mehr am Kater. »Nicht zu zweit in einem Haus, das zur Falle wird. Ich dachte, wir würden endlich tun können, was wir wollen.«

»Morgen, May. Morgen sollten wir aufbrechen.«

»Wohin denn? Wo wären wir besser aufgehoben als hier?«

Ich versuchte, mich zusammenzureißen, versuchte, den Gedanken ans Trinken zu verscheuchen. Das hier war wichtiger. Es musste ein Ort sein, wo wir eine Zeit lang von der Bildfläche verschwinden könnten – wie lange, war schwer zu sagen. Ich hatte keine Ahnung, wie der Sache eine Ende gemacht werden konnte, so wenig wie Marvin. Zeit und Stillschweigen schienen der einzige Ausweg. Bis die Polizei irgendetwas in der Hand hätte. Querverbindungen gab es schließlich genug, das würden sie irgendwann einsehen oder sich wenigstens Clarke vorknöpfen.

Bis dahin mussten wir abtauchen. In eine andere Großstadt? Sydney? Melbourne? Irgendwo, wo wir niemanden kannten und niemand uns.

Aber würde *er* nicht Leute an diesen Orten kennen?

Also woandershin ... wenn nur der Wein nicht so ablenken, so einen irritierenden Sog ausüben würde.

»Highwood«, sagte ich.

May dachte offenbar, sie höre nicht recht. »Highwood? Zu dir nach Highwood?«

»Natürlich nicht zu mir. Nicht einmal direkt nach Highwood. Aber in die Nähe. Auf eine Farm; ich kenne jemanden mit einer Farm ganz oben in den Bergen. Völlig abgelegen.«

»Inwiefern wäre das besser als hier? Du wohnst dort, George. Dort kennen dich die Leute. Wir würden doch sofort auffliegen.«

»Nein, da kennst du diesen Ort schlecht und den Mann, dem die Farm gehört.«

Sie seufzte. »Gut, meinetwegen. Ich fürchte zwar, es bleibt sich gleich. Aber wenn du willst, komme ich mit. Eine Zeit lang jedenfalls.«

Sie erhob sich vom Tisch und trug ihr Glas in die Küche.

»Ich habe was zu essen. Ich mache uns was.«

Und das war's. Ich hatte mich entschieden. Jetzt blieb nichts weiter zu tun, als auf den Morgen zu warten und ... auf dem Tisch wartete der Wein.

Diesmal fand nicht einmal mehr ein innerer Kampf statt, gab es keinen weltbewegenden Entschluss. May rumorte in der Küche. Sie schaltete das Deckenlicht und ein paar Lampen an. Das Haus wirkte wieder warm und heimelig, fast so, als hätte ich schon ein Glas geleert, als wäre meine Stimmung vorausgeeilt. Eine Nacht noch, eine Nacht nur, schließlich bliebe May und mir vielleicht nur wenig Zeit, und ich war doch schon rückfällig geworden, wozu also noch kämpfen, wozu sich quälen …

Ich hob das Glas, und alle Lügen und Rechtfertigungen fielen ab, bis nur eine letzte hartnäckige Illusion bleib.

»Dieser Freund mit der Farm«, sagte May. »Wird er nichts dagegen haben, wenn wir einfach so bei ihm aufkreuzen?«

Dass ich es ihr zuliebe tat.

»Er ist kein Freund«, sagte ich trostlos. »Aber ich glaube, er wird uns Unterschlupf gewähren.«

43

NICHT ALLEN IN HIGHWOOD war ich willkommen gewesen.

Schlimm genug, dass Brisbane mich ihnen volltrunken vor die Füße gespült hatte. Wenn die Negativschlagzeilen in meinem Fall auch bescheiden und kurzlebig gewesen waren, so gab es doch genügend Bürger in Highwood, die sehr wohl wussten, dass ich *irgendwas* mit dem Korruptionsausschuss zu tun gehabt hatte, und mich schief ansahen. Zumindest am Anfang. Mit der Zeit legten sich angesichts meines soliden Lebenswandels und der Tatsache, dass jemand wie Gerry mich einer Anstellung und eine Frau wie Emily mich ihres Bettes für würdig hielten, bei manch einem die schlimmsten Befürchtungen. Zweifellos wurde auch meine Abkehr vom Alkohol registriert.

Dennoch blieben ein paar hartnäckige Skeptiker – allen voran unsere Redaktionssekretärin Mrs. Hammond –, die mich nie akzeptiert hatten, und gelegentlich kamen mir die Unkenrufe zu Ohren, dass es mit mir früher oder später doch nur Ärger geben würde.

Einer war zweifellos dieser Ansicht, nur aus anderen Gründen: Stanley Smith. Stanley war nicht einmal Einheimischer. Er stammte genau wie ich aus Brisbane, und genau wie ich hatte er als Verfolgter in Highwood Zuflucht gesucht. Aber damit endete die Ähnlichkeit. Stanley war Jahre vor mir in der Gegend aufgetaucht, und er floh nicht vor dem Ende einer Regierung oder den Folgen des Korruptionsausschusses. Er war vor eben dieser der Korruption überführten Regierung auf der Flucht, und zum Ausschuss hatte er nur eines zu sagen, nämlich, dass der viel früher hätte eingesetzt werden müssen und die Regierung und das ganze Gesocks nicht schnell genug untergehen konnten. Zu dem

Gesocks gehörte natürlich auch ich, und so war ich für Stanley von vornherein ein rotes Tuch gewesen.

Ende der 70er-, Anfang der 80er-Jahre war Stanley Ethik- und Philosophiedozent gewesen und sein Leben folglich ein einziger Aufstand gegen die Machenschaften in Queensland. Er führte Protestmärsche an, als die Regierung das Demonstrieren verbot. Er besuchte Parteiversammlungen der Kommunisten, als die Regierung bekannt gab, dass die Sicherheitspolizei alle Teilnehmer solcher Veranstaltungen überwachte. Er forderte Pressefreiheit von einer Regierung, der schon die Idee wesensfremd war. Er kettete sich an Bagger, als die Regierung zum Zwecke der Errichtung von Touristen-Lodges die Rodung der Mangrovensümpfe verfügte. Er berichtete über Aborigines-Lager, deren Existenz die Regierung abstritt. Er organisierte Sit-ins mit Schwulen und Lesben in den Pubs, als die Regierung es unter Strafe stellte, sie zu bedienen. Jahr um Jahr weigerte er sich zu wählen und erklärte den Akt für blanken Hohn, solange der Zuschnitt der Wahlkreise so bleibe.

Man verdonnerte ihn wegen Wahlboykotts zu Geldstrafen und Haftstrafen für die verweigerte Bezahlung derselben. Man verhaftete ihn auf Demos und bei seinen Baggeraktionen, und als er sich weigerte, hierfür die Geldstrafen zu zahlen, wanderte er wieder hinter Gitter. Als vermeintlicher Kommunist wurde er jahrelang abgehört. Als vermeintlicher Homosexueller war er der Zumutung nächtlicher Schlafzimmerobservation ausgesetzt. Der Zutritt zu Aborigines-Reservaten und zu den meisten Regierungsgebäuden wurde ihm wiederholt per einstweiliger Verfügung untersagt. Beamte der Sicherheitspolizei besuchten alle seine Vorlesungen. Verkehrspolizisten hielten ihn, fast als folgten sie ihm immer und überall hin, regelmäßig wegen angeblicher Geschwindigkeitsüberschreitungen an oder ließen ihn pusten. Und als ihn nichts davon mundtot machte, erschien eines Tages frühmorgens in seinem Haus ein halbes Dutzend Beamte im Kampfanzug, nahm die Bude auseinander und ihn wegen Besitzes von zehn Pfund Marihuana fest, das sich wundersamerweise unter seinem Bett fand. Stanley saß zwei Jahre wegen Betäubungsmittelhandels, verlor seine Lebensanstellung an der Universität und kapierte es endlich. *So* lief das nämlich in Queensland.

Er gab auf und zog sich nach Highwood zurück. Er kaufte ein paar hundert Hektar Bergwildnis ganz am Ende eines aufgelassenen Holztransportwegs rund zehn Meilen vom Ort entfernt, bezog Stütze und baute sich ein Haus, ein Refugium vor der unsäglich gewordenen Welt. Nach ein paar spielerischen Razzien der Drogenfahnder, die sein Land nach Cannabisplantagen durchkämmten und vorzugsweise um drei Uhr morgens eintrafen, hatte er sich ein Rudel Hunde zugelegt und begonnen, Gewehre zu sammeln. Schließlich ließ man ihn in Frieden, zum Teil aus der Überzeugung, dass er inzwischen zu viel Zeit und Geld in sein Land investiert hatte, als dass mit seiner Rückkehr nach Brisbane noch zu rechnen sei, zum Teil, weil der Korruptionsausschuss eingesetzt wurde und die Verantwortlichen plötzlich selbst Sorgen hatten. Für Stanley aber kam die Wende zu spät. Heillos verbittert begrüßte er zwar den Sturz seiner politischen Nemesis, setzte aber nicht viel Hoffnung in die neue Regierung. Er blieb auf seinem Berg, und das einzige Zugeständnis an die heraufdämmernde neue Ära war der Shit, den er nun tatsächlich zu rauchen anfing, und der Cannabisanbau, den er nun tatsächlich pflegte. Ausgleichende Gerechtigkeit, in gewisser Weise.

Das alles erfuhr ich größtenteils während unserer langen Redaktionsstunden von Gerry. Gerry war vermutlich in ganz Highwood Stanleys einziger wahrer Freund – die Sympathie eines unabhängigen Zeitungsmanns für den geschlagenen Radikalen, wer weiß? Immerhin raffte sich Stanley gelegentlich zu einem Abglanz des alten Eifers auf und schrieb zu irgendeinem Lokalmissstand einen geharnischten, mit einem Wust von gelehrten Fußnoten und politischen Losungen gespickten Leserbrief an den *Highwood Herald*. Gerry überflog diese Beiträge, dachte an seine

Leser, zerriss sie und fuhr mit einer Kiste Bier zu Stanley raus, um ihn über die alten Blessuren hinwegzutrösten.

Stanley wiederum war fassungslos, dass Gerry sich eines Mannes wie mir annehmen konnte – Parasit eben jenes Machtestablishments, das Queensland so gründlich in die Grütze gewirtschaftet hatte. Er weigerte sich, mit mir in einem Zimmer zu bleiben, aber das schien Gerry nicht zu kümmern. Geschlagener Radikaler, geschlagenes Establishment, Gerry machte da offenbar keinen großen Unterschied.

Vielleicht war das der Grund, weshalb Gerry, als Stanley zur größten Protestaktion seiner Highwood-Jahre aufrief, mich zum Berichten hinschickte. Was sich Stanley in diesem Fall auf die Fahnen geschrieben hatte, darauf wären seine ehemaligen Weggefährten wohl im Traum nicht gekommen, nämlich uneingeschränkten Waffenbesitz. Er agitierte *gegen* jede Verschärfung des Waffenrechts. Die Zentralregierung in Sydney hatte im Zuge eines schrecklichen, von einem Einzeltäter auf Tasmanien mit einem halbautomatischen Gewehr angerichteten Massakers beschlossen, Nägel mit Köpfen zu machen und die Waffengesetze zu novellieren. Stanley, der das Haus bis unters Dach mit tödlichen Feuerwaffen aller Art vollgestopft hatte und nicht willens und imstande war, einer Regierung, egal welcher Couleur und welch guter Absichten, über den Weg zu trauen, erblickte hier die Möglichkeit zu einem letzten Gefecht, das er ausnahmsweise nicht verlieren konnte. Er hatte einen Scheck für eine ganzseitige Anzeige im *Highwood Herald* geschickt, in der die Revolution aus- und jeder Waffenträger der Stadt auf die Barrikaden gerufen wurde.

Gerry las den Text und seufzte. »Fahr du mal zu ihm raus, George. Beruhige den armen alten Irren. Ich kann das unmöglich drucken.«

»Ich?«, rief ich entsetzt. »Der schießt mich doch sofort über den Haufen.«

»Ach, das glaube ich nicht. Würde seiner Sache eher schaden, meinst du nicht?«

»Gerry, der Mann kann mich auf den Tod nicht ausstehen. Er betrachtet mich als Teil des Problems.«

»Das meine ich doch. Red mit ihm über die alten Zeiten. Das lenkt ihn ab, dann sieht er ein, dass diese Waffensache halb so wild ist, weil doch früher alles weitaus schlimmer war, Polizeistaat und so. Mann, ihr zwei habt doch jede Menge Gesprächsstoff. Fand ich immer schon. Sag ihm, ich bring eine Story über ihn, wenn er will. Da kann er seinen Standpunkt darlegen. Aber das hier drucke ich nicht. Das gäbe einen Aufstand.«

Also fuhr ich zu Stanley raus.

Sein Land lag westlich von Highwood. Die Straße war durchweg ungeteert, sie wand sich zu einem Steilabbruch hinauf. An der Ortsgrenze säumten noch kleine Farmen die Straße, Milchkühe weideten auf gerodeten Flächen, doch je höher man hinaufkam, desto wilder wurden die Hänge und desto undurchdringlicher der Busch. Fast überall waren die Bäume schon mal abgeholzt worden, und hier und da klafften felsige Narben. Es gab weniger Häuser, weniger Landwirtschaft. Ich überquerte Flüsschen, die bei schwerem Regen unpassierbar wurden, wand mich durch Schluchten hoch, deren Felswände nass glitzerten. Bis schließlich von der Straße nur zwei Spurrinnen übrig blieben, die sich in Haarnadelkurven hochzogen und über Steine holperten, die gegen die Ölwanne rumsten. Den Weg benutzte sonst nur einer, nämlich Stanley in seinem alten Toyota Allrad, weil seine Farm die letzte an der Piste war. Zehn Meilen bloß, aber ich brauchte für die Strecke fast eine Stunde.

Ich erreichte ein Gatter, das zwischen zwei Baumstümpfen hing. Das Tor war über und über bedeckt mit Warntafeln, wild auf Rigipsstücke gepinselte Botschaften: Betreten verboten. Vorsicht, bissiger Hund. Tor geschlossen halten. Und eine Mahnung, die frischer wirkte als die übrigen: Besitzer bewaffnet und zum Einsatz bereit.

Nicht gerade einladend.

Ich stieg aus, öffnete das Tor, fuhr vor und hielt artig wieder an, um es hinter mir zu schließen. Von dort ging es eine letzte steile Steigung hinauf auf eine kleine Hangstufe. Rechts fiel das Land senkrecht in eine Schlucht ab, deren Grund ein dichter Urwald aus Bäumen und Lianen bedeckte. Voraus stieg das Land weiter bis zu einem dicht bewaldeten Grat am südlichen Rand des Steilabbruchs an. Links war das Land relativ eben und teils gerodet, dort stand Stanleys Hütte. Es war ein von Himmel, Bergen und Wildnis umschlossenes Hochtal, das nur ein paar Stunden am Tag Sonne bekam und bis auf Stanley und seine Hunde von keinerlei Zivilisation beleckt schien.

Das Haus war aus grauem Porenbeton gemauert und mit Wellblech gedeckt, und obwohl Stanley viele Jahre daran gearbeitet hatte, wirkte es immer noch unfertig. An einer Ecke standen eine Pyramide Mauersteine und ein Betonmischer, und als Veranda dienten ein paar Zeltplanen, die von der Dachtraufe zu den nächst erreichbaren Bäumen gespannt waren. Das Haus selbst schien geräumig und solide, und unter den Planen standen bequeme Sessel, ein Holztisch und ein gemauerter Grill. Hinter dem Haus waren ein Wassertank zu erkennen, mehrere Schuppen und ein flacher Anbau, der vermutlich den Hundezwinger beherbergte. Schon bei noch laufendem Motor hörte ich Hunde belfern. Ich wartete im Wagen, bis Stanley aus dem Haus trat. Vorsichtshalber ging ich davon aus, dass die Hunde, wenn sie frei herumliefen, mich in seiner Anwesenheit nur auf Kommando anfallen würden. Er wiederum, sah ich zu meiner Erleichterung, war nicht bewaffnet.

Aber keineswegs erfreut, mich zu sehen.

»Was zum Teufel haben *Sie* hier verloren?«, knurrte er.

Er blickte so wütend in die Welt, wie er dem Hörensagen nach auf sie war. Fünfzig Jahre alt, etwa, dabei drahtig und klein, bekleidet nur mit zerschlissenen Hosen, das Haar auf seiner Brust weiß gelockt. Am Kopf war er fast kahl, und seine eckige Brille mit dem schwarzen Gestell war voll Farbspritzer. Das Gesicht war knochig – leidenschaftlich, intelligent, kompromisslos und ein kleines bisschen irre. Kein Wunder, dass die Machthaber ihn seinerzeit gefürchtet hatten. Sie ahnten wohl, wie es Politiker aller Zeiten stets intuitiv getan hatten, dass ein Mann, der so hager und hungrig aussah wie Stanley, nie und nimmer den Mund halten oder sich an ihre Spielregeln halten würde.

Ich steckte den Kopf zum Wagenfenster hinaus. »Gerry schickt mich«, sagte ich. »Damit wir Ihre Position in der Waffenfrage festhalten.«

»Die hat er schwarz auf weiß.«

»Er ist sich nicht sicher, ob er einen Aufruf zum Widerstand gegen Staat und Gesetz drucken kann.«

»Das ist unser *einziges* Vorrecht! Eine Regierung, die in Angst vor ihren Bürgern lebt, ist die einzige, die ihnen eventuell Gehör schenkt. Das hat die Geschichte hundertfach bewiesen.«

Hinter dem Haus bellten sich die Hunde heiser.

»Da mag ja was dran sein, aber vielleicht kann man das etwas anders sagen. Wir könnten es als Story bringen, als Standpunkt statt als Kriegserklärung … es gibt ja tatsächlich Leute, die gern draufhalten, Politik hin, Politik her, und wenn man denen ordentlich Munition liefert, kommt womöglich noch jemand zu Schaden.«

»Immer noch Verlautbarungsjournalist, wie?«

In dem Punkt verstand ich keinen Spaß mehr. »Glauben Sie mir, Stanley, mir sind Regierungen genauso wenig sympathisch und geheuer wie Ihnen. Und ich weiß, wovon ich rede, ich war schließlich dabei.«

Er fixierte mich einen Augenblick, dann drehte er sich um und brüllte Richtung Zwinger: »Ruhe!« Sämtliche Hunde hörten augenblicklich auf. Er drehte sich zu mir zurück und meinte kühl lächelnd: »Sie können jetzt aussteigen. Ich lasse sie nur nachts frei, wenn ich schlafe.«

Also führte ich mit Stanley ein Interview. Er zeigte mir das Haus. Es war erstaunlich gut ausgestattet. Der Fußboden bestand zwar nur aus einem glatten Fließestrich, die Wände aus

Mauersteinen, aber es lagen überall Teppiche, es gab Wandbehänge und Bilder, es gab vier oder fünf überquellende Bücherregale. Die Möbel waren freundlich rustikal, er hatte einen gewaltigen offenen Kamin und einen Holzofen, viele Kerzen und Petroleumlampen. Hinten in einem der Schuppen stand ein Generator, den ließ er am Tag ein paar Stunden laufen, um das Tiefkühlfach und die Heißwasserversorgung in Gang zu halten, aber er hatte weder Licht noch Fernsehen noch Telefon. Dem Generator hätte er Sonnenkollektoren vorgezogen, aber sein kleines Tal bekam dazu nicht genug Sonne ab. Ansonsten gab es mehrere Schlafzimmer, ein in einer Flut von Zeitschriften und Fachblättern ertrinkendes Büro mit einer klapprigen Schreibmaschine und schließlich seine Gewehrsammlung, die im Wohnzimmer eine komplette Wand einnahm.

Ich verstand von Gewehren überhaupt nichts, ich hatte in meinem ganzen Leben noch nie eines berührt, aber ich lichtete ihn vor der Wand und dabei ab, wie er die verschiedenen Modelle erläuterte. Es waren bestimmt zwanzig, einige davon offenbar selten und sehr teuer.

»Sollten sie die neuen Gesetz verabschieden«, sagte er und zeigte mit dem Finger, »dann kann ich das da und das und die da drüben alle vergessen. Dann lassen sie mir allenfalls ein Kleinkalibergewehr. Wenn ich Glück habe. Und selbst dann müsste ich einem Club beitreten und die Dinger wegschließen. Dann kann ich sie auch gleich ganz weggeben.«

»Benutzen Sie diese vielen Gewehre denn tatsächlich alle?«

»Ich schieße, ja. Es gibt Wildkatzen hier oben, Wildhunde, die sich mit meinen anlegen wollen – da braucht man schon ein Gewehr. Und ich habe ein paar Zielscheiben herumstehen. Es ist eine Kunst, man stellt sich nicht einfach nur hin und ballert.«

»Und die Warntafel am Tor?«

Er musterte seine Sammlung. »Als ich noch nicht lange hier war, da kamen die Jungs von der Drogenfahndung zu jeder Tages- und Nachtzeit auf eine Razzia her. Die waren nicht zimperlich, die hätten mit mir machen können, was sie wollten. Wie sie es in Brisbane ja schon getan hatten. Die hätten mich einfach abmurksen können, und fertig. Wer hätte sie denn hindern sollen? Also habe ich mir Hunde angeschafft, dann die Gewehre. Ich hatte die Schnauze voll.«

»Und heute?«

»Meinen Sie etwa, die Zeiten kommen nicht wieder? Queensland ist nicht zu helfen, glauben Sie mir. Wir haben hier mehr Nazis als seinerzeit Hitler.«

»Ein paar Irre ...«

»Vorläufig.«

»Aber das sind doch genau die Jungs, die strikt gegen die Verschärfung des Waffenrechts sind – wie Sie.«

»Allerdings. Sollen die als Einzige bewaffnet sein? Die werden nämlich ihre Waffen behalten, Gesetz hin oder her. Also behalte ich meine auch.«

Ich machte Notizen. Ich verstand den Mann nicht.

»Was wollen Sie denn tun, wenn das neue Gesetz kommt? Ihre Waffen abgeben?«

»Von wegen. Die bunkere ich irgendwo im Busch. Sollen sie doch die Wildnis durchkämmen; viel Vergnügen.«

»Und was würden Sie den vielen Opfern von Schießereien in unserem Land sagen? Den Familien?«

»Willkommen in der realen Scheißwelt. Die sind mir doch auch nicht beigesprungen, als ich Freiwild war.«

Wir würden uns nie verstehen.

Aber Gerry hatte die Story gedruckt, und kurz darauf wurde die Waffenrechtsnovelle verabschiedet, und Stanley weigerte sich, auch nur eine Kugel rauszurücken. Als Graham mit ein paar Mann zu ihm rauffuhr, waren die Gewehre von der Wand verschwunden, und Graham wusste nur zu gut, dass es zwecklos wäre, die Hänge absuchen zu wollen. Stanley behauptete kalt lächelnd, er habe sie als gesetzestreuer Bürger natürlich vernichtet. Gewiss, die nächsten fernen Nachbarn hörten auch danach gelegentlich zu jeder Tages- und Nachtzeit bei Stanley Gewehrsalven, bis zu hundert Schuss offenbar, bis es nach schwerem Gefecht klang und anzunehmen war, dass Stanley dort oben auf seinem Berg noch immer Krieg führte.

Konnte es für May und mich einen besseren Rückzugsort geben?

Die wir doch auf der Flucht vor genau den Feinden waren, die Stanley damals ins Exil gezwungen hatten.

44

WIR HATTEN AM FRÜHEN NACHMITTAG in Highwood sein wollen.

Hatten wir, nur war mir entfallen, wie es sich mit dem Alkohol lebte. Es war weit nach Mittag, als ich, elend und krank, hochschreckte, und irgendwie war der Zeitverlust einfach nicht mehr wettzumachen.

Ich blinzelte verständnislos ins grelle Licht. Dann taumelte ich aus dem Bett ans Telefon. Da Stanley nicht direkt zu erreichen war, rief ich bei Gerry in der Redaktion an.

»George«, sagte er. »Ich habe das mit Marvin gelesen. Es stand in der Brisbane-Presse. Wer hätte gedacht, dass er Charlie so etwas antun könnte? Er mag ja ein übler Kunde gewesen sein, aber …«

Ich rieb mir die Augen. Ich konnte kaum einen klaren Gedanken fassen. Überall lagen leere Weinflaschen. »Er hat gar nichts getan, Gerry, aber es ist eine lange Geschichte. Die Sache ist die, ich muss eine Zeit lang abtauchen, und ich hatte an Stanleys Farm gedacht.«

»Wieso? Was hast du mit diesen Dingen zu tun?«

»Ich *weiß*, dass es nicht Marvin war, und dass darf keiner wissen, verstehst du. Und im Augenblick will ich auch nicht zur Polizei gehen.«

»So schlimm?«

»So schlimm.«

»Gut, was soll ich tun?«

»Fahr doch bitte raus und sieh nach, ob Stanley da ist. Sag ihm, ich muss mich eine Zeit lang bei ihm verkriechen. Das wird ihm nicht schmecken, aber die Farm ist ideal.«

Gerry klang nicht sonderlich überzeugt. »Warum sollte sich Stanley in deine Scherereien reinziehen lassen?«

»Sorg einfach dafür, dass er da ist und uns erwartet. Ich erklär ihm dann alles. Er wird uns schon helfen. Ich weiß, dass er kein Fan von mir ist, aber es gibt Leute, die hasst er noch weit mehr.«

»Du sagst *uns* – wen meinst du?«

»Mich und eine Freundin. Und Gerry, sag sonst niemandem ein Sterbenswort. Es darf keiner in Highwood wissen, dass wir da sind.«

Es entstand eine beredte Pause. »George, Emily hat mich schon mehrmals angerufen. Sie versucht seit Tagen, dich zu erreichen. Sie macht sich Sorgen, vor allem nach dieser Geschichte mit Marvin.«

Wenn ich an Emily dachte, verließ mich der Mut. Ich hatte keine Ahnung, wie ich ihr die Sache erklären sollte, ohne die ganzen alten Geschichten aufzuwärmen, die ich vor ihr immer hatte geheim halten wollen. Außerdem war da May. Wie sollte ich May jemals erklären?

»Nein. Nicht einmal Emily. Es tut mir leid, Gerry. Das kläre ich bald, aber jetzt geht es nicht.«

»Wenn du meinst.«

Wir beendeten das Gespräch. May stand mit wirrem Haar, in dem trotzig die alten Locken aufsprangen – Anmutung der jüngeren May, die in scharfem Kontrast zu dem viel älteren, dem müden Gesicht stand –, in der Schlafzimmertür.

»Pack deine Sachen«, sagte ich.

Aber dann mussten wir noch fast drei Stunden auf Gerrys Rückruf warten. Wir saßen am Küchentisch, ohne zu sprechen, und starrten auf die Zeiger der Wanduhr. Es gab keinen Alkohol mehr im Haus, nichts, womit wir den Kater und die wachsende Beklemmung hätten abfedern können, von der ich seit Jahren wusste, dass sie als Entzugssymptom tatsächlich biochemische Ursachen hatte. Ich brauchte etwas zu trinken. Ich horchte angestrengt, ob nicht ein Wagen vorfuhr oder Schritte im Schotter zu hören waren, aber es rührte sich nichts. Vielleicht würde man uns hier doch nicht finden, aber es gab einfach keine Garantie. Das wusste auch May. Sie war jetzt stärker in sich gekehrt. Wir waren es beide. Sie hatte recht. Auch damals hatten wir uns ständig versteckt, vor Charlie, aber das hier war anders. Jetzt ging der Notwendigkeit jeder Reiz ab, es würzte sie kein Verrat. Sie war ein klaustrophobisches, auswegsloses Gefühl ohne erkennbaren Endpunkt.

Endlich klingelte das Telefon. Gerry.

Er sagte: »Stanley kommt in die Redaktion.«

»In die Redaktion? Ich dachte, ich fahre am besten gleich zu ihm raus.«

»Er hält nicht viel von deinem Plan, George. Außerdem muss er sowieso heute seiner Vorräte wegen reinkommen.«

»Man wird uns doch sehen, wenn wir mir nichts dir nichts auf der Hauptstraße vorfahren.«

»Das müsst ihr nicht. Ihr könnt hinten parken. Das fällt niemandem auf. Bis ihr ankommt, bin sowieso nur noch ich da. Es ist ja nicht gerade so, als warte die ganze Stadt auf deine Rückkehr, George. Warum sollte sie auch?«

Ich dachte nach. Wir mussten so oder so durch Highwood durch, ein kleiner Umweg hintenrum zur Redaktion fiel da kaum ins Gewicht. Wir kämen ja nicht in meinem Wagen, sondern in Mays mit den getönten Scheiben. Und für lange Diskussionen war es ohnehin zu spät. Ich wollte keine weitere Nacht in Brisbane verbringen.

»Also gut.«

Und dann waren wir im Wagen und unterwegs. May fuhr. Wir stahlen uns durch die westlichen Vororte raus, hielten in einem ländlichen Einkaufszentrum und besorgten Vorräte. Was ich Stanley abverlangte, war so schon happig genug. Ich konnte von ihm nicht obendrein erwarten, dass er uns durchfütterte. Im Supermarkt ertappte ich mich dabei, wie ich Gänge und Kundschaft im Auge behielt. Blanke Paranoia, ein weiterer Grund, sich aus dem Staub zu machen. Auch einen Spirituosenladen suchten wir auf und deckten uns kistenweise mit Bier und Wein ein. Kommentarlos. Denn wenn May und ich uns auf Stanleys sicherer Bergfarm verschanzten, dann würde unweigerlich der lange dunkle Abend kommen, wo wir niemanden hatten als uns und nichts zu tun als zu warten … und was gab es nach den Exzessen der vergangenen Nächte auch noch groß zu reden, was konnte uns noch zurückhalten? Alle Regeln waren außer Kraft gesetzt.

Wir packten die Einkäufe in den Wagen, fuhren wieder auf den Freeway, an Ipswich vorbei und dort auf den Cunningham Highway. Im Süden und Westen zeichneten sich die Berge als scharfe blaue Kontur ab. Es gab an diesem Tag keine Wolken, keinen Dunst. Es war auch nicht heiß, zumal Hitze sich hier draußen anders anfühlte. Sie hatte sich nicht zwischen engen Straßen, Gehwegen und einem Fluss gestaut, der sich kaum regte. Hier brannte sie auf offene Erde nieder und stieg auf in einen weiten Himmel. Während Brisbane hinter uns zurückfiel, spürte ich, wie meine Anspannung in Mays Gesellschaft bei brausender Fahrt durch die Frische der Ebene ein klein wenig nachließ und der Kater abklang. Wir erreichten, wie ich allein schon einmal nachts vor zehn Jahren, die Abzweigung und das Straßenschild. Highwood, stand dort. Einem neuen Tick gehorchend, sah ich mich um. Niemand folgte uns, und der Asphalt des Highways lag als langes Band sauber und leer hinter uns.

»Weißt du«, meinte May, »vielleicht ist es doch richtig so. Mir ist schon leichter ums Herz. Wir sind im Offenen, hier kann man atmen.« Sie lächelte mich an. »Mein Leben lang sitze ich in der Stadt fest. Ich kann mich gar nicht erinnern, wann ich zuletzt wirklich Sterne gesehen habe.«

Ich stimmte ihr zu. In der Unüberschaubarkeit von Brisbane mit seinen tausend Komplikationen und Erinnerungen konnten wir nur stranden. So war es besser. Viel besser. Ich deutete auf eine Einkerbung in der Bergkette.

»Da wollen wir hin«, sagte ich.

Doch als wir die Hügel des Vorgebirges erreichten, schwand schon das Licht. May folgte den engen Windungen der Bergstraße, ich hielt den Kopf aus dem Fenster. Unter den Bäumen dämmerte es bereits, hier war es nach der Mittagshitze im Tal viel kühler. Ich roch Erde und moderndes Laub. Vögel stießen langgezogene Klagelaute aus. Und auf der letzten Steigung schloss sich dunkler Wald, wie stets auf diesem Stück, um uns, und im Vorbeifahren erhaschte ich kurz einen Blick auf den Waldweg zum Umspannwerk und dahinter auf den grauen Stahl eines Strommasts und auf Leitungen, die sich talwärts schwangen, und da stand mir plötzlich wieder alles vor Augen. Der kalte Betonfußboden, Charlies Starre und seine wächserne Haut. Ich wusste jetzt, wer dafür verantwortlich war. Irgendwo unten in Brisbane suchten sie uns, früher oder später würden sie merken, dass wir weg waren, und dann …

Wir brachen aus der Umklammerung der Bäume hervor, und dort vor uns lag Highwood. Die Hänge im Westen tauchten das Tal in tiefe Schatten. Ein Traktor hastete über ein Feld heimwärts, auf einer Weide drängten sich Kühe um den Melkschuppen. Ich kurbelte das Fenster hoch – der Kälte wegen und um hinter der getönten Scheibe unsichtbar zu sein. Das hier war keine normale Heimkehr. Dann hatten wir den Ortsrand erreicht. Autos waren auf den Straßen unterwegs, Menschen in ihren Gärten; in den Häusern sprangen die Lichter an … aber niemand hob auch nur den Kopf, um uns nachzusehen. Wir bogen in eine kleine Straße ab, die parallel zur Durchfahrtsstraße verlief und an der etwa auf halber Höhe ein umzäunter Hof lag, der hinten an das Redaktionsgebäude des *Highwood Herald* grenzte. Auf dem Gelände gab es einen Schuppen. Darin stand schon Gerrys Wagen – neben einem verdreckten Toyota-Geländewagen. Wir quetschten uns in die verbleibende Lücke, und May stellte den Motor ab.

Ich sah mich auf dem Hof um: ein leeres Sandgeviert voller Unkraut. Ein kalter Wind zerrte an einem losen Fliegengitter.

Und obwohl es nicht einmal ganz dunkel war, brannte über der Hintertür zum Gebäude eine nackte Glühbirne. Wir waren da, ich war zu Hause, aber es fühlte sich nicht so an. Highwood war wie ein fremder Ort.

»Lass uns reingehen«, sagte ich, und wir eilten zur hinteren Tür. Sie stand offen. Gerry und Stanley warteten im Redaktionsraum auf uns. Zu meiner Überraschung ergriff Stanley als Erster das Wort. Die Füße hochgelegt, saß er, eine Dose Bier in der Hand, zurückgelehnt hinter Gerrys Schreibtisch und hob zum Gruß einen Finger.

»Tag, May«, sagte er.

May sah ihm fest in die Augen. »Tag, Stanley«, antwortete sie.

Mein Blick flog von einem zum anderen. Stanley verschränkte die Arme hinterm Kopf und grinste.

»Du *kennst* ihn?«, fragte ich May schließlich.

»Ich habe bei ihm studiert. Wieso hast du nicht gleich gesagt, dass du von Stanley sprichst?«

»Herr im Himmel.«

»Ganz ruhig, George«, sagte Gerry. »Wir drehen hier ja schon eine Weile Däumchen und überlegen, wer *die Freundin* ist. Schwer war es nicht zu erraten.«

»Ihr habt es aber doch niemandem gesagt?«

»Keiner Seele.«

Ich bekam schwache Knie. In der Ecke der Redaktion stand ein kleiner Kühlschrank. Er diente nur einem einzigen Zweck. Ich ging hin, nahm eine Dose Bier heraus und riss die Lasche ab.

Gerry hob die Augenbrauen.

»Frag nicht«, sagte ich.

»In Ordnung. Also, dann pack mal aus, George.« Er deutete auf den Computerbildschirm in seinem Rücken. »Ich bereite gerade die nächste Ausgabe vor. Willst du behaupten, das stimmt alles hinten und vorne nicht?«

Ich sah die Schlagzeile: EXMINISTER GESTEHT HIGHWOOD-EXEKUTION

Ich sackte auf einen Stuhl; wo sollte ich bloß anfangen?

Ich war vor gerade mal einer Woche aufgebrochen. Sieben Tage. Es war zu viel passiert. Mir schwindelte. Ich kippte Bier, es rann kühl die Kehle hinab, ich merkte es kaum. Gerade mal eine Woche; ich hatte dem Alkohol für immer abgeschworen …

Ich tat mein Bestes. Versuchte, die Sache mit Marvin und Charlie und der Tagesklinik zu erklären, mit Lindsay und seinem Strandhaus in Redcliffe, dem Angler, der sich als ranghoher Detective entpuppt hatte, das mit den Wodkaflaschen und dem Mann, der einst Geschäftspartner von Marvin gewesen war, dem Mann, der vor Jahren in Highwood ein Umspannwerk gebaut hatte, einem Mann, der nicht mehr zurechnungsfähig war. Neben mir nickte May bloß und wartete ab, und Gerry und Stanley hörten wortlos zu.

»Clarke«, meinte Gerry nachdenklich, als ich fertig war. »Ich entsinne mich an den Namen. Es kursierten Gerüchte … besonders während der Ausschuss-Ermittlungen … Aber ihm haben sie nie etwas anhängen können, oder?«

Stanley machte sich ein neues Bier auf. »Ich erinnere mich ganz genau an das Schwein. Der Ausschuss hat nicht besonders eifrig ermittelt. Tun die bei seinesgleichen doch nie. Dabei lag es auf der Hand, dass er und Marvin unter einer Decke steckten. Hätte ich nicht gerade mal wieder gesessen, ich hätte mitgestreikt beim Stromkampf, das könnt ihr mir glauben.«

»Ich *war* dabei«, bemerkte May. »Alles vollkommen zwecklos.«

Stanley musterte sie. »Was ist nur aus dir geworden, May? Wie konntest du bloß mit diesen Leuten gemeinsame Sache machen? Du hattest doch eigentlich mehr drauf.«

»Wer hatte denn wirklich mehr drauf, Stanley? Dich haben sie wegen angeblicher Drogendelikte einkassiert. Ich habe für einen der mächtigsten Minister im Kabinett gearbeitet.«

»Der bis auf die Knochen korrupt war.«

»Korrupt waren alle. Ganz Queensland war doch zum Kotzen. Was sollte ich denn machen? Mit dir auf die Straße gehen und mich zusammenschlagen lassen?«

»Wär vielleicht besser gewesen. Als wie jetzt um dein Leben rennen zu müssen.«

»Und wieso bist *du* hier oben gelandet? Wo immer wir anfangs gestanden haben mögen, Stanley, gelandet sind wir beide hier.«

Er nahm einen Schluck Bier und überlegte. »Nur sind nicht alle Wege, die nach Highwood führen, gleich.«

»Können wir also bei Ihnen bleiben?«, fragte ich.

Er machte ein grimmiges Gesicht. »Sie haben vielleicht Nerven! Genau solche Arschlöcher wie Sie haben mich fertiggemacht, und jetzt, wo es euch an den Kragen geht, soll ich helfen?«

»Die zwei hier haben dich nicht fertiggemacht«, sagte Gerry. »Meinetwegen waren sie Mitläufer, aber den Niedergang Queenslands haben Leute wie Marvin und Clarke zu verantworten. Denen waren Menschen wie du ein Dorn im Augen, weil ihr ihnen die Tour vermasselt habt, also haben sie euch was angehängt und euch weggesperrt. Diese beiden, wer waren die schon?«

Ich sagte: »Ich war fast immer betrunken. Ich kann mich an das meiste gar nicht erinnern. Und von Ihnen wusste ich überhaupt nichts.«

Stanleys Blick ruhte auf May. »Sie schon.«

May schwieg.

»Wie dem auch sei«, sagte Gerry hartnäckig. »Du willst doch sicher nicht, dass sie einem wie diesem Clarke in die Hände fallen!? Dem der Korruptionsausschuss nichts anhaben konnte. Der wieder ungeschoren davonkommt, wenn er George und May beseitigt.«

»Wem hat denn der Ausschuss schon was anhaben können«, murrte Stanley. »Keinem von denen, auf die's ankam.«

»Ganz unbeschadet hat er's nicht überstanden«, sagte May. »Und jetzt holt es ihn endgültig ein. Wir brauchen nur etwas Zeit, Stanley. Bis die Polizei alles aufgeklärt hat.«

»Polizei?« Er schüttelte angewidert den Kopf. »Was schert mich das?«

Gerry schlug einen begütigenden Ton an. »Wie kannst du das nach den ganzen Jahren sagen? War nicht gerade das das Problem? Dass es alle den Teufel scherte? Alle außer dir?«

Stanley funkelte Gerry böse an. May und ich, stumme Bittsteller, warteten ab.

»Also gut. Wenn ihr meint, dass das was bringt.«

Ich sah aus dem Fenster. Es war fast dunkel.

»Was brauchen wir?«, fragte ich. »Lebensmittel haben wir schon besorgt.«

Er musterte mich von oben bis unten. »Habt ihr warme Sachen dabei? Es ist noch ziemlich kalt oben in den Bergen.«

Mir klappte der Kinnladen runter. Ich hatte nur die Sachen aus Brisbane. Ich drehte mich nach May um. Sie schüttelte den Kopf. »Ich habe einfach nicht nachgedacht«, sagte sie.

»Können Sie uns nicht was borgen?«, fragte ich Stanley.

»Nicht in Ihrer Größe. Ich lebe allein, falls Sie das vergessen haben. Ich bewirte sonst keine Gäste.«

»Hol doch bei dir schnell ein paar Sachen«, schlug Gerry mir vor.

»Ich wollte mich da eigentlich nicht unbedingt blicken lassen.«

Stanley überlegte. »Es liegt auf dem Weg. Wir vergewissern uns, dass niemand herumlungert, und wenn die Luft rein ist, holen Sie schnell was.«

Wir wagten uns auf den Hof. Im Westen glühte der Himmel noch organgegelb, unten in Highwood aber wurde schon Nacht. Über uns funkelten Sterne, die Straßenlaternen brannten. Und es wurde merklich kälter, der Wind hatte zugelegt und verhieß Frost.

»Ist das euer Wagen?«, fragte Stanley.

May nickte.

»Dann fahren wir lieber alle in meinem«, sagte er. »Die Bäche führen zum Teil noch viel Wasser, der Weg versinkt im Morast. Gerry hat sich fast die Ölwanne abgerissen, als er heute Morgen bei mir war.«

Gerry nickte. »Lassen Sie ihn stehen«, sagte er zu May. »Im Schuppen sieht ihn keiner.«

Also luden wir unsere Sachen in den Toyota um und stiegen ein. Gerry beugte sich kurz zum Fenster rein, um sich zu verabschieden. »Ich schau dann mal in ein paar Tagen vorbei. Aber George, du weißt, dass ihr euch nicht ewig verstecken könnt. Ihr solltet mit Graham reden. Bei dem wärt ihr doch sicher in guten Händen.«

»Demnächst vielleicht, Gerry, aber jetzt noch nicht.«

»Graham ist trotz allem Cop«, bemerkte Stanley und ließ den Motor an. »Denen ist nie zu trauen.«

Er stieß in die Seitenstraße zurück und folgte ihr bis zur Hauptstraße. Es war kein Mensch zu sehen. Eben erst Essenszeit, aber Highwood klappte schon die Bürgersteige hoch. Rauch stieg aus Schornsteinen. Der Sommer schien noch sehr fern.

Wir überquerten den Fluss und fuhren die Westflanke der Berge hinauf. Ein Wagen überholte uns, dann ein zweiter, aber es war lediglich vorbeiwischendes Scheinwerferlicht. Dann waren wir auch schon weit über dem Ort auf der Schotterpiste, die an meiner Hütte vorbeilief. Es war dieselbe Strecke, die aus dem Ort hinaus in die Wildnis und zuletzt zu Stanleys Farm führte, und sie war vollkommen verwaist. Wir fuhren langsam an der Hütte vorbei. Sie lag dunkel und verlassen da, nirgends ein Lebenszeichen, kein Wagen, kein Mensch in Sicht. Stanley fuhr noch ein paar Hundert Meter weiter, dann schaltete er die Scheinwerfer aus. Er wendete, stellte den Motor ab und ließ den Toyota bis kurz vor meine Einfahrt rollen.

»Beeilt euch«, sagte er.

Ich wandte mich May zu. »Komm mit und such dir was aus.«

Wir huschten durch den Vorgarten. Der Wind knarrte in den Bäumen, unter uns blinkten die Lichter im Ort wie kleine Funken

Nestwärme. Die Tür war noch genauso verriegelt wie bei meiner Abreise. Ich kramte die Schlüssel hervor, und dann waren wir drinnen. Wir blieben einen Augenblick reglos in der Diele stehen, aber alles war ruhig. Im Dunkeln führte ich May ins Schlafzimmer, wo ich die Jalousien herabließ, ehe ich die Nachttischlampe anknipste. Das Zimmer kam mir vor wie das eines Fremden, klein und freudlos, aber es schien alles unberührt. Es war niemand da gewesen, es lauerte uns niemand auf. Ich öffnete Wandschrank und Schubladen, und flüsternd suchten wir ein paar Sachen zusammen. Jacken. Pullover. Stiefel. Für May war alles zu groß, aber wenigstens warm, und ganz unten in einer der Schubladen entdeckten wir einen kleineren Wollpullover, der nicht mir, sondern Emily gehörte. Wir warfen uns die Sachen über den Arm, und ich machte das Licht wieder aus.

Auf dem Weg hinaus schauten wir noch kurz in die Küche. Sie lag im hinteren Teil des Hauses, und von einem großen Fenster über der Spüle blickte man auf die in den nächtlichen Himmel aufragenden Berggipfel. Hier sah man den Ort nicht, sah überhaupt keine Spuren menschlicher Zivilisation, es hätte eine unentdeckte Welt sein können. Im Westen stand noch der grünliche Abglanz des Sonnenuntergangs, davor zeichneten sich die Felsen und der Wald ab wie ein Scherenschnitt. Darüber funkelten Abertausende Sterne.

May konnte sich nicht sattsehen. »Es ist wunderschön«, sagte sie und blicke zu mir hoch. »Wäre ich vor zehn Jahren mitgekommen, wäre nichts von alledem passiert.«

»Es ging damals nicht.«

Ihre Augen wirkten verloren, ihr Gesicht war ein fahler Fleck. Ich sah die May meiner Erinnerungen. Schatten, eine Stimme im Dunkeln.

»Ich bin froh, dass ich dich wiederhabe«, sagte sie. Sie stellte sich auf die Zehenspitzen und küsste mich, ihre Lippen warm und überraschend in der kalten Luft.

Ich erwiderte ihren Kuss.

Es war ein flüchtiger Augenblick – kurz, wie es unsere geteilten Momente immer gewesen waren, Flügelschläge –, dann standen wir wieder an der Haustür. Womöglich aber stimmte es, womöglich lag auf May und mir ein Fluch, der sich noch immer erfüllte. Denn in dem Moment, als wir die Tür aufdrückten, hörte man einen Wagen, hörte die Reifen im Schotter der Einfahrt, und zum zweiten und letzten Mal standen wir unglücklich ertappt in grellem Licht. Wir verharrten dort reglos Hand in Hand und starrten einem Wagen entgegen, den wir nicht sahen. Hinter den aufgeblendeten Scheinwerfern konnte jeder stecken, und schlagartig war alles umsonst, sie hatten uns trotzdem gefunden; dann ging ein zweites Paar Scheinwerfer an. Die des Toyota, die den ersten Wagen ausleuchteten und die Gestalt hinterm Steuer dingfest machten. Es war Emily, die uns mit offenem Mund anstarrte.

Ich ließ mein Kleiderbündel fallen und machte einen Schritt von Maybellene weg. Emily kämpfte mit ihrem Sicherheitsgurt, dann war sie draußen.

»George!«, rief sie, stürzte auf mich zu und blieb stehen. Ihr Blick registrierte May, dann Stanley in seinem Geländewagen und kehrte wieder zu mir zurück. »George, was ist los?«

Es gab keine Worte. »Emily … das passt jetzt gerade gar nicht –«

»Ich habe versucht, dich zu erreichen. Ich dachte, du bist in Brisbane, aber im Motel sagten sie, du bist weg, du hättest nicht mal deine Rechung bezahlt. Ich war noch in der Schule, und dann dachte ich auf dem Heimweg, ich schau einfach mal auf Verdacht vorbei.«

Sie hatte den Blick auf May geheftet.

Und ich dachte, so muss es damals für May gewesen sein, als Charlie uns überrascht hatte und May zwischen zwei Lieben stand. Ich hatte die Sache immer nur aus meiner Warte gesehen, der des Dritten. Jetzt aber befand ich mich in der Mitte, und das war weit schlimmer, weit, weit schlimmer.

»Das ist May«, sagte ich. »Sie ist … von damals. Ich kann es dir jetzt nicht erklären, Emily.«

Ihr Gesicht war brüchig wie Eis. »Es tut mir leid, George. Ich hätte mich nicht aufdrängen dürfen. Es geht mich nichts an.« Sie schob sich rückwärts Richtung Wagen.

»Emily, warte doch.«

»Nein, George.« Jetzt hörte man den Zorn in ihrer Stimme. »Schon gut. Bin schon weg.«

»Ich kann es dir erklären«, sagte ich und glaubte mir selbst nicht. Aber sie saß bereits im Wagen.

»Nicht nötig«, sagte sie und hantierte mit dem Zündschlüssel. Noch nie hatte ich sie so aufgewühlt gesehen und hätte es bei ihr auch kaum für möglich gehalten, bei einer Frau, die ihren Mann verloren hatte, die verbrannt worden und trotzdem an diesem Ort geblieben war und überlebt hatte. »Es war immer klar. Es war immer damit zu rechnen. Du bist mir keine Erklärung schuldig.«

Der Motor heulte auf. Ich sah, dass ihre Lippen sich noch bewegten, aber die Worte verstand ich nicht. Schotter spritzte unter den Reifen weg, als sie zurückstieß, dann war sie weg.

Es waren nur Sekunden verstrichen. Ich stand immer noch zehn Meter von May entfernt. Sie wartete auf den Stufen, ihr ganzer Körper eine einzige schmerzliche Frage, und beobachtete mich.

Die Scheinwerfer des Toyota erloschen.

Wir drei hingen im dunklen Raum.

Dann hörte ich Stanleys Stimme. »Herrgott noch mal, George«, knurrte er. »Gibt es in Ihrem Leben eigentlich überhaupt irgendwas, was Sie nicht vermasseln?«

45

ICH HÄTTE IHR nachfahren müssen.

Dafür, dass ich es nicht tat, gibt es viele Ausreden. Ich war wie gelähmt, ich hätte nicht gewusst, wo ich mit einer Erklärung überhaupt anfangen sollte. Und ich war ja nicht allein; es gab May. Stanley. Die konnte ich doch nicht einfach hängen lassen, um Emily nachzuhetzen. Wir waren ja angeblich gar nicht da, in Highwood, es blieb keine Zeit …

Ich hätte es tun müssen.

Stattdessen kletterten May und ich wieder zu Stanley in den Wagen, und er fuhr mit uns weiter nach Westen in die Berge hinauf. Ich kriegte von der Fahrt nicht viel mit. Ich zerrte eine Dose Bier nach der anderen hinten aus der Tasche und trank. Mich packte das heulende Elend, während Bäume und Felsen mich im grellen Scheinwerferlicht anfielen und Wasser schwarz glitzerte, wenn wir durch einen Bach preschten, und ich nur das Schwanken und Holpern spürte, wenn Stanley krachend schaltete und die Piste verfluchte. Eine Ewigkeit schaukelten wir durch die Finsternis. May saß wortlos hinten auf dem Rücksitz. Ich konnte nur noch an Emilys Gesichtsausdruck denken, sie starrte mir aus der Windschutzscheibe entgegen.

Was hatte ich mir nur dabei gedacht? Wo waren die zehn Jahre mit Emily hin? Mehr bedeutete sie mir nicht?

Aber ich *dachte* ja nicht; ich hatte seit dem Anruf an jenem Morgen vor Wochen, als man mir sagte, Charlie sei tot, nicht mehr nachgedacht. Seither reagierte ich, rannte ich. Es hatte sich nichts geändert. Zwar hatte ich mal das Trinken aufgegeben, ja, aber ich war immer noch ein Volltrottel, immer noch ein Verhängnis für die Frauen in meinem Leben und für meine Freunde.

Wenn das aber so war, was hatte es dann für einen Zweck, nicht zu trinken?

Das Bier schmeckte fad. Ich dachte an die Flaschen hinten auf der Ladefläche, voll dunklen, Linderung verheißenden Weins. Wozu war ich trocken geblieben? Für *wen*? Für mich? Für Emily? Für May? Nein, nicht für May. Für May brauchte ich gar nichts tun, gegen gar nichts ankämpfen. Bei May konnte ich mich einfach ergeben und untergehen …

Wir hatten Stanleys Farmtor erreicht.

»Nun«, sagte er und sah mich durchdringend an, »dann machen Sie sich mal nützlich.«

Ich stieg aus. Inzwischen war stockfinstere Nacht. Es gab nirgends Licht und im Umkreis von vielen Meilen keine Häuser. Ringsum ragten die schwarzen, felsigen Schatten der Bergrücken auf. Irgendwo weiter unten gluckerte Wasser, von den Höhen rauschte eine ferne Brandung – der Wind, der hier oben stärker blies und im Wald die Bäume umtoste. Nachtwind an einem von Zacken umstellten, sternhellen Himmel. Ich stieß das Gatter auf, Stanley fuhr durch, und ich schloss es wieder. Dann nahmen wir die letzte Steigung.

Ich hörte Hunde bellen, fünf oder sechs Tiere kamen ins Licht galoppiert, schwarze Schemen mit glühenden Augen und triefenden Lefzen.

»Keine Bange«, sagte Stanley und öffnete den Wagenschlag, »sie tun euch nichts, wenn ich da bin.«

Dann stand er auch schon zwischen ihnen, tätschelte, klopfte, murmelte. May und ich stiegen ebenfalls aus, die Hunde drängten sich um uns, doch Stanley setzte sich schon in Bewegung und rief sie bei Fuß.

»Ich sperre sie ein«, sagte er. »Holt schon mal euren Kram.«

May ließ die Szenerie auf sich wirken. Stanley hatte die Scheinwerfer angelassen, aber viel sah man nicht. Nur einen Streifen Erde und die Umrisse des Hauses. Sonst war alles Nacht und Kälte und brausender Wind. Sie schlang fröstelnd die Arme um sich.

»Als wären wir aus der Welt gefallen«, meinte sie.

»Das war auch die Idee. Geh nicht zu weit. Das Land bricht da drüben steil ab.«

»Mein Gott, was für ein Ort.«

»Warte nur. Bei Tag sieht es anders aus.«

Sie nickte, aber sie wirkte klein und verschreckt.

»Es wird alles gut«, sagte ich.

Sie sah zu mir hoch. »Wegen vorhin … es tut mir leid, dass sie das mitgekriegt hat.«

»Mir auch.«

Ich wollte, dass May mich fragte, welche Bedeutung das mit Emily habe, dass sie mich zwänge zu sagen, was ich für Emily empfand und für sie selbst, was ich mir erträumte, wenn das alles erst vorbei war.

Aber sie sah sich bloß noch einmal wild im Dunkeln um. »Es gefällt mir nicht, George. Ich weiß nicht, ob es wirklich so eine gute Idee war, herzukommen.«

Wir packten aus. Stanley hatte inzwischen die Hunde weggesperrt und eine Petroleumlampe entzündet. Er ging uns ins Haus voraus. Das Wohnzimmer wurde von der Lampe nur schwach erhellt, aber alles war mehr oder weniger so, wie ich es in Erinnerung hatte. Oder vielmehr genauso, wie ich es in Erinnerung hatte. Der Gewehrständer hing noch genauso und genauso gut bestückt an der Wand.

»Ich dachte, Sie hätten sie verbuddelt«, sagte ich.

Stanley zündete Kerzen an.

»Ich hab sie wieder ausgegraben. Graham wird sich hier nicht blicken lassen. Und nun sagen Sie nicht, dass Sie nicht froh drum sind.«

»Nein … ich hoffe nur, dass wir sie nicht brauchen werden.«

»Das ist das Dumme mit Ihnen, George. Sie hoffen das Beste, aber auf das Schlimmste machen Sie sich nicht gefasst.«

Wir richteten uns ein, so gut es ging. Im Gästezimmer standen zwischen ganzen Stapeln von Kartons und Büchern zwei schmale Einzelbetten. Wir packten unsere Sachen aus und zogen Pullover und dicke Socken an. Als wir ins Wohnzimmer zurückkehrten, hackte Stanley gerade mit einem Beil Fleisch und Knochen für seine Hunde klein. Auf dem Holzofen zischte ein Teekessel, aber im Haus war es immer noch eisig.

May sah sich um. »Schöner Kamin«, meinte sie.

»Werden wir nicht brauchen«, entgegnete Stanley. »Der Holzofen heizt gut. Ich habe nicht die Absicht, hier im Akkord für euch Holz zu hacken«

»Soll ich uns etwas kochen?«

»Hast du schon mal auf einem Holzofen gekocht?«

»Nein.«

»Dann wärst du mir bloß im Weg.«

Er trug seinen Hunden ihr Fressen hinaus. May warf mir stumm einen Blick zu. Ich nahm eine der Weinflaschen hoch und machte mich mit dem Korkenzieher an ihr zu schaffen. Emilys wegen konnte ich augenblicklich sowieso nichts unternehmen. Ich wollte nicht mehr an sie denken müssen, also wäre es mit Bier nicht getan. May fand zwei Gläser und hielt sie mir hin. Als Stanley von seinen Hunden zurückkam, hatten wir bei der ersten Flasche schon ordentlich zugelangt. Er durchbohrte uns mit Blicken. Vor allem mich. Dann ging er ans Kochen.

May und ich kauerten in den Sesseln. Trotz des Ofens und der dicken Klamotten wurde uns nicht warm. Stanley machte es uns nicht leichter. Er knallte in der Küche demonstrativ mit Töpfen und Pfannen und sprach nicht mit uns. Wir zwei hatten uns auch nicht viel zu sagen. Es gab keinen Fernseher, kein Radio, nichts zu tun. Draußen fauchte der Wind von den Hängen herab und heulte ums Haus. Die Kerzenflammen zitterten in der Zugluft, Schatten stürzten über die Wände. Trotz der Kälte gingen May und ich hinaus, um dem Wind zu lauschen und Stanley zu entrinnen. Wir hielten unsere Weingläser umklammert und legten die Köpfe in den Nacken. Die Luft war jetzt frostiger. Eine Kaltfront näherte sich offenbar von Süden, letzter, nach Norden verirrter Nachgeschmack des bereits vergangenen Winters. Der Himmel war klar, aber ohne Mond, das Land konturlos.

»Das kann nicht gutgehen«, sagte May. »Stanley wird uns nie verzeihen. Und wenn wir hundert Jahre bleiben.«

Ich leerte mein Glas. »Dann gehen wir eben woanders hin.«

»Vielleicht reicht es, wenn *ich* gehe.«

Ich schüttelte im Dunkeln den Kopf, ohne wissen zu können, ob sie es sah. Drinnen schenkten wir uns Wein nach, und Stanley trug das Essen auf. Wir aßen, wir zogen uns wieder in die Sessel zurück. Der Wind pfiff ums Haus. Die Zeit schleppte sich, draußen winselte oder jaulte gelegentlich ein Hund. Dann spitzte Stanley die Ohren, horchte und entspannte sich wieder. »Sie mögen den Wind nicht.«

Irgendwann holte er einen abgeschabten Lederbeutel hevor und drehte sich einen Joint. Den bot er uns wortlos an, doch wir lehnten beide ab. Ich blieb lieber beim Alkohol, obwohl der Wein nicht zu wirken schien. Es breitete sich kein tröstlich wattiger Nebel in meinem Hirn aus, nur Unbehagen und der Gedanke an Emily. Ich öffnete eine weitere Flasche. Stanley sah mir marihuanaumwölkt und grimmig zu.

»Möchten Sie auch ein Glas?«, fragte ich.

»Nein.«

May hatte recht. Stanley würde sich nicht mit uns abfinden. Vielleicht irrte ich, wenn ich annahm, hier wären wir sicher. Aber was wäre, wenn wir anderswo hingingen, Queensland ganz verließen, May und ich, zusammen? Was wäre dann mit Emily, die allein in Highwood zurückblieb? Wollte ich mich so endgültig entscheiden? Ich wusste es nicht. Die Frage war zu gewaltig, und der Wein beschwerte mir die Zunge.

May brach schließlich das Schweigen, indem sie auf den Joint zwischen Stanleys Fingern zeigte. »Verdienst du heutzutage damit dein Geld? Mit dem Hanfanbau?«

»Teils.«

»Es macht dir nichts aus, dass du gegen das Gesetz verstößt?«

»Bei dem Gesetz nicht.«

Ich sagte: »Sie sollten Brisbane jetzt mal sehen. Es hat sich alles verändert. All das, womit wir damals Probleme hatten, ist jetzt erlaubt. Für die Bars gilt keine Sperrstunde, es gibt Casinos, Lapdancing …«

Seine Augen weiteten sich. »Das finden Sie besser?«

»Sie nicht?«

»Dass man die ganze Nacht saufen kann, sein Geld verspielen und sich nackte Weiber angucken? Wen interessiert das schon?«

May klang traurig. »Damals alle. In der guten alten Zeit.«

Stanley schüttelte gereizt den Kopf. »Hätte ich mich an solchen Verboten gestört, wäre ich deswegen auf die Straße gegangen. Aber wozu? Natürlich waren die Sperrstunden albern, natürlich wurden sie unterlaufen, natürlich gab es eine Unterwelt. Das war nicht das Problem. Es ging um die wesentlichen Dinge.«

Ich sagte: »Dann glauben Sie nicht, dass nach dem Ausschuss alles besser geworden ist?«

»Der Kleinkram vielleicht. Das Offensichtliche. Vielleicht aber nicht mal das. Blicken Sie zehn Jahre weiter, dann wird der Korruptionsausschuss bloß noch Erinnerung sein, und alles ist wieder beim Alten. Es hat sich doch sonst nichts geändert. Die Wurzel des Übels ist der Bundesstaat selbst. Sind die Menschen.«

May nickte. »In Queensland schlimmer als anderswo. Schlimmer als sonst irgendwo in Australien. Als gäbe es in der Luft einen Bazillus.«

Stanley stieß Rauch aus. »Es war immer so. Queensland ist von Anfang an schlecht regiert worden. Da braucht man nur ein Jahrhundert zurückgehen – die großen Viehzüchter hatten die Regierung in der Tasche, es zählten nur Weideland und Schafe. Während wir in allem anderen weit hinter die Staaten im Süden zurückfielen – Industrialisierung, Infrastruktur, Bildung. Die Leute fragten sich allmählich, warum. Also sagten die Abgeordneten ihren Wählern: Macht nichts, wenn ihr arm seid. Ihr seid härter im Nehmen als die Weicheier im Süden, ihr braucht keine guten Straßen, keine guten Schulen, das steckt ihr locker weg, ihr seid anders. Nehmt keine Notiz von denen im Süden, die euch auslachen, hört nicht auf die, die behaupten, es könnte alles besser sein. Mehr noch, *misstraut* allen, die sagen, es könnte besser sein. Sie verstehen nichts von dem Menschenschlag hier bei uns in Queensland.«

Der Wind nahm zu und wieder ab, auf dem Dach ächzte das Wellblech.

Stanley blickte zur Decke hoch, bis es wieder still war.

»Damals schon ging das los mit der Behauptung, in Queensland funktionierten die Dinge eben anders. Ihr seid Raubeine, sagten sie. Ihr braucht keinen Schliff. Ihr werdet euch behaupten, weil ihr schlichte, anständige, fleißige Leute seid. Gebt euch mit weniger zufrieden, akzeptiert eure Rückständigkeit. Ach was, seid stolz auf sie. Weil ihr Queenslander einmalig seid.«

Er schnickte das Ende seines Joints in den leeren Kamin.

»Eine Lanze brechen für die Ignoranz. Das ist kaum mehr als eine dumme Ausrede. Die Ausrede der Reaktionäre, Hinterwäldler und korrupten Regierungen in aller Welt. Das Traurige ist, dass die Leute es glauben. Sie gewöhnen sich daran. Sie geben sich mit den Brosamen zufrieden. Während die Schweine, die das Sagen haben, das Land als Selbstbedienungsladen betrachten.«

Er stierte auf den kalten Gitterrost.

»Was für einen erbärmlichen Scheiß man uns eintrichtert.«

May schwieg und studierte den Wein in ihrem Glas, ich dachte an Marvin und seine Wahlparolen und daran, wie der alte Premier immer dann ins Queensland-Horn stieß, wenn seine Umfragewerte in den Keller gingen.

»Das war vor zehn Jahren«, sagte ich. »Heute ist das anders.«

In Stanleys Augen glühte das Marihuana. »Sie sind und bleiben ein Vollidiot, George. Vor wem versteckt ihr euch denn hier? Glauben Sie im Ernst, dass Leute wie Clarke sich sonst so lange hätten halten können?«

May verlor sich in der Betrachtung ihres Weins. »Er hat darüber immer nur gelacht. Das arme alte Queensland und seine idiotischen Wähler.«

»Über Queensland lachen alle«, sinnierte Stanley düster. »Deshalb wird sich auch nie etwas ändern. Und es gefällt unseren Landsleuten, über uns hier in Queensland lachen zu können. Das ist die einzige Notiz, die sie von uns nehmen. Also tun wir ihnen den Gefallen. Wir spuren.«

May hörte gar nicht zu. »Aber jetzt lacht er nicht mehr.«

In Stanleys Augen blitzte Zorn. »Erwarte von mir bloß kein Mitgefühl. Für ihn oder etwa für euch zwei. Das ist mein Zuhause, verdammt. Ihr zwei brecht hier ein, wie es früher die Cops getan haben, und erwartet auch noch … Herrgott. Ich weiß nicht einmal, wer eigentlich schlimmer ist, ihr zwei oder er.«

Ich sagte: »Wir haben niemanden umgebracht.«

»Das würden Sie auch gar nicht fertigbringen, George, selbst wenn es sein müsste.«

»Finden Sie das schlecht?«

»Es ist schwach. Ich versteh Sie nicht, George. Gerry findet ja offenbar was an Ihnen, ich kann da keine Qualitäten entdecken. Erst dachte ich: Na ja, immerhin hat der Kerl das Trinken gelassen. Das beweist doch Charakterstärke. Ich dachte: Außerdem ist er mit Emily zusammen. Das ist eine starke Frau, also muss an dem doch was dran sein. Aber sehen Sie sich doch an! Sie sind wieder bei null angelangt. Saufen wieder, sind wieder mit Ihrer alten Saufgefährtin zusammen und machen dem Rest der Welt wieder nichts als Ärger.«

Er war voll Ingrimm, sein Gesicht hart vor lebenslang erfahrenem Unrecht.

»*Sie* sind von allen der Schlimmste. Sie denken nicht nach, Sie ziehen nichts in Zweifel, Sie lassen sich wie damals einfach mit jeder Schandtat treiben, und dann wundern Sie sich, wenn sie sich gegen Sie kehrt, mal ganz abgesehen von allen anderen, die dabei unter die Räder kommen. Die richtigen Arschlöcher wie Marvin und Ihr Freundchen da draußen – die sind zwar überheblich und gierig und komplett im Unrecht, aber die bestimmen wenigstens über ihr Leben, die übernehmen wenigstens Verantwortung, die *handeln.* Aber Sie, George, was Sie tun … ich weiß es nicht.«

Ich begegnete seinem Blick mit hochrotem Kopf und wusste darauf nichts zu sagen.

»Lass ihn zufrieden«, sagte May leise.

Stanley fuhr herum, doch plötzlich verließ ihn die Streitlust, und er sackte in sich zusammen.

»Bitte«, meinte er barsch. »Werdet doch glücklich miteinander.«

Draußen ging der Wind in großen Wellen über die Hügel und ebbte dann wieder ab. Ich starrte in mein Weinglas, dann leerte ich es in einem Zug.

»Wenn Sie wollen, gehen wir«, sagte ich.

»Vergessen Sie's«, sagte er. »Jetzt seid ihr schon da.«

Niemand sagte noch einen Ton. Ich schenkte mir nach. Meine Haut glühte noch. Plötzlich war mir zu warm dort im Zimmer. Ich sprang auf, stürmte zur Tür und hinaus in die Nacht. Der Wind fiel mich an, und im Dunkeln wich die Hitze aus meinem Gesicht, doch der Wein lag wie Nebel über den Gedanken. Ich wollte ihn dort nicht. Nur ging es nicht nach meinem Willen. Der Alkohol hatte seine eigene Gangart, diktiert vom Blutfluss und von der Leber. Um Willen ging es nicht. Ich hob das Glas an die Lippen.

Über mir bäumte sich etwas auf. Es waren die Zeltplanen, die an Baumstämmen befestigt waren und als Veranda dienten. Von unten gefüllt, wölbten sie sich dem Himmel entgegen. Die Tür ging auf, ich spürte May in meinem Rücken.

»Er hat allen Grund, verbittert zu sein«, sagte sie.

»Er hat ja recht. Sieh uns doch an, May. Die vielen Jahre.«

»Wir wollten ja nicht, dass es so endet.«

»Wir haben uns aber auch nie gefragt, wie es mal enden würde.«

»Nein.«

»Und wir … und Charlie. Was haben wir Charlie angetan?«

»Was haben alle Charlie angetan.«

»Aber von uns hat er das nicht verdient.«

Sie sagte eine Zeit lang nichts. »Du sprichst von Emily, oder?«

Ja, ich sprach von Emily. Ich sah jetzt ihr Gesicht wieder vor mir. Ich stellte sie mir vor, weit weg in Highwood in ihrem leeren Haus. Was hätte es für uns für eine Zukunft gegeben, was gab ich auf? Was für eine Zukunft gäbe es jetzt für mich und May? Und um welchen Preis? Überleg doch!, sagte ich mir. Denk doch *einmal* nach! Aber alles war Nebel.

Ich sagte: »Was sollen wir tun?«

»Wir beide, George? Darauf weiß ich keine Antwort. Auf uns beide hatte ich noch nie eine Antwort.«

Wir sahen in die Nacht hinaus.

Ich sagte: »Ich muss wenigstens mit ihr sprechen.«

Sie nickte. »Das verstehe ich gut. Ich weiß, wie das ist.«

»Wenn ich mir vorstelle, wie sie allein dasitzt und sich fragt, was los ist, und nicht weiß … das kann ich nicht zulassen.«

»Nein. Du solltest mit ihr reden. Mit Charlie konnte ich das nie, hätte es aber tun müssen.«

»Es ist noch nicht einmal so sehr spät. Sie wird noch auf sein.«

Sie zuckte zusammen. »Du willst *jetzt* zu ihr?«

»Es ist besser so. So spät wird mich niemand herumkurven sehen. Besser als tagsüber. Und ich will nicht, dass sie … sich die ganze Nacht quält, weil sie nicht weiß, was los ist.«

»Aber du hast getrunken. Wird sie das nicht stören?«

Lustlos nahm ich noch einen Schluck von dem Wein, der jetzt nur herb und säuerlich schmeckte. »Dann sieht sie mich endlich, wie ich wirklich bin.«

May rückte von mir ab. Sie schlang sich die Arme um den Oberkörper, und als sie sprach, klang es weit, weit weg. »Gut, George. Wenn du fahren musst, dann fahr. Trotzdem, mir gefällt das hier nicht.«

»Stanley ist doch da. Es ist ihm zwar nicht recht, dass wir hier sind, aber du bist nicht allein.«

»Es ist nicht Stanleys wegen. Es ist der Ort selbst. Es ist so dunkel. So abgelegen.«

Ihre Stimme war voll Trauer, tiefer und endgültiger als je zuvor.

»Morgen sieht alles schon anders aus«, sagte ich. Mehr fiel mir nicht ein.

Wir gingen hinein, und ich bat Stanley, mir seinen Wagen zu leihen.

Er schüttelte ungläubig den Kopf. »Wozu um alles auf der Welt?«

»Ich folge Ihrem Rat«, sagte ich. »Ich bleibe nicht lange.«

Sie brachten mich zum Wagen, Stanley mit einer Petroleumlampe bewehrt, deren Flamme wild im Wind tanzte. Er reichte mir den Schlüssel. »Fahren Sie hübsch langsam, ja? Und denken Sie daran, das Tor hinter sich zuzusperren. Und keine Sorge, die Hunde lasse ich erst wieder frei, wenn Sie zurück sind.«

May beugte sich zum Fenster herein und küsste mich. »Ich hoffe, du kannst das mit ihr klären«, sagte sie. Sie lächelte jetzt, aber ich ließ mich nicht täuschen: Ich sah die Anstrengung und die Einsamkeit dahinter.

»Warte auf mich«, sagte ich. Dann rollte der Wagen auch schon hügelab, und im Rückspiegel sah ich nur einen winzigen hellen Lichtfleck und zuckende Schatten. Dann waren sie weg.

46

HIGHWOOD SCHLIEF.

Ich fuhr zwischen verwaisten Gehsteigen, längst dunklen Geschäften und Cafés die Hauptstraße hinab. Wind fauchte im Rinnstein. Ich erreichte den Park, in dem das Denkmal für Emilys toten Ehemann stoisch inmitten von zerzausten Bäumen stand. Fuhr weiter am Gericht vorbei, dessen Turmuhr fast Mitternacht zeigte, und schließlich dem Polizeirevier. Über dem Eingang brannte Licht, aber es war keiner da, heute nicht. Kein Verbrechen regte sich heute Nacht in Highwood. Es gab nur mich, und ich war mir nicht mehr sicher. Der Weinrausch ließ nach, der Kopf schmerzte dumpf, und ich fürchtete mich vor dem, was gesagt werden musste.

Ich fuhr weiter. An der Schule vorbei Richtung Nationalpark, vorbei an stillen Häusern und schlafenden Familien. Dort war Emily zu Hause. Ihr Wagen stand vor der Tür, und hinter den Jalousien im Schlafzimmer brannte noch Licht. Sie war wach.

Ich stieg aus und spähte nach links und recht die Straße hinab. Es war niemand zu sehen, es flammte nirgends plötzlich Licht auf, es erschienen keine Gesichter hinter Gardinen. Ich ging den Gartenweg hinunter zur Tür und klopfte.

Obwohl ich einen eigenen Schlüssel hatte.

Ich wartete. Drinnen rumorte es, dann machte Emily auf. Sie musste direkt aus dem Bett gekommen sein. Sie trug Pyjamahosen und ein T-Shirt, ihr Haar war zerwühlt, ihre Augen rot.

»George«, sagte sie, leise wankend, und lehnte sich an den Türpfosten. In mir machte sich Hoffnungslosigkeit breit. Sie war betrunken.

»Emily? Darf ich reinkommen?«

»Sicher«, sagte sie und drehte sich um. Ich folgte ihr. Im Wohnzimmer brannte kein Licht, aber ein kleiner Petroleumofen war vor die Couch gezogen, auf den Polstern lag eine Decke. Sie war nicht im Bett gewesen, sie hatte hier im Dunkeln gesessen. Auf dem Couchtisch stand eine leere Weinflasche, eine zweite daneben war zu Dreivierteln geleert. Und nur ein Glas.

»Möchtest du Wein?«, fragte sie. Das hatte sie mich noch nie gefragt. Und ihr Ton war erschreckend, schneidender als die Luft draußen.

»Nein«, sagte ich.

»Dann hast du nicht *alle* alten Gewohnheiten wieder aufgenommen?«

Sie wickelte sich wieder in ihre Decke und führte ihr Glas an die Lippen.

Ich antwortete nicht. Unter diesen Umständen würde ihr meine Fahne gar nicht auffallen. Und ein Glas anzunehmen, tatsächlich vor ihren Augen zu trinken … das brachte ich nicht fertig, auch wenn ich reinen Tisch machen wollte. Zwischen uns stand auch so schon alles auf Messers Schneide.

Emily betrachtete den Wein.

»Ich trinke gern, George«, sagte sie. »Diese vielen Jahre, die ich dir zuliebe nüchtern geblieben bin. Um das Thema herumgeschlichen bin wie um den heißen Brei, sobald jemand nur das Wort Alkohol aussprach. Weißt du was? Es war öde.«

»Es war nie meine Absicht, dich an irgendwas zu hindern.«

»Hast du aber, immer. Allein trinken macht keinen Spaß, George. Ich müsste es wissen.«

»Emily … May brauchte Hilfe. Du weißt ja nicht, was alles los war.«

Sie starrte in die kleinen Flammen des Petroleumofens. »Du wolltest es mir ja nie sagen.«

»Ich dachte, das liegt alles hinter mir, ich dachte, das kehrt nie wieder. Ich wollte nicht, dass du über die Zeit damals etwas erfährst.«

»Und jetzt sucht es uns doch alles heim.«

»Zum Teil. Ich weiß nicht, warum, wirklich nicht. Charlie ist tot. Und Marvin. Jeremy stirbt. Es gibt nur noch May und mich.«

»Die Leute kenne ich alle nicht. Du hast nie von ihnen gesprochen. Aber von May hast du gesprochen. Im Schlaf. Ich habe es gehört. Ich habe es immer gewusst.«

»Du weißt aber nicht alles … Es ist so: May und ich müssen uns eine Zeit lang versteckt halten. Es gibt jemanden … das ist eine lange Geschichte. Ich konnte dir einfach nicht sagen, dass ich herkomme oder dass May bei mir ist. Es tut mir leid, dass du es auf diese Weise erfahren musstest.«

»Und wie lange wird das so sein?«

»Ich weiß es nicht.«

»Und wenn es vorbei ist? Was wird dann? Was ist dann mit ihr?«

Ich zwang mich, ihr die Wahrheit zu sagen. »Es gibt so vieles, was zwischen mir und ihr nie abgeschlossen werden konnte … Ich weiß es nicht.« Und ich wusste es wirklich nicht, aber für Emily kam das natürlich einer Entscheidung gleich.

Sie schüttelte den Kopf. »Wieso hier? Warum musstest du hierherkommen?«

»Es ist der sicherste Ort.«

»Nur für dich.«

Ich gab mir Mühe. »Emily, es ist nichts entschieden. Wird es nicht sein können, bis alles vorbei ist. Aber ich werde nicht einfach verschwinden. Ich werde nicht einfach alles vergessen. Die letzten zehn Jahre – ich hätte sie ohne dich nicht überstanden.«

»Nicht, George, bitte.«

»Nein, hör doch. Ich hatte nichts mehr, als ich hierherkam. Wärst du nicht gewesen, ich hätte einfach meinen gewohnten Lebenswandel wieder aufgenommen. Du warst so gut zu mir.«

Sie sah mich angewidert an. »Gut? Es interessiert mich nicht, *gut* zu sein. Ich bin keine verdammte Heilige. Mag sein, dass ich in diesem Scheißkaff seit dem verdammten Waldbrand nichts anderes zu hören kriege, aber Herrgott noch mal, George, doch nicht von dir!«

Und mir fiel auf, dass es in beider Vergangenheit, Mays wie Emilys, ein Feuer gab, das ihr Leben für immer verändert hatte. Die eine hatte es gelegt, die andere gelöscht.

»Das weiß ich«, sagte ich. »Aber im Vergleich zu meinem Leben früher ...«

»Deinem Leben früher? Es hat dir *gefehlt*, dein Leben früher. Das hast du in dir verschlossen, George, aber es hat dir gefehlt. *Ich* habe bekommen, was übrig war. Du konntest dir wohl einfach nicht vorstellen, dass ich auch nur annähernd verstanden hätte, wie du damals warst, geschweige denn, dass ich selbst so sein könnte. So konnte nur deine wunderbare May sein, sonst niemand.«

Sie trank und schnitt ein Gesicht.

»Und jetzt hast du sie wieder. *Sie* ist nicht gut. Du und sie, ihr habt gesoffen und deinen besten Freund betrogen, ihr habt Bordelle betrieben, und es hat euch *gefallen*. Du hast beschlossen, so etwas Einmaliges kannst du nur mit ihr teilen. Also hast du aufgehört zu trinken, weil sie nicht mehr da war. Mir hast du gar keine Chance gegeben. Ich durfte nur *gut* sein. Mein Gott, was für ein hohles, sinnloses Wort.«

»Emily ...«

»Verschwinde, George. Ich möchte nicht darüber reden. Ich bin betrunken.« Sie lachte bitter. »Endlich bin ich betrunken.«

Ich sah sie groß an. »So einfach ist das alles nicht.«

Sie leerte ihr Glas, ohne mich anzusehen. »Ich weiß. Ich bin auch nicht so einfach, wie du denkst.«

Ich senkte den Kopf. Darauf gab es keine Antwort, und der Anblick einer betrunkenen Emily verstörte mich. Vielleicht hatte sie recht damit, dass ich die Seite von ihr nicht wahrhaben wollte und dass das ungerecht war. Aber ungerecht oder nicht, sie war nicht wie May und ich, wenn wir tranken. Es fehlte die Einladung, das Band, der seelenverwandte Hang zum Alkohol, das dunkle

Herz in Emilys Wesen, das im Takt mit meinem schlug. Vielleicht wäre es zu entdecken gewesen, hätte ich mir jemals gestattet, danach zu suchen, aber das hatte ich nie, und nun war es zu spät.

Ich stand auf. »Gut. Aber wir müssen trotzdem noch reden.«

Sie goss sich gerade den letzten Rest ins Glas. »Leb wohl, George. Und sag deinen Polizeifreunden gefälligst, sie sollen mich in Ruhe lassen. Das ist deine Sache, nicht meine.«

Ich stutzte. »Polizeifreunden? Was denn für Polizeifreunde?«

»Die heute Abend hier waren. Die waren ja *richtig* auf dem Holzweg. Die dachten, du bist bei mir.«

Ich setzte mich wieder. Ich legte das Hand über ihr Glas, bevor sie daraus trinken konnte. »Emily, von wem sprichst du? Meinst du Graham?«

Sie blinzelte mich benebelt an. »Nein … nein, die aus Brisbane.«

»Es weiß keiner, dass wir hier sind. Nicht einmal die Polizei in Brisbane. Wer war es? Detective Kelly und der Kollege vielleicht, die da waren, als Charlie gefunden wurde?«

Meine Bestürzung drang jetzt zu ihr durch. »Nein. Ein anderer Detective. Ich habe mir den Namen nicht gemerkt, aber er hat mir seine Marke gezeigt.«

Die Welt stand still.

»Wie sah er aus?«

»Ich weiß nicht …«

»Ziemlich massig, schon älter, weißhaarig?«

»Ja, das passt.«

Ich kriegte kaum Luft.

»Was wollte er?«

»Er sagte, er ist auf der Suche nach dir und May. Er sagte, ihr hättet ihm gesagt, ihr würdet nach Highwood fahren und dass ihr bei mir unterkommen würdet. Er dachte, du wärst hier.«

»Und was hast du gesagt?«

»Ich habe gesagt, so weit ich wüsste, wärst du bei dir zu Hause.«

»Und hat er dir das geglaubt?«

Sie schüttelte den Kopf. »Er sagte, er wüsste, dass du nicht dort sein kannst, weil du woanders unterkommen wolltest. Also habe ich gesagt, dass ihr vielleicht bei Stanley seid. Ich hätte euch drei zusammen gesehen. Ach so, hat er gemeint, dann hättet ihr wohl umdisponiert. Schien ihn nicht weiter zu kümmern.«

»Emily, wann war das?«

»Vor ein paar Stunden. Wieso, was ist los? Ich habe seine Marke gesehen, George. Er war Detective.«

Ich war längst aufgesprungen. Ich war schon fast an der Tür, kehrte aber noch mal um.

»Du hast von Freun*den* gesprochen, Mehrzahl.«

»Stimmt. Es waren zwei.«

»Und der andere?«

Sie überlegte. »Ich habe ihn nicht richtig gesehen. Er ist im Wagen sitzen geblieben. Der stand direkt vorm Haus. Ich konnte sehen, dass da noch jemand im Wagen sitzt, aber viel mehr nicht.«

Ich packte ihre Hand, hoffte wider besseres Wissen: »Emily, hast du ihnen den Weg zu Stanley beschrieben?«

Sie starrte mich an, verstand nicht, spürte aber, dass etwas nicht stimmte. »Ja, hab ich.«

Ich rannte zur Tür hinaus.

»George«, rief sie hinter mir her. »Was ist? Was hab ich getan?«

Aber ich war schon auf der Straße und im Wind und jenseits einer Antwort.

Sie waren da.

Ich startete den Toyota, gab viel zu viel Gas und suchte verzweifelt den richtigen Gang. Dann war ich endlich unterwegs, wendete, raste durch die schlafende Stadt zurück, vorbei an den blinden Fenstern der Häuser und dem armseligen Licht über dem Polizeirevier. Ich konnte mich an niemanden wenden, keine Hilfe holen. Ebenso gut hätte Highwood ein Friedhof sein können. Ich war vollkommen allein, ein brausender Wagen, Gummikreischen in Kurven, ein Heulen in der Nacht.

Sie waren da.

Wie war es möglich? So einfach, so schnell. Ich war mir so sicher gewesen, dass sie noch die Straßen Brisbanes nach uns durchkämmten. Irgendwann, hatte ich gedacht, würden sie auch noch mal in Highwood nachfragen, aber dort fänden sie nur meine verlassene Hütte. Nichts würde darauf hinweisen, dass wir uns nur eine Stunde weiter in der Bergwildnis versteckt hielten. Niemand würde davon wissen, niemand könnte ihnen etwas verraten. Und wo sollten sie sonst suchen? Es hätte funktionieren können, wir wären in Sicherheit gewesen.

Es sei denn, sie waren längst da gewesen. Warteten.

In meinem Hirn jagten sich wild die Gedanken. Vielleicht hatten sie Brisbane noch vor uns verlassen, Clarke und sein Scherge. Detective Kelly hatte mir gesagt, dass Jeffreys sich am Morgen vorher hatte beurlauben lassen. Vielleicht hatten sie die Suche in Brisbane da schon abgebrochen und sich in Highwood auf die Lauer gelegt. Dann war ich ihnen geradewegs in die Arme gelaufen. Und hatte May mit in die Falle gelockt. Sie mussten gestern und heute den Ort beobachtet und sich dann, weil sie nichts fanden, an Emily gewandt haben. Warum sollte Emily irgendetwas verbergen, wenn ein Polizist bei ihr anklopfte? Besonders, wenn er sich als Freund ausgab und scheinbar mit mir verabredet war.

Nur hätte Emily eben nichts *wissen* dürfen. Wenn sie mich und May nicht vor meiner Hütte überrascht hätte, dann hätte sie uns noch in Brisbane vermutet. Oder wenn wenigstens Stanley nicht dabei gewesen wäre, dann hätte sie nicht gewusst, dass wir nur bei ihm untergekrochen sein konnten. Es hätte nichts zu verraten gegeben.

Oder wenn ich ihr gleich nachgegangen wäre, wenn ich erklärt hätte, dass sie für sich behalten müsse, was sie gesehen habe, dass niemand wissen dürfe, wo May und ich seien, nicht einmal die Polizei, die *vor allem* nicht.

Es war der Fluch, das Verhängnis, das May und mir auf Schritt und Tritt folgte. Es hatte ihnen gerade diese paar Stunden gelassen. Hätten Clarke und Jeffreys früher bei Emily geläutet, hätten sie bis morgen gewartet, dann hätten sie uns verfehlt. Wäre ich gleich zu Emily gegangen, hätte ich ihr reinen Wein eingeschenkt. Dann wäre alles anders gekommen …

War es aber nicht.

Jetzt waren unsere Verfolger im Bilde. Und May und Stanley saßen bei Joints und Wein in seinem Haus fest und hatten keine Ahnung, was auf sie zukam.

Ich war wieder auf der Piste, der Toyota bockte und schlingerte bei dem überhöhten Tempo bedenklich. Vor zwei Stunden … was hatten sie in diesen zwei Stunden gemacht? Mir war auf der Fahrt in den Ort kein Wagen entgegengekommen, aber was hieß das? Würden sie, weil sie ja nun wussten, wo sie uns finden konnten, bis zum Morgen warten, oder würden sie gleich zur Farm aufbrechen? Und wenn, warum waren sie nicht schon vor meinem Aufbruch eingetroffen?

Oder hatten sie noch gewartet? Damit die Nacht und die Stunde fortgeschrittener wären, wie bei Marvin. Damit wir bei ihrer Ankunft nicht etwa beim Essen saßen oder am Kamin, damit wir nicht auf Geräusche an der Tür achteten. Sondern schliefen. Wehrlos.

Sie konnten nichts von den Hunden wissen, die Stanley dann freigelassen haben würde.

Sie wussten nichts von den Gewehren.

Aber wenn sie jetzt auf dem Weg zu Stanley waren, oder wenn sie schon da waren … Stanley wollte die Hunde eingesperrt lassen, bis ich zurück war. Er und May würden Motorenbrummen erwarten. Auch ein Klopfen an der Tür. Die Gewehre würden hübsch an der Wand bleiben.

Ich warf mich über das Lenkad und spähte durch die Windschutzscheibe voraus. Der Geländewagen röhrte und mahlte durch die Senken, aber ich kam nur furchtbar langsam voran. Im Scheinwerferlicht torkelten wild Bäume und Felsen, dahinter lauerte Finsternis. Und doch war irgendwas anders. Ich konnte die Kuppen und Mulden der Hügel erkennen, wo vorher alles pechschwarz gewesen war. Ich sah mich um und erblickte die erste schmale Andeutung des aufgehenden Monds. Er kam mit dem Wind über den höchsten Grat im Osten, abnehmend und fahl, und davor zeichnete sich eine Felsnadel ab wie ein Reißzahn. Mich fröstelte. Ich war zu langsam. Ich würde es nicht rechtzeitig schaffen.

Wasser spritzte um die Räder auf. Die Augen eines Tiers glühten vor mir auf der Piste rot auf, ich sah einen grauen Schatten seitlich wegspringen. In einer Haarnadelkurve brach die hintere Achse aus, und der Jeep streifte seitlich die Felswand. Blätter und Äste schlugen gegen die Windschutzscheibe. Das alles kam mir bizarr vor, als entrollte sich vor mir eine Kinoleinwand. Und sie waren mir voraus, immer voraus – schon von Anfang an.

Dann endlich blitzte zwischen Bäumen das reflektierende Weiß von Farbe auf. Stanleys Tor. Ich ging vom Gas, um schnell herausspringen und aufmachen zu können. Aber das Gatter stand sperrangelweit offen, und ich wusste genau, dass ich es hinter mir zugemacht hatte.

Ich ließ den Wagen stotternd zum Stehen kommen. Und dann, im Leerlauf, hörte ich es. Hundebellen. Und Schüsse.

Was ich dann tat, würde ich nie erklären können. Später wurde mir klar, dass ich gleich hätte durchstarten und durchs Tor den Hang hinauf hätte brausen müssen, mit aufgeblendetem Fernlicht. Hätte ich es auf der Stelle getan, hätte es vielleicht einen Unterschied gemacht. Ich wusste zwar nicht, was oben bei Stanley in diesem Moment los war, und ich würde es niemals wirklich wissen ... aber vielleicht hätte es einen Unterschied gemacht.

Stattdessen schaltete ich Licht und Motor aus, saß halb drinnen, halb draußen da und lauschte. Ich weiß nicht, was es mir unmöglich machte zu überlegen, zu entscheiden oder zu handeln ... Ich saß einfach da, vollkommen gelähmt. Von den Geräuschen gebannt. Fasziniert auf ungläubige und erschrockene Weise. Nicht einmal an Feigheit oder Angst dachte ich, obwohl ich hinterher nichts anderes mehr denken konnte. In diesem ersten Augenblick dachte ich gar nicht. Ich lauschte nur wie nach etwas sehr Fernem, das mich nicht betraf.

Zu sehen war nichts. Die Schüsse fielen oben auf der Hangstufe hinter der letzten Steigung. Die Geräusche nahmen mit dem Wind zu und ab. Es bellten unentwegt Hunde. Die Schüsse kamen in Stößen wie der Wind. Ein Beschusswirbel, knatternde Salven und schließlich hier und da Krachen. Verschiedene Tonlagen, mal hoch, mal tief. Und Gebrüll. Männerstimmen, undeutlich, heiser. Ich rief mir Stanleys gewaltiges Arsenal ins Gedächtnis, aber weiter mochte ich nicht denken. Wie viel Zeit war ihm geblieben, wie viel an Vorwarnung?

Ich sah mich nach der hinter mir liegenden Piste Richtung Ort um … ich konnte Hilfe holen. Zum nächsten Nachbarn, ans nächste Telefon fahren. Graham und seine Leute rufen. Irgendwen. Und überhaupt: Hörte denn niemand? Es gab entlegene Nachbarn. Die Schüsse hallten, der Wind würde den Lärm weit tragen. Irgendjemand musste es doch hören.

Doch selbst wenn, was hieß das schon? Die Schüsse kamen von Stanleys Farm. Der ballerte doch dauernd mit seinen Gewehren rum, Tag und Nacht. Es würde sich niemand wundern.

Ich konnte trotzdem losfahren … jetzt … ich konnte entkommen.

Ich merkte, dass ich schlotterte.

Und weiter oben war das Gewehrfeuer versiegt.

Ich lauschte angestrengt, aber jetzt waren nur noch jaulende, kläffende Hunde zu hören. Und der Wind. Er wehte den Hang herab, seufzte unbekümmert in den Zweigen. Das war noch schlimmer.

Dort oben war etwas erledigt.

Ich wartete, stocksteif, und horchte. Die Sterne zogen, im Mondschein blass, ihre langsamen Bahnen. Nichts rührte sich.

Niemand kam herunter. Ich ging nicht hinauf. Das Verstreichen der Zeit war eine Qual. Ich wollte nur weg. Was immer dort oben geschehen war, wer immer jetzt dort noch wartete – was konnte ich schon tun?

Zu dem ersten Schritt musste ich mich zwingen. Meine Beine waren wie betäubt und wollten mich nicht tragen. Ich stieg aus dem Geländewagen, machte einen Schritt auf das Gatter zu, dann noch einen. Ich schob mich an den Schildern und den Pfosten vorbei. Im schwachen Mondlicht erkannte ich noch gerade eben die Piste. Ich folgte ihr in gebückter Haltung.

Es waren nur ein paar Hundert Meter, sie kamen mir vor wie eine Ewigkeit.

Der Hangstufe näherte ich mich fast auf allen vieren. Als Erstes sah ich die dunklen Umrisse eines Fahrzeugs. Es stand gleich hinter der Kuppe – auch ein Geländewagen. Fahrer- und Beifahrertür standen offen, in der Fahrkabine war nur Dunkel. Aber ich spürte: Der Wagen war leer. Ich kroch weiter. Dann hatte ich den höchsten Punkt erreicht. Ich konnte über die ebene Fläche und ein wogendes Geflecht unruhiger Schatten hinweg das Haus sehen. Kein Licht in den Fenstern, aber auf halbem Wege zwischen Haus und mir brannte auf der Erde eine kurze Flamme unstet im Wind. Was es war, ließ sich schlecht sagen. Sonst war nichts, nur die Hunde belferten jetzt wieder in ihrem Zwinger. Ich sehnte mich nach Elektrizität, nach einem aufflammenden Scheinwerfer, der alles ausleuchtete, damit ich sah. Aber es gab keine Elektrizität. Das ganze Elend hatte mit einem Stromausfall angefangen, mit Tappen im Dunkeln, und ebenso endete es nun.

Ich spähte mit zusammengekniffenen Augen nach vorn und wartete. Der Wind sang, die Bäume schaukelten, Schatten flogen über die Erde. Doch ein Schatten rührte sich nicht. Er befand sich wenige Meter vor dem Geländewagen, und als ich länger hinsah, wusste ich, was es war. Ich schob mich weiter vor. Ich erkannte Arme und Beine, weit gespreizt. Unter einem Anzug eine Andeutung von weißem Hemd, weißes Haar über einem unsichtbaren, weil in den Staub gedrückten Gesicht. Ein gestrandeter Angler. Reglos.

Ich war jetzt fast bei ihm, kroch weiter, und da berührte meine Hand im Staub Nasses. Die Hand des Mannes, kaum eine Armlänge entfernt, mit einer an Tinte erinnernden schwarzen Flüssigkeit verschmiert, schien sich mir entgegenzustrecken. Zwischen unseren Fingern lag etwas Kleines, noch Schwärzeres auf der Erde. Ich konnte den Blick kaum davon wenden, wagte aber nicht, es zu berühren.

Ein Husten.

Jenseits der kleinen Flamme regte sich im Gewirr der Schatten unter den Zeltplanen jemand. Glas blitzte. Dann fügten sich die Schatten zu den Umrissen eines sitzenden Mannes, der an einem der Baumstämme lehnte. Einen flüchtigen Augenblick lang sah ich das Profil – einen kantigen Umriss, der nach dem Jahrzehnte alten Foto nicht wiederzuerkennen gewesen wäre –, dann war es weg. Der Mann aber nicht. Was blitzte, war eine Flasche. Ich sah, wie sie an unsichtbare Lippen gehoben wurde. Der Mann war keine fünfzehn Meter entfernt.

Meine Hand schoss ganz von selbst vor und hielt Stahl. Zum ersten Mal in meinem Leben nahm ich eine Waffe in die Hand.

Er wandte den Kopf.

»Nun, George«, sagte er.

47

DAS FLÄMMCHEN AUF DER ERDE loderte auf, und endlich erkannte ich die Quelle – eine zerborstene Petroleumlampe. Der Glaszylinder war zersplittert, aber aus dem Fuß troff Petroleum und brannte auf der Erde weiter. Der Wind zerrte an der Flamme, die blau in einem kleinen Graskreis tanzte und gar nichts erhellte.

Clarke sprach erneut.

»Sie sind es doch, oder?«

Ich sah angestrengt hin, aber für mich war er lediglich Stimme und Schemen. Der Mond bot auch keine Hilfe. In seinem Schein sah vielleicht Clarke mich, aber er blieb unter dem Schattenspiel der Planen ein Phantom.

Ich hob den Arm mit der für mich gigantischen und obszönen Waffe.

»Keine Bewegung«, sagte ich.

Er schien in meine Richtung zu blinzeln, dann lachte er leise und bettete den Kopf an den Baumstamm. »Ich bin längst ein Gespenst, George. Durch mich gehen schon den ganzen Abend die Kugeln einfach so durch.«

Seine Stimme klang müde und im Wind schwach.

Ich war zu weit weg. Ich schob mich im weiten Bogen um den kleinen Lichtpunkt der Flamme näher und hielt die wackelnde Waffe am ausgestreckten Arm auf ihn gerichtet. Dann noch näher, bis ich selbst mit dem Rücken zur Haustür im Dunkeln geborgen unter den Zeltplanen stand. Genau konnte ich es nicht sagen, aber ich hatte deutlich das Gefühl, dass er mich schweigend beobachtete.

»May?«, rief ich. »Stanley?«

Die Hunde heulten auf, sonst kam nichts.

»Da sind sie nicht«, sagte er jetzt in nächster Nähe. »Ich habe schon nachgesehen.«

Seine Stimme war tief und nicht jung. Außerdem so heiser, dass sie fast brach. Ich kannte das Muster: Er war erschöpft und betrunken. Sehr betrunken.

»Wenn sie weg sind«, fragte ich langsam und betont, »was machen Sie dann noch hier?«

Er hielt die Flasche in der Linken. Er hob sie und trank.

»Warten«, sagte er.

Was er da hatte, war keine Wodka-, sondern eine Weinflasche. Vielleicht eine von meinen. Es kam ihm offenbar nicht mehr darauf an, was er trank. Es lief alles auf dasselbe hinaus. Gift. Ich dachte an das, was May mir, was Marvin mir von ihm erzählt hatten. Was hatten die letzten Wochen aus ihm gemacht? Wenn er in der Entzugsklinik, wo er auf Marvin und Charlie traf, schon ein kranker Mann gewesen war, was war er jetzt? Was ging in seinem Kopf vor? Und was sah er dort im Wind und im Dunkeln?

»Ihr Freund ist tot«, sagte ich.

Es gab keine Antwort, nur den wachsamen Schatten.

Ich hielt Ausschau nach Lebenszeichen von May oder Stanley, aber die Welt war zu lauter grauen Schatten zerflossen. Wo waren sie hin? Was war passiert? Der Wind frischte wieder auf. Blätter klatschten wie Regen auf die Plane über uns, und draußen im Hof flackerte das Petroleum. Die Lampe … Hatte Stanley einen Wagen kommen hören und war mir mit der Lampe entgegengegangen? Und war statt auf mich auf andere gestoßen …

»Keine Bewegung«, wiederholte ich, weil mir nichts Besseres einfiel.

Er gab mit keiner Regung zu erkennen, dass er mich überhaupt gehört hatte oder beachtete.

Ich brüllte Namen ins Dunkel, und nur die Hunde antworteten. Ich dachte ans Haus hinter mir, an die umliegende Wildnis, und wusste nicht weiter. Ich wünschte, es gäbe Licht, es wäre

Tag, irgendwas. Aber es gab nur mich und ihn und die Waffe in meiner Hand.

»Wir haben Ihren Namen der Polizei genannt«, sagte ich. »Der *anderen.* Die werden Ihnen schon auf die Schliche kommen. Sie sollten schauen, dass Sie wegkommen.«

Dann sah ich in den unablässig fließenden Schatten plötzlich seine Augen. Sie waren weit offen. Und auf mich gerichtet.

»Ich will Ihnen mal was sagen über Namen, George«, meinte er, und er war offenbar mehr als erschöpft, denn seine Stimme war von jeder Empfindung frei. »Bis vor Kurzem hatte ich Ihren komplett vergessen.«

»Was wollen Sie dann von mir?«

»Von Ihnen? Gar nichts.«

»Von wem dann?«

Aber er lachte nur und setzte die Flasche an.

»May will nicht mit Ihnen sprechen«, sagte ich.

»Nein? Wir werden sehen …«

Es lag an seiner Betonung. Sein rechter Arm kam langsam hoch, nachlässig fast. Ich sah kurz sein Grinsen, aber vor allem sah ich seine Hand, in der eine dicke schwarze Pistole direkt auf meinen Kopf zielte.

Ich drückte ab.

Das hatte ich gar nicht vorgehabt. Ehe ich mich versah, zuckte mein Finger am Abzug. Es geschah nichts. Irgendetwas klickte, aber es gab keinen Knall, keine Stichflamme, keinen Rückstoß. Clarke lachte leise und lehnte sich an seinen Baum zurück, die Pistole seinerseits immer noch auf mich gerichtet.

»Das Ding hat irgendwo eine Sicherung«, sagte er. »Oder vielleicht ist auch das Magazin leer, nach der ganzen Ballerei. Es ist hier eine Zeit lang ziemlich hoch hergegangen.« Er ließ den Kopf zurückfallen und brüllte in die Nacht hinaus: »May! Komm runter, oder ich erschieße George!«

Und dann warteten wir beide und spähten zu den Hängen hinauf. Der Wind riss an den Planen, die Bäume schwankten, die

Hunde bellten, als würden sie nie wieder aufhören, aber es kam niemand. Meine Finger hatten die Waffe vergeblich nach einem Hebel oder Schalter abgetastet, ich fühlte nur glatten Stahl und scharfe Kanten, und ich verstand von Waffen rein gar nichts.

»Armer George.« Der Spott war so spukhaft wie seine Stimme. »Immer hinter den Frauen anderer Männer her. Emilys Mann ist wenigstens tot. Schönes Denkmal übrigens.« Er hielt mir die Flasche hin. »Auch einen Schluck?«

»Bleiben Sie mir vom Leib.«

»Kein Trinker?« Er klang überrascht. »Hab ich anderes gehört.«

»May wird nicht kommen«, sagte ich.

»O doch. Sie kennen sie, George. Es ist ja wahrlich nicht das erste Mal, dass sie wegläuft. Vor Charlie, vor dir, vor mir. Aber sie kehrt früher oder später immer zurück.«

»Was spionieren Sie ihr dann nach? Fahren Sie doch nach Hause und warten Sie dort.«

Sein Ton wurde missbilligend. »Ich glaube, wir wissen alle, dass es dafür mittlerweile ein bisschen spät ist.«

Es gab nichts mehr zu sagen, nichts mehr zu tun. Das ganze Ausweichen und Weglaufen und Verfolgen, darauf lief es also hinaus. Nur, was sollte jetzt geschehen und wer entscheiden? Meine Gedanken kreisten durchs Dunkel und führten nirgends hin. Minuten vergingen. Keiner von uns beiden sagte etwas, in den Ohren hatte ich nur den Wind. Clarke trank, ich saß da, und die Berge blickten auf uns herab, während weit oben der Mond unbeeindruckt seine ewige Bahn um die Erde zog.

Bis ich es nicht mehr aushielt.

»Warum sie?«, fragte ich.

Er hatte den Himmel beobachtet, wie es schien, aber nun wandte er mir den Kopf zu.

»Bitte?«

»Warum May? Warum haben Sie sie nach dem Korruptionsausschuss aufgesucht? Ausgerechnet sie?«

»Sie brauchte Arbeit.«

»Herrgott noch mal, es war schließlich *Ihr* Betrieb, den sie damals in Brand gesteckt hat. Warum sie?«

Sein Kopf sackte vor, er hob ihn. »Wissen Sie was? Von allen, die damals an der Brandstiftung beteiligt waren, war es nur ihr ernst. Die anderen hatten die Hosen voll, als sie erwischt wurden. Sie nicht. Sie war empört.«

»Sie hasste Sie.«

Er schüttelte den Kopf. »May hat sich ja nie entscheiden können, wen sie hasst. Sie war immer schon ein schwarzes Loch, George. Da konnte jeder reinwerfen, was er wollte. Jeremy hat es getan. Marvin hat es getan. Wahrscheinlich auch Sie. Es hatte mit dem, was sie selbst wollte, nie was zu tun …«

Ich sagte dazu nichts. Ich wünschte, ich hätte die Frage nicht aufgebracht. Nichts von dem, was er mir sagen konnte, wollte ich hören. Über May.

»Ihr Armleuchter habt sie nur benutzt«, führte er fort. »Ihr habt sie an diese Clubs und Casinos verschleudert, als wäre sie ein billiges Flittchen.«

Ich legte tiefe Verachtung in meine Stimme: »Und Sie waren natürlich ganz anders?«

»Ich habe ihr einen Ausweg geboten. Ich habe sie von dem verfluchten Korruptionsausschuss befreit. Vom Alkohol. Damit habe ich mehr für sie getan als ihr jemals.«

»Und was musste sie als Gegenleistung tun?«

»Nichts. Nichts, was sie nicht tun wollte.«

»Das stellt sie aber anders dar.«

Er winkte nur mit seiner Flasche ab.

»Vielleicht haben Sie recht«, sagte ich. »Mag sein, dass wir sie benutzt haben. Aber Sie haben es auch nicht besser gemacht. Wie wir damals waren, wie *sie* war … das gehört untrennbar zu ihr.«

»Das war nur der Alkohol. Den hatte sie nie im Griff.«

»Wie Sie ihn im Griff haben?«

»Ja, genau. Ich.«

»Sie wollte nichts im Griff haben. Das wollte keiner von uns. Deshalb haben wir doch getrunken. Das war doch damals der Zweck der ganzen Übung. Wenn Sie das nicht begreifen, haben Sie von May gar nichts begriffen.«

Das schien ihn zu belustigen. »Ach ja? Sie ist mehr als ein verdammter Saufkumpan, George. Dahinter ist sie sogar irgendwann selbst gekommen.«

»Und warum ist sie dann wieder bei mir? Sie wissen doch, was wir in den vergangenen Nächten getan haben? Wissen Sie, wie viele Flaschen wir zusammen geleert haben, sie und ich?«

Die Waffe wurde wieder angehoben, die Stimme gesenkt. »Passen Sie auf, was Sie sagen, George.«

Die Drohung war unüberhörbar … aber wir waren nicht im Umspannwerk, und ich war nicht Charlie. Er war allein, ich war allein, und beide saßen wir am Ende der Welt, fernab von jeder Stromquelle und allen Kabeln. Weder auf seinem Terrain noch auf meinem.

»Es geht hier nicht nur um May«, sagte ich.

»Sondern?«

»Was ist mit Charlie?«

»Was ist mit ihm?«

»Warum haben Sie ihm das angetan?«

»Fragen Sie May. Sie hat mich so weit gebracht.«

»Was hat May mit Charlie zu tun?«

Der Arm mit der Waffe rutschte wieder ab, als wäre er zu schwer. Er trank einen Schluck. »Wir hatten nicht vor, ihn zu töten. Wir wollten nur endlich Antworten. Wenn der Idiot uns einfach gesagt hätte … aber er stand da bloß mit dieser eingedellten, verrotzten Visage. Und dann musste er partout pinkeln. Was konnten wir denn dafür? *Er* war das, George. *Er* war an dem ganzen verdammten Schlamassel schuld.«

»Was denn für Antworten? Was wollte er Ihnen nicht sagen?«

»Wo May war, natürlich.«

Der Wind toste und die Welt wurde dunkler, aber das war mein Kopf, war die aufdämmernde Erkenntnis, die nicht Licht war, sondern Finsternis.

»May?«, sagte ich. »Er wollte euch nicht sagen, wo *May* ist? Habe ich das richtig verstanden?«

Er zuckte mit den Achseln. »Was denn sonst? Was glauben denn Sie, wieso ich in diesem Sanatorium gelandet bin? Es war schlimm, George. Ich suchte sie schon seit Wochen. Als ich aufgewacht bin, wusste ich nicht mal, wo ich war. Aber da war Charlie. Das war wie ein Zeichen. Eigentlich hätte ich ja wissen müssen, dass sie zu ihren alten Freunden läuft. Ich hab ihn angefleht, mir zu sagen, wo sie ist, George. Angefleht. Mehr wollte ich doch gar nicht.«

»Aber Charlie wusste es nicht …«

»Er wusste es. Das habe ich ihm am Gesicht angesehen, sobald nur der Name fiel.«

Endlich begriff ich. Das war es, was sich zugetragen hatte, während Marvin schlief, während Clarke und Charlie allein waren. Es war überhaupt nicht um Clarke und seine Verbrechen gegangen, als Charlie auf der Suche nach mir in die Berge hochjagte, sondern um May …

Mir wurde ganz anders. »Charlie wusste *nicht*, wo May war. Er hatte sie seit Jahren nicht gesehen.«

»O doch, er wusste es. Er wollte es mir partout nicht verraten, da im St. Amand, aber kaum war er weg, kommt Marvin zu mir und faselt was von Highwood … und dreimal dürfen Sie raten, wo May schließlich auftaucht. Charlie wusste sehr wohl Bescheid.«

»Nein. Nein. Sie war nicht hier. Deswegen war er nicht hier.«

Ich wollte es nicht wahrhaben. Charlie hatte May und mich zusammenbringen wollen, hatte mir Marvin verraten, als Wiedergutmachung. Dann hatte er dort in der Klinik erfahren, dass May noch in Brisbane war, allein und vor diesem Clarke auf der Flucht, einem Mann, den Charlie nie hatte leiden können, einem verzweifelten und zur Gewalt fähigen Mann … deshalb hatte er mich aufsuchen wollen. Um ihretwillen.

Clarke sah in den Himmel hinauf, seine Stimme wie Totengeläut: »Ich wollte doch nur mit ihm reden. Also habe ich Jeffrey kommen lassen, und dann sind wir zu dieser kleinen Tagesklinik in Bardon gefahren. Da war Charlie nicht, aber sie waren froh, dass ein Polizist kommt, weil sie einen Autodiebstahl melden wollten. Sie haben uns den Wagen beschrieben. So kam das … Highwood ist ein überschaubarer Ort. Ich hatte ihn von damals noch gut in Erinnerung. Charlie war nicht schwer zu finden.«

»Er hat *mich* gesucht. May war gar nicht da.«

Clarke hörte nicht. »Aber als wir ankamen, war da nur Charlie auf der Straße. Keine May. Also haben wir ihn mitgenommen, um ein Wörtchen mit ihm zu reden. Ungestört. Auf ein Wörtchen und vielleicht ein Gläschen.«

»Er wusste es nicht …«, das war der Refrain, den ich für taube Ohren immer wieder anstimmte, für die Nacht und den Wind und die Hunde. »Er hätte Ihnen nichts sagen *können*. Sie haben das alles umsonst getan.«

»Es war ein Unglück. Damals wussten wir von der Sache mit Ihnen nichts. Charlie hat Sie überhaupt nicht erwähnt. Wir haben erst am Tag drauf erfahren, dass Sie dort in Highwood wohnen. Ich konnte mich kaum an Sie erinnern. Er hätte es sagen müssen. Vielleicht hätten wir ihn laufen lassen, wenn er nur was gesagt hätte. Dann wären wir gleich zu Ihnen gekommen.«

Mir wurde noch ein Zentner zu der Last aufgepackt, die mich niederdrückte. Charlie war gekommen, weil er May helfen wollte, vielleicht wollte er auch mir helfen, wollte alte Wunden heilen. Dann war er für so etwas Stupides gestorben, wie keinen Namen preisgeben zu wollen. Hatte er es gewusst? Hatte er gewusst, was er tat, hatte er sich mit der Wodkaflasche an den Lippen für den Schmerz entschieden?

Ich blickte zu den Sternen hoch, die so zahlreich schienen wie meine endlosen Fehler.

Ich sagte: »Und deshalb mussten Sie als Nächstes Marvin finden.«

Er kippte Wein und sagte fast im Plauderton: »Das verdanke ich ja Ihnen, George. Wir konnten ihn nirgends finden. Bis Jeffreys hörte, dass Sie in der Stadt sind und auch was von Marvin wollen. Das war interessant. Wir haben uns an Ihre Fersen geheftet, und gleich am nächsten Morgen sind Sie nach Redcliffe rausgefahren.«

Fehler über Fehler.

Ich sagte: »Und Marvin wollte Ihnen auch nicht sagen, wo May steckt.«

»Nein.«

»Weil er es nicht *wusste*. Keiner von beiden wusste es.«

Er sagte sehr lange gar nichts, er neigte nur fragend den Kopf auf die Seite.

»Ist das Ihr Ernst?«, meinte er.

Ich nickte. »Sie haben das alles falsch verstanden.«

»Meine Fresse.«

Wir verstummten. Es war, als unterhielte man sich mit einem Geist. Der erschien und verschwand, um beim nächsten Auftauchen Nachrichten aus einem Jenseits mitzubringen, in dem nichts so war, wie es sein sollte. Das Rumoren der Hunde war nur mehr ein Grummeln und Knurren, das Petroleum versickerte zu einem dünnen blauen Faden. Selbst der Wind war weitergezogen.

Clarke rührte sich. »Trotzdem, Marvin wusste andere Dinge, George. Zu viel. Wir konnten ihn nicht einfach sich selbst überlassen. Außerdem musste ja *irgendjemand* die Schuld für die Sache mit Charlie übernehmen.«

Wie sie es angestellt hatten, brauchte ich nicht zu fragen. Wie sie ins Haus gelangt waren, der Abschiedsbrief. Ich erinnerte mich nur zu gut an Marvins Zustand, an seine Panik. Es gab nichts, was er nicht getan hätte, als sie ihn erst hatten. Wenn es ihm nur ein paar Minuten …

Ich fragte: »Warum am Strand?«

»Das war seine Idee. Er wollte, dass es dort passierte. Also sind wir mit ihm runter, haben ihm noch ein bisschen Scotch eingeflößt, und dann haben wir ihm das Gewehr gereicht. Es war nicht schlimm. Wir haben ihm die Brille abgenommen, er war ja ohne Brille blind ... und es gab nur die eine Kugel.«

Ich sah auf den dunklen Umriss der Waffe in meiner Hand herunter.

»Blieb also nur noch ich.«

»Blieben nur noch Sie. Ich konnte mir ja immer noch nicht vorstellen, was Sie mit dem Ganzen zu tun haben. Wer sollte das sein, dieser George? Verstehen Sie, ich wusste nicht, dass zwischen May und Ihnen mal was gewesen war. Das hat mir erst Marvin erzählt. Er sagte, ihr beide wärt mal verliebt gewesen. Er sagte, wenn jemand weiß, wo May ist, dann George. Er sagte, Sie hätten erwähnt, dass Sie sie gesehen haben. Er konnte gar nicht schnell genug auspacken, George. Er hat Sie verpfiffen. Er wäre entzückt gewesen, wenn wir ihn in Ruhe gelassen und die Kugel stattdessen Ihnen verpasst hätten. Nein, Marvins wegen brauchen Sie kein schlechtes Gewissen zu haben.«

Aber ich dachte an Marvins blinde Augen, Marvin, der dort verratzt und blinzelnd am Strand saß und verzweifelt nach einem Ausweg suchte, während seine Uhr ablief ... Und mein Finger immer noch am Abzug war. Hätte es einen Sinn gehabt, ich hätte abgedrückt, abgedrückt, abgedrückt.

Clarkes Stimme raunte endlos weiter. »Da habe ich meinen Fehler endlich eingesehen. May war nicht bei Charlie gewesen und auch nicht bei Marvin, sie war die ganze Zeit bei Ihnen. Als wir dann feststellen mussten, dass Sie aus Ihrem Motelzimmer getürmt waren, konnte ich May dort *riechen.* Ich war in Ihrem Motelzimmer, George, und ich konnte sie riechen. Sie war da gewesen. Also nichts wie wieder zurück nach Highwood. Wir hätten den Ort nie verlassen dürfen. Sie haben May hier die ganze Zeit versteckt.«

»Nein. Wir sind uns erst in Brisbane wieder begegnet. Und zwar erst, nachdem ich bei Marvin gewesen war. Er hat Sie belogen – ich wusste auch nicht, wo sie ist.«

Er lachte, er schüttelte so heftig den Kopf, dass er seitlich wegkippte und sich wieder aufrichten musste. »Das sieht ihm ähnlich. Dem Scheiß-Marvin.«

Aber ich fühlte mich vernichtet. Von allem getrogen, woran ich geglaubt hatte.

»Dann ging es die ganze Zeit nur darum … May zu finden?«

Er musste die Flasche jetzt fast auf den Kopf stellen, um noch daraus trinken zu können. Sie war beinahe leer. Er wankte, richtete sich wieder auf, und ich wusste, dass er mich eingehend musterte.

»Sie hat mir Schlimmes angetan, George. Sie ist einfach verschwunden. Was glauben Sie, was mich in dieses Sanatorium gebracht hat?«

Aber ich hatte jetzt genug.

»Sie sind nicht dort gelandet, weil May Sie verlassen hat. Sie sind dort gelandet, weil Sie krank sind.«

»Ich bin nicht krank. Es war nur der eine schlimme Abend, als mir alles so an die Nieren gegangen ist. Ich habe das mit dem Trinken voll im Griff, keine Sorge.«

»Haben Sie nicht. Hat keiner.«

»*Sie* vielleicht nicht …«

»Außerdem weiß ich, dass Sie am Ende sind. Ich weiß, dass es einen neuen Untersuchungsausschuss geben wird. Diesmal wird es ernst für Sie. Deshalb haben Sie sich nicht mehr im Griff.«

»Keine Sorge, auch das habe ich im Griff.«

»Ach ja? Ein zweites Mal? May hat daran nicht mehr geglaubt. Deshalb ist sie weg.«

Er tippte missmutig gegen die Flasche. »May kennt mich … sie weiß, dass ich das überstehe.«

»Weiß sie nicht. Sie sagt, Sie sind genauso, wie Charlie und Marvin damals vor Jahren waren. Sie sagt, schlimmer.«

»Quatsch. Ich bin mit euch überhaupt nicht zu vergleichen. Sehen Sie sich doch an, George …«

»Ich habe wenigstens mit dem Trinken aufgehört. Das haben Sie nicht geschafft.«

»Ich habe mit dem Trinken kein Problem!«

»Sie können es ja nicht mal zugeben!«

Er bäumte sich auf und schleuderte die Flasche von sich.

»May! Verdammt! Komm her!«

Als liefere er die Antwort, meldete sich der Wind brausend zurück. Die Zeltplane über uns knatterte wie ein Segel, das Petroleum loderte ein letztes Mal asthmatisch auf und erlosch. Die Finsternis schien allumschlingend, ohne Schatten, ohne Mond, ohne Sterne. Dann legte sich der Wind wieder. Die Nacht kehrte wieder, und noch etwas fiel mir auf. Die Hunde waren verstummt.

Irgendjemand sagte: »Wollt ihr zwei euch noch lange um May kloppen?«

Wo das Flämmchen gewesen war, stand nun vor einem Quadrat Himmel eine Gestalt mit Gewehr im Anschlag.

»Stanley?«, hauchte ich.

»Alles in Ordnung?«

»Schon, aber …«

Ich drehte den Kopf zur Seite; Clarke saß jetzt wieder aufrecht neben mir und hielt seine Pistole am ausgestreckten Arm auf Stanley gerichtet.

»Wo ist sie?«, fragte er.

»Oben am Hang.«

»Hol sie gefälligst, und zwar sofort.«

Stanley sprach ganz ruhig. »Sie kommt nicht. Das geht nicht.«

Clarkes Waffe begann zu zittern. »Was soll das heißen?«

»Ist alles in Ordnung?«, fragte ich.

»Nein, George«, sagte Stanley, und ich war mir nicht einmal sicher, wen von uns beiden er meinte. »Sie ist tot.«

48

ER WOLLTE ES nicht glauben.

Er brüllte unverständliches Zeug, wankte, wild mit seiner Pistole fuchtelnd, zwischen Stanley und mir hin und her und drohte, uns beide zu erschießen, aber Stanley hielt einfach ungerührt die Stellung und sein Gewehr im Anschlag.

»Dann komm mit und überzeug dich selbst.«

Das stopfte Clarke das Maul.

Zu dritt stapften wir hinten ums Haus herum, jeder noch mit seiner Waffe in der Hand und ohne ein Wort. Die Hunde sahen aus ihrem Zwinger zu, vor uns erhob sich dunkel und wartend der Hang. Wir stiegen.

Später würde mir Stanley in etwa schildern, was passiert war. Letztlich war ich nur wenige Minuten nach Clarke und seinem Schergen Jeffreys eingetroffen, und die beiden hatten offenbar nicht damit gerechnet, dass Stanley bewaffnet war. Sie waren einfach durchs Tor gebraust und direkt vors Haus.

Drinnen hatten Stanley und May den Wagen gehört. Weil er dachte, ich sei es, war Stanley mit der Lampe hinausgegangen. Aber vielleicht hatte ihn sein Instinkt gewarnt, denn vorher hatte er sich eines der Gewehre vom Ständer geschnappt. Er hatte einen Geländewagen gesehen, der nicht seiner war, und zwei Männer, die er nicht kannte. Sie waren ausgestiegen, alle drei hatten sie einen endlosen Augenblick Maß genommen, dann hatten die zwei Fremden ihre Waffen zogen und die Ballerei begann, ohne dass überhaupt ein Wort gefallen war.

Aber die eine Frage würde ich mir immer stellen müssen – ob ich irgendetwas hätte tun können. Wenn ich nur fünf Minuten eher eingetroffen wäre. Oder wenn ich, als ich endlich eintraf, nicht noch am Tor gewartet hätte. Gelauscht. In Panik. Die Hände am Lenkrad eisig …

Unterdessen war Stanley wieder ins Haus gestürzt, gerade noch rechtzeitig, bevor Clarke und Jeffreys die ganze Front, Wände und Fenster, unter Beschuss nahmen. Er hatte May zugebrüllt, sie solle sich ducken, dann war er im Wohnzimmer herumgesaust und hatte Kerzen gelöscht. Er hatte May auf dem Fußboden gesehen. Er hatte angenommen, sie befolge eben seine Anweisung. Er hatte sich an eines der Fenster geschlichen und das Feuer der beiden Männer erwidert. Er hatte einfach draufgehalten, bis er jemand im Dunkeln aufschreien hörte, und dann war erst einmal Ruhe gewesen. Stanley hatte nicht lange gefackelt. Er hatte sich May gepackt, und sie waren zum Hinterausgang hinaus geflohen. Als sie den Waldsaum erreichten, fiel May schon merklich zurück. Er hatte sie mitgeschleift. Aber erst, als sie weiter oben waren, wurde ihm klar, dass ihre Kurzatmigkeit und der von Zeit zu Zeit scharf eingesogene Atem nicht der Eile geschuldet waren. Und dass ihm etwas Warmes, Nasses auf die Hand troff.

Wir stiegen.

Es war nicht weit, ein Stück zwischen stockfinsteren und seltsamen schweigenden Bäumen und Busch hindurch. Über uns wiegte sich ein Laubbaldachin leise flüsternd im Wind, doch unten auf der Erde regte sich nichts. Ich roch den harzigen Duft des Eukalyptus und spürte unter den Sohlen das Knacken der Zweige. Alle Sinne waren überwach, jedes Geräusch und jede Berührung scharf. Und doch bedeutete mir das alles nichts, mein Kopf war leer. Ich ging in einem Traum mit zwei schweigenden Wächtern. Vor mir Stanley, hinter mir ein gesichtsloser Mann.

Der Urwald lichtete sich, dann war wieder freier Himmel zu sehen. Der Mond war über die Bergrücken gestiegen und schien jetzt klar und kaltweiß. Wir erreichten die Kuppe, und dort, während ringsum die Nacht mit dem ganzen Grau und Lärm und anbrandenden Wind wegsank, lag zwischen Gras und Steinen May.

Es musste eine der ersten Kugeln gewesen sein, die durchs Fenster pfiffen, meinte Stanley. Als habe sie dort hinter der Scheibe gestanden, um zu sehen, wer den Weg heraufkäme.

Welcher ihrer Männer. Ich. Oder er.

Sie lag auf dem Rücken, das Gesicht den Sternen zugewandt, die Haut vor der nächtlichen Erde sehr hell. Ihre Augen waren offen, dunkler denn je, und eine Hand ruhte auf einem schwarzen Fleck, der die ganze Brust färbte.

Ach, May, dachte ich.

Dann wurde ich beiseite gestoßen, und Clarke sank neben ihr auf die Knie.

»May.« Er packte sie heftig an den Armen. »May. Ich bin's. Ich bin da.«

Er hob sie an der Schulter an, und da fiel ihr Kopf zurück, und ich wusste, dass es stimmte, dass wir sie verloren hatten. Wie in einem Traum stieg in mir die Erinnerung an Hände auf meinen Schultern auf, Finger, die mich mit ihrer ganzen verzweifelten Kraft packten, zornig und erschrocken und voller Verlangen … Verlangen nach irgendwas. Was, hatte ich nie ergründen können. Jetzt würde ich es nie. Nie mehr.

»Wach auf«, sagte der Mann. »Komm schon, May. Wach auf.«

»Ich sage Ihnen doch«, knurrte Stanley, »sie ist tot.«

Später würde ich Stanley fragen, ob sie noch irgendetwas gesagt hatte, etwas ausrichten wollte, einen letzten Hinweis geben. Aber da war nichts. Sie war in dem Moment weggedämmert, berichtete Stanley, als ich unten nach ihr rief. Und während wir uns darüber stritten, Clarke und ich, wer sie mehr geliebt hatte, war sie gestorben.

Clarke hatte sich wankend aufgerichtet und schwenkte seine Pistole zwischen mir und Stanley hin und her.

»*Sie* waren das. Laufen Sie ins Haus. Rufen Sie einen Krankenwagen.«

»Es gibt hier draußen kein Telefon«, sagte Stanley. »Es gibt nichts.«

Clarke stierte uns an, ohne zu begreifen. Er umkreiste taumelnd ihren Leichnam, die Hände am Kopf. Ich sah ihn im Mondlicht jetzt deutlich – einen alternden, verwirrten, volltrunkenen Mann. Gleich Tausenden anderer, die ich schon gesehen hatte. In Pubs, im Rinnstein, auf Vorstandsetagen. Der Alkohol machte keine Unterschiede, und hier draußen, wo ihn die Nacht seiner Identität, seines Reichtums und seines Einflusses beraubte, tanzte er denselben trunkenen Tanz wie wir alle, und auf das gleiche Ende zu.

Er schoss.

Er zielte gar nicht auf uns. Und er gab nur den einen Schuss ab, der irgendwohin in die Nacht flog, dann sahen Stanley und ich ihn wieder und wieder und wieder abdrücken und hörten seine Waffe nur klicken. Er starrte sie an und schleuderte sie weg.

»Ich bringe sie nach Hause«, sagte er.

Und wir sahen immer noch bloß zu, als wäre das der einzige Zweck unseres Daseins: das Bezeugen. Er beugte sich zu May hinab, er schob ihr die Arme unter den Körper und wollte sie anheben. Entweder war es ihr Gewicht oder sein Zustand, jedenfalls stürzte er seitlich um. Mays Schädel schlug mit einem grauenhaften Krachen gegen Stein, dann rollte sie auf ihr Gesicht.

»May, o Gott, May, es tut mir leid.«

Er bückte sich erneut, weinend nun, drehte sie auf den Rücken und wischte ihr den Dreck aus dem Gesicht, aus den Haaren, den Augen.

Ich spürte Stanleys Blick auf mir. Ich sah ihm in die Augen, ich begriff nicht, was er wollte. Er streckte die Hand aus und nahm mir die Waffe ab. Seine Finger tasteten, irgendwas klickte, und dann drückte er mir das Ding wieder in die Hand und legte meinen Finger auf den Abzug. Die Hand noch auf meiner, hob er die Waffe hoch und zielte auf Clarkes Hinterkopf. Dann nahm er seine Hand weg. Und wartete.

Ich sah an meinem Arm entlang. Die Waffe fühlte sich jetzt anders an. Sie schien lebendig, strotzend vor Macht, als pulste Blut in ihr. Ekelhaft … und doch … mehr wäre nicht nötig, als den Druck des Fingers leicht zu verstärken. Sie würde bei der geringsten Berührung losgehen, alle Macht und Möglichkeit in einer Stichflamme entfesseln, und ein Mann wäre tot. Dieser Mann. Der Charlie und Marvin und May getötet hatte und schon davor unsere Leben ruiniert. Er wäre tot, und es wäre vorbei. Nach zehn Jahren, mehr als zehn. Die ganze Vergangenheit, die verlorenen, trunkenen Jahre, der Schmerz und der Kummer, der Korruptionsausschuss und der ganze elendige Schlamassel, der mein Leben war, der Queensland war … Nein, Queensland würde sich nicht ändern. Queensland würde so weitergehen, aber mein Anteil daran wäre vorbei.

Er hatte May wieder in seine Arme gewälzt, er hatte sich auf die Füße hochgerappelt. Er sprach mit ihr, aber die Worte hörte ich nicht, nur den Tenor und die Verzweiflung. Tränen traten mir in die Augen. Ich konnte ihn nicht töten. Wozu noch? Ich hatte es immer gewusst. Ich taugte nicht zum Racheengel. Man konnte nichts wiederhaben. Auch keine May. Sollte er doch leben. Ohne sie blieb ihm ja doch nichts. Nur das Versinken im Alkohol, die Ermittlungen des neuen Untersuchungsausschusses, die Haft. Was wäre damit gewonnen, was konnte man ihm schon noch nehmen? Alle drei, May, er, ich, waren letzten Endes allein.

Ich ließ die Waffe sinken.

Stanley musterte mich einen Augenblick, dann hob er in einer einzigen fließenden Bewegung die Gewehrmündung bis auf wenige Zentimeter vor Clarks Kopf und schoss. Ich zuckte weder bei dem Knall noch angesichts der Blutwolke mit der Wimper, und ich stand ungerührt da, als Clarkes Knie einknickten und er fast sanft über May zusammenbrach.

Der Wind schien ganz eingeschlafen zu sein, die ganze Welt still.

Stanley ließ den Gewehrlauf sinken. Ich spürte seinen Zorn.

»Das ist das Dumme bei Leuten wie Ihnen«, sagte er. »Immer müssen andere die Sachen zu Ende bringen.«

Und dann machte er auf dem Absatz kehrt und stapfte davon.

49

WIR BESTATTETEN MAY auf dem Hügel.

Es war nicht das, was sie sich gewünscht hätte. Der Hügel, die Berge, sie bedeuteten ihr nichts, sie hatte sie am Abend ihres Todes zum ersten Mal überhaupt gesehen, und da hatten sie ihr nur Angst gemacht. Ich wusste auch nicht, wo ihr Herz die letzte Ruhe gefunden hätte, in Brisbane oder vielleicht ganz woanders. Das war das Problem mit Bestattungen. Man konnte nicht mehr fragen, es gab keine Gewissheit. Uns blieb so oder so keine Wahl.

Die beiden Männer vergruben wir tief unter Stanleys Cannabispflanzen, den Geländewagen kippten wir in die Schlucht. Das schlug eine Bresche geknickter, umeinander gekegelter Baumstämme, aber die Schlucht selbst war undurchdringlich, und nach wenigen Wochen, sagte Stanley, würde man keine Spur mehr davon sehen. Und was die Leichen der beiden anging, so war sich Stanley sicher, dass die Cops, selbst wenn sie zu einer Razzia auftauchen und seine Plantage finden sollten, sie kaum umgraben würden. Und was May betraf … das überließen wir dem Schicksal. Gewiss war sie doch von dem Fluch, der sie ihr Leben lang verfolgt hatte, nun erlöst. Es gab keinen Grund, weshalb jemand dort oben nach etwas suchen sollte. Die Welt war voller Hügel.

Am Abend drauf brachte mich Stanley wieder in die Stadt und setzte mich neben Mays Wagen hinter der Redaktion des *Highwood Herald* ab.

»Wir sind geschiedene Leute, George«, sagte er.

Ich verzichtete auf eine Antwort. Ich brachte Mays Wagen nach Brisbane zu dem Haus zurück, das sie gemietet hatte. Ich wischte das Lenkrad, die Türen, das Armaturenbrett ab – jede Stelle, die mir einfiel – der Fingerabdrücke wegen. Es laufe nichts auf ihren Namen, hatte sie gesagt, aber früher oder später würde man die Sache zurückverfolgen, und da durfte nichts auf mich hinweisen. Ich schloss das Haus auf und machte auch dort sauber. Die Schlüssel ließ ich innen liegen, schlug die Tür zu und spazierte davon, die Straße hinab, bis ich genug Abstand und Zeit zwischen mich und den Ort gebracht hatte und der Morgen dämmerte. Dann rief ich ein Taxi und ließ mich nach New Farm ins Motel bringen.

Ich hämmerte gegen die Tür, bis der Manager kam. Ich entschuldigte mich für meinen überstürzten Aufbruch, beglich die ausstehende Rechnung und holte meinen Wagen aus der Garage. Dann fuhr ich nach Highwood zurück, sperrte meine Hütte auf und fiel ins Bett.

Gerry schaute gegen Abend vorbei und war überrascht, meinen Wagen in der Einfahrt zu entdecken.

»Und? Was war nun?«, wollte er wissen.

Ich sagte: »May hat beschlossen, dass sie doch lieber wieder nach Brisbane will. Also ist sie gefahren.«

»Einfach so?«

»Einfach so.«

»Und was ist mit diesem Clarke und seinem Detective?«

Ich war müde. Ich konnte mich nicht einmal zu einer Lüge aufraffen. »Ich weiß es nicht, Gerry. Es liegt nicht mehr bei mir.«

»Ich verstehe nicht. Gehst du nun zur Polizei?«

»Alle nötigen Informationen haben sie. Und Gerry, es wäre besser, wenn du niemandem gegenüber erwähnen würdest, dass May überhaupt hier war. Nicht einmal Graham. Lass es ruhen, mir zuliebe.«

»Was ist mit Stanley?«

»Er wird dir dasselbe sagen.«

Gerry musterte mich, sein Blick wurde hart. »Was ist da draußen passiert, George?«

»Es ist vorbei. Es hat sich erledigt. Das reicht.«

Aber in seinem Blick lag etwas vollkommen Neues, als hätte er nach all den Jahren der Nachsicht mit meiner Vergangenheit und meinen Schwächen nun doch etwas so Abgründiges und Abstoßendes in mir erkannt, dass er es nicht mehr zu dulden bereit war.

»Gut«, sagte er kurz angebunden, »ich habe sie nie gesehen.« Er wandte sich zum Gehen, dann hielt er noch einmal inne. »Aber ich glaube, George, ich möchte nicht mehr mit dir arbeiten. Ich glaube, wir sollten … einen Schlussstrich ziehen.«

Auch das konnte ich verstehen.

Einen Tag drauf erhielt ich einen Anruf von Detective Kelly.

»Ist sie bei Ihnen, George?«, wollte er wissen.

»Wer?«

»May.«

»Ich sagte Ihnen doch, Detective. Ich habe sie nicht gesehen.«

»Damit können Sie mich nicht abspeisen, George. Wir wissen jetzt, dass sie mit Clarke verheiratet ist. Und wie es scheint, ist er ebenfalls verschwunden. Also, was geht vor?«

»Haben Sie schon mit Detective Jeffreys gesprochen?«

»Nein.«

»Warum nicht?«

»Von dem weiß auch keiner, wo er steckt.«

»*Den* müssen Sie fragen, sobald Sie ihn endlich zu fassen kriegen. Fragen Sie ihn auch nach den anderen Sachen. Ich habe Ihnen gesagt, was ich weiß.«

Er schwieg ein Weilchen. »Sie sagten doch, Sie würden sich eine Zeit lang rar machen. Was ist daraus geworden?«

»War wohl bloß ein Brisbane-Koller.«

»Und Sie glauben immer noch, dass Clarke bei Marvin war, als er starb?«

»Beweisen kann ich es nicht. Sie?«

»Sie wissen genau, dass wir es nicht können.«

»Dann kann ich die Sache wohl vergessen.«

»Ich glaube, wir müssen noch mal vorbeischauen und uns persönlich mit Ihnen unterhalten.«

»Bitte. Tun Sie das.«

Aber es kam niemand.

Ich würde nie erfahren, zu welchem Schluss man bei der Polizei gelangte, aber offiziell hielten sie sich und hielt auch die Presse sich an die amtliche Version, und Marvin wurde als Selbstmörder und Mörder beerdigt. Volkes Stimme bekundete vor allem Verwunderung – wie konnte ihr einstiger Held so schmachvoll enden? Korruption war eine Sache, aber *das* … Die Menschen fühlten sich hintergangen, sie waren bitter enttäuscht, Gefühle, die sie Marvin gegenüber besser von vornherein gehegt hätten. Clarke und seine Frau machten auch Schlagzeilen. Sie wurden als gesucht geführt, waren offenbar außer Landes geflohen, um einer eingehenden Prüfung seiner zwielichtigen Geschäfte zu entgehen. Seine ehemaligen Verbindungen zu Marvin und uns anderen wurden nicht erwähnt, noch Mays Vergangenheit. Vielleicht war ja die Polizei ganz froh, die Sache ad acta legen zu können und der langen Talfahrt der Enthüllungen eines weiteren Untersuchungsausschusses zu entgehen. Es war zu Ende, so viel stand fest, und Überlebende gab es eigentlich auch keine.

Blieb nur Emily.

Ich konnte Emily nicht gegenübertreten.

Es war nicht ihre Schuld, dass May umgekommen war. Wie hätte Emily denn wissen können, welche Folgen es haben würde, einem Detective die Tür aufzumachen? Es war meine Schuld, wenn schon. Meine Schuld, dass May überhaupt in Highwood gewesen war und ich Emily im Dunkeln gelassen hatte. Meine Schuld, dass Marvin tot war, denn ich hatte seine Mörder zu ihm geführt. Selbst Charlie war nur deshalb einen qualvollen Tod gestorben, weil er das Pech gehabt hatte, mich sprechen zu wollen. Die Schuld reichte durch die Jahre zurück zu uns allen, auch Marvin und Lindsay und Jeremy, und zu dem Schlamassel, den wir gemeinsam angerichtet hatten … und letzten Endes bis ganz zurück zu dem ersten Glas, das Charlie und ich beim Essen in dem kleinen Bistro seiner Eltern miteinander getrunken hatten, als Brisbane noch eine andere Stadt gewesen war und wir uns nur ein Lokal wünschten, wo man auch nach der Sperrstunde trinken konnte.

Aber Emily … sie hatte mit alledem nichts zu tun.

Trotzdem, ich schaffte es nicht, vorbeizufahren. Wann immer ich an sie dachte, stieg Mays der Nacht entgegengerecktes Gesicht vor mir auf. Ich wusste nicht, was ich zu Emily hätte sagen sollen, wie erklären, wie gestehen, dass es für uns, was immer auch mal gewesen war, jetzt keine Zukunft mehr geben konnte. Nicht, wo Mays Leiche zwischen uns stand, nicht, wo Mays Augen so dunkel und leer blickten, als steige das Leid ihres ganzes Lebens an die Oberfläche. Ich hätte ihr nicht einmal sagen könne, dass May tot war. Ein weiteres Geheimnis, zu den zu vielen anderen. Ich wusste, dass es noch schlimmer war, die Dinge ungesagt zu lassen, unvollständig, aber ich konnte mich nicht überwinden. Geh hin, sagte ich mir. Ich schrie es mir im Kopf zu. Tu wenigstens das, ihr zuliebe, bringe die Sache ordentlich zu Ende!

Aber Stanley behielt recht.

Ich ging nicht hin. Stattdessen rief ich meinen Vermieter an, eröffnete ihm, dass ich wegzöge, und packte meine Sachen. Es waren nicht viele, und ich wusste auch nicht, wo ich hin sollte, aber ich brauchte Highwood jetzt nicht mehr. Es gab nichts mehr, vor dem ich mich verstecken musste, kein Exil und keine verlorenen Seelen, die darauf warteten, zurückkehren zu dürfen. Am Tag vor meinem Auszug las ich in der Zeitung, dass der politische Beamte Sir Jeremy Phelan, der sich um Queensland so verdient gemacht hatte, nach langer Krankheit im Royal Brisbane verschieden war. Ich blieb also als Einziger übrig. Lindsay gab es natürlich noch, aber im Grunde blieb nur ich.

Ich wählte Jeremys Nummer und hatte Louise am Apparat.

»Er hat mir das Haus hinterlassen«, sagte sie. »Alles.«

»Sonst gab es, glaube ich, auch niemanden.«

Sie lachte traurig. »Selbst den Weinkeller. Sie glauben ja nicht, was dort unten lagert. Er hat ja fleißig weiter gesammelt, selbst als er längst nicht mehr trank.«

»Dafür hatte er ja Sie.«

»George … kommen Sie doch vorbei. Ich weiß nicht, was ich mit mir anfangen soll. Kommen Sie vorbei, und ich mache einen schönen Wein auf, und wir trinken auf Jeremy.« Ihr Stimme brach. »Es tut mir leid. Ich habe vergessen, dass Sie nicht mehr trinken.«

»Ich bin mir nicht so sicher, ob das noch stimmt.«

»Ja dann. Was meinen Sie?«

Und da war er wieder, der Sirenengesang, fern und mit tieftraurigen Erinnerungen unterfüttert, aber dennoch vernehmbar. Vielleicht nur als Nachhall von May … selbst bei der ersten Begegnung war mir an Louise eine gewisse Ähnlichkeit aufgefallen. Nicht dieselbe wilde Strahlkraft, die May besessen hatte, eine stillere und weniger selbstzerstörerische Variante, aber dennoch, es war ein sehr vertrauter dunkler Kern in ihr, in den Augen. Und vielleicht war weniger ohnehin alles, wozu ich imstande war. Der Ruf wäre bei jemandem wie Louise niemals so unwiderstehlich, die Sucht nie so tief, aber fatal trotz alledem.

»Vielleicht«, sagte ich. »Ich fahre morgen hier weg, und vielleicht schau ich tatsächlich vorbei.«

Dann war der letzte Tag gekommen, und mir blieb nur noch eine letzte Pflicht.

Ich stieg in mein vollgepacktes Auto und fuhr ans andere Ende der Stadt. Es war ein klarer, warmer Morgen. Damit hatte ich irgendwie nicht gerechnet, hatte mir diesen Morgen, obwohl der Sommer jetzt mit Macht heraufzog, anders vorgestellt. Bei meiner Ankunft vor so vielen Jahren hatte Highwood meine Not erkannt und mir zwei segensreiche Wochen Nebel und Regen und Kälte geschenkt. Ich hatte irgendwie auf einen ebensolchen Abschied gehofft … Aber was immer zwischen mir und dem Ort damals so in Einklang gewesen war, hatte sich verflüchtigt. Es würde ein heißer Tag werden.

Jetzt war es gerade erst acht. Ich fuhr an Emilys Schule vorbei, sah zwei Kinder verfrüht durchs Tor laufen, hielt aber nicht nach ihr Ausschau. Ich setzte meinen Weg bis an den Ortsrand fort, wo die Hügel der Grenze des Nationalparks entgegenstiegen. Ich stellte den Wagen ab. Wenn ich mich nachher wieder hier einfand, würde ich mich entscheiden müssen, wohin die Reise gehen sollte. In der einen Richtung führte der Weg durch die Berge nach New South Wales hinab, meinem damaligen Ziel. In der anderen würde ich wieder tiefer nach Queensland hineingelangen. Keine der Optionen ergab großen Sinn oder versprach sonderlich viel, aber ich würde eine Wahl treffen. Ich war mein Körper, ich war Teil der Welt, und ich würde irgendwo leben müssen.

Aber noch nicht.

Ich holte einen Rucksack aus dem Auto und ging zu der Tafel hinüber, die den Ausgangspunkt der Wanderwege markierte. Der Lageplan war der alte. Dort am äußersten Rand, in elf Kilometer Entfernung, lagen die Redemption Falls, wo sie immer gewesen waren. Auf den Namen achtete ich jetzt nicht. Diesmal suchte ich keine Heilung, noch lief ich vor irgendetwas davon, noch war mir die Hoffnung auf Erlösung geblieben.

Ich wollte einen Freund bestatten.

Ich tauchte in den Wald ein. Dort war es kühl und grün, und entgegen meiner Erinnerung an glitschige Felsen und Regen und schmerzende Beine war das Gehen angenehm. In den Baumkronen rauschte Wind, aber es war höchstens ein Flüstern, die Vögel sangen lauthals. Mir begegnete niemand. Die Kilometer zogen vorbei und die Stunden. Nichts erkannte ich wieder. Es war zu lange her. Die Beine wurden langsam steif, aber ich hatte Wasser dabei und Proviant. Und selbst wenn ich müde und zerschlagen am Auto ankam, konnte ich schließlich, wo immer ich für die Nacht anhielt, eine Bar aufsuchen und mich an einem großen kühlen Bier laben, wie jedermann. Wie es einem Mann zustand.

Dann erreichte ich schon den kleinen Gebirgsbach. Hinter den Bäumen sah ich wolkenlos blauen Himmel, und bald stand ich an der Klippe. Dort sprudelte das Wasser über die letzten Felsen und verschwand, und dahinter … dahinter öffnete sich wie eine Bucht das Nichts: Luft und ferne Gipfel und Hänge eines anderen Lands. Es war Mittag, die Sonne brannte nieder, und Habichte kreisten am Himmel.

Ich setzte mich auf einen Felsen, öffnete den Rucksack und holte die Urne hervor.

Ich dachte an Charlie, aber ich war einer Antwort kein Stück näher. Wo wäre er gern – in Queensland oder New South Wales? Wir standen dort genau auf der Grenze, es war nur eine Frage der Wahl. Die gleiche Wahl, vor der ich stand. Gehen oder bleiben. Hatte nicht Queensland Charlie und mich zerstört? War unser Bundesstaat tatsächlich von einem Bazillus befallen, der seine Bürger verdarb, ihren Geist beengte, uns klein und furchtsam werden ließ? Wenn ja, was hatten wir aber dann in New South Wales verloren? Einem so viel größeren und stärkeren Bundesstaat – und so kalt, so überlegen, so voller Verachtung für die kleineren Nachbarn. Die ruhig klein bleiben sollten. Was hatte Stanley neulich abends gesagt? Dass es unseren Landleuten gefalle, über Queensland lachen zu können, und wir ihnen den Gefallen täten …

Und ich dachte an May, ihr ganzes Leben von Männern in entgegengesetzte Richtungen gezerrt, die das von ihr wollten, was sie selbst brauchten. Bis wir sie, alle vereint, zerrissen hatten.

Wohin würde Charlie wollen?

Ich beäugte den Himmel. Ich erinnerte mich an die Worte des Psychologen. Bestattungen waren für die Lebenden, nicht die Toten. Also denk nicht darüber nach, was die Toten wollten, sagte ich zu mir, beantworte die Fragen der Lebenden.

Ich war ein Körper. Ich musste irgendwo leben. Für Charlie galt das nicht.

Ich stand auf und schraubte den Deckel von der Urne. Ich stellte mich an den äußersten Rand des Wasserfalls und ließ die Asche über die Kante rieseln. Hier oben war Queensland. Hundert Meter weiter unten, am Fuß der Fälle, war New South Wales. Dazwischen sah ich das Wasser zu einem Fächer zerstieben, zu Dunst und schließlich zu Luft. Ich blickte der Asche nach, sah, wie sie in einer grauen Wolke verwehte.

Ich marschierte los.

Ich hatte immer noch eine Wahl zu treffen.

Aber Charlie – ich hoffte, dass er nie wieder festen Boden berührte.

Die Originalausgabe erschien unter dem Titel *Last Drinks*
bei Allen & Unwin, Crows Nest 2000
Umschlaggestaltung: Michel Keller
Satz + Typografie: frese-werkstatt.de
Druck + Bindung: Pustet, Regensburg
ISBN 978-3-88897-509-7
1 2 3 4 5 6 • 11 10 09 08